JAN GUILLOU
Der ehrenwerte Mörder

SERIE PIPER

Zu diesem Buch

In diesem fünften Roman der Coq-Rouge-Serie gerät der schwedische Top-Agent Carl Gustaf Gilbert Graf Hamilton in mehr als eine Zwickmühle. Da ist nicht nur seine etwas überstürzte Ehe und die gleichzeitige Konfrontation mit einer großen Liebe aus seiner bewegten Vergangenheit. Auch die scheinbar so friedliche Vergangenheit seines Landes während des Zweiten Weltkrieges holt ihn ein, als er aufklären soll, warum längst pensionierte hohe Militärs bestialisch abgeschlachtet und mit Nazi-Emblemen geschändet werden. Die Vergangenheit erweist sich als sehr lebendig und machtvoll – im privaten wie im politischen Bereich.

Jan Guillou, 1944 in Södertälje geboren, ist mit seinen Coq-Rouge-Romanen zum erfolgreichsten Thriller-Autor Schwedens avanciert. Der Journalist und Fernsehmoderator, der selbst unter Spionageverdacht im Gefängnis saß, nahm immer wieder illegale Spionageaktionen seines Landes kritisch unter die Lupe. Guillous Recherchen erregten weltweit Aufsehen. Mit Coq Rouge hat er eine der eindrucksvollsten Agentenfiguren nach James Bond geschaffen.

JAN GUILLOU

Der ehrenwerte Mörder

Ein Coq-Rouge-Thriller

Aus dem Schwedischen von
Hans-Joachim Maass

Piper München Zürich

Von Jan Guillou liegen in der Serie Piper
außerdem vor:
Coq Rouge (5578)
Der demokratische Terrorist (5592)
Feind des Feindes (5632)
Im Interesse der Nation (5634)
Unternehmen Vendetta (5654)
Niemandsland (5656)
Der einzige Sieg (5682)

Deutsche Erstausgabe
Januar 1998

Titel der schwedischen Originalausgabe:
»Den hedervärde Mördaren«, Norstedts Förlag,
Stockholm 1990

Umschlag: Büro Hamburg
Simone Leitenberger, Susanne Schmitt, Annette Hartwig
Umschlagabbildung: Dave McKean
Foto Umschlagrückseite: Ulf Lodin
Satz: Clausen & Bosse, Leck
Druck und Bindung: Elsnerdruck, Berlin
Printed in Germany ISBN 3-492-25705-4

I

Das Hakenkreuz war ihm in die Brust geschnitten worden, bevor er starb. Der Mord war mit einer fast unglaublich entschlossenen Gehässigkeit ausgeführt worden. Es schien ein in die Länge gezogenes Ritual gewesen zu sein, bei dem der oder die Mörder das Opfer lange am Leben gehalten hatten, um ihm soviel Schmerz und Demütigung wie möglich zufügen zu können.

Dies war zumindest Rune Janssons spontane Vermutung, obwohl er bis jetzt kaum hatte Luft holen können. Der Gerichtsmediziner und die Techniker des Erkennungsdienstes würden noch viele Fragen beantworten müssen.

Er zwang sich, den Toten nicht mehr anzusehen, und ließ den Blick durchs Zimmer schweifen. In dem offenen Kamin war noch eine schwache Glut zu sehen. Es gab keinerlei Spuren von Kampf. Der oder die Täter waren offensichtlich bewaffnet gewesen.

Echte Perserteppiche, Ölporträts mit Goldrahmen an den Wänden. Eins der Gemälde stellte den Toten vor vielleicht zwanzig Jahren in Generalsuniform dar. Es war ein typisches Generalsbild: festes Kinn, halbes Profil, Adlerblick, alles, was dazugehört.

Im Raum roch es nach Urin.

Rune Jansson sah automatisch unter den Stuhl des Toten. Nein, er hatte sich nicht in die Hosen gemacht. Einen Meter von Rune Janssons mit Plastik überzogenen Schuhen entfernt lag eine Generalsuniform, als hätte sie jemand demonstrativ vor dem Toten ausgebreitet. Jemand, der nicht das Opfer hatte sein können, hatte die Uniform angepinkelt. Und dann das Hakenkreuz.

Rune Jansson trat näher an den toten Mann im Stuhl heran. Der oder die Täter hatten das Hemd unter der Hausjacke aufgeknöpft und die Brust des Opfers entblößt. Mit einem vermutlich sehr scharfen Schneidwerkzeug, wie es in den morgigen Berichten heißen würde, war ein Hakenkreuz in die Brust des Opfers geritzt worden und unter das Hakenkreuz zwei eckige Buchstaben, die das Wort ED* bildeten.

Soviel Rune Jansson erkennen konnte, war das Opfer mit fünf Schüssen getötet worden, von denen vier bewußt keine tödliche Wirkung gehabt hatten. Der tödliche Schuß war aus allernächster Nähe abgefeuert worden. Jemand hatte dem Opfer die Mündung einer Waffe unter die Nase gehalten, dann schräg nach oben gezielt und abgedrückt.

Die Gewebereste fanden sich noch in fünf Meter Entfernung hinter dem Opfer und auf einer Breite von etwa zwei Metern.

Die Gewebereste, dachte Rune Jansson.

Aber so heißt es nun mal. Ich bin Polizeibeamter, und dies ist mein Job. Ich muß klar denken. Wir werden den Scheißkerl schnappen, der das hier angerichtet hat, und deshalb muß ich klar denken.

Er trat behutsam einige Schritte zurück und versuchte, seine ersten spontanen Eindrücke zu einem Ablauf zu ordnen.

Sie kommen herein. Sie sind bewaffnet und damit sofort Herren der Situation. Das Opfer, ein alter Militär, leistet angesichts der bewaffneten Übermacht, oder wie ein General das sonst formuliert hätte, keinen Widerstand.

Sie fesseln ihn an den englischen Ledersessel. Es sind also mindestens zwei Täter, da niemand gern seine Waffe weglegt, um jemanden zu fesseln. Sie benutzen dazu die Krawatte und den Gürtel der Hausjacke. Sie fesseln die Handgelenke an die Armlehnen.

Dann geht jemand los und sucht die alte Uniform des Opfers. Vielleicht fragen sie den Mann auch, wo sie hängt. Sie werfen die Uniform vor dem Opfer auf den Fußboden und pinkeln darauf; das Labor wird feststellen müssen, ob es sich um den Urin eines Mannes oder zweier Männer handelt; nicht besonders profihaft, eine Urinprobe am Tatort zurückzulassen; Entschlossenheit und Haß dieser Mörder sind offenbar größer als ihr Wille, ungestraft davonzukommen.

Sie pinkeln also auf seine Uniform. Auf das Eichenlaub, auf die Generalssterne, auf diese Farbkleckse, wie immer die Dinger hei-

* ED = schwed. Eid (Anmerkung des Übersetzers).

ßen. Dann fangen sie an, den General langsam zu Tode zu schießen. Es mußte schauerlich weh getan haben. Wie zum Teufel hatte der Mann es geschafft, dabei bei Bewußtsein zu bleiben?

Erst unterhalb der einen Schulter. Entfernung nur wenige Zentimeter. Man sieht deutlich die Pulverspuren am Einschußloch. Und dann, ja, das ist eine reine Vermutung, dann die eine Kniescheibe. Jetzt tut es wirklich weh, denn den ersten Schuß wird er wegen des Schocks kaum gespürt haben.

Dann die zweite Schulter, dann die andere Kniescheibe. Sie müssen absolut sicher gewesen sein, nicht gestört zu werden. Nein, diese Mörder denken nicht so. Für sie stehen Rache und Haß im Vordergrund, ein unglaublicher Haß.

Warum hat der Mann immer noch die Brille auf?

Wenn er noch bei Bewußtsein war, als sie ihn erst durch das eine Knie und dann durch das andere schossen, muß er ja versucht haben, den Oberkörper hin und her zu werfen. Trotzdem sitzt die Brille noch da.

Nein, das ist noch längst nicht alles.

Der Mann ist unfähig, sich zu bewegen, aber bei Bewußtsein. Jetzt entblößen sie seine Brust und schneiden das Hakenkreuz in die Haut und diese Buchstaben – hat er einmal einen Eid gebrochen? –, und dann wollen sie, daß er eine Brille auf der Nase hat. Sie holen die Brille, beispielsweise vom Schreibtisch. Nein, neben dem Stuhl liegt eine Zeitung; wir korrigieren uns.

Sie heben die Brille vom Fußboden auf und setzen sie ihm auf. Es ist eine Lesebrille. Sie hat wohl auf der Zeitung gelegen. Er konnte die Männer auch ohne Brille sehen und vor allem hören.

Sie wollen, daß er etwas liest. Soll er den Eid, den er gebrochen hat, vor dem Tod noch einmal lesen?

Nun ja, oder etwas in der Richtung. Er soll jedenfalls etwas lesen, bevor er stirbt.

Nachdem der Mann gelesen hat, hält ihm einer der Täter mit einer Hand das Dokument vors Gesicht, spricht mit seinem Opfer, drückt ihm die Pistole oder den Revolver, oder was er sonst benutzt hat, gegen die Nase.

Einige letzte Worte, Verwünschungen, Flüche oder höhnische Bemerkungen, und dann drückt der Mörder ab.

Die Täter räumen nicht auf. Sie lassen ihr Opfer mit der vollgespritzten, blutverschmierten und verrutschten Brille so sitzen, wie er ist. Das ist alles, was sich im Augenblick erkennen läßt. Vielleicht ist alles völlig falsch. Das werden wir sehen, wenn die Techniker mit ihrer Arbeit fertig sind.

»Sind die Techniker schon unterwegs?« fragte Rune Jansson in dem neuen, etwas abgehackten Tonfall, den er sich, wie seine Frau behauptete, seit seiner Beförderung zum Chef zugelegt hatte.

»O ja. Ich habe auch den Quacksalber in Linköping angerufen. Die ganze Bande ist schon unterwegs. Dürften in zwanzig Minuten oder so hier sein«, erwiderte der uniformierte Polizeibeamte, der mit einem rot-weißen Absperrband zwischen den Zähnen in der Tür stand.

»Der Quacksalber?« fragte Rune Jansson.

»Also der Gerichtsmediziner, Verzeihung, falls ich…«

»Schon gut, ich weiß. Aber der ist mit seiner Arbeit erst später dran.«

»Schon, aber das hier ist ja recht speziell, und ich dachte mir, daß er sich das Ganze vielleicht sozusagen am Tatort ansehen will. Er schien jedenfalls interessiert zu sein und hat ein Essen sausen lassen… und ja.«

»Richtig gedacht. Wie heißt du übrigens?«

»Arne. Arne Johansson.«

»Du bist als erster am Tatort gewesen?«

»Ja, ein paar Minuten vor dem Krankenwagen. Sie, also die Witwe, hatte 90000 gewählt.«

»Mhm. Wo ist sie jetzt? Ist sonst noch jemand im Haus?«

»Nee, nur sie. In der Küche. Die Krankenwagenfahrer halten sie fest.«

»Halten sie fest?«

»Ja, sie versuchen, sie zu beruhigen und ihr irgendwas zu geben. Sie will unbedingt mit irgendeinem Chef sprechen, so daß es vielleicht am besten ist, wenn du…?«

»Ja. In der Küche, sagst du. Wo ist sie?«

»Raus durch die Diele, zweite Tür links durch einen Anrichteraum, und dann brauchst du nur dem Lärm zu folgen.«

»Dem Lärm?«

»Ja, die Alte, Verzeihung, die Witwe, ist stinkwütend. Dürfte der Schock sein.«

Rune Jansson drängte sich an dem uniformierten Beamten vorbei und zog sich die Plastikhüllen von den Schuhen. In dem dunklen Anrichteraum hörte er tatsächlich eine laute weibliche Stimme. Sie war durchaus nicht hysterisch, aber laut.

Er klopfte vorsichtig an der halboffenen Küchentür, bevor er eintrat. Am Tisch, einem großen Küchentisch aus massiver Kiefer, der in der Mitte der erstaunlich modernen Küche stand, saßen drei Personen. Zwei Krankenwagenfahrer und sie.

Sie strahlte eher Stärke als Trauer und Verzweiflung aus. Um die Augen war ein wenig Mascara verlaufen, aber sie saß mit kerzengeradem Rücken ein Stück vom Tisch entfernt in einer Körperhaltung da, die starke Mißbilligung verriet. Vor ihr lagen zwei weiße Pillen, und daneben stand ein Glas Wasser.

»Auf gar keinen Fall, habe ich gesagt. Und wer sind Sie?« sagte sie und wandte sich zu Rune Jansson.

»Ich heiße Rune Jansson und bin Chef der Kriminalpolizei in Norrköping«, erwiderte er. Er ertappte sich dabei, sich zum ersten Mal so vorgestellt zu haben.

»So, Sie sind also der Chef dieser Figuren hier«, sagte die grauhaarige Dame eher im Kommandoton als in Form einer Frage.

»Nein, sie sind Krankenwagenpersonal, und...«

»Können Sie denen nicht wenigstens sagen, daß ich so etwas nicht nehme!«

Rune Jansson warf dem Krankenwagenfahrer, der ihm am nächsten saß, einen fragenden Blick zu, bekam aber nur ein Achselzucken zur Antwort.

»Sie haben hier im Augenblick sicher nichts mehr zu tun?« sagte er in Richtung der beiden Männer.

»Nein, es ist ja kein akuter... das hier dürfte sicher noch eine Zeitlang dauern, so daß wir genausogut...?« erwiderte der Ältere.

»Mhm«, sagte Rune Jansson, »wir danken Ihnen erst mal für Ihre Hilfe.«

Die beiden Krankenwagenfahrer verbeugten sich verlegen und höflich vor der grauhaarigen Dame und standen auf, waren aber noch nicht weit gekommen, als sie gestoppt wurden.

»Einen Augenblick, meine Herren! Nur einen kleinen Augenblick.«

Sie sprach mit mühsam beherrschter Stimme, aber in einem Tonfall, als setzte sie voraus, daß man ihr sofort gehorchte. Immerhin ist sie mit einem General verheiratet gewesen, dachte Rune Jansson. Die beiden Krankenwagenfahrer waren in ihrer Bewegung erstarrt. Die Generalswitwe holte Luft, bevor sie fortfuhr.

»Sie haben doch hoffentlich nicht vor... es ist doch wohl nicht Ihre Absicht, daß mein Mann in dieser Stellung sitzen bleiben muß?«

Rune Jansson nickte den beiden Krankenwagenfahrern kurz zu. Sie zogen sich unter Verbeugungen zur Tür zurück.

»Liebe Frau Klintén... es fällt mir schwer, in Worte zu kleiden, was wir alle... angesichts einer Situation wie dieser...« sagte Rune Jansson und setzte sich auf einen der freien Stühle. Er holte Luft, um weitersprechen zu können, schaffte aber nicht mal eine Silbe, bevor ihre Worte ihn wie eine Ohrfeige trafen.

»*af* Klintén.«

»Verzeihung?«

»Herta af Klintén heiße ich. Nicht Klintén.«

»Ich bitte sehr um Entschuldigung.«

»Übrigens, setzen Sie sich doch bitte.«

Rune Jansson zwang sich, kurz nachzudenken, bis ihm aufging, daß das ironisch gemeint war. Er hatte keine Lust, dieser Ironie zu entsprechen.

»Besten Dank«, sagte er. »Ja, ich wollte gerade sagen, daß...«

»Sie sind also Chef der Polizei in Norrköping?«

»Nein, ich bin Chef der Kriminalabteilung.«

»Dann können Sie also beschließen, was von jetzt an mit meinem Mann geschieht.«

»Ja, in den nächsten Stunden.«

»Dann sorgen Sie dafür, daß er sofort in ein Krankenhaus gebracht wird.«

Rune Jansson suchte ihren Blick. Sie hatte einen sehr festen Blick. Ihm fiel *englischer Adel* ein, was völlig unbegründet war, da er vom englischen Adel nicht mehr wußte, als er in den Fernsehserien gesehen hatte, die seine Frau sich gern ansah.

Irgendwo in dieser Frau gab es unendliche Trauer und unendlichen Schmerz. Ihr Mann schien etwa fünfundachtzig Jahre alt zu sein, und sie war vielleicht zehn Jahre jünger. Sie hatten ein Menschenleben gemeinsam verbracht. Und jetzt war sie seit ein paar Stunden allein. Sie zeigte aber so gut wie nichts von dem, was sie fühlen mußte.

»Liebe Frau af Klintén, ich bin nicht sicher, daß ich die Trauer und... und das verstehen kann, was Sie jetzt schmerzt. Ich kann nur sagen, daß ich es zu verstehen *versuche* und daß ich alles tun will, um...«

»Dann sorgen Sie bitte sofort dafür, daß er nicht auf diesem Stuhl sitzen bleibt«, unterbrach sie ihn mit nicht einmal bemühter Schärfe im Tonfall.

»Nein«, erwiderte Rune Jansson und machte eine Pause, in der er sich entschloß, die Taktik zu wechseln. »Ich bin Polizeibeamter, und mein Job besteht darin, die Leute aufzuspüren, die das mit Ihrem Mann gemacht haben, und dafür zu sorgen, daß sie verurteilt werden.«

Seine tölpelhafte Formulierung ließ ihn erröten. Die Polizei hat nicht dafür zu sorgen, daß jemand verurteilt wird. Sie soll Täter nur aufspüren und Beweise vorlegen. Alle diese juristischen Abendkurse, alle diese Begegnungen mit herablassenden Professoren, die sich angesichts dieses privat dilettierenden Polizisten vom Lande eines verächtlichen Glitzerns im Auge nicht hatten enthalten können, und dann eine Formulierung wie... nun ja, was spielte das schon für eine Rolle. Die Situation war nicht theoretisch, sondern höchst real und außerdem unerträglich. Hier ging es um das Recht, nicht um die Juristerei der Professoren.

»Ich setze natürlich voraus, Herr Polizeichef, daß Sie Ihre Arbeit tun, aber ich verlange ganz einfach, daß mein Mann hier in unserem Haus würdig behandelt wird.«

Sie hatte dunkelbraune Augen, und Rune Jansson war der Meinung, daß ihr Blick besser zu ganz hellblauen oder grauen Augen gepaßt hätte. Mehr in Richtung Stahl.

»Nun«, erwiderte er zögernd. »Ich kann Ihre Gefühle verstehen und respektiere sie. Aber Sie müssen auch verstehen, daß wir alle Beweise sichern müssen, die wir nur finden können, und dazu müssen wir unter anderem einige Fotos machen, bevor wir...«

»Wird man meinen Mann obduzieren?«

»Ja, ohne Zweifel.«

»Dem widersetze ich mich.«

»Liebe Frau af Klintén...«

»Ich bin nicht Ihre *liebe*!«

»Doch. Liebe Frau af Klintén. Das hier wird ein paar Stunden dauern, muß aber getan werden, und...«

»Haben Sie das Recht auf Ihrer Seite, wenn Sie mich daran hindern, jetzt nach nebenan zu gehen und meinen Mann in eine etwas ruhendere Stellung zu legen und zuzudecken?«

»Ja.«

»Würden Sie mich mit Gewalt daran hindern? Hier, in meinem eigenen Haus?«

»Nein.«

Rune Jansson senkte den Blick. Er schämte sich immer, wenn er log, selbst wenn es eine dienstliche Lüge war.

»Nun«, fuhr die harte oder sehr gefaßte Dame fort, »was tun wir jetzt? Muß ich übrigens auch diese Pillen essen?«

»Nein. Sie scheinen sie nicht zu brauchen. Ich nehme an, es ist etwas Beruhigendes, die Krankenwagenfahrer wollten Ihnen sicher nur etwas Gutes tun.«

»Ist das legal?«

»Verzeihung, was denn?«

»Leuten, die man verhören will, so ein Zeug zu geben... solche *downers*?«

»Das kann ich Ihnen nicht sagen«, erwiderte Rune Jansson und machte eine kurze Pause, um seine Heiterkeit zu überwinden. Ihre Wortwahl hatte ihn überrascht. »Wir machen jetzt folgendes. Es ist technisches Personal unterwegs, das das Zimmer untersuchen wird, in dem... in dem das Verbrechen stattgefunden hat. Wir werden Fotos machen und Spuren suchen, und wenn das erledigt ist, wird ein anderer Krankenwagen kommen und Ihren Mann abholen.«

»Und dann wird man ihn obduzieren?«

»Ja.«

»Und das hat große Bedeutung für... für Ihre Nachforschungen?«

»Ja. Ja, ohne Zweifel.«

»Und was machen wir jetzt? Entschuldigen Sie mich einen Augenblick.«

Sie fegte die beiden weißen Pillen vom Tisch auf die Handfläche und brachte sie mit dem Wasserglas zur Spüle, wo sie alles auskippte, um dann zu ihrem Platz zurückzukehren. Als sie sich setzte, rückte sie ihren Knoten im Nacken zurecht.

Eine bemerkenswerte Frau, dachte Rune Jansson.

»Also, wir tun jetzt folgendes: Wohnen Sie übrigens allein hier?«

»Ja. Seit kurzem.«

»Verzeihung, so habe ich es nicht gemeint. Aber haben Sie Kinder oder nahe Verwandte, und wo leben sie?«

»Wir haben einen sehr beschäftigten Sohn in Stockholm.«

»Haben Sie seine Telefonnummer?«

»Ja, natürlich.«

»Haben Sie ihn angerufen?«

»Nein... ich...«

Plötzlich und endlich brach es sich in ihr Bahn. Für Rune Jansson war es eine Erleichterung.

Sie trocknete jedoch schnell, was vielleicht Tränen gewesen waren.

»Ich finde, er sollte jetzt herkommen. Wenn Sie wollen, daß ich ihn anrufe, tue ich es«, sagte Rune Jansson mit unbewußt gesenkter Stimme.

Sie stand auf, ohne etwas zu sagen. Sie holte eine Papierrolle für Aufzeichnungen, die neben der Dunstabzugshaube hing, nahm einen Kugelschreiber aus einem Halter und schrieb eine Telefonnummer und einen Namen auf. Sie legte Rune Jansson wortlos den Zettel hin.

»Entschuldigen Sie mich einen Augenblick. Wo finde ich ein Telefon?« fragte er.

»Einmal in dem Zimmer, in dem... ja, und dann noch in der Bibliothek. Zwei Türen links von dem Zimmer, in dem...«

Rune Jansson nahm den Zettel. Als er einen Blick darauf warf, erkannte er, daß es ein vergleichsweise leichtes Gespräch werden würde. Sie hatte den Titel ihres Sohnes mit aufgeschrieben. *Senatspräsident* Gustaf Eugén af Klintén.

Das Gespräch dauerte weniger als zwei Minuten, dann war der Sohn auch schon unterwegs.

»Ihr Sohn wird in etwa eineinhalb Stunden hier sein«, sagte er, als er wieder in der Küche war und sich setzte, ohne dazu aufgefordert worden zu sein.

»Sie werden verstehen, daß ich schon jetzt einige Fragen stellen muß«, fuhr er etwas geschäftsmäßiger fort und erwartete, nicht mehr unterbrochen zu werden, bevor er fortfuhr.

»Beispielsweise werden Sie fragen, wo ich mich heute zwischen 18.30 Uhr und 19.30 Uhr aufgehalten habe«, schlug sie mit zusammengepreßten Lippen vor.

»Ja, zum Beispiel.«

»Dies wird also ein Verhör?«

»Ja, wir nennen es so.«

»Sie können mich doch wohl nicht als Verdächtige behandeln?«

»Nein. Sie können das Verbrechen nicht begangen haben, weil...«

»Woher wollen Sie das wissen?«

»Weil ich Polizist bin, es ist mein Job. Wenn Sie aber zwischen, wie Sie sagten, 18.30 Uhr und 19.30 Uhr nicht im Haus gewesen sind, ist das eine sehr wichtige Angabe. Stimmt das?«

»Ja, ich hatte in Norrköping etwas zu erledigen.«

»Sie haben Ihren Mann im Haus zurückgelassen, als Sie nach Norrköping fuhren?«

»Ja, er hatte im Kaminzimmer Feuer gemacht, dort, wo...«

»Ich verstehe. Wer hat Ihren Mann so grenzenlos gehaßt, wissen Sie das?«

»Niemand hat meinen Mann gehaßt.«

»Doch, Frau af Klintén. Jemand hat Ihren Mann mehr gehaßt, als wir beide uns überhaupt vorstellen können. Haben Sie die leiseste Ahnung, wer das sein könnte?«

»Nein. Aber das da kommt doch nicht heraus, das darf einfach nicht herauskommen.«

»Verzeihung, was meinen Sie? Wenn es um solche Verbrechen geht, fürchte ich, daß...«

»Ich meine das mit... mit dem Hakenkreuz. Das ist ja so schändlich, man könnte glauben, daß...«

»Nein, für uns ist es wichtig, daß das nicht herauskommt. Das ist zwar keine Garantie, aber es ist auch für uns wichtig, daß es nicht herauskommt. Aber wie meinen Sie? Man könnte was glauben?«

Sie sammelte sich lange, bevor sie antwortete. Rune Jansson konnte nicht umhin, sie zu bewundern, doch gleichzeitig empfand er intuitiv so etwas wie Abscheu vor ihrem gefaßten Auftreten. Er würde nicht wollen, daß seine Frau sich so verhielt, wenn er selbst dort in dem Sessel gesessen hätte.

Im Café Opera braute sich alles zu einer stürmischen Nacht zusammen, was vollkommen normal für Freitagabend war; anwesend waren mehr oder weniger bekannte Popsänger oder zumindest deren Musiker oder zumindest deren vermeintliche Bekannte oder die vermeintlichen Bekannten der Musiker, ferner weniger berühmte Schauspieler, da die berühmten erst später kommen würden, große oder kleine Börsenstars, ein vereinzelter Milliardär, Immobilienhaie, Torpedos aus der Unterwelt, gesellschaftskritische Journalisten, im Augenblick außer Dienst, ein ziemlich betrunkener und sehr berühmter Kriminologe, Horden vermutlich sehr junger Blondinen, vereinzelte Drogendealer, ein außerordentlich erfolgreicher Künstler, der Hundert-Kronen-Scheine in Rotwein tauchte und sie unter lautem Schmatzen nach und nach aufaß, und an dem langen Bartresen stand eine Mischung von dem, was man alltägliche, normale Leute nennt, das heißt Personen, die irgendwo angestellt waren und für ein Monatsgehalt arbeiteten, darunter jüngere Männer mit dunklen, wie Teflon glänzenden Anzügen und leicht heruntergezogenen Schlipsknoten und einem tragbaren Telefon in der Jackentasche, womit sie selbst an einem Freitagabend unterstreichen wollten, wie unendlich kostbar ihre Zeit war.

In Stockholms In-Lokal Nummer eins also alles wie gewohnt.

Zwei der jungen Männer am Bartresen, die ebenfalls Anzüge trugen, wichen leicht von ihrer Umgebung ab. Sie trugen weder goldene Armbanduhren noch sonstige Schicki-Micki-Attribute, wiesen einen geringeren Alkoholpegel auf und unterhielten sich leiser.

Sie waren tief in eine militärhistorische Diskussion versunken. Einer der beiden war von riesenhaftem Wuchs und sprach Finnlandschwedisch. Er gab sich größte Mühe, seinen normal großen, im Gegensatz zu ihm jedoch fast zwergenhaften Freund in einer moralischen Frage zu überzeugen.

»Fünfzehnhundert gottverdammte Panzer, siebzigtausend Tote und einhundertfünfzigtausend Verwundete hat Stalin investiert, und wir haben mit mindestens achtzehntausend Toten bezahlen müssen, während ihr uns dreimal im Stich gelassen habt. Verdammt noch mal, dabei fällt einem doch Petrus ein, der Jesus dreimal verleugnete, bevor der Hahn krähte«, sagte der Riese in leisem Unterhaltungston, der in starkem Gegensatz zu seinen Worten stand.

»Richtig. Aber Petrus verriet, falls es so gewesen ist, denjenigen, den er am allerwenigsten verraten wollte, und außerdem ist es absurd, von ihr und wir zu sprechen. Immerhin ist das mehr als fünfzig Jahre her. Wir beide wurden etwa zwanzig Jahre danach geboren. Wir sind unschuldig, etwa so unschuldig, als wären wir Deutsche im gleichen Alter«, erwiderte der Schwede in dem gleichen leisen Unterhaltungston.

»Dreimal hat Schweden uns im Stich gelassen«, fuhr der Riese verbissen fort, »dreimal hat uns dieser Per Albin Hansson verraten, der euer Nationalheld aus dem Krieg ist. Er wollte nicht mal Åland verteidigen, dieses Arschloch, dreimal hat er es verweigert. Und als die Engländer und Franzosen Entsatztruppen auf dem Transitweg durch Schweden heranführen wollten, hat der Scheißkerl auch das verweigert, obwohl es kurze Zeit später mit den deutschen Truppen sehr gut klappte. Ihr habt während des ganzen gottverdammten Krieges auf einen deutschen Sieg gesetzt, das war eure Neutralität. Zum Dank für erwiesene Neutralität deutschen Typs habt ihr so ein gottverdammtes kleines schwarzes Hakenkreuz mitten auf euer gelbes Kreuz gekriegt, das ist alles.«

»Zugegeben. Aber erstens spreche ich mich immer noch von jeder Schuld frei, denn ich bin immerhin 1959 geboren, und zweitens verstehe ich nicht, warum du jammerst. Estland, Lettland und Litauen haben keinen Widerstand geleistet wie ihr, Verzeihung, ich meine, wie deine *gottverdammten* Vorväter. Wenn ihr es getan hättet, hättet ihr zu den Siegern des Krieges gehört, wärt aber Sowjetrepublik geworden. Statt dessen seid ihr die einzigen gewesen, die davongekommen sind. Was jammerst du also?«

»Nun ja. Und dann Afghanistan. Finnland und Afghanistan sind die einzigen, die sich gewehrt haben, und... aber laß dir jetzt ja nicht einfallen, von der Sache abzulenken.«

»Ich lenke von gar nichts ab, aber du hättest ebensogut mit mir Hannibals Zug über die Alpen oder den Dreißigjährigen Krieg oder die Kreuzzüge gegen Finnland oder darüber diskutieren können, wie Skåne schwedisch wurde. Ich bin unschuldig. *Repeat, I am innocent.*«

Sie waren an einem Punkt der Diskussion angelangt, an dem sie mehrere Wahlmöglichkeiten hatten. Sie konnten noch ein paar Biere bestellen und wieder von vorn anfangen. Sie konnten das Thema wechseln oder nach Hause gehen.

»Wie kommt es, daß du Schwede bist? Das habe ich nie verstanden«, sagte der Schwede.

»Nun ja. Es begann bei Suomussalmi, aber was das ist, weiß so ein gottverdammter kleiner Hallodri wie du natürlich auch nicht?« entgegnete der Riese hinterhältig.

»Nein, aber das liegt natürlich bei Breitenfeld oder Lützen oder etwas in der Richtung.«

»Red keinen Scheiß. Das war im Winterkrieg.«

»Das habe ich ja gerade gemeint, ungefähr zwanzig Jahre vor deiner Geburt. Also dort bist du doch wohl *nicht* Schwede geworden?«

»Du sollst mich nicht ärgern. Das ist eine komplizierte Geschichte.«

»*Nun ja.* Schieß los, ich meine, wir befinden uns also im Winterkrieg?«

»Vater war Leutnant, Berufssoldat. Bei Suomussalmi haben sie eine ganze sowjetische Division eingekreist und vernichtet. Und als die Bolschewiken eine weitere Division zum Entsatz schickten, haben sie die auch geschlagen. Vater bekam das Freiheitskreuz Zweiter Klasse mit Schwertern.«

»Teufel auch. Und deswegen bist du Schwede geworden?«

»Himmel, Arsch und Zwirn, kannst du das nicht mal ernst nehmen!«

»Doch. Dein Vater bekam das Freiheitskreuz. Das dürfte so etwas sein wie die Königliche Medaille für Tapferkeit zur See. Aber was ist dann passiert?«

Der blonde Riese holte tief Luft, als konzentrierte er sich darauf, nicht wütend zu werden, bevor er fortfuhr.

»Also. Vater war gegen die Fortsetzung des Krieges. Aber nicht etwa, weil er etwas dagegen hatte, finnisches Land zurückzuerobern, sondern weil wir plötzlich auf der Seite der Nazis gelandet waren.«

»Aber finnische Offiziere waren doch damals bereit, selbst mit dem Teufel einen Bund einzugehen, wenn dieser Bund sich nur gegen die Bolschewiken richtete, wie du sagst?«

Sie wurden von dem betrunkenen und sehr berühmten Kriminologen unterbrochen, der sich zum Bartresen vordrängte. Zwischen den beiden Männern, die über einen Krieg diskutierten, der vor einundfünfzig Jahren stattgefunden hatte, hatte es eine zwanzig Zentimeter breite Lücke gegeben, und aus diesem Grund wurden sie jetzt auseinandergeschoben wie die Wellen vor einem Schiffsbug.

»Die Herren müssen schon entschuldigen, aber ich habe eine Angelegenheit von äußerster Wichtigkeit«, murmelte ihnen der Kriminologe zu und versuchte, einen der Barmänner am Kragen zu schnappen. Er verpaßte ihn, aber seine Absicht, dem Mann klarzumachen, daß er etwas bestellen wollte, war von Erfolg gekrönt.

»Wo zum Teufel bleiben meine Dom-Pullen? Ich habe vor mehr als einer halben Stunde zwei Flaschen Dom Pérignon bestellt!« sagte der Kriminologe mit einem erstaunlich gekränkten Tonfall.

»Ich würde vorschlagen, du redest mit dem Mädchen, das deinen Tisch hat«, erwiderte der Barmann gemessen.

»Du stehst auf meinem Fuß«, sagte der finnlandschwedische Riese zwischen zusammengebissenen Zähnen.

»Oh, Verzeihung, ich werde gleich den Fuß wegnehmen, wenn ich nur diese Bestellung losgeworden bin«, erwiderte der Kriminologe, um nach einem kurzen Seitenblick auf den Riesen, auf dessen Fuß er stand, etwas schneller seinen unglücklich plazierten Fuß wegzunehmen. Bei seinem kurzen Zögern wich der Barmann zurück, um wieder Bier zapfen zu können, und gleichzeitig wurde am Tisch des Kriminologen gejubelt, denn dort knallte der erste Champagnerkorken.

»Ihr seht, man braucht nur loszugehen und jemandem auf den Fuß zu latschen, dann klappt die Bedienung«, sagte der Kriminologe halb entschuldigend. Dann entdeckte er plötzlich etwas, als er in das Gesicht des Riesen blickte, worauf er dem zweiten Mann einen schnellen, forschenden Blick zuwarf, dessen Gesicht sich ein wenig unter seinem befand.

»Aber das ist ja sehr interessant«, fuhr er dann freundlich fort. »Sehr interessant. Aber da die Herren Jäger sind, würde es mir eine außerordentliche Freude sein, wenn ich diesen kleinen Zwischenfall mit einem Glas Dom Pérignon am Tisch hinter mir wiedergutmachen dürfte.«

»Wir sind für Jagdgeschichten in Kneipen nicht sehr zu haben, aber weshalb glaubst du, wir seien Jäger?«, entgegnete der normal große Schwede schnell und wachsam.

»Mich täuscht ihr nicht«, lächelte der Kriminologe glücklich. Und dann zeigte er vielsagend auf die Augenbrauen, zunächst des einen und dann des anderen.

»Entweder habt ihr ganz verteufelt viel geschossen oder auch sensationell schlecht, vor allem im Hinblick darauf, daß ihr eure Fehlschüsse wiederholt habt«, sagte der Kriminologe, der sich danach durch das Gedränge zu seinem Tisch zurückpflügte, wo er gerade rechtzeitig zum Eingießen ankam.

»Es sind diese Abdrücke von den Zielfernrohren. Es gibt nicht viele, die so was sehen«, stellte der Schwede leise und fast flüsternd fest.

»Na schön, dann sind wir eben Jäger«, sagte der Finnlandschwede trocken. »Aber, wenn ich fortfahren dürfte?«

»Also schön, nach der Schlacht bei Suomalainen wurde dein Vater Nazigegner. Und?«

»*Suomussalmi*. Er wurde nicht, er *war* Nazigegner, unter anderem, weil er mit einer Jüdin verheiratet war.«

»Das kann in Ekenäs nicht sehr üblich gewesen sein?«

»Wir, ja, das heißt er und seine Frau wohnten damals in Helsinki. Nein, das war ganz gottverdammt ungewöhnlich. Aber so wie die Dinge lagen, wanderte er nach Schweden aus und wurde schnell schwedischer Staatsbürger, als sich die Fortsetzung des Krieges abzeichnete.«

»Ein Berufsoffizier im Krieg? Das geht doch wohl nicht?«

»Nein, natürlich geht das nicht. Aber es geht auch nicht, jemanden, der das Freiheitskreuz bekommen hat, vor ein Kriegsgericht zu stellen.«

»1941 zog er also nach Schweden und wurde Schwede?«

»Ja.«

»Und hat dann wieder geheiratet, eine jüngere Frau, die vielleicht Finnlandschwedin war?«

»Ja.«

»Aber dann mußte er wieder nach Finnland ziehen und nahm seinen Wohnsitz in Ekenäs?«

»Ja.«

»Und da wurdest du geboren, zwar in Finnland, aber mit einem schwedischen Vater, so daß du Schwede wurdest?«

»Ja.«

»Gute Art, ein Gespräch zu führen, so geht es viel schneller. Als du also deinen Wehrdienst ableisten solltest, konntest du dich als Auslandsschwede entweder weigern oder...«

»Wie du weißt, konnte von Verweigerung keine Rede sein.«

»Nein, ein paar von uns können sich ja daran erinnern. Aber dann seid ihr wieder nach Schweden gezogen?«

»Ja.«

»Gut, ausführlicher Bericht entgegengenommen. Aufgrund der Einsätze deines Vaters bei Suom...«

»Suomussalmi.«

»Ja, genau. Du wurdest also Schwede, obwohl du Finnlandschwede bist. Höchste Zeit zu gehen, sonst stellt sich noch einer auf deinen Fuß, oder, was noch viel schlimmer wäre, auf meinen.«

»Ja.«

Sie fühlten sich erschöpft, und der Rauch brannte ihnen in den Augen, so daß ihnen die Frühlingskälte, die ihnen vor dem Eingang entgegenschlug, wie eine Befreiung vorkam. Es war kein besonders geeignetes Lokal gewesen, um einen sonst so angenehmen, persönlichen und notwendigen Abend abzuschließen. Sie hatten fast nie Zeit gehabt, sich privat miteinander zu unterhalten, obwohl sie einander im Dienst sehr nahe waren. Es war ein gutes Gespräch gewesen, das früh am Abend im Restaurant *Reisen* unter etwas stilleren Funktionären irgendeiner Volksbewegung begonnen hatte.

Weiter weg, am Standbild Karls XII., gab es Krach und Lärm, etwas, was sie normalerweise nicht im mindesten interessiert hätte. Im Lichtschein brennender Fackeln sahen sie jedoch einige Details, die sie neugierig machten. Es hatte vielleicht etwas mit dem Gespräch dieses Abends zu tun.

Sie sahen schwedische Fackeln, faschistische Sonnenkreuzsymbole und ein vollkommen deutliches Hakenkreuz.

Sie schlenderten langsam mit aufgeknöpften Mänteln und den Händen in den Hosentaschen auf die Schlägerei zu, als wollten sie sich in der kalten Frühlingsluft abkühlen oder um keinen Preis einen provozierenden Eindruck erwecken, was vielleicht gerade provozierend war.

Was sich vor den Augen der beiden Männer abspielte, läßt sich am besten als ein kleineres Scharmützel zwischen Stockholms Skinheads und den Rinkeby-Tigern beschreiben. Die Skins haßten sogenannte Kanaken wie etwa die Rinkeby-Tiger oder behaupteten, sie zu hassen, während die Gegenseite *white trash* oder möglicherweise Faschisten haßte.

Der Anlaß zu dem Streit war offenkundig. Die Skinheads und ihre älteren Begleiter, möglicherweise Mitglieder des Neuschwedischen Verbands oder einer ähnlichen Sekte, die seit den dreißiger Jahren überwintert hatte, waren in der Überzahl, was sie nicht gewesen wären, wenn sie ihren Heldenkönig an einem einleuchtenderen Tag gefeiert hätten, beispielsweise an seinem Todestag, dem 30. November. In ihrem vermutlich recht improvisierten Akt von Heldenverehrung – sie hatten ein Kreuz mit blaugelben Bändern niedergelegt – waren sie von den Tigern aus Rinkeby entdeckt worden. Offenbar war es einem oder einigen der Tiger gelungen, zu dem Standbild zu laufen, den Kranz an sich zu reißen, ihn zu zerstören und Teile davon sowie ein paar blaugelbe Bänder mitzunehmen, die anschließend in Brand gesteckt wurden. Die Tiger standen ein Stück weiter weg auf der braunen, matschigen Rasenfläche und winkten mit den brennenden schwedischen Farben, um die Skinhead-Gruppe abzulenken oder zu sich zu locken. Der Grund dazu war offenkundig. Die Skinheads hatten einen der Tiger geschnappt und zu Boden geworfen. Jetzt waren sie dabei, ihn zu mißhandeln, vor allem mit Fußtritten.

Es war einfach, die Szene politisch zu deuten. Die Skinheads waren bei der Ausübung ihrer demokratischen Freiheitsrechte provoziert worden. Die juristische Interpretation war ebenfalls einfach. Da nach neuem schwedischen Recht die Schändung schwedischer oder ausländischer Staatssymbole keine Straftat mehr ist, war hier nur eine kriminelle Tätigkeit festzustellen, nämlich die Mißhandlung eines Tigers aus Rinkeby. Vermutlich stellte sich den beiden frischgelüfteten Besuchern des Café Opera die Szene viel einfacher dar. Mehrere große Jungs prügelten auf einen einzigen ziemlich kleinen Jungen ein.

»Hört mal, ihr Hosenscheißer, jetzt reicht's, meint ihr nicht auch?« sagte der Finnlandschwede mit lauter, aber nicht sonderlich unfreundlicher Stimme.

Das brachte die Missetäter ein wenig aus dem Konzept. Ihr Opfer war kaum zu einer schnellen Flucht imstande. Einer der Skins kam auf die Beine und ging gebückt, sehr breitbeinig und mit wiegenden Schritten auf die beiden Männer zu, die einzigen Zuschauer in der Nähe. Die übrige neugierige Allgemeinheit war in einiger Entfernung schemenhaft zu erkennen.

»Pussy, Pussy, Pussy, ihr kleinen Yuppies«, sagte der junge Mann mit dem rasierten Schädel, drehte den Kopf hin und her und ließ dabei schmatzende Kußlaute hören, als hätten ihm die beiden gutgekleideten Männer unanständige Anträge gemacht, die jetzt voller Verachtung abgewiesen wurden.

»Du bist ja entzückend«, sagte der Finnlandschwede, ohne die Hände aus den Hosentaschen zu nehmen.

»Die schänden die schwedische Fahne, verfluchte Landesverräter. Dafür müssen sie Prügel kriegen, kapiert ihr das nicht, ihr gottverdammten Yuppies«, entgegnete der Skin.

»Flagge heißt es, nicht Fahne«, sagte der Schwede.

Der Wortwechsel hatte schon genügend Aufmerksamkeit erregt, so daß die beiden Männer innerhalb weniger Sekunden von Skinheads umringt waren. Der Schwede gab seinem riesigen Begleiter mit einer Handbewegung ein Zeichen. Es sollte bedeuten, daß sie sich möglichst schnell aus dem Staub machen sollten. Möglicherweise mißverstanden die aufgeregten Übeltäter die Motive der beiden Yuppies. Die Skins gingen wohl davon aus, daß die beiden keinen Streit wollten.

Und damit war die Katastrophe plötzlich eine Tatsache.

Der Skin, der den jammernden Rinkeby-Tiger als letzter losließ, drängte sich zwischen seinen Kameraden zu dem kleineren der beiden Anzugträger durch, sagte etwas über miese Schwuchteln, ließ ebenfalls schmatzende Kußlaute hören und streckte die Hand aus, um dem Mann an die Hosen zu greifen, der die Hände immer noch in den Taschen hatte.

Eine Sekunde später lag er schreiend auf der Erde. Die beiden Männer, deren Hände jetzt nicht mehr in den Hosentaschen steckten, erweckten den Eindruck, als wollten sie sich eilig entfernen. Das war für die ganze Bande eine Art Startsignal. Die Skins stürzten vor, um ihren Kumpan zu verteidigen.

Als Polizei und Krankenwagen rund zehn Minuten später am Schauplatz erschienen, waren nur noch zwei Zeugen anwesend. Sie konnten nur ziemlich verwirrte und widersprüchliche Versionen dessen wiedergeben, was sie gesehen hatten. Eins stand jedoch fest: Zwei gutgekleidete Männer waren dem Schauplatz der Prügelei sehr nahe gekommen. Ebenso stand fest, daß es einen Wortwechsel gegeben hatte.

Aber was dann passiert war, wurde dafür um so ungenauer geschildert. Es habe Schreie und Flüche und wildes Schmerzgeheul gegeben, und Arme und Beine seien irgendwie durch die Luft gewirbelt. Und als kein Skin mehr da gewesen sei, seien die beiden gutgekleideten Männer eilig in verschiedene Richtungen verschwunden, der eine in Richtung Grand Hotel, der andere zum Gustav Adolfs torg.

Die Rinkeby-Tiger hatten sich vollzählig abgesetzt und ihren verwundeten Kameraden mitgenommen. Die älteren Männer, die mit einem Kranz und einer Leibwache aus Skinheads erschienen waren, um dem Heldenkönig ihre Aufwartung zu machen, waren wie Kellerasseln unter flachen Steinen verschwunden.

Unter dem Standbild Karls XII. blieben neun mehr oder weniger schwer verletzte Skinheads zurück. Da jedoch zwei von ihnen nicht bei Bewußtsein waren und die Polizeibeamten mehrere Frakturen bemerkten, riefen sie als erste Maßnahme über Funk weitere Krankenwagen herbei. Eines ging aus den widersprüchlichen Aussagen hervor, nämlich, daß es sich um zwei Täter gehandelt hatte, was der Polizei nicht sonderlich wahrscheinlich erschien.

Der Glaube der Beamten an eine gute Zusammenarbeit mit den Skinheads war begrenzt, und deren Glaube, schwedische Polizeibeamte könnten sich darüber erregen, wenn Skinheads Prügel bezogen, wenn auch illegalerweise, war noch begrenzter.

Möglicherweise wäre dem Vorfall erspart geblieben, in den Mühlen der Justiz zu landen, obwohl schwere Körperverletzung ein sogenanntes Offizialdelikt ist, von dem es heißt, die Allgemeinheit könne es nicht dulden. In ähnlichen Fällen war es mindestens zweimal zu Besuchen von Anti-Gewalt-Delegationen beim Ministerpräsidenten des Landes mit dazugehörigem Kaffeetrinken gekommen. Es gibt immerhin Unterschiede zwischen Gewalt und Gewalt, je nachdem, wer Opfer und wer Täter ist.

Und noch mehr kommt es darauf an, ob die Presse rechtzeitig am Schauplatz erscheint, um gute Fotos zu schießen.

Aufgrund der Zeit, die erforderlich war, um zusätzliche Krankenwagen zum Standbild Karls XII. zu beordern, war die Presse rechtzeitig zur Stelle, um einige sehr aussagekräftige Fotos zu machen.

Damit war das, was sich zugetragen hatte, eine Art von Gewalt, die von der Öffentlichkeit sehr ernst genommen wurde und sehr wohl dazu führen konnte, daß es beim Ministerpräsidenten erneut zu einer Kaffeerunde kam.

Aus dem Blickwinkel der Presse enthielt die Geschichte nämlich ein entscheidendes Detail, das mit dem Grad der Gewalttätigkeit nicht das geringste zu tun hatte.

Die Täter waren keine sogenannten Kanaken. In solchen Fällen ist es zweifelhaft, ob die Presse ein dringendes Bedürfnis verspürt, ihrer Entrüstung Ausdruck zu geben, da eine solche Entrüstung beim unwissenderen Teil der Allgemeinheit erfahrungsgemäß zu Rassismus führen kann, und das verstößt gegen die Regeln der Presse-Ethik.

Aber jetzt waren die Täter zwei gutgekleidete Schweden. Überdies glaubte einer der mißhandelten Jünglinge, wie sie am nächsten Tag in den Zeitungen sämtlich genannt wurden, die Täter müßten Polizisten der Baseballschläger-Bande der Innenstadtwache 1 oder etwas in der Richtung gewesen sein: »Wie zum Teufel sollten sonst zwei ganz gewöhnliche Yuppies eine Ehrenwache von einer halben Kompanie verprügeln können?« wie es einer der Anführer der Skinheads formulierte, kurz bevor man ihn mit einem Eisbeutel vor dem Gesicht in einen der Krankenwagen zog.

Das war eine gute Frage. Eine Frage zudem, die sich in den Schlagzeilen gut machte. Und die Fotos waren, wie schon angedeutet, vorzüglich, sowohl in Farbe als auch in Schwarzweiß.

2

In Norrköping begann der Morgen trübe mit Schneeregen. Es war zwar Sonnabend um acht Uhr früh, aber da die Morgenlage trotz des ungemütlichen Zeitpunkts Sitzplätze für fast fünfzehn Personen erforderte, wurde das Treffen im zweiten Stock des Polizeihauses anberaumt, im Gerichtssaal.

Es war Rune Janssons Aufgabe, die Sitzung zu leiten, und das war ihm fast unangenehmer als der eigentliche Fall. Als Abteilungsleiter war er jedoch nach der althergebrachten Routine der Polizei von Norrköping wie selbstverständlich auch Fahndungsleiter und folglich eine Art Vorsitzender bei allen größeren Zusammenkünften, selbst dann, wenn wie jetzt sowohl der Polizeipräsident als auch ein Staatsanwalt anwesend waren.

»Ja, meine Herren«, begann er und errötete sofort, weil er seine Kollegen so angesprochen hatte, »wir haben ein hartes Wochenende vor uns. Wir kennen den ungefähren Zeitpunkt, vorausgesetzt, die Angaben der Ehefrau sind korrekt. Bis auf weiteres haben wir jedoch keinen Anlaß, daran zu zweifeln, und außerdem haben wir sie in gewissem Umfang nachprüfen können.«

Er mußte tief Luft holen, um fortfahren zu können. Es machte ihn verlegen, nur Selbstverständlichkeiten zu äußern.

»Wir haben also ein ziemlich gutes Bild von der Vorgehensweise des Täters oder vermutlich der Täter, was aus den Fotos hier hervorgeht... Johansson, möchtest du...?«

Johansson vom Erkennungsdienst begann, die Bilder eines Dia-Karussells durch den Projektor zu ziehen. Er arbeitete in ruhigem Tempo. Es war kein falsches Bild darunter, keins stand auf dem Kopf.

»Wie aus den Fotos zu ersehen ist, haben wir es mit ziemlich schlimmen Typen zu tun«, kommentierte Rune Jansson die Bilderserie, während er sich zwang, sich nicht als eine Art Sportkommentator im Fernsehen zu sehen. »Sie haben nur eine Stunde Zeit gehabt, was sie vielleicht nicht gewußt haben, aber andererseits können sie auch nicht gewußt haben, wie lange... und trotzdem diese Form von... sagen wir Entschlossenheit... diese Großaufnahme hier zeigt den tödlichen Schuß, der also aus nächster Nähe abgegeben worden ist, nein, Verzeihung, es war ein aufgesetzter Schuß, was aus den Nitrit- und Pulverspuren hervorgeht... Das nächste Bild, bitte... hier. Die übrigen Schüsse sind also Nahaufnahmen. Ja, danke, Johansson.«

Die Anwesenden waren berufsmäßig abgehärtet, aber die unerbittlich detaillierten Nahaufnahmen, die sie soeben gesehen hatten, setzten ihnen doch zu.

»Da der Täter oder die Täter genau wußten, wann die Luft rein war«, fuhr Rune Jansson fort und räusperte sich in Richtung Johansson, der sofort das nächste Bild zeigte, »können wir vorläufig davon ausgehen, daß sie die Umgebung ausgespäht haben. Und wie aus diesem Bild hier hervorgeht... lädt die Topographie nicht gerade zu Erkundungen ein. Das Haus liegt auf einem Hügel und ist nur über eine lange Allee zum Hauptgebäude zu erreichen. Eine andere Zufahrt gibt es nicht. Das läßt natürlich sofort an ein Auto und ein Fernglas denken, und folglich wird die Vernehmungseinheit sich für den Anfang darauf konzentrieren müssen, nach der auf dem Land üblichen Methode von Haus zu Haus zu gehen und Klinken zu putzen. Wer hat fremde männliche Personen in einem Wagen gesehen, und so weiter. Das wär's. Danke, Johansson.«

Das Bild eines Herrenhauses verschwand von der Leinwand. Rune Jansson hatte das Gefühl, endlich wieder ein wenig unter Dampf zu stehen. Alle lauschten gespannt. Keiner der Anwesenden machte Miene, die Darstellung des neuen Abteilungsleiters zu kritisieren oder höhnisch zu kommentieren.

»Bevor wir darauf eingehen, welche Beobachtungen von den Beamten, die gestern abend Dienst hatten, am Tatort gemacht worden sind, sollten wir uns vielleicht ein paar technische Dinge ansehen...«

»Verzeihung, aber haben Sie eine Vorstellung davon, was für einen Tätertyp wir suchen? Sind es Terroristen oder Verrückte oder was?« unterbrach ihn der Staatsanwalt, als hätte er keine Lust mehr, unter lauter nachgeordneten Polizeibeamten nur Zuhörer zu sein.

»Schon, aber ich habe mir gedacht, daß wir erst ein paar technische Ergebnisse präsentieren, um eine bessere Unterlage für solche Überlegungen zu haben«, entgegnete Rune Jansson mit einer Schärfe, die ihn selbst erstaunte und bei dem anwesenden Leiter der Staatsanwaltschaft sofort Wirkung zeigte.

»Also, Johansson, bitte trage vor, was ihr herausgefunden habt...«

Rune Jansson sank erleichtert auf seinen Stuhl vorn am Podium. Das Schlimmste war vorüber. Jetzt brauchte er nur noch verschiedene Kollegen zu bitten, der Reihe nach Vortrag zu halten.

Eine Abteilung im kriminaltechnischen Laboratorium hatte mit dem erhaltenen Material die ganze Nacht gearbeitet. Die Gerichtschemiker hatten nicht viel mehr getan, als in der Zentrifuge Urin aus einer besudelten Generalsuniform zu entfernen, bevor die gewerkschaftlichen Überstundenregeln der Arbeit ein Ende machten. Über den Urin war also nichts bekannt.

Die Techniker am Tatort hatten hingegen vier mehr oder weniger zerstörte Kugeln ohne Hülse gefunden, denen die Laborexperten ungewöhnliche Mühe hatten widmen müssen.

Das Folgende stand fest.

Es handelte sich um 9-mm-Munition, was kaum interessant oder unerwartet war. Hingegen war der Geschoßtyp in der immerhin recht umfangreichen schwedischen Referenzsammlung nicht zu finden. Das hatte anfänglich einige Besorgnis erregt, da es, wie ein Techniker es ausgedrückt hatte, ein *böser* Geschoßtyp sei, eine Hohlspitzenkugel, die darauf angelegt ist, sich beim Aufprall aufzupilzen und einen möglichst großen Wundkanal aufzureißen.

Aus diesem Grund hatte man zunächst vermutet, daß das Geschoß nicht militärischen Typs sei, da internationale Konventionen grundsätzlich den Einsatz der früher so genannten Dum-Dum-Kugeln verbieten.

Folglich hatte man lange Zeit vergeblich in der Literatur gesucht, bevor jemand umgedacht hatte und mit Hilfe des Telefons und des Bundeskriminalamts in Wiesbaden die Antwort gefunden hatte. Das Projektil war militärischen Typs, und zwar der israelischen Marke UZI.

Diese Erkenntnis hatte die Feststellung erleichtert, welche

Waffe oder welcher Waffentyp die israelischen Kugeln abgefeuert hatte.

Eine der Patronen war verhältnismäßig gut erhalten. Sie hatte die Weichteile unter dem Schlüsselbein passiert, bevor sie das Schulterblatt des Opfers durchschlagen hatte und von der Polsterung des Sessels aufgefangen worden war. Die mikroskopische Untersuchung der Riffelungswinkel, die um 23.00 Uhr begonnen hatte, war schon gegen 2.00 Uhr beendet. Es kamen folgende Waffen in Frage: entweder eine Pistole der Marke Beretta 92, Beretta Modell 4 oder Modell 1951, eine Pistole der Marke Benelli, Modell B 76, oder auch Maschinenpistolen der Marke Beretta, Modell 38/42 oder Modell 51, ferner Franchi, Modell 57. Insgesamt waren also vier Pistolen sowie zwei Maschinenpistolen denkbar.

Sämtliche Waffen ließen sich als militärisch klassifizieren. Die Beretta 92 etwa war die neue Dienstwaffe der NATO, die bei den meisten NATO-Streitkräften verwendet wurde. Die in Frage kommenden Maschinenpistolen wurden nur von den italienischen Streitkräften verwendet.

»Mit welcher Sicherheit läßt sich feststellen, ob die Schüsse mit einer Maschinenpistole oder einer Pistole abgefeuert worden sind?« unterbrach der Polizeipräsident. Er war der einzige im Raum, der bei der langwierigen waffentechnischen Darlegung allmählich Ungeduld an den Tag legte.

»Nun ja, das ist im Augenblick noch recht unsicher«, erwiderte Johansson nervös. »Maschinenpistolen pflegen größere Wundkanäle aufzureißen, und das ist hier nicht der Fall. Andererseits gilt das nicht für neue Waffen. Und andererseits... ich meine... außerdem haben wir keine Hülsen gefunden. Alle diese Waffen werfen normalerweise Hülsen aus, und ich meine...«

Johansson unterbrach seine Darlegung, als wäre die Antwort selbstverständlich.

»Nun?« fragte der Polizeipräsident, dem dies keineswegs so erschien.

»Ja, ich meine, bei Maschinenpistolen sind ja Hülsenfänger üblich, aber bei Pistolen weiß ich nicht... es gibt also einiges, was für eine Maschinenpistole, und einiges, was für eine Pistole spricht. Ich meine... weil wir keine Hülse gefunden haben.«

»Soviel wir wissen, sind nur fünf Schuß abgefeuert worden. Die Täter haben die Hülsen ja vielleicht mitgenommen, um das Auffinden der Waffe zu erschweren«, sagte Rune Jansson begütigend, um Johansson aus den Klauen des Polizeipräsidenten zu retten. Dafür fiel jedoch sofort der Staatsanwalt über ihn her.

»Aber wenn die Täter so bewußt vorgegangen sind, läßt sich doch kaum verstehen, daß sie Urinproben am Tatort zurückgelassen haben«, sagte er triumphierend wie ein Lehrer, dem soeben ein falsch gebeugtes Verb aufgefallen ist.

»Nicht unbedingt«, sagte Rune Jansson mit einer Selbstsicherheit, die ihn jetzt nicht mehr erstaunte. »Wenn es sich um militärische Waffen handelt, wofür einiges spricht, kann diese Spur für den Täter weit unangenehmer sein als eine Urinprobe, und...«

»Inwiefern?« unterbrach ihn der Staatsanwalt.

»Nun, ich meine, sollte uns die Waffe zu einer verdächtigen Person führen, wird die Urinprobe natürlich wichtig. Sie kann uns aber aus... äh... natürlichen Gründen nicht sonderlich weit führen, solange wir keinen Verdächtigen haben.«

Der Staatsanwalt nickte und lehnte sich zurück. Der Gedankengang war kristallklar, das mußte er zugeben.

»Wir wissen über den Täter oder die Täter bis auf weiteres folgendes...« Rune Jansson räusperte sich, bevor er fortfuhr.

»Er verwendet eine militärische Waffe mit israelischer Hohlspitzenmunition und führt den Mord mit seltener Entschlossenheit und einem ebenso seltenen Haß aus. Zusammen mit der Art und Weise, wie das Opfer zugerichtet worden ist, ich denke dabei an die an Folter erinnernde Methode der Hinrichtung, denn in diesem Fall handelt es sich ja um eine Hinrichtung, führt das natürlich... ja, dann ist da noch das politische Symbol, das man dem Opfer in die Brust schnitt, als es noch lebte, ja, der Gerichtsmediziner hat es bestätigt, Blutungen und derlei belegen es... ja. In Frage kommen politische Extremisten, politische Rächer, Nazis oder Nazigegner, natürlich auch Israelis, deutsche Terroristen und so weiter. Die Alternative, daß es sich um Verrückte handeln könnte, scheint mir nicht sehr glaubhaft zu sein.«

Im Saal schien niemand Einwände zu haben.

»Bevor wir mit der Darlegung der gestrigen Beobachtungen

fortfahren, möchte ich noch schnell auf etwas hinweisen«, fuhr Rune Jansson mit dem Gefühl fort, die Situation endlich im Griff zu haben. »Diese Sache mit dem Hakenkreuz sollten wir für uns behalten, ebenso die Tatsache, daß es sich um israelische Munition handelt. Ich meine die Tatsache, daß wir es wissen. Ich brauche wohl kaum zu erklären, warum?«

Niemand ging auf die rhetorische Frage ein.

»Wissen wir, um was für einen Eid es sich handelt?« fragte der Polizeipräsident.

»Nein, da haben wir noch nicht mal mit Vermutungen begonnen, aber wenn wir die Angehörigen vernehmen, werden wir auf solche Dinge besondere Betonung legen müssen«, erwiderte Rune Jansson und überließ das Wort dann der Vernehmungseinheit.

Der große Backsteinkomplex des Generalstabs am Lidingövägen ist an einem Sonnabendnachmittag ein ziemlich verlassener Ort, da die schwedischen Streitkräfte, wie schwedische Behörden ganz allgemein, am Freitag um 14.00 Uhr dienstfrei haben, um am Montagmorgen bei flexibler Arbeitszeit wieder mit ihrer Tätigkeit zu beginnen.

Es sind am Wochenende also nicht viele Angestellte, die an den beiden ABAB-Wachen hinter dem Panzerglas am Empfang vorbeigehen, und die wenigen, die das Gebäude betreten oder verlassen, besitzen sämtlich eigene Codekarten für die Sperren, was die Arbeit der Wachen um diese Zeit ebenso eintönig wie simpel macht.

Die beiden waren in irgendwelche Krimis versunken, aber einer von ihnen hatte vor kurzem einen Kurs in Sicherheitsbewußtsein absolviert. Aus diesem Grund ließ er sich nicht dadurch täuschen, daß der langhaarige Typ mit wattierter Jacke, Jeans und Turnschuhen eine Passierkarte hatte, welche die Sperre öffnete.

»He, Sie da!« brüllte er durch den Lautsprecher. »Wollen Sie so freundlich sein und mal herkommen!«

Dabei reckte er auffordernd einen ausgestreckten Zeigefinger in die Luft.

Der Langhaarige wandte sich verblüfft um, nahm seine rauchfarbene Brille ab und ging langsam auf den Glaskäfig zu, während er in der Innentasche nach etwas suchte. Als er die Jacke ein wenig öffnete, glaubte der Wachposten eine Waffe zu sehen, die in der Achselhöhle in einem Holster hing.

»Ausweis, wenn ich bitten darf. In welcher Angelegenheit kommen Sie?« sagte der Wachposten, während er seinem Kameraden unter dem Tisch einen leichten Fußtritt versetzte, um dessen Aufmerksamkeit zu erregen. Der zweite Posten klappte müde sein Buch zu. Er saß dem Alarmknopf am nächsten.

Der Langhaarige legte einen Ausweis in die Vertiefung vor dem Panzerglas und wartete ab, ohne eine Miene zu verziehen.

Der ABAB-Posten las zweimal und sehr langsam Namen und Personennummer. Dann schob er den Ausweis wieder in die Stahlkassette und ertappte sich dabei, wie er den langhaarigen Typen mit offenem Mund anstarrte.

»Sie müssen schon entschuldigen, Fregattenkäpitän... Ich habe nicht gewußt, ich meine, wir haben unsere Vorschriften.«

»Natürlich«, nickte der Mann, nahm seinen Ausweis, öffnete erneut die Sperre und verschwand im Gebäude.

»Hör mal«, sagte der ABAB-Mann zu seinem verwirrten Kollegen, der die Stelle zu finden versuchte, an der er seine Lektüre unterbrochen hatte, »weißt du, wer das war?«

Der andere schüttelte den Kopf und blätterte weiter in seinem Buch.

»Hamilton!«

»Was für ein verdammter... was, *der* Hamilton?«

Sie starrten einander verblüfft an. Sie hatten ihn bisher nur auf Fotos gesehen, die ganz anders gewesen waren als das, was sie eben gesehen hatten. Mehr Fotos, als sie vom König, Björn Borg, Ebbe Carlsson oder dem Ministerpräsidenten gesehen hatten. In Wirklichkeit hatten sie ihn noch nie zu sehen bekommen.

Sie starrten stumm zu dem Eingang, in dem Carl verschwunden war. Sie waren von dem kurzen Erlebnis zu benommen, um etwas sagen zu können.

Carl befand sich schon im obersten Stockwerk des Gebäudes und war miserabler Laune, als er sich mit seiner Codekarte Zugang zu einer der Abteilungen der schwedischen Streitkräfte verschaffte, die der Werbung oder, wenn man so will, der Propaganda zufolge nie schläft. An einem Sonnabendnachmittag im April schläft jedoch mindestens die Hälfte. Carls Zimmer lag ein Stück weiter im Korridor, weil er, so scherzenden Kollegen zufolge, eine kürzere Strecke zum Chef hatte, bei dem er sich gewöhnlich mehrmals am Tag aufhielt.

Carl schloß die Tür, trat sich die vom Schnee aufgeweichten Schuhe von den Füßen und warf das Paket mit Abendzeitungen angeekelt auf den Schreibtisch.

Er hatte es vermieden, sie auf dem Weg zur Arbeit zu lesen. Die Aushänge hatten ihm vor Besorgnis Übelkeit verursacht. Jetzt mußte er lesen.

Er betrachtete die Abendzeitung auf der glatten Schreibtischfläche, wollte die Lektüre aber noch einige Zeit aufschieben. Draußen klarte es auf. Er sah aus dem Fenster und versuchte, sich in Gedanken an einen anderen Ort zu versetzen; er sah Sandstrände, schwarze Möwen, Coca-Cola, kaltes, graugrünes Wasser und eine langgestreckte Dünung.

Dann setzte er sich, strich die beiden Zeitungen glatt, als wären sie wertvolle Dokumente, und suchte in der Schublade nach einem Markerstift in leuchtendem Orange.

Er brauchte in dem erregt wirkenden Text nicht besonders lange zu lesen. Da schob er die Zeitungen von sich, griff nach dem Telefonhörer und zögerte etwas, bevor er die nicht abhörsichere Leitung wählte.

Sie nahm fast sofort ab, da er ihre Durchwahl gewählt hatte.

»Wachhabende Wache 1.«

»Hej, ich bin's, wie geht es dir?«

»Ziemlich ruhig. Sie haben noch nicht losgelegt.«

»Welche sie?«

»Unsere Kundschaft. Die, die wir gestern eingebuchtet haben, dürften gerade wieder draußen sein. Sie haben wahrscheinlich noch nicht genug Schnaps oder Drogen intus, so daß es erst in ein paar Stunden wieder losgeht. Bis dahin sehen wir uns meist Eishockey an.«

»Und der Bauch?«

»Der Bauch ist prima, ein schöner runder Bauch in seinen besten Jahren. Willst du was von mir?«

»Du kannst nicht Jönsson-Hamilton heißen, das hört sich zu lächerlich an.«

»Ich weiß, Gräfin Jönsson, das geht einfach nicht. Wolltest du sonst noch was?«

»Ja. Diese Geschichte von gestern abend im Kungsträdgården.«

»Die Skinheads, die was auf die Schnauze bekamen?«

»Ja. Die was aufs Maul gekriegt haben... ja, genau das.«

»Was soll das? Du hast ein Alibi von einer Polizeiinspektorin, und uns glaubt man vor Gericht immer.«

»Ja, aber trotzdem. Habt ihr Anzeigen, Akten, Papiere über diese Sache?«

»Aber ja. Diese Sache ist bei uns hier unten die Lachnummer des Tages, aber mit Papieren sieht es trotzdem recht mager aus. Die Skins haben kein übertriebenes Vertrauen zur Ordnungsmacht, wenn ich es so sagen darf. Sie glauben, daß wir hier von der Wache die Täter sind, wie es scheint.«

»Ja, aber kannst du diese Akten für mich fotokopieren?«

»Ich denke nicht daran. Das ist internes Ermittlungsmaterial.«

»Sei nicht albern. Es ist wichtig für mich, und ich möchte es nicht auf dem Dienstweg anfordern, obwohl du sehr wohl weißt, daß ich das tun kann.«

Sie änderte den Tonfall, senkte die Stimme ein wenig und sagte, sie wolle sehen, was sie tun könne. Außerdem sei er heute an der Reihe, für das Essen einzukaufen, und sie werde kurz nach acht zu Hause sein.

Als er auflegte, fühlte er sich merkwürdig beschämt. Nicht weil er sie so selbstverständlich belogen hatte. Immerhin war es eine dienstliche Lüge. Nein, da war noch etwas anderes, was er schwer in Worte fassen konnte. Es kam ihm vor, als hätte ihm sein eigener Tonfall nicht gefallen, als er mit ihr gesprochen hatte.

Er schob diese Überlegungen beiseite, da sie in eine unangenehme Richtung gingen. Vielleicht lag es auch daran, daß er einkaufen mußte. Vielleicht trug beides zu seiner Unlust bei.

»Beata, könntest du folgendes tun«, sagte er unnötig förmlich, als er den Knopf auf der Gegensprechanlage drückte, »Leutnant

Lundwall und Leutnant Stålhandske sollen sich auf der Stelle bei mir einfinden. Lundwall ist wahrscheinlich im Labor, Stålhandske zu Hause. Beide haben einen Piepser.«

Er beendete das Gespräch, sobald er Beatas Bestätigung hatte, ohne auch nur danke zu sagen. Sie würde dieses brüske Benehmen sonderbar finden. Und das war es ja auch.

Er versuchte sich auf ihren Namen zu konzentrieren und sich zu erinnern, was er bedeutete. Es war etwas Schönes, die Anbetungswürdige oder etwas in der Richtung. Früher einmal hatte man den Namen auch schön gefunden, aber heute klang er lächerlich.

Und dann war er wieder beim Thema. Jönsson-Hamilton.

Sie war im sechsten Monat. Er wollte sie heiraten, obwohl er nicht recht erklären konnte, weshalb das so wichtig war. In Schweden braucht man nicht zu heiraten. Juristisch bleibt es gleich. Wenn sie nicht heirateten, blieb sie Jönsson und er Hamilton. Beide würden selbständig und selbstverantwortlich bleiben. Dafür sprachen einige starke Argumente, denn »Wer will schon so ein gottverdammtes Nationalsymbol heiraten« oder »Frau Hamilton kann jede sein, aber wer kann Frau Carl Gustaf Gilbert Hamilton sein und gleichzeitig Polizistin?«

Sie liebte ihren Job dort unten im Dreck, und er liebte sie dafür. Nicht nur deswegen, wie er sich einredete, aber doch zu einem großen Teil deswegen, weil sie so sehr an das Gute in ihrer Arbeit glaubte. Das taten vielleicht nicht allzu viele Bullen, aber andererseits waren auch nicht viele Bullen freikirchlich.

Als die beiden eintraten, saß er am Schreibtisch und rollte einen Bleistift zwischen Daumen und Zeigefinger. Sie erschienen gleichzeitig.

Ihr Umgang war nie besonders förmlich gewesen, obwohl sie Militärs waren und er zwei Streifen mehr am Ärmel hatte als sie. Sie waren immerhin keine gewöhnlichen Militärs und überdies für immer zusammengeschweißt, wie sie sich manchmal sagten. Der Grund dafür war die gemeinsame Nähe zum Tod.

Doch jetzt standen sie vor ihm, als wären sie Leutnants und er Fregattenkapitän.

»Setzt euch«, sagte er mit einer Handbewegung.

Sie setzten sich nervös, als ahnten sie schon, worum es ging. Was natürlich auch der Fall war.

»Nun?« sagte Carl.

»Was nun?« fragte Joar Lundwall zurück, während er eine Falte seiner Hosen zurechtrückte.

»Das hier«, sagte Carl und warf die Abendzeitungen mit den knalligen Schlagzeilen vor sie auf die Tischplatte. »Wie es scheint, sind die Herren gestern abend ausgegangen und haben sich amüsiert?«

»Na ja. Wir hatten einiges zu besprechen. Dann gingen wir ins *Reisen* und haben eine verdammt teure und verdammt gute Mahlzeit gegessen«, erwiderte Åke Stålhandske.

»Und dann?« schnitt ihm Carl das Wort ab, um Ausflüchte in Richtung Speise und Trank zu unterbinden.

»Nun. Wir haben noch ein Bier getrunken und sind dann nach Hause gegangen. Jeder zu sich, sozusagen«, fuhr Stålhandske mit gesenktem Blick fort, als säße er vor seinem Rektor im Gymnasium und löge das Blaue vom Himmel herunter.

Carl seufzte.

»Ich kann euch natürlich bitten, mir eure Hände zu zeigen. Ich kann Leutnant Stålhandske *befehlen*, mir sein linkes Knie zu zeigen, und Leutnant Lundwall, mir das rechte vorzuführen. Außerdem könnte ich die Unterseite eurer Ellbogen inspizieren, da die Abendpresse zwar ahnungslos, aber doch äußerst vielsagend die jeweiligen Körperteile der Herren beschrieben hat. Aber das wird doch nicht nötig sein, nehme ich an?«

Beide schüttelten zustimmend den Kopf.

Carl gab sich Mühe, all seinen Zorn zusammenzunehmen.

»Ihr müßt vollkommen den Verstand verloren haben«, begann er nach einer demonstrativ langen Pause. »Wenn ich mal einen Vergleich ziehen darf, einen kurzen Vergleich, ist es etwa so, als wärt ihr bei einem Jägergeschwader und als hätte man euch im *Reisen* schlecht behandelt. Mieser Service oder falsch temperierter Bordeaux, denn der ist in dem Laden oft zu warm, und als hättet ihr aus Rache eine Runde durch die Altstadt gedreht und je eine Boden-See-Rakete auf den Strömmen gerichtet. Versteht ihr, was ich sage?«

»Aufrichtig gesagt, nicht ganz«, entgegnete Joar Lundwall leise. Es war das erste Mal, daß er von seinem Chef angeschnauzt wurde.

»Oh, es ist sehr einfach«, fuhr Carl etwas gefaßter fort. »Ihr habt ungefähr eine Million Dollar pro Stück an Steuergeld gekostet. Ihr seid zwei von gegenwärtig fünf Personen, die eure Ausbildung schon haben oder noch dabei sind, sie zu absolvieren. Eure verdammten Ellbogen und Hände gehören nicht euch, ihr verdammten Mutterficker, sondern sie gehören dem schwedischen Steuerzahler, und auch wenn es nicht gerade Steuerzahler waren, an denen ihr gestern abend geübt habt, riskieren die Steuerzahler jetzt trotzdem, mit euch eine Fehlinvestition bezahlt zu haben. Wie zum Henker kann so etwas passieren?«

»Es ging so gottverdammt schnell...«, versuchte Stålhandske lahm.

»Na was denn sonst? Das fehlte noch! Ihr wart doch beide nicht blau? Natürlich ging es schnell, das beherrschen wir ja gerade!«

»Schon. Nun ja. Aber ich meine die Vorgeschichte. Wir hatten gar nicht die Absicht...«

»Was für gottverdammte Absichten hattet ihr dann?«

»Diese Neonazis oder was sie sonst waren, waren dabei, einen Einwanderer zu mißhandeln. Die Allgemeinheit hat natürlich nicht gewagt einzugreifen, und wir haben uns gedacht, wir sollten denen Bescheid stoßen... oder, nun ja, sie ablenken...«, nahm Lundwall einen Anlauf.

»Das kann euch doch scheißegal sein. Ihr seid doch keine Polizisten. Wenn euch die sogenannte Gewalt auf den Straßen empört, könnt ihr die Wache 1 anrufen, das heißt diejenigen, die im Augenblick verdächtigt werden. Statt dessen greift ihr auf den Straßen Stockholms zu militärischer Gewalt. Begreift ihr wirklich nicht, was das bedeutet?«

Lundwall und Stålhandske hätten möglicherweise das starke Bedürfnis verspürt, sich zu verteidigen, wenn ein anderer, und zwar jeder andere, sie so zurechtgewiesen hätte. Doch Carl war viel mehr als ihr Chef. Er war ein Chef, zu dem sie absolutes Vertrauen hatten; sie würden ihm überallhin folgen, sogar auf eine

Expedition mit Tarnanzug und rußgeschwärztem Gesicht ins Fegefeuer, wenn er es verlangt hätte.

Folglich hatten sie keinerlei Möglichkeit, sich zu verteidigen.

»Okay«, sagte Carl, als ihm aufging, wie sehr er die Oberhand hatte. »Jetzt habt ihr also den Nahkampf an der minderbemittelten Jugend Stockholms geübt. Wenn das Recht seinen üblichen Lauf nimmt, bekommt ihr ein Jahr Gefängnis pro Nase und werdet gefeuert. Natürlich haben wir die Absicht, nach Möglichkeit dafür zu sorgen, daß die Gerechtigkeit nicht ihren Lauf nimmt.«

Carl lehnte sich in seinem Stuhl zurück und legte die Füße auf den Schreibtisch. Damit wollte er deutlich markieren, daß der offizielle Teil des Gesprächs beendet war.

»Das ist sehr edelmütig«, sagte Stålhandske ohne Ironie.

»Nein, aber vernünftig«, erwiderte Carl. »Ihr würdet für die Firma einen höchst spürbaren Verlust bedeuten, etwa wie zwei abgestürzte Jäger. Unser Hauptinteresse besteht darin, daß alle Maschinen zur Basis zurückkehren. Wie viele Zeugen gibt es?«

»Schwer zu sagen. Es war ja dunkel, und das zuschauende Publikum stand ein Stück entfernt. Ein Dutzend Skinheads, würde ich sagen«, erwiderte Joar Lundwall.

»Mhm«, bemerkte Carl, »die Beteiligten würden euch natürlich wiedererkennen, wenn sie euch zu sehen bekämen. Die Beteiligten scheinen zu glauben, daß ihr Polizisten seid, und das ist vielleicht weniger gut.«

»Ich halte es für ausgezeichnet«, wandte Lundwall ein. »Mit der Vermutung liegen sie doch ziemlich weit daneben?«

»Ja, könnte man meinen. Andererseits wird es der Polizei vielleicht am Herzen liegen zu zeigen, daß die Täter keine Polizisten waren. Und wenn über den Vorfall Ermittlungen angestellt werden, was sich abzuzeichnen scheint, sind wahrhaftig nicht die gescheitesten Hirne der schwedischen Polizei nötig, um auszurechnen, daß ihr nicht gerade Yuppies mit Bodybuilding-Erfahrung seid. Schlimmstenfalls lenkt das die Gedanken zu uns.«

»Nicht doch, nicht doch. Sie werden glauben, daß es irgendwelche Karatefritzen waren«, sagte Stålhandske mit der Andeutung eines Lächelns.

»Das kann doch wohl nicht sein, solche Pyjama-Ringer!«

Carl lachte auf und verlor zum ersten Mal seine ernste Miene. Die Stimmung entspannte sich sofort. Die beiden anderen lächelten schwach und änderten ihre Körperhaltung, so daß sie nicht mehr wie Schuljungen wirkten, die einen Anpfiff erhielten.

»Das kann doch wohl niemand glauben«, überlegte Carl weiter, »daß solche Figuren mit Stirnband, die Hooo Haaa rufen, unter kaum bewaffneten Hooligans solche Verluste anrichten könnten. Amüsanter Gedanke, sich in jedem Kellerclub in Stockholm umzuhören...«

»Sind wir irgendwie offiziell verpflichtet, uns selbst anzuzeigen?« fragte Lundwall leise.

»Das ist denkbar«, erwiderte Carl schnell, »aber das Problem können wir lösen. Ihr meldet den Vorfall eurem nächsthöheren Vorgesetzten und schreibt also einen ausführlichen Bericht an mich. Noch heute. Bevor ihr nach Hause geht. Falls die Streitkräfte dann verpflichtet sind, euch der Polizei zu melden, habe ich diese Schuldigkeit. Und mit Rücksicht auf dieses oder jenes, was ihr euch selbst denken könnt, komme ich dieser Verpflichtung nicht nach. Notfalls kann ich mich wegen meines Verhaltens vor dem Verfassungsausschuß rechtfertigen.«

»Das geht ja meist gut aus«, grinste Stålhandske.

Alle drei brachen in respektloses Gelächter aus. Ihr Vertrauen in die Fähigkeit des Parlaments und der Volksvertreter, mit ihren Untersuchungen auf den Grund einer Sache zu kommen, war äußerst begrenzt.

Überdies hatte Carl plötzlich einen ungewöhnlichen Beweis von Selbstironie gezeigt. Es hatte den Anschein, als hätte er sich nicht nur äußerlich verändert.

Joar Lundwall versuchte sich darüber klar zu werden, worin die Veränderung bestand. Äußerlich hatte sich Carl völlig verwandelt. Aus dem Offizier und Gentleman, dem idealen *Cover boy* für Wochenblätter und Pralinenschachteln, war etwas anderes geworden. Nun, das mit dem Foto auf der Pralinenschachtel hatte Carl offensichtlich beenden können, obwohl die schwedische Öffentlichkeit gerade in Bildern von dem ehemaligen Carl Gustaf Gilbert Hamilton ertrank.

Der jetzige Hamilton saß in schmutzigen Jeans und einem Sweatshirt mit einem verblichenen Text der Footballmannschaft der UCSD seligen Angedenkens vor ihm und hatte die Füße auf den Tisch gelegt; er war langhaarig; das Haar war fettig und ungewaschen, sein Bart war eine Mischung aus Bart und vier Tagen ohne Rasur, und als Kontrast dazu ein perfekt gestrecktes amerikanisches Schulterholster für die schwarze Beretta 92 mit dem Familienwappen und der Grafenkrone auf dem weißen Perlmuttkolben.

»Warum bist du bewaffnet?« fragte Joar Lundwall aus einer plötzlichen Eingebung heraus, mehr aus Besorgnis denn aus Neugier.

Carl lächelte bleich, bevor er antwortete.

»Die Säpo war so freundlich, mir Personenschutz anzubieten. Es gebe eine latente Bedrohung, behaupteten sie, die etwa auf folgendes hinausläuft: Seitdem es irgendeinem Irren gelungen ist, den Ministerpräsidenten zu erschießen und ungestraft davonzukommen, stehe ich angeblich an der Spitze der Liste begehrenswerter Trophäen. Wenn ich mich recht erinnere, nannten sie das ein nicht zu vernachlässigendes Überfallrisiko.«

»Na ja, einen vereinzelten Überfall von Zeit zu Zeit wird ein Mann schon überstehen müssen«, sagte Stålhandske mit ausdruckslosem Gesicht, so daß die beiden anderen nicht erkennen konnten, ob es ironisch gemeint war.

»Ja, das ist richtig«, stimmte Carl mit ebenfalls steinernem Gesicht zu, »unser kleiner Kreis ist bestens gerüstet, sich bei Straßenprügeleien zur Wehr zu setzen. Das haben die Herren gestern nur zu deutlich bewiesen.«

»Na ja«, erwiderte Stålhandske, der sich nicht ohne weiteres aus der Affäre ziehen wollte, »aber wenn jemand sich mit einer .357er Magnum von hinten an dich anschleicht...«

»Dann stirbt er«, schnitt ihm Carl das Wort ab. »So daß er, unabhängig davon, was mit mir geschieht, am Schauplatz zurückbleibt und sogar die schwedische Polizei herausfinden kann, wer was getan hat. Dem liegt der Gedanke zugrunde, daß es der schwedischen Gesellschaft nicht guttun würde, wenn es zu einem weiteren unaufgeklärten und spektakulären Mord kommt. Die Säpo hat mir die Genehmigung erteilt, zu meinem persönlichen

Schutz eine Waffe zu tragen. Das soll ziemlich ungewöhnlich sein.«

»Aber besser, als von deren Leibwächtern in einer gewerkschaftlich geregelten Viererschicht im Vierundzwanzig-Stunden-Takt *beschützt* zu werden«, sagte Lundwall. Darauf platzten alle drei los. Das Lachen reinigte die Luft wie Regen in der Jahreszeit, in der sie sich befanden.

»Ein Schicksal schlimmer als der Tod, von vier Mann aus dem Affenhaus auf Kungsholmen *beschützt* zu werden«, gluckste Stålhandske.

»Nein, *Gentlemen*!« befahl Carl entschlossen.

»*Sir*!« erwiderten die beiden anderen automatisch, als sie in der Sprache mit dem härtesten Befehlsdrill angesprochen wurden.

»Schreibt einen ausführlichen Bericht. Kein dummes Gewäsch zu eurer Verteidigung, sondern nur das, was sich tatsächlich ereignet hat. Ein paar Seiten nur. Richtet den Bericht an mich und verwendet dabei Dienstformulare. Erledigt das, bevor ihr das Haus verlaßt.«

Carl erhob sich.

»Yes Sir!« sagten die beiden anderen und machten nach amerikanischem Reglement rechts um und links um, bevor sie den Raum verließen.

Carl widmete noch einige Zeit der Überlegung, ob er selbst und die beiden anderen irgendwie eher Amerikaner als Schweden waren. Er redete sich ein, das Amerikanische sei nur äußerlich, eine Folge von fünf Ausbildungsjahren in Kalifornien; ein antrainiertes Regelwerk, das nicht mehr oder weniger national funktionierte als die EDV-Systeme, die ebenfalls zu der Zeit in Kalifornien gehörten, ebenso die militärische Ausbildung in den gottverlassenen Militärbasen der Mojave-Wüste. Wenn sie irgendwann in der Zukunft gemeinsam eine Operation durchzuführen hätten, was angesichts von Carls Bekanntheitsgrad unwahrscheinlich war, würde die Befehlssprache wieder die der amerikanischen Marine werden.

Aber dennoch. Er hatte sich soeben unbeschwert und mit absoluter Selbstverständlichkeit in eine Mauschelei gestürzt. Die Sache muß unter den Teppich gekehrt werden, egal, wie es mit Gesetzen und Verordnungen aussieht, dachte er. Vielleicht brauchte er auch gar nicht zu denken, vielleicht war es nur ein Reflex. Gerade dies, was ihm an der Politik am allerwenigsten gefiel, in der schwedischen ebenso wie in der amerikanischen, nämlich ein Ebbe Carlsson oder ein Bob Haldeman, war jetzt ein Hamilton.

Wenn Joar und Åke geschnappt wurden, wären die Verluste für die Firma jedoch unersetzlich.

Anschließend verbrachte Carl einige Zeit damit, Akten von Fst/Säk anzufordern. Es war vielleicht unklar, ob er offiziell dazu berechtigt war, aber beim Militär wie neuerdings auch sonst überall brauchte er nur seinen Namen am Telefon zu nennen, dann ging alles glatt und nach Wunsch, ob er nun in einem vollbesetzten Restaurant einen Tisch bestellen oder aus der Sicherheitsabteilung des Generalstabs geheime Akten anfordern wollte.

Er lächelte darüber, möglicherweise etwas angestrengt. Am Telefon war er Hamilton, doch das Bild, das er von sich selbst hatte, war das eines Lumpen. Ein Oberkellner hatte ihm einmal bestürzt einen Ausweis abverlangt. Was er vorhergesehen hatte. Und weshalb er zum Erstaunen der anderen Gäste zusammen mit einer einfach gekleideten Polizeibeamtin den besten Fenstertisch erhielt.

Carl las die Zeitungen noch einmal und etwas sorgfältiger durch, um verstehen zu können, was mit Joar und Åke geschehen war.

Hätte er sich selbst so verhalten?

Nein, er hätte sich nie in eine solche Situation begeben. Er hätte einen weiten Umweg gemacht, um sich nicht in eine solche Schlägerei verwickeln zu lassen.

Aber nach ein paar Schnäpsen in der Kneipe? Wenn er mit Eva-Britt gekommen wäre und eine solche Bande sich auf sie beide gestürzt hätte oder allein auf sie?

Nein, er hätte die Situation anders geklärt, schlimmstenfalls dadurch, daß er sich auswies. Gleichzeitig hätte er die Jacke geöffnet, um zu zeigen, daß er bewaffnet war, was in Schweden immerhin nicht oft der Fall ist.

Gefährlich.

Denn wenn es nicht geholfen hätte, wenn er eine drohende Haltung an den Tag gelegt hätte, der die beabsichtigte Wirkung versagt blieb: Hätte er sich dazu hergegeben, unter der geistig minderbemittelten Jugend Stockholms mit der Waffe aufzuräumen?

Nein, aber das Ganze war natürlich nicht so selbstverständlich, wie er es in Gedanken durchspielte und vor Joar und Åke durchspielen mußte.

Dennoch stand unumstößlich fest, wie ein Lieblingsausdruck seines Lieblingslehrers am Gymnasium gelautet hatte, daß man gegen schwedische Steuerzahler keine militärische Gewalt einsetzt. Nun ja, gegen schwedische Staatsbürger oder die Allgemeinheit. Diese Allgemeinheit sollte nämlich mit militärischer Gewalt verteidigt werden, unabhängig davon, was die Abrüstungshetzer in der Regierungspartei meinten, und nicht, *ich wiederhole*, nicht mit militärischer Gewalt *angegriffen* werden.

Joar und Åke repräsentierten eine Gewaltkapazität, der gegenüber die gesamte Kundschaft der Altstadtwache 1 so erschien, als würde man die Pferdestärken eines Volvo und eines schwedischen Jägers AJ-37 Viggen miteinander vergleichen. Doch genau das war beabsichtigt, das war ja gerade die Pointe.

Nein, es war und blieb unverzeihlich. Trotzdem mußte jetzt die Operation Cover-up so eilig wie möglich eingeleitet werden.

Carl ließ sich vom Sicherheitsdienst drei Kartons mit Material über die Skinheadbewegung in Schweden heraufschicken. Das Militär zeigte ein erstaunlich großes Interesse an diesen Banden, was Carl zunächst verblüffte. Er fand jedoch schnell die Erklärung.

Die Skinheads bezeichneten sich als Patrioten, Freunde des Vaterlandes, Verteidiger der weißen Rasse und noch so manches andere, waren aber durchgehend extrem militärisch interessiert. Folglich stellten sie ein militärisches Problem dar, weil sie sich hartnäckig bemühten, bei der militärischen Musterung entweder zu den Fallschirmjägern oder den Küstenjägern zu kommen. Das Personal der Kreiswehrersatzämter war angewiesen worden, besonders auf durchtrainierte junge Männer mit rasiertem Schädel und Tätowierungen zu achten, die sich gerade um diese Truppenteile bemühten: Diese Wehrpflichtigen sollten ausnahmslos durch den Rost fallen.

Carl las voller Interesse ein Memorandum, weshalb diese jungen Kampfhähne so ungeeignet seien. Der Text war logisch und einwandfrei. Die Elitetruppen, so hieß es, könnten die Anwesenheit politischer Extremisten nicht dulden. Man suche Leute mit Urteilsfähigkeit und einem selbständigen Denkvermögen. Bei den Fallschirmtruppen war das eine Selbstverständlichkeit, denn diese hatten hauptsächlich Späheraufgaben mit Kriegsfunktionen hinter den feindlichen Linien. Bei den Küstenjägern ist das allerdings etwas zweifelhafter, dachte Carl und lächelte verlegen über seine beiden Küstenjägeroffiziere. Die saßen jetzt irgendwo weiter hinten im Korridor und schwitzten über einem besonders unangenehmen Bericht.

Ein Küstenjäger braucht kaum mehr als eine gute körperliche Verfassung, ein starkes Engagement für die Sache und ausreichend Mut, um dann brüllend loszurennen, wenn die Klappe des Landungsboots heruntergeht?

Joar und Åke würden sicher Einwände vorbringen. Aber trotzdem?

Carl verstand plötzlich, warum er skeptisch geworden war. Er selbst und die Genossen in der Clarté hatten früher einmal ja auch *infiltrieren* sollen. Die Wortwahl war selten unglücklich, wenn der Begriff in solchen Berichten landete, was er natürlich tat. In der Absicht, die schwedische Verteidigung zu stärken.

Folglich hatten Leute wie dieser Borgström von Fst / Säk Leute wie Carl und seine Genossen aussortiert. Trotzdem war es einigen gelungen, durchs Netz zu schlüpfen, wie beispielsweise Carl. Und selbst heute noch gab es einige bei den Streitkräften, nicht nur ihn.

Die Skinheads brauchten nur dafür zu sorgen, daß sie bei der Musterung nicht mit rasiertem Schädel erschienen. Die Sicherheitspolizei befaßte sich nämlich nicht mit ihnen, weil sie unleugbar keine Kanaken waren, und aus diesem Grund gab es auch keine Säpo-Berichte über sie. So konnte sie nur ihr Auftreten bei der Musterung verraten. Für die Clartéisten war es viel schwieriger gewesen, weil sie damals für die Säpo ein wichtiges Ziel gewesen waren. Vielleicht hatte es Carl geholfen, aus einer sogenannten guten Familie zu kommen. Vielleicht war der damalige Leiter des Kreiswehrersatzamts ein Oberst gewesen, der mit irgendeinem

Hamilton die Kriegsschule von Karlberg absolviert hatte. Vielleicht hatte er gesagt, man solle sich einfach nicht um das kümmern, was diese Leute im Affenhaus vorbrächten. Wer aus einer guten Familie mit Vorfahren beim Militär stamme, dürfe sich wie jeder ein paar Jugendsünden leisten, werde am Ende aber doch aus dem richtigen Holz geschnitzt sein: also zur Marine mit Hamilton. Macht ihn zum Marinetaucher, wie er es will. Der Junge hat Mumm in den Knochen, ich habe seinen Vater gekannt!

Vielleicht war es so einfach gewesen.

Er würde es herausfinden können. Neuerdings konnte er so gut wie alles herausbekommen. Nur her mit den Akten! Wer war an jenem Tag dort Leiter des Kreiswehrersatzamts gewesen?

Es war jedenfalls ein Oberst, dem es gelungen war, manches zu beeinflussen, und das nicht nur in Carls Leben.

Sondern auch im Leben mehrerer hundert anderer Menschen, die nämlich gestorben waren.

Carl schob eine seiner ständig wiederkehrenden Alptraumszenen beiseite, nämlich die Bilder der russischen Kollegen, die in ihren Unterwasserstationen gefangen waren, als die Sprengladungen explodierten; der Wasserdruck, der enorme Wasserdruck, als sich Segment um Segment ihrer Unterwasserbasen mit Wasser füllte und die Männer ertranken wie Mäuse, die man in einer feinmaschigen Mausefalle in der Regentonne vor dem Sommerhäuschen krepieren läßt. Es waren Menschen gewesen wie er selbst, Åke und Joar. Das Beste, was eine Nation an jungen Männern hervorbringen konnte.

Carl mußte sich einen Ruck geben, denn er hatte noch einiges zu erledigen, bevor er einkaufen mußte.

Also. Was war nun mit diesen Skinheads nicht in Ordnung? Natürlich waren sie politisch fehlgeleitet, etwa wie er selbst und die Genossen bei der Clarté, doch worin bestand der Fehler?

In einem der Kartons waren Schriften zu finden, sogenannter ideologischer Hintergrund.

Die erste Schrift, die sein Interesse erweckte, hatte den Titel »Warum verschweigt man die Wahrheit?« Eine gute Frage, die man sich immer stellen kann.

Die Wahrheit, die hier angeblich verschwiegen wurde, war jedoch die, daß Hitlerdeutschland angeblich keine Juden ausgerottet habe. Anhand einer komplizierten Zitatensammlung mit pedantisch wiedergegebenen, aber unklaren Quellen wurde bewiesen, daß die Massenausrottung schon rein mathematisch unmöglich sei, wenn man an die Technik der damaligen Zeit denke und die Zeit, die es erforderte, einen Menschen zu verbrennen. Zumindest sei die Millionenzahl ermordeter Juden übertrieben.

Der Originaltitel der Schrift lautete: »Warum werden wir Deutschen belogen?«

Carl verlor sich eine Zeitlang in unangenehmen deutschen Erinnerungen. Das deutsche Volk wurde nicht belogen, was seine Geschichte anging, und belog sich insoweit auch nicht selbst. Die Lüge betraf die Gegenwart, die Lüge, die den Terrorismus in einem Kreislauf belogener Märtyrer, idiotischer Terrorakte, der vielfachen Rache des Staates, der Lügen der Presse über die vielfache Rache, neuer Märtyrer und so weiter in einem unbegreiflichen, selbstquälerischen Zyklus ermöglichte.

Keiner der Beteiligten war jedoch an der deutschen Geschichte schuld, über die nach Carls Ansicht nicht gelogen wurde.

Obwohl sie in der deutschen Geschichtsschreibung auch nicht überbetont wurde. Was möglicherweise auch verständlich war.

Er ertappte sich dabei, wie er sich plötzlich mit beiden Händen um den Hals griff. Ja, es stimmte. Er hatte dem deutschen Staat geholfen, solche jungen Leute umzubringen.

Seine angestrengt trotzige Sympathie für die Skinheads wurde jedoch schnell auf noch schwerere Proben gestellt.

Etwas, was sich »Mitgliederzeitschrift« nannte, hieß WEISSER REBELL. Auf dem Umschlag prangte ein faschistisches Sonnenkreuz. Daneben eine Gruppe junger Männer mit sehr kurz geschnittenen Haaren, die breitbeinig und mit Knüppeln in den Händen dastanden. Darüber die Überschrift: Die Sturmabteilung unserer Zeit – in Erwartung des Sturms.

Carl vermutete, daß es eine solche Sturmabteilung gewesen war, die Joar und Åke in die Hände gefallen war und sich jetzt größtenteils im Krankenhaus befand.

Er blätterte in der Zeitschrift. Ein Bild zeigte zwei junge Männer und eine Frau vor einem mit der schwedischen Flagge drapierten Sarg. Es sah aus wie bei einer militärischen Beisetzung. Etwa so würde man auch ihn eines Tages begraben.

Die Jungen hatten Militärstiefel amerikanischen Armeetyps für GIs an, soweit Carl sehen konnte. In der Bildunterschrift ging es um Micke, »Skinhead mit Leib und Seele«, der »in seinen Stiefeln in einem Sarg begraben wurde, der mit einer schwedischen Fahne drapiert war«.

Flagge heißt es, dachte Carl.

Dort stand auch ein Gedicht, das jemand zu Ehren Mickes verfaßt hatte:

Micke, freue dich und mache Rast
In Wotans Saal als Gast.
Erhebe dich in diesem Saal
Und leere zum Wohl des Nordens den Pokal.

Carl war traurig zumute, nachdem er den Text zum zweiten Mal gelesen hatte. Mit einer solchen Idiotie zu Grabe getragen zu werden!

Er blätterte eine Zeitlang in den Akten, um herauszufinden, wer Micke gewesen und wie er gestorben war.

Micke war einem geisteskranken Einwanderer über den Weg gelaufen, der ständig mit einer abgesägten Schrotflinte in der Jacke herumlief, weil er so große Angst vor Skinheads hatte, die seiner Ansicht nach ständig Ausländer verprügelten. Einmal hatten ihn in Fisksätra zwei Skinheads angesprochen. Da hatte er seine abgesägte Schrotflinte hervorgeholt und einen davon aus nächster Nähe erschossen.

Inoperabel, praktisch sofortiger Tod, dachte Carl.

Am Ende war der Einwanderer also doch ein paar Skinheads begegnet.

Und dann dieses Begräbnis.

Der Leitartikel der Schrift lieferte Carl plötzlich die Erklärung für die Ereignisse des Vortags. Der 20. April ist Adolf Hitlers Geburtstag. Joar und Åke sowie eine Gruppe von Einwanderern hatten zufällig die Feier von Adolf Hitlers 101. Geburtstag am 20. April gestört.

Meinten die kleinen Scheißkerle das tatsächlich ernst?

Carls Blick fiel auf die Überschrift »Die Erhebung des Volkes«. Es war wie ein Reflex aus der Studentenzeit.

Es zeigte sich schnell, daß die Skinheads eine andere Erhebung im Sinn hatten als die frühere Clarté.

»Unsere heutigen Probleme sind kein ›Skåne-Problem‹, kein ›Großstadtproblem‹, kein ›Lappland-Problem‹ und kein »Ökonomisches Problem‹ – nein, unser heutiges Problem ist DAS ÜBERLEBEN DES NORDISCHEN VOLKSSTAMMS UND DER WEISSEN RASSE!«

Nein, da gab es keinen Zweifel. Solche Leute waren bei den schwedischen Streitkräften nicht zu gebrauchen.

Carl starrte kurz auf die Augen Adolf Hitlers, der die Arme auf der Brust verschränkt hielt. Nein, der linke Arm ruhte über der Taille auf dem rechten. Starrer Blick, all das, was früher anders gewirkt haben mußte. Armbinde mit Hakenkreuz am linken Oberarm. Es sah aus, als trüge er Cordhosen.

Und dann die Bildunterschrift:

ZUM TEUFEL MIT ALLER VORSICHTIGEN HEIMLICHTUEREI! LASST UNS OFFEN ZUR SACHE KOMMEN! LASST UNS OFFEN ERKLÄREN, DASS WIR NATIONALSOZIALISTEN SIND! LASST SIE WISSEN, DASS ADOLF HITLER UNSER GEISTIGER FÜHRER IST! HEIL HITLER!

War dies wirklich wahr? Waren diese Kerle tatsächlich so? Riskierte der militärische Nachrichtendienst Schwedens wegen dieser Leute seinen größten Skandal seit der IB-Affäre? In dem Fall hätten Joar und Åke genausogut das Feuer eröffnen können.

Nein. Carl korrigierte sich sofort. Er schämte sich seiner Aggressivität. Er mußte sich dazu bringen, seine Aggressionen jederzeit unter Kontrolle zu halten. Er würde nie mehr einen Menschen töten, nie mehr, *no mas*. Das war Vergangenheit. Diesen Idioten mußte man den Kopf waschen und sie überzeugen. Was machten die Schulschiffe der Marine heutzutage, »Gladan« und »Falken«? Sollte man diese Bande nicht lieber schanghaien und aus den jungen Leuten Männer machen?

Die einfachste Methode, für das heutige Essen zu sorgen, würde darin bestehen, etwas Teures zu kaufen und es zu braten. Eva-Britt hatte jedoch ihre eigenen Ansichten über solche Einkäufe, als weigerte sie sich immer noch, zu akzeptieren, daß sie jetzt in ganz anderen ökonomischen Verhältnissen lebte als denen, die ein Polizistengehalt ermöglicht. Sie hatte sogar ökonomische Einwände gegen eine Heirat gehabt, »da ich keine Millionärin werden will«. Als er ihr erklärt hatte, daß die schwedische Gesetzgebung in dieser Hinsicht keinen Unterschied zwischen Eheleuten und Zusammenlebenden mehr mache und daß sie folglich sowohl als Ehefrau wie als Freundin Millionärin sein würde, war sie zögernd zu der Heiratsalternative zurückgekehrt, da ihr ein Ehevertrag juristisch eindeutiger erschien als die rechtliche Regelung einer sogenannten wilden Ehe. Zumindest hatte irgendein Beamter der Rechtsabteilung es so ausgedrückt. Und die leitenden Beamten der Polizeiwache 1 hatten unglücklicherweise oft mit dieser Abteilung zu tun.

Außerdem wollte sie, daß das Kind den Namen Jönsson erhielt. Diese Frage hatte Carl bis auf weiteres nicht mehr angesprochen, da Kinder ohnehin ihren eigenen Nachnamen wählen können, wenn sie erwachsen sind.

In der Lebensmittelabteilung von Åhléns entdeckte er plötzlich, daß er eine Warenhausdetektivin auf den Fersen hatte. Er erschrak erst dann, als ihm der Zusammenhang aufging. Sowie er entdeckte, daß man ihn verfolgte, schaltete er zunächst nur den Autopiloten ein und bewegte sich ständig so, daß er die Verfolgerin im Auge hatte. Er wußte in jeder Sekunde genau, wo er Dekkung nehmen konnte, und hatte den Reißverschluß der Jacke etwas heruntergezogen, um die Verfolgerin innerhalb von zwei Sekunden mit einem sicheren Treffer niederzustrecken.

Als ihm der Zusammenhang aufging und der Autopilot abgeschaltet wurde, brach ihm bei dem Gedanken, mit *Alarmstufe Rot* auf eine Katastrophe zugesteuert zu sein, der kalte Schweiß aus.

Natürlich konnte man ihn für einen Ladendieb halten mit seiner halboffenen wattierten Jacke, seinem langen, ungepflegten Haar und dem mehrtägigen Bart. Doch genau das war ja seine Absicht gewesen.

Bis jetzt hatte er nur wenige Dinge in den Einkaufskorb gelegt, einen Dillzweig, eine Zitrone, ein paar Brötchen für das Frühstück am nächsten Morgen und zwei Liter Milch. Er blieb an einer der Tiefkühltruhen stehen, nahm sich ein Paket Sauce Béarnaise, die er seiner Überwacherin demonstrativ hinhielt, bevor er sie mit einer überdeutlichen Geste in den roten Einkaufskorb legte. Damit hielt er das Problem für gelöst.

Er kaufte frischen Broccoli, zwei sehr dicke Rinderfilets und ein paar Scheiben Räucherlachs; das war ganz und gar nicht ihr Essen und neuerdings auch nur selten seins, da er vor Alkohol lange Zeit fast so etwas wie Ekel empfunden hatte. Bestimmte Speisen verlangen nicht nach Alkohol, protestierte er beinahe laut bei dem Gedanken. Fischbuletten mit Korinthensauce kann man schließlich als Fertiggericht kaufen, und zu Heringsfilets mit selbstgemachtem Kartoffelmus braucht man auch keinen Alkohol. Aber jetzt hatte er etwas eingekauft, was nach Wein verlangte, beispielsweise nach kalifornischem Chardonnay – der Erinnerungen wegen. Ach nein, gerade wegen der Erinnerungen auf keinen Fall kalifornischen Chardonnay, sondern eher weißen Burgunder zum Lachs und roten Bordeaux zum Fleisch. Sie würde wegen des Kindes natürlich sehr vorsichtig trinken. Es war aber Sonnabend, so daß sie lange aufbleiben konnten, und da es Sonnabend war, gab es im Fernsehen ohnehin nur Programme für Hirnamputierte.

Links und rechts an den Kassen gab es Wochenzeitschriften und Süßigkeiten. Er versuchte, nicht hinzusehen, doch sein Blick schien sich selbständig zu machen, als er schnell die Hochglanztitelseiten der Klatschpresse überflog. Er sah sie auf einem der Umschläge auf einem kleinen Foto. Im Text hieß es, sie erwarte ein Kind.

Das Bild von ihm war mit ihrem zusammengeschnitten, so daß es aussah, als stünden sie nebeneinander. Es war ein altes Foto von ihm in Uniform, eins von unzähligen Bildern von den Vernehmungen vor dem Verfassungsausschuß.

An den Kassen wurden Pralinenschachteln mit seinem Bild ausverkauft. Er starrte sich einen Moment selbst in die Augen; er hatte diese Schokoladenfirma mit ihrem HERO-KONFEKT zwar verklagt, aber jemand ging offensichtlich das Risiko ein, aus der Konkursmasse noch die letzten Kronen herauszuquetschen.

Er bezahlte mit American Express, seiner grauen Platinkarte, in der verzweifelten Hoffnung, daß die Warenhausdetektivin, die ihm jetzt schon fast über die Schulter blickte, ihren Irrtum einsehen würde; immerhin hatte Eva-Britt ihm erzählt, daß es nicht besonders ungewöhnlich war, daß Millionäre als Ladendiebe erwischt wurden. Allerdings war es aus einer Reihe von Gründen weniger üblich, daß sie deswegen vor Gericht verurteilt wurden.

Seine Planung ging gründlich daneben. Denn als die Kassiererin den Namen auf dem hellblauen Kartenbeleg las und routinemäßig die Hand ausstreckte, um ihn um seinen Ausweis zu bitten, erstarrte sie plötzlich. Dann sah sie hoch, errötete und sagte, er brauche sich nicht auszuweisen. Sie hatte also etwas gesehen, wenn auch mit demonstrativer Hilfe seinerseits, wovon die Detektivin nichts mitbekommen hatte. Mit einem Seufzer steckte Carl seinen Militärausweis wieder in die Brieftasche. Und als er die Kasse gerade hinter sich hatte, geschah das, wovor er sich gefürchtet hatte.

»He, Sie da, bitten seien Sie so freundlich und bleiben Sie stehen«, sagte die Warenhausdetektivin laut, jedenfalls so laut, daß ein großer Teil der Umgebung aufhorchte.

Carl seufzte demonstrativ, drehte sich um und wartete, bis sie ihn eingeholt hatte. Er sagte nichts. Die Situation war zu dumm oder zu absurd, so daß ihm nicht einfiel, was er hätte sagen können.

»Was haben Sie da in der Jacke?« fragte die Detektivin geschäftsmäßig.

Carl überlegte, ob er die Wahrheit sagen sollte, entschied sich aber dagegen.

»Damit hast du nicht das geringste zu tun«, erwiderte er gedehnt und ohne besondere Betonung.

»Dann muß ich Sie bitten, ins Büro mitzukommen«, fuhr die Detektivin fort, ohne auch nur die leiseste Unsicherheit zu zeigen.

»Nein, das werde ich auf gar keinen Fall«, erwiderte Carl so tonlos wie zuvor. »Es hat sowieso keinen Zweck. Sie haben nicht das Recht, bei mir eine Leibesvisitation vorzunehmen.«

»Und ob ich das habe.«

»Nein. Weder Polizei noch Militär noch Leute wie Sie haben das Recht dazu, es sei denn, Sie sehen mich etwas stehlen. Das haben Sie aber nicht getan, und außerdem müssen Sie mich dann schon auf frischer Tat ertappen.«

Sie sah ihn skeptisch an. Ihm ging auf, daß er sich wahrscheinlich als Experte für Ladendiebstahl ausgewiesen hatte, ein Wissen, das er wahrscheinlich durch bittere Erfahrungen gewonnen hatte. Ihm ging auf, daß er sein Problem nicht gelöst, sondern vielmehr verschlimmert hatte.

»Kommen Sie freiwillig mit?« beharrte die Ladendetektivin, als könnte sie ihn dazu bringen, auch unfreiwillig mitzukommen.

»Nein«, entgegnete Carl. In diesem Augenblick ging ihm auf, daß er hier wegkommen mußte, bevor die Neugierigen um ihn herum zu einer Menschenmenge wurden. »Wenn Sie aber unbedingt wissen wollen, was ich in der Jacke habe, kann ich es natürlich sagen.«

»Nun?« sagte die Detektivin unerbittlich.

»Eine Beretta 92 im Schulterholster. Es ist eine Pistole, und ich habe alle dazu nötigen Genehmigungen.«

Sie trat einen Schritt zurück und riß die Augen auf. Plötzlich ging Carl die Komik der Situation auf. Er nahm behutsam die Brille ab, strich sich das Haar aus der Stirn und lächelte angesichts dessen, was er sagen wollte, sehr freundlich und fast amüsiert.

»Mein Name ist Hamilton. Carl Hamilton.«

Die Frau sah ihn sprachlos an, wie nicht anders zu erwarten war, als ihr langsam aufging, wen sie vor sich hatte.

»In etwas adretterer Ausführung können Sie mich drinnen auf den Pralinenschachteln an Kasse drei sehen«, sagte Carl, setzte sich die Brille auf und ging ohne Eile davon.

Die Munterkeit verließ ihn jedoch, sobald er auf die Straße trat und wieder anonym war. Er verabscheute das öffentliche Bild von sich. Neuerdings verabscheute er sogar Schokolade. Er war überzeugt, daß es einen Zusammenhang mit dem HERO-KONFEKT gab. Es kam ihm vor, als wäre er das Original einer Art Comicfigur, die genausogut Batman sein konnte. Er hatte das Gefühl, sich an der Grenze zu einer persönlichkeitsspaltenden Geisteskrankheit zu befinden. Er klappte die rauchfarbene Brille zusammen, senkte den Kopf und beschleunigte seine Schritte durch den Schneematsch. Er dachte, mit Brille spiele ich keine sehr überzeugende Rolle, zumindest nicht, wenn ich dabei aussehe wie ein Ladendieb.

Er faßte den aggressiven Entschluß, sich einen gemütlichen Abend mit Eva-Britt zu machen. Er würde noch eine halbe Stunde Zeit für die Vorbereitungen haben, bevor sie nach Hause kam. Sie hatte seit kurzem großen Appetit, manchmal auf merkwürdige Dinge. Er würde es schaffen, den Tisch zu decken und alles fertig zu haben. Sie würde sogar in Uniform am Tisch sitzen können, auch wenn ihr das vermutlich nicht gefiel; er mochte sie in Uniform, aber nicht, weil er Uniformen mochte, sondern weil Eva-Britt eine Frauenuniform trug, und das war etwas völlig anderes. Überdies bedeutete ihre Polizeiuniform Reinheit, reine Ideale, reinen Glauben, gute Absichten, Idealismus und alles andere, was er sich auch selbst wünschte.

So klar hatte er den Gedanken noch nie formuliert.

Es war ein weiter Weg von dem Clartéisten, der die Streitkräfte »unterwandern« sollte, um die schwedische Moral zu heben, bis zu dem Schlawiner, der jetzt sogar die Frau, die er liebte, dazu verlockt hatte, sich über das Gesetz hinwegzusetzen. Denn natürlich würde sie die Papiere mitbringen.

Er deckte im Eßzimmer den Tisch, zündete die Kerzen in zwei großen Silberkandelabern an, die er noch nie angezündet hatte, und entkorkte den Wein, damit er noch etwas Luft bekam.

Dann setzte er sich in die Bibliothek, legte die Füße auf den roten Granittisch, schlug eine Zeitung auf und versuchte zu tun, als wäre er gerade nach Hause gekommen und als hätte er vergessen, etwas einzukaufen. Dic Tür zum Eßzimmer hatte er zugemacht.

»Hej, bist du zu Hause?« rief sie, nachdem sie die verschiedenen Schlösser geöffnet und sich im Flur die Schuhe von den Füßen getreten hatte.

»Hhm«, erwiderte er und raschelte überdeutlich mit der Zeitung, bevor er aufstand und hinausging, um sie in den Arm zu nehmen. Er ließ die Hände über ihren gespannten Bauch gleiten.

»Was für ein Glück, daß du und dein Bauch nur Innendienst haben«, murmelte er, als er ihr mit der Nase durch das Haar an ihr Ohr fuhr.

»Du ahnst gar nicht, was für einen Respekt unsere Kundschaft vor schwangeren Frauen hat«, sagte sie lachend. Sie lachte fast immer, wenn er ihr so am Haar schnupperte, vielleicht weil es kitzelte.

»Unsere Ganoven können doch keine schwangeren Frauen respektieren, wenn die in der berüchtigten Wache Nummer 1 Dienst tun, in der die Kundschaft mißhandelt wird«, gluckste er und wandte sich dem anderen Ohr zu. »Hast du übrigens die Papiere mitgebracht?«

»Ja, das, was da war«, erwiderte sie und gab ihm mit einem Umschlag, der ziemlich schwer zu sein schien, einen Klaps aufs Hinterteil. »Aber hast du daran gedacht, daß du mit dem Einkaufen an der Reihe warst?«

»Teufel auch, nein!« sagte er mit gespielter Überraschung und angemessener Verlegenheit. »Im Büro war heute ungewöhnlich viel zu tun, aber wir haben bestimmt noch tiefgekühlte Buletten, und mit der neuen Mikrowelle...«

Sie schob ihn sanft, aber polizeilich bestimmt von sich, und er fühlte sich fast verletzt, daß sie auf den Bluff hereinfiel. Dabei wußte er, daß er praktisch jedem Menschen vorlügen konnte, was er wollte. Selbst die Frau, die er liebte, konnte er mühelos anlügen.

»Du kannst deine Buletten nehmen und sie dir, wie heißt es noch...?«

»*Stick'em*, das ist die kürzeste Möglichkeit, es auszudrücken. Aber kommen Sie mit, Sie stehen unter Arrest«, sagte er und zog sie sanft durch den Flur an der Bibliothek vorbei zur Eßzimmertür.

»Arrest heißt es in Schweden nicht mehr, den gibt es in unserem Land nicht«, protestierte sie in einem Tonfall, den er nicht deuten konnte.

»Nee, und ihr klärt eure Kundschaft auch nicht über ihre Rechte auf«, erwiderte er, als sie die Eßzimmertür erreicht hatten.

»Was denn für Rechte?«

»Sie sind hiermit vorläufig festgenommen. Alles, was Sie sagen, kann vor Gericht gegen Sie verwendet werden. Sie haben das

Recht, die Aussage zu verweigern. Sie haben das Recht, sich einen Anwalt zu nehmen, und so weiter. Nur ein paar demokratische Rechte.«

»Und wenn sie das heruntergeleiert haben, erschießen sie die Neger trotzdem.«

»Hast du Hunger?«

»Ja, aber ich will auf keinen Fall ausgehen. Hast du verstanden, kein Restaurant, vor allem keine Lokale, in denen man zögert, ob man Lumpen reinlassen soll, und noch weniger Lokale, in denen man am Sonnabend Lumpen reinläßt. Dann hätte ich das Gefühl, noch im Dienst zu sein.«

»Aber möchtest du in zehn Sekunden essen, und zwar etwas Gutes?«

»Aber gern, dagegen habe ich nichts.«

»Na dann«, sagte er und nahm ihr behutsam den Umschlag mit den Akten ab, die er nicht einsehen durfte, den Akten, die sie ihm nicht ausliefern durfte. »Das Essen ist serviert.« Und dann öffnete er die Eßzimmertür. Eine der Stearinkerzen tropfte schon aufs Tischtuch, und die Flammen flackerten, als er die Tür aufmachte. Es war sehr effektvoll.

»Ich will mich umziehen. Nein, erst duschen und dann umziehen«, sagte sie, ohne daß er aus ihr schlau wurde.

»Es genügt, daß du die Handschellen abnimmst«, versuchte er.

»Handfesseln heißt das heutzutage«, entgegnete sie, als sie durch den Korridor dem Schlafzimmer und dem Bad zustrebte.

Er blieb kurz stehen, unsicher, ob er enttäuscht sein sollte oder nicht. Er beschloß, nicht enttäuscht zu sein, und kontrollierte, ob alles vorbereitet war. Das Fleisch war gewürzt und bratfertig, das gesalzene Wasser köchelte vor sich hin, so daß er das Gemüse jederzeit hineinlegen konnte. Die gelbe Sauce war halb aufgetaut und konnte über dem kochenden Gemüse aufgewärmt werden. Er las erneut die Garzeit auf dem Päckchen, legte etwas Butter in die Bratpfanne und ging dann in die Bibliothek. Er vertiefte sich in die fotokopierten Polizeiberichte.

Die Personenbeschreibungen von Lundwall und Stålhandske waren sehr gut. Falls die Papiere auf Abwege gerieten und dem Generalstab zur Kenntnis kamen, würde es keinen Zweifel geben.

Die jungen Männer, die Anzeige erstattet hatten, betonten mehrmals, daß es zwar in Ordnung sei, mal Prügel zu beziehen, aber nicht von Bullen. Und die Verdächtigen hätten kaum etwas anderes sein können.

Die letzte Überlegung gründete sich nicht auf sachliche Beobachtungen, sondern ganz einfach auf die Theorie, daß nur Bullen Skinheads so wie geschehen verprügeln könnten.

Carl blätterte in den Anzeigen. Es waren insgesamt sieben mehr oder weniger summarische Anschuldigungen. Keiner der Betroffenen hatte die Beobachtung gemacht, daß der »Riese« finnlandschwedisch gesprochen hatte.

Nein, natürlich nicht, dachte Carl. Schließlich ging es schnell, und Leute wie wir verspüren dabei nicht das geringste Bedürfnis, etwas zu sagen. Alles läuft automatisch und selbstverständlich ab. Die beiden haben ganz einfach kaum gesprochen, und aus diesem Grund wissen die Typen nicht, ob sie es mit Yuppies oder Bullen zu tun hatten. Aber die Beschreibung Stålhandskes ist gut, dachte Carl. Es kann nicht viele blonde Riesen mit einem schwarzen Gürtel in Karate geben.

Nur eine der Anzeigen war wirklich besorgniserregend. Einer der Mißhandelten war nach eigenen Angaben Experte in Nahkampf und Selbstverteidigung. Er behauptete in seiner Schilderung, etwas Vergleichbares noch nie gesehen zu haben. Polizisten oder Karateexperten hätten so nicht zuschlagen können. Der Mann hatte noch einige gute Beobachtungen machen können, bevor es ihn selbst traf:

»Die folgten sozusagen keinerlei Regeln. Ich hatte das Gefühl, als hätten sie gleich losgeschlagen, ohne irgendwelche der üblichen Ausgangspositionen. Und so etwas wie Finten hatten bei denen keinerlei Wirkung. Sie beherrschten alles, was auch ich beherrsche, aber trotzdem hatte ich das verdammte Gefühl, mich mit Marsmenschen oder so etwas zu schlagen. Es war wie ein übler Alptraum. Man hat das Gefühl, sich wie in Zeitlupe zu bewegen, doch der andere durchschaut alles vorher. Man sieht es zwar, kann aber trotzdem absolut nichts dagegen tun. Es war beschissen.«

Das Wort »beschissen« war von einem offenbar etwas pedantischen Berichtschreiber in Anführungszeichen gesetzt worden.

Gut formuliert, dachte Carl. Gute Beobachtungsgabe. So ein Karatefritze hat es natürlich nicht anders auffassen können. Wie viele Leute außer mir wissen jetzt, daß dies eine Beschreibung von höchstens drei lebenden Schweden ist.

»Ich bin fertig und habe Hunger!« rief Eva-Britt aus der Schlafzimmerregion. Er legte nachdenklich die Papiere auf den Tisch, entschied sich dann anders und steckte sie in den braunen Umschlag, den er auf den Granittisch warf. Dann legte er eine aufgeschlagene Zeitung daneben, als hätte er gerade darin gelesen.

»Ich komme!« rief er zurück, stand schnell auf und ging ihr im Flur entgegen.

Sie trafen sich direkt vor dem Eßzimmer. Um ein Haar hätte er ihr den Arm gereicht, doch dann sah er ein, daß das übertrieben wirken würde. Vielleicht würde sie die Geste auch gar nicht begreifen.

»Bitte sehr, es ist angerichtet«, sagte er und öffnete erneut die Tür. Er ging mit ihr zu dem Platz, den er erst jetzt als ihren bestimmte, nämlich auf der rechten Seite des langen dunklen Eichentischs. Er zog ihr den Stuhl hervor und schenkte ihr Weißwein in einem der geerbten Gläser ein, die sie noch nie benutzt hatten. Sie hatten eingravierte Monogramme und eine Grafenkrone. Als er den Tisch umrundet und sich gesetzt hatte, goß er sich selbst ein.

»Okay«, sagte er, »in Jesu Namen zu Tisch wir gehen und all das, jetzt essen wir.«

»Damit ist nicht zu scherzen«, sagte sie vorwurfsvoll.

»Es sollte kein Scherz sein. Als ich Kind war, hieß es immer so, zumindest bei Großmutter in Skåne.«

»War das die, die mich nie akzeptiert hätte?«

»Genau die. Aber das ist lange her, und sie ist jetzt tot, und der Lachs kommt aus Norwegen.«

Sie aßen eine Zeitlang schweigend. Dann hob er sein Glas, und sie hob ihres. Sie trank sehr vorsichtig.

Carl nahm einen großen Schluck, ließ den Wein eine Weile im Mund herumrollen und kam zu dem Schluß, daß die Zeit in Moskau nicht mehr existierte und daß Wein kein widerwärtiges Rauschmittel war und kein Lieblingsinstrument von Spionen für Betrug und Falschheit, daß Wein nichts war, was leicht nach Metall schmeckte und halb durchsichtige Plastikkorken hatte; Wein war vielmehr ein Genuß aus Westeuropa. Die Zeit in Moskau war ausgelöscht.

Sie aßen schweigend weiter, vielleicht weil das Essen gut war, vielleicht aus anderen Gründen.

»Ich wurde schon wieder fotografiert, als ich ins Haus ging«, sagte sie, als sie den Lachs zur Hälfte aufgegessen hatten.

»Mhm«, sagte er nach kurzem Zögern. Er hatte den Wein früher geschluckt als beabsichtigt. »Aber das waren sicher nur Pressefotografen von der Klatschpresse?«

»Ja, aber was kann man dagegen tun?«

»Nicht viel. Mach es wie ich, nimm den Weg durch den Keller und geh auf der anderen Seite des Hauses rein.«

»Keine gute Idee. Ich stelle es mir nicht sehr lustig vor, immer durch einen Keller aus dem sechzehnten Jahrhundert zu gehen, wenn ich nach Hause will.«

»Du bist Polizistin und bewaffnet.«

»Meinst du etwa, ich soll die Waffe ziehen, entsichern und auf dem Weg nach oben eine Tür nach der anderen mit dem Fuß auftreten? Und dabei die Waffe mit beiden Händen anfassen wie in Miami Vice?«

»Nein, in engen Räumen darf man eine Waffe so nicht halten. Das gibt es nur im Film.«

»Ach was!«

»Skål.«

»Hör mal. Jetzt mal im Ernst.«

»Es ist mir ernst. Wir haben die Freiheit der Meinungsäußerung und Pressefreiheit, und diese Schakale da draußen sind ein Teil des Preises, den wir dafür bezahlen.«

»Ist das dein Ernst?«

»Ja. In höchstem Maße. Wie du weißt, habe ich schon einige Mitmenschen getötet. Meine Entschuldigung dafür ist gerade die Verteidigung der Demokratie, und zur Demokratie gehören auch Blätter wie *Hänt i Veckan* und der Rest der Regenbogenpresse. Es ist tatsächlich so.«

»Ein hoher Preis.«

»Für wen?«

»Für dich.«

»Ja, könnte man meinen. Lustiges Gesprächsthema, übrigens.«

»Nein, aber wir entgehen ihm nicht so leicht. Wie heruntergekommen du auch herumläufst, wir entgehen dem nicht. Weißt du übrigens, daß die Touristensaison begonnen hat?«

»Nein, wieso?«

»Wir sind zur Sehenswürdigkeit geworden.«

»Wir sind was geworden?«

»Eine Sehenswürdigkeit. Eine Anlaufstelle für diese Touristengruppen, die mit einem Reiseführer in der Hand durch Gamla stan gehen. Du weißt, die haken doch eins nach dem anderen ab. Erst gehen sie zur Börse, dann bleiben sie bei dieser Kanonenkugel stehen, die in der Hauswand steckt, dann ist die schmalste Gasse dran, dann kommt sonst was. Aber von diesem Jahr an bleiben sie auch hier vor dem Haus stehen, und die Reiseleiter zeigen auf unsere Fenster, und die Japse nehmen ihre Kameras und knipsen. Da oben wohnt Schwedens James Bond, und so weiter. Lustig, was?«

»Nicht besonders. Bist du mit dem Lachs fertig?«

»Ja, aber ich helfe dir. Ich will mein Steak nicht so blutig.«

»Nein, bleib ruhig sitzen, ich erledige das.«

Sie ging trotzdem mit ihm in die Küche, aber nicht nur, um seine Bratkünste zu überwachen. Für sie war das Gesprächsthema noch nicht beendet, was er deutlich spürte.

»Japaner, hast du gesagt«, versuchte er das Ganze mit einem Lachen abzutun, als er das Fleisch in der Bratpfanne wendete.

»Ja. Und Deutsche und Leute aus Skåne und was zum Teufel sonst noch.«

»Du sollst den Namen von Gott dem Herrn nicht mißbrauchen.«

»Ach, mach dich nicht lächerlich. Du sollst nicht töten.«

»Oh, danke, ich weiß. Das ist gesetzwidrig. Nur in einer bestimmten Zahl von Ausnahmefällen nicht. Aber würdest du gern woanders wohnen wollen?«

»Ja, vielleicht.«

»Vielleicht auf dem Land? Dann könntest du Rex wieder zu dir holen. Da könntest du übrigens so viele Hunde halten, wie du willst, sogar solche Polizeihunde, die zu nichts zu gebrauchen sind.«

»Doch, als Wachhunde, und die sind auf dem Land nötig.«

»Sie machen solchen Lärm, daß ich nicht hören kann, wo der Eindringling ist. Damit hat man kein freies Schußfeld.«

»Manchmal kann ich fast nicht glauben, daß du darüber Witze machst. Mein Filet bitte etwas mehr durch.«

»Ich habe neulich eine Immobilienanzeige gesehen. Ein Herrenhaus draußen auf den Mälarinseln. Einer von Björn Borgs Parasiten hat Konkurs angemeldet. Skunk oder so heißt der Kerl. Er hat ein Gut mit Herrenhaus, das er dem Geschluchze in *Expressen* zufolge hergeben muß. Ich könnte meine Immobilienfirma bitten, mal vorzufühlen.«

»Was soll dieses Herrenhaus denn kosten?«

»Tja, ungefähr zwei Millionen. Fast geschenkt.«

»Ich will nicht in etwas wohnen, was zwei Millionen kostet.«

»Diese Wohnung ist auf drei Millionen geschätzt. Ist es jetzt durch genug?«

»Ja, ich glaube schon. Wie kann ein Herrenhaus billiger sein als unsere Wohnung?«

»Das ist eine Frage der Währung«, erwiderte er und legte das Fleisch auf die Teller, die er aus dem Ofen geholt hatte. Er reichte ihr die Schale mit dem Gemüse und die Sauciere und ging mit den beiden Tellern vor ihr ins Eßzimmer.

»Was soll das heißen, Währung?« hakte sie mißtrauisch nach, nachdem sie etwas von dem Fleisch gegessen und einen Schluck Rotwein getrunken hatten.

»Ich hatte schon gehofft, du würdest nicht fragen«, seufzte er, kaute eine Weile und beschloß dann, ihr zu antworten. »Zwei Millionen Dollar. Unsere Wohnung kostet zwei, nein, drei Millionen Kronen oder etwas in der Richtung, und Herrn Skunks Herrenhaus kostet zwölf Millionen, das heißt zwei Millionen Dollar.«

»Du kannst nicht ganz bei Verstand sein.«

»Tja. Hunde, so viele du willst, schwer hinzukommen, Drahtzaun, wenn du willst, elektronische Überwachung, wenn du willst, die kriegen wir sicher gratis dazu. Außerdem wohnt man dort billiger als hier.«

»Wie meinst du das?«

»Wenn ich mal von deinen Fahrten zur Wache absehe. Den Preis mußt du schon bezahlen. Aber ein Landgut ist eine landwirtschaftliche Immobilie, und das bedeutet steuerlich eine völlig andere Welt. Man kann alles von der Steuer absetzen, was man dort ausgibt. Ich überspringe die Einzelheiten, aber eine Eigentumswohnung für drei Millionen ist teurer als ein Herrenhaus für zwölf Millionen, um die Sache abzukürzen.«

»Wer hat, dem wird gegeben.«

»Du bist heute ungewöhnlich biblisch. Aber das ist unser sozialdemokratisches System, du darfst nicht mir die Schuld geben. Ich bin noch nie Sozi gewesen. Ich habe den Reichen schon immer ihr Geld wegnehmen wollen, mit allem, was dazugehört.«

»Das Problem ist nur, daß du reich bist.«

»Das ist kein großes Problem, nur ein kleines Leiden. Außerdem kannst du nichts dagegen sagen, da du selbst reich bist. Man kann nicht nach Belieben über sein Leben bestimmen.«

»Ich habe siebentausend auf einem Sparbuch. Das ist alles. Zieh mich bloß nicht in diese Sache rein.«

»Und ob, es bedeutet nämlich, daß mir dreitausendfünfhundert von dem gehören, was du auf deinem Sparbuch hast. Außerdem besitzt du die Hälfte meines Vermögens. Und dein Kind wird alles erben, was ich besitze, *und* dein Geld dazu. So ist das Gesetz. Und du bist Polizeibeamtin und eine Dienerin des Gesetzes. Komisch, was?«

Das Gespräch versank wie ein Stein in dunklem Wasser, und sie aßen erneut schweigend. Er verfluchte sich selbst. Er liebte diese Frau um ihrer Ehrlichkeit willen, wegen ihres Glaubens an das Gute im Menschen und ihres natürlichen Rechtsgefühls, das mit seinem theoretischen nicht viel gemein hatte. Und er liebte sie auch, weil er nachts hinter ihr liegen konnte, wenn sie auf der Seite lag. Dann konnte er seinen Unterarm und die Hand fast heimlich auf ihren Bauch legen und fühlen, wie sich das Wunder dort drinnen bewegte. Und trotzdem kam es manchmal vor, daß er von ihr als von *dieser Frau* dachte.

»Wir können morgen zu den Mälarinseln rausfahren und dort einen Spaziergang machen. Wir können uns die Umgebung mal ansehen«, sagte er. »Du hast doch dienstfrei, bis es dunkel wird?«

Sie antwortete nicht.

3

Rune Jansson hatte ein schlechtes Gewissen wegen seines verpatzten Wochenendes. Es gab keine vernünftigen Gründe dafür, aber er wurde das Gefühl dennoch nicht los. Im Polizeidistrikt Norrköping gibt es pro Jahr durchschnittlich nur einen Mord mit einem unbekannten Täter, und der Kripochef muß dann ebenso wie seine Familie mit einem zerstörten Wochenende rechnen. Einem Siebenjährigen läßt sich so etwas jedoch kaum erklären. Papa war fast den ganzen Sonnabend nicht da gewesen und hatte außerdem fast den ganzen Sonntag telefoniert. So war es, welche vagen Versprechungen er sich auch hatte entschlüpfen lassen, als er sich um den Job bemühte.

Außerdem hatte er keine Zeit für sein Lauftraining gehabt. Dieser Silvesterschwur, mit dem er sich ständig selbst quälte. Er wurde ihm nie gerecht.

Seine schlechte Laune wurde durch das Wetter weiter verschlechtert. Dieser verfluchte Winter, der nie zu Ende gehen wollte. Zumindest versuchte Rune Jansson sich einzureden, daß es am Wetter lag, an dem Schneematsch, der unsicheren Straßenlage für die zu früh aufgezogenen Sommerreifen, an den Verkehrsstokkungen, den roten Ampeln, die dafür sorgen würden, daß er ein paar Minuten zu spät im Sitzungssaal erschien. Und das ausgerechnet ihm. Er hatte sich so fest vorgenommen, sich als Chef nie zu verspäten.

Was ihn aber mehr als alles andere irritierte, hatte mit der Sache zu tun. Am Wochenende war es bei den Ermittlungen zu einer Hypothese gekommen, und die war unter den Kollegen von Säk entstanden, für die Rune Jansson keinen übertriebenen Respekt hegte. Wenn die Sicherheitspolizei in Norrköping nicht ihren Willen durchsetzte, würde nur die Zentrale hineingezogen, was schnell zu einem Chaos führen würde. Dann gäbe es nämlich zwei parallele Ermittlungen, eine der richtigen Polizei und eine von Säk.

Das konnte auch zu viel seltsamer Publizität führen, weil die geheime Polizei ihr geheimes Tun oft dadurch manifestierte, daß sie ihre Fahndungspläne in der größten Abendzeitung des Landes publik machte.

Rune Jansson war der Pressesprecher bei diesen Ermittlungen. Er würde unmittelbar nach der Konferenz am Morgen seine erste Pressekonferenz abhalten. Er wußte sehr genau, was an die Öffentlichkeit dringen durfte und was nicht. Seinen eigenen Leuten vertraute er. Die würden nichts von Hakenkreuzen und ähnlichem durchsickern lassen. Wenn aber Säk beteiligt war, konnte da niemand mehr sicher sein.

Kam er schon verspätet beim Polizeirevier an, so verspätete er sich durch die Suche nach einem Parkplatz noch mehr. Sein persönlicher Parkplatz im Keller, dem wichtigsten Chefprivileg, wie jemand im Scherz gesagt hatte, war dem neuen Kripochef aus bürokratischen Gründen noch nicht zugeteilt worden.

Die Kollegen warteten auf ihn. Die meisten hatten sich schon gesetzt, als er den Sitzungssaal betrat. Er gab sich gar nicht erst die Mühe, eine Entschuldigung vorzubringen, sondern bat Johansson von der Spurensicherung, sofort loszulegen. Am Sonntagabend hatte sich auf der technischen Seite nämlich etwas getan.

Man hatte eine leere Patronenhülse gefunden. Der Fundort auf dem Grund einer mit Wasser gefüllten Blumenvase war den Beamten zunächst so unwahrscheinlich vorgekommen, daß sie glaubten, die Hülse habe nichts mit dem Fall zu tun.

Andererseits konnte man sich jedoch leicht vorstellen, daß der Täter oder die Täter, wie sorgfältig sie auch gesucht hatten, ebenfalls nicht auf die mit Wasser gefüllte Blumenvase gekommen waren. Überdies war der Bescheid vom waffentechnischen Labor des SKL sehr vielsagend, um nicht zu sagen eindeutig. Dort hatte man das Problem in weniger als zwei Stunden gelöst.

Die Hülse war von der Marke UZI und militärischen Ursprungs und mit einem militärischen Code versehen, den die Kollegen des BKA in Wiesbaden in ihren Listen hatten. Folglich waren Hersteller und Herstellungsjahr bekannt.

Die mikroskopische Untersuchung der Hülse mit allen Kratz- und Aufschlagspuren ließ unzweifelhaft erkennen, was für eine

Waffe verwendet worden war: eine Pistole der Marke Beretta 92 F. Die Identifizierung war völlig sicher.

Johansson vermutete, daß es im ganzen vielleicht zweihundert oder dreihundert Pistolen mit den entsprechenden Waffenscheinen gab. In erster Linie würden sie sich natürlich auf die Beretta-Waffenscheine konzentrieren müssen, die es in der Region Norrköping oder im Bekanntschaftskreis des Toten gab. Ja, und wenn auch aus keinem anderen Grund, um dieses oder jenes ausschließen zu können. Es war immerhin nicht sehr wahrscheinlich, daß jemand seine legale Waffe bei einem derart durchdachten und geplanten Mord einsetzte. Unwahrscheinlich war es wiederum auch nicht angesichts der Mühe, welche der Täter oder die Täter sich bei der Jagd auf die leeren Hülsen gemacht hatten, bevor sie den Tatort verließen.

In der Frage des Urins war man jedoch noch nicht sehr weit gekommen. Beim SKL hatte man sich zunächst damit begnügt, ein paar gut durchfeuchtete Teile der beschmutzten Generalsuniform auszuschneiden, um dann in der Zentrifuge zwei ziemlich kontaminierte Proben zu isolieren. Die Proben waren dann ans gerichtschemische Labor des Staates gegangen, wo man kaum mehr geschafft hatte, als eine *organoleptische* Untersuchung der Proben vorzunehmen.

In normaler Sprache bedeutete dies, daß man an dem Inhalt gerochen und festgestellt hatte, daß es sich um Urin handelte. Im Lauf des Tages würden eingehendere Untersuchungen erfolgen, und zwar während der normalen Arbeitszeit nach 9.00 Uhr.

»Soweit ich mich erinnere, habe ich selbst mit einigen Kollegen diese *organoleptische* Untersuchung schon am Sonnabend vorgenommen«, knurrte Rune Jansson übellaunig und erregte damit bei den Zuhörern eine nicht beabsichtigte Heiterkeit.

Er tat, als hätte er das Gekicher nicht gehört, und ging rasch zu der Frage über, was die Vernehmungseinheit erreicht hatte. Die Vernehmungen wurden von Rune Janssons Nachfolger beim Gewaltdezernat geleitet. Man nannte ihn Kapitän Seebär, möglicherweise weil er aus Göteborg stammte. Manchmal lief er auch unter dem Spitznamen Der Doppelkorporal, weil er gleichzeitig Rüstmeister beim Musikkorps der Luftwaffe war, Posaunist.

Kapitän Seebär begann mit dem Wesentlichen. Keiner der Nachbarn hatte einen Wagen bemerkt, der sich in der Gegend irgendwie auffällig verhalten hätte. Allerdings habe man bis jetzt nicht mehr als gut die Hälfte der Personen erreicht, die solche Beobachtungen hätten machen können, so daß noch Hoffnung bestehe.

Was die Familie des Generals anging, hatte ein etwas eingehenderes Verhör von Frau af Klintén einen überraschenden Widerspruch in der Familie zutage gefördert. Außer dem Sohn, dem Senatspräsidenten, der zum Zeitpunkt des Verbrechens mit einigen Richterkollegen in Stockholm an einem Essen teilgenommen hatte, gab es noch eine Tochter in der Familie, die, um es altmodisch auszudrücken, von ihrem Vater fast verstoßen worden war.

Es war der Vater, also der Ermordete, der, wie Kapitän Seebär aus seinen Aufzeichnungen vorlas, »seine schützende Hand schon vor vielen Jahren von seiner Tochter zurückgezogen hatte«.

Diese Entscheidung hatte einen hauptsächlich politischen Hintergrund. Die Tochter war Ärztin am Sahlgrenska in Göteborg. Sie hieß Louise Klintén. Das adlige »af« vor dem Namen hatte sie abgelegt. Was möglicherweise daran lag, daß sie Kommunistin war, Mitglied der vermutlich letzten kommunistischen Organisation Schwedens, KPML-r in Göteborg.

Inzwischen hatte sich herausgestellt, daß Säk eine ganze Reihe von Informationen über Dr. Louise Klintén und ihren Bekanntenkreis hatte. Sie hatte unter anderem freiwillig als Ärztin bei den kurdischen Guerilleros in der Türkei gearbeitet und wurde von der französischen Sicherheitspolizei verdächtigt, vor zwei oder drei Jahren bei der Rückkehr von einem Aufenthalt in der Türkei Flüssigsprengstoff nach Europa gebracht zu haben.

Säk zufolge gehörte Louise Klintén zu einer Zelle im Sahlgrenska-Krankenhaus, die aus mehreren Ärzten und Krankenschwestern bestand, denen Terroristensympathien nachgesagt wurden. Am Rande dieser Zelle waren folglich Personen zu erkennen, die revolutionären Kurdenorganisationen angehörten oder ihnen nahestanden.

Selbstverständlich war es dieser politische Hintergrund, der zu so großen Unstimmigkeiten in der Familie geführt hatte, daß der

Vater, der ermordete General, seiner Tochter ganz einfach verboten hatte, nach Hause zu kommen oder sich auch nur in der Nähe des Elternhauses zu zeigen. Der alte General hatte nach Aussagen seiner Frau sehr entschiedene Ansichten über Kommunisten gehabt.

Ja, und dann, so Kapitän Seebär, habe Säk plötzlich mit eigenen Ermittlungen begonnen. Sie hätten über ihre Niederlassung in Göteborg eine Art Überwachung eingeleitet. Damit erhebe sich die Frage, wie sich die Polizei in Norrköping zu der Kollisionsgefahr stellen solle.

Rune Jansson ließ einen tiefen Seufzer hören. Es war also schlimmer, als er geahnt hatte. Doch alle sahen ihn an, und er mußte etwas sagen, vorzugsweise etwas, was das neuernannte Mitglied der Gruppe nicht unnötig verletzte. Säk würde von nun an also mit von der Partie sein. Dagegen war kaum etwas zu machen.

»Ich sehe keine Kollisionsgefahr«, begann Rune Jansson im Brustton der Überzeugung, was ihn selbst erstaunte. »Selbstverständlich können wir Frau Dr. Klintén auf die übliche Weise verhören. Wenn sie schuldig ist, dürfte es sie kaum erstaunen, und wenn sie unschuldig ist, kann es ihr nicht schaden. Welche ›Form von Überwachung‹ Säk in Göteborg betreibt, können wir uns vielleicht vorstellen, aber erstens hat das mit der normalen Polizeitätigkeit nichts zu tun, und zweitens stelle ich mir vor, nun ja, ich hoffe es jedenfalls, daß die Leute von Säk die Güte haben werden, ihre Erkenntnisse an die hiesige Fahndungsleitung weiterzugeben, falls sie überhaupt etwas herausfinden.«

»Sollen die Kollegen in Göteborg sie verhören, oder wollen wir es selbst tun?« fragte Kapitän Seebär.

»Ich schlage vor, wir tun es selbst. Vielleicht ergibt sich etwas Wichtiges. Dann ist es gut, wenn bei uns jemand den vollen Einblick hat. Kannst du das übrigens nicht selbst übernehmen? Du fällst in Göteborg ja nicht gerade auf«, entgegnete Rune Jansson schnell und ohne jede Absicht, sich über den Kollegen lustig zu machen.

»Ja, gern, zum Teufel«, gluckste Kapitän Seebär mit übertriebenem Göteborg-Dialekt.

Danach waren nur wenige weitere Entscheidungen zu treffen. Die Vernehmungsgruppe sollte sich mit der Vergangenheit des Opfers beschäftigen, seinem Bekanntenkreis, Jugendfreunden, eventuellen Liebesaffären, Feinden und Freunden in der Armee, mit allem, was sich zutage fördern ließ.

Doch das war ja fast eine Selbstverständlichkeit. Denn eines zeichnete sich jetzt schon ab – daß es eine langwierige Ermittlung werden würde. Damit war die Konferenz beendet.

Nur Rune Jansson hatte noch etwas vor sich. Er sollte in zwei Minuten die erste Pressekonferenz seines Lebens abhalten. Am Ausgang sah er schon Journalisten und Fotografen. Einige der Eifrigsten unter ihnen drängten sich durch den Strom der Polizeibeamten, die den Saal verließen, um sich einen guten Platz möglichst weit vorn zu sichern. Die Eifrigsten waren ausgerechnet die Leute, die mit Mikrophonen und Kameras, Fernsehkameras und Spotlights erschienen waren.

Rune Jansson verabscheute Journalisten. Oder, genauer, er verabscheute seine Furcht vor Journalisten.

Carl war auf das Montagstreffen mit dem Chef des schwedischen Nachrichtendienstes gespannt. C OP 5, Kapitän zur See Samuel Ulfsson, war die offizielle Bezeichnung des Mannes, den Carl nie anders als Sam nannte, zumindest wenn sie unter vier Augen waren, was bei ihren Begegnungen meist der Fall war.

Die Montagstreffen waren neuerdings langwierig und kompliziert, da die Entwicklung in Osteuropa für alle westlichen Nachrichtendienste erhebliche Mehrarbeit bedeutete. Und da Carl neuerdings stellvertretender Chef der geheimsten aller Abteilungen war, der Sektion für besondere Erkenntnisgewinnung, deckte sein Arbeitsgebiet mehrere disparate Felder ab. Natürlich war er für *besondere Operationen* verantwortlich, doch das war normalerweise die Funktion, die fast nie in den gewohnten Dienstablauf einfloß. Denn wie man diese Funktion auch umschrieb, so ging es dabei immer um eine Notlage oder eine Tätigkeit, bei der die Gefahr bestand, mit Gesetzen und Verordnungen in Konflikt zu geraten. Gerade solche Konflikte konnten, wie Sam es zu beschreiben pflegte, »in der jeweils herrschenden politischen Lage« für die gesamte Tätigkeit verheerende Folgen haben.

Die herrschende politische Lage sah ganz einfach so aus, daß verschiedene Parteifreunde in der Genossen-Elite der Regierungspartei eine geheime Parallelpolizei aufgebaut hatten, nämlich in der Absicht, auf eigene Faust neben der Sicherheitspolizei die Feinde des Reiches aufzuspüren, und zwar mit Hilfe etlicher illegaler Methoden.

Das Anstößigste daran war jedoch die Tatsache, daß sie sich dabei hatten erwischen lassen und das Land damit in ein tiefes Mißtrauen gegen alles gestürzt hatten, was mit geheimen Organisationen sowie Nachrichten- und Sicherheitsdienst zu tun hatte. Damit war der militärische Nachrichtendienst zum Teil gelähmt, da die Gefahr eines Flops, wie die amerikanischen Vettern so etwas nannten, das heißt das Risiko, erwischt zu werden und in Produkten des investigativen Journalismus und anderem Teufelszeug zu figurieren, sich verdoppelt hatte. Was noch vor ein paar Jahren ein üblicher kleiner Abhörskandal gewesen wäre, würde in der heutigen Lage zu einem ungeheuren Lauschangriff. Überdies brachte man den Nachrichtendienst mit verschiedenen politischen Gangstern in Verbindung. Hinzu kam, daß die hohen und höchsten Beschützer der politischen Gangster gegen außenstehende Militärs ganz anders mit den Muskeln spielen konnten als gegen ihre eigenen Leute.

Die operative Tätigkeit lag folglich mit allem, was sie umfaßte, ziemlich am Boden. Zumindest was das eigene Kerngebiet betraf, wie die Umschreibung für das schwedische Territorium lautete.

Bei den Verhältnissen etwa im Baltikum sah es anders aus. Die dortige nachrichtendienstliche Tätigkeit war dieses oder jenes Risiko wert. In der Verteilung der Geldmittel des Nachrichtendienstes hatten die sogenannten »Reisenden« eine mehr als doppelte Priorität erhalten. Dort wurden Risiken eingegangen, dort konnte man also geschnappt werden.

Aus genau diesem Grund beschäftigte sich Carl überhaupt nicht mit der Spionage im Baltikum und im übrigen Osteuropa. Er war neuerdings viel zu kostbar für die schwedischen Streitkräfte, als daß man ihn in irgendeinen Skandal verwickelt sehen wollte. Carl war, wie der vor kurzem ernannte Marinechef es formuliert hatte, das größte PR-Aktivum, das die schwedischen Streitkräfte seit den Tagen von Döbelns gehabt hatten. Er durfte sich also nicht mit gefährlichen Dingen beschäftigen, ganz im Gegenteil. Die Informationsabteilung des Generalstabs hatte sogar mehrmals vorgeschlagen, Carl solle in Schulen und bei Rotary-Clubs herumreisen und Vorträge über die Streitkräfte und die Notwendigkeit höherer Wehretats halten.

Der Modus vivendi, den Sam ausgeknobelt hatte, machte Carl zum Hauptverantwortlichen für Analyse und Bearbeitung der Erkenntnisse der gesamten Abteilung. So wurde er effektiv an den Schreibtisch gefesselt und brauchte nicht Gefahr zu laufen, als sein eigener Mythos in der Öffentlichkeit zu landen.

Es brachte jedoch auch mit sich, daß diese Montagstreffen langwierig und kompliziert werden konnten, da in der bearbeitenden Analyse so viele unterschiedliche Themen zusammengefaßt werden mußten. Der sowjetische Unterwasserverkehr in schwedischen Territorialgewässern ging weiter, wie es den Anschein hatte, vollkommen unabhängig von der gesamten Perestroika. Die dabei gewonnenen Erkenntnisse sollten politisch und operativ bewertet werden. Gleichzeitig sollte der Versuch unternommen werden, die Entwicklung im Baltikum zu analysieren und einzuschätzen, wie hoch das Risiko war, daß gerade die Entwicklung im Baltikum zum Sturz Gorbatschows führen könnte – womit selbstverständlich die Forderung verbunden war, daraus Schlußfolgerungen für die strategische Planung der schwedischen Streitkräfte zu ziehen. In Wahrheit beschäftigte man sich damit, die Zukunft der ganzen Welt zu beurteilen, als bestünde sie aus einem einzigen System von Dominosteinen.

So konnte es nicht ausbleiben, daß es bei diesen Konferenzen manchmal drunter und drüber ging, wie Stålhandske es ausgedrückt hätte.

An diesem Montag ging es besonders drunter und drüber. Und dennoch hatte Carl, Zukunft der Welt hin, Zukunft der Welt her, etwas auf dem Herzen, was nicht auf der vorläufigen Tagesordnung stand und was er selbst als schwieriger und auch als wichtiger ansah als den eventuellen Zerfall der Sowjetunion.

Die Uhr ging auf elf, bevor es soweit war.

»Nun«, sagte Samuel Ulfsson erleichtert und drückte seine sechsundzwanzigste Vita Bond aus – Carl hatte spaßeshalber mitgezählt –, »das dürfte dann wohl alles sein. Zusammenfassung und drei Kopien, strenge Geheimhaltung dieser Sache mit den U-Booten, alles andere wie üblich.«

Sam stand auf, streckte sich etwas und trat an ein Fenster, um es zu öffnen. Seit einer halben Stunde schneite es nicht mehr, und das Sonnenlicht schnitt scharf durch die Rauchvorhänge des Zimmers.

»Doch, da ist noch etwas«, sagte Carl mit angestrengter Beherrschung und legte zwei schriftliche Geständnisse auf den frisch aufgeräumten dunkelbraunen Schreibtisch seines Chefs. Samuel Ulfsson witterte sofort Unrat. Da war etwas Unbestimmtes in Carls Tonfall. Ulfsson ging schnell wieder zum Schreibtisch zurück, begann zu lesen und zündete sich schon nach wenigen Zeilen eine neue Zigarette an.

Carl wartete und bemühte sich dabei, alle Gefühle und Erwartungen sowie jeden Gesichtsausdruck auszulöschen.

»Das hier sieht wirklich nicht gut aus«, sagte Samuel Ulfsson und betonte dabei jedes Wort. Wie in Zeitlupe legte er die beiden Berichte auf die braune Schreibtischplatte zurück, »wirklich nicht gut. In Wahrheit ist es eine gottverdammte Katastrophe.«

»Ja«, sagte Carl, »so könnte man es vielleicht ausdrücken. Eine Katastrophe. Aber so was passiert nun mal.«

»So was passiert nun mal?«

»Ja.«

»Aber das hier sieht wirklich beschissen aus.«

»Ja, das ist es. Aber jetzt ist es passiert. Und damit stellt sich die Frage, was wir unternehmen sollen.«

»Leider müssen wir die Jungs feuern.«

»Warum?«

»Mußt du das noch fragen?«

»Ja. Ich frage nach deinem offiziellen Grund. Die Gewerkschaftsregeln gelten nämlich sogar für die Offiziere des Nachrichtendienstes.«

»Ich soll also keine Leute feuern können, die gegen die Gesetze verstoßen? Das ist zwar die weniger ernste Seite der Angelegenheit, ernst ist vielmehr, sagen wir, die Indiskretion. Ich nehme aber an, daß es verboten ist, Staatsbürger zu mißhandeln, und sei es aus den edelsten Motiven. Also Gesetzesübertretung. Also werden sie gefeuert.«

»So einfach ist es nicht.«

»Aha.«

»Nein.«

»Klären Sie mich auf, Herr Fregattenkapitän.«

»Yes, Sir!«

»Sei nicht albern, sondern klär mich auf.«

»Zu einem Verstoß gegen Gesetze kommt es erst, wenn du die Sache bei der Polizei anzeigst. Die Mühlen der Gerechtigkeit werden dann mit großer Wahrscheinlichkeit Gesetzesübertretungen feststellen. Eine der Konsequenzen unter anderem: Gefängnis für Leutnant Stålhandske und Leutnant Lundwall.«

»Wenn *ich* sie bei der Polizei anzeige?«

»Genau. Du bist derjenige, der die geheimen Berichte auf den Tisch bekommen hat. Auf dem Dienstweg.«

Samuel Ulfsson verstummte, drückte seine Zigarette aus und zündete sich sofort eine neue an. Ihm ging auf, daß Carl die Sache vorbereitet haben mußte und daß er eine Vorstellung davon hatte, wie man sich verhalten sollte.

»Hier«, sagte er und schob die beiden Berichte demonstrativ zu Carl hinüber.

»Ich habe sie noch nicht bekommen, habe sie nicht gelesen, habe keine gottverdammte Ahnung. Also, was tun wir?«

Samuel Ulfssons veränderter Tonfall und seine veränderte Körperhaltung, als er sich jetzt ruhig zurücklehnte, um zuzuhören, ließen Carl lächeln. Sie blickten sich in einem sehr kurzen Augenblick des Einverständnisses an. Darauf hatte Carl gewartet.

»Ich habe einen Vorschlag«, begann er betont behutsam. »Erstens ist es genau, wie du sagst. Du hast diese Berichte nie von mir erhalten. Ich bin der nächsthöhere Vorgesetzte der Jungs und habe ihre Berichte mit Rücksicht auf die Verteidigung des Reiches für geheim erklärt und den beiden befohlen, die Schnauze zu halten. Wenn das hier rauskommt, bin ich dafür verantwortlich. Und ich bin voll und ganz bereit, mich vor dem Verfassungsausschuß dafür zu verantworten.«

An dieser Stelle wurde er von einer kurzen, hustenden Lachsalve seines Chefs unterbrochen.

»Wenn ich also fortfahren darf. Unsere Verluste an Personal und Ausbildungsmöglichkeiten wären ungeheuer. Unsere Möglichkeiten, die Ausbildung der beiden Neuen in San Diego zu Ende zu bringen, würden in Gefahr geraten, und überdies würden wir eine entsetzliche Publizität erhalten. Es ist bedeutende Risiken wert, einer solchen Katastrophe entgegenzuwirken. Kannst du mir soweit folgen?«

»Ja, vorausgesetzt, daß ich nichts von dem gehört habe, aber das habe ich offenbar auch nicht. Aber was machen wir mit der Polizei?«

»Nichts. Für die Polizei übernehmen wir gar nichts. Das wäre ja noch schöner. Wenn auch nur andeutungsweise ruchbar wird, daß wir auf die Polizei Druck ausüben, würde es sofort an die Öffentlichkeit kommen. Wir werden uns also nicht an die Polizei wenden, sondern die Betroffenen und eventuellen Nebenkläger zum Schweigen bringen.«

Carl lächelte geheimnisvoll und sah zum ersten Mal während des Gesprächs etwas amüsiert aus, da er jetzt spürte, daß er seinen Plan durchdrücken würde.

Samuel Ulfsson erweckte jedoch den Eindruck, als traute er seinen Ohren nicht. Er holte vorsichtig und tief Luft, ohne zu husten, und beugte sich mit beiden Ellbogen auf dem Schreibtisch vor.

»Auch wenn ich nicht höre, was ich jetzt zu hören bekomme, fällt es mir schwer zu glauben, was ich höre. Erstens leisten sich meines Wissens nur die Franzosen solche Dinge, und zweitens, obwohl das eigentlich an erster Stelle kommen sollte, besteht für das gesamte Personal beim Nachrichtendienst ein absolutes Verbot, so etwas auch nur zu denken, was du soeben gesagt hast.«

»Ganz und gar nicht«, lächelte Carl. »Du hast einfach nur eine viel zu gewaltfixierte Phantasie. Das liegt vielleicht an schlechter Gesellschaft oder sonst etwas. Aber ich habe gemeint, was ich gesagt habe. Wir werden diese Skinheads zum Schweigen bringen.

Ich werde es selbst tun. Es wird ohne jede Gewalt geschehen, und es wird nichts herauskommen. Und die Betroffenen selbst, die Skinheads also, werden diese Lösung lieben.«

»Bist du sicher, vollkommen sicher, daß du einen Plan hast, der funktionieren wird?«

»Eindeutig ja.«

»Und es kann nichts herauskommen?«

»Dem Plan zufolge nicht.«

»Und es ist alles legal?«

»Das ist eine außerordentlich philosophische Frage. Wenn nichts herauskommt, ist alles legal. Jedenfalls geht es um nichts, was auch nur in die Nähe dessen kommt, was du zunächst geglaubt hast.«

»Gewalt, Erpressung, Drohungen, und so weiter.«

»Genau. Nichts davon. Ich würde vorschlagen, wir unterhalten uns nicht mehr über diese Sache, über die wir sowieso nie gesprochen haben.«

Samuel Ulfsson erhob sich. Das war das übliche Ende ihrer Begegnungen, und Carl machte sich bereit zu gehen. Er hatte die nicht existenten Berichte schon in seine Aktentasche gesteckt und war auf dem Weg zur Tür.

Er wurde zurückgehalten, als er gerade die Hand auf die Türklinke gelegt hatte.

»Ach ja, da ist noch etwas«, sagte Samuel Ulfsson, der sich plötzlich recht verlegen anhörte.

»Ja?« sagte Carl besorgt und ging wieder zu seinem Platz unter dem Gemälde mit der Abbildung diktatorischer militärischer Unterdrückung im Schweden des achtzehnten Jahrhunderts, wie Carl über das Motiv zu scherzen pflegte. Er setzte sich.

Samuel Ulfsson zündete sich langsam und umständlich eine neue Zigarette an. Das ließ Carl glauben, daß etwas sehr Unangenehmes bevorstand.

»Also, es ist so«, begann Samuel Ulfsson nach dem ersten tiefen Lungenzug. »The First Sealord kommt zu Besuch.«

»Ja. Und?«

»Wir betrachten den Chef der englischen Flotte als einen sehr wichtigen Gast.«

»Ja, selbstverständlich, und?«

»Die britische Admiralität hat einen sehr entschiedenen Wunsch geäußert. Ja, du kannst es dir vielleicht vorstellen. Er will den schwedischen James Bond kennenlernen. Du verstehst schon.«

»Fregattenkapitän Hamilton soll sich also in makelloser Uniform bei bestimmten Cocktailpartys einfinden? Etwa beim Oberbefehlshaber und ähnlich hochgestellten Persönlichkeiten?«

»Ja.«

»Verstanden. Zu Befehl.«

»Ja. Aber so einfach ist es nicht.«

»Wieso?«

»Der OB hat den Wunsch geäußert, du möchtest dir die Haare schneiden lassen und dich rasieren.«

Carl ließ ein langes und befreites Lachen hören. Zunächst lachte Samuel Ulfsson mit, verstummte dann aber abrupt, da er befürchtete, Carl würde dem Wunsch des Oberbefehlshabers nicht die gebührende Achtung erweisen.

»Es kommt dir vielleicht etwas kindisch vor, aber der OB will tatsächlich...« nahm Samuel Ulfsson erneut Anlauf.

»Mach dir keine Sorgen«, erwiderte Carl und wischte sich die Tränen aus den Augenwinkeln. »Das paßt perfekt zu meinen Plänen in der Frage, die ich dir nicht vorgetragen habe. Ich werde beim Ersten Seelord genauso aussehen wie auf der Pralinenschachtel.«

»Der Pralinenschachtel?« fragte Samuel Ulfsson verwundert.

»Ja, mach dir keine Sorgen. Du wirst eine Zierde der schwedischen Marine sehen. Frisch geschrubbt und sauber, glattrasiert und mit kurzen Haaren. Diese Maskerade ist aber für mehr Leute gedacht als nur den Ersten Seelord.«

Der Friseursalon lag in der Grevgatan, nicht weit vom Hauptbüro des alten IB entfernt. Es war ein moderner Salon, in dem man einen Termin bestellen mußte und in dem die Arbeit unter ständiger Musikberieselung vonstatten ging. Palmen in weißen Kübeln und Gummibäume sollten für Atmosphäre sorgen. Lundwall hatte ihm den Laden empfohlen, und Carl hatte sich unter dessen Namen einen Termin geben lassen.

Dennoch schien man ihn ablehnen zu wollen. Erst mit ein paar ärgerlichen Handbewegungen, hier gehe es nur mit Termin, und dann mit Blicken, die allgemeine Mißbilligung verrieten. Es waren musternde, demonstrativ abschätzige Blicke von den vom Schneematsch durchnäßten Turnschuhen bis zu dem schmutzigen, strähnigen Haar. Carl sah auf die Uhr und beschloß, sich nicht so abfertigen zu lassen. Der Empfang für den Chef der britischen Marine würde in drei Stunden beginnen.

»Ich warte«, sagte Carl kurz, schnappte sich ein Klatschblatt und setzte sich auf einen winzigen Stuhl in einer dünnen weißen Stahlkonstruktion neben einen der Gummibäume. Vier Friseure waren bei der Arbeit, und niemand wartete. Die Friseure waren ephebenhafte Gestalten, zartgliedrig, elegant und bewegten sich ein wenig ruckhaft und nervös. Vermutlich waren sie homosexuell. Vielleicht hatte Lundwall ihn auf den Arm nehmen wollen. Bei dem Gedanken, was passiert wäre, wenn Lundwall sich mit Stålhandske einen solchen Scherz geleistet hätte, verzog Carl den Mund. Dann erstarrte er, als einer der Kunden, der gerade fertig geworden war, sich bedankte, indem er seinen Friseur auf beide Wangen küßte. Es sah aus wie bei Schicki-Micki-Dämchen.

Carl stand auf und setzte sich auf den freigewordenen Stuhl, ohne etwas zu sagen. Damit hatte er sicher irgendeinen Fehler gemacht, denn die Epheben tauschten hinter seinem Rücken vielsagende Blicke aus. Sie schienen trotzdem zu dem Schluß gekommen zu sein, daß die einfachste Methode, ihn loszuwerden, darin bestand, ihm einfach die Haare zu schneiden.

»Na, was sollen wir denn mit so einem süßen jungen Mann machen?« fragte der Ephebe, der sich offenbar hatte opfern müssen.

»Nun ja«, sagte Carl zögernd und nahm die Brille ab. Er klappte sie zu, steckte sie in die Brusttasche und blinzelte sich in dem großen, hart beleuchteten Spiegel mit dem Chromrahmen zu. »Süßer junger Mann ist im Augenblick sicher etwas zuviel gesagt, aber ich möchte gern in einen außerordentlich konventionellen Typ verwandelt werden. Etwas in Richtung Börsenjobber vielleicht?«

»Wie hast du es dir denn gedacht, Süßer?« fragte der Ephebe, der selbst eine komplizierte Frisur hatte. Es war eine Mischung aus kurzgeschnittenem Haar und toupierter Wuscheltolle in Rosa und Silber.

»Ich hatte mir Rasieren, Schneiden und Waschen gedacht. Du siehst die Reste eines Scheitels. Ich möchte wieder einen Scheitel haben. Das Haar soll nicht über die Ohren reichen. Ich will aussehen wie ein Botschaftssekretär oder Direktionsassistent beim Arbeitgeberverband. Etwas in der Richtung.«

Sein Wunsch erregte ein gewisses Interesse, und der Ephebe änderte seine Haltung.

»Bist du Schauspieler oder so was?« fragte er. Der Ton überlegener Verachtung war verschwunden.

»Ja, das könnte man sagen. Ich soll in meiner nächsten Rolle einen Gentleman und Offizier spielen. Meine jetzige ist beendet«, erwiderte Carl und lehnte sich demonstrativ zurück, um anzudeuten, daß die Konversation beendet war. Der Ephebe zuckte die Achseln und begann mit der Arbeit.

Carl schloß anfänglich die Augen. Ihn störten das starke Licht und auch sein Spiegelbild. Als Maskerade war sein Aussehen ein Erfolg, das hatte sich immerhin gezeigt. Aber es war, als hätte er sich seelisch verändert, um in die Rolle des heruntergekommenen Kerls zu schlüpfen. In dem juckenden Bart blühten ein paar mit Schmutz gedüngte Pickel. Er sah käsig und müde aus, vielleicht auch etwas unglücklich vor Kummer, und fühlte sich auch so, wie er aussah.

Es begann mit der Rasur. Er wurde nach hinten geklappt, so daß sein Blickfeld oben an der weißen Decke landete. Als er Anfang zwanzig gewesen war, hatte er immer Angstphantasien von gerade dieser Position gehabt, nach hinten geklappt und mit den Armen unter einem weißen Umhang, wie er mit entblößtem Hals vor einem großen, grobknochigen Mann von italienischem Aussehen saß, der ein riesiges Rasiermesser in der Hand hatte. Es war vielleicht etwas, was er in einer Sonntagsvorstellung im Kino gesehen hatte, vielleicht irgendein Gangsterfilm über einen Mafiakrieg. Vielleicht war es auch ein Musical mit dem Titel »Sweeney Todd« gewesen, in dem es um den Friseur Sweeney ging, der seine Kunden ermordete und zerstückelte. Das Fleisch gab er seiner Frau, die daraus die beliebtesten Fleisch-*Pies* des East End machte, billig und nahrhaft.

Carl fehlte jedoch die Furcht. Diese Entdeckung machte er jetzt mit pulsierender Unruhe. Anfang zwanzig war er noch weit lebendiger gewesen. Damals hatte er von Zeit zu Zeit Alpträume gehabt, er könnte dieses Lebendige in sich verlieren. Wenn er jetzt Alpträume hatte, ging es darin um das genaue Gegenteil, zumindest erschien es ihm so. Er überlebte, aber andere Menschen starben, weil er selbst tötete. Es war, als hätte sich in den letzten Jahren eine Art Gleichgültigkeit seiner bemächtigt, die sich so behutsam und so allmählich weiterentwickelte, daß er die fortlaufende Veränderung nicht bemerkt hatte. Aber daß er jetzt keine Furcht spürte, hatte nichts mit Mut zu tun, dem Mut, den er sich Anfang zwanzig gewünscht hatte. Es hatte etwas mit Gleichgültigkeit zu tun, als hätte er sein Leben schon hinter sich, als wären alle Rechnungen beglichen und alle Fehler gemacht, als bliebe auf dem Weg zum Ende nichts als Überdruß. Etwas war vollkommen danebengegangen.

Es war absurd, daß er sich selbst bemitleidete. Den Meinungsumfragen zufolge war er der am meisten bewunderte Mann des Landes, weit vor dem Chef des größten Automobilunternehmens und dem Finanzminister. *Time Magazine* hatte ihn im letzten Jahr zum »Mann des Jahres« gemacht. Er war für den Rest seines Lebens von finanziellen Problemen befreit, und seine Frau oder die Frau, die er liebte, würde in drei Monaten einen Sohn oder eine Tochter zur Welt bringen. Er war der Jüngste, dem je eine so wichtige Position beim Nachrichtendienst anvertraut worden war, wie er sie jetzt bekleidete. Er hatte also einen Job, der für die ganze Nation wichtig war, er war unleugbar ein gottverdammter Erfolg, außer möglicherweise als Liebhaber. Und das war jedenfalls nichts, was ihn jetzt noch quälte; ihr Sexleben war jetzt ohnehin vorsichtig, da sie einen so dicken Bauch hatte.

Selbstmitleid war absurd, aber trotzdem war etwas grundlegend falsch. Ich bin ganz einfach unglücklich, dachte er. Warum sollte ich es nicht so einfach und altmodisch ausdrücken?

Doch damit stellte sich die Frage, warum. Hatte er ein schlechtes Gewissen gegenüber Menschen verdrängt, denen er geschadet oder die er so effektiv getötet hatte, daß er nur noch Phantomschmerzen in sich spürte, Schmerzen, die sich nicht mehr auf eine konkrete Wunde zurückführen ließen?

Oder war es dieser junge Clartéist, der ihm über die Schulter blickte und fragte, wie es mit dem Kampf für die Unterdrückten, für Gleichheit und Gerechtigkeit aussehe?

Was würde der Clartéist dem Fregattenkapitän sagen, wenn er jetzt durch die Tür käme, und was würde dieser antworten?

»Als du bei der Clarté Mitglied wurdest, war an deinem Engagement wahrhaftig nichts auszusetzen. Aber damals hast du natürlich nur eine halbe Million besessen, über die du nicht einmal verfügen konntest. Aber wie sieht es heute aus? Sind es fünfundzwanzig Millionen?«

»Ich glaube, es ist mehr, aber ich weiß es nicht.«

»Nun, aber das könnte ja manches erklären. Ein natürlicher Klassenstandpunkt?«

»Ich habe für die antiimperialistische Sache mehr als zwei Millionen gespendet.«

»Nobel. Sehr nobel. Wenn man davon absieht, daß das Opfer gar nicht so groß war, wie die Summe vermuten läßt, war es zu allem Überfluß auch noch Ablaßgeld. Du hast dich von der Schuld an einem Mord freigekauft. Wäre das nicht sogar ein paar Millionen mehr wert gewesen?«

»So einfach ist das alles nicht. Die Clarté war die dogmatischste Studentenorganisation, mit der ich je in Berührung gekommen bin. Für euch, ich meine für uns, war alles einfach. Sieh dich doch jetzt nur selbst an, vierzehn oder fünfzehn Jahre später. So einfach war das alles nicht.«

»Bring uns beide nicht durcheinander. Ich arbeite nicht bei den Spionagefritzen, ich bin kein Mörder.«

»Nein, aber du bist es geworden, was immer du mal wolltest. Hättest du die russischen Basen auf unserem Territorium nicht gesprengt?«

»Doch, selbstverständlich.«

»Hättest du diese israelischen Spezialisten nicht erschossen, wenn du es hättest tun können?«

»Doch, natürlich.«

»Hättest du die schwedischen Geiseln in Beirut nicht befreit, selbst mit Gewalt, wenn du die Möglichkeit dazu gehabt hättest?«

»Da bin ich mir nicht ganz sicher. Du hast immerhin Palästinenser getötet.«

»Ja, mit Hilfe des palästinensischen Nachrichtendienstes. Die Leute, die wir getötet haben, waren Gangster.«

»Na schön, sei's drum.«

»Und du wolltest die schwedischen Streitkräfte unterwandern. Was ist da besser, als Chef in der operativen Abteilung des Nachrichtendienstes zu werden?«

»Das kommt darauf an. Ich bin es aber nicht, du bist es, und du bist nicht mehr ich.«

»Wo gibt es dich denn?«

»In Kalifornien. Ich bin fleißig wie eine Biene, studiere so sehr, daß ich Tessie vernachlässige, aber das dient dem Zweck, mein Leben für etwas Wichtiges einzusetzen. Das kapitalistische Schweden ist verrückt genug, mir eine Ausbildung zu geben, die mich zu einer Waffe macht, und diese Waffe wird eingesetzt werden.«

»Für was?«

»Für das, was du immer wolltest, für Gerechtigkeit und den Kampf für die Sache der Unterdrückten. Aber du, was tust du? Ermordest für den westdeutschen Staat westdeutsche Terroristen, damit in Berlin wieder Ordnung herrscht.«

»Lustig, daß du das sagst. Jetzt herrscht in Berlin tatsächlich eine andere Ordnung, als du dir je vorgestellt hast. Wie steht es denn mit deinem Sozialismus?«

»Versuch mit mir bloß keine demagogischen Tricks. Weder du noch ich waren für das System in Osteuropa oder in der sozialimperialistischen Sowjetunion. Als Assistent der westdeutschen Terrorpolizei wollte ich mich allerdings auch nicht sehen.«

»Die wollten gegen ein Ziel in Schweden zuschlagen. Aus diesem Grund haben wir zusammengearbeitet. Es war eine gewöhnliche *search-and-destroy*-Operation, nichts, worauf du politische Wechsel ziehen könntest. Erzähl mir lieber mehr von dem, was du tust.«

»Ich bade viel, schwimme in dem kalten Wasser. Ich lache oft, weil ich glücklich bin. Man hat mich in der Universitätsmannschaft gerade zum Quarterback gemacht. Ich habe die Möglichkeit, zu einem unglaublichen Fiasko oder zu einem unerhörten Erfolg zu werden. Tessie hat schon gescherzt, sie wolle sich bei unseren *cheerleaders* einschleichen. Beim Training heute sind mir zwei Pässe von mehr als fünfzig Yards gelungen. Na ja, vom Handballspielen hat sich einiges erhalten, du weißt schon. Sonne und Salz lassen die Haut etwas brennen, das ist das einzige, was mir überhaupt Kummer macht.«

Carl fuhr zusammen, weil jemand in der Wirklichkeit etwas gesagt hatte.

»Verzeihung«, sagte er, »ich habe nicht zugehört.«

»Ja, hier ist eine recht breite Narbe. Sollte der Bart sie verbergen, oder wie hast du dir das gedacht?« fragte der Ephebe.

»Ich weiß«, sagte Carl, »aber da du die eine Seite rasiert hast, wirst du auch die andere rasieren müssen. Ich hatte mir vorgenommen, ein konventionelles Aussehen zu erhalten, und will nicht mit einem halben Bart herumlaufen.«

Eine runde Minute später war er völlig glattrasiert. Der Stuhl wurde hochgekippt. Carl trocknete sich das Gesicht und wurde mit Rasierwasser betupft.

Carl starrte in den Spiegel, um die Veränderung zu sehen. In dem, was er sah, lag etwas sehr Beunruhigendes, aber er konnte es nicht in Worte fassen.

Als ihm schon eine Weile die Haare geschnitten wurden, hatte er den Eindruck, als hätte auch der Ephebe etwas entdeckt, hatte das Gefühl, als geschähe etwas Unbestimmtes, vielleicht etwas Erschreckendes.

Der Blick des heruntergekommenen Kerls veränderte sich. Bis jetzt hatte er einen trägen, fast gleichgültigen Eindruck gemacht. Doch jetzt war es, als schärfte die Schere, die ihm das Haar schnitt, gleichzeitig den Blick, als wäre er ein umgekehrter Simson. Es wuchs tatsächlich eine völlig andere Gestalt hervor, eine vollkommen andere Rolle. Vielleicht war er Schauspieler, da er jetzt allmählich so bekannt erschien.

Carl betrachtete sich mit starrem Blick, dieses andere Selbst, als der Ephebe über den Ohren die letzten Details erledigte, damit kein einziges Haar zu lang wurde. Nach einem letzten Feinschliff mit einer Trimmschere ging der Ephebe ein paar trippelnde Schritte zurück, um zu kontrollieren, daß alles fertig war. Als er im Spiegel Carls Blick begegnete, erstarrte er. Dann spürte er, wie sich ihm an den Unterarmen die Haare sträubten.

Carl sah den Augenblick des Wiedererkennens, nickte mit der Andeutung eines Lächelns, stand auf und erweckte den Eindruck, als wäre er einen Meter größer als beim Betreten des Salons.

Die anderen Friseure hatten ihre Arbeit unterbrochen, standen reglos da und starrten mit offenem Mund. Einige der Kunden drehten den Kopf, um zu sehen, und auch sie sahen sofort.

»Was bin ich schuldig? Bar oder Kreditkarte?« fragte Carl so unbeschwert er es angesichts der starrenden Blicke aus sechs Augenpaaren vermochte.

»Nichts, absolut nichts, das geht auf das Haus«, stammelte der Ephebe, der Carl bedient hatte.

Carl wollte nicht im Bann der starrenden Blicke stehenbleiben. Er nickte kurz und freundlich, nahm seine Jacke und die Aktentasche und ging hinaus. Er sah auf die Uhr und stellte fest, daß er noch Zeit hatte, etwas zu trainieren und zu schießen, bevor es Zeit war, sich in Uniform herauszuputzen.

Im Salon waren zwei der ephebenhaften Männer dabei, Carl Gustaf Gilbert Hamiltons Haarbüschel behutsam zusammenzufegen. Jemand war schnell auf die brillante Idee gekommen, die Haare in kleine Plastikschachteln zu verpacken und zu verkaufen, ja, für was? Fünfhundert Kronen pro Locke? Oder tausend?

Stockholms Skinheads haben eigene Räumlichkeiten, den einzigen Jugendclub der Stadt, in dem der Ausschank von Bier erlaubt ist. Der Grund: das anerkannte Bedürfnis der Skinheads, sich zu betrinken. Und da es unmöglich wäre, sie in irgendeinem Lokal zu versammeln, geschweige denn, ihnen dort Alkohol zu servieren, sind hochkomplizierte bürokratische Arrangements nötig gewesen, diese sowohl in alkoholpolitischer wie sozialpolitischer Hinsicht äußerst kitzlige Frage zu regeln.

Das Problem, das gelöst werden sollte, ist jedoch die Frage der

Gewalt auf den Straßen Stockholms. Es ist zweifelhaft, ob zweihundert oder dreihundert junge Leute mit rasiertem Schädel, Springerstiefeln und amerikanischen Bomberjacken mehr als ein Tausendstel der Straßengewalt in Stockholm zustande bringen können. Aber da ihr Lebensstil so ist, daß er viel Aufmerksamkeit erregt, macht sich ihre Gewalt publizistisch am stärksten bemerkbar, was für die Skins sowohl negative wie positive Wirkungen hat.

Ein positiver Effekt sind die beiden zusammenmontierten Baracken mit Stereoanlage und Bierausschank neben dem Jugendhof Fryshuset im Stadtteil Söder. Die Skins sollen sich in den Baracken unter ihresgleichen betrinken, damit sie einschlafen, bevor sie auf den Gedanken kommen, die Straße unsicher zu machen.

Ein negativer Effekt ihres schlechten Rufs ist die Tatsache, daß sie vor Gericht strenger verurteilt werden, wenn man sie wegen Gewalttaten anklagt. In einigen Fällen werden vermutlich auch Unschuldige verurteilt. Auch das hat seinen Grund: Seit einigen Jahren hat die Allgemeinheit strengere Ansichten über Gewalt, seitdem die Presse behauptet, die Gewalt auf den Straßen nehme zu, auch wenn dies gar nicht der Fall ist.

Die Abende in den Räumen laufen fast immer gleich ab. Die rohe Rockmusik, ein besonderer Stil, der dem Punkrock nahe verwandt ist, dröhnt in dem sehr schwach beleuchteten Raum. Die Wände sind schwarz, staubig, mit Sinnlosigkeiten vollgekritzelt, wie es Außenstehenden erscheint, und manchmal sieht man das eine oder andere Hakenkreuz – das erste und vielleicht einzige, was einem Außenstehenden auffallen würde. Da fast alle Skins Raucher sind und eine Ventilation im eigentlichen Sinn fehlt, ist das Lokal entsetzlich verräuchert. Es dürfte kurz gesagt zweifelhaft sein, ob irgendeine Säule der Gesellschaft, beispielsweise ein Inspektor von der Alkoholabteilung der Sozialbehörde, falls ein solcher sich je hertraut, viel sehen oder hören würde. Ihm würden die Ohren mit einer Musik mit meist englischen Texten zugedröhnt werden. In dieser Musik geht es um die Hölle der Arbeiterklasse. Der beißende Rauch würde auch verhindern, daß er viel sieht.

Auf dem Tanzboden bewegen sich Körper wie in einer choreographischen Mischung aus Schlägerei und rohen Tänzen. Es geht rauf und runter, runter und rauf. Manchmal haben die Tanzenden sich gegenseitig die tätowierten Arme um die Schultern gelegt. Das könnte an Sado-Maso-Szenen aus irgendeiner obskuren Kellerhöhle in San Francisco erinnern. Ein Vergleich, der diese jungen Männer vermutlich tödlich verletzen würde, denn sie behaupten von sich, gegen jede Form von Perversität zu sein, gegen Schweinereien, gegen jede Rassenvermischung, gegen Kanaken, aber für die Nation, die sie liebten, Schweden nämlich, und für dessen Streitkräfte. Ihre Liebe zu den schwedischen Streitkräften bleibt freilich einseitig und unerwidert.

Eine einfache akustische Illustration dieses selbstverständlichen Umstands ist beispielsweise das Horst-Wessel-Lied. Dieses nationalsozialistische Kampflied wird etwa fünf oder sechs Mal pro Abend gespielt, denn es gilt als besonders »geil«, weil es die Bourgeoisie zum Wahnsinn treibt (obwohl die Skins, wie sie sich nennen, es so nicht ausdrücken würden), oder ganz einfach weil es ein Nazi-Lied ist.

Einige Skinheads sind Nazis oder versuchen es tatsächlich zu sein. Andere sind, falls sie sich überhaupt für Politik interessieren (abgesehen von der Auseinandersetzung des Schwedentums mit den Kanaken), fast Sozialdemokraten. Daß sie sich dennoch nicht in verschiedene Gruppen aufspalten, bietet Anlaß zu Verwunderung. Wären sie eine linksgerichtete Bewegung, hätten sich daraus schnell fünfzehn oder sechzehn Organisationen abgespalten.

Das Problem ist jedoch, daß es so wenige Skins gibt. Will man sich mit rasiertem Schädel und entblößten, tätowierten Armen unter Gleichgesinnten bewegen, muß man manches mit Nachsicht übergehen und auf das achten, was eint. Ein einigendes Band ist beispielsweise die Bewunderung für Karl XII., was irgendwie damit zusammenhängt, daß dieser schwedische König, der das Rußland Peters des Großen überfiel und das halbe schwedische Imperium verlor, damit dennoch dem Kommunismus entgegentrat und sich für das freie, nicht-kommunistische und rassenreine Schweden schlug.

Hitler-Porträts finden sich nicht an den Wänden. Die Hitlergegner unter den Skins reißen solche Bilder herunter. Hingegen finden sich Bilder von Karl XII. Auf die Idee, auch sie abzureißen, käme niemand.

Falls überhaupt etwas zu Beginn dieses Abends speziell war, dann die Tatsache, daß fünf oder sechs Kameraden eingegipste Beine oder Arme hatten oder daß ihre Kiefer durch Stahldraht zusammengehalten wurden. Der Anlaß dazu war jedoch kein großes Gesprächsthema mehr; manchmal bezog man eben Prügel, manchmal teilte man welche aus. Dieses Ereignis wies zwar die Besonderheit auf, daß die Skinheads zum ersten Mal mit der Polizei zusammenarbeiteten, doch das lag daran, daß sie von Polizisten zusammengeschlagen worden zu sein glaubten und daß die Polizei nicht glaubte, daß Kollegen die Täter waren.

In der hinteren Ecke des Raums, links von dem zerkratzten, aus Hartfaser- und Spanplatten bestehenden schwarzgestrichenen Bartresen, prügelten sich einige Jungen. Es war eher ein Spiel und keine richtige Schlägerei, etwa so, wie sich junge Wölfe im Kampf sowohl ihre Zärtlichkeit zeigen als auch die Rangordnung einüben. Von denen, die sich auf der Tanzfläche bewegten oder an der Bar Bier tranken, nahm niemand Notiz von der Schlägerei, die keine war. Ebensowenig diejenigen, die weiter hinten im Raum saßen und sich über Politik unterhielten, oder die, die auf der Sofagruppe beim Eingang hockten. Doch der vom Jugendamt der Stadt Stockholm bezahlte Anführer oder Barkeeper beschloß trotzdem, dem Krach ein Ende zu machen, bevor aus dem Spiel Ernst wurde. Aus diesem Grund senkte er den Geräuschpegel der Stereoanlage ein wenig und nudelte zum drittenmal an diesem frühen Abend das Horst-Wessel-Lied, um dem Tanz ein Ende zu machen und sich Spielraum zu verschaffen, falls er bei der Prügelei dazwischengehen mußte.

Ein kurzes Getümmel, dann trennten sich die Wölfe. In genau diesem Augenblick ging so etwas wie ein elektrischer Stoß aus Bedrohung und Gefahr durch den Raum. Mitten auf dem Fußboden stand ein erwachsener Mann aus der anderen Gesellschaft, der Gesellschaft da draußen. Er hatte eine Krawatte, schwarze Schuhe und einen Uniformrock an und hielt eine Schirmmütze unter dem Arm.

Doch wahrscheinlich nahmen die Skinheads zunächst nicht

diese Details wahr. Sie sahen erst die Rangabzeichen, vier goldene Streifen mit einer Öse, und als Militärenthusiasten wußten sie sofort, was das war.

Jemand schaltete das Horst-Wessel-Lied ab. Einem anderen gelang es, in einer Ecke des Raums ein paar Lampen anzumachen.

In der plötzlich hervorquellenden Stille sahen sie das gleiche und kamen als Herde zu einer gemeinsamen Einsicht. Der Mann, der da mitten in ihrem Clublokal stand, war Coq Rouge, Carl Gustaf Gilbert Hamilton, ein Mann, der nur – und auch das nur mit Zögern – von Karl XII. persönlich übertroffen werden konnte.

In dem stillsten Augenblick in der Geschichte der Skinhead-Baracke standen die auf, die gesessen hatten, einer salutierte, ein weiterer versuchte mit dem Hitlergruß zu grüßen, wurde von seinem Nebenmann jedoch brutal daran gehindert, und ein weiterer brach in anscheinend unmotivierte Tränen aus.

Carl vermutete, daß er jetzt noch einige Sekunden Zeit hatte, die Initiative zu behalten.

»Ihr wißt, wer ich bin. Ich bin hier, weil wir ein gemeinsames Problem haben. Ich brauche eure Hilfe«, begann er und sah sich um. Er machte eine lange Pause und ließ den Blick in der versteinerten, stummen Versammlung von einem zum anderen gleiten.

»Wir haben nämlich infolge eines Zusammenstoßes einiger meiner Jungs in der geheimsten Abteilung des Nachrichtendienstes und einigen von euch hier im Zimmer, soviel ich sehen kann, einigen Kummer.«

Er trat ein paar Schritte vor und ging dann etwas zur Seite, jedoch mehr, um beim Sprechen nicht steif und mechanisch dazustehen, als um Zeit zu gewinnen.

»Selbstverständlich werden die Streitkräfte denen von euch Schadenersatz leisten, die mit dem Nachrichtendienst zusammengestoßen sind. Selbstverständlich wäre es eine Katastrophe für die schwedischen Streitkräfte, wenn diese Sache herauskäme und die Polizei Leutnant A und Leutnant B schnappt. Ebenso selbstverständlich wäre es eine Katastrophe, wenn ihr einer Zeitung oder sonst jemandem etwas erzähltet, der es an eine Zeitung weitergeben kann. Das würde bedeuten, daß zwei von Schwedens besten Offizieren gefeuert werden und im Gefängnis landen. Es handelt sich zufällig um meine beiden engsten Mitarbeiter.«

Carl kam zu dem Schluß, daß alles, was er bis jetzt gesagt hatte, ohnehin dem gesamten Kameradenkreis zur Kenntnis gelangen würde, daß er jetzt aber die Grenze des absolut Notwendigen zu überschreiten drohte. Er wippte eine Weile auf den Füßen und ließ den Blick erneut über die Versammlung schweifen. Er achtete darauf, jedem einzelnen in die Augen zu sehen.

»Ich möchte diejenigen von euch, die Prügel bezogen haben, wie ihr sagt, bitten, mit mir in das Zimmer dort hinten zu kommen, rechts vom Eingang.«

Er machte auf dem Absatz kehrt und ging auf das Zimmer zu, das er bezeichnet hatte. Er sah sich nicht um, als hielte er es für selbstverständlich, daß ihm nur die richtigen Personen folgten.

Als er das Zimmer betrat, hielten sich dort drei Personen auf. Ein junger Mann döste mit einer Bierdose in der Hand unter einem der Stühle, und ein junger Mann und eine junge Frau hockten auf einem anderen Stuhl und gaben sich erotischen Übungen hin. Sie hatten die dröhnende Stille dort draußen offenbar nicht bemerkt. Sie hielten mehr aus Verblüffung über Carls Anblick inne, als daß sie sich gestört fühlten.

»Ich bitte sehr um Entschuldigung für mein Eindringen, aber ich muß diesen Raum eine Zeitlang ausleihen, ist das in Ordnung?« sagte Carl so leichthin wie möglich.

Die beiden Liebenden kamen taumelnd auf die Beine und begannen ihre Kleidungsstücke zurechtzurücken, ohne den Blick auch nur eine Sekunde von Carl zu wenden.

Dieser fühlte, daß er eine kleine Schlange hinter sich hatte. Jemand berührte ihn unabsichtlich mit einem eingegipsten Arm, doch er drehte sich nicht um. Der junge Mann vor ihm packte das Mädchen hart am Handgelenk, um das Feld so schnell wie möglich zu räumen. Auf halbem Weg überlegte er es sich anders, machte eine entschuldigende Geste zu Carl, packte seinen halb schlafenden Kameraden am Jackenkragen und schleifte ihn mit dem anderen Arm mit.

Carl biß sich auf die Lippe, um ernst zu bleiben, als er sich jetzt unter Aufbietung der größtmöglichen Würde auf den gerade erst freigewordenen Sessel aus schwarzem Kunstleder setzte, der am hinteren Ende des Raums stand.

»Könnte jemand für Licht sorgen?« fragte er, und sofort wurde es hell. Während die anderen sich an der Wand sowie auf den übrigen freien Stühle niederließen und die Tür schlossen, legte Carl seine Aktentasche auf den klapprigen Tisch und öffnete sie. Die Aktentasche enthielt kleine Bündel von Tausend-Kronen-Scheinen.

»Das hier ist Geld der Streitkräfte«, begann er geschäftsmäßig, »genauer, Geld des Nachrichtendienstes. Es wird ohne Quittung ausgezahlt. Es ist also steuerfreies Geld, das nirgendwo auftaucht. Für euch hier im Raum, und ich habe eine sehr gute Auffassung davon, wer ihr seid, hatte ich mir einen Schadenersatz von fünftausend Kronen pro Mann vorgestellt. Für eure drei Kameraden, die im Krankenhaus liegen, ist ein höherer Betrag vorgesehen. Ich wünsche, daß ihr mir die Adresse gebt. Noch etwas unklar soweit?«

Er sah sich um, doch in der andächtigen Stimmung fiel es niemanden ein, etwas zu sagen.

»Wie ihr versteht«, fuhr er in einem etwas entspannteren Tonfall fort, »geht alles zum Teufel, wenn diese Geschichte herauskommt. Ich kann nur darauf vertrauen, daß ihr die schwedischen Streitkräfte tatsächlich so unterstützt, wie ihr es zu tun behauptet. Angesichts des Zerfalls in Rußland brauchen wir mehr denn je einen funktionierenden Nachrichtendienst. Wenn meine Kollegen wegen dieses Zusammenstoßes am Standbild Karls XII. angeklagt und verurteilt werden, haben wir eine Katastrophe am Hals. Nun, wer bist du?«

Er zeigte auf den ihm am nächsten stehenden Mann mit eingegipstem Arm.

»Lars-Erik Gustaf Brännström, 690123–1357«, erwiderte der Angesprochene mit nervöser Heiserkeit.

»Aha, man nennt dich Nunne, nicht wahr? Okay, hier hast du deine fünftausend Kronen.«

Carl überreichte ihm das Geld und hakte Nunne auf seiner Liste ab. Dann sah er fragend zum nächsten hoch.

Die Prozedur war schnell erledigt. Carl machte seine Tasche zu und stand auf.

»Warte. Darf ich noch etwas fragen, bevor du gehst?« sagte Nunne.

»Ja?« sagte Carl und sah dem nervösen jungen Mann freundlich in die sehr hellen blauen Augen.

»Es ist so, daß ich Berufssoldat bin, Unterfeldwebel, und…«

»Das weiß ich. Du bist einer von denen, die durchs Netz geschlüpft sind. Gratuliere. Und?«

»Ja, also, wir, die wir Schweden lieben, wir lieben unser Land wirklich, warum… ich meine, warum seid ihr bei den Streitkräften so sehr gegen uns?«

»Weil ihr das Horst-Wessel-Lied spielt, weil ihr gegen die Demokratie seid, die die Streitkräfte verteidigen sollen. So einfach ist das.«

Nunne senkte den Blick. Karl XII., fast, hatte seine Liebe zurückgewiesen.

»Aber könntest du vielleicht etwas für uns tun, wenn wir diese Vereinbarung mit dir halten?« fuhr Nunne mit plötzlicher Energie fort, da ihm eine Idee gekommen war.

»Selbstredend«, erwiderte Carl, ohne auch nur mit einer Miene seine plötzliche Besorgnis zu verraten.

»Wäre es dir möglich, abends einmal herzukommen und einen Vortrag über den militärischen Nachrichtendienst zu halten?«

Carl dachte einige Augenblicke nach, bis er die Möglichkeit erkannte.

»Ja, selbstverständlich. Sobald wir wissen, daß diese Geschichte den schwedischen Streitkräften nicht geschadet hat, nicht zur Polizei durchgesickert und nicht in *Expressen* erschienen ist. Dann werde ich gern kommen.«

Er erhob sich langsam und etwas theatralisch, als wollte er die Bedeutung der jetzt noch wichtigeren Übereinkunft unterstreichen, den Vorfall unterm Deckel zu halten. Dann verließ er den Raum. Die anderen wichen wie ein Flüstern vor ihm zurück.

Auf der Vortreppe genoß er die kalte reine Luft. Dann sagte er zu sich selbst, seinem jungen *Selbst*, mit dem er im Frisiersalon gesprochen hatte:

»Ja, du siehst. Geld läßt sich bei den merkwürdigsten Anlässen einsetzen. Man kann es dem kämpfenden Volk Afghanistans spenden oder es faschistischen Lümmeln in Stockholm geben und es geheimes Geld der Streitkräfte nennen. Die Welt ist nicht so einfach, wie du geglaubt hast.«

»Nein«, erwiderte sein zweites, sein junges Ich, »sie ist nicht so einfach. Du hast soeben von eigenem Geld gezahlt, um eine ganz gewöhnliche Mauschelei sicherzustellen, um zu verhindern, daß Gesetzesbrecher vor Gericht gestellt werden. Dafür hast du eine Summe hergegeben, die zwei oder drei Trimestergebühren für mich an der University of California in San Diego entspricht.«

Åke Stålhandske fühlte sich in seinem neuen dunklen Anzug verlegen wie ein Konfirmand. Der Stoff spannte an seinem großen Körper, und als er sich prüfend hinunterbeugte und mit den Armen eine Bewegung machte, als wollte er jemanden umarmen, knackte es besorgniserregend in den Nähten. Er war für Konfektion nicht gebaut, doch sein Gehalt erlaubte nichts anderes.

Sein Vater nahm die Neuigkeit jedoch sehr feierlich auf. Es stimmte ja, daß Åke Stålhandske sich nicht so oft gemeldet hatte, wie es sich für einen Sohn gehört, daß er nie richtig erklärt hatte, worin sein Job beim Generalstab bestand, obwohl seinem Vater schon vor mehr als einem Jahr der Zusammenhang klar gewesen sein mußte.

Åke Stålhandske hatte versucht, sich mit Carl zu beraten und zu erfahren, was er seinen nächsten Angehörigen sagen und nicht sagen durfte, aber nur halb scherzhafte und leicht ausweichende Antworten erhalten.

»Was mich betrifft, ist es ja nicht so sehr das private Problem, da ich das meiste im Fernsehen vorgetragen habe«, hatte Carl gebrummelt und dann allgemein von dem Konflikt zwischen bestimmten menschlichen Verordnungen einerseits – denn grundsätzlich sei ausnahmslos alles in ihrem Job geheim – und bestimmten menschlichen Bedürfnissen andererseits gesprochen. Und da müsse Åke für sich persönlich entscheiden.

Dieser hatte versucht, mit sich zu Rate zu gehen. Was war nun seine Privatsache, und was waren die militärischen Geheimnisse des Reiches? Sein Vater war immerhin Offizier bis ins Mark und unzufrieden mit einem Sohn, der bald dreißig war und noch immer nur Leutnant. Sein Vater war stolz auf das, was er über die militärische Arbeit seines Sohnes begriffen zu haben glaubte. Denn er selbst war nie darüber hinweggekommen, daß er selbst gezwungen gewesen war, eine wahrscheinlich glänzende militärische Karriere aufzugeben.

Der Vater wußte, daß Carl oder Fregattenkapitän Hamilton, wie er ihn nannte, Åkes unmittelbarer Vorgesetzter war. Der Vater hatte am Fernseher im Vorjahr keine Sekunde der Vernehmungen vor dem Verfassungsausschuß versäumt, als Carl gezwungen gewesen war, ein gelinde gesagt offenherziges Bild davon zu zeichnen, womit sich operative Einheiten beim Nachrichtendienst beschäftigen konnten. Dennoch war nichts von den wirklich wichtigen Dingen durchgesickert.

Es war also nicht schwer vorherzusehen, wie das kommende Verhör beim Mittagessen ablaufen würde. Åke Stålhandske sah auf die Uhr und beschleunigte seine Schritte; Agenten erscheinen immer auf die Sekunde pünktlich.

Als er die Haustür erreichte, zeigte sich, daß sie mit einem neuen Codeschloß verschlossen war. In zwei Minuten sollte er sich einfinden. Er seufzte und zog sein umgebautes rotes Schweizer Armeemesser aus der Tasche, das nur zum Teil die Instrumente des Originals enthielt, betrachtete das Schloß und kam zu dem Ergebnis, daß es schneller gehen würde, die Tür mit Gewalt zu öffnen, als den Code zu knacken.

Eine Sekunde vor sieben läutete er an der Tür, und die alte Haushälterin machte sofort auf, als hätte sie hinter der Tür gestanden und gewartet. Oder als hätte Åkes Vater ihr vielmehr befohlen, es zu tun.

Dieser wartete vor dem Kaminfeuer, das in dem hohen Marmorkamin in der Halle brannte. Er hatte sich natürlich fein gemacht, war frisch rasiert, duftete nach Rasierwasser, hatte die Haare naß gekämmt, und im Knopfloch steckte eine kleine Rosette mit den Farben Finnlands, die er ständig trug. Die Rosette zeigte, daß er mit dem Freiheitskreuz dekoriert worden war.

Der Vater kam ihm entgegen und umarmte ihn kraftvoll und männlich, erstaunlich kraftvoll angesichts seines Alters und der Tatsache, daß er sich auf die Zehenspitzen stellen mußte, um es zu tun.

»Laß dich mal ansehen, Åke«, sagte er mit deutlichen Anzeichen von Rührung in der Stimme. Er hielt seinen Sohn mit einem festen Griff um die Oberarme. »Du bist ja ein richtig gutaussehender Junge geworden, oder etwa nicht, Hedvig?«

Hedvig murmelte schüchtern ihre Zustimmung und machte fast den Eindruck, als wollte sie zur Bestätigung einen Knicks machen.

»Sie können jetzt den Sherry servieren, Hedvig«, fuhr der Vater fort und nahm seinen Sohn beim Arm, um ihn in den ›kleinen Salon‹ zu führen, wo vor dem Essen der Sherry genommen werden sollte.

Åke Stålhandske verspürte plötzlich eine ganz entschiedene Sehnsucht nach etwas bedeutend Stärkerem, als ihm auf einem kleinen Silbertablett das geschliffene Kristallglas entgegengestreckt wurde. Er hatte sich nie so recht mit der theatralischen Veranlagung seines Vaters abfinden können. Es kam ihm vor, als wollte dieser mit Hilfe von Beschwörungen und äußeren Formen eine verlorene Welt festhalten.

»Nun, dann kann ich vielleicht endlich ein wenig davon erfahren, womit sich mein Sohn neuerdings beschäftigt«, kam der Alte direkt zur Sache, als sie einander zugenickt und die Sherrygläser vorsichtig auf den kleinen Tisch aus Walnußholz gestellt hatten, der die beiden schweren englischen Ledersessel trennte.

»Es ist nicht so ganz selbstverständlich, daß ich dich in alles einweihe, Vater«, begann Åke Stålhandske vorsichtig.

»Du bist also beim OP 5 unter Fregattenkapitän Hamilton?« fuhr der Alte fort, als hätte er den Vorbehalt seines Sohnes nicht einmal gehört.

»Ja, schon«, brummelte Åke Stålhandske. »Aber unsere gesamte Arbeit dort ist geheim, mußt du wissen.«

»Teufel auch, natürlich verstehe ich das. Geheim für den Russen und in weitem Umfang nicht einmal das, wenn ich daran denke, was Fregattenkapitän Hamilton im Fernsehen erzählt hat. Du hast mit ihm zusammengearbeitet? Ich meine, rein operativ?«

»Ja.«

»In den Zusammenhängen, über die er im Fernsehen berichtete?«

»Nein, in denen nicht.«

Der Alte verlor den Faden und hob seine weißen, sorgfältig gebürsteten Augenbrauen in einer Mischung aus Erstaunen und Enttäuschung, die nicht verfehlte, auf den Sohn Eindruck zu machen.

»Die schwierigsten und die geheimsten Operationen hat Fregattenkapitän Hamilton im Fernsehen nicht dargelegt«, beeilte sich Åke Stålhandske zu sagen, als wollte er seinen Vater begütigen oder trösten. Er bereute es im selben Augenblick, da die Anschlußfragen sich leicht vorhersehen ließen. Er beschloß, auf der Stelle zu seinem Reserveplan überzugehen.

»Sieh mal hier, Vater«, sagte er, tastete in seiner Jackentasche und hielt dem Alten dann eine kleine blaue Schachtel mit dem großen Reichswappen und einer goldenen Spange hin.

Der Vater betrachtete die Schachtel lange, bevor er sie öffnete. Dann sah er den Inhalt an, bevor er etwas sagte.

»Für Tapferkeit im Feld«, las er feierlich und verschloß behutsam die Schachtel. »Wie viele Schweden haben diesen Orden bekommen?«

»Drei, soviel ich weiß. Hamilton, ich und noch einer von uns aus derselben Gruppe. Doch der Grund dafür ist geheim, und ich darf an meiner Uniform nicht mal die entsprechende Ordensspange tragen. Du mußt das verstehen, Vater. Ich darf es nicht mal dir erzählen.«

»Du bist also auch dabeigewesen und hast mitgeholfen, dem Russen eins aufs Maul zu hauen«, stellte der Vater fest, nippte an seinem Sherry und schloß die Augen. »Das ist ja sozusagen so etwas wie eine Familientradition«, fügte er zufrieden hinzu.

»Was bringt dich dazu zu glauben, ich meine, was läßt dich glauben, daß es um die Russen ging?« fragte Åke Stålhandske nervös. Ihm ging auf, daß er sich schon mit dem Tonfall verraten hatte.

»Nun ja. Teufel, für eine Operation gegen Norweger oder Dänen habt ihr diesen Orden doch nicht bekommen«, gluckste der

Vater, der seinen Sohn mühelos durchschaut hatte. »Man braucht sich ja nur die Karte anzusehen. Ach, übrigens, da ist noch etwas, worüber ich nachgedacht habe, nämlich diese Geschichte in Vaxholm im letzten Jahr.«

»Ja?« erwiderte Åke Stålhandske. Er mußte sich räuspern und nahm einen tiefen und ungehörig großen Schluck aus dem Sherryglas. »Wieso Vaxholm?«

»Du sollst deinen alten Vater nicht auf den Arm nehmen. Es standen doch kilometerlange Spalten darüber in den Zeitungen. Einheiten des OP 5 vom Generalstab haben diese gottverfluchten Faschisten unschädlich gemacht, einen erschossen, einen verwundet und einen gefangengenommen. Es wurde ja auch veröffentlicht, daß Hamilton bei dieser Operation den Befehl führte. Warst du dabei?«

»Darauf darf ich nicht antworten, Vater.«

»Es würde deinen alten Vater sehr froh machen, wenn du tatsächlich dabeigewesen bist und mitgeholfen hast, ihnen zu geben, was sie verdienten.«

»Wieso? Es war keine besonders komplizierte Operation.«

»Weil es doch immerhin so etwas wie gottverfluchte Faschisten waren, die ihr erledigt habt. Bist du dabeigewesen?«

»Ja, Vater. Ich bin dabeigewesen.«

»Freut mich unerhört, wirklich unerhört.«

»Aber Vater, so können wir nicht weitermachen, wir...«

Er verlor den Faden, als er die weit aufgerissenen blauen Augen seines Vaters sah, die eine fast amüsierte Gewißheit auszustrahlen schienen: doch, genau so könnten sie weitermachen, und zwar mit absoluter Sicherheit, und dies war erst der Anfang.

Åke Stålhandske wurde vorübergehend gerettet, als Hedvig humpelnd die Schiebetüren zum Eßzimmer aufmachte und murmelte, die Suppe sei serviert. Im Eßzimmer brannten Kerzen, und Åke Stålhandske sah ein weißes Tischtuch und gefaltete Leinenservietten.

Die beiden Männer strebten feierlich je einem Ende des Tisches zu, verbeugten sich leicht voreinander und setzten sich. Der Alte rieb sich vergnügt die Hände, als er die Serviette auf den Schoß gelegt hatte, und hob dann demonstrativ seinen schweren Silberlöffel zum Zeichen, daß das Essen begonnen hatte. Sie aßen eine Zeitlang schweigend und machten zufriedene Gesichter, bevor das Gespräch wiederaufgenommen wurde. So war das Ritual.

Åke Stålhandske beschloß, es mit einer anderen Taktik zu versuchen. Wenn es so weiterging wie bisher, würde er nämlich erst davonkommen, wenn er ausführlich von allem berichtet hatte, was er nicht einmal andeuten durfte.

»Du mußt verstehen, Vater«, sagte er und betupfte sich mit der Serviette behutsam den Mundwinkel, »daß es kriminell von mir wäre, von unserer Arbeit zu erzählen, selbst dir. Laß uns lieber von deinen Geheimnissen sprechen.«

»Wieso Geheimnissen?« sagte der Vater. Der Gedanke schien ihn zu überraschen.

»Es gibt da das eine oder andere, was du mir nicht erzählt hast. Entweder ist es nicht mehr geheim oder ist es nie gewesen.«

Sein Vater antwortete zunächst nicht, sondern löffelte nachdenklich den Rest seiner Mockturtle-Suppe aus. Dann legte er ruhig den Löffel beiseite und nickte Hedvig zu, die an der Tür bereitstand. Sie humpelte herbei, um das Theater fortzusetzen, wie es bei besseren Leuten früher beim Essen zuging.

Dann begann der Vater zu erzählen. Er sprach in leichtem, ruhigem Ton, ohne daß Åke auch nur eine Frage stellen mußte.

»Wie du weißt, sprach ich ein perfektes Deutsch. Ich bin ja mit einer Deutschen verheiratet gewesen.«

Er machte eine Pause, um ein paar obligatorische Bestandteile des Rituals hinter sich zu bringen, nahm sich etwas von der Lachsterrine, prostete seinem Sohn mit dem Weißwein zu und blickte dann kurz an die Decke, als erwartete er Kraft von oben. Und dann begann er zu erzählen. Er machte keine Unterbrechung und wartete nicht auf Fragen, da ihm immer tief bewußt gewesen war, was sein Sohn nicht wußte.

»Nach dem Winterkrieg wurde ich in den finnischen Generalstab versetzt. In die Nachrichtensektion. So fing es an.«

4

Kriminalkommissar Ewert Gustafsson befand sich buchstäblich zu Hause in der Andra Långgatan in Göteborg, in der es niemandem einfiele, ihn wie bei der Kripo oben in Norrköping Kapitän Seebär zu nennen.

Er hatte etwas in der Nähe zu erledigen, oben in der Majorsgatan, aber da er ohnehin etwas zu früh dran war und das lange Warten ihn ungeduldig machte, hatte er in den Vierteln seiner Kindheit einen Spaziergang gemacht. Er überlegte, ob er seine Mutter besuchen sollte, beschloß aber zu warten, bis die Arbeit erledigt war. Sie würde sich nur verletzt fühlen, wenn er dauernd auf die Uhr sah und es beim Kaffeetrinken mit ihrem selbstgebackenen Kuchen eilig hatte. Das mußte warten, bis er mit der Arbeit fertig war. Er sah nichts Eigenartiges darin, daß Louise Klintén eine Vernehmung oben im Sahlgrenska entschieden abgelehnt hatte, in dem Krankenhaus, in dem sie arbeitete. Kein Mensch sieht es gern, wenn er am Arbeitsplatz von der Polizei Besuch bekommt, und sie hatte aus begreiflichen Gründen noch mehr dagegen einzuwenden als die Leute im allgemeinen. Ewert Gustafsson machte sich keine Illusionen über ihre Einstellung zur Polizei. Wenn sie tatsächlich die war, wofür die Kollegen von Säk sie hielten, mußte er sich auf einen ziemlich unfreundlichen Empfang gefaßt machen.

Das bekümmerte ihn jedoch nicht sonderlich. Er hatte den größten Teil seines Polizistenlebens in verschiedenen Kripo-Abteilungen zugebracht und hatte vermutlich zehntausend mehr oder weniger feindselige Menschen verhört, die mehr oder weniger gut logen. Dies machte sie aggressiv. Vielleicht lag es auch daran, daß die Situation sie verlegen machte, was oft genug zu Aggressivität führte.

Louise Klintén war jedoch nur von kalter Steifheit und korrekt, als sie die Tür aufmachte. Sie trug Jeans und einen glatten, weichen grünen Pullover und ließ nicht im mindesten erkennen, daß sie Ärztin war.

Ihr Mann war offenbar auch Arzt. Sie führte Ewert Gustafsson ins Wohnzimmer. Der Raum verriet ebensoviel über das hohe Einkommen der Bewohner wie über deren politische Neigungen. An den Wänden hing eine Mischung aus moderner Kunst, die teuer, aber unbegreiflich aussah, und gerahmten politischen Postern unter Glas, die absolut unmißverständlich waren. Die Möbel waren von jenem diskreten Typus, der für ein ökonomisch ungeübtes Auge wie von Ikea aussehen konnte, aber fünf- oder sechsmal soviel kostete. Zeitlose Eleganz nannte man das. Sie bat ihn, sich zu setzen, und er suchte sich einen hohen, stoffbespannten Sessel mit schmalen hellen Holzlehnen neben dem Sofa aus. Er stellte sein Tonbandgerät auf den rauchfarbenen Glastisch, worauf sie sich aufs Sofa setzte und die Beine hochzog. Dann rückte sie ihre Brille zurecht und betrachtete ihn eher mit Ironie als Feindseligkeit.

»Ja, wie Sie verstehen, Frau Dr. af Klintén...« begann er, wurde aber sofort unterbrochen.

»Klintén, ich heiße Klintén und nicht *af* Klintén.«

»Nein, Verzeihung. Warum nicht, übrigens?«

Er kannte die Antwort sehr wohl, und sie sah aus, als ginge sie davon aus, daß er es wußte. Sie antwortete aber trotzdem ruhig und wie selbstverständlich.

»Albernheiten. Diese Vorsilbe soll den Eindruck erwecken, als wäre man von Adel. Ich habe ganz einfach keine solchen Neigungen.«

»Hast du etwas dagegen, daß wir uns duzen? Es wird dann oft leichter, sich zu unterhalten.«

»Nein, natürlich nicht, schieß einfach los. Was willst du wissen? Etwa wo ich am Sonntagabend gewesen bin?«

»Ja, damit könnten wir anfangen. Einen Augenblick, ich will erst das Tonbandgerät einschalten.«

Er schaltete das Gerät ein und sprach die Routinesätze: Wer, wann und wo. Dann sah er sie fragend an. Sie holte Luft, als wollte sie sich beherrschen, bevor sie etwas sagte.

»Bin ich des Mordes an meinem eigenen Vater verdächtig? Habe ich das Recht auf einen Anwalt und all das?« sagte sie plötzlich in einem Atemzug.

Ewert Gustafsson beugte sich ruhig vor und schaltete das Tonbandgerät aus.

»Es ist so«, begann er und sah sie eine Zeitlang prüfend an, bevor er fortfuhr. »Du bist nicht verdächtig. Aber in Schweden ist es so, daß die meisten Verbrechen dieser Art von Familienmitgliedern begangen werden. Wir gehen deshalb so vor, daß wir dort anfangen und möglichst früh im Ausschlußverfahren weitermachen. Außerdem ist es ja so, daß gerade Familienangehörige oft Dinge wissen, die wir erfahren müssen.«

»Ihr hört mein Telefon ab und habt Leute losgeschickt, die mich und meine Freunde verfolgen. Das deutet ja in eine ganz andere Richtung.«

Sie sagte es im Tonfall einer ruhigen Feststellung, als könnte es da gar keinen Zweifel geben, obwohl niemand genau wissen kann, ob sein Telefon abgehört wird oder nicht.

»Nein«, erwiderte er, »das tun wir wirklich nicht. Wir haben weder Interesse noch Mittel für so etwas.«

»Bist du bei der Säpo?«

»Nein, warum sollte ich?«

»Weil es denen weder an Mitteln noch an Interesse fehlt. Wo arbeitest du dann?«

»Wie ich schon sagte, beim Gewaltdezernat der Polizei von Norrköping. Unsere Abteilung führt die Vernehmungen durch.«

»Ich bin aber keine Idiotin.«

»Nein, ich habe keinerlei Anlaß, das zu vermuten. Wieso?«

»Ich habe eure Fahndungsbeamten gesehen. Mehrere meiner Genossen haben sie auch gesehen. Ihr glaubt natürlich, hinter einem neuen Kurden-Mord her zu sein. Ich und einige meiner Terroristenfreunde stürmen an einem Samstagabend ins Haus, um meinen Vater zu ermorden und ihm Hakenkreuze in die Brust zu ritzen, weil Leute wie wir am Wochenende nichts Besseres zu tun haben. Gute Theorie.«

Sie hörte sich nicht im mindesten aufgeregt oder auch nur sonderlich wütend an. Sie sprach immer noch, als träfe sie eine einfache berufliche Feststellung, als ginge es etwa um eine Krankheitsdiagnose.

Ewert Gustafsson rutschte unruhig hin und her. Er glaubte ihr und glaubte auch den Zusammenhang zu verstehen. Die Kollegen von Säk waren unterwegs und führten ihre Talente als Fahnder vor. Kein Wunder, daß sie nie einen Spion schnappten.

»Ich kann nicht ausschließen, daß es sich so verhält, wie du sagst«, begann er vorsichtig. Er war unschlüssig, wie weit er gehen sollte. »Ich bin aber nur ein gewöhnlicher Kriminalbeamter. Wir beschäftigen uns nicht mit so was. Wir wollen dich nur hören, um vielleicht etwas Neues zu erfahren. Du weißt vielleicht etwas, was für unsere Ermittlung von Bedeutung ist. Das ist alles. Können wir jetzt anfangen?«

Er machte eine fragende Handbewegung und beugte sich zu dem Tonbandgerät vor. Als sie nickte, schaltete er es erneut ein.

»Also, dann nehmen wir die Vernehmung wieder auf...«, begann er und wurde erneut unterbrochen.

»Am Sonnabend war ich mit meinem Mann von 19.00 Uhr an, ach, nein, übrigens, wir kamen etwas zu spät, sagen wir von 19.10 Uhr an zu Hause bei kurdischen Freunden. Sie gaben ein kleines Fest draußen in Majorna. Es dürften rund zehn Personen anwesend gewesen sein. Wir blieben den ganzen Abend dort. Wir können uns also gegenseitig Alibis geben. Das Problem besteht möglicherweise darin, daß sämtliche Anwesenden verdächtige Gestalten sind.«

»Wieso verdächtige Gestalten?« fragte Ewert Gustafsson, ohne eine Miene zu verziehen.

»Sei nicht albern. Entweder Sozialisten oder Kurden und in einigen Fällen beides. Folglich verdächtig in den Augen der schwedischen Polizei.«

»Jaja, schon gut. Wir können die Namen später festhalten, aber ich hatte eigentlich vor, an einem anderen Ende anzufangen, wenn du entschuldigst.«

Er räusperte sich und fuhr fort: »Wie war das Verhältnis zwischen dir und deinem Vater?«

»Schlecht, aber nicht so schlecht, daß... ja.«

»Wie kam das?«

»Das läßt sich leicht erklären. Wie du weißt, war mein Vater General und zwar mit den Wertvorstellungen eines alten Generals. Er sah es als Schande für die Familie an, daß ich mich mit

Hilfsarbeit in Kurdistan befaßte. Er sagte, er werde mich enterben. Lauter Albernheiten dieser Art.«

»Politische Meinungsverschiedenheiten also?«

»Ja, das kann man ruhig sagen. Du weißt sehr wohl, wo ich politisch stehe.«

»Nein, ich bin Kriminalbeamter und befasse mich nicht mit so was. Wo stehst du denn politisch?«

»Ehemals Mitglied der KPML-r, Mitglied des Unterstützungskomitees für Kurdistan und der Vereinigung Ärztliche Hilfe für Kurdistan. Mein Mann hat ähnliche Neigungen.«

»Aha. Und dein Vater?«

»Wo er politisch stand?«

»Ja.«

Sie sah ihren Vernehmer kurz verblüfft an und ließ dann ein kurzes und schnell unterdrücktes Lachen hören.

»Er stand sozusagen rechts.«

»Wie weit rechts?«

»Du möchtest wissen, ob er Nazi war oder etwas in der Richtung?«

»War er das?«

»Nein, das kann ich ehrlicherweise nicht behaupten. Vater war tief reaktionär, aber wie du weißt, bin ich 1949 geboren, und das, was möglicherweise Deutschland-Sympathien und so etwas gewesen waren, waren jedenfalls abgewaschen, als ich aufwuchs.«

»Warum hat man ihm wohl ein Hakenkreuz in die Brust geritzt? Was glaubst du?«

»Darüber habe ich natürlich nachgedacht, aber keine Antwort gefunden. Ich glaube nicht, daß irgendwelche Nazis dagewesen sind, um ihre Unterschrift dazulassen. Er lebte ja noch, als es ihm in die Brust geschnitten wurde.«

»Woher weißt du das?«

»Weil ich das Gutachten des Gerichtsmediziners angefordert habe.«

»Wie hast du das geschafft?«

»Weil ich Ärztin bin und weiß, wo man anrufen muß, und weil ich als nahe Angehörige ein Recht dazu habe.«

»Nun, wie ist deine Meinung zu dem, was du gelesen hast?«

»Jemand muß meinen Vater grenzenlos gehaßt haben, bedeutend mehr als ich selbst, das kann ich versichern.«

»Und wer kann einen so grenzenlosen Haß empfunden haben?«

»Wenn ich auch nur die leiseste Ahnung hätte, würde ich es dir sagen. Aber das habe ich nicht. Du wirst schon meine Mutter fragen müssen, aber ich bin nicht so sicher, daß sie in diesem Punkt sehr kooperationswillig ist.«

»Warum nicht?«

»Weil sie sich irgendwie schämt. Sie hat eine fast panische Angst davor, daß diese Geschichte mit dem Hakenkreuz herauskommen könnte. Ich meine... Es ist klar, daß das sowohl für ihn wie für uns Hinterbliebene erniedrigend ist. Aber...«

»Ja, was für ein Aber?«

»Aber ihre Besorgnis steht sozusagen nicht im richtigen Verhältnis zum Ganzen. Das Entsetzliche ist ja der Mord und nicht das Verhalten der Mörder.«

»Der Mörder?«

»Ja?«

»Du hast gesagt der Mörder, als meintest du mehrere Personen. Woher weißt du, daß es kein Einzeltäter gewesen ist?«

»Das kann ich nicht wissen. Es war nur eine Vermutung.«

»Und worauf gründet sich diese Vermutung?«

»Auf den Bericht des Gerichtsarztes. Es hat in der Bibliothek ja, wie soll ich sagen, eine recht umfangreiche Aktivität gegeben. Ich habe mir einfach nur vorgestellt, daß es mehrere Personen gewesen sein müssen.«

»Hm. Weißt du, was mit dem Wort ›ed‹ gemeint sein kann? Ja, du weißt ja selbst, weshalb ich frage.«

»Nein, ich habe darüber nachgedacht, kann es mir aber nicht erklären.«

»Hat dein Vater irgendeinem Geheimbund angehört, etwa den Freimaurern?«

»Von einem Geheimbund weiß ich nichts, aber er war natürlich Mitglied verschiedener militärischer Zusammenschlüsse. Ich weiß nicht viel darüber, aber es fällt mir schwer zu glauben, daß es ein Vereinsleben mit heiligen Eiden oder derlei gewesen ist oder daß die Mitglieder sich in Särge legen mußten.«

»Särge?«

»Ja, du hast ja eben die Freimaurer als Beispiel genannt. Die müssen sich in Särge legen und heilige Eide schwören. Meine Mutter weiß mehr über derlei. Sie muß überhaupt viel mehr wissen als ich. Sie ist ja während des Krieges dabeigewesen.«

»Und dein Bruder: Glaubst du, er könnte mehr wissen als du?«

»Wir sind ja nach dem Krieg aufgewachsen, und da waren alle Gespräche über Politik verpönt. Von Politik wurde nicht gesprochen, weder über Außen- noch über Innenpolitik. Möglicherweise wurde gelegentlich über die Sozis gejammert, die Schwedens Verteidigung untergraben, und so weiter, aber derlei wurde zu Hause, wie ich glaube, nicht mal als Politik gewertet.«

»Hast du das Gefühl, daß ... wie soll ich sagen, daß die Art, wie der Zweite Weltkrieg zu Ende ging, das Thema Politik verpönt werden ließ?«

»Das ist eine verdeckte Art, noch einmal zu fragen, ob mein Vater Nazi war.«

»Ja, das ist es.«

»Der Gedanke ist mir auch schon gekommen, aber ich bin bei der Beurteilung dieser Frage nicht besonders objektiv.«

»Wieso? Es geht doch um deinen Vater, den du dein ganzes Leben lang gekannt hast.«

»Ja, den ich aber während meines Erwachsenenlebens auch verabscheut habe, so wie er mich verabscheut hat, wie ich glaube, und das aus Gründen, die ich schon angedeutet habe. Natürlich habe ich mir schon vorgestellt, daß er wohl einer von denen war, die auf einen Sieg Deutschlands hofften. Es gab ja solche schwedischen Offiziere, vermutlich sogar recht viele. Ich kann solche Überlegungen aber nur darauf gründen, daß ich ihn für einen zutiefst unsympathischen Menschen hielt.«

»Wie ist dein Verhältnis zu deiner Mutter?«

»Erstaunlich gut. Wir haben uns manchmal sogar heimlich getroffen.«

»Heimlich?«

»Ja. Nachdem der alte General seine Tochter verstoßen oder seine schützende Hand von ihr zurückgezogen hatte oder wie er das nannte, war ich zu Hause nicht mehr willkommen. Mama hat dann manchmal so getan, als hätte sie in Göteborg etwas zu erledigen. Er dürfte schon begriffen haben, weshalb, und da haben wir uns sozusagen heimlich getroffen. Mama ist eine warmherzige und vernünftige Frau, in vielen Dingen das genaue Gegenteil von ihm.«

»Glaubst du, sie könnte uns Angaben vorenthalten, die für uns von Bedeutung wären, um... um die Familienehre zu schützen oder wie wir das nennen sollen?«

Zum ersten Mal während des Verhörs erhielt Ewert Gustafsson keine prompte Antwort. Sie verstummte und rieb sich mit dem Zeigefinger die linke Schläfe, während sie nachdachte. Dann kam sie zu einem schnellen Entschluß.

»Von diesem Verhör werden Abschriften ausgefertigt?«

»Ja, Wort für Wort.«

»Und wenn es zu einem Prozeß gegen irgendwelche Mörder kommt, wird das Verhör damit öffentlich?«

»Ja, das stimmt.«

»Und selbst wenn es nicht öffentlich wird, ist es beispielsweise einem Senatspräsidenten ohne weiteres möglich, die Akten anzufordern, etwa so, wie ich medizinische Journale anfordern kann?«

»Ja, das kann man nicht ausschließen.«

Sie zeigte demonstrativ auf das Tonbandgerät, und Ewert Gustafsson beugte sich sofort vor und schaltete es aus.

»Dann laß uns etwas informeller sprechen, wenn dir das lieber ist«, sagte er und setzte sich bequem zurecht, als hätte ihn die veränderte Körperhaltung zu etwas anderem gemacht als einem lauschenden Kriminalbeamten.

»Ja«, sagte sie lächelnd, »es wäre vielleicht doch etwas viel verlangt, daß die Familienmitglieder einander in die Haare geraten, nur weil ihr uns dazu bringt, bestimmte Dinge über die anderen Familienangehörigen zu sagen.«

»Ja, das kann man so sehen. Dann gehen wir es etwas informeller an. Glaubst du also, daß deine Mutter etwas über den Hintergrund deines Vaters wissen könnte, das sie mit Rücksicht auf Öffentlichkeit, Skandal und derlei zurückhält?«

»Ja, ohne Zweifel. Mein Vater war während des Krieges nämlich Nazi. Vielleicht ist das mehr als alles andere die Ursache für das schlechte Verhältnis zwischen uns.«

»Dann wäre also die Schlußfolgerung erlaubt, daß derjenige, der dieses Hakenkreuz auf seine Brust ritzte, jemand ist, der ihn gerade wegen dieses Symbols verabscheut?«

»Eher als jemand, der sozusagen seine Signatur hinterlassen wollte? Ja, ohne Zweifel.«

»Aber man ermordet doch keinen alten Mann, weil man seine politische Einstellung vor fünfzig Jahren verabscheut?«

»Nein, das ist es ja gerade. Jemand muß ihn für etwas gehaßt haben, was er getan hat, und nicht für etwas, was er vor fünfzig Jahren gemeint oder gedacht hat.«

»Genau. Und damit stellt sich natürlich die Frage, wer dieser Jemand ist.«

Sie zuckte resigniert die Achseln.

»Ich habe nicht die leiseste Ahnung«, sagte sie. »Über die Vergangenheit wurde zu Hause ja nie gesprochen. Wie gesagt, vielleicht weiß Mama etwas, aber auch das weiß ich nicht.«

»Nun, dann machen wir weiter«, sagte Ewert Gustafsson. Er beugte sich vor, drückte auf die Aufnahmetaste und stellte dann eine Reihe formeller Fragen, welche Personen zu dem kritischen Zeitpunkt am Sonnabend zusammen gewesen seien, genauer bei einem Fest im Stadtteil Majorna, mehr als vierhundert Kilometer vom Tatort entfernt.

Natürlich würden diese Angaben sorgfältig kontrolliert werden. Doch das war eher eine Formsache. Ewert Gustafsson war davon überzeugt, das alles stimmen würde. Seine berufliche Intuition sagte ihm, daß Louise Klintén endgültig von der Liste der eventuell Verdächtigen gestrichen werden konnte. Unabhängig davon, was die Kollegen von Säk über Kurden und Kommunisten dachten.

Carl fühlte sich fast angsterfüllt unzulänglich. Was früher einmal Vierteljahresberichte gewesen waren, in denen die Nachrichtenlage zusammengefaßt wurde, war im Gleichklang mit der galoppierenden Entwicklung in Osteuropa zu Monatsberichten geworden. Und es kam Carl jedesmal vor, als würde man dem Nachrichtendienst im voraus geschriebene Weltgeschichte abverlangen.

Beim Chef des OP 5 strömten jede Woche und jeden Tag Berichte der verschiedensten Organe des Nachrichtendienstes zusammen. Sie enthielten Angaben, die in technischer Hinsicht völlig verschiedene Sprachen sprachen, aber Carl war jetzt dafür verantwortlich, sie in eine begreifliche Sprache zu übersetzen und zusammenzufassen. Jeder General mit einem normalen Fachwissen sollte sie lesen können, zur Not auch der eine oder andere Politiker. In den Stapeln auf Carls Schreibtisch mischten sich so unterschiedliche Dinge wie EDV-Listen der Funkanstalt der Streitkräfte, die den Funkverkehr der jüngsten Zeit auf eine Weise analysierten, wie sie nur von Computerexperten gelesen werden konnten, und ökonomisch-politische Berichte des Osteuropäischen Wirtschaftsinstituts, die Carl manchmal so vorkamen, als wären sie mit Ausnahme von Dozenten der Nationalökonomie für jeden unlesbar. Hinzu kamen verschiedene Berichte von den Berichterstattern seiner eigenen Abteilung im Osten. Dabei handelte es sich entweder um sogenannte Reisende oder auch um ganz einfache Spione. Wie die Berichterstatter sämtlicher Nachrichtendienste aller Zeiten und Systeme neigten sie sichtlich dazu, ihre Entdeckungen ins rechte Licht zu rücken. Sie bauschten die Bedeutung insgeheim zurückgezogener Militäreinrichtungen auf oder maßen aufgeschnappten Gerüchten über kommende Veränderungen oder Intrigen zwischen der Sowjetmacht und dem Baltikum eine Bedeutung zu, die ihnen nicht zukam.

Irgendwo in all dem sollte eine objektive Wahrheit stecken. Das war ein einigermaßen anständiger intellektueller Ausgangspunkt. Oder zumindest eine Hoffnung. Oder so etwas wie Selbstüberredung, damit er sich dazu motivieren konnte, eine gewisse Systematik in die Unordnung zu bringen.

Obwohl die Objektivität in Zweifel gezogen werden konnte. Vermutlich wollte der Oberbefehlshaber Analysen auf den Tisch bekommen, die sich in polemischer Absicht gegen den linken Flügel der Regierungspartei richten ließen, ferner gegen die Friedensbewegung und einen großen Teil der einflußreichen Massenmedien, die jetzt der Meinung waren, man könne die schwedischen

Streitkräfte nach Hause schicken. Jetzt sei der Frieden gekommen. Für jeden Jäger könne man so und so viele Kindergartenplätze einrichten, und der Westen habe schon gewonnen.

Es stimmte, daß der Westen gewonnen hatte. Aber es war ebenfalls wahr, daß die Friedensbewegung in all ihren Erscheinungsformen den Prozeß verzögert und um ein Haar vielleicht sogar verhindert hatte. Während der Amtszeit eines liberalen und netten amerikanischen Präsidenten wie Carter hatte die Friedensbewegung den westlichen Vorsprung gebremst, die Indienststellung von Neutronenbomben verhindert, so daß Breschnjew den Rüstungswettlauf fortsetzen konnte. Ferner hatte dies der Sowjetunion ermöglicht, in Afghanistan einzumarschieren, mit der Folge, daß die Reformpolitik in Osteuropa erst mit mehrjähriger Verspätung einsetzte.

Während der Amtszeit eines ziemlich reaktionären amerikanischen Präsidenten des Typs Westernheld, Ronald Reagan nämlich, hatte die Friedensbewegung nicht viel zu bestellen. Sie konnte die Aufstellung von Mittelstreckenraketen nicht verhindern, und damit erreichte die Sowjetunion ihre Schmerzgrenze.

Die Frage war, ob sich der militärischen Bereitschaft Schwedens eine vergleichbare Analyse zugrunde legen ließe. Das war ohne Zweifel das Wunschresultat, das im besten Fall von dem schwedischen Nachrichtendienst erwartet wurde.

Auf einem Gebiet ließ sich eine vergleichbare Argumentation auf jeden Fall anwenden. Die Unterwassertätigkeit der Sowjetunion auf schwedischem Territorium hatte nicht aufgehört, sondern nur den Charakter verändert. Welche Erklärung auch dafür gefunden wurde, ob die politische Führung das Militär nicht mehr kontrollieren konnte, oder ob die politische Führung Gründe hatte, mit dieser Art Kriegvorbereitung fortzufahren, jedenfalls hatte es für Schweden und die schwedischen Streitkräfte große Bedeutung.

Carl erkannte die Gefahr, die darin lag, die Grenze zwischen objektiver, sachlicher Analyse und politischer Polemik zu überschreiten.

Er wählte eine strategische Perspektive statt einer taktischen; es war ohnehin sinnlos, sich auf kurze Sicht in Kreml-Astrologie zu vertiefen oder Wetten abzuschließen, wie lange Gorbatschow sich noch würde halten können, bevor der Aufruhr der Sowjetunion ihn hinwegfegte.

Wenn man versuchte, ein paar Jahre in die Zukunft zu sehen, was unter anderem die amerikanischen Spionagesatelliten taten, zeigte sich eine absolut katastrophale Perspektive.

Carl überlegte kurz, was der neutrale schwedische Nachrichtendienst eigentlich dafür bezahlen mußte, Zugang zu dem amerikanischen Satellitenmaterial zu erhalten. Das wußte er nicht und durfte es nicht wissen. Er sollte nicht einmal darüber nachdenken, sondern nur die Erkenntnisse anwenden. Es mußte jedoch unweigerlich teuer sein, bedeutend teurer als der übliche Austausch der Erkenntnisse aus der Funküberwachung. Die schwedischen Spionageflugzeuge über der Ostsee flogen ja praktisch in Diensten der USA. Formal waren sie neutral, in Wirklichkeit jedoch kaum, da der größte Teil der Ausrüstung amerikanisch war.

Wie auch immer. Das Material lag jedenfalls vor und sprach eine kalte, objektive Sprache. Auch die schwedischen Computer waren bei einer Doppelkontrolle zu den gleichen unerbittlichen Ergebnissen gelangt. Er selbst und Joar Lundwall hatten das Kontrollprogramm entwickelt, was ihn ebenso wie die Spione und »Reisenden« draußen im Feld dazu brachte, auf diese Entdeckungen besonders großes Gewicht zu legen, da es seine eigenen waren.

Die Sowjetunion stand vor einer gigantischen Umweltkatastrophe mit Konsequenzen, die man im Westen noch nicht einmal ahnte. Große Teile ihres Territoriums würden innerhalb von zehn Jahren vielleicht geräumt werden müssen. Der Nahrungsmittelmangel in der Sowjetunion war zu einem entscheidenden Teil eine Folge der Umweltzerstörung. In den fruchtbarsten Gebieten des Schwarzerde-Gürtels waren dreißig bis vierzig Prozent der Humusschicht erodiert. In der Kalmückischen Autonomen Republik gab es schon jetzt Europas erste Wüste, im Augenblick fünfhunderttausend Hektar groß, doch in stetiger Ausdehnung begriffen.

Der Aralsee war dabei auszutrocknen, und die Flüsse mit den romantischen Namen, an die Carl sich schwach aus dem Gymnasium erinnerte, Syr-Darja und Amu-Darja in Zentralasien, gab es nicht mehr.

Das Trinkwasser, das in Zentralasien noch vorhanden war, enthielt so hohe Bestandteile krebserregender Stoffe, daß Kehlkopfkrebs, Leberschäden sowie Mißbildungen bei neugeborenen Kindern dazu führten, die mittlere Lebenserwartung unter das Niveau der ärmsten Länder der Dritten Welt zu senken. In manchen Gegenden betrug die durchschnittliche Lebenserwartung bei Männern nur noch achtunddreißig Jahre. Größere Völkerwanderungen oder Tod. Millionen Menschen mußten umgesiedelt werden oder sterben. So sah es aus.

Man hätte also meinen können, der Feind läge in Todeszuckungen. Doch inmitten dieser vernichtenden Armut gab es immer noch die Kapazität zur Vernichtung der Welt. Dieses Paradoxon sollte beurteilt, gewogen und gemessen werden.

Infolge des Nahrungsmittelmangels waren vermutlich weiterer Aufruhr und Tumulte zu erwarten. Die Sowjetarmee würde bald vor der entsetzlichen Möglichkeit stehen, eine Republikhauptstadt nach der anderen einzunehmen.

Die Alternative war der Zerfall des Staates.

Die westliche Welt würde mit einiger Leichtigkeit weitere militärische Interventionen in Städten wie Tiflis und Baku akzeptieren. Wenn die Sowjetarmee aber nach Riga, Tallinn und Vilnius geschickt wurde?

Amerikanischen Beurteilungen zufolge, zumindest nach den Beurteilungen der CIA, was als amerikanische Sicht zu gelten hatte, war eine solche Entwicklung »unannehmbar«.

Damit erhob sich die Frage, was damit gemeint sein konnte.

Dort lag also die Kriegsgefahr. So sah er aus, der Todeskampf des Riesen, der Zerfall des Imperiums. Es gab Kriegsrisiken, die so neu und unschwer vorstellbar waren, daß es Mühe machte, sie zu Papier zu bringen. Der europäische Krieg würde nicht an der Grenze zwischen Ost- und Westdeutschland beginnen, die übrigens schon bald gar keine Grenze mehr sein würde.

Der europäische Krieg würde unter Umständen in Tallinn anfangen können – Hilfsaktionen, erstmals seit dem Zweiten Weltkrieg ausländische Truppen auf sowjetischem Territorium.

So. Bis auf weiteres etwa so.

Carl arbeitete schnell, nachdem er dem Material seine Grundlinie entnommen hatte. Als die Zusammenstellung zur Abschrift fertig war, war er einigermaßen zufrieden. Das Kreml-astrologische Machtkampfsignal war auf Anhänge reduziert, und er hatte die Betonung auf die strategische Perspektive gelegt.

Fünf Minuten vor drei war er mit der Arbeit des Tages fertig, das heißt mit der Papierarbeit. Und da das, was ihm jetzt bevorstand, irgendwie noch schwieriger erschien, ging er den Korridor hinunter und wusch sich das Gesicht. Er ließ die Hähne laufen, bis das Wasser nicht mehr kälter wurde.

Was er Åke Stålhandske sagen mußte, war nicht leicht. Sie waren keine engen Freunde, standen einander aber sehr nahe, näher als die meisten engen Freunde.

Eins stand fest: Er wußte zuwenig über Åke Stålhandske. Einerseits wußte er alles über dessen taktische Fähigkeiten, die ja gelinde gesagt beträchtlich waren, sowie seine Fähigkeit, sich in der EDV zusammen mit Joar Lundwall nützlich zu machen. Diese Fähigkeit war weniger entwickelt. Andererseits wußte Carl zuwenig über Åke Stålhandske als Menschen im Frieden, außerhalb des Kampfes, nämlich bei Tageslicht und in gewöhnlicher Kleidung.

Ihre Beziehung gründete sich auf Dunkelheit. Sie würden gemeinsam im Dunkeln operieren. Die Dunkelheit war ihr Freund und der Feind des Feindes. In der Dunkelheit würden sie immer überlegen sein.

Doch das war kaum die Hauptrichtung der nachrichtendienstlichen Arbeit. In der Hauptsache ging es um Papiere, Analysen und Berichte in drei Ausfertigungen, um Volkswirtschaft und Umweltzerstörung.

Ihre gemeinsamen Erfahrungen waren ganz außergewöhnlich und würden mit allerhöchster Wahrscheinlichkeit nicht wiederholt werden können. So war es.

Und im Augenblick war ein nichts Böses ahnender – oder ahnte er doch etwas? – Åke Stålhandske zu ihm unterwegs. Es war fünf Sekunden vor drei.

»Herein«, sagte Carl, als es klopfte. Es war ein kurzes Morsesignal, das Wort ORCA, Stålhandskes Codename.

Carl machte ein ausdrucksloses Gesicht, fuhr sich mit der Hand durch sein frischgeschnittenes Haar und tat, als bemerkte er

Stålhandskes erstaunte Miene nicht, als dieser den wiederauferstandenen Hamilton vor sich sah. Carl zeigte auf einen der Stühle.

»Was ich dir zu sagen habe, wird dir nicht gefallen«, kam er sofort zur Sache, »aber ich sollte dir lieber gleich sagen, wie es aussieht. Man wird dich zu den taktischen Einheiten der Nachrichtenreserve versetzen. Du beginnst morgen mit einem Kurs an der Militärhochschule mit dem Ziel, so schnell wie möglich eine Beförderung zum Kapitänleutnant zu erreichen, und wirst bis auf weiteres als Ausbilder an der Küstenjägerschule untergebracht.«

Carl lehnte sich etwas zurück, als entspannte er sich, nachdem er jetzt alles auf einmal gesagt hatte.

Åke Stålhandske machte den Eindruck, als sackte er zusammen, als hätte man eine Nadel in einen Luftballon gestochen, was angesichts seiner Körperkraft eine eher unwahrscheinliche Vorstellung war.

»So, the shit definitely hit the fan«, seufzte er resigniert.

»Yeah, you might say that«, entgegnete Carl weich.

Wenn sie sich unter Druck fühlten, fiel es ihnen leicht, ins Amerikanische zu wechseln. Bei den wenigen gemeinsamen Operationen hatten sie aus Sicherheitsgründen Englisch als Befehlssprache gewählt.

»Ist das diese Geschichte mit dieser gottverdammten Faschistenbrut? Wie geht die überhaupt weiter?« wollte Stålhandske wissen, nachdem er sich erstaunlich schnell gefaßt hatte.

»Ja, die Sache steckt natürlich dahinter«, sagte Carl vorsichtig, denn er wußte, daß es nicht die ganze Wahrheit war.

»Sam wants somebody's ass?«

»You might say that too. Aber wir haben es so geregelt, daß es notfalls mein Arsch ist, der geopfert wird. Ich bin dabei, diese Sache zu regeln. Weder ihr noch Sam dürft erfahren, wie, aber ich übernehme die Verantwortung. Offiziell hat Sam eure Berichte nicht erhalten, aber er hat sie natürlich gelesen.«

»Gehst du selbst ein Risiko ein?«

»Ja, aber das können wir außer Betracht lassen. Ich glaube, es wird sich alles erledigen. Im schlimmsten Fall kommt es zu einem Skandal, aber nicht zu einem Prozeß. *But it's more to it than that.*«

»Habe ich etwa meine Obliegenheiten als Offizier des schwedischen Nachrichtendienstes versäumt?« fragte Åke Stålhandske und brachte Carl damit zum Lächeln, nicht nur wegen der förmlichen Sprache.

»Nein, zum Teufel, Åke. *You are the best und you know it.* Aber du bist nicht nur ein Bauernopfer infolge des Zusammenstoßes mit unserer verwilderten dunkelbraunen Stockholmer Jugend. Deine Arbeitsmöglichkeiten im EDV-Büro werden durch deine, sagen wir deine etwas exzentrische Art, mit einem Philologieexamen statt einem Master of Science in Computertechnik aus San Diego zurückzukehren, ein wenig eingeengt.«

»Dafür habe ich mir eine andere Technologie angeeignet, die ihr nicht beherrscht«, knurrte Åke Stålhandske mürrisch.

»Aber ja. Es ist nur so, daß gerade diese Technologie ausgerechnet für den schwedischen Nachrichtendienst die unmöglichste ist. Man kann uns dabei erwischen, daß wir ein paar Nazijünglinge verprügeln. Das ist zwar nicht gut, aber wir überleben es. Wir können geschnappt werden, weil wir in finnischen oder sowjetischen Territorialgewässern Abhörbojen auslegen. Das ist immer noch nicht gut, aber wir überleben auch das. Der Teufel weiß, ob man uns nicht sogar bei einigen bestimmten Morden schnappen könnte und uns selbst dann mit einem blauen Auge davonkommen ließe, nun ja, es käme sehr darauf an, was für Morde es sind. Aber wenn man uns beim Abhören erwischt, bricht die Hölle los. Und gerade Abhörtechnik ist deine Spezialität. *Tough luck.*«

»Das ist doch verrückt.«

»Ja, es ist wirklich verrückt. Es ist Politik. Aber da diese Sozi-Gangster in der, ja, wie sollen wir das nennen, der außerordentlichen Sicherheitspolizei in den letzten Jahren mit ihren Wanzen erwischt worden sind, sind Lauschangriffe zum schlimmsten Vergehen geworden. Das hat nichts mit Logik zu tun. Aber es ist uns kurz gesagt verboten, selbst in einer entscheidenden Situation diese Technik einzusetzen. Wo bewahrst du übrigens dein Material auf?«

»Zu Hause in der Wohnung. Ich habe zwei zusätzliche Waffenschränke.«

»Das ist nicht gut. Wir müssen uns etwas anderes einfallen lassen.«

»Vernichtung?«

»Sei nicht albern. Die politische Lage kann sich ändern. Die operative Lage vielleicht auch, und du weißt, worauf es in solchen Fällen ankommt. Nämlich auf dich und Joar.«

»Ich komme im Trainingsanzug von der Küstenjägerschule angelaufen? Was soll ich dort übrigens unterrichten?«

»What do you think, sucker?«

»Nahkampf.«

»Nun ja. Nahkampf.«

»Das wird nicht leicht.«

»Nein, ich weiß. Ich setze aber voraus, daß *Kapitänleutnant* Stålhandske begreift, daß es nicht beabsichtigt ist, die Schüler totzuschlagen.«

»Ja. Wie machen sich übrigens unsere Neuen?«

»Du meinst in San Diego?«

»Ja.«

»Bisher gut. Einer von ihnen ist übrigens Halbitaliener, zweisprachig. Wie du weißt, fliege ich bald zu einer Inspektionsreise rüber.«

»Teufel, wie du mich hereingelegt hast, als du damals auftauchtest. Ich war so gottverdammt sicher, du seist Amerikaner.«

»Auf gewisse Weise sind wir das auch, *Orca*. Diese fünf Jahre machen einen irgendwie zum Amerikaner. Daran kommen wir kaum vorbei.«

»Bei mir ist das nicht so. Ich werde nie etwas anderes sein als ein Finnlandschwede.«

»Wieso?«

»Weiß nicht. Es liegt nicht daran, daß ich etwas gegen amerikanischen Football oder Hamburger mit Käse oder so was hätte. Aber es hat etwas mit Familie und Geschichte und solchen unbestimmbaren Dingen zu tun. Ich habe gestern zum ersten Mal seit langer Zeit meinen Vater wiedergesehen.«

»Ach, wie schön. Wie geht's dem Alten?«

»Nun, wie immer, würde ich sagen. Finnlandschwedischer Kleinadel, weiße Leinenservietten, na ja, du weißt schon, und erst spät am Abend etwas mehr Schnaps, aber dann muß man saufen wie ein ganzer Mann. Und dann holte er sein Freiheitskreuz raus, und dann schlief er ein. Ich befestigte ihm das Freiheitskreuz an der Brust und trug ihn dann ins Bett.«

Carl schwieg eine Zeitlang. Åke Stålhandske war kein Vielredner, und dies war vermutlich einer der längsten zusammenhängenden Berichte, die er je von Stålhandske erhalten hatte. Aber da war so etwas wie ein Unterton. In den Worten lag mehr, als diese ahnen ließen.

»Was möchtest du sagen, Åke?« fragte Carl mit unbewußt gesenkter Stimme.

»Nicht sehr viel. Nur, daß ich den Alten bewundere. Er schlug sich erst für die Freiheit, dann weigerte er sich, für die Nazis zu kämpfen, und das trotz der Sache Finnlands und allem anderen. Ich bereue nicht, daß diese Nazibrut was auf die Schnauze gekriegt hat.«

»Hm«, sagte Carl. »Das ist keine politische Frage, sondern eine praktische, taktische. Gegenwärtig sind wir in Schweden nur drei qualifizierte Operateure. Mit etwas Glück haben wir in ein paar Jahren fünf. Es geht um Osteuropa. Finnland grenzt an Osteuropa. Wir werden dich immer brauchen.«

»Im Augenblick aber nicht?«

»Nein, im Augenblick nicht. Was gedenkst du mit unserem Vorschlag zu tun?«

»Ich werde meine jungen Küstenkollegen behutsam behandeln«, sagte Åke Stålhandske. Er erhob sich und deutete einen amerikanischen Gruß an, bevor er ohne ein weiteres Wort den Raum verließ und leise die Tür hinter sich schloß.

Carl blieb reglos sitzen und kaute auf einem Bleistift herum. Es schmerzte ihn. Auch mit einer Beförderung zum Kapitänleutnant würde Åke Stålhandske seine Versetzung natürlich als Degradierung empfinden. Er war ein Vollblutkämpfer, da gab es keinen Zweifel. Bei bestimmten Dingen, die mit dem Geheimdienst zu tun hatten, sprach sein Aussehen gegen ihn. Er war ein Mann, der selbst einem Wrestler wie Hulk Hogan eine Todesangst einjagen konnte, das stand ebenfalls fest.

Vor einigen Minuten jedoch hatte Carl in einen ganz anderen Stålhandske hineingeblickt, und er war nicht sicher, was er gesehen hatte.

Åke hatte nicht einmal danach gefragt, ob es für Joar Lundwall irgendwelche Konsequenzen gab. Nein, natürlich nicht. Lundwall hatte in einer recht anständigen und im Augenblick sogar politisch erwünschten Disziplin sein Examen gemacht. Er würde natürlich innerhalb der besonderen Sektion in der EDV-Einheit bleiben und natürlich ebenfalls zum Kapitänleutnant befördert werden. Schlimmstenfalls würden sich die beiden bei einem der obligatorischen Kurse treffen.

Orca, der Killerwal, als Nahkampfausbilder für junge Küstenjäger. Gott bewahre die Küstenjäger.

Carl überlegte, ob er seinen Entwurf des Vierteljahresberichts hervorholen sollte, der wieder zu einem Monatsbericht geworden war, fühlte sich im Kopf aber irgendwie leer, als wäre der Kontrast zwischen dem, was der Job tatsächlich war, und dem, was sich *Orca* davon erhoffte, so groß, daß er sich nicht mehr durchmogeln zu können meinte.

Es war vier Uhr nachmittags. Er konnte ebensogut nach Hause gehen und das Essen vorbereiten. Nein, dann mußte er auch einkaufen, und mit seinem wiedergewonnenen Aussehen wollte er nicht in einen Supermarkt gehen, obwohl das Risiko, wegen Ladendiebstahls verdächtigt zu werden, jetzt beseitigt war. Er konnte aber nach Hause gehen und etwas früher trainieren, damit sie früher essen konnten, denn Eva-Britt schien das so lieber zu haben.

Er streckte die Hand nach dem Telefonhörer aus, um sie anzurufen. In diesem Moment betrat Beata das Zimmer und legte ihm einen gelben Telefonzettel auf den Tisch. Es hatte den Anschein, als wollte sie gleich wieder gehen.

»Was soll das, Telefonzettel?« fragte Carl erstaunt. Hunderte von Menschen wollten ihn jede Woche in den verschiedensten Angelegenheiten sprechen, angefangen bei Theorien darüber, welche Absicht die Sowjetunion mit ihren Mini-U-Booten verfolge, bis hin zu der Frage nach dem wahren Willen Gottes, aber es kam niemand durch. Die Telefonistinnen des Generalstabs hatten das schon zu einer Gewerkschaftsfrage über Neueinstellungen oder höhere Gehälter gemacht. Er bekam ganz einfach keine Telefonzettel.

»Sie hat Sam angerufen und gesagt, sie kenne dich, und Sam hat mich gebeten, dir den Zettel zu geben«, sagte die Sekretärin und ging hinaus.

Carl betrachtete den gelben Zettel. Er hatte Klebstoff am Rand, der ihn auf der Schreibtischplatte festhielt.

Grand Hotel Zimmer 450 Telefon 22 1020 Tessie O'Connor. Ruf mich so schnell wie möglich an.

All seine schwedische Geborgenheit, all das Vorhersehbare, die lange, lineare Zukunft mit oder ohne Herrenhaus auf den Mälarinseln – Eva-Britt war nicht sonderlich entzückt gewesen – fuhr plötzlich Achterbahn mit ihm. Seine Welt stand Kopf.

»Nein!« fauchte er zwischen zusammengebissenen Zähnen und zerknüllte mit weiß werdenden Knöcheln den Telefonzettel.

Dann überlegte er es sich und strich mit vorsichtigen Bewegungen den Telefonzettel glatt und befestigte ihn vor sich auf der braunen Schreibtischplatte. Er las ihn einige Male von Anfang bis Ende durch, während er nachzudenken und sich zu entscheiden versuchte.

Dann griff er entschlossen, mit verzweifelter Entschlossenheit, zum Telefonhörer und rief die Wachhabende der Polizeiwache 1 an.

»Hej«, sagte er kurz und gehetzt, »es sind einige Komplikationen entstanden. Ich werde wahrscheinlich sehr spät nach Hause kommen.«

»Was ist das für ein komisches Heulen in der Leitung. Rufst du vom Auto aus an?« fragte sie munter.

Carl betrachtete verblüfft den Hörer in der Hand. Aus Versehen oder aus Instinkt hatte er die abhörsichere Leitung benutzt.

»Nein«, lachte er, »es ist nur ein Funktelefon. Es ist nichts Gefährliches. Ich werde mich wahrscheinlich nur etwas verspäten. Du solltest vorsichtshalber etwas essen. Dann können wir sehen, ob wir noch ein Stück Brot essen, wenn ich nach Hause komme.«

»Mit Sardinen, Oliven und Ketchup«, kicherte sie.

Sie hatte in letzter Zeit Appetit auf merkwürdige Dinge. Es war genauso, wie man es Schwangeren nachsagte.

Rune Janssons Befürchtungen bewahrheiteten sich sehr schnell. Es würde nicht leicht sein, Herta *af* Klintén erneut zu verhören. Ihr harter Blick war in dieser Hinsicht mehr als deutlich, und Rune Jansson verfluchte im stillen seine moderne schwedische Nettigkeit als Chef; es war ja Kapitän Seebärs Job gewesen. Er war für die Vernehmungseinheit bei der Ermittlung verantwortlich. Es war natürlich vernünftig, daß Kapitän Seebär einen Tag oder zwei in Göteborg blieb, um den Sack zuzumachen, was die wilden Kurden- und Kommunistenspuren der Sicherheitspolizei betraf. Je eher da alle Zweifel ausgeräumt wurden, um so besser.

Jetzt saß er also mit einer überdimensionalen englischen Teetasse in der einen Hand da und versuchte mit der andere, krümelige Scones zu manövrieren.

»Ich muß trotzdem sagen, daß es etwas gibt, wofür ich der Polizei dankbar bin. Das hat sie wenigstens gut erledigt«, sagte sie, als sie die Teetasse auf eine Weise hinstellte, die Rune Jansson vermuten ließ, es gäbe irgendeine geheime Oberschichtregel, derzufolge Tee jetzt nicht mehr getrunken werden dürfe.

»Es gibt wirklich... wirklich nicht viel, wofür Sie dankbar zu sein hätten... uns gegenüber, meine ich«, erwiderte Rune Jansson verlegen, da der mehlige Teekuchen ihm am Gaumen klebte und er versuchen mußte, ihn mit der Zunge wegzuschieben, während er sprach.

»Doch. Ich meine, daß es der Skandalpresse nicht gelungen ist, Dinge breitzutreten, die für uns schrecklich peinlich wären. Nein, eher quälend. Ich meine, für uns in der Familie.«

»Sie meinen... die Art und Weise, wie Ihr Mann zugerichtet wurde?«

»So kann man es ausdrücken, ja.«

»Ich fürchte allerdings, daß wir darüber noch ausführlicher sprechen müssen, Frau af Klintén.«

»Sie meinen über Hakenkreuze und... und derlei?«

»Ja, genau.«

»Unter der Bedingung, daß nichts herauskommt. Können Sie mir das zusagen?«

Sie hatte ihm schon halb ihre Zustimmung gegeben und möglicherweise auch eine halbe Zusage. Er konnte ihr jedoch nichts von dem versprechen, was sie offenbar wünschte, daß nämlich »nichts« herauskommen würde. Die Polizei bemühte sich im Augenblick zwar darum, daß »nichts« herauskam, da sie früher oder später einen Verdächtigen verhören mußte, der am besten nicht schon alles in der Abendpresse gelesen hatte.

Wenn dieser Verdächtige jedoch angeklagt wurde, würde es zum Prozeß kommen. Wenn man ihm die Tat nachwies, würde er seine politischen Motive eingehend erklären müssen. Und dann würde sich dieses Nichts schon bald in Alles verwandeln. Zumindest nach Herta af Klinténs mutmaßlicher Sicht der Dinge.

»Sie zögern mit der Antwort, Kommissar Jansson?«

»Ja. Lassen Sie es mich so sagen. Solange die Ermittlungen andauern, werde ich mein Äußerstes tun, damit diese Details nicht durchsickern. Das kann ich versichern.«

Er schluckte und wandte sich ab. Er war verlegen, weil er ihr nur eine halbe Wahrheit gesagt hatte, die im Grunde eine Lüge war.

Sie nickte langsam und nachdenklich. Um ihren Mundwinkel straffte sich die Haut.

»Nun, was ist es denn, was Sie offenbar so gern wissen möchten?« fragte sie nach einer demonstrativen Pause. Sie betonte jedes Wort. Rune Jansson ahnte, daß er gleich zur Sache kommen mußte. Diese stählerne Frau würde er nie vorsichtig von der Grundlinie aus besiegen können. Er mußte gleich ans Netz.

»Ihr Mann war während des Krieges offenbar Nazi-Sympathisant«, stellte er fest, schob seine Teetasse zur Seite und klappte das Notizbuch auf. In ihrem Fall war es besser, sich Notizen zu machen, statt ein Tonbandgerät zu benutzen. Das würde sie eher schweigsam machen.

»Darf ich Ihnen eine persönliche Frage stellen, Kommissar Jansson?« fragte sie mit plötzlich gesenkter Stimme, als hätte seine einfache Frage sie mittschiffs getroffen.

»Ja, natürlich«, erwiderte er schnell.

»Wann sind Sie geboren?«

»Sie meinen, in welchem Jahr?«

»Ja. Ich habe nicht nach dem Sternzeichen gefragt.«

»1943.«

»Dann waren Sie am Ende des Zweiten Weltkrieges also zwei Jahre alt.«

»Ja, ungefähr, ja.«

»Was wissen Sie über den Zweiten Weltkrieg?«

Die Frage verwirrte ihn. Er mußte nachdenken, bevor er antwortete.

»Ich nehme an, ich habe eine normale Allgemeinbildung. Warum wollen Sie das wissen?«

»Weil das, was Sie normale Allgemeinbildung nennen, nichts weiter bedeutet, als daß Sie das Urteil der Geschichte im Gepäck haben. Sie haben nur die Protokolle dessen im Gedächtnis, der hinterher schlauer ist als andere vorher.«

»Aber Ihr Mann war in den Vierzigern und Sie selbst in den Dreißigern, als der Zweite Weltkrieg zu Ende ging. Sie haben das also anders erlebt, sozusagen eine andere Geschichte, oder wie soll ich das ausdrücken?«

»Eine andere Geschichte auf keinen Fall. Was geschehen ist, ist geschehen. Aber natürlich haben wir alles anders erlebt.«

Sie sah nachdenklich aus und blickte aus dem Fenster. Rune Jansson schob sein Notizbuch zur Seite.

»Erzählen Sie mir davon, wie Sie alles erlebt haben. Lassen Sie sich so viel Zeit, wie Sie wollen«, sagte er leise. Er bereute seinen Entschluß schon im selben Augenblick. In Norrköping wartete eine unangenehme Besprechung mit dem Polizeipräsidenten auf ihn. Sein Berufsinstinkt sagte ihm jedoch, daß das, was sie erzählte, wichtig sein konnte. Außerdem würde es leichter sein, Fragen zu stellen, nachdem sie eine Verteidigungsrede gehalten hatte.

Diese Verteidigungsrede wurde kürzer und konzentrierter, als er sich vorgestellt hatte. Sie lief darauf hinaus, daß manche in Schweden damals in erster Linie mit Deutschland sympathisiert hätten und nicht mit dem Nationalsozialismus. Der Fehler bei den Nazis sei zunächst gewesen, daß ihre Ideologie linksgerichtet schien. Der *Nationalsozialismus* sei in den Augen mancher Schweden so etwas wie eine nationalistische Form von Sozialdemokratie gewesen. Die Nazis seien demnach als eine Art schneidigerer *Sozis* erschienen.

Nein, es ging um Deutschland. Die deutsche Sprache war in den

Schulen die erste Fremdsprache, die jeder gebildete Mensch sprach, so wie heute Englisch. Deutsche Literatur stand im Vordergrund, deutsche Weine, Ferienreisen nach Deutschland, sogar deutsche Badestrände für moderne Menschen, die sich für Strandbäder interessierten. Für Militärs war natürlich auch die deutsche Wehrmacht interessant, ferner deutsche Technologie, deutsche Luftschiffe, die den Atlantik überquerten, deutsche Ferngläser, die besser waren als alle anderen, und so weiter.

Deutschland war so etwas wie der große Bruder der Familie, ja, der große Bruder der germanischen Sprachgebiete. Schweden war dagegen wie eine Provinz, die in ihrer Geschichte zwar auch ein paar Walküren aufzuweisen hatte und all das, die aber doch nur die arme Cousine vom Lande war. Es war damals nicht merkwürdig, Deutschland zu bewundern und Deutschland-orientiert zu sein. Merkwürdig wäre es eher umgekehrt gewesen.

Also Deutschland zuerst, und dann erst der Nationalsozialismus, wenn auch mit einem gewissen Mangel an Begeisterung, eher aus Loyalität gegenüber Deutschland, zu dem man immer halten mußte. Mit Deutschland mußte man durch dick und dünn gehen, selbst wenn an seiner Spitze ein etwas lächerlich wirkender linksgerichteter Gefreiter stand.

Rune Jansson begann sich unkonzentriert zu fühlen. Möglicherweise war einiges dran an dem, was sie sagte. Natürlich wird die Geschichte von den Siegern geschrieben, natürlich ist es leicht, hinterher schlau zu sein, natürlich konnte es Deutschlands Größe als Nation gewesen sein, was bei den schwedischen Nazi-Sympathisanten im Vordergrund stand, jedenfalls eher als Judenhaß und Blutromantik. Vor diesem Hintergrund mußte es jedoch noch konkretere Dinge geben.

Jemand hatte den alten General unbeschreiblich gehaßt. Dieser Haß mußte mit der Nazi-Sympathie des Mannes zusammenhängen. Daher das dem Opfer in die Brust geschnittene Hakenkreuz. Wie schon seine eigene Tochter Louise betont hatte, konnte man kaum davon ausgehen, daß jemand seine Signatur eingeritzt hatte.

Wer einen alten General dafür haßte, daß dieser vor einem halben Jahrhundert auf Deutschlands Seite gestanden hatte, mußte mehr als nur ein ideologisches Motiv dazu haben. Der alte Scheißkerl mußte etwas *getan* haben. Er mußte jemandem geschadet oder eine Karriere ruiniert oder jemanden getötet haben, und dies gerade aufgrund seiner Nazi-Sympathien, ob diese naiv und unwisssend gewesen waren oder nicht.

Jetzt ging es darum, mit dem Fragen zu beginnen, um eine Spur zurück in die Vergangenheit zu finden, die anschließend wieder in die Gegenwart führte, zu dem haßerfüllten Racheakt. Rune Jansson zog wieder sein Notizbuch zu sich heran, als er den Eindruck hatte, daß das ideologische Plädoyer der Frau sich im Leerlauf zu drehen begann.

»Wenn Sie entschuldigen, Frau af Klintén... Jetzt, da ich diesen sehr interessanten Hintergrund bekommen habe, könnten wir...?«

Er machte eine fragende Handbewegung zu seinem Notizbuch, und sie nickte stumm ihr Einverständnis.

»Ihr Mann war also während des gesamten Zweiten Weltkriegs Berufsoffizier?«

»Ja, natürlich.«

»War er zu irgendeinem Zeitpunkt außerhalb Schwedens stationiert? Hat er beispielsweise freiwillig in Finnland gekämpft oder so?«

»Nein, niemals. Er hat sich zwischen 1939 und 1945 kein einziges Mal außerhalb Schwedens aufgehalten. Ich selbst übrigens auch nicht.«

»Aha. Wissen Sie, ob er irgendeinem Geheimbund angehörte?«

»Was meinen Sie damit?«

»Jaa... es gab ja damals viele schwedische Offiziere, die Deutschlandfreunde waren. Hatten die irgendeine Vereinigung oder so was?«

»Nein, soviel ich weiß, nicht. Wie in allen anderen Zusammenhängen sucht man sich wohl auch seinen privaten Umgang zum Teil nach gemeinsamen Sympathien oder Antipathien aus, aber wenn Sie damit eine Organisation oder so etwas meinen, daran glaube ich nicht. Man muß ja wirklich bedenken, daß Offiziere in erster Linie verpflichtet sind, Schweden zu schützen. Und, sagen wir, übertriebene Sympathien für ein fremdes Land könnten ja sogar als landesverräterisch angesehen werden. Und manchen sogar die Karriere kosten, was wohl auch der Fall war. Zumindest nach Stalingrad.«

»Wieso Stalingrad?«

»Als das Kriegsglück sich drehte. Die berühmte schwedische Englandfreundlichkeit dürfte etwa um diese Zeit eingesetzt haben. Die Rußlandfreundlichkeit natürlich auch.«

»Wenn ich Sie jetzt erneut frage, Frau af Klintén, nachdem Sie mir so aufrichtig berichtet haben. Das muß Sie übrigens einiges gekostet haben... Wenn ich Sie also jetzt wieder frage: Wer kann Ihren Mann wegen seiner Nazi-Sympathien so grenzenlos gehaßt haben...?«

Sie sah ihn ruhig an, auch diesmal wieder, als sähe sie irgendwie direkt durch ihn hindurch.

»Ich kann mir keinen einzigen Menschen vorstellen, der meinen Mann mit Recht hätte hassen können. Er mag während des Zweiten Weltkriegs zwar ein paar nicht gerade hellsichtige politische Sympathien gehabt haben, doch damit stand er nicht allein. Er hat aber nie einem Menschen geschadet. Von diesem Punkt bin ich absolut überzeugt.«

Rune Jansson machte ein enttäuschtes Gesicht. Ihre Gewißheit hatte etwas Übertriebenes an sich. Es konnte natürlich ebensogut eine Art Reflex einer Ehefrau und Lebensgefährtin sein: Mein Mann war der wunderbarste Mann der Welt, kein Mensch hätte einen solchen Mann je hassen können, und so weiter. Doch Rune Jansson hatte dennoch ein Gefühl, von dem er sich nicht freimachen konnte. Sie verbarg etwas.

»Ja, Frau af Klintén«, seufzte er, »dann, so fürchte ich, haben wir einen langen und steinigen Weg vor uns. Ich möchte Sie bitten, eine Liste all der Freunde und Bekannten anzufertigen, die Ihr Mann zwischen den Jahren 1938 bis 1946 hatte, etwa in dieser Zeit. Können Sie mir dabei helfen, soweit Sie sich erinnern?«

Sie riß erstaunt und entrüstet die Augen auf.

»Sie haben doch wohl nicht die Absicht, in dem Kreis der alten Freunde meines Mannes einen Verdächtigen zu suchen? Ich muß schon sagen, das ist ziemlich stark.«

Sie machte den Eindruck, als dächte sie nicht im Traum daran, eine derart *skandalöse* Liste anzufertigen.

»Nein«, sagte Rune Jansson mit einem gespielt müden Tonfall, »daran habe ich wirklich nicht im Traum gedacht. Aber ein anderer Mensch als Sie selbst könnte vielleicht einen Grund zum Haß finden, und dann müssen wir schon unter den Freunden und Bekannten Ihres Mannes in gerade diesen Jahren suchen.«

Sie sprach lange Zeit kein Wort. Dann nickte sie kurz.

Carl hob die Hand, um anzuklopfen, ließ sie aber wieder sinken. Soweit er sich zurückerinnerte, hatte er sich noch nie vor etwas gefürchtet, was möglicherweise hinter einer Tür verbarg, was es auch war, doch jetzt tat er es. Er führte die rechte Hand wie in einem Reflex zur Halsschlagader und zählte, während er gleichzeitig auf seine Armbanduhr sah.

Er holte tief Luft und klopfte hart und entschlossen an. Dann trat er einen Schritt zurück, legte zögernd die Hände auf den Rükken und wartete. Er hörte keine Schritte und fuhr zusammen, als plötzlich die Tür geöffnet wurde. Er schaffte es gerade noch zu denken, daß sie in Strümpfen auf dem Teppichboden gegangen sein mußte, doch dann hörte er auf zu denken, da die Zeit und die Welt stehenblieben.

Sie hatte das Haar zu einem dicken Zopf geflochten, der ihr auf die linke Schulter fiel. Diese Frisur unterstrich ihre mexikanische Herkunft.

Sie sah ihn an, als wäre auch ihre Zeit zu Stille gefroren, doch sie begann zu lächeln. Erst mit den Augen, dann mit dem ganzen Mund, und dann nickte sie auf ihre besondere Weise, wiederholt und mit langsamen Kopfbewegungen.

»Wow! Wenn das nicht der Superspion persönlich ist«, sagte sie, wobei ihr Lächeln zu einem nervösen Kichern wurde, das ihr nicht ähnlich war.

»Willst du mich nicht hereinbitten? Ich bin ja nicht hier, um dir einen Staubsauger anzudrehen«, erwiderte er mit leicht kehliger und rauher Stimme.

»Das ist Bogarts Replik.«

»Ich weiß. Aus ›Dschungel der Großstadt‹. Das hast du mir in Santa Barbara beigebracht.«

Sie sahen sich ein paar unentschlossene Augenblick lang unsicher an, doch dann breitete sie die Arme aus und umarmte ihn. Er ließ es geschehen, zunächst zögernd, während er sich in dem Korridor besorgt umsah, doch dann entschlossener, wobei er sie und sich selbst mit einer halben Umdrehung ins Zimmer schob und die Tür mit dem Fuß zuzog.

Sie hielten einander umarmt, ohne etwas zu sagen, dann wechselte sie den Griff, um ihn enger an sich pressen zu können, und dabei stieß ihr rechter Oberarm gegen seine Pistole. Das brach den Zauber.

»Komm rein. Komm rein, sieh dir mein neues Zuhause an«, sagte sie und entwand sich ihm dabei behutsam.

Er folgte ihr in das Doppelzimmer. Es war ein Eckzimmer mit Aussicht auf den Strömmen. Jetzt mußte er sich schnell entscheiden, wo er sich hinsetzen wollte, auf das Sofa oder auf einen der beiden Sessel. Er entschied sich für einen der Sessel, und sie setzte sich in den anderen.

»Ja«, sagte er und lächelte unsicher. »Wer soll anfangen, du oder ich?«

»Du meinst, was seit dem letzten Mal passiert ist, sozusagen?«

»Sozusagen. Wie ist es dir seitdem ergangen?«

»Du weißt nichts davon?«

»Nein, kein bißchen. Du bist damals im Pier Café in San Diego aus meinem Leben spaziert. Nicht aus dem Sinn, aber aus meinem Leben. Also. Was ist seitdem passiert?«

»Sicher, daß du es nicht weißt?«

»Ja, sicher. Wir kennen uns zu gut, um lügen zu können, und das weißt du.«

»Tja, dann will ich es kurz machen. Du wurdest ja von unseren begabten amerikanischen Sicherheitsdiensten zunächst zu einem russischen Spion ernannt. Erinnerst du dich?«

»Nun ja, begabt oder nicht, das war ein russischer Einfall. Die arbeiten manchmal so, um uns auf der westlichen Seite die Hölle heiß zu machen. Oft gelingt es ihnen, und damals war es auch erfolgreich.«

»Ja, zumindest ist es ihnen gelungen, mir die Hölle heiß zu machen.«

»Und?«

Carl merkte, daß er sie jetzt schon anlog. Er verabscheute diese kurz angebundene, lässige Art, nach etwas zu fragen, von dem er mit Sicherheit wußte, daß die Antwort weh tun würde. Sie sammelte sich ein wenig, bevor sie Anlauf nahm und zu erzählen begann.

»Man schleppte mich in irgendeinen Keller und verhörte mich drei Tage und Nächte lang. Ich dachte, so etwas gäbe es nur in Propagandafilmen über das böse Albanien oder ähnliche Staaten. Wenn du ein Spion warst, war ich ja bestenfalls eine Agentenhure und schlimmstenfalls selber Agentin. Ja, du kannst es dir sicher denken.«

Sie biß sich auf die Lippe und sah ihn forschend an. Er mußte sich darauf konzentrieren, nicht zu zeigen, was er jetzt empfand.

»Ja«, sagte er, »ich weiß in etwa, wie solche Verhöre ablaufen. Aber du warst ja unschuldig. Das haben sie doch hoffentlich irgendwann erkannt?«

»Irgendwann ja. Aber zuvor hatten diese verfluchten Paviane nicht nur meinen Freundeskreis verhört, jeden einzelnen, nicht nur meinen Vater, sondern auch meinen Mann. Du kannst dir vorstellen, wie er sich danach aufführte.«

»Uhuh. Das kann ich mir vorstellen. Er schien mir kein sehr munterer Typ zu sein. Heißt er nicht Burt? Vielleicht war ich aber der einzige, der ihn damals nicht von seiner besten Seite zu sehen bekam. Er wurde also stinkwütend?«

»Stinkwütend? Das ist nur der erste Buchstabe. Den Rest kannst du dir sicher vorstellen?«

»Du bist geschieden?«

»Eine Schnellscheidung in Reno natürlich. Heirat in Las Vegas und Scheidung in Reno. Aber er hat auch Stan genommen.«

»Wie alt ist Stan jetzt?«

»Drei Jahre. Ich darf ihn nicht sehen.«

Carl fühlte sich vernichtet von unbestimmten Schuldgefühlen. Wie das Ganze auch zusammenhängen mochte, er war irgendwie schuld daran.

»Aber du bist doch Anwältin? Du müßtest in einem Scheidungsprozeß doch dagegenhalten können. Die kalifornischen Gesetze sind ja nicht dafür bekannt, die weibliche Partei zu benachteiligen«, versuchte er mit absolut durchsichtiger Absicht, zu bagatellisieren oder zu begütigen. Sie erkannte es natürlich und schüttelte mahnend den Kopf.

»Das sieht dir gar nicht ähnlich, Carl. Du stellst dich doch auch sonst nicht dumm. Was glaubst du, welche Chancen eine verdächtige Kommunistenhure in einem Scheidungsprozeß hat? Wie du sehr wohl weißt, fehlt Burt nicht das Geld, sich gute Scheidungsanwälte zu leisten. Ich hatte keine größere Chance als ein Seven-up im Fegefeuer, wie du damals immer sagtest.«

»Also was ist passiert?«

»Mit Ausnahme von Papa distanzierten sich alle von mir. Alte Freunde machten plötzlich einen Umweg oder bekamen etwas ins Auge, wenn ich sie auf der Straße traf. Ich verlor das Sorgerecht und bekam eine einmalige Unterhaltszahlung von hunderttausend Dollar.«

»Was hast du dann gemacht?«

»Ich zog nach San Diego, mietete mir ein Zimmer in der Martin Luther Street und kümmerte mich um Papa, der in der Nähe wohnte. Dann versuchte ich, in irgendeinem Anwaltsbüro einen Job zu bekommen, doch das ging natürlich nicht. Dann versuchte ich es beim Komitee zur Unterstützung mexikanischer Einwanderer, aber das ging natürlich auch schief.«

»Warum denn? Du hast doch auch vorher für sie gearbeitet... bevor du nach Santa Barbara zogst?«

»Kommunistenhure. Zumindest halbe Spionin. Es wußte ja jeder Bescheid. Man hatte alle vernommen, und die, die man nicht verhört hatte, waren auch nicht ohne Informationen. Es gab mehr als nur einen willigen Denunzianten.«

»Aber davon stimmte doch nichts?«

»Nein, das ist es ja gerade.«

»Aber wenn ich die Sache richtig verstanden habe, dann... es muß doch auch in den USA einige Aufmerksamkeit erregt haben, nachdem diese Geschichte... ja, als eine etwas günstigere Version ans Licht kam?«

Sie lachte laut auf. Das Lachen hatte nichts Hysterisches an sich, obwohl sie sich recht lange Mühe geben mußte, um mit ihrem

Lachen zu Ende zu kommen. Carl schossen verschiedene Erinnerungen wie Blitze durch den Kopf. Ihre weißen Zähne, der Sand am Imperial Beach, wo sie sich kennengelernt hatten und wohin sie danach so oft gegangen waren. Und immer ihr Lachen.

»Du bist unbezahlbar, Carl«, sagte sie, als sie die schlimmste Attacke überwunden hatte, doch dann brach sich das Lachen wieder Bahn. Sie mußte eine Zeitlang warten, bis sie den Faden wieder aufnehmen konnte. »Wirklich unbezahlbar. Ja, eine ›etwas günstigere Version‹ ist einige Zeit später unleugbar ans Licht gekommen, das könnte man sagen. San Diego ertrank in Fotos von dir. *Time Magazine* brachte dich als ›Man of the Year‹, und jede Fernsehstation brachte Clips von deinen Ausschußverhören hier in Schweden. ›Der Spion, der das Unmögliche tat‹ und all dieses Zeug. Bist du tatsächlich in Moskau gewesen? Hast du all das wirklich getan?«

Sie war urplötzlich ernst geworden, schneller, als er je einen Stimmungsumschwung an ihr erlebt hatte.

»Was soll ich sagen«, sagte er verlegen. »Was ich in Moskau getan oder nicht getan habe, ist nämlich ein schwedisches Staatsgeheimnis.«

»Nicht, wenn man den amerikanischen Massenmedien glauben darf. Die waren nämlich ganz wild auf die Story.«

»Was möglicherweise daran gelegen hat, daß sie nicht den nötigen Respekt vor schwedischen Staatsgeheimnissen haben. Aber wie auch immer. Als diese Geschichte so nachdrücklich herauskam, hätten wohl alle einsehen müssen, daß diese Sache mit dir, ich meine die Art und Weise, wie sie dich behandelt hatten, ein Fehler gewesen war?«

»Du neigst heute wirklich sehr zu Untertreibungen. Doch, das kann man sagen. Das Verständnis und die Freundlichkeit, mit denen man mich plötzlich von allen Seiten überschüttete, waren einfach grenzenlos. Sie wollten beispielsweise alles über dich wissen.«

»Und was hat Burt gesagt?«

»Der hatte wohl keinen Grund, sich darüber entzückt zu zeigen, daß der Mann, auf den er mal seine Lieblings-Dobermänner hatte hetzen wollen, jetzt so hoch angesehen war. Stimmt es übrigens, daß du die Hunde dann getötet hättest? Du hast es damals gesagt, erinnerst du dich?«

»Ja, das stimmt.«

Sie hielt plötzlich inne. Es erinnerte ihn an eine Vollbremsung mit einem amerikanischen Wagen auf trockenem, warmem Asphalt; die Bremsen kreischen, und dann bleibt der Wagen ein paar Sekunden lang schwankend stehen, bevor er zum Stillstand kommt.

Sie sah ihn forschend an, als wollte sie mit ihrem Blick in sein Innerstes eindringen, an das sie sich erinnerte, als wäre es ihr eigenes Zimmer. Dann erschien ein sachlicher, anwalthafter Ausdruck in ihren Augen. Zumindest kam es Carl so vor.

»*Wie* hättest du die Hunde dann getötet?« fragte sie scharf.

»Geliebte Tessie, du mußt versuchen, etwas einzusehen. Dieser bezaubernde junge skandinavische Student, den du einmal gekannt hast und mit dem du so halb zusammengelebt und den du im lauwarmen kalifornischen Sand geliebt hast, den gibt es nicht mehr. Ich hätte die Hunde totgeschlagen. Ich verstehe mich erstaunlich gut auf so was. Ob es nun um Hunde geht oder Menschen.«

»Wie viele Menschen hast du getötet, oder ist das möglicherweise ein schwedisches Staatsgeheimnis?«

»Sie müssen schon entschuldigen, Frau Anwältin, aber das ist tatsächlich ein schwedisches Staatsgeheimnis. Ja.«

»Was du mir also sagen willst, ist, daß der Carl, den ich einmal geliebt habe, sich in einen Mörder verwandelt hat. Dr. Jekyll ist also heutzutage Mr. Hyde?«

»Etwa so, ja.«

»So können wir nicht weitermachen. Versuch bloß nicht, mir was einzureden! Und außerdem habe ich Hunger.«

»Ich kann nicht mir dir essen gehen, weil... ich soviel Aufmerksamkeit errege«, entgegnete er verlegen, da es den Tatsachen entsprach und trotzdem so etwas wie eine Ausflucht war. Der harte Tonfall zwischen ihnen war ihm sehr recht. Er hatte Angst, die Vergangenheit könnte sonst mit der gleichen unwiderstehlichen Kraft zurückkehren wie eine Flut.

»Das habe ich vorhergesehen«, sagte sie und zeigte plötzlich ihr altes Lächeln. Sie nickte sacht mit dem Kopf. »Ich habe es tatsächlich vorhergesehen. Also wenn du entschuldigst, kommt das Essen hier aufs Zimmer. Aber heute darf ich dich ausnahmsweise einmal einladen.«

Als es kurze Zeit später an der Tür klopfte – es war ein diskretes leichtes Klopfen wie beim Roomservice üblich –, fühlte Carl so etwas wie Panik in sich aufsteigen. Es würde zu gemütlich werden, ganz verdammt gemütlich und vertraut und sentimental dazu. Außerdem war sie viel zu schön und stellte für ihn allzu viele Erinnerungen dar. Er verfluchte das, was jetzt geschah, während er gleichzeitig jeden Gedanken hinwegfegte, der ihn einfach aufstehen und gehen hieß.

»Dies ist nicht wirklich. Ich bin nicht hier, du bist nicht hier. Das geschieht nicht. Es kann einfach nicht geschehen«, flüsterte er, daß sie es ohnehin nicht hörte. Sie war schon an der Tür, um den Etagenkellner mit dem Wagen einzulassen.

Carl warf einen besorgten Seitenblick auf den kleinen Wagen mit dem weißen Leinentuch und den silbern glänzenden Hauben, die das Essen bedeckten. Da war ein Champagnerkühler mit einer Flasche Champagner und einer Flasche kalifornischem Chardonnay. Natürlich war es kalifornischer.

Sie hatte den wahrscheinlich teuersten Champagner der Weinkarte gewählt, denn es war ein Perrier Fin de Siècle mit aufgeprägten Reliefblüten im Jugendstil, die sich in Ranken um die ganze Flasche schlängelten; der Etagenkellner entkorkte die Flasche mit entsprechender Ehrfurcht. Typisch amerikanisch, dachte er. Neunzig Prozent der Prestigemarken französischen Champagners werden in den USA getrunken. Wahrscheinlich am meisten in Las Vegas und an ähnlichen Orten, und vermutlich meist von Personen, die ebensogut russischen *champanskoje* oder Pommac mit etwas Schnaps darin hätten trinken können.

»Ich lasse es so stehen, damit sich die Wärme hält«, sagte der Etagenkellner und zeigte auf die glänzenden Hauben, die die Speisen bedeckten. Dann schnappte er sich diskret den Zehn-Dollar-Schein, den ihm Tessie weniger diskret hinhielt und zog sich mit einer Verbeugung zurück.

Im Zimmer begann es dunkel zu werden. Draußen über dem

Strömmen lag Frühlingslicht. Tessie hob Carl ihr Glas entgegen, und er fühlte eine ebenso starke wie überraschende Woge von Trauer in sich aufsteigen.

»Auf abwesende Freunde«, sagte sie und führte das Glas zum Mund. Er nickte kurz und suchte gleichzeitig fast verzweifelt nach einem ungefährlichen Gesprächsthema.

»Wie geht es Herb, deinem Vater?« fragte er, als er das Glas abgestellt hatte. »Ihn kann ich mir nur als abwesenden Freund vorstellen.«

»Er ist vor zwei Monaten gestorben. Ich habe ihn beerdigt und das Haus verkauft«, erwiderte sie schnell und holte keuchend Luft, als müßte sie sich anstrengen, um nicht von Trauer überwältigt zu werden.

»Das tut mir verdammt leid. Sowohl für dich wie für Herb. Wir beide haben uns ja damals sehr gut verstanden.«

»Ja, er hat immer große Stücke auf dich gehalten. Er war wohl der einzige, der sich von diesen Gorillas nicht in seiner Überzeugung beirren ließ. ›Die können mich an meinem irischen Arsch lecken‹, sagte er immer, ›wenn Carl ein Spion der Russen ist, bin ich Mickymaus.‹ Tja, er hatte ja recht, doch damit stand er allein.«

»Und du selbst? Was hast du geglaubt?«

Sie zögerte mit der Antwort und rettete sich eine Zeitlang, indem sie langsam an dem Champagner nippte und mit einer Handbewegung auf die Flasche zeigte, als wollte sie einschenken, denn sie wußte, daß Carl ihr zuvorkommen würde.

»Lustig«, sagte Carl, um ihr noch etwas Zeit zu schenken, »aber ich habe einen amerikanischen Freund, einen Militär, den du nicht kennst. Er hat auch so etwas über Mickymaus gesagt. Warum gerade Mickymaus? Warum nicht Goofy oder Donald Duck? Na ja. Also, was hast du selbst geglaubt?«

»Ich habe dich natürlich nicht für einen Spion gehalten, zumindest nicht für einen russischen. Nach unserer Begegnung im Pier Café war ich aber natürlich etwas unsicher geworden. Während all dieser Jahre hattest du etwas vor mir geheimgehalten, sogar um den Preis unseres... ja, unseres Verhältnisses. Du hast es trotzdem vor mir verborgen.«

»Daß der eigentliche Grund für meine fünf Jahre in den USA meine Ausbildung zu einem Spezialisten beim Nachrichtendienst war?«

»Genau das. Ich lief immer in dem Glauben herum, daß da eine andere war. Es war alles so albern, und als du es dann erzähltest, mehrere Jahre zu spät, fühlte ich mich wie eine Idiotin. Du hattest dich verändert. Diese Narbe im Gesicht war damals noch ganz frisch. Du sagtest, das sei in Syrien passiert. Du sahst aus, als hättest du auch in dir Narben, und ... ja, all das hat mich jedenfalls unsicher gemacht.«

»Aber der alte Herb hat mir trotzdem die Stange gehalten«, sagte Carl leichthin und stellte zwei Weingläser auf den Tisch. Er servierte die amerikanische Variante von weißem Burgunder und sah sie fragend an, während er gleichzeitig nach den beiden silbern glänzenden Hauben über den Speisen griff, und als sie zustimmend nickte, hob er sie beide auf einmal hoch, wie es in aufwendigeren Restaurants üblich ist.

Er zuckte zusammen, als er das Essen sah. Er verstand zunächst nicht, warum, während er schnell im Gedächtnis kramte. Doch dann ging ihm auf, daß es das letzte war, was sie damals gemeinsam gegessen hatten: Grillspieß mit Fischen, Meereskrebsen und Pilgermuscheln.

»Du hast ein Gedächtnis wie ein Elefant«, sagte er höflich, doch ohne sonderliche Begeisterung, als er seine Serviette auseinanderfaltete, nach dem Besteck griff und abwartete, bis sie das gleiche tat.

»Ja«, sagte sie nach dem ersten Bissen, »manchmal habe ich tatsächlich eine Erinnerung wie ein Elefant. Manchmal benutze ich allerdings auch technische Hilfsmittel.«

»Inwiefern?«

»Tagebuch. Ich habe alles aufgeschrieben, woran ich mich von diesem Abend erinnerte. Weißt du noch, worüber wir gesprochen haben?«

»An einiges sehr gut, anderes habe ich wohl vergessen.«

Er gab sich den Anschein, beschäftigt zu sein, indem er auf seinen Teller blickte und aß, als hätte er einen Bärenhunger. Als Flucht war es trotzdem sinnlos. All das, was er nicht wiederholt haben wollte, würde jetzt wiederholt werden, schlimmstenfalls mit der Genauigkeit eines Tagebuchs, obwohl er selbst keines brauchte, um sich gerade an diese Unterhaltung zu erinnern, die er wahrscheinlich besser im Gedächtnis hatte als jedes andere Gespräch seines Lebens.

Er hatte ihr noch nicht gesagt, daß er verheiratet war. Nun ja, praktisch verheiratet, und daß seine Frau ein Kind erwartete, im sechsten Monat war, Eva-Britt hieß und Polizeibeamtin war.

Er sollte es sagen, und er sollte es jetzt sagen. Er hatte das Gefühl, direkt auf eine Katastrophe zuzusteuern, wenn er es jetzt nicht sofort sagte.

Dennoch sagte er es nicht.

»Weißt du noch, was du mir damals versprochen hast?« fragte sie und nahm einen etwas zu großen Schluck des kalifornischen Weins.

Der Wein hatte eine etwas zitronengelbere Farbe als in San Diego, eine schöne Farbe vor dem Blau des Tischtuchs. Es sieht fast aus wie eine schwedische Flagge, dachte Carl.

»Ich habe um deine Hand angehalten, aber das Ergebnis war nicht überwältigend«, sagte er.

»Ganz so war es nicht. Ich sagte damals, hier und jetzt, und du sagtest, später. Da sei etwas, was du als erstes tun müßtest, und ein Mann müsse tun, was er zu tun habe, und so weiter.«

»Mhm. Stimmt.«

»Dann habe ich gefragt, was wichtiger sein könne als du und ich, und du sagtest, du könntest es im Augenblick nicht sagen, aber, ich zitiere, ich werde alles erzählen, wenn ich wieder da bin.«

»Ja. Und?«

»Hast du damit gemeint, nach Kalifornien zu emigrieren, dort ein neues bürgerliches Leben zu beginnen und all das?«

»Ja, aber daraus wurde aus mancherlei Gründen nichts, von denen du übrigens einer warst. Burt und Stan und so weiter.«

»Obwohl es nur eine Sache gab, eine einzige, die du vorher erledigen mußtest?«

»Ja. Es war so. Es war mir unmöglich, mich davon zu befreien.«

»Was war denn so wichtig?«

»Du fragst nach einem der am besten bewahrten Geheimnisse Schwedens.«

»Von dem du versprochen hattest, es mir zu erzählen.«

»Das ist alles verrückt, Frau Anwältin. Als ich das sagte, habe ich mir die Tragweite des Ganzen nicht klar gemacht. Außerdem ist es heutzutage mein Beruf, zu lügen und Zusagen zu brechen. Wenn du wissen willst, womit ich mich in den letzten Tagen beschäftigt habe, habe ich unter anderem die Gerechtigkeit manipuliert, so daß bestimmte Gesetzesbrecher einer Bestrafung entgehen werden. Ich habe einen meiner engsten Freunde belogen und ihn ohne jeden Grund gefeuert. Mein Beruf ist zum Teil total pervers, doch bedauerlicherweise verstehe ich mich ganz gut darauf.«

»Wie wird man so, Carl?«

»Das ist eine sehr gute Frage. Etwa so wie damals, als du mich fragtest, was wichtiger sei als du und ich.«

»Was für ein Gedächtnis du hast.«

»Ja. Stimmt mit dem Tagebuch überein, was? Die Antwort ist, daß man tatsächlich an die Sache glaubt, ich habe es damals jedenfalls getan, tue es manchmal immer noch. Dann braucht man nur noch das Batman-Kostüm aus dem Schrank zu holen, rauszugehen und das Gesetz zu brechen. Natürlich alles im Interesse der Demokratie und der Nation, alles in dem Glauben, daß wir gerade jetzt vor einem absolut entscheidenden Moment stehen, und damit gelten keine Regeln mehr, aber morgen kehren wir zu den Buchstaben des Regelbuchs zurück.«

»Du könntest ein guter kalifornischer Scheidungsanwalt werden.«

»Da gibt es aber einen Unterschied. Die glauben an nichts anderes als an schäbige Tricks, weil sie Geld verdienen wollen. Ich mache mir bestimmte Vorstellungen von höheren Interessen.«

»Wie edel von dir.«

»Sei nicht blöd jetzt.«

»Nein, das war keine Ironie, du warst so. Immer. Du bist natürlich immer noch so, wenn auch älter. Wie ich mir mein Leben vermasselt habe, ist schon schwerer zu erklären.«

Der aggressive Tonfall war ihm recht, gab ihm ein größeres Gefühl von Sicherheit. Als sie sagte, sie habe ihr Leben vermasselt, schenkte er entschlossen noch etwas Wein nach. Da ihr Tonfall gleichzeitig auf ein neues Gleis wechselte und sich weicher und trauriger anhörte, verlor er den Faden und vergaß, seinen Panzer zu verstärken. Er konnte ihrem Blick nicht entgehen und konnte auch nicht umhin zu fragen, was sie meinte, und damit drehte sich das Gespräch um neunzig Grad und kam auf den Kurs, den er gefürchtet hatte.

Es sei natürlich der Fehler ihres Lebens gewesen, Burt zu heiraten, sagte sie. Carl hatte nicht den geringsten Grund, daran zu zweifeln. Diese Heirat war ihm immer unbegreiflich erschienen.

Sie war politisch radikal, für amerikanische Verhältnisse sogar sehr radikal. Sie kämpfte für die Rechte mexikanischer Einwanderer, ein hoffnungsloses Unterfangen in Kalifornien. Sie wollte ihr Leben und ihre juristischen Kenntnisse nur dem widmen, was er selbst mit seiner Terminologie von damals »dem Volk dienen« oder so etwas genannt hätte.

Und dann war sie plötzlich mit einem golfspielenden weißen angelsächsischen protestantischen Manager der Kühlschrankbranche in Santa Barbara verheiratet. In einem weißverputzten Haus, vermutlich mit mexikanischer Arbeitskraft im Garten oder in der Küche oder im Hundezwinger, obwohl sie es geleugnet hatte, als sie sich damals sahen.

»Sag mal, wie war das nun? Wie kann man solche Dummheiten machen?«

Sie erzählte von ihrer Einsamkeit, nachdem sie Schluß gemacht hatten. Nachdem *sie* Schluß gemacht habe, da sie nicht an die Erklärungen für seine Abwesenheit geglaubt habe, korrigierte er. Sie hatte sich isoliert gefühlt, sagte sie, nicht einsam, aber isoliert. Solange Carl da gewesen war, war sie nie auf die Idee gekommen, nur in einem kleinen Kreis von Menschen zu leben, die in allen Dingen die gleiche Auffassung teilten. Aber dann fing sie an, sich nach einer anderen Welt zu sehnen, nach anderen, gewöhnlichen Menschen, die nicht ständig über Politik und Moral sprachen. Burt war zunächst, wie Carl jetzt aufging, als der perfekte Vertreter dieser anderen, gewöhnlichen, richtigen amerikanischen Welt erschienen, und sie hatte sich zu der Expedition verlocken lassen.

»Schließlich«, fuhr sie fort, »habe ich mich so tief in einem fremden Land befunden, daß es mir unmöglich oder fast schändlich vorkam, einen Ausbruchsversuch zu wagen.« Und dann kam das Kind.

Und ihr Vater war dabei, in Armut und Suff unterzugehen.

Da an eine Abtreibung natürlich nicht zu denken war, hatte sie den einfachsten Ausweg gewählt, und das war der Fehler ihres Lebens.

Carl war von ihrem Bericht tief erschüttert. Während sie erzählt hatte, war es draußen vor dem Fenster dunkel geworden. Das Glitzern in ihren Augen verschwand, und die Umrisse ihres Körpers verschmolzen mit denen des hellen üppigen Sessels.

Es ließ sich nicht leugnen. Sie hatte eine ziemlich gute, um nicht zu sagen präzise Beschreibung seiner eigenen Expedition in das fremde Land gegeben, in dem ganz andere und normale Menschen lebten und in dem Polizeiassistentin Jönsson zum Inbegriff des guten, anständigen und vollkommen normalen Menschen geworden war, deren Nähe er mehr um seiner selbst willen als ihretwegen suchte.

Jetzt schwieg Tessie, als gäbe es nicht mehr sehr viel zu sagen.

»Nein, so kann das nicht weitergehen«, sagte er kurz und erhob sich. Er ging zum Eckfenster, machte die große Stehlampe und ein paar Wandleuchten über den Bildern im Zimmer an. Der Himmel über dem Schloß war dunkelrot, der Rest blau oder schwarz. Er lockerte die Krawatte ein wenig, goß den Rest des kalifornischen Weins ein und stellte die Flasche mit der Öffnung nach unten in den Kühler, dessen Eisstücke inzwischen geschmolzen waren.

»Zieh das Jackett aus, du siehst damit so förmlich aus«, sagte sie ohne jeden erkennbaren Hintergedanken.

Er gehorchte reflexmäßig, aber als er einen Ärmel abgestreift hatte, fiel es ihm wieder ein: das Schulterholster. Er ging in den Vorraum und hängte das Jackett dort auf. Dann schnallte er schnell die Waffe ab und hängte sie in einen Ärmel.

»Skål«, sagte er, als er ein wenig verlegen wieder in seinem Sessel saß, »so heißt das in Schweden.«

»Ich weiß«, sagte sie mit einem schwachen Lächeln und hob ihr Glas.

»Ja, du mußt einiges über Schweden wissen«, fuhr er fort, als er die Möglichkeit sah, ein ungefährliches Gesprächsthema anzuschneiden. »Beispielsweise, wie man jemanden beim Nachrichtendienst anruft, den man nicht anrufen kann. Wie hast du es angestellt?«

»Das war einfach«, lachte sie, »ich nehme an, genauso einfach, wie es in den USA gewesen wäre. Ich brauchte nur unten in der Rezeption anzurufen und darum zu bitten, daß sie den militärischen Nachrichtendienst anrufen. Die Frau am Empfang sagte, der sei im Telefonbuch nicht verzeichnet. Dann bat ich, die Nummer des Oberbefehlshabers zu bekommen, und als ich dann dort anrief, bat ich, mit dem Chef des militärischen Nachrichtendienstes verbunden zu werden und wurde zu jemandem durchgestellt, der Samuel soundso hieß. Den Rest kannst du dir denken. Ich sagte, wer ich bin, und daß du mich sicher anrufen würdest, wenn du nur wüßtest, daß ich in Schweden bin. Ein paar Stunden später hast du an die Tür geklopft.«

Carl lachte laut auf. Natürlich, so ging es. Ob nun die Nummer des Oberbefehlshabers oder des Generalstabs oder auch nur der Militärhochschule, alles würde genau gleich funktionieren, wenn man Sam erreichen wollte.

Als er zu Ende gegluckst hatte, überrumpelte sie ihn.

»Hier und jetzt, habe ich damals gesagt, erinnerst du dich? Wärest du bereit gewesen, wenn es damals dieses Staatsgeheimnis nicht gegeben hätte?«

Carl schluckte und leckte sich die Lippen. So wie sich das Gespräch damals gestaltet hatte, an das sie sich offenbar genausogut erinnerte wie er selbst, gab es keine Unklarheit und keine Möglichkeit zu lügen, nicht einmal mit seiner Geschicklichkeit.

»Ja«, sagte er, als hätte er einen Kloß im Hals, und räusperte sich gleichzeitig, »ja, ohne jedes Zögern und für alle Zeit und Ewigkeit. Aber du hast es ja dann zurückgenommen und deinen Verpflichtungen die Schuld gegeben, was immer es war.«

»Ja, aber das war erst, als du dich herausgewunden hattest. So nahe waren wir also daran, nur ein einziges gottverdammtes geheimes Unternehmen aus einem anderen Leben.«

Sie hatte die absolute Wahrheit gesagt. Sie waren so nahe daran gewesen. Jetzt mußte er dieses Andere äußern oder eine Vase auf dem Fußboden zertrümmern oder beides. Er füllte ihre Gläser mit Champagner auf.

»Da ist etwas, was ich dir sagen muß«, begann er in einem Tonfall, der offenbar leicht zu durchschauen war.

»Daß du verheiratet bist und Kinder hast«, unterbrach sie ihn.

»Ja, ungefähr. Hast du das gewußt?«

»Ja, daß du mit einer Polizistin verheiratet bist. Aber das ihr Kinder habt, habe ich nicht gewußt. Es steht nämlich immer noch eine Menge über dich in der amerikanischen Presse.«

»Wir haben keine Kinder, aber sie ist im sechsten Monat.«

Sie sagte nichts, als wollte sie die Antworten auf die Fragen nicht hören, die sie um jeden Preis stellen wollte. Sie saß vollkommen still da, sah in ihr Champagnerglas und bewegte den Zeigefinger kreisförmig um den Rand, so daß ein singender Laut entstand.

»Erinnerst du dich?« fragte sie leise.

Er nickte. Natürlich erinnerte er sich. Er erinnerte sich an alles, wie intensiv er sich auch einzureden versuchte, daß dies alles nicht existierte und nie existiert hatte.

»Wie lange willst du in Schweden bleiben?« fragte er geschäftsmäßig.

»Ich weiß nicht«, erwiderte sie und hielt den Blick starr aufs Champagnerglas gerichtet, »ich bin ausgewandert.«

»Du bist was!«

»Ausgewandert. Ich habe die USA verlassen. Das ist nicht mehr mein Land. Es ist nicht mein Land, das mich so behandelt. Ich habe dort keine Freunde, keine Verwandten, keinen Job, nur eine einmalige fette Abfindung.«

»Was ist mit den Verwandten deiner Mutter in Mexiko? Immerhin sprichst du ein perfektes Spanisch?«

»Betreiben eine Spielhölle in Tijuana. Das ist nicht direkt mein Fall. Für die USA bin ich zu mexikanisch und für Mexiko zu amerikanisch. Und in Irland bin ich nicht einmal zu Besuch gewesen. Aber erinnerst du dich an Lucy, die immerzu abnehmen wollte?«

»Schwach, ja.«

»Sie ist eine Art Direktionsassistentin bei IBM hier in Stockholm. Sie hat mir einige Zusagen gemacht.«

»Worüber?«

»Über einen Job in ihrer Auslands-Rechtsabteilung. Solange ich kein Schwedisch kann, ist es kein besonders gutbezahlter Job. Aber die juristische Terminologie beherrsche ich auf englisch, spanisch und französisch. Vielleicht kann mir das helfen. Ich habe morgen ein Vorstellungsgespräch.«

Carl war der kalte Schweiß ausgebrochen. Er erstickte einen Impuls, plötzlich ans Fenster zu treten und es zu öffnen. Stattdessen trank er seinen letzten Champagner aus. Er schmeckte lauwarm und erinnerte ihn an die Zeit in Moskau.

»Das sind ja keine kleinen Neuigkeiten«, sagte er schließlich in einem so beherrschten Tonfall, daß es ihn selbst überraschte, »aber du kannst nicht einfach in mein Leben hineinspazieren, da es nicht mehr mir allein gehört. Wo willst du übrigens wohnen, doch nicht hier im Grand Hotel, nehme ich an?«

»Nein, aber so was wird sich ja irgendwie regeln lassen. Ich habe keine hohen Ansprüche, und außerdem habe ich mir gedacht, daß du mir vielleicht dabei helfen kannst.«

»Ich? Soll ich dir eine Wohnung besorgen?«

»Ja. Du hast ja eine Immobilienfirma.«

»Woher weißt du das? Ach ja, die amerikanische Presse. Ja, es stimmt, aber freie Wohnungen wachsen nicht auf Bäumen. Wir haben hier in Schweden ein unerhört kompliziertes und unerhört demokratisches System und kilometerlange Listen von Leuten, die auf eine Wohnung warten. Außerdem bin ich wahrscheinlich einer der Vermieter in Stockholm, die von der Öffentlichkeit am mißtrauischsten beäugt werden, und...«

»Du brauchst es nicht zu tun, wenn du nicht willst. Ich will dir natürlich keine Unannehmlichkeiten machen. Und ich kann wieder aus deinem Leben hinausspazieren, so wie du es damals in San Diego bei mir getan hast.«

»Das war sicher ein gemeinsamer Fehler.«

»Ja. Ein Fehler.«

Er spürte, daß er flüchten mußte, auf der Stelle. Er erhob sich ohne einen Laut, ging in den kleinen Vorraum, schnallte sich die Waffe um, zog das Jackett an, legte den Mantel über den Arm, steckte den Kopf durch die Tür und winkte ihr zu.

»Wenn du den Job bekommst, besorge ich dir eine Wohnung. Ich rufe dich morgen an. Danke fürs Essen«, sagte er, ging schnell hinaus und ließ die Tür leise hinter sich zugleiten.

Er lehnte sich einige Augenblicke gegen die Tür, schloß die Augen und biß die Zähne zusammen, als wollte er einen starken körperlichen Schmerz unterdrücken. Dann gab er sich einen Ruck und ging auf dem Korridor in die Richtung, die zum Hintereingang des Grand Hotels führte, zum Eingang des Royal.

Er machte einen Spaziergang nach Hause. Er ging in einem fast wütenden Tempo, so daß er unnötige Aufmerksamkeit erregte. Späte Spaziergänger hielten verblüfft in ihrer Unterhaltung inne und blieben stehen, als sie entdeckten, wer ihnen entgegenging oder besser entgegenlief, als hätte er sehr wichtige Dinge in den geheimen Diensten des Reiches zu erledigen.

Als er nach Hause kam, hatte sie sich schon schlafen gelegt. Sie hatte ein langes weiches Nachthemd aus dünnem Flanell mit aufgedruckten Glockenblumen an und war fast eingeschlafen.

Sie drehte sich um und zog die Beine hoch, so daß sie in einer Art Embryonalstellung dalag. So konnte er sich auf der Seite hinter sie legen und ihr mit einer Hand vorsichtig den Bauch liebkosen und fühlen, wie sich das Kind dort drinnen bewegte.

Er blieb noch lange so liegen, nachdem sie eingeschlafen war. Er schwitzte, wagte aber nicht, sich zu bewegen, als wäre es ein weiterer Verrat, auch nur die Stellung zu ändern. So blieb er hellwach liegen, Stunde um Stunde.

Rune Jansson saß mit einem Glas warmer Milch an seinem Küchentisch und starrte in die Nacht. Es war ihm unmöglich zu schlafen, und warme Milch war die einzige Medizin, die ihm eingefallen war. An Schlaftabletten hatte er noch nie gedacht.

Die Ermittlung lief Gefahr, aus dem Ruder zu laufen. Und

wenn jemand direkt dafür verantwortlich war, einer Katastrophe entgegenzuwirken, dann er.

Die späte, verspätete Konferenz beim Polizeipräsidenten hatte nichts Gutes ahnen lassen. Grundsätzlich war nichts dagegen einzuwenden, die Reichskripo in die Ermittlung einzubeziehen, das gab Rune Jansson ohne weiteres zu. Es konnte beispielsweise in Betracht kommen, überall im Land alte Militärs aufzuspüren, und je mehr Männer zu solchen Reisen aufbrechen konnten, um so besser. Soweit war alles gut.

Hingegen konnte es nur Unannehmlichkeiten bedeuten, wenn die Sicherheitspolizei parallele Ermittlungen betrieb, und den geheimnisvollen Formulierungen des Polizeipräsidenten hatte Rune Jansson nichts anderes entnehmen können. Er hatte zwar einzuwenden versucht, daß die Polizei in Norrköping durchaus fähig sei, diese Kurden- und Kommunistentheorie als unzutreffend zu erweisen. Aus diesem Grund sollte Kapitän Seebär, also Gustafsson vom sechsten Dezernat, noch ein paar Tage in Göteborg bleiben, um alle Tatsachen zusammenzufegen, damit sich diese Hauptspur von der Tagesordnung streichen ließ.

Aber der neue Mord in Uppsala stellte natürlich alles auf den Kopf. Diesmal war es ein Admiral in etwa dem gleichen Alter wie der ermordete General. Bis jetzt war dies das einzige Bindeglied zwischen den beiden Mordopfern. Beide waren pensionierte hohe Militärs. Sie waren von einem unbekannten Täter ermordet worden, und die Morde schienen keine gewöhnlichen schwedischen Morde zu sein, das heißt Familienangelegenheiten. Natürlich konnte irgendein Zusammenhang bestehen.

Der Umstand jedoch, den Säk offenbar vorgebracht hatte, daß in Uppsala zahlreiche Kurden lebten, war kein Anknüpfungspunkt, kein Bindeglied. Schließlich gab es auch an der Universität in Linköping zahlreiche Kurden, wie übrigens auch Iraner, Türken und Araber und Angehörige anderer Völker, von denen die Säpo keine hohe Meinung hatte.

Wenn man aus eigener Kraft diese Kurdentheorie im Fall af Klintén streichen konnte, würde ein solches Verdachtsmoment im Admiralsmord nur zeigen, daß die beiden Fälle nichts miteinander zu tun hatten.

Das hohe Alter der beiden Opfer deutete auf etwas anderes hin. Es hing mit der Vergangenheit zusammen, mit dem Zweiten Weltkrieg.

Die Kriminalabteilung in Uppsala hatte es natürlich an einem einzigen Tag nicht sehr weit gebracht. Soweit man dort erkennen konnte, ging es um einen einzigen Schuß, offenbar einen Gewehrschuß durch ein Fenster. Da die Schußlinie durch die Position des Opfers im Verhältnis zum Einschußloch im Fenster gegeben war, hatte man schnell die Stelle gefunden, von der der Schuß abgefeuert worden war, und eine Gewehrpatrone gesichert, einige Fußabdrücke und möglicherweise, aber natürlich war das etwas unsicherer, eine Reifenspur in der Nähe. Es gab die ungenaue Beschreibung eines silberfarbenen Kleinwagens. Es kamen zahlreiche Automodelle in Frage.

Das Opfer war diesmal ohne Erklärungen und ohne irgendwelche Racheriten einfach hingerichtet worden. Die Vorgehensweise des Täters war also im Grunde vollkommen anders. Warum sollten die beiden Fälle da automatisch zusammenhängen?

Natürlich würde man alle nur denkbaren Vergleiche anstellen, was sich um so einfacher bewerkstelligen ließ, wenn die Reichskripo schon eingeschaltet war. Das war normale Arbeitsroutine und nichts Besonderes.

Aber der eigentliche Grund für Rune Janssons Schlaflosigkeit war diese Sache mit Säk. Das war besorgniserregend und nagte an ihm. Wenn sie wieder anfingen, Kurden zu jagen, und das mit Methoden, die auch nur entfernt an das erinnerten, was bei der Jagd nach Olof Palmes Mörder geschah, wäre nirgends in der Welt eine geordnete Polizeiarbeit möglich. Alles würde in einem einzigen Chaos aus Nebenskandalen, Ermittlungen des Kronanwalts oder anderer Staatsanwaltschaften zusammenbrechen, und, was wohl am schlimmsten war, eine Presse- und Werbekampagne um die eigene listige Arbeit erzeugen, die jedem denkbaren Zeugen tiefe Angst einjagen würde.

Rune Jansson machte sich einen neuen Becher Milch warm. Er glaubte zwar nicht, daß die Milch irgendeine Wirkung hatte, aber er wollte mehr tun, als nur aus dem Küchenfenster zu starren.

5

Carl hatte einen seltsam gehetzten Tag mit zahlreichen wechselnden Aufgaben hinter sich. Am Vormittag hatte er ein paar Skinheads in deren Wohnungen besucht. Sie waren vor kurzem aus dem Krankenhaus entlassen worden. Die Gipsverbände um Ellbogen und Knie waren noch nicht mit Genesungswünschen und Namen vollgekritzelt. Er hatte ihr Schweigen unter Hinweis auf die unerhört wichtigen Interessen der nationalen Verteidigung erkauft, die auf dem Spiel stünden, und auf die unerhört bedeutungsvollen Einsätze für das geliebte Vaterland verwiesen, die für die Jungnazis leicht zu bewerkstelligen waren. Sie brauchten nämlich nur ein einfaches Bestechungsgeld in Form einiger ungefalteter Tausender ohne Quittung anzunehmen. Diese Tausender entstammten angeblich einem Geheimfonds des Nachrichtendienstes für besonders wichtige nationale Interessen, und so weiter.

Nicht einmal das entsprach den Tatsachen, denn es handelte sich um Carls persönliche Geldmittel. Was einen erheblichen Unterschied machen würde, falls es zu einem Skandal und einer Bestechungsaffäre kam.

Anschließend hatte er etwa eine Stunde in einer Besprechung mit seinen Immobilienverwaltern zugebracht und zweimal einen Dreieckstausch organisiert. Dabei waren eine Zwei-Zimmer-Wohnung auf Gärdet und eine weitere auf Kungsholmen frei geworden, und zwar in Mietshäusern, die weder mit Carl noch einer seiner Firmen in Verbindung zu bringen waren. Überdies hatte er fast nebenbei ein paar Geschäfte gemacht oder zumindest einige Dokumente unterzeichnet, die das notwendige Kaufkapital freimachen sollten. Es sah alles fast aberwitzig aus, doch die Risiken waren gering.

Einer der ehemaligen Finanz- und Industrieheroen des Landes hatte Konkurs angemeldet und war als Schwindler im Gefängnis gelandet, während seine Berater ein paar hundert Millionen an sich gerafft und dann mit dem Finger auf den Schurken gezeigt hatten, der überdies Ausländer war, ein Araber. Da er Araber war, wurde behauptet, die Verlogenheit stecke ihm in den Genen, dazu noch anderes, was bei schwedischen Börsengaunern angeblich nicht in den Genen zu finden sei.

Der arme Schwindler, falls er nun einer war, hatte jedenfalls Schulden in Höhe von 1 300 Millionen Kronen hinterlassen, eine Summe, die er selbstverständlich nie würde zurückzahlen können. Es waren hauptsächlich zwei Banken, die diese in höchstem Maße unsicheren Forderungen hatten.

Die Grundidee war einfach. Carl sollte über eine seiner Immobilienfirmen die Schulden aufkaufen, das heißt die Forderungen an den verlogenen etcetera Araber, und zwar zu dem moderaten Preis von dreißig Millionen Kronen.

Auf diese Weise erhielten die Banken wenigstens dreißig Millionen statt gar nichts, und so besaß Carl eine Schuld von 1 300 Millionen. Was der sozialdemokratischen Steuergesetzgebung Schwedens zufolge ein glänzendes Geschäft war. Da die Schuld auf zweihundert Kommanditgesellschaften aufgeteilt werden konnte, von der jeder eine kleine, überschaubare Schuld zugeteilt wurde. Diese Kommanditgesellschaften, Triton 1, Triton 2, Triton 3 und so weiter bis hin zu Triton 200, konnten auf dem freien Markt zu dem attraktiven Preis von zwei Millionen pro Stück angeboten werden.

Doch wer will ein Unternehmen für zwei Millionen kaufen, auf dem eine Schuld von sechzig Millionen Kronen lastet? Ganz einfach: jeder vernünftige Geschäftsmann. Eine solche Schuld würde in jedem beliebigen Unternehmen jedes Öre Gewinn auslöschen, ohne daß die Schuld mehr als lächerliche zwei Millionen gekostet hatte. Ein glänzendes Geschäft für alle Beteiligten, abgesehen vielleicht von dem im Gefängnis einsitzenden Araber.

Der Gewinn, den Carls Berater knapp und konservativ berechnet hatten, was ihn betraf, *nach* Zinskosten und *nach* großzügigen Provisionen für die Berater, die zwar die Idee gehabt hatten, aber nicht das Kapital, belief sich auf mindestens neunzig Millionen Kronen. Und das *nach* Steuern.

Vielleicht hätte Carl sich an einem gewöhnlichen Tag nicht darauf eingelassen. Es war jedoch ein schwieriger Tag, an dem er keine Sekunde aufhörte zu schwitzen, als würde ihn der Schweiß nach dem Morgentraining beharrlich den ganzen Tag begleiten.

Kaum hatte er das Büro verlassen, vergaß oder verdrängte er das Geschäft und bestieg ein Taxi, das ihn zum Generalstab bringen sollte.

Dort oben wartete Joar Lundwall schon auf ihn, da Carl entgegen seiner Gewohnheit zu spät kam.

»Ich habe eine Idee, Joar. Ich habe eine Sache arrangiert, die dir gefallen wird, wie ich glaube«, begann er ohne Umschweife, nachdem er den Mantel aufgehängt hatte.

Joar Lundwall sah ihn mürrisch an. Das war ein Hinweis darauf, daß er schon wußte, wie Åke gefeuert oder »zu der taktischen Nachrichtenreserve versetzt« worden war.

»Man wird mich natürlich zum Kapitänleutnant befördern«, brummelte Joar Lundwall, ohne auch nur die geringste Begeisterung zu zeigen.

»Ja. Der Form halber wirst du auch ein paar Kurse unten bei der Militärhochschule belegen, aber das dürfte dich nicht sehr belasten. Ich möchte dein Gehalt erhöhen, und dazu gibt es keine andere Methode, als das Gehalt mit einer bestimmten Zahl von Streifen am Ärmel zu kombinieren, ja, in deinem Fall bedeutet es natürlich Sterne auf der Schulterklappe.«

»Falsch. Die Küstenartillerie hat jetzt blaue Uniformen mit Streifen. Man hielt es nämlich für ungerecht, daß die eine Waffengattung der Marine schöne Uniformen trägt, während die anderen wie Infanteristen herumlaufen müssen, verstehst du? Zwiebelförmige Ösen statt runder. Dann also noch ein Streifen. Demütigsten Dank.«

»Schwerwiegende Einwände dürftest du kaum vorbringen können? Sterne oder zwiebelförmige Ösen?«

»Nein, aber Al tut mir leid.«

»Du meinst Åke?«

»Ja, aber in San Diego haben wir ihn Al genannt. Dort kann ja kein Mensch Åke aussprechen.«

»Åke hat die Familie nicht verlassen, glaub das ja nicht. Erstens ist es vielleicht nur eine vorübergehende Versetzung, solange über diese Geschichte mit der Nazibrut kein Gras gewachsen ist. Zweitens will ich auch ihn befördert sehen, und dies war die einzige Möglichkeit dazu. Er kann ja dort unter den IBM-Maschinen nicht nur so eine Art Diskjockey für dich sein. Ja, und dann ist da noch einiges andere.«

Fast kein Wort davon entsprach den Tatsachen. Carl sah Joar Lundwall forschend an, ob dieser ihn durchschaute. Er glaubte es nicht und ging schnell zur nächsten Frage über.

»Ich habe dir eine Wohnung besorgt. Du kannst wählen. Zwei Zimmer auf Gärdet oder zwei Zimmer auf Kungsholmen.«

Zu Carls Enttäuschung weckte sein Angebot keinen sichtbaren Enthusiasmus, eher im Gegenteil. Joar Lundwall hatte den Verdacht, daß irgendein heimlicher Gedanke dahintersteckte, und nach kurzer und nicht sehr diplomatischer Argumentation sagte er offen, er glaube, Carl habe ganz einfach etwas gegen einen untergebenen Offizier einzuwenden, der bei seiner Mutter wohne. Als wäre es irgendwie peinlich, von seiner, Joars, sexueller Veranlagung zu wissen, als müsse man sie verbergen, als würde ihm jetzt schlimmstenfalls eine Art Kur angeboten, denn es gelte wohl als besonders unmännlich oder zumindest als heterosexuell unmännlich, zu Hause bei der Mutter zu wohnen.

Das Problem mit Joars Reaktion bestand darin, daß sie in ihren Schlußfolgerungen nicht unkorrekt war. Carl betonte jedoch entschieden, daß jeder, der in der operativen Sektion arbeite, mitten in der Nacht erreichbar sein und daß man ihn jederzeit und mit jedem beliebigen Fahrzeug abholen können müsse. Operateure müßten sich vielleicht auch auf eine Weise ausrüsten, die nicht jeder Mutter gefiel. Selbst bei der arglosesten Mutter konnte man sich ja vorstellen, daß sie gewisse Schlüsse zog, wenn man schwarze Messerklingen am Handgelenk befestigte oder eine Pistole im Schulterholster oder eine schallgedämpfte deutsche Maschinenpistole mitnahm.

Joar Lundwall gab natürlich nach. Kein Großstadtbewohner der ganzen Welt kann, wenn er noch bei Sinnen ist und den Respekt seiner Umgebung behalten will, zu einer kostenlosen, zentral gelegenen eigenen Wohnung nein sagen.

Sie wurden von Sams Sekretärin unterbrochen, die sich über die Gegensprechanlage meldete. Sam wünschte Carl zu sprechen.

»Ich komme«, erwiderte er, schaltete die Anlage aus und wandte sich wieder Joar zu.

»Also, was ist dir lieber? Kungsholmen oder Gärdet, Aussicht auf grüne Felder und das ferne Meer oder die Aussicht auf den Riddarfjärden?«

Während Joars Bedenkzeit kramte Carl zwei Verträge hervor und zeigte mit einer Handbewegung in Richtung Chef, daß er es eilig hatte.

»Riddarfjärden, bitte«, sagte Joar und sah endlich etwas fröhlich aus.

»Gut. Hier ist der Vertrag in zwei Ausfertigungen. Unterschreib die eine und gib sie mir, die zweite behältst du. Die Schlüssel bekommst du bei einem Hausmeister, der Andersson heißt. Er wohnt im Erdgeschoß. Wenn es eine House Warming Party gibt, kannst du Åke und mich einladen.«

»Verstanden, zu Befehl«, sagte Joar und unterschrieb schnell den einen Vertrag, den er zu Carl hinüberschob. Dieser legte ihn in seine Schreibtischschublade.

Sie schüttelten sich die Hände, ohne noch etwas zu sagen, und eilten dann durch den Korridor. Sie trennten sich beim Fahrstuhl vor Sams Tür.

Carl hatte erwartet, daß es um Einwände gegen den Monatsbericht oder Details gehen würde, doch das einzige, was er auf Sams Schreibtisch sah, war eine Abendzeitung. Und Sam selbst war nicht wiederzuerkennen. Er sah aus, als wäre der Russe im Djurgården an Land gegangen.

Carl setzte sich und wartete ab.

»Mach die Tür zu«, sagte Samuel Ulfsson verkniffen. Carl gehorchte etwas verwirrt. Sowohl der Tonfall als auch der unerwartete Hinweis, das Folgende selbst vor Beata geheimzuhalten, brachten ihn durcheinander.

»Was ist denn passiert?« fragte Carl beunruhigt. Diese Abendzeitung konnte bedeuten, daß seine ganze *Operation cover-up the Nazi hooligans* dabei war, aufzufliegen.

»Sieh dir das an«, sagte Sam aggressiv, warf Carl die Abendzeitung zu und kippte im nächsten Augenblick seinen übervollen Aschenbecher in einen Papierkorb. Er wühlte in zwei Taschen, bevor er in einer dritten eine neue Schachtel Vita Bond entdeckte. »Ist das nicht zum Kotzen?«

Carl blätterte besorgt in der Abendzeitung und suchte nach Überschriften über Bestechungsgelder des Militärs an Skinheads, fand aber nichts. Im übrigen gab es nur Mord und Klatsch, Dinge, die kaum etwas mit ihrer Tätigkeit zu tun haben konnten.

»Was soll ich denn eigentlich lesen?« fragte er resigniert.

»Seite sechs, der Mord am Otter!« brüllte Samuel Ulfsson fast. Carl begann, gehorsam den Artikel zu überfliegen.

Ein pensionierter Konteradmiral von Otter war in Uppsala von Terroristen ermordet worden. Der Mord hing angeblich mit einem ähnlichen Mord in Östergötland zusammen, wo ein gleichfalls pensionierter Generalleutnant af Klintén ermordet worden war, nachdem man ihn gefoltert hatte. Aha, da stand es: »Hochgestellte Quellen bei der Säpo, mit denen *Expressen* Kontakt gehabt hat, sagen aus, in beiden Fällen würden ausländische Terroristen verdächtigt. Im Moment will man aus fahndungstechnischen Gründen nicht angeben, um was für Terroristen es sich handelt. Die Verbrechen haben jedoch wahrscheinlich etwas mit der Nazi-Vergangenheit der beiden Pensionäre zu tun.«

»Aha«, sagte Carl, faltete die Zeitung zusammen und schob sie vorsichtig über den Schreibtisch in Richtung Rauchwolke.

»Die Terroristen in dieser Welt werden mit jedem Tag exzentrischer oder unsere Freunde beim Sicherheitsdienst unten im Affenhaus auf Kungsholmen sind ungewöhnlich genial. Und? Sollen wir dies als eine Attacke auf die Streitkräfte ansehen, oder was?«

»Mach dich nicht darüber lustig«, fauchte Samuel Ulfsson, »das hier ist verdammt noch mal alles andere als lustig. Der Otter war mein erster Schiffskommandant, und zwar auf dem Kreuzer Gotland 1951, als ich mein erstes Seekommando hatte. Ich habe seine Frau und deren ehemaligen Mann recht gut gekannt. Das da mit Nazi-Sympathien ist vollkommen idiotisch und entsetzlich für die Kinder. Es ist wirklich absolut zum Kotzen, daß unsere freie Presse sich so etwas leisten darf. Ich habe vor kurzem mit seinem Sohn gesprochen und... na ja, du kannst dir ja denken, wie das Gespräch verlief.«

Carl fand, daß Samuel Ulfsson empörter war als je zuvor, solange er ihn kannte, und das war immerhin schon eine recht lange Zeit. Weitere spöttische Bemerkungen wären höchst unpassend. Er konnte jedoch nicht erkennen, was sie selbst mit der Sache zu tun hatten.

»Hast du dir gedacht, daß wir den Versuch machen sollen, etwas dagegen zu unternehmen?« fragte Carl vorsichtig.

»Ja, das dürfte wohl die naheliegendste Frage sein. Das hier ist kaum meine Spezialität, und deine auch nicht, aber wie bringt man solche Skandaljournalisten zum Schweigen?«

»Das darf man nicht. Jedenfalls nicht ohne weiteres. Außerdem sind wir dazu da, ihr Recht zu verteidigen, Skandaljournalisten zu sein. Du weißt, Pressefreiheit. Schon mal was davon gehört?«

»Den Teufel auch!«

»Doch. Wenn *das Militär* sich in das Tun und Lassen der freien Presse einzumischen versucht, haben wir schon wieder einen solchen Skandal am Hals. Aber die Überlebenden haben natürlich das Recht auf eine Gegendarstellung.«

»Du weißt doch, wie so was immer aussieht. Kleine Notizen ganz hinten in der Zeitung und in so kleinen Buchstaben, daß man nicht nur eine Lesebrille, sondern auch eine Lupe braucht.«

»Eine Alternative wäre, die Zeitung wegen der Verunglimpfung des Andenkens Verstorbener zu verklagen oder zumindest damit zu drohen, wenn man keine größere Gegendarstellung erhält.«

»Glaubst du an so was?«

»Ein wenig. Denn du willst doch wohl nicht, daß wir irgendein *Sonderkommando* losschicken und die Journalisten zum Schweigen bringen. Oder sollen wir Stålhandske losschicken, der sich nachts in einen Hinterhalt legt? Unsere Ressourcen sind, gelinde gesagt, nicht an diese Art Kriegsführung angepaßt.«

»In Ordnung. Ich werde deinen Vorschlag weitergeben, diese Scheißkerle zu verklagen. Doch dann zum nächsten Schritt. Wenn es nicht wahr ist, woher kommt es dann?«

»Natürlich vom Affenhaus auf Kungsholmen.«

»Wie kommst du darauf?«

»Weil sie vermutlich, so intelligent und politisch geschickt wie sie sind, an das glauben, was sie *Expressen* diktieren. Du kannst ja Näslund anrufen und ein bißchen schimpfen.«

»Du weißt sehr gut, daß er nur jede Schuld leugnen wird.«

»Dann gib ihm wenigstens etwas Zunder. Nimm offiziell auf dem Dienstweg Kontakt auf und frage im Namen der Streitkräfte, ob sie Gründe für die Annahme haben, die beiden seien Nazi-Sympathisanten gewesen. Du solltest auch danach fragen, welche Belege es dafür beim Sicherheitsdienst gibt, weil die Angelegenheit dann zu einer Sache der Streitkräfte wird.«

Samuel Ulfsson drückte erregt seine Zigarette aus. Es war ihm anzusehen, daß er die Idee für glänzend hielt.

»Ausgezeichneter Vorschlag, Carl, wirklich ausgezeichnet. Und was machen wir, wenn wir vom Affenhaus sozusagen schriftlich und offiziell ein Dementi erhalten?«

»Dann ist es ganz einfach. Dann enthält das Dementi keine Geheimnisse der Streitkräfte und überhaupt nichts, was sich nicht veröffentlichen ließe. Dann geben wir die Meldung an das *Echo des Tages*. Das kann ich über diesen Ponti regeln. Dann hat das Gequatsche ein Ende, zumindest was deinen alten Schiffskommandanten betrifft.«

»Wo hast du gelernt, so zu intrigieren? Gehörte das zu deinen Kursen in San Diego?«

»Wohl kaum. Es steckt hier in den Wänden des Hauses. Wenn man sich in diesen Fluren lange genug aufhält, wird man so. Ist dir das noch nicht aufgefallen?«

»Nein, offen gestanden, nicht. Nun, mein lieber Macchiavelli, siehst du noch weitere Maßnahmen und Schritte?«

»Aber ja. Die Abendpresse und das Affenhaus betreiben eine Mörderjagd. Sie werden die Mörder aber wohl nicht zu fassen bekommen, wenn Säk die Fäden zieht. Es wird eine Theorie nach der anderen geben, eine heiße Spur nach der anderen, Nazis, iranische Fundamentalisten und was du willst. In einer Hinsicht kannst du sie dazu bringen, deinen Schiffskommandanten nicht mehr mit Schmutz zu bewerfen, nämlich was diese Sache mit der Nazi-Sympathie angeht, vorausgesetzt, es entspricht nicht den Tatsachen. Aber du kannst vielleicht ahnen, welche Möglichkeiten sonst noch zu Gebote stehen. Es sind immerhin spektakuläre Morde. Außerdem ist es verdammt schwer, mit Präzision durch ein Fenster zu schießen.«

»Ein Profijob?«

»Kommt darauf an, was für Munition verwendet worden ist. Vielleicht hat der Täter einfach nur Glück gehabt. Ich muß mir die Ermittlungsergebnisse ansehen, um darauf antworten zu können. Aber zu etwas ganz anderem. Dieser af Klintén, was ist der für einer gewesen?«

»Keine Ahnung, Armeeoffizier. Mit solchen Leuten pflegen wir ja keinen Umgang.«

»Stell dir vor, er ist Nazi gewesen, und es läßt sich beweisen. Dann wird dein Schiffskommandant trotzdem mit ihm in eine Schublade gesteckt, mit diesem Nazi also. Es ist bemerkenswert, daß zwei Pensionäre im Lauf einer Woche ermordet werden. Das sieht sehr danach aus, als hingen beide Morde zusammen. Das mußt du doch zugeben?«

»Ja. Das muß ich. Diese Geschichte wird nicht sehr lustig werden. Sollten wir die Sache selbst aufklären?«

»Der Meinung bin ich nicht, auf keinen Fall. Das ist Sache der Polizei, schlimmstenfalls sogar der Sicherheitspolizei. Wir können uns aber offiziell nicht in das einmischen, was sie tun. Übrigens ist es merkwürdig, daß ausgerechnet ich dich in diesem Punkt ermahnen muß und daß es nicht umgekehrt ist.«

»Es kann uns doch wohl nichts daran hindern, einen alten Marineoffizier von dieser Nazi-Anschuldigung freizusprechen?«

»Du hast ein privates Interesse an der Sache.«

»Ja, darauf kannst du einen lassen. Das habe ich, entschuldige den Ausdruck. Nun?«

»Der Nachrichtendienst schreibt für den Otter ein Weißbuch. Schwebt dir so etwas vor?«

»Ja, etwas in der Richtung. Kannst du so nett sein und dich darum kümmern?«

»Verstanden. Zu Befehl.«

»Keine Ironie, bitte. Hattest du selbst was auf dem Herzen?«

»Ja, eine Sache. Ich habe Stålhandske in die Reserve beim Nachrichtendienst versetzt. Seine neue Dienststelle wird die Küstenjägerschule in Vaxholm.«

»Teufel auch. Warum das denn? Oder ist es etwas, was ich nicht wissen sollte?«

»Das hat zum Teil etwas mit dem zu tun, was dir nicht bekannt ist. Wenn meine Versuche, die Polizeiarbeit zu sabotieren, beispielsweise durch Publizität danebengehen, ist ein Nahkampf-Ausbilder an der Küstenjägerschule in der Klemme. Kein Offizier des Nachrichtendienstes. Das ist ein gewisser Unterschied.«

»Ein Bauernopfer. Ich dachte, ihr stündet einander sehr nahe.«

»Das tun wir auch. Ich habe übrigens dir die Schuld gegeben, als ich ihm die traurige Nachricht überbrachte.«

»Nun ja, damit werde ich leben müssen. Ungerecht gegenüber der armen Küstenjägerschule, wenn die unseren Skandal ausbaden müssen.«

»Ja, aber praktisch.«

»Ja, so kann man es natürlich auch sehen. Beschaffst du mir Unterlagen über den Otter?«

»Ja, wenn du mir seine Personennummer gibst.«

Carl verbrachte die folgenden Stunden mit der militärischen Stammrolle und einigen ebensowenig geheimen Akten, um alles Verfügbare über den ehemaligen und so bewunderten Schiffskommandanten seines Chefs zusammenzustellen. Keine schlechte Karriere. Es mußte ein fähiger Offizier gewesen sein, Sohn eines Fregattenkapitäns und selbst am Ende Konteradmiral.

Marineleutnant 1925, große Fahrt mit »HMS Fylgia« im selben Jahr, Oberleutnant zur See 1928, Seekommando auf dem Panzerschiff »Gustaf V.« 1929 bis 1930. Der Mann war also aus einer anderen Zeit. Mein Gott, Panzerschiff!

Verschiedene Kommandos auf Zerstörern, plötzlich Dienst an Land in der Torpedowerkstatt in Motala 1933, 1934, also um die Zeit von Hitlers Machtergreifung, dann zwei neue Kommandos auf Zerstörern, Beförderung zum Kapitänleutnant 1936, Erster Offizier auf dem Panzerkreuzer »Fylgia« 1937, erstes Kommando als Schiffskommandant 1938. So weit, so gut, aber etwas bedenklicher möglicherweise: stellvertretender Marineattaché in Warschau 1939. War bei Kriegsausbruch also beim schwedischen Nachrichtendienst. Verließ Polen natürlich bei der Eroberung durch die Deutschen. Dann im Marinestab, wahrscheinlich Nachrichtenoffizier 1939 bis 1940, also im ersten Kriegsjahr. Anschließend beim Stab des Marinedistrikts der Westküste, 1940 bis 1943 mitten im Krieg mit deutschen Schiffen vor der Küste, also um die Zeit der Eroberung von Dänemark und Norwegen.

Plötzlich als Lehrer an die Seekriegsschule versetzt, nämlich in den beiden letzten Kriegsjahren 1943 bis 1945. Torpedolehre.

Vom aktiven Dienst so nahe der schwedischen Front, wahrscheinlich beim Marinedistrikt der Westküste in Göteborg, plötzlich zum einfachen Lehrer an der Seekriegsschule?

Da konnte etwas passiert sein. Versetzung aufgrund von Nazi-Sympathien? Von einem sensiblen Kommando an einen Schreibtisch oder an ein Lehrerkatheder versetzt?

Nach dem Krieg neue Schiffskommandos, Erster Offizier auf dem Kreuzer »Gotland« 1951, Ernennung zum Fregattenkapitän im selben Jahr.

Falls man ihn aufgrund unpassender Ansichten versetzt haben sollte, hatte es trotzdem der Karriere nach dem Krieg nicht geschadet, wie man sehen konnte.

Untersuchungsauftrag bezüglich der Anschaffung von Raketen 1955, Ernennung zum Kapitän zur See im selben Jahr, nur vier Jahre nach der Ernennung zum Fregattenkapitän. Offenbar ein beliebter Mann.

Dienst in der Bundesmarine 1958. Was zum Teufel hatte er da gemacht? Aber die deutsche Marine mußte 1958 doch schon vollständig entnazifiziert gewesen sein?

Sachverständiger in verschiedenen Kommissionen, Ernennung zum Konteradmiral 1962. Im selben Jahr als Chef des Marinekommandos Ost vorgesehen, trat den Dienst aber nicht an. Etwas kam dazwischen. Was?

Statt dessen zur besonderen Verwendung beim Chef der Marine, Untersuchung von Fragen der Arbeitsbedingungen 1962 bis 1965.

Fragen der Arbeitsbedingungen? Warum sollte man einen frischgebackenen Konteradmiral und frischgebackenen Chef eines ganzen Marinekommandos zu einem solchen Idiotenjob versetzen?

War inzwischen etwas herausgekommen? War er irgendwie belastet und deswegen untragbar? War es etwas, was nicht herauskommen sollte, etwas, was ihn aber trotzdem nicht an einer weiteren Verwendung hinderte, wenn auch in einem Idiotenjob?

Vorzeitige Pensionierung 1966.

Vierundzwanzig Jahre später ermordet.

Carl war verwirrt. Ihm war unbehaglich zumute. Er schwitzte immer noch, obwohl es inzwischen schon acht Uhr abends war. Er hatte sie angerufen und gesagt, sie solle nicht mit dem Essen auf ihn warten.

Sollte er wirklich diesen Job übernehmen, der sowieso kein richtiger Job war, sondern eher ein Freundschaftsdienst für Sam?

Dieser wollte ja nur eine Art von Antwort. Wenn man die Personalien des Otters mit einigem Mißtrauen las, gab es mehrere Möglichkeiten, die Sam enttäuschen konnten.

Ein alter Konteradmiral war ein netter Bursche, wenn auch ein paar Jahre lang Nazi, obwohl das schon so lange zurücklag, daß es ebensogut die jüngere Bronzezeit hätte sein können. Na und?

Doch, da gab es einen Haken. Jemand hatte ihn ermordet.

Aber erstens war das Sache der Polizei. Zweitens wird doch 1990 niemand wegen brauner Anfälligkeit in den Jahren 1938 bis 1945 ermordet. Hätte so etwas nicht spätestens 1945 geschehen sein müssen?

Carl überlegte, ob er Sam davon abraten sollte, die Untersuchung zu Ende zu führen. Carl würde Sam aber nicht mit bösen Vorahnungen und Andeutungen kommen können, denn dieser »wußte« ja, daß alles leeres Gerede war. Und leeres Gerede von Carls Seite würde nur zu einer weiteren Spezifikation des Befehls führen, schlimmstenfalls schriftlich.

Es würde Zeit erfordern, Komplikationen mit sich bringen, überdies unproduktiv sein, und zudem gab es im OP 5 wichtigere Dinge zu tun, als Sams alten Schiffskommandanten von jedem Verdacht reinzuwaschen.

Und außerdem verschwendete Sam selbst ja keinen Gedanken an den General.

Um den Hintergrund von Otter zu ermitteln, sollte man sich natürlich auch diesen Klintén ansehen. Vielleicht tauchten sie urplötzlich im selben Offiziersclub auf.

Nein, Sam lief Gefahr, den Befehl, den er Carl jetzt gegeben hatte, aus mancherlei Gründen zu bereuen. Doch der Befehl war erteilt und würde ausgeführt werden. Schlimmstenfalls würde der Untergang der Sowjetunion noch ein Weilchen warten müssen.

Carl bestellte ein Taxi und verschloß seine EDV-Ausdrucke im Panzerschrank. Als er die Treppe hinunterging, beschloß er, nicht zum Grand Hotel zu fahren, sondern direkt nach Hause.

Sie saß auf dem grünen Sofa und hatte die Füße auf ein Kissen auf dem Granittisch gelegt. Sie strickte, als er nach Hause kam. Sie strickte etwas Rosafarbenes, da sie »im Gefühl hatte«, daß es ein Mädchen werden würde.

Er ging zu ihr und küßte sie auf die Stirn, auf die Wangen und vorsichtig auf den Mund. Sie legte ihre Handarbeit beiseite, schlang ihm die Arme um den Nacken und preßte ihn fest an sich. Er sank vor ihr auf die Knie und legte ihr die Hände auf den Bauch. So verharrten sie eine Weile, ohne etwas zu sagen.

»Man hat mich heute wegen Körperverletzung angezeigt. Deine Frau hat ein Disziplinarverfahren am Hals«, sagte sie plötzlich.

Er schob sie sanft von sich und versuchte ihr an den Augen abzulesen, ob das ein Witz war. Sie lächelte, aber es war vielleicht trotzdem kein Scherz.

»Du hast dich doch nicht etwa auf eine Prügelei eingelassen? Mit dem Bauch?« sagte er bestürzt. Absurde Visionen schossen ihm plötzlich durch den Kopf.

»Nein, ich hab nicht mit dem Gummiknüppel auf ihn eingedroschen, falls du das glauben solltest«, lachte sie.

Carl setzte sich auf den Tisch und sah sie forschend an. Nein, es stimmte.

»Was ist passiert?« fragte er.

»Ich habe doch Innendienst, oder? Ich meine, ich bin nicht in der Stadt unterwegs gewesen, um Randalierer zu verprügeln, oder so. Das ist gegen unsere Dienstvorschriften, und außerdem habe ich bald Mutterschaftsurlaub.«

»Ja, aber was ist passiert?«

»Also, sie kommen mit einem Randalierer rein, der ziemlich blau ist. Und als sie ihn durchsuchen wollen, beugen sie ihn nach vorn und zufällig über meinen Schreibtisch, obwohl wir da einen

Kotzschirm haben, und plötzlich geht's los, BLOOOAAPP! Von der Nasenspitze bis zum Bauch, außerdem noch den Rest vom vorhergehenden Suff. Da habe ich ihm eins auf die Nase gegeben. Mit einer geraden Rechten, einfach drauflos.«

Carl bog sich zurück und lachte. Er lachte lange, da er es als Befreiung empfand, die weit über die Komik der Szene hinausging, die er vor sich sah. Er lachte, bis ihm die Tränen kamen.

»Hast du sauber getroffen?« gluckste er und versuchte, sich die Tränen abzuwischen.

»Aber ja. Astrein. Sie behaupten, ich hätte ihm das Nasenbein gebrochen. Er will mich wegen schwerer Körperverletzung anzeigen«, erwiderte sie fast stolz.

Carl krümmte sich erneut vor Lachen.

»Ich hoffe, es kommt bald zum Prozeß, damit du noch deinen Bauch hast. Diesen Prozeß würde ich gern sehen. Saufkopf mit entrüstet hochgerecktem Finger, der eine kleine Frau in gesegneten Umständen beschimpft. Dem Gericht wird es schwerfallen, da ernst zu bleiben.«

»Ich bin jedenfalls mit einem Taxi nach Hause gefahren. Der Fahrer wollte mich erst gar nicht in den Wagen reinlassen, so wie ich roch. Säufer nehme ich nicht mit, sagte er. Aber ich tu das, sagte ich, denn ich bin Bulle. Deswegen rieche ich auch so. Da lachte er und fuhr mich nach Hause.«

»Ende gut, alles gut.«

»Nein, besser noch. Ich bin einkaufen gegangen. Ich war ja an der Reihe, das Essen zu machen.«

»Aber ich habe doch gesagt, daß du nicht...«

»Du hast noch nicht gefuttert, wie?«

»Nein, aber...«

»Bleib nur still sitzen. Rühr dich fünfzehn Sekunden lang nicht von der Stelle, das ist ein Befehl!«

»Verstanden. Zu Befehl«, seufzte Carl.

Sie erhob sich schwer und unbeholfen und ging leise ins Eßzimmer. Er hörte, wie ein Streichholz angerissen wurde. Dann rief sie »fertig«. Er betrat lächelnd das Eßzimmer, in dem sie schon eine Vorspeise aufgetragen hatte. Auf dem Tisch stand eine Flasche Bordeaux, den sie sogar dekantiert hatte.

Auf dem Teller lagen Gänseleberpastete mit ein paar Blättern Endiviensalat sowie etwas Trüffel und Gelee.

»Schön, was? Bitte, setz dich«, sagte sie fröhlich.

Carl ging erst um den Tisch herum und küßte sie. Sie setzten sich einander gegenüber. Er warf einen Seitenblick auf den Wein. Sie hatte natürlich aufs Geratewohl eine Flasche gegriffen, und es war zufällig ein Margaux geworden, den er für eine ganz besondere Gelegenheit hatte aufbewahren wollen, da es ein begehrter Jahrgang war. Aber vielleicht war dies ja der besondere Anlaß, korrigierte er sich vorwurfsvoll.

»Woher dieses Festessen? Du gibst doch sonst Kohlrouladen den Vorzug«, fragte er munter, als er die Serviette auf dem Schoß auseinanderfaltete und das Besteck in die Hände nahm, so daß sie gleichzeitig anfangen konnten.

»Man ist ein bißchen nach oben gekommen, verstehst du? Langsam, aber sicher hat die Frau aus dem Volk sich von dem kostbaren Geschmack der Oberschicht korrumpieren lassen. Gräfin Jönsson hat wieder zugeschlagen«, erwiderte sie mit einem gespielt lässigen Achselzucken.

Sie aßen eine Weile schweigend.

»Du bist eine wunderbare Polizistin, ich liebe dich«, sagte er plötzlich.

»Wunderbar, mein Junge, daß wir uns zumindest in dem wichtigsten Punkt einig sind. Ich liebe dich mit so einer Pastete genausosehr wie mit Kartoffelklößen mit Speckfüllung«, sagte sie und griff vielsagend zu ihrem Wasserglas. Sie wollte keinen Alkohol trinken.

»Nimm wenigstens ein kleines Glas. Es ist ein phantastischer Wein. Der Kleine wird dann wenigstens gleich zu dem richtigen Weingeschmack erzogen«, bedrängte er sie, und als sie nicht protestierte, goß er ihr ein halbes Glas ein.

»*Die* Kleine«, sagte sie, als sie ihr Glas hob. »Die Kleine, nicht der Kleine.«

»Wollen wir wetten?«

»Ja, um fünf Millionen.«

»Das kannst du dir nicht leisten.«

»Das kann ich doch, denn wie du immer sagst, was dein ist, soll auch mein sein. Wenn ich verliere, nehme ich fünf von deinen Millionen und gebe sie dir einfach zurück. Ohne jedes Risiko. Wenn ich gewinne, kaufe ich mir die teuersten Stoffe und nähe Bullenuniformen aus Rohseide.«

»Hört sich wie eine glänzende Geschäftsidee an«, brummelte er und spielte den übertrieben Gekränkten. »Aber was machst du mit all den rosafarbenen Kleidern, wenn es ein Junge wird?«

»Dann habe ich ja die Wette verloren und werde dir ein bißchen Geld abluchsen müssen, um hellblaue Kleider zu kaufen. Wer sagt denn übrigens, daß nicht auch kleine Grafen Rosa tragen können? Zumindest moderne und gleichberechtigte kleine Grafen, und wenn überhaupt, werden wir nur solche kriegen.«

»Ja, hoffentlich. Kinder haben jedoch die Neigung, genau das Gegenteil von dem zu tun, was die Eltern wollen. Mein Vater drehte früher fast durch, wenn er mich sah. Langes Haar, Demonstrationen und all das. Ich habe sogar ans Haus des Adels geschrieben und versucht, auf den Adelstitel zu verzichten, aber die haben geantwortet, das gehe nicht. Die einzige Möglichkeit sei, irgendwo einen angenommenen Namen zu finden, Fjunemo oder etwas in der Richtung, dann hätte ich mich in den heimlichen Grafen Fjunemo verwandelt.«

»Dann hätte ich dich nie geheiratet. Pfui Teufel, Gräfin Fjunemo zu werden.«

»Aber Gräfin Hamilton?«

»Jönsson-Hamilton, wenn ich bitten darf.«

Er seufzte und stellte das Glas schwer auf den Tisch, als wollte er mit der Diskussion wieder von vorn beginnen. Dann machte er eine Kunstpause, bevor er plötzlich hochsah und ihrem Blick begegnete.

»Na schön, einverstanden. Dann eben Jönsson-Hamilton. Aber nicht in der Kirche.«

»Abgemacht, nicht in der Kirche. Aber ich will erst den Bauch los sein. Es ist irgendwie ein bißchen blöd, glaube ich, mit einem solchen Bauch zu heiraten.«

»Auch das ist abgemacht.«

Er trank langsam einen großen Schluck und ließ den Weingeschmack auf alle Sinne einwirken, als gäbe es nichts anderes, als hätte sich alles gelöst, als wäre da keine einzige drohende Wolke mehr am Himmel.

Rune Jansson war wütend und verzweifelt. Er konnte nicht entscheiden, welches Gefühl am stärksten war. Wahrscheinlich die Verzweiflung. Er fühlte sich als Chef unzulänglich. Er sollte der Mann sein, der zwischen den verschiedenen streitenden Parteien vermittelte, aber niemand hörte auf ihn. Statt dessen rannte jeder zu seinem Vorgesetzten, wo alle voneinander abweichende Anweisungen erhielten, die nur die katastrophale Zersplitterung der Ermittlungsarbeit weiter verstärkten.

Die Kollegen von der Reichskripo reagierten bei der Morgenlage mit Anfällen von Pseudokrupp, als ihnen aufging, daß Säk in Stockholm sich in Bewegung gesetzt hatte. Dies sei kein Säk-Mord, betonten sie, und Rune Jansson gab ihnen darin natürlich recht. Der Polizeipräsident und der örtliche Säk-Chef von Norrköping widersprachen jedoch. Damit, daß die Sache Säk interessierte, sei es ein Säk-Mord, und überdies habe Säk eigene Erkenntnisse von Bedeutung. Außerdem habe der Mord in Uppsala bewirkt, daß der ganze Fall in einem anderen Licht erscheine, und so weiter.

Säk hatte eine Arbeitshypothese.

In den letzten Jahren hatten kurdische und deutsche Terroristen zusammenzuarbeiten begonnen, was mit einem Massenprozeß gegen angebliche kurdische Terroristen in der Bundesrepublik Deutschland zu tun hatte. Es ging um einen Paragraphen 159 a, der, wenn Rune Jansson seinen Kollegen von Säk richtig verstanden hatte, dem Staat das Recht gab, jeden Bürger beliebig lange einzusperren, falls die Sicherheitspolizei den Betreffenden in Verdacht hatte. In Schweden konnten nur Ausländer mit einem solchen Arrest belegt werden, wenn Säk sie verdächtigte. Infolge des begonnenen Massenprozesses in der Bundesrepublik waren kurdische Extremisten und deutsche Terroristen irgendwie im selben Boot gelandet. Einmal führten ihre Sympathisanten jetzt einen gemeinsamen Kampf gegen die »faschistischen Gesetze«, die »faschistische Gewaltgesellschaft«, und so weiter. Zum anderen hatten sie Angaben zufolge, die Säk aus nicht näher genannten Quellen erhalten hatte, mit einer operativen Zusammenarbeit begonnen. In der Bundesrepublik war mindestens ein Mord an einem hohen Tier der Industrie begangen worden, der damit motiviert wurde, er sei als ehemaliger Nazi ein typischer Vertreter des modernen, maskierten Faschismus, und die Streitkräfte des Volkes hätten in ihrem Kampf gegen den Unterdrückerstaat mit seinem faschistischen Untergrund bei demokratischer Maske volles Recht, die Rache des Volkes zu vollstrecken, oder wie immer sie die Tat bezeichnet hatten.

Die Mörder waren nicht gefaßt worden. Es gab die Theorie, Kurden der PKK hätten ihren Kollegen bei der RAF einen Dienst erwiesen als Vorleistung für künftige Gefälligkeiten.

Und so hatte Säk sich bis nach Östergötland und zu dem pensionierten Generalleutnant vorgearbeitet:

Louise Klintén brauchte nicht bewußt schuldig zu sein. Aber sie hatte unter ihren kurdischen Freunden natürlich von ihrem Vater erzählt, und da hatten die Kurden beschlossen, daß er ein geeignetes Opfer sei, vor allem, nachdem sie seine Adresse erfahren hatten.

Die Ermittlungen hatten schon ergeben, daß af Klintén tatsächlich eine Nazi-Vergangenheit hatte. Das konnten Kapitän Seebär und Rune Jansson selbst bestätigen.

Oder etwa nicht?

Na also. Aber wem in der Öffentlichkeit konnte das noch bekannt sein? Folglich führte die Spur zu dem Kreis um Louise Klintén.

Der Mord zeigte allein schon durch die Vorgehensweise der Täter sehr deutlich, daß ihm die Nazi-Vergangenheit des Opfers zugrunde lag. Oder etwa nicht?

Und überdies fanden sich ebenso klare Hinweise auf eine ähnliche Spur, was diesen Admiral in Uppsala betraf.

Nein, nicht so, daß auch er etwa eine Tochter gehabt hätte. Aber die Stelle, von der der Schuß abgefeuert worden war, lag dem Haus des Admirals in dem Villenviertel gegenüber. Und in dieser gegenüberliegenden Villa, die von einem älteren Paar bewohnt wurde, war das Obergeschoß an vier Mädchen vermietet worden, die an der Universität Uppsala Jura studierten. Eines der Mädchen hatte eine Schwester in Stockholm, die mit dem Anführer der kurdischen Terroristen in Schweden verheiratet war oder zumindest mit ihm zusammenlebte.

An dieser Stelle der Darlegung hatte Rune Jansson den Vortrag des Beamten der Sicherheitspolizei mit der sanft vorgebrachten Frage unterbrochen, ob es derselbe Mann sei, den ein gewisser Polizeipräsident in Stockholm als »Gehirn« hinter dem Palme-Mord bezeichnet hatte.

Ja, so war es. Derselbe Mann.

Aber war der nicht unschuldig an der Ermordung Palmes?

Doch, davon konnte man ausgehen. Tatsächlich.

Nun, wenn man ihn aber fälschlich als Terroristen und Mörder bezeichnet hatte, könnte dies doch jetzt nur dazu führen, daß der Verdacht gegen ihn schwächer werde?

Nein, das sei nicht der Fall. Selbst wenn er nicht der Mörder Palmes war, obwohl vieles darauf hindeutete, war er doch das Gehirn hinter zwei anderen Morden kurdischer Extremisten in Schweden. Das wußte Säk. Gründe wurden aber nicht bekannt.

Die Tatsache, daß das »Gehirn« wegen keinem der Morde verhaftet werden konnte, zeigte offenbar nur, wie unglaublich geschickt dieser Mann war.

Und so war die Diskussion den ganzen Morgen fruchtlos hin und her gegangen.

Auch am Nachmittag hatte sich die Szene nicht gerade aufgehellt, als das Untersuchungsergebnis des Kriminaltechnischen Labors gebracht wurde. Die Kugel war einigermaßen unversehrt aufgefunden worden und paßte offenbar zu der leeren Hülse, die an der Stelle gelegen hatte, wo der Schuß abgegeben worden sein mußte.

Die Hülse hatte einen eingeprägten Kreis mit einem Kreuz darin, woraus hervorging, daß es sich um NATO-Munition handelte. Außerdem fand sich dort eine Codebezeichnung, die erkennen ließ, welche Waffenfabrik des NATO-Bündnisses die Patrone hergestellt hatte, nämlich eine Fabrik in der Türkei.

Es ließ sich unschwer ausrechnen, welche Begeisterung diese Nachricht beim Sicherheitsdienst des Reiches auslösen würde.

Türkische Munition, also ein kurdischer Mörder, das war ja klar wie Kloßbrühe. Die Kurden in Schweden hegten einen intensiven Abscheu gegen ältere Admiräle, die in ihrer Freizeit Schiffsmodelle bauten, das mußte jedem einigermaßen begabten Sicherheitspolizisten klar sein.

Kapitän Seebär war soeben aus Göteborg zurückgekehrt. Die beiden Männer gingen in Rune Janssons Zimmer und schlossen die Tür. Rune Jansson erzählte ohne Umschweife von seinen Befürchtungen. Die Ermittlungen würden im Verlauf weniger Tage zu einem Chaos führen.

Kapitän Seebär lauschte mit mahlenden Kiefern Rune Janssons resigniertem Bericht darüber, wie eine Kurden-Spur über ihren Köpfen hervorwuchs.

Als Rune Jansson verstummte, schwiegen beide eine Weile voller Sympathie oder in der Erwartung, der andere würde ein erlösendes Wort sprechen.

»Ich bin ja nun kein politischer Experte«, begann Kapitän Seebär leicht zögernd und mit einem überraschend starken Göteborg-Dialekt, als hätte der kurze Aufenthalt in seiner Heimatstadt einen Rückfall bewirkt, »aber ich habe ja diese Menschen immerhin kennengelernt. Ja, also die verdächtigen Kanaken. Und diese Louise ist in diesen Kreisen ungeheuer beliebt. Eins weiß ich jedenfalls über Kanaken, daß schon eine ganze Menge passieren muß, bevor die hinter dem Rücken eines Kumpels dessen Eltern ermorden.«

»Hm. Außerdem hat die ganze Truppe ein Alibi, wie du mir gesagt hast. Ist das zu gut?« fragte Rune Jansson tonlos.

»Du meinst, sie könnten es so arrangiert haben, daß alle künftigen Verdächtigen einander Alibis geben?«

»Hm. Etwas in der Richtung. Ich meine, es muß ja in unserem Interesse liegen, unseren Teil der Kurdenspur als unwahrscheinlich abzutun, damit wir uns wenigstens damit nicht mehr befassen müssen. Das wäre immerhin schon etwas.«

»Dieses Fest hat stattgefunden. Mehrere Personen hatten sich an diesem Abend sogar einen Babysitter besorgt. Sie kamen zu einer normalen Zeit nach Hause, und so weiter.«

»Das hast du geprüft?«

»Ja.«

»Ausgezeichnet. Gute Polizeiarbeit, wirklich ausgezeichnet. Aber haben Kanaken Babysitter? Ich habe immer geglaubt, die hätten Tanten, Großmütter und so weiter.«

»Hab ich auch gedacht. Aber die hier sind, wie soll ich sagen, recht zivilisiert. Einer von ihnen ist Chirurg an der Thorax-Klinik in Göteborg, verpflanzt Herzen und so. Ein anderer ist Dozent für orientalische Literatur, und andere haben ebenfalls akademische Berufe.«

»Zwei der verdächtigen Mörder von Säk sind also Ärzte?« lachte Rune Jansson auf. Kapitän Seebär lächelte zögernd, als wäre auch er dabei, seine erstickte Wut zu überwinden.

»Nun, vielleicht sollten wir jetzt versuchen, einen kühlen Kopf zu bewahren und mit der normalen Polizeiarbeit fortzufahren, zumindest hier in Norrköping«, begann Rune Jansson mit plötzlich erneuerter Energie. »Ich schlage vor, wir pfeifen bis auf weiteres auf Säk. Wir machen mit unserer Arbeit weiter und versuchen mit Hilfe unseres eigenen Materials einen Mörder zu fassen.«

»Genau meine Meinung.«

»Was haben die Verhöre ergeben?«

»Wir haben etwa fünfundsiebzig Prozent der Nachbarschaft abgegrast, bisher aber nichts gefunden, was die Alarmglocken schrillen läßt.«

»Hm. Verfolgt diese Sache aber weiter, soweit es geht. Nehmt euch die Zeit, die ihr braucht, um von Tür zu Tür zu gehen und alle Spuren zu verfolgen. Dann habe ich noch einen Ansatz. Wir sollten versuchen, dieser Nazi-Frage irgendwie nachzuspüren. Diese Tante hat eine ganze Reihe von Personenangaben gemacht, Angaben über alte Freunde, die wir mal unter die Lupe nehmen sollten. Das ist zwar zeitraubend, aber dabei können wir unsere Kräfte zumindest für etwas Vernünftiges einsetzen, während Säk mit der Nase am Boden schnuppert, um etwas bei ihren Kurden zu finden.«

Kapitän Seebär nickte, stand auf und wollte gerade gehen, als das Telefon läutete. Kaum hatte Rune Jansson gehört, wer am Apparat war, als er seinem Kollegen mit der Hand ein Zeichen gab zu bleiben. Er schaltete den Mithörlautsprecher ein, so daß das Gespräch im ganzen Zimmer zu hören war.

Es war die Generalswitwe af Klintén, die anrief. Ihr Tonfall machte sie zwar noch zu einer Generalswitwe, aber sonst war sie außer sich vor Zorn. Was jetzt in der Zeitung stehe, mache jede künftige Zusammenarbeit unmöglich. Rune Jansson oder »Herr Jansson«, wozu er plötzlich degradiert wurde, habe ja gewisse Zusagen oder vielmehr bestimmte Versprechungen gemacht, was Publizität betreffe. Und jetzt werde sie mit ihrem Sohn sprechen, dem Senatspräsidenten, außerdem mit ihrem Anwalt und möglicherweise mit dem gesamten höchsten Gericht, um Rune Janssons Entlassung zu bewirken. Was weitere Aussagen von ihr angehe, könne er sich auf dem Mond danach umsehen. Und damit warf sie den Hörer auf die Gabel.

Die beiden Beamten wechselten schnell einen Blick und gingen mit entschlossenen Schritten zum Fahrstuhl. Sie fuhren ins obere Stockwerk zur Cafeteria und entrissen einem bestürzten Kollegen ein Exemplar von *Expressen*.

Was sie auf der ersten Seite entdeckten, trieb ihnen vor Wut fast die Tränen in die Augen.

TERRORMORDE
RACHEAKT
AN NAZIS

hieß es dort. Und auf ganzen drei Doppelseiten fanden sich Fotos von af Klinténs Herrenhaus, Luftaufnahmen, ferner Bilder von der Villa in Uppsala, Fotos der beiden alten Offiziere in Uniform, die mit schraffierten Hakenkreuzen unterlegt waren, und, was vielleicht am schlimmsten war, es fand sich dort eine ausführliche und wollüstig exakte Beschreibung dessen, wie General af Klintén nach dem Mord ausgesehen hatte.

Quellen bei der Sicherheitspolizei zufolge suchte die Polizei, ja, jetzt also auch die richtige Polizei, nach Terroristen mit deutschem oder türkischem Hintergrund.

»Ich glaube, ich werde verrückt«, flüsterte Kapitän Seebär heiser, als er die Zeitung dem erstaunten Kollegen über den Tisch hinschob, dem sie das Blatt entrissen hatten. »Verdammt noch mal, ich glaube, ich drehe durch. Wie können sie es wagen!«

Auf diese Frage gab es keine Antwort. Da sie ohnehin schon in der Cafeteria waren, holten sie sich eine Tasse Kaffee und setzten sich an einen Fenstertisch.

»Ich will verdammt sein, wenn ich das begreife«, nahm Kapitän Seebär nach einem langen, düsteren Schweigen den Faden wieder auf. »Aber nehmen wir an, die glauben tatsächlich, daß es sich so verhält. Okay, sagen wir es der Argumentation halber. Dr. Klintén und ihre Freunde beschließen, ihren Vater zu ermorden, um so einen großen Schritt in Richtung einer besseren Gesellschaft zu tun. Ja, wir nehmen es mal an. Und ihre kurdischen Freunde in Uppsala, was für Dozenten es auch sein mögen, finden dies eine ausgezeichnete Idee. Sie wollen jetzt ebenfalls einen Beitrag leisten und finden selber einen Pensionär, den sie erschießen können. Hurra, hurra. Die Terroristen feiern ihren großen Sieg. Aber zu sicher sollen sie sich nicht fühlen können. Die unglaublich clevere Sicherheitspolizei des Landes ist ihnen auf den Fersen. Sie wissen es zwar nicht, aber so ist es.«

Kapitän Seebär verstummte und fuhr sich mit den Fäusten über die Schläfen, als hätte er plötzlich Kopfschmerzen bekommen.

»Ja?« sagte Rune Jansson. »So ist es, genau so sieht es aus. Und dann?«

»Wie zum Teufel kann man zu *Expressen* laufen und die Verdächtigen darüber aufklären, daß sie verdächtig sind?«

Die Frage blieb selbstverständlich in der Luft hängen. Darauf gab es keine Antwort. Es war unbegreiflich, passierte aber doch immer und immer wieder. Ständig diese öffentlichen Jagden auf Mörder, wenn die Kollegen von Säk beteiligt waren.

»Wir werden es nicht leicht haben mit unserem Vorhaben, die alten Bekannten des Generals zu besuchen. Die werden ja glauben, daß sie ihr Bild mit einem schraffierten Hakenkreuz unterlegt in *Expressen* wiederfinden«, knurrte Rune Jansson. Ihm ging auf, daß der größte Teil dessen, was er sich als Fortführung der Arbeit gedacht hatte, von allen selbstverständlichen Routinearbeiten einmal abgesehen, jetzt ein Scherbenhaufen war.

Carl hatte den Nachmittag in der historischen Abteilung der Militärhochschule zugebracht. Die Hilfsbereitschaft dort und die geradezu vernichtende Menge von Quellenhinweisen und Forschungsergebnissen, mit denen man ihn überschüttete, hatten ihn überwältigt. Mehrere der Kollegen dort waren überdies ehemalige Offiziere des Nachrichtendienstes, die in ihrer Karriere offenbar auf einem Abstellgleis gelandet waren.

Carl war sehr schnell aufgegangen, wie unerhört durchorganisiert und bürokratisch Schweden war. Irgendwo war die gesamte Militärgeschichte des Landes seit dem achtzehnten Jahrhundert bis ins kleinste Detail verzeichnet und aufbewahrt. Das Reichsarchiv, das Kriegsarchiv und die Königliche Bibliothek würden gemeinsam einen Leutnant des Jahres 1860 ebensogut dokumentieren können wie einen Konteradmiral des zwanzigsten Jahrhunderts, und zwar bis hin zum kleinsten dienstlichen Befehl.

Das Problem war nur eine Materialmenge, die sich an verschiedenen Stellen befand und nicht auf Disketten gespeichert war.

Wäre all dieses gewaltige Wissen für Joars IBM-Geräte erreichbar gewesen, hätten Joar und er in weniger als zwei Tagen alles über die beiden ermordeten Pensionäre herausgefunden. Jetzt mußte alles von Hand erledigt werden, Wälzer für Wälzer. Das war keine anregende Perspektive, vor allem deshalb nicht, weil Carl die Angelegenheit nicht so dringend erschien. In der Tat war die Sowjetunion für den schwedischen Nachrichtendienst wichtiger als der alte Otter, wie sehr Sam diesen auch bewundern mochte.

Es war schönes Frühlingswetter, und irgendwo in der Allee des Valhallavägen hatte eine Amsel begonnen, mit ihrem Gesang den Frühling zu begrüßen. Carl drehte um und ging in die falsche Richtung, um einen Spaziergang zu machen und zu schwänzen, um wenigstens eine halbe Stunde für sich zu sein, eine halbe Stunde, die ihn dieser Umweg zu den Militärstäben kosten würde.

Er blieb abrupt stehen, als er einen Seven-Eleven-Laden erreichte und den fluoreszierenden Aushang von *Expressen* sah.

Da war ein Bild Otters, komplett mit Hakenkreuz. Carl zögerte, bevor er den Laden betrat und zwei Exemplare der Zeitung kaufte. Sam würde wahnsinnig werden, das war klar.

Carl klemmte die Zeitungen zusammengerollt unter den Arm, als hätte er etwas Schändliches gekauft, und eilte mit schnellen Schritten in Richtung zu dem armen Sam.

Doch zunächst ging Carl auf sein Zimmer, um das Blatt zu lesen. Das Szenario kam ihm nicht sehr glaubwürdig vor, doch das war nicht so wichtig. Inzwischen stand als Tatsache fest, daß Otter ein Nazi gewesen und von Terroristen ermordet worden war. Carls Auftrag, ein Weißbuch zu verfassen, war also jetzt wie in Beton gegossen. Es gab kein Entrinnen.

Er strich die Zeitung glatt und ging dann zu seinem Chef ins Zimmer, der soeben eine verräucherte Konferenz mit Leuten der Sicherheitsabteilung beendete. Deren Chef warf Carl einen sehr giftigen Blick zu, als sie sich in der Tür begegneten. Sie verabscheuten einander immer noch, und zwar seit der Zeit, in der man Carl ernsthaft der Spionage für die Sowjetunion verdächtigt hatte. Vermutlich war er in den Augen dieses Mannes immer noch verdächtig.

»Du wirst hoffentlich nicht in dem Kampf für Otter auch diesen Borgström mobilisieren«, sagte Carl und machte die Tür hinter sich zu. »Falls ja, mußt du dich in acht nehmen. Der wird den Otter statt dessen zu einem russischen Spion machen.«

Samuel Ulfsson lächelte amüsiert über die Anspielung auf die Vergangenheit, erstarrte jedoch in seinem Lächeln, als Carl ihm die erste Seite der Abendzeitung hinhielt.

Samuel Ulfsson machte einen Satz nach vorn. Erstaunlich gelenkig, dachte Carl. Dann riß sein Chef die Zeitung an sich und blätterte schnell die ersten Nachrichtenseiten durch, bevor er auf seinen Stuhl sank.

Carl wartete ab, während Samuel Ulfssons Augen das Material überflogen. Es dauerte kaum eine Minute, bis er mit der Lektüre fertig war.

»Das darf doch nicht wahr sein. Und außerdem ist es verlogen, in erster Linie aber zum Kotzen«, sagte oder vielmehr fauchte Samuel Ulfsson mit zusammengebissenen Zähnen.

»Hast du mit den Leuten vom Affenhaus gesprochen?« versuchte Carl zu parieren, was wie ein beginnender Zornausbruch aussah.

»Ja!« brüllte Samuel Ulfsson. »Und kannst du dir vorstellen, was dieser verfluchte Näslund sagt?«

»Das sie eine Hauptspur haben, die Kurdenspur II, daß sie über sichere Hinweise verfügen, daß mehrere der Kurden einander kennen, sowie daß sowohl Otter als auch dieser af Klintén Nazis waren, wofür sie jetzt offenbar büßen mußten.«

»Hast du selbst mit Näslund gesprochen?«

»Nein, das wolltest du ja tun. Aber ich habe gerade *Expressen* gelesen. Warum veröffentlichen die übrigens immer ihre Fahndungsansätze?«

»Das habe ich nie begriffen. Ich verstehe zwar nicht viel von Polizeiarbeit, aber es muß ja schwer sein, Mörder zu fangen, wenn man vorher mit Hasenklappern durch die Gegend läuft und Plakate klebt und erzählt, daß man sich anschleichen will. Nun. Und wie ergeht es dir?«

»Ich bin noch nicht sehr weit gekommen, bin aber gerade im MHA gewesen, und die...«

»MHA?«

»Ja. Der historischen Abteilung der Militärhochschule.«

»Ach so, die, ja. Dort sitzen einige alte Bekannte. Nun, was haben sie gesagt?«

»Sie waren sehr hilfsbereit, wirklich sehr hilfsbereit. Die Summe ihrer Vorschläge ist aber, daß ich mich durch eine teuflische Menge von Material arbeiten muß. Wenn du willst, *geht es*, die Wahrheit über diesen Otter und diesen af Klintén ans Licht zu holen, aber es wird vielleicht ein paar Monate dauern. Ganztagsarbeit.«

»Was willst du damit sagen?«

»Zwei Dinge. Erstens frage ich mich, ob wir wirklich so viel Mühe auf etwas verwenden wollen, was ein wenig abseits der...«

Samuel Ulfsson machte einen energischen Anlauf, um Carl zu unterbrechen, überlegte es sich auf halbem Weg aber anders.

»Nein, Verzeihung, sprich weiter. Abseits von was?«

»Nun ja, abseits unserer eigentlichen Arbeit liegt. Wir sind nun mal keine Polizisten. Zweitens. Wenn du wirklich daran festhältst, daß wir das tun, kann ich es nicht allein bewältigen. Die Arbeit ist nicht schwer oder unmöglich, nur zeitraubend.«

Samuel Ulfsson lehnte sich zurück, zündete eine Zigarette an und dachte nach. Carl wartete ab.

»Glaubst du, es könnte etwas hinter dem stecken, was dieses Käseblatt schreibt?« fragte Samuel Ulfsson, als er sich nach einigen Lungenzügen wieder etwas beruhigt hatte.

»Was in *Expressen* steht, kommt vom Affenhaus. Das bedeutet, daß die Behauptungen in den wichtigsten Punkten wie üblich falsch sind. Aber es ist nun mal ihre Hypothese, und sie werden sie Woche um Woche verfolgen, vor allem dann, wenn sie so falsch ist, daß sie nie einen Mörder erwischen. Dann werden sie ihre vermeintlichen Erfolge Stück für Stück in ihrer Zeitung hinausposaunen.«

»Schon möglich, aber das ist keine Antwort auf meine Frage. Glaubst du, daß Otter Nazi war, und glaubst du, daß er deswegen von Terroristen ermordet worden ist?«

»Bis auf weiteres glaube ich gar nichts über die politischen Neigungen Otters. Du hast ihn schließlich gekannt und nicht ich. Es ist aber zu früh, ihn freizusprechen, soviel kann ich schon sagen. Und was diese Geschichten mit Kurden angeht, so... ach was!«

»Ja, aber jemand hat ihn ermordet.«

»Ja, aber Kurden dürften es kaum gewesen sein.«

»Dann haben wir folgende Situation. Zwei pensionierte Offiziere werden in hohem Alter ermordet. Unser ziviler Sicherheitsdienst hat sich auf eine Wahnsinnsspur eingelassen. Inwiefern geht uns das etwas an?«

Carl erkannte, daß Samuel Ulfsson natürlich eine Antwort haben wollte, die darauf hinauslief, daß die Angelegenheit die Nachrichtendienst- und Sicherheitsabteilungen der Streitkräfte doch etwas anging.

»Sie haben zuviel von etwas gewußt, nehmen wir das einmal an. Es hat natürlich nichts mit politischen Flüchtlingen von heute zu tun, aber jemand ermordet sie wegen der Vergangenheit. Ja, das ist vorstellbar, das könnte für uns von Interesse sein. Wir sollten erfahren, weshalb. Es ist jedoch Sache der Polizei, das herauszufinden.«

»Wird sie es herausfinden?«

»So wie es heute in *Expressen* aussieht, wahrscheinlich nicht. Sie können die Kurden internieren und andere Kurden abhören, bis der Teufel sie ablöst.«

»Nun, dann verfahren wir wie folgt. Wir übernehmen die militärhistorische Forschung, die du skizziert hast. Wenn wir relevantes Material entdecken, entscheiden wir bei späterer Gelegenheit, ob wir der Polizei von unseren Entdeckungen berichten.«

Carl lächelte. Er hegte keinerlei Zweifel, welche Entdeckungen der Polizei mitgeteilt werden konnten und welche nicht.

»In Ordnung«, sagte Carl. »Dann verfahren wir so. Ich brauche aber zwei Mitarbeiter, die die Schnauze halten können, wenn unsere Ermittlungen nicht so geraten, wie du es dir wünschst.«

»Unterstellst du mir etwa, ich könnte die Wahrheit unterdrükken wollen?«

»Ja.«

Samuel Ulfsson drückte verblüfft seine Zigarette aus. Er wählte plötzlich zwischen völlig verschiedenen Reaktionen, entdeckte aber, daß seine Gesichtsmuskeln den Dingen vorauseilten. Er grinste über Carls Frechheit.

»Du bist nicht wenig dreist, mein Lieber«, sagte er munter und zündete sich eine neue Zigarette an.

»Nein.«

»Nun, welche Leute willst du haben?«

»Das ist dir längst klar.«

»Hat Orca schon an der Küstenjägerschule angefangen? Nennst du ihn nicht so? Was hast du übrigens für einen Codenamen?«

»*Trident*. Nein, ich glaube nicht. Falls ja, wirst du ihn zurückholen müssen. Du bist ja derjenige gewesen, der ihn gefeuert hat.«

»Verstanden. Zu Befehl.«

Es hatte sich etwas zusammengebraut und wäre fast zum Sturm gekommen, doch jetzt gingen die beiden Männer mit einem bestätigenden Handschlag und einem breiten Lächeln auseinander – einem vielleicht etwas zu breiten Lächeln.

Carl war trotzdem guter Laune, als er in sein Zimmer zurückkehrte. Er rief den Rest der Mannschaft zusammen und gab erste Anweisungen über verschiedene Ausflüge in die von Akten wimmelnden Archive des schwedischen Staates. »Der Spion legt ein Puzzle«, dachte er fröhlich und streckte sich nach dem Telefonhörer. Doch in genau diesem Moment läutete es.

Er zog die Hand zurück, als hätte er einen elektrischen Schlag erhalten. Nur wenige Personen konnten ihn direkt anrufen, und mit einer davon hatte er gerade gesprochen. Er zögerte. Doch dann läutete es nochmals. Er nahm den Hörer und sagte nur hallo.

»Ist dort Hamilton, Carl Gustaf Gilbert Hamilton?« fragte der Unbekannte mit einem starken Norrköping-Dialekt, der das Ganze nach einem Streich aussehen ließ.

»Wieso? Wer möchte das wissen?« murmelte Carl mißtrauisch.

»Kriminalkommissar Rune Jansson von der Polizei in Norrköping.«

»Ach so, du bist das, hej. Willst du mich schon wieder wegen eines Mordes festsetzen?«

»Nein, eher im Gegenteil. Ich meine, ich brauche deine Hilfe, falls sich das machen läßt.«

»Bei unserer letzten Zusammenarbeit ist es ja gut gegangen.«

»Wenn man davon absieht, daß ihr die Gesuchten erschossen habt, bevor wir sie in die Finger bekamen.«

»Falsch. Wir haben einen erschossen, einen angeschossen und den dritten zu Boden geschlagen. Womit können wir diesmal zu Diensten sein?«

»Ja, also... es ist für uns recht mühselig.«

»Die Mordermittlung?«

»Ja, selbstredend. Und nun ist es so, daß unsere geschätzten Freunde bei der Sicherheitspoli...«

»Ja, danke. Ich habe ihre Bulletins in *Expressen* gelesen. Warum zum Teufel machen die das nur?«

»Das fragen wir uns auch. Jedenfalls sabotiert das unsere Arbeit.«

»Ja, das kann ich mir denken. Na, und worum geht es? Ich meine, womit können wir dir helfen?«

»Dies ist wohl ein vertrauliches Gespräch?«

»Ja, wir machen das ja nicht aus alter Freundschaft, sondern es ist die Polizei in Norrköping, die unter der Hand mit dem Nachrichtendienst der Streitkräfte Verbindung aufnimmt. Es bleibt also alles unter uns, sofern man uns nicht abhört.«

»Tun sie das? Glaubst du wirklich?«

»Wenn du willst, kann ich dich auf einer abhörsicheren Leitung anrufen. Ich kann dir jedenfalls jetzt schon sagen, daß Kurden unsere Telefone nicht abhören. Möglicherweise die Russen, aber keine Kurden.«

»Mach dich nicht über mich lustig, wenn ich bitten darf.«

»Du willst also sagen, daß ihr nicht die Kurdenspur II verfolgt?«

»Nein.«

»Und was ist eure Spur?«

»Wir haben keine endgültige Theorie. Aber an das, womit sich Säk beschäftigt und was du in der Zeitung gelesen hast, glauben wir nicht.«

»Nein, wie gut. Aber zur Sache jetzt. Was können wir tun?«

»Ich wollte mir die Vergangenheit dieses Generals ansehen, seine Geschichte, seine alten Freunde und Bekannten. All das liegt ja schon recht lange zurück, und außerdem macht diese Publizität es uns fast unmöglich, Leute zu verhören.«

»Wieso?«

»Die könnten ja auf den Gedanken kommen, daß sie mit einem Hakenkreuz unterlegt in *Expressen* landen.«

»Ja, natürlich. Möchtest du, daß wir solche Verhöre für dich übernehmen?«

»Nicht in erster Linie...«

»Falls ja, kann ich dir jetzt noch keinen Bescheid geben. Du kannst aber eins tun. Du schreibst einen offiziellen Brief, also von der Polizei in Norrköping an den Chef des OP 5, Kapitän zur See Samuel Ulfsson. Du bittest offiziell um die Hilfe der Streitkräfte. Ich glaube, du hast gute Aussichten, sonst würde ich dir den Rat nicht geben.«

»Wunderbar. Und dann ist da noch diese Sache mit der Geschichte alter Offiziere.«

»Das ist leichter. Möchtest du alle beide?«

»Alle beide?«

»Ja, auch von diesem Konteradmiral in Uppsala?«

»Ja, das kann nicht schaden. Kannst du das auch regeln?«

»Du kannst einen Auszug der gesamten Karriere beider Herren bekommen, mit sämtlichen Dienstorten, Dienststellen, in denen sie gearbeitet haben, und so weiter… Sagen wir übermorgen.«

»Kannst du das so schnell hinkriegen?«

»Ja, das hier ist der Nachrichtendienst und nicht das Affenhaus auf Kungsholmen.«

»Das Affenhaus?«

»Ja, also Säk.«

»Nennt ihr die das Affenhaus? Das muß ich mir merken, sehr passender Ausdruck.«

»Ja. Hast du noch mehr auf dem Herzen?«

»Ja. Ich grübele über einige technische Details nach, die ich heute auf den Tisch bekommen habe. Du kannst wahrscheinlich beurteilen… ich meine, es hat mit Waffen und so was zu tun.«

»Okay. Wo liegt das Problem?«

»Also, wenn man einen Menschen durch ein Fenster erschießen will, was muß man dann wissen? Ist man Profi oder Amateur, wenn einem das gelingt?«

»Das kommt auf allerlei Dinge an. Um was für ein Kaliber geht es?«

»Einen Augenblick, ich habe die Papiere hier… ja, .308.«

»Hm. Und was für ein Kugeltyp?«

»Vollummantelt.«

»Keine weiche Bleispitze, keine Hohlspitze oder so was, sondern vollummantelt?«

»Ja.«

»Das ist wohl die beste Wahl. Was war es für ein Fenster?«

»Innen gewöhnliches Fensterglas, davor Sprossenfenster, also Doppelverglasung, zwei zusammengekoppelte Fenster.«

»Wenn der Schütze in einem rechten Winkel steht, ach, warte mal, wie groß war der Abstand, und wie weit vom Fenster befand sich das Opfer?«

»Der Abstand zu der Stelle, an der der Schütze stand, beträgt dreiunddreißig Meter. Das Opfer saß eineinhalb Meter vom Fenster entfernt. Der Schußwinkel betrug genau neunzig Grad. Der

Schütze hatte sich so hingestellt, daß er nicht schräg durchs Fenster schießen mußte. Was meinst du?«

»Schwer zu sagen. Es kommt ja darauf an, ob er die Gegend vorher erkundet hatte und wußte, welche Bedingungen er vorfindet. Wir dürfen allerdings davon ausgehen. Die Wahl der Munition ist klug. Es wäre auch mit einer weichen Bleispitze gegangen, vermute ich, aber dann hätte sich die Kugel beim Durchschlagen des Fensters ausgedehnt, und der Effekt wäre größer geworden. Andererseits hätte dann das Risiko eines Fehlschusses bestanden. Nein, es ist eine kluge Wahl gewesen, und außerdem hat der Schütze eine gute Stelle gewählt, um nicht schräg schießen zu müssen. Sieht so aus, als hätte der Bursche gewußt, was er tat.«

»Dann kommen wir zur nächsten Frage. Warum liegt eine Hülse dort, wo er geschossen hat?«

»Wie weit lag die Hülse von der Abschußstelle entfernt? Zwei, drei Meter oder was?«

»Nein, sozusagen neben den Füßen.«

»Merkwürdig.«

»Wieso?«

»Ja, wie du wohl schon weißt, ist .308 ein recht gewöhnliches militärisches Kaliber, und wenn man mit einer halbautomatischen Waffe schießt, wird die Patronenhülse hinausgeschleudert, während die nächste Patrone wie bei einer Pistole in den Lauf gedrückt wird. Dann kann es schwierig werden, sie zu finden, wenn man es eilig hat, sich vom Tatort zu entfernen. Aber wenn die Hülse gleich neben den Füßen liegt, wie du sagst, handelt es sich nicht um eine automatische Waffe. Das würde bedeuten, daß der Schütze nachgeladen hat, daß er die leere Hülse mit der Hand herausgezogen und die nächste Patrone in den Lauf gedrückt hat, während er versuchte, die Wirkung seines Schusses zu überblikken. Dann hätte er allerdings die leere Hülse mitnehmen müssen. Hat diese Hülse irgendwas Besonderes, da du fragst?«

»Ja, es ist eine türkische.«

»Was, türkisch? Ein pensionierter schwedischer Konteradmiral wird mit türkischer NATO-Munition erschossen?«

»Ja.«

»Merkwürdig. Aha, das beweist natürlich, daß hier Kurden am Werk gewesen sind. Schließlich weiß jedes Kind, daß alle türkischen Kurden freien Zugang zu NATO-Munition haben. Glaubst du, daß jemand die Hülse hingelegt hat?«

»Der Gedanke ist mir auch schon gekommen. Das Ding lag so säuberlich da, unmöglich zu übersehen, genau am Tatort.«

»Ist der Mörder mit einem Wagen gekommen?«

»Ja, wieso?«

»Ich habe das Gefühl, daß es danach aussieht. Ich wäre jedenfalls mit einem Wagen gekommen. Dann kann man von Zeit zu Zeit am Haus vorbeifahren, während eines Abends sogar mehrmals. Wenn das Opfer wie eine Zielscheibe dasitzt. Wahrscheinlich war der Raum hell erleuchtet, da er Schiffsmodelle baute. Dann steigt der Täter ruhig aus, holt das Gewehr unter einer Wolldecke vom Rücksitz, benutzt das Wagendach als Stütze, feuert einen Schuß ab, nimmt das Gewehr herunter und legt es zurück. Er setzt sich in den Wagen und fährt langsam vom Tatort weg. Ist der Mörder so vorgegangen?«

»Wir glauben es jedenfalls.«

»Okay, es ist ein guter Mann, er weiß, was er tut. Eins stimmt aber nicht, wie ich glaube, und das ist die Hülse. Einer, der bei der Vorbereitung des Schusses alles richtig macht, dürfte ein sicherer Schütze sein. Und aus dreiunddreißig Meter Entfernung trifft er bombensicher. Er lädt nicht durch, weil er genau weiß, daß er im selben Augenblick treffen wird, in dem er den Abzug drückt. Bei dieser leeren Hülse wäre ich sehr skeptisch.«

»Kann man erkennen, ob eine bestimmte Kugel tatsächlich zu einer bestimmten Hülse gehört?«

»Das glaube ich nicht, aber danach mußt du das Labor fragen. Du kannst aber sicher sein, daß das Kaliber der Kugel mit dem der Hülse übereinstimmt. Entweder gehören die beiden Dinger zusammen, oder es ist eine absichtlich ausgelegte falsche Fährte, aber selbst dann dürften Hülse und Kugel zusammenpassen. Wie es auch immer sei, du hast es mit einem Mann zu tun, der zu schießen versteht und Zugang zu türkischen Hülsen hat.«

»Interessant. Ja, du schickst aber diese Personalien, oder wie wir die nennen wollen?«

»Du hast sie spätestens übermorgen. Ach, noch etwas!«

»Ja?«

»Richte so einen schriftlichen Wunsch um Amtshilfe an unseren Chef. Ich habe im Gefühl, daß du eine positive Antwort bekommst. Und für uns wird es einfacher, der Polizei ins Handwerk zu pfuschen, wenn sie uns selbst darum bittet.«

»Das werde ich tun. Du hast den Brief spätestens übermorgen. Besten Dank für die Hilfe, das ist wirklich wertvoll für uns.«

»Nicht der Rede wert. Es ist immer angenehm, *fast* immer, dir dabei zu helfen, Mörder zu finden, hehe.«

Carl fühlte sich sehr zufrieden, als er auflegte. Ein nicht unbedeutendes bürokratisches Problem hatte sich von selbst gelöst. Jetzt liefen sie nicht mehr Gefahr, als Nachrichtendienst die Arbeit der Polizei zu stören.

Er grübelte kurz über die türkische Hülse nach und rief dann Åke Stålhandske an. Er überbrachte ihm die gute Neuigkeit, daß sie gemeinsam eine Operation durchführen sollten, weshalb der Unterricht bei den Küstenjägern auf unbestimmte Zeit verschoben werde. Carl brachte es jedoch nicht über sich, näher zu spezifizieren, was die »Operation« taktisch bedeutete. Anschließend rief er Joar an. Beide sollten sich um acht Uhr am nächsten Morgen einfinden.

Dann telefonierte er nach Hause, sagte, er werde erst spät kommen, und fuhr mit einem Taxi zum Grand Hotel.

Sie war da, was ihn nicht im mindesten überraschte. Er hatte das Gefühl, auf eine Katastrophe zuzusteuern, und gerade deshalb sollte kein Zufall ihn retten.

Sie öffnete in einem weißen Bademantel, mit nassem Haar und einer Haarbürste in der Hand. Er sagte hallo, trat ein und zog die Tür hinter sich zu. Sie wich zurück und bürstete dabei weiter ihr langes, mexikanisch schwarzes Haar mit der Stahlbürste. Sie hatte den Kopf leicht zur Seite geneigt.

»Wie ist das Vorstellungsgespräch gelaufen?« fragte er. Er versuchte, die Frage so klingen zu lassen, als hätte er nach einem Einkaufsbummel gefragt und nicht nach der Verwandlung des Lebens in ein Chaos.

»Gut«, sagte sie, ohne mit dem Bürsten aufzuhören. »Wenn ich will, gehört der Job mir. Dreizehntausend Kronen im Monat. Wieviel ist das?«

»Zweitausend Dollar. Du wirst wahrscheinlich fünftausend an Steuern bezahlen, die Miete beläuft sich auf fast dreitausend. Dann hast du noch fünftausend zum Leben, das sind achthundert Dollar.«

»Die Miete?«

»Ja, ich habe dir eine Wohnung besorgt. Habe den Vertrag bei mir.«

»Die sagten mir, daß es schwierig werden würde, eine Wohnung zu finden. Sie könnten mir nicht helfen. Es gebe entweder nur sehr kleine oder sehr große Wohnungen draußen in den Vororten.«

Sie hörte auf zu bürsten und warf das Haar mit einem Ruck in den Nacken. Dann zog sie den weißen Hotelbademantel etwas enger um sich. Sie hatte nasse Füße, und der weiche Teppich hatte eine kleine Pfütze unter ihr aufgesogen.

»Die Wohnung liegt recht zentral in der Innenstadt, recht gutes Wohngebiet«, sagte er mit dem gleichen abwesenden Ton, mit dem er eben die Zahlen heruntergeleiert hatte. Dabei wandte er keine Sekunde den Blick von ihr. Er sah ihr immer noch in die Augen, als er seinen Mantel aufhängte, die Aktentasche auf den Fußboden stellte, seine Jacke aufhängte, das Schulterholster mit der schweren schwarzen Pistole abnahm und es in einen Jackenärmel steckte.

Sie standen völlig still voreinander. Sie schlug mit der Haarbürste leicht auf die Handfläche. Eine Sekunde zwischen den Schlägen, als zählte sie seinen Puls, der inzwischen sicher auf sechzig gestiegen war. Er wußte nicht, wo er stehen oder mit den Händen bleiben sollte. Er lehnte sich an die Wand und stellte die Beine über kreuz. Es war unmöglich, etwas zu sagen, und ebenso unmöglich, den Blick von ihr zu wenden, obwohl er spürte, daß er sich losreißen sollte. Doch er wollte nicht, er wollte der Katastrophe nicht ausweichen.

»Es hat wohl keinen Sinn, daß wir uns weiter etwas vormachen«, sagte sie, zunächst ernst, doch dann wagte sich ihr Lächeln hervor, das breite Lächeln mit ihren schönen Zähnen, die sich bald über ihn hermachen würden. Dann nickte sie mit einem Ruck des Kopfs in einer Sprache, die nur sie beide beherrschten.

Sie drehte sich abrupt um und ging in Richtung Schlafalkoven, und als sie an der Sofagruppe vorbeikam und zu dem großen Doppelbett abbog, von dem er bei seinem früheren Besuch nur einen Blick erhascht und das er kaum anzusehen gewagt hatte, ließ sie den Bademantel zu Boden gleiten.

Er folgte ihr zögernd, fingerte unbeholfen an seinen Hemdknöpfen herum und versuchte sich beim Gehen die Schuhe von den Füßen zu treten.

Sie riß die große Decke mit einem einzigen kräftigen Ruck zur Seite, rollte sich aufs Bett und legte sich auf die Seite. Sie sah ihn amüsiert an, während er nervös und unter Mühen aus den Kleidern kam.

Er zögerte, als er nackt vor ihr stand, einmal weil sie die Narben seines Körpers musterte, die sie zwar bemerkte, aber offensichtlich erst bei einer späteren Gelegenheit diskutieren wollte, zweitens weil ihn plötzliche Angst überkam. Die Angst nämlich, daß es mit Tessie so werden würde, wie es oft mit Eva-Britt gewesen war, daß er nicht konnte.

»Ich bin es doch nur«, sagte sie, als hätte sie die Besorgnis in seinem Gesicht erkannt. Sie kannte ihn besser, als jeder andere Mensch. Zumindest den Mann, der er einmal gewesen war, der er sein wollte, nicht der, zu dem er geworden war.

Sie streckte ihm die linke Hand entgegen. Er nahm sie vorsichtig, worauf sie ihn zu sich herunterzog.

»Du bist es nur«, murmelte er und zögerte mit der Handfläche ein paar Zentimeter über ihrer Haut, als könnte er sich verbrennen. Dann legte er ihr die Hand vorsichtig auf die Schulter. Sie lagen vollkommen still. Er schloß die Augen und strich ihr liebkosend langsam über den Rücken, auf dem sie zwei Muttermale hatte, jetzt wie damals, alles in ein und demselben Augenblick, als wäre er soeben aus Ridgecrest nach San Diego hinuntergefahren, als wäre die Hitze der Wüste in die Kühle an der Küste übergegangen; als wäre all das eben passiert, solange er die Augen geschlossen hielt.

Er sah Eva-Britt vor sich. Sie saß auf dem smaragdgrünen Sofa, hatte die Füße auf den Tisch gelegt und strickte rosafarbene Kleidchen. Eine Woge seiner plötzlich aufwallenden Panik fegte das Bild beiseite. Er redete sich ein, außerhalb der Zeit zu stehen, daß dies jetzt vor zehn Jahren in San Diego passierte.

Er liebkoste sie weiter. Spürte ihre Narbe von einem Autounfall in der Jugend, spürte ihre Hüften, die Taille und den Bauch und berührte schließlich eine ihrer Brüste. Er hielt sie sehr vorsichtig, als wagte er nicht mehr sich zu bewegen, als wagte er es nicht, die Hand wegzunehmen und zu träumen, dies wäre wirklich in San Diego.

Sie bewegte sich vorsichtig, fuhr ihm mit den Fingern in die Haare auf seiner Brust und zupfte zum Scherz daran. Es hörte sich an, als kicherte sie.

Sie nahm die Hand von seiner Brust, legte ihm beide Handflächen an die Wangen und zog sein Gesicht zu sich herunter. Nachdem er sein erstes Zögern beim Kuß überwunden hatte, versank er tief in das Weiche, das sehr fremd und zugleich sehr bekannt war.

Er dachte an den Wüstenwind, der auf dem Weg von Ridgecrest ins Wageninnere strömte. Er war endlich zu Hause. Und als er spürte, daß ihre Brust auf seine Hand zu reagieren begann, wurde auch die letzte Besorgnis hinweggespült, da er jetzt spürte, daß er unwiderruflich zu ihr unterwegs war.

Sie liebten sich ruhig, fast methodisch, und legten dabei den altgewohnten Weg zurück, ohne jede Hysterie, die er befürchtet hatte. Er schlug schließlich die Augen auf, als er spürte, wie ihre Fingernägel sich ihm in die Schulterblätter gruben. Vorsichtig und reflexhaft parierte er künftige Beweise, indem er die Ellbogen zur Seite hielt, so daß ihre Hände ein wenig ausrutschten. Er sah ihr in die Augen, kurz bevor sie kam, wie er es früher getan hatte, und wußte, daß auch er selbst in dem Augenblick, in dem sie es ihm sagte, unterwegs war. Wie früher in San Diego.

Sie blieben recht lange still nebeneinander liegen. Sie waren nicht sehr verschwitzt. Inzwischen war es im Zimmer fast dunkel geworden.

Lange Zeit sagten sie nichts. Sie wälzte ihn vorsichtig auf die Seite und küßte seine Narben, von der Brust an nach unten, eine nach der anderen, fünfmal. Es war wie eine Frage, doch er antwortete nicht. Sie hatten lange nichts mehr gesagt, und sie würden den

Zauber brechen, wenn sie über die Narben von Messerstichen sprachen. Es war, als hätte sie verstanden, da sie die Frage nicht aussprach.

»Ich liebe dich, Carl«, flüsterte sie ihm schließlich ins Ohr.

Er sah an die Decke. Dann drehte er sich heftig um, packte mit der linken Hand ihr Haar, rollte es zu einem sanften Griff um ihren Nacken und beugte sich ganz dicht über ihr Gesicht.

»Wir sind verrückt, Tessie, weißt du das, aber ich liebe dich auch, das habe ich immer getan, und das weißt du.«

Er sah ihr ein paar Sekunden lang in die Augen, ließ dann los und warf sich schwer auf den Rücken.

Es war verrückt, es war vollkommen wahnsinnig. Es war aber auch so viel leichter, es auf englisch zu sagen, als hätten die Worte auf englisch nicht den gleichen Beiklang von Verrat und Betrug, den sie auf schwedisch gehabt hätten.

I love you too, Tessie. I have always loved you and you know. Es bedeutete alles und zugleich nichts.

Nein, das stimmte nicht. Er sprach den Satz in Gedanken Wort für Wort auf schwedisch nach. Er hatte es auch auf schwedisch gemeint.

Als hätte ihn eine plötzliche Woge von Panik überspült, stand er abrupt auf, ging zu der Minibar hinüber und öffnete sie. Wie er vermutet hatte, hatte sie den Inhalt nicht angerührt. Dort stand eine halbe Flasche deutschen Sekts mit Schraubverschluß, wie er vermutete, Bier, Limonade, Plastikbecher und Champagnergläser. Er goß schnell zwei Gläser des Sekts ein und ging zum Bett zurück. Auf dem halben Weg zögerte er, machte die eine Leselampe über dem Bett an und drehte den Schirm gegen die Wand, damit die Beleuchtung für ihre an die Dunkelheit gewöhnten Augen nicht zu hart wurde.

»Das hier ist absolut einhundertprozentiger Wahnsinn, weißt du das, geliebte Tessie«, sagte er und reichte ihr das eine Glas. Er vergoß ein wenig auf das saubere, leicht feuchte weiße Laken.

»Natürlich«, sagte sie fröhlich, »das meiste in deinem und meinem Leben ist seit diesem dummen Streit zu absolut einhundert Prozent verrückt gewesen.«

»Mhm. Ich glaubte damals, meinem Land und der Menschheit

am besten dadurch zu dienen, daß ich dich lieber verletzte, dich wütend und eifersüchtig machte, als dir eine einfache Erklärung dafür zu geben, was ich tat. *Sag mir die Wahrheit, oder du verlierst mich für immer.* Ich hätte nie gedacht, daß du das wörtlich meinst.«

»Ich hätte nicht gedacht, daß du diesem Druck widerstehen würdest.«

»Aber das habe ich getan.«

»Ja, das hast du getan.«

»Ich war ein Idiot.«

»Ja, das warst du. Ich allerdings auch.«

Sie tranken eine Zeitlang schweigend und sahen einander an. Ihr Lächeln war ansteckend, sie fing ihn damit ein, was ihr schon immer gelungen war. Er fühlte sich plötzlich überraschend leicht, fast glücklich, als wäre er sich der Tragweite dessen, was jetzt geschah, nicht bewußt.

»Nun«, sagte sie und hielt ihr leeres Glas hoch. »Vorhin wolltest du nicht antworten, also frage ich noch einmal. Diese Narben auf der Brust?«

Er stand auf, ging zur Minibar und füllte ihre Gläser nach. Dann schüttelte er den Kopf und lachte laut auf.

»Dann besteht die Gefahr, daß du mir nicht glaubst, und dann würden wir blitzschnell wieder im Jahr 1981 landen«, sagte er und ging zum Bett zurück.

»Versuch's doch mal, dann werden wir sehen«, lächelte sie. »Erstens bin ich neugierig, zweitens will ich alles über dich wissen, und drittens bin ich neugierig.«

»In Ordnung«, sagte er, richtete sich auf und setzte sich im Schneidersitz hin. Er betrachtete sie mit gespielt kummervoller und forschender Miene. »Ich war zusammen mit zwei deutschen Terroristen Gefangener des palästinensischen Nachrichtendienstes. Ich hatte die deutsche Terroristenbewegung nämlich unterwandert. Aber jetzt war es so, daß die Anführerin des palästinensischen Kommandos eine Bekannte von mir war, eine wunderschöne Frau, Offizier, sie heißt… das tut nichts zur Sache. Die Deutschen wurden getötet, aber da sie und ich gute Freunde waren und überdies auf derselben Seite standen, war sie so nett, zweimal sehr vorsichtig auf mich zu schießen. Hier durchs Schulterblatt und da durch den Schenkel. Sieh mal, da sind die Austrittslöcher und da die Einschußlöcher. Und dann hat sie mir auch schnell die Brust etwas aufgeschnitten, damit es aussah, als hätte man mich gefoltert. Die syrische Sicherheitspolizei fiel auf den Bluff herein. Ich überlebte, und die westliche Demokratie siegte. Ein rundes Dutzend deutscher Terroristen konnte dann bei einer späteren, recht gut gewählten Gelegenheit zum Abschuß freigegeben werden. Wie gefällt dir diese Erklärung?«

Sie sah ihn einige Augenblicke forschend an, bevor sie antwortete.

»Ich halte das für die reine Wahrheit«, sagte sie sehr ruhig.

»Wie kannst du das glauben?« fragte er provozierend, als wäre er schon im nächsten Augenblick bereit, die ganze Geschichte mit einem Lachen abzutun.

»Ich weiß es. Es ist absolut wahr, was du gesagt hast, obwohl du nicht so empfindest, wie du erzählt hast. Ich bin nämlich Tessie, und ich kenne dich. Du hast dich nicht so verändert, wie du glaubst. Ich kenne dich bis in den letzten Winkel deiner Seele. Wir haben fast fünf Jahre zusammengelebt, falls du dich erinnerst.«

»Mhm«, erwiderte er gedämpft, »das stimmt. Das Problem ist nur, daß du ständig Gefahr läufst, solche Geschichten zu hören, wenn du solche Fragen stellst. Und das geht einfach nicht.«

»Nein, das geht nicht. Doch das ist nicht die Hauptsache.«

»Was ist dann die Hauptsache?« fragte er so schnell, daß ihm die Worte entschlüpften, bevor er sie zurückhalten konnte, denn die Reue kam zu spät. Er wollte nicht so fragen, er wollte weder definitive Antworten hören noch definitive Fragen stellen.

Sie dachte kurz nach. Dabei zeigte sich auf der Stirn eine kleine Falte, die er sehr gut kannte, seit neun Jahren aber nicht mehr gesehen hatte. Dann wischte sie den plötzlichen Kummer mit einer einzigen Handbewegung beiseite, als sie ihr Glas auf den Nachttisch stellte. Sie nahm ihm sein Glas ab und wiederholte das Manöver, bevor sie ihn zu sich herunterzog.

»Im Augenblick gibt es nur eine Hauptsache, und diesen Augenblick gibt es nur jetzt«, flüsterte sie. »Ich will dich nochmal lieben, und zwar jetzt, und das ist alles, was zählt.«

Er brauchte nicht zu antworten. Das hatte sein Körper schon getan, und sie hatte es gesehen.

Es war, als hätten sie jetzt so etwas wie ein sanftes, einleitendes Zögern und all die überwältigende Zärtlichkeit überwunden. Jetzt konnte es ganz anders geschehen, lange und intensiv, und gelegentlich auch laut, vor allem durch ihr Lachen.

Und hinterher lachten sie gemeinsam, als hätten sie sich gegenseitig überrascht. Sie waren zerzaust und verschwitzt und lagen sehr eng zusammen, bis ihnen kalt zu werden begann und sie sich wieder der anderen Welt bewußt wurden.

Carl sah auf die Uhr. Es war eineinhalb Stunden später, als er vermutet hatte. Nach kurzem Überlegen kam er zu dem Schluß, daß Erklärungen, Entschuldigungen und ähnliches völlig falsch sein würden. Er stand ohne einen Laut auf, deckte sie vorsichtig zu, küßte sie auf die Stirn und sammelte seine Kleidungsstücke auf, als er ins Badezimmer ging.

Er mußte ihre Düfte und Säfte abduschen, wie unsensibel es auch sein mochte. Er hatte wieder recht kurze Haare, und im Bad gab es einen Fön. Und ein Spaziergang an der kühlen Luft, selbst ein so kurzer Weg wie der vom Grand Hotel zur Gamla Stan, würde alle Spuren auslöschen.

Als er sich angezogen hatte, schlich er wieder zu ihr hinein. Sie sah aus, als schliefe sie, aber ihr Lächeln war zu deutlich; sie träumte wach.

Er beugte sich über sie und küßte sie auf die Wange. Er sagte aber nichts. Und dann ging er, ging unbewußt auf Zehenspitzen über den Teppichboden, als ob ihn jemand entdecken könnte.

Auf der Strömbron wehte ein eiskalter Wind. Er zog sich den Mantel im Gehen an und schlug den Mantelkragen hoch. Er klappte ihn aber sofort wieder herunter, der kalte Wind würde ihn noch sauberer werden lassen.

Er war überzeugt, daß Eva-Britt mit den Füßen auf dem Granittisch dasitzen und stricken würde. Auf dem Weg in die Altstadt konzentrierte er sich fest darauf, keine selbstquälerische Diskussion mit sich selbst zu beginnen. Er wollte sich keine einzige Frage stellen, was zum Teufel er sich da erlaubt hatte, nur so schnell wie möglich nach Hause gehen.

Sie saß tatsächlich mit den Füßen auf dem Granittisch da und strickte, allerdings etwas anderes als am Abend zuvor, etwas in Hellblau.

»Was ist das denn«, begrüßte er sie mit aufrichtigem Erstaunen. »Wirst du allmählich unruhig, du könntest die Wette verlieren?«

»Nichts da«, erwiderte sie mit einem schnellen Lächeln, bevor sie sich wieder konzentriert ihrer Handarbeit zuwandte. In einem Mundwinkel erschien ihre Zungenspitze, wie immer wenn Eva-Britt sich konzentrierte. »Wenn aber kleine Jungs Rosa tragen können, können kleine Mädchen auch Hellblau tragen, nicht wahr? War es anstrengend?«

»Ja, das kann man sagen. Wieso?«

»Na ja, spät abends noch Dienst. Sind es die Russen oder etwas, worüber du sprechen kannst?«

Er dachte einige Augenblicke nach, bevor er zu einem Entschluß kam.

»Einmal sind es die Russen. Eigentlich nichts Besonderes, aber das können wir überspringen. Zum anderen ist es tatsächlich etwas, worüber ich sprechen kann. Willst du eine Tasse Tee?«

Sie nickte, während sie Maschen zählte, als könnte sie den Faden verlieren, wenn sie antwortete. Er ging in die Küche, setzte Wasser auf, holte mechanisch Tassen, Milch und Zucker aus dem Küchenschrank, schnitt eine Zitronenscheibe ab und bereitete die Teekanne vor. Dann deckte er den Tisch.

Er betrachtete ihren Bauch, kniete nieder und streichelte ihn, beugte sich vor und küßte sie vorsichtig auf die Wange, um sie beim Zählen nicht zu stören.

»Hast du bei der Arbeit Wein getrunken?« fragte sie erstaunt.

»Nein«, erwiderte er ruhig und streichelte weiter ihren Bauch. »Ich habe auf dem Nachhauseweg einen Amerikaner getroffen, und wir haben im Grand ein Gläschen getrunken.«

»CIA?«

»Ja, mit was für Amerikanern sollte ich sonst Umgang haben? Ja, es war diese Geschichte, die jetzt über uns gekommen ist. Man hat mich und ein paar Kollegen plötzlich zu Bullen degradiert.«

»Was heißt degradiert!« sagte sie mit übertriebener Entrüstung. »Ist es in dieser Familie plötzlich falsch, Bulle zu sein?«

»Na ja, nicht direkt. Warte, ich glaube, das Wasser kocht.«

Er ließ vorsichtig ihren Bauch los, stand auf und ging in die Küche. Er goß Wasser über den Beutel mit Teeblättern, warf einen Blick auf die Uhr und ging langsam wieder ins Zimmer.

»Du mußt nämlich wissen«, sagte er, als er den Raum betreten hatte und in einen Sessel sank, statt vor ihr niederzuknien, »wir sind in dieser Mordermittlung gelandet.«

»Du meinst diesen General und seinen Kumpel in Uppsala, die Nazis? Aber das ist doch Sache der Polizei!«

»Könnte man meinen. Aber jetzt ist es so, daß unsere liebe Sicherheitspolizei die Verantwortung für die Ermittlungen übernommen hat, und da kannst du dir denken, wie es jetzt zugeht.«

»Nein«, entgegnete sie und legte ihre Handarbeit zur Seite, »das kann ich mir wirklich nicht vorstellen. Erklär's mir.«

»Also, wenn die Säpo eine Mordermittlung durcheinander zu bringen beginnt, werden die richtigen Bullen darüber nicht sehr froh, gelinde gesagt, denn die Säpo hat eine Tendenz, nicht nur ständig politische Flüchtlinge zu jagen, sobald sie überhaupt etwas jagen soll, sondern sie haben auch die Angewohnheit, eine Menge Publizität um sich zu streuen, die der richtigen Polizei die Arbeit unmöglich macht.«

»Mhm, soweit kann ich folgen. Es kann keinen Spaß machen, Mordermittler bei der Reichskripo zu sein, wenn man täglich in der Abendpresse Rezensionen lesen kann.«

»Wahrhaftig nicht. Du bist ja Polizistin, kannst du mir erklären, warum sie das tun?«

»Was tun?«

»Warum sie ihre Fahndungsansätze veröffentlichen. Das sieht ja fast nach bewußter Sabotage aus, so wie damals, als dieser durchgedrehte Polizeipräsident den Palme-Mörder jagen sollte, du weißt. Das war ja bewußte Sabotage, aber machen sie jetzt ein System daraus, und, wenn ja, warum?«

»Zu solchen Mitteln greifen sie doch nur, wenn sie unsicher sind. Hast du noch nicht an all die Mörder gedacht, die gefaßt werden, ohne daß es vorher viel Publizität gibt, sondern erst hinterher? Die meisten Mörder in Schweden werden schließlich geschnappt.«

»Mhm. Ist das eine bewußte Taktik? Wollen Sie beim Feind Verwirrung stiften und falsche Fährten legen, damit der wirkliche Mörder sich sicher fühlen kann oder so? Warte, ich hole den Tee.«

Er ging in die Küche, hob den Teebeutel heraus und goß etwas kaltes Wasser in die Teekanne. Er servierte zerstreut und gab ihr erst etwas Milch und sich selbst Zitrone. Sie erweckte den Eindruck, als grübelte sie über etwas nach. Er flüchtete zum Plattenspieler und legte ein frühes Streichquartett von Mozart auf. Es lag griffbereit da. Sie hatte es sich im Lauf des Abends offenbar schon angehört.

»Nein«, sagte sie nachdenklich, »das wäre zu dumm. Die meinen es ernst. Immerhin haben sie heute abend ja bei einigen dieser Kanaken eine Hausdurchsuchung gemacht. Man kann nicht zu solchen Zwangsmitteln greifen, wenn es keinen begründeten Verdacht gibt. Wenn es um Festnahmen und Hausdurchsuchungen geht, muß man ja erst mal einen Staatsanwalt überzeugt haben.«

»Was?« Er verstummte für einige Augenblicke, bevor er weitersprechen konnte. »Hat man heute abend Verdächtige festgenommen?«

»Ja. Wie ich sehe, siehst du im Büro nicht fern. Es hat einen ziemlichen Aufstand gegeben.«

»Was für Personen sind festgenommen worden?«

»Man hat sie zum Verhör geholt, nicht festgenommen. Ja, es dürften meist Kurden sein, hier in der Stadt und in Uppsala.«

»Hat man sie später am Abend freigelassen?«

»Ja, tatsächlich. Wie konntest du das wissen?«

»Weil sie keine Generäle ermordet haben. Ich kenne diese Theorie, die die Säpo aufgebaut hat. Sie ist vollkommen unhaltbar. Warum greifen sie Personen, die sie nicht mal selbst für schuldig halten? Ist das nicht übrigens eine Amtspflichtverletzung?«

»Nein, es ist ein grobes Dienstvergehen. Wenn es stimmt. Aber was habt ihr mit der Sache zu tun?«

»Wir glauben, daß die Morde mit kriminellen Vorfällen zu tun haben, die lange zurückliegen. Es muß um Verrat oder Spionage oder so was gegangen sein, und zwar in der Zeit des Krieges. Und da die Säpo diese Sache nicht aufklären wird, möchten wir trotzdem gern wissen, worum zum Henker es geht. Es sind sozusagen unsere Verluste, und insofern geht es uns etwas an.«

»Aha. Und wie gehen die Ermittler beim Generalstab bei ihrer Polizeiarbeit vor? Das würde ich gern wissen.«

»Mhm, kann ich mir vorstellen. Wir beginnen damit, daß wir die gesamte militärische Geschichte der Opfer erkunden, alles, aber buchstäblich auch alles in ihrer Vergangenheit hervorkramen, sämtliche Kommandos, die ganze Karriere, Freunde und Bekannte, alle Leute, die sie gekannt haben. Dann suchen wir Parallelen in allen Spionage- und Terroristengeschichten und ähnlichem, was sich in dem gleichen Zeitraum finden läßt. Dort irgendwo muß die Erklärung liegen. Oder?«

»Richtig. Du würdest es wahrscheinlich schaffen, bei der Polizeischule angenommen zu werden. Aber warum tun unsere Polizeikollegen nicht das gleiche, es wäre doch ihre Pflicht.«

»Weil die Säpo jedem einzelnen Zeugen Angst und Schrecken einjagt. Stell dir vor, du würdest selbst mit einem Hakenkreuz in *Expressen* landen, wenn du mit den Bullen redest.«

»Wissen *die Bullen* davon, daß ihr euch mit dieser Sache beschäftigt?«

»Ja. Sie haben uns sogar darum gebeten, also die richtigen Bullen. Ja, du weißt doch, dieser Rune Jansson in Norrköping, seit dieser Geschichte damals...«

»Ja, ich weiß. Als du in der Gegend herumgelaufen bist und Leute erschossen hast und sogar noch die Zeit gefunden hast, das Blut an den Händen abzuwaschen und wie verabredet gerade rechtzeitig zu mir nach Hause zu kommen. Nette Geschichte. Aber dieser Rune Jansson ist in Ordnung. Er ist inzwischen Chef der Kripo in Norrköping. Wenn er euch um Hilfe gebeten hat, ist es sicher in Ordnung. Wenn du einen Tip brauchst, sag nur Bescheid.«

Sie lächelte etwas spöttisch, als sie dies sagte.

»Mhm«, sagte er, »ich komme darauf zurück. Jedenfalls werden uns in den nächsten Monaten hier im Haus die polizeilichen Gesprächsthemen nicht ausgehen. Wie ist es dir heute ergangen? Ich hoffe, man hat dich nicht schon wieder vollgekotzt.«

»Nee, aber weißt du, was dieser Scheißkerl getan hat?«

»Hat er versucht zurückzuschlagen, als man ihn heute morgen freiließ?«

»Nein. Er hat mich wegen Körperverletzung angezeigt. Hat sich ein ärztliches Attest für die Nase geholt, und das Attest sieht verdammt seriös aus. Da ist von ›schweren Schmerzen‹ die Rede, und der Patient habe tiefe Furcht empfunden und dies und das.«

Carl runzelte die Stirn und stand auf, um eine neue Platte aufzulegen. Er kramte eine Weile, bevor er sich für eins der Brandenburgischen Konzerte entschied.

»Ist das nicht recht ernst?« fragte er besorgt. »Ob Saufkopf oder nicht, es ist doch verboten, sie zu vermöbeln, selbst wenn sie einen vollkotzen?«

»Ja. Ich muß morgen zum Verhör, und das müssen auch die Jungs, die ihn gebracht haben.«

»Was passiert dann?«

»Die Jungs werden natürlich sagen, sie seien so beschäftigt gewesen, daß sie nichts gesehen hätten.«

»Aber was sagst du?«

»Ja, genau das ist die Frage. Wenn ich gestehe, bin ich dran. Es kann leichte Körperverletzung sein, und dann kriege ich eine Geldstrafe und nichts weiter. Es kann aber auch schwere Körperverletzung werden, und dann riskiere ich Gefängnis und Entlassung.«

Carl verstummte. Er sah sie lange an, ohne etwas zu sagen.

»Das ist eine Frage der Ehrlichkeit«, sagte sie leise, als ihr aufging, daß er nicht die Initiative ergreifen würde. »Soll ein Polizist lügen?«

»Deine Kollegen werden es ja tun. Die haben nämlich nichts gesehen, obwohl ihnen deine Vorführung sicher viel Spaß gemacht hat.«

»Ja, aber das ist etwas anderes. Die lügen oder halten zumindest die Wahrheit zurück, um eine Kollegin zu schützen. Das würde ich wohl auch tun. Aber jetzt ist es die Kollegin selbst, die Stellung nehmen muß. Wenn ich es zugebe, bin ich dran.«

»Dann lüg doch, das dürfte am einfachsten sein«, sagte Carl matt.

»Findest du wirklich?«

»Ja, absolut. Es besteht kein angemessenes Verhältnis zwischen deiner höchst spontanen und begreiflichen Reaktion und den Konsequenzen, die ein Geständnis mit sich bringen würde.«

»Nein, das stimmt. Aber darum geht es nicht.«

»Sondern worum?«

»Daß ein Polizist nicht lügen soll. Ich soll nicht lügen, weder dich anlügen noch sonst jemanden. Ein guter Offizier soll doch wohl auch nicht lügen.«

»Doch, das gehört zu meinen beruflichen Pflichten.«

»Aber bei mir nicht?«

»Nein, natürlich nicht. Aber das läßt sich nicht vergleichen.«

»Na ja, ich bin ja nicht bei der Spionage oder so, ich bin nur eine ganz gewöhnliche und bislang ehrliche Polizeibeamtin. Ich möchte meinen Kindern in die Augen sehen können, wenn die Zeitungen die Polizei mit Schmutz bewerfen. Ich will immer sagen können, daß ihre Mami jedenfalls immer ein ehrlicher Bulle gewesen ist.«

»Solange sie es gewesen ist. Die Wahrheit kann dich ja den Job kosten. Hast du mal durchdacht, was es für dich bedeuten würde? Du könntest dir einen Job als Nachtwächterin suchen und nicht mal den bekommen, weil du wegen Körperverletzung vorbestraft bist. Das ist doch grotesk.«

»Ja. Aber man darf trotzdem nicht lügen. Man darf niemanden anlügen.«

Carl saß stumm da und grübelte, ob ihre Worte eventuell etwas enthielten, was er übersehen hatte. Doch da war kein Geheimnis. Sie hatte ihn nicht durchschaut, sondern sprach nur vollkommen aufrichtig über ihre Qual angesichts der Lüge.

Ihn überkam ein Impuls, ihr plötzlich alles zu gestehen, von Tessie zu erzählen, um Vergebung zu bitten und zu versprechen, er werde nie mehr, und so weiter.

Doch er tat es nicht. Er sah ihren Bauch an und kam zu dem Schluß, daß es besser war zu lügen.

6

Die »Mörder« wurden nicht weniger als dreimal festgenommen. Bei drei verschiedenen Gelegenheiten in den folgenden zwei Wochen stürmten schwerbewaffnete Polizeibeamte in Schutzkleidung in verschiedene Wohnungen und Häuser in Stockholm und Uppsala und schleiften schreiende Menschen im Lichtschein von Kamerablitzen und Fernsehscheinwerfern ins Freie.

Da es sich um Operationen der Sicherheitspolizei handelte, waren sie nicht sonderlich geheim; wie durch einen wundersamen Zufall fanden sich Übertragungswagen und Reporterautos wenige Minuten vor jedem Zugriff ein, obwohl diese Aktionen wegen des Effekts oder zumindest des Überraschungsmoments (das heißt für die Festzunehmenden) ausnahmslos in den frühen Morgenstunden erfolgten.

Die Razzien richteten sich so gut wie ausschließlich gegen rein kurdische Familien, in einigen Fällen jedoch auch gegen »Mischehen«. Es war tatsächlich vorgekommen, daß schwedische Frauen politisch aktive oder gutausgebildete Kurden geheiratet hatten oder mit ihnen zusammenlebten. Diese Männer waren aufgrund ihrer Ausbildung natürlich des Terrorismus verdächtig.

Bestimmte Verhaltensmuster wiederholten sich. Einigen der Festgenommenen hatte man mitgeteilt, sie seien verdächtig. Ihren Pflichtverteidigern wurde ein Maulkorb verordnet, so daß in den Massenmedien nichts zur Verteidigung der Verdächtigen gesagt werden konnte.

In keinem Fall konnten die vermeintlichen Terroristen länger als sechs Stunden festgehalten werden. Demnach taugten die geheimen Verdachtsmomente nicht einmal dazu, eine Verhaftung zu begründen.

Die Polizeisprecher ließen sich von dieser eigentümlich restriktiven Haltung der Staatsanwaltschaft jedoch nicht verdrießen. Die Razzien könnten keineswegs als Mißerfolg gelten, denn einmal sei man dabei, Mörder und Terroristen nach und nach einzukreisen, und andererseits gebe es noch weitere Gründe, wie der Sprecher der Reichspolizeiführung, Leif Hallberg, den manchmal etwas enttäuschten und blutrünstigen Journalisten mitteilte. Selbst wenn niemand verhaftet werden könne, habe man durch die Aktionen andere gute Wirkungen in der schwedischen Gesellschaft erzielt. Denn erstens habe die Polizei durch ihre Hausdurchsuchungen und Verhöre sowie die Bekanntgabe ihres Verdachts die Verdächtigen »vermutlich aufgeschreckt«.

Zweitens könne die Polizei mit Hilfe dieser dramatischen Maßnahmen den Verdächtigen ihre Auffassung mitteilen, »daß wir in Schweden keinen Terrorismus dulden«.

Drittens teilte das Sprachrohr der Sicherheitspolizei mit, die Publizität an sich sei beabsichtigt, da es um etwas gehe, was »in der internationalen Presse große Aufmerksamkeit erregt hat. Da ist es gut, dem Ganzen Öffentlichkeit zu geben. Daß die Abteilung (Säpo) zusätzlich noch etwas PR bekommt, kann ja nicht schaden.«

Rein juristisch waren dies sensationelle Begründungen, da sie ungesetzlich waren. Natürlich waren die rund zwanzig Familien, deren Wohnungen und Häuser verwüstet wurden und deren Habe zum Teil mitten in der Nacht in schwarzen Plastiksäcken landete, während man sie mit Handschellen in das blendende Licht der Fernsehspots hinausschleifte, »aufgeschreckt«.

Das beschlagnahmte Material bestand meist aus Druckschriften, wie die Polizeisprecher erklärten, weshalb es einige Zeit in Anspruch nehmen werde, das Material auszuwerten.

Die Druckschriften bestanden aus verdächtiger linker Literatur, obwohl die Auswahl eher stichprobenartig wirkte. So zeigte sich beispielsweise, daß man bei einem Dozenten für theoretische Physik Schriften eines gewissen K. Marx beschlagnahmt hatte, während ein der Sicherheitspolizei wahrscheinlich unbekannter Autor namens W. I. Lenin ausgespart worden war (möglicherweise weil dessen gesammelte Werke Lederbände waren und daher etwas respektabler aussahen). Ebenso hatte man einen aus dem Blickwinkel von Bombenlegern nicht ganz uninteressanten Bakunin stehen lassen, während die schwedischen Schriftsteller Göran

Palm und Sara Lidman konfisziert worden waren. Ebenso die Kindheitsschilderungen von Jan Myrdal.

Während die Schriften des Kommunistenführers C. H. Hermansson über die herrschenden Kapitalistenfamilien Schwedens übersehen worden waren.

Als es um die Frage ging, was diese beschlagnahmten Bücher eigentlich bestätigen sollten, wenn man von den unpassenden Lesegewohnheiten der Familie absehe, brachte die Polizei eine Erklärung vor, die alle Einwände zum Schweigen brachte.

Es sei natürlich nicht so, daß es verboten sei, Schriften dieses Typs zu lesen, obwohl man ihren literarischen Wert durchaus in Frage stellen könne. Es gehe darum, Fahndungshinweise in Form von Aufzeichnungen zu finden. Wenn beispielsweise dieser K. Marx, der sozusagen der geistige Urheber von allem sei, ein Kapitel über politische Morde und Terrorismus geschrieben habe, könne man sich vorstellen, daß künftige Terroristen, die sich auf ihre Tätigkeit vorbereiteten, beim Einstudieren des Grundmaterials am Rand Notizen machten. Und nach solchen Notizen hielten die Beamten Ausschau; der eigentliche Grundtext sei demgegenüber relativ uninteressant.

Die Frage, ob Karl Marx in seinen hochkomplizierten nationalökonomischen Theorien Terrorismus und Mord empfohlen habe, blieb unbeantwortet.

Hingegen nahm dieses Blättern in allen Büchern und Schriften eine gewisse Zeit in Anspruch, und insoweit an verdächtigen Stellen überhaupt Notizen gefunden wurden, waren sie bedauerlicher Weise oft in kurdischer Sprache abgefaßt, so daß bei der Übersetzung ein Engpaß entstand.

Nach einiger Zeit gelang es dem *Echo des Tages*, den tatsächlichen Anlaß für die spektakulären Polizeieinsätze zu enthüllen.

Die wirklichen Motive für all diese Hausdurchsuchungen hatten mit der angeblichen Suche nach Mördern kaum etwas zu tun. Es ging eher um Mikrophone und illegal installierte Abhörvorrichtungen. Schweden ist nämlich eins der wenigen westlichen Länder, in denen die Polizei bei verdächtigen Spionen und Terroristen keine »Wanzen« installieren darf. Man muß vielmehr ihre Telefongespräche abhören.

Dieses System hat aus rein ermittlungstechnischen Gründen erhebliche Nachteile. Personen, die man der Spionage oder des Terrorismus verdächtigen könnte, sind allergisch gegen ausführliche Telefonate, denn sonst wären sie weder Spione noch Terroristen.

Unter Hinweis auf übergesetzliches Recht, das Interesse der Nation, »Notwehr« und so weiter hatte die schwedische Sicherheitspolizei sich folglich lange Zeit so verhalten, wie sich ihre ausländischen Schwesterorganisationen legal verhielten.

Nichts davon wäre ans Licht gekommen, wenn die Regierungspartei nicht einen eigenen zusätzlichen Sicherheitsdienst gegründet hätte, der von einem rachlüsternen Polizeipräsidenten geleitet wurde, welcher wegen des Mordes an Olof Palme immer noch Kurden überführen wollte. Der zweite Chef dieser Organisation war ein etwas sonderbarer Freund des Polizeipräsidenten, ein ehemaliger Pressesprecher der Regierung, der dank alter freundschaftlicher Bande zur Creme der Regierungspartei höchste Protektion genoß.

Es ist unklar, was dieser zusätzliche Sicherheitsdienst überhaupt ermittelt hatte, bevor sich einige seiner Mitarbeiter im Zoll mit ein paar hundert Kilogramm Abhörausrüstung erwischen ließen. Nachdem man sie bei ihrem Schmuggelversuch ertappt hatte und die Sache herausgekommen war, bevor die hohe Protektion hatte eingreifen können, setzte sich die juristische Maschinerie knirschend und mit langsamer Unerbittlichkeit in Bewegung. Ein paar Mitglieder der sozialdemokratischen Elite sowie einige Beamte der regulären Sicherheitspolizei, die nebenbei für den sozialdemokratischen Sicherheitsdienst arbeiteten, wurden vorschriftsmäßig darüber aufgeklärt, daß man sie des verbotenen Schmuggels und versuchter illegaler Lauschangriffe verdächtigte.

Zu leugnen gab es da nichts, da mehrere Mitglieder der Bande auf frischer Tat ertappt worden waren.

Zwei der Bandenmitglieder jedoch, hauptberuflich Beamte der Sicherheitspolizei, wehrten sich mit der Behauptung, andere seien viel krimineller als sie selber. Wenn Polizei oder Staatsanwaltschaft nicht sofort alle weiteren Ermittlungsversuche einstellten, werde die Bande sich rächen, nämlich durch Enthüllung dessen, was die Sicherheitspolizei so treibe. Dadurch werde Schweden unermeßlicher Schaden entstehen. Weshalb man sie laufen lassen müsse, was mit anderen Worten für Schweden das Beste sei.

Diese Taktik funktionierte jedoch nicht. Möglicherweise deshalb nicht, weil ein paar der Bandenmitglieder ihren verbündeten Journalisten nicht ohne Stolz mitteilten, auf was für eine clevere Idee sie gekommen waren, um sich zu wehren. Und in diesem Zusammenhang wählten sie den etwas unglücklichen Begriff »Erpressung« als Beleg für ihre Cleverness.

Das konnte nur ein Ergebnis haben. Die Regierung erklärte »mit aller Entschiedenheit«, daß *alle* illegalen Lauschangriffe von der Staatsanwaltschaft untersucht werden würden. Diese Arbeit wurde wegen der offenherzigen Bandenmitglieder bedeutend umfassender, als irgendjemand hatte ahnen können.

Und dabei kamen die kurdischen, »des Terrorismus verdächtigten« Familien ins Bild. Da die meisten von ihnen illegalen Lauschangriffen ausgesetzt worden waren, würden sie peinlicherweise bei kommenden Prozessen als Nebenkläger gegen die Sicherheitspolizei auftreten.

Das war schon schlimm genug. Noch schlimmer aber war, daß die Wanzen in ihren Wohnungen und Häusern noch nicht entfernt worden waren. Diese versteckten Mikrophone mußten demontiert oder irgendwie abgeholt werden, die Frage war jedoch, wie.

Die Polizei konnte nicht einfach anklopfen und sagen, Verzeihung, wir kommen von der Säpo und möchten nur unsere Mikros abholen. Denn wenn einer oder mehrere der hartgesottensten Kurden sich weigerten, die Beamten einzulassen, gab es keinen gesetzlichen Grund, in die Wohnung oder das Haus einzudringen. Eine solche mißlungene Expedition brachte überdies die Gefahr mit sich, daß in der linken Presse Fotos solcher Mikrophone erscheinen würden. Das würde nicht nur auf Beamte beim Sicherheitsdienst des Reiches eine demoralisierende Wirkung haben, sondern auch bei der Öffentlichkeit, was möglicherweise noch schlimmer war.

So brütete die Säpo-Führung schließlich die geniale Idee aus, bei den Verdächtigen Hausdurchsuchungen vornehmen zu lassen und diese Leute zumindest in *Expressen* verurteilen zu lassen, da die ordentlichen Gerichte bedauerlicherweise selbst im Falle von Kurden Beweise verlangten. Bei diesen Hausdurchsuchungen konnten auch besondere technische Teams mitgeschickt werden, die sich um die Mikrophone kümmern sollten. So wurden mehrere Fliegen mit einer Klappe geschlagen.

Die Mikros wurden auf eine pfiffige Weise entfernt und entgingen damit der Gefahr, in falsche Hände zu geraten (denn es ließ sich leicht ausrechnen, wozu solche Dinge in den falschen Händen verwendet werden konnten).

Ferner entging man der Gefahr, daß die Terroristen in einem künftigen Prozeß gegen den Sicherheitsdienst des Reiches als Märtyrer dastanden. Überdies entstand eine winzige Chance, etwas Verdächtiges zu finden, wenn man in zwanzig Wohnungen oder Häusern alles auf den Kopf stellte. Die meisten Menschen haben mindestens *etwas* Anrüchiges zu Hause. Selbstgebrannten Schnaps oder peinliche erotische Spielzeuge, wenn schon nichts anderes.

Die letztgenannte Hoffnung gehörte wohl eher in die Kategorie Wunschdenken. Die muslimischen Kurden waren keine Schwarzbrenner, und ihre dem Westen fremde Sexualmoral kennt weder Penis-Attrappen noch aufblasbare Puppen, deren Hohlräume mit Wasser gefüllt sind.

Als der gesamte Zusammenhang offenbar wurde, richtete die liberale Presse ihre Kritik erneut gegen die Sicherheitspolizei, weil diese ihre Razzien nicht etwas geschickter durchgeführt hatte.

Irgendwann, so hatte es den Anschein, würde die Kurdenspur II im Sand verlaufen, wenn nicht neue belastende Umstände bekannt wurden. Was, wie der Polizeisprecher behauptete, sehr bald geschehen werde, obwohl er aus ermittlungstechnischen Gründen gerade jetzt nicht enthüllen könne, worin die polizeilichen Ermittlungen bestünden oder gegen wen sie sich richteten.

Carl und seine beiden Mitarbeiter interessierten sich schon lange nicht mehr für die Kurdenjagd der Massenmedien, denn ihre Nachforschungen galten hauptsächlich einer Zeit, in der noch keiner der verdächtigen Terroristen auch nur geboren war.

Alle drei befanden sich auf dem Einweihungsfest in Joar Lundwalls Wohnung. Auf der Einladungskarte – er hatte die höchst offizielle Karte des Generalstabs verwendet – war als erwünschte Kleidung »Californian leisure dress« angegeben worden, und so hatten sich die Gäste auch eingefunden. Carl erschien in Jeans, Joggingschuhen und einem ausgeblichenen Sweatshirt mit der Aufschrift UCSD auf der Brust und einer Zahl auf dem Rücken, die ihn zumindest für Amerikaner sofort als Quarterback der Footballmannschaft der Universität erkennbar machte, während Joar Lundwall sich entsprechend als Mitglied der Leichtathletikmannschaft zu erkennen gab und Åke Stålhandske, wie immer alles andere als unauffällig, ein dunkelblaues T-Shirt mit einigen auffallenden Zeichen in Gelb und Rot trug. Über einem Emblem, einem sehr amerikanischen Adler, der eine Marinepistole des achtzehnten Jahrhunderts in der linken Klaue und einen Dreizack, einen *Trident*, in der anderen Klaue hielt und dabei trotzdem noch einen großen Anker zwischen den beiden anderen Symbolen unterbrachte, stand in Versalien NAVAL SPECIAL WARFARE UNIT.

Unter dem Bild hieß es SEAL TEAM.

Falls überhaupt, konnten nur wenige schwedische Kollegen wissen, was ein SEAL TEAM ist: »eine besondere Einheit für unkonventionelle und fortschrittliche Kriegführung in kleinen Verbänden«, wie man das zu umschreiben pflegte. Kurz und einfach ausgedrückt bedeutete es, daß die amerikanische Navy etwas hatte erfinden wollen, was besser, härter, schicker war als die sowjetische Legende *spetznaz*.

Es war ebenfalls eines dieser ständig wiederkehrenden und vollkommen sinnlosen Diskussionsthemen: Hatte man damit Erfolg gehabt?

Die drei Männer selbst glaubten es natürlich. Sie waren ja alle SEAL-Spezialisten, und innerhalb von SEAL sogar als die Elite eingestuft, mit dem Recht, in den USA besonders auffallende Uniformabzeichen zu tragen, die sie in Schweden nicht tragen durften. Nur einmal hatte Carl es sich erlauben dürfen, als er vor dem Verfassungsausschuß aussagen sollte und als der damalige Generalstabschef sich in den Kopf gesetzt hatte, Carls Hauptaufgabe bestehe darin, der Allgemeinheit nach Möglichkeit zu imponieren, um nicht als Schurke dazustehen.

Soweit bekannt, wurden die *spetznaz*-Einheiten jedoch nur zu Lande eingesetzt. SEAL-Einheiten konnten sowohl zu Lande, in der Luft und zu Wasser sowie unter Wasser operieren, was natürlich weit eindrucksvoller war.

Doch diese Diskussionen waren seit langem beendet. Carl und Joar lächelten nur über das bekannte Symbol auf Åke Stålhandskes gewaltigem Brustkorb – das Sweatshirt mußte eins der Größe XXXL sein. Mit je einem Willkommens-Bourbon in der Hand traten sie auf den kleinen Balkon, um ein wenig den Frühling und das Licht und die großartige Aussicht über den Riddarfjärden zu genießen, auf dem die ersten kühnen Segler der Saison das Wasser durchpflügten.

Joars Wohnung war ein vor kurzem ausgebautes Dachgeschoß am Norr Mälarstrand. Alles war weiß und sauber; an der Decke dunkelbraune, frisch imprägnierte Balken, im Bad hellblaue Kacheln. Für einen Junggesellen in Stockholm natürlich eine phantastische Wohnung.

Joar erzählte auf dem Balkon, er werde zwei Einweihungsfeste geben. Dies sei das erste, das geheime, und in der nächsten Woche, wenn er ein paar Möbel mehr hergeschafft habe, werde das zivile Fest für seine Freunde aus der anderen Welt folgen.

Es mußte natürlich so sein. Åke Stålhandske wußte nicht sehr viel über Joars privaten Umgang. Carl wußte vermutlich alles, vorausgesetzt, Joar berichtete wahrheitsgemäß, auch über seine sexuellen Kontakte. Was Carl jedoch vermutete.

Der Wind vom See her war blau und strich fast frühsommerlich über ihre Gesichter. Dort unten wurden die Rasenflächen allmählich grün, und die Bäume begannen auszuschlagen. Carl versank in Gedanken, in weiter Ferne von Freunden, Arbeit und militärischen Geheimnissen.

»Und was sagst du deinen anderen Kumpeln, den *zivilen Kumpeln*, meine ich, wenn sie was über deine Arbeit wissen wollen?« fragte Åke Stålhandske plötzlich in einem Tonfall, der die nachdenkliche Stimmung aufbrach und sich daher übertrieben mißtrauisch anhörte.

»Ich bin natürlich ein einigermaßen kleiner Abteilungschef in dem bekannten internationalen oder multinationalen Unternehmen, in der EDV-Abteilung, wieso?« erwiderte Joar Lundwall wachsam.

»Na ja, du bist ja so ein Computerfritze, und sie erreichen dich ja über die gleiche Telefonzentrale, wenn sie anrufen«, sagte Åke Stålhandske mit einem Kopfnicken, als wollte er seine unnötige Frage vergessen machen. Im Grunde kannte er die Antwort.

Carl erwachte bei den Vibrationen des Mißtrauens, die plötzlich in der Luft zu spüren waren. Er schlug vor, sie sollten hineingehen und sich auf das IKEA-Sofa setzen, das sie vorhin gemeinsam zusammengebaut hatten. Die Gäste waren mit der Aufforderung begrüßt worden, sich an einer technischen Hilfsaktion zu beteiligen, die sich selbst für drei SEA-AIR-LAND-Sezialisten als nicht ganz einfach erwiesen hatte. Es war ihnen jedoch gelungen, das Sofa zusammenzusetzen.

»Also«, sagte Carl und nahm sich eine Handvoll Erdnüsse aus einer Schale, während Joar ihm einen neuen Bourbon einschenkte, »IKEA ist sozusagen die Grundlage, absolut normal schwedisch, könnte man sagen, aber was kommt dann?«

»Ich hole noch ein paar alte Möbel aus der Wohnung meiner Mutter und mache daraus dann ein normales schwedisches Zuhause, nehme ich an«, antwortete Joar widerwillig.

»Hm, und ohne irgendwelche militärische Insignien an den Wänden und so weiter«, fuhr Carl fort und ließ den Blick über die noch völlig weißen und leeren Wände schweifen, als versuchte er sich vorzustellen, welche Bilder dort beim nächsten Fest, dem zivilen, zu sehen sein würden.

»Natürlich abgesehen davon, daß ich im Flur eine Glasvitrine mit den goldenen Schwingen von SEAL und der Tapferkeitsmedaille Gustafs III. aufstellen werde«, erwiderte Joar, als wollte er seine Mißbilligung und zugleich seine Nachgiebigkeit betonen. Åke Stålhandske verhielt sich zurückhaltend und abwartend.

»Ich glaube, man sollte sehr vorsichtig damit sein, auf eine Art zu wohnen, die nicht zu einem paßt«, sagte Carl nachdenklich. Vermutlich verfolgte er einen ganz anderen Gedankengang, als die beiden anderen erwartet hatten. »Ich habe selbst einmal eine Wohnung eingerichtet, die so etwas wie eine Maskerade war. Sie paßte nicht zu mir, sondern war nur so ein verdammtes Cover. Ich hatte seltsame Ledersessel, wie sie sich ein Autohändler in die Wohnung stellt. Das war absolut weder mein Stil noch mein Geschmack. Ich habe damals versucht, mich mit meinen Möbeln irgendwie zu verkleiden. Heute halte ich das wirklich nicht mehr für gut. Es ist sinnlos, und man fühlt sich nur unwohl darin. Wo hast du deine Waffenschränke?«

»Im Kleiderschrank im Schlafzimmer. Dort ist viel Platz«, erwiderte Joar abwartend.

»Na bitte, das ist nicht schlecht. Dort verwahrst du deine EDV-Ausdrucke und Geschäftsgeheimnisse, und dann brauchst du nur noch einen PC, dann klappt alles. Kein Mensch würde auf den Gedanken kommen, daß du Sprengstoff, verbotene Munition, unangenehme Messer, Handfesseln und andere perverse Dinge in den Panzerschränken aufbewahrst.«

Carl bereute zu spät, von *perversen Dingen* gesprochen zu haben. Er überlegte, ob er die Worte nachträglich bemänteln sollte, vermutete jedoch, daß das alles nur schlimmer machen würde.

»Ich meine folgendes«, erklärte er, »ihr sollt genau so wohnen, wie es euch gefällt. Åke ist offenbar ein Tarzan und Reserveoffizier, das braucht man nicht zu verbergen. Es wäre lächerlich, es auch nur zu versuchen. Ihr seid beide Küstenjäger. Wenn ihr euch eine grüne Baskenmütze über den Kamin hängen wollt, tut es ruhig. Ihr solltet zu Hause tun, was euch gefällt. Laßt nur keine geheimen Akten herumliegen, das ist mein einziger Rat. Ich selbst habe es falsch angestellt und fühlte mich, als wohnte ich in einem Museum. Ja, es ist noch nicht einmal vorbei, und es bringt keinerlei Nutzen, so zu wohnen.«

»Schon, aber bei dir ist es doch etwas anderes«, wandte Åke Stålhandske sanft, aber mit einem Gesichtsausdruck ein, als empfände er doch so etwas wie Erleichterung, »du bist doch verdammt noch mal der öffentlichste geheime Nachrichtenmann der Welt.«

Carl lachte. Wie wahr. Er war unleugbar der am wenigsten geheime Geheimdienstmann, den man sich denken konnte, sogar mit Touristengruppen vor der Wohnung.

»Na schön, ich gebe mich geschlagen«, sagte er und stand immer noch lachend auf. »Eins zu Null für dich, Sir. Wenn ich den Grundriß noch richtig in Erinnerung habe, hat die Küche einen Grill, und da dies eine kalifornische Party ist, habe ich den Verdacht, daß es gegrillte T-Bone-Steaks gibt und im schlimmsten Fall Marshmallows oben drauf mit etwas Coke als Getränk. *Let's get on with it.*«

»Was die T-Bones angeht, ja, gegrillte Marshmallows gibt es aber nicht«, lächelte Joar. »Wir *sind* ja trotz allem in Schweden und keine Amerikaner.«

»Schweden und ein Finnlandschwede, *if you don't mind, Sir*«, wandte Åke Stålhandske ein. Dann gingen sie gemeinsam in die Küche, um ihr Fleisch zu grillen.

Carl hatte die Coca-Cola-Alternative gefürchtet und einige Flaschen Bordeaux aus seinem momentanen Lieblingsgebiet Saint-Estèphe mitgebracht.

Das Essen bestand aus drei riesigen Steaks, einem Päckchen tiefgefrorenen Mais und tiefgekühlten grünen Bohnen, und kurze Zeit später stand alles auf dem Tisch.

Joar trank gern Rotwein zum Fleisch. Das sagte er wenigstens, während Åke hartnäckig bei Coca-Cola blieb, denn wenn schon kalifornisch, dann richtig, betonte er. Die beiden anderen betrachteten es nur als eine Ausflucht. Åkes *eigentliche* Persönlichkeit war amerikanisch genug, um Coca-Cola den Vorzug zu geben, *excuse or no excuse.*

»Gentlemen, einen Toast auf Operation Truth-finding«, sagte Carl im einzigen feierlichen Augenblick der Mahlzeit.

Denn das Gesprächsthema kroch unaufhaltsam näher heran. Carl hatte ein schlechtes Gewissen, weil er sich in der letzten Zeit mit so vielen anderen Dingen beschäftigt hatte, nämlich dem eigentlichen Job, der Sowjetunion, und er es Åke und Joar zugemutet hatte, das unendlich langwierige Herumwühlen in Reichsarchiv und Kriegsarchiv zu erledigen.

Er entschuldigte sich dafür auch ein wenig, bevor er nach Ideen und Entdeckungen der jüngsten Zeit zu fragen begann. Unter anderem wollte er etwas über die Bilder aus Primorsk wissen.

Die Russen hatten ihre Taktik modifiziert. Das Vorhaben, auf schwedischem Territorium feste Unterwasserbasen zu errichten, hatten sie hoffentlich aufgegeben. Jedenfalls gab es keinerlei Hinweis auf das Gegenteil.

Die drei Männer in der Küche kannten den Grund. Gerade diese drei mußten besser als jeder andere auf schwedischer Seite darüber Bescheid wissen, denn dies war das Geheimnis, das sie zusammenschweißte. Unterwasserbasen auf schwedischem Territorium liefen nämlich Gefahr, von drei Tauchspezialisten mit einem bestimmten kalifornischen Hintergrund gesprengt zu werden.

Die Russen waren also zu einer beweglichen Taktik übergegangen, bei der die eigene Ostseeküste als Ausgangsbasis fungierte. Jetzt hatte es in der internationalen Presse einiges Aufsehen gegeben, weil die Deutschen vor einem Jahr im Kieler Hafen ein Mini-U-Boot entdeckt hatten. Anschließend hatten sie ein eigenes U-Boot bis nach Primorsk entsandt. Es war der Besatzung gelungen, einige technisch einwandfreie Bilder mit nach Hause zu bringen, die ein Mutterschiff der Mini-U-Boote zeigten. Es waren ausgezeichnete Bilder, wie Carl versichern konnte, da er sie selbst gesehen hatte. Das Problem bestand darin, daß die Fotos unmöglich von einer Position außerhalb der sowjetischen Territorialgewässer hätten aufgenommen werden können. Also handelte es sich völkerrechtlich gesehen um Spionage, und somit wurden die Bilder nie veröffentlicht. Wenn jetzt über die Sache geschrieben wurde, konnte natürlich von Anfang bis Ende dementiert werden.

Auch wenn man die Kühnheit und Geschicktheit der Operation anerkannte, so war es doch ein ewiges Glück, daß die Deutschen auf sowjetischem Territorium nicht entdeckt worden waren. Wenn ja, wäre alles auf den Kopf gestellt worden. Die Russen hätten nicht vermeiden können, daraus eine große Sache zu machen, und anschließend hätten die regierungsnahe Presse und das Regierungsfernsehen in Schweden wochenlang darüber lamentiert, ob nicht bestimmte unerklärliche U-Boot-Besuche in Schweden nicht eher aus deutschen als aus sowjetischen Heimathäfen erfolgt seien. Dann hätte der Generalstab sich entscheiden müssen. Er hätte russische U-Boot-Besuche in Schweden entweder germanisieren, oder aber Material veröffentlichen müssen, das genau zeigte, wie weit der schwedische Nachrichtendienst in der

Kunst gekommen war, das eine U-Boot von dem anderen zu unterscheiden.

Carl erzählte ziemlich unbekümmert von diesen Dingen, obwohl Joar und Åke, selbst als Offiziere des schwedischen Nachrichtendienstes, keinerlei Recht hatten, sie zu erfahren. Das Verbot gelte aber ohnehin nicht für sie, wie Carl meinte, da sie im Unterschied zu Stabsoffizieren oben im »Pennergon« – dem Komplex der schwedischen Streitkräfte am Lindingövägen, in dem Carl, aber nicht die beiden anderen arbeiteten – an der geheimsten aller Operationen des schwedischen Nachrichtendienstes seit Ende des Zweiten Weltkrieges teilgenommen hätten.

Überdies sei sein Vertrauen in sie beide grenzenlos.

Er spürte das Bedürfnis, sich zu entschuldigen und zu erklären, an welchen Entscheidungen er in der jüngsten Zeit beteiligt gewesen war. Allein aus diesem Grund hatte er der Operation Wahrheitsfindung nicht soviel Zeit widmen können. Sie hatten sich am Ende auf diese scherzhafte Bezeichnung der persönlichen Vendetta ihres höchsten Chefs geeinigt, der einen alten Schurken reinwaschen wollte. Oder wie immer es sich damit verhalten mochte.

»Nun«, sagte Carl, als er sich nach dem gemeinsamen schnellen Abwasch in Joars Küche auf das IKEA-Sofa setzte, »wer sucht, wird finden. Erzählt was! Du, Åke, was hast du herausgefunden?«

»Nun«, sagte Åke Stålhandske, als hätte er schon lange auf diese Gelegenheit gewartet, »wenn wir jetzt endlich die Frage verlassen können, was unsere Freunde von der Opposition in Primorsk und dieser Werft Sudomech, oder wie sie heißt, treiben, kann ich euch wenigstens eine gute Geschichte erzählen. Man könnte vielleicht sagen, es ist so etwas wie ein Modellfall.«

Er verschwand im Flur, in dem er eine vollgepackte Aktentasche abgestellt hatte. Joar seufzte schwer bei dem Gedanken, was jetzt vielleicht den Rest des Abends verderben würde.

»Habt ihr zum Beispiel gewußt«, sagte Åke Stålhandske begeistert, als er mit seiner Aktentasche und einigen schon zur Hälfte aufgeschlagenen Wälzern aus den Tiefen irgendeines vergessenen Archivs zurückkehrte, »daß es auch Finnland-Freiwillige in der anderen Richtung gegeben hat?«

Die beiden anderen sahen ihn fragend an. Die Fragestellung war in mehr als einer Hinsicht unklar. Doch Åke ließ sich nicht abschrecken.

»Teufel auch, so war es«, sagte er und blätterte in einigen Aufzeichnungen, während er mit geübten Griffen drei verschiedene Quellenbände an drei verschiedenen Stellen aufschlug – der ist weiß Gott ein Mann des Nachrichtendienstes, konnte Carl noch denken. »Ja, diese Finnlandfreiwilligen in der anderen Richtung sollten dem Russen helfen. Bei denen hieß es also nicht, Finnlands Sache ist die unsere, sondern die Sache der Sowjetunion ist die unsere, mit anderen Worten. Hier haben wir's. Es begann mit den Freiwilligen Spanienkämpfern. So ein, wie die Leute behaupten, legendär progressiver Mann namens Gösta »Göken« Andersson leitete die schwedische Gruppe. Sein norwegischer Verbindungsmann hieß Asbjörn Sunde. Sie wurden nach dem Spanischen Bürgerkrieg von dieser Wollweber-Organisation angeworben... ja, hier haben wir es. Um ›der imperialistischen Propaganda in Schweden entgegenzuwirken‹, ihr wißt schon, den Aufrufen, sich freiwillig für den Finnlandkrieg zu melden, sollten diese Leute auf der russischen Seite eine Freiwilligenbrigade auf die Beine stellen, die für die andere Seite kämpfte. Diese Scheißkerle kamen jedenfalls zu spät. Zwei Norweger waren im Bottnischen Meerbusen auf dem Weg übers Eis, als Finnland am 13. März 1940 kapitulierte. Ist das nicht einfach fabelhaft?«

Åke Stålhandske hatte mit Feuereifer gesprochen. Die beiden anderen waren unschlüssig und skeptisch, und das mußte ihnen anzusehen sein. Der Weg zu diesem Otter oder diesem af Klintén schien lang und steinig zu sein.

»Ihr wollt wissen, was die Pointe ist?« sagte Åke Stålhandske, ohne sich von den skeptischen Blicken der beiden beirren zu lassen. Beide nickten gleichzeitig. Die Pointe war ihnen tatsächlich entgangen.

»Ja, die kommt gleich«, fuhr Stålhandske fort und blätterte in seinen dicken Wälzern, den früher einmal geheimen Akten, die jetzt offenbar die Altersgrenze von vierzig Jahren überschritten hatten. »Dieser Wollweber war nicht gerade ein Dummkopf.«

»Nein, ich glaube, er war es auch, der später in Ostdeutschland Chef des Nachrichtendienstes wurde«, kommentierte Joar Lundwall gemessen. Sein Tonfall sagte etwa, auch ein blindes Huhn findet manchmal ein Korn.

»Und ob er das war. Und dann müssen wir uns mal ansehen, was die Wollweber-Bande in Schweden trieb. Gründung in Moskau Mitte der dreißiger Jahre. Es war zunächst eine antiimperialistische Sabotage- und Terrororganisation, aber während des Krieges, ihr wißt schon, des Großen Vaterländischen Krieges, war sie eher so etwas wie eine Kampforganisation gegen die Nazis. Ja, hier! Wollweber wurde in Schweden erwischt, war aber clever genug, nur so viel zu sagen, daß er für einige Zeit ins Gefängnis kam, aber nicht an die Nazis ausgeliefert wurde. Doch dann hatte er einen norwegischen Kameraden, der bei einer einfachen Ausweiskontrolle geschnappt wurde. Wartet mal, Rasmussen-Hjelmen hieß er. Hört mal zu. Das hier stammt aus einem Bericht der sogenannten Sandler-Kommission. Es ist so eine Art Bibel der politischen Justiz des damaligen Schweden: ›*Im Zusammenhang mit der Razzia, die der Sicherheitsdienst am 10. Februar 1940 gegen die verschiedenen Büros und Niederlassungen der Kommunistischen Partei im ganzen Land sowie bei bestimmten einzelnen Kommunisten durchführte, wurde in Ängby eine Person angetroffen, die von sich behauptete, der norwegische Staatsbürger Fridtjof Johannessen zu sein*‹, und so weiter. So fängt es an.«

Die beiden anderen starrten ihn völlig verständnislos an, als er aufsah, um zu kontrollieren, ob sie seinem Gedankengang folgten. Sie waren jedoch nicht einmal in dessen Nähe gelangt.

»Was die schwedische Sicherheitspolizei jetzt in den Krallen hatte, möglicherweise ohne es selbst zu begreifen, war also Hjelmen, der wichtigste Norweger in der Wollweber-Organisation. Sie stellten natürlich bald seine echte Identität fest, da sie ja mit der norwegischen Quisling-Polizei und mit der Gestapo zusammenarbeiteten, und in den öffentlichen Dokumenten der Sandler-Kommission wird dunkel von bestimmten Telefonaten mit diesen oder jenen Stellen gesprochen, die man nach dem Krieg als unpassend ansah und nicht unbedingt nennen wollte. In Wahrheit aber, denn der Beleg findet sich unter den Originaldokumenten im Reichsarchiv, obwohl im Gutachten der Kommission nichts darüber gesagt wird, machte die schwedische Sicherheitspolizei mitten im Krieg eine Reise nach Berlin. Das war 1941. Und da finden wir nun einen gewissen Erik Lönn, Experte für die Sowjetunion, wie er genannt wird. Und einen Oberwachtmeister Nils Fahlander, Experte für alliierte Spione, und dann noch den Chef der schwedischen Sicherheitspolizei persönlich, Martin Lundquist. Und wen treffen sie in Berlin? Ratet mal! Ja, Reinhard Heydrich, falls der Name den Herren etwas sagt.«

Åke Stålhandske klappte einen seiner dicken Wälzer zu und sah triumphierend die beiden anderen an, deren Skepsis nicht geringer geworden war, wie ihre Gesichter zeigten.

»Jaja. Der Chef des deutschen Sicherheitsdienstes, Himmlers rechte Hand, könnte man sagen. Na und? Die schwedischen Vorgänger unseres heutigen Affenhauses auf Kungsholmen treffen sich mit den Nazis, na und?« fragte Joar Lundwall, ohne seine Irritation zu verbergen.

Åke Stålhandske ließ sich in seiner Begeisterung jedoch keineswegs bremsen. Er war offenbar recht sicher, noch eine Schlußpointe zu landen.

»Hört mal. Die schwedische Sicherheitspolizei trifft diese Obernazis in Berlin. In einer der Fragen geht es um diesen Hjelmen. Das Problem ist, daß Hjelmen in Schweden nur dafür verurteilt werden konnte, daß er Kommunist war und falsche Papiere besaß.«

»Was soll das heißen? Verurteilt, weil er Kommunist war?« brummelte Carl.

»O ja«, fuhr Åke Stålhandske unverdrossen fort, »im Protokoll vom 18. April beim Kreisgericht des Gerichtsbezirks Jösse steht, daß ›Hjelmen auf die Frage des Staatsanwaltes zugab, daß er kommunistische Sympathien habe, obwohl er nicht Parteimitglied sei‹. Doch dann weigerte er sich natürlich, weitere Angaben zu machen. Er war schließlich Profi. Er wurde zu acht Monaten und fünfzehn Tagen Zwangsarbeit verurteilt. Kapiert ihr die Pointe?«

Die beiden anderen schüttelten gleichzeitig, fast im Takt, den Kopf.

»Die Pointe ist gottverdammt einfach. Er gestand genau so viel, daß er wie Wollweber zwar einige Zeit interniert, aber auf keinen Fall an die Nazis ausgeliefert werden würde. Er wurde aber trotzdem ausgeliefert. Darauf hatten die sich ja in Berlin geeinigt. Außerdem hatten sie sich darauf verständigt, daß die schwedische Polizei nicht zeigen sollte, wieviel sie über Hjelmen wußte. Und dann wurde er an die norwegische Grenze geschickt, und dort wartete die Gestapo.«

Åke Stålhandske klappte triumphierend einen seiner Wälzer zu, so daß eine Staubwolke aufwirbelte. Es hatte den Anschein, als läge jetzt eine Pointe klar zutage, die seine beiden verwunderten Kollegen nicht gesehen hatten.

»Hat die Gestapo an der Grenze gewartet?« fragte Carl zögernd, um zumindest etwas zu fragen.

»Aber verdammt noch mal«, fuhr Åke Stålhandske mit unverminderter Energie fort, »hier steht doch zum Beispiel...«

Er blätterte eine Zeitlang in seinen Akten.

»Ja, hier ist es. Seite 171 im Bericht der Sandler-Kommission. Es geht um eine Frau in der norwegischen Widerstandsbewegung, die englischen Piloten geholfen hatte zu fliehen, oder was sie sonst Unschwedisches verbrochen hatte... die sollte natürlich ausgewiesen werden, und an der Grenze wurde sie von der Gestapo abgeholt. Sie landete dann in einem Konzentrationslager. Also: ›*Daß die N., als sie über die Grenze abgeschoben wurde, von deutscher Grenzpolizei in Empfang genommen wurde, war nicht ungewöhnlich. So war nämlich zur fraglichen Zeit mit allen Flüchtlingen verfahren worden, die über die schwedisch-norwegische Grenze nach Norwegen abgeschoben wurden.*‹«

»Haben sie norwegische *Flüchtlinge* an die Gestapo ausgeliefert?« fragte Carl zweifelnd.

»Nein, nicht Flüchtlinge«, erwiderte Åke Stålhandske mit plötzlich gedämpftem Tempo. »Nicht Flüchtlinge. *Alle Flüchtlinge*, steht hier. Alle Flüchtlinge, die sie aus Schweden rauswarfen, landeten im Maul der Gestapo.«

Es wurde plötzlich still im Raum.

»Nun, und was passierte dann mit dem norwegischen Widerstandskämpfer Hjelmen?« fragte Joar Lundwall mit einer Stimme, die er nicht recht in der Gewalt hatte.

»Er wurde geköpft. Am 30. Mai 1944 wurde er zusammen mit seinem Kumpel Pettersen, oder wie der hieß, von den Deutschen geköpft«, erwiderte Stålhandske schnell, als hätte er jetzt endlich seine Pointe.

»Geköpft?« fragte Joar Lundwall ungläubig. »Was soll das heißen, geköpft?«

»Was schon? Die Deutschen haben das damals gemacht. Mit der Guillotine geköpft. Wegen Verbrechen gegen das Deutsche Reich, und so weiter. Dieser Hjelmen hatte ja sogar während der ganzen Zeit der Besetzung Norwegens in schwedischen Gefängnissen gesessen, bis die schwedische Säpo ihn an die Gestapo auslieferte. In einem der Gnadengesuche wird folglich der Einwand vorgebracht, und zwar von einem norwegischen Rechtsanwalt, daß Hjelmen ja während der Besetzung Norwegens dem norwegischen Nationalsozialismus oder so kaum geschadet haben könne, da er während der ganzen Zeit in einem schwedischen Gefängnis gesessen habe. Doch dieser Einwand half nicht. Ein anderer Anwalt versuchte es damit, Hjelmen habe Lappenblut in den Adern und sei folglich ein besonders kindlicher Typ, den man nicht ernst nehmen könne, denn die Lappen seien ein Naturvolk, das gar nicht wisse, was es tue, und so weiter. Aber der Einwand blieb ebenfalls fruchtlos. Der Teufel mag wissen, ob es überhaupt sehr klug war, den Deutschen damals nicht-arische Rasseeigenschaften als mildernde Umstände zu nennen. Jedenfalls wurde Hjelmen geköpft und sein Kumpel ebenfalls.«

Åke Stålhandske klappte seine Akten zusammen, goß sich einen neuen Bourbon ein und lehnte sich zurück. Während er trank, studierte er die Gesichter der beiden anderen, die vor allem Ekel zu empfinden schienen angesichts des Schändlichen, das sie soeben gehört hatten. Sie ließen jedoch durch nichts erkennen, daß sie den Zusammenhang mit einem von Otter oder einem af Klintén verstanden hatten. Worauf der Auftrag aber hinauslief.

»Also«, sagte Carl, der plötzlich die Verantwortung spürte, als Chef die Diskussion in Gang zu bringen, »du sagtest zu Anfang, du hättest so etwas wie ein *case model*. Darf man fragen, wie es aussieht?«

Carl achtete sorgfältig darauf, in seiner Frage jede Ironie zu vermeiden. Was er gehört hatte, war eine widerliche Geschichte, die zu bestätigen schien, was Stålhandske gelegentlich als sein Bild von Schweden während des Krieges zu erkennen gab. Aber das hatte nichts mit der »Sache« zu tun, soweit zu sehen war.

»So verdammt kompliziert ist es doch nicht«, sagte Åke Stålhandske eifrig. Er stand auf und wanderte bei der Erläuterung seines Gedankengangs auf und ab.

»Was haben wir? Wir haben folgendes. Die schwedische Sicherheitspolizei macht routinemäßig Razzien bei Kommunisten in Schweden. Bis Stalingrad wird noch viel Zeit vergehen, und diese Scheißkerle setzen auf die Nazis und arbeiten von der ersten Stunde des Krieges an mit der Gestapo zusammen. Ein Fisch beißt an, aber das liegt nicht an ihrer Geschicklichkeit, sondern weil Massenfestnahmen unter Kommunisten Routine waren. Wir befinden uns in der gleichen Epoche, in der Offiziere und Polizeibeamte ein Gebäude in Brand stecken, in dem eine kommunistische Zeitung gemacht wird. Kommunistische Zeitungen dürfen nicht transportiert werden, und so weiter, und so weiter. Na ja. Durch eine antikommunistische Razzia bekommen sie einen norwegischen Widerständler in die Finger. Von der Gestapo erfahren sie, daß er ein verdammt wichtiger Widerständler ist, den die Gestapo gern köpfen möchte. Die Schweden liefern ihn aus, und er wird geköpft. Seht ihr jetzt?«

Die beiden anderen starrten den eifrigen Stålhandske unschlüssig an. Sie empfanden immer noch Ekel und Scham, als wären sie mit den Verrätern irgendwie enger verwandt als der Finnlandschwede Stålhandske. Sie erkannten jedoch noch immer nicht das Ende seines Gedankengangs.

»Aber verdammt noch mal!« fuhr Stålhandske fort, als müßte inzwischen alles kristallklar sein. »Wer hat Hjelmen ermordet, einen Nazigegner und Mann des norwegischen Widerstands, ob Kommunist oder nicht? Die schwedische Säpo hat es getan. Wir können natürlich über irgendein deutsches Archiv den Namen des Henkers herausbekommen, aber die wahren Henker heißen natürlich Erik Lönn, Nils Fahlander und Martin Lundquist. Oder etwa nicht?«

Die beiden anderen nickten widerwillig.

»Hätte einer von uns dreien Löhn, Fahlander oder Lundquist erschossen, wenn wir damals gelebt hätten?«

Åke Stålhandske ließ die Frage eine Zeitlang in der Luft schweben. Dann drehte er eine Runde durchs Zimmer, während er die beiden anderen prüfend anblickte. Aus seiner Haltung ging mehr als deutlich hervor, daß es nur eine Antwort geben konnte.

»Na schön«, sagte Joar Lundwall zögernd, »wenn wir damals ein paar von diesen Scheißkerlen erwischt hätten, wir dürfen natürlich voraussetzen, daß wir während des Zweiten Weltkrieges auf Seiten Hjelmens stehen und nicht auf Seiten der Gestapo, hätten wir sie also beiseite geräumt. Ohne großes Getue, diskret und sauber und ohne Gewissensbisse. Doch nun verhält es sich so, daß Hjelmen und Pettersen, oder wie er hieß, 1944 geköpft wurden. Du mußt zugeben, daß das ein Problem ist.«

Åke Stålhandske schüttelte fragend den Kopf. Es war eine Aufforderung an Joar, den Gedankengang fortzusetzen.

»Nun«, sagte Joar langsam, der immer noch von dem Bericht über einen Mann erschüttert war, der einer der drei Anwesenden hätte sein können, wenn sie damals gelebt hätten. So wollten sie sich jedenfalls selbst sehen. »Hjelmen und jeder andere wie er wurde zwischen 1940 und 1945 geköpft oder zu Tode gefoltert. Wie sehr sie auch solche Leute wie Lönn und Lundquist und diesen dritten, wie hieß er noch, gehaßt haben mögen, sie sind alle tot. Wie alt war Hjelmen 1944? Dreißig? Sagen wir einmal, er oder irgendein anderer Hjelmen, der den Krieg wie durch ein Wunder überlebte, weil die Deutschen nicht mehr die Zeit fanden, ihn zu töten, oder weil der Sieg der Alliierten dazwischenkam, oder weil dieses Argument, er sei ein halber Lappe und somit unzurechnungsfähig, funktioniert hätte, oder was du willst. Heute wäre er eher achtzig als siebzig Jahre alt. Unter anderem suchen wir aber einen Mörder, der ungefähr genausogut schießt wie wir selbst, *take or give*, und der sein Opfer foltert, wenn er Zeit und Gelegenheit hat. Rede mir nicht ein, daß wir den Hjelmen suchen, der überlebt hat.«

Joar hatte langsam gesprochen und seinen Einwand ohne jede Arroganz vorgetragen, nicht annähernd so, wie er es noch zu Beginn von Åke Stålhandskes Erzählung vorgehabt hatte. Da war zuviel Ekel und zuviel Verrat und zuviel von seiner eigenen Furcht vor dem, was er jetzt in seinen eigenen Akten zu finden begann, um seinem Freund, falls nun Åke Stålhandske im *wahren* Sinn des Wortes ein Freund und nicht nur ein Kollege beim Nachrichtendienst war, anders als mit Respekt zu begegnen.

»Nein, ich glaube doch nicht, daß Hjelmen der Mörder ist«, sagte Åke Stålhandske nachdenklich. »Kein Gedanke daran. Aber ich wollte zeigen, wie ein Motiv aussehen könnte. Das Problem ist nur, daß der ganze gottverdammte Zweite Weltkrieg auf schwedischer Seite so aussieht.«

»Mhm«, stimmte Joar Lundwall zu, »der ganze gottverdammte schwedische Krieg sah so aus. Diesen Eindruck habe ich allmählich auch. Ich habe mich beispielsweise seit ein paar Tagen mit Juden beschäftigt.«

»Juden?« hakte Carl erstaunt nach.

»Ja. Juden. ›*Der bloße Umstand, daß der fragliche Flüchtling darauf hingewiesen hat, er habe sich in Deutschland und in den von Deutschland annektierten Ländern infolge der dort herrschenden Judengesetzgebung unwohl gefühlt, hat nicht als ausreichender Grund für die Bewilligung politischen Asyls angesehen werden können.*‹ So etwa, ungefähr so.«

»Was war das denn?« fragte Åke Stålhandske mit zusammengebissenen Zähnen.

»So eine Art verfluchter Erlaß, welche Flüchtlinge ins Land gelassen werden durften und welche nicht. Stellt euch vor, *Unwohlsein* infolge deutscher Judengesetzgebung. Ja, ihr braucht nicht zu fragen, ich weiß natürlich, was ihr wissen wollt. Aber ich habe etwa so gedacht: Es ist ja tatsächlich eins unserer wenigen ganz konkreten und neueren Indizien, an die wir uns halten können, daß dieser Klintén mit israelischer Militärmunition erschossen wurde.«

»Es ist ausgeschlossen, daß der Staat Israel solche Rachefeldzüge in Europa durchführt oder auch nur sanktioniert. Wenn auch aus keinem anderen Grund, als daß sie dann verdammt viel zu tun hätten«, wandte Carl trocken ein.

»Aber ja«, fuhr Joar Lundwall fort, »das glaube ich auch. Natürlich nicht der Staat Israel, aber irgendeine Person im heutigen Israel mit mehr oder weniger persönlichen Erinnerungen an Schweden oder verwandtschaftlichen Verbindungen. Jemand, der solche Munition bei sich zu Hause hat, und das dürften die meisten Israelis haben. Wie auch immer: Ich habe mich mit Juden bei uns beschäftigt, und das ist eine wenig erhebende Lektüre. Wir können vermuten, daß Schweden zur Ermordung von zehntausend bis zwanzigtausend Juden beigetragen hat – zurückhaltend geschätzt. Und allein was Norwegen betrifft, von dem du gesprochen hast, Åke, haben wir sämtliche Gesuche im Reichsarchiv unter der Bezeichnung HP 21. Es geht um norwegische Juden, die sich unter der deutschen Besatzung sozusagen immer unwohler fühlen. Einer nach dem anderen sucht um eine schwedische Einreisegenehmigung nach, aber dazu müssen sie beweisen, daß sie irgendwelche Verbindungen mit Schweden haben. Und das versuchen sie auch, angefangen mit der Behauptung, sie hätten schwedische Verwandte, und nur unglückliche Umstände hätten es verhindert, daß sie hier nicht aufgewachsen seien. Folglich seien sie im Grunde als Schweden zu betrachten. Einige behaupten sogar, in der Gemeinde Caroli in Malmö geboren und folglich von Anfang an Schweden zu sein. Denn wie schon gesagt, der bloße Hinweis auf Unbehagen, nur weil man Jude unter deutscher Besatzung sei, genügt nicht. Und während die schwedischen Bürokraten die Anträge prüfen und unter die Lupe nehmen, füllt sich in Norwegen langsam, aber sicher ein Schiff nach dem anderen und fährt nach Deutschland. Einige Juden, die am Ende die Einreisegenehmigung erhalten hatten, waren beispielsweise auf der M/S Donau mit unbekanntem Bestimmungsort nach Deutschland gefahren. Dann beginnt ein Schriftwechsel, um diese Leute zurückzubekommen oder zumindest in Erfahrung zu bringen, wo sie geblieben sind. Die deutschen Behörden antworten aber nur, daß ›die Brief- und Postbeförderung an den Orten, an denen sich die genannten Personen jüdischer Herkunft jetzt befinden, besonders unregelmäßig sein dürfte‹. Das kann man sich vorstellen. Sie landeten nämlich in Vernichtungslagern.«

Das Zimmer wirkte plötzlich kalt und dunkel. Joar erhob sich und experimentierte eine Zeitlang mit seiner provisorischen Beleuchtung. Eine der IKEA-Lampen funktionierte nicht, da eine Glühbirne fehlte. Anschließend sank er wieder schwer auf seinen Platz.

»Ich glaube«, begann Carl langsam, da er erneut das Gefühl hatte, seinen unausgesprochenen Vorsitz übernehmen zu müssen, »ich glaube, wir müssen uns irgendwie entscheiden. Wenn wir ausführlich in der schändlichen schwedischen Geschichte herumwühlen, ertrinken wir. Ich selbst bin 1954 geboren, ihr 1959 beziehungsweise 1960. Und das hier, was für eine oder zwei Generationen vor uns lebendige Erinnerungen sind, ist für uns nur Geschichte, wenn auch unfaßbare. Es ist natürlich nützlich, etwas für seine Allgemeinbildung zu tun, aber wir müssen uns für eine Methode entscheiden. Wir sollten nach etwas Besonderem suchen.«

Er machte eine Pause und goß sich noch etwas Bourbon ein, aber nicht, weil er noch mehr trinken wollte, denn er spürte schon die Wirkung des bisherigen Quantums, sondern vor allem, weil er nachdenken mußte, bevor er fortfuhr.

»Wir müssen von den Personen selbst ausgehen«, fuhr er fort, als seine Gedanken die Pause eingeholt hatten, »und das bedeutet zweierlei. Wir suchen erstens nach einer persönlichen oder organisatorischen Verbindung zwischen einem Marine- und einem Armeeoffizier, die zwischen 1939 und 1945 in unserem Alter waren. Damals hat einer von ihnen oder haben beide Handlungen begangen, die dazu führten, daß sie in diesem Jahr ermordet wurden. Das gilt zumindest für diesen Klientén, denn der hatte immerhin ein eingeritztes Hakenkreuz auf der Brust. Das ist die Hypothese. Zweitens müssen wir in der Zeit suchen, in der sie die Möglichkeit hatten, zu Kriegsverbrechern oder Spionen zu werden. Außerdem müssen wir ihr damaliges geographisches Umfeld erkunden. Wir müssen um diese beiden Objekte herum eine Struktur aufbauen, sonst ertrinken wir nur in der allgemeinen Schändlichkeit. Seid ihr meiner Meinung?«

Die beiden anderen nickten. Carl hatte auf irgendeinen Einwand gehofft, um jetzt keine ganze Strategie formulieren und irgendwelche unausgesprochenen Befehle erteilen zu müssen, die selbstverständlich ausgeführt werden würden. Doch jetzt mußte er fortfahren.

»Wir haben zwei Kerle. Es dürfte vernünftig sein, wenn jeder von euch sich einen vornimmt, um von da an weiterzumachen. Das Problem ist, daß derjenige, der Otter nimmt, den unausgesprochenen Wunsch in sich spürt, *keine* Erklärung für seinen Tod zu finden, die etwas mit den Nazis zu tun hat. Das ist es ja, was Sam will. Wer übernimmt also Otter?«

Keiner antwortete.

»Wollen wir es auslosen?« fragte Carl leichthin. »Entweder einer von euch meldet sich freiwillig für Otter, oder die Sache wird ausgelost.«

»Ich übernehme den Otter. Irgendwie habe ich ja schon mit ihm angefangen«, sagte Joar Lundwall gezwungen, als wollte er eine Auslosung um jeden Preis vermeiden.

»Gut«, sagte Carl. »Du fängst mit von Otter an und Åke mit af Klintén. Womit hast du inzwischen begonnen?«

Joar Lundwall hatte sich schon gedacht, was Carl selbst herausgefunden zu haben glaubte. Aber sicher war er nicht, es hörte sich nämlich selbstverständlich an, als Joar erzählte, und überdies war Carl etwas unkonzentriert. Er wollte weg und hätte am liebsten dauernd auf die Uhr gesehen, wollte es aber zugleich vermeiden. Er hatte sich jetzt schon verspätet, und er verabscheute Verspätungen.

»Ja«, sagte Lundwall zögernd, »ich bin davon ausgegangen, daß die heiße Periode in der Dienstzeit Otters die Jahre 1940 bis 1943 sein müssen. Damals tat er im Marinedistrikt der Westküste Dienst, so hieß es damals, glaube ich. Dann wurde er zur Seekriegsschule Näsbypark versetzt, falls die damals dort lag, um zu unterrichten. Also. Was geschah in Göteborg in den Jahren 1940 bis 1943? Unter anderem gab es damals einige Spionageaffären, die etwas mit Deutschland zu tun hatten. Das sind die Akten, die ich beim Reichsarchiv angefordert habe, was nicht ganz leicht ist, da sie sich entweder im Landesarchiv in Göteborg, dem Stadtarchiv oder auch im Kriegsarchiv befinden, weil zwei der Verurteilten Marineoffiziere waren.«

Die beiden anderen zuckten sofort zusammen.

»Teufel auch«, rief Åke Stålhandske aus. »Teufel auch. Wurden also zwei Marineoffiziere als deutsche Spione verurteilt?«

»Ja.«

»Und genau zu dieser Zeit, in der unser Freund Otter in Göteborg tätig war?«

»Ja.«

»Aber das ist ja ganz ausgezeichnet«, unterbrach Carl und sah zum ersten Mal offen auf die Uhr, was den beiden anderen natürlich sofort auffiel. »Dann haben wir also noch unseren Freund af Klintén. Was hat der während der kritischen Zeit getrieben, Åke?«

»Nun ja«, sagte Åke Stålhandske und dachte nach, »der war während dieser Zeit leider etwas beweglicher. Der war 1937 Hauptmann bei etwas, was damals Generalstabskorps hieß, Rittmeister bei den Norrlands-Dragonern, also K 4, das war 1940, dann war er 1941 als Major beim, mal sehen, Bohuslän-Regiment, also I 17. Und dann war er von 1944 bis 1946 beim Nachrichtendienst. Anschließend war er bei der Skåne-Kavallerie oder so etwas.«

»Beim Nachrichtendienst? Wo denn da?« fragte Carl mit neuem Interesse.

»Nachrichtenabteilung des Generalstabs hieß das damals, aber ich habe keine Ahnung, wie die entsprechende Abteilung heute heißt.«

»Ja, weiß der Teufel. Damals war es eine kleinere Organisation, und ich fürchte, die Kompetenzen sind heute auf mehrere Abteilungen verteilt. Aber haben wir darüber nicht eigene Archive, irgendwo in unseren alten Verstecken?«

»Ja, aber die Akten sind sämtlich geheim.«

Carl lachte laut auf. Falls es etwas gab, was keine Mühe machen würde, war es als geheim eingestufte interne Militärakten einzusehen.

»Das wird Sam schon für dich regeln«, lächelte er. »Jetzt pfeifen wir mal eine Weile auf den Job, ich muß sowieso bald gehen. Her mit einem Gesprächsthema ohne Hakenkreuze.«

»Etwa wie wir studieren sollen, um Kapitänleutnants zu werden«, bemerkte Joar Lundwall säuerlich. »Wenn man der Marine angehört, was wir ja zufällig tun, bedeutet das mehrere Monate draußen auf Berga. Wie hast du dir das gedacht?«

»Eine andere Lösung«, erwiderte Carl leichthin und sah erneut auf die Uhr. »Wir machen einen Umweg. Ihr werdet erst Sektionschefs, und anschließend wird der zivile Titel in einen militärischen Dienstgrad umgewandelt, und dann seid ihr Kapitänleutnants.

Für den Sektionschef braucht ihr keinen besonderen Kurs. So einfach geht das.«

Die beiden anderen starrten ihn ungläubig an, als glaubten sie wider alle Vernunft, er könne sich mit ihnen einen Scherz erlauben, ohne daß sie es merkten.

»Bürokratische Probleme sind dazu da, überwunden zu werden«, erwiderte er auf ihre unausgesprochene Frage und breitete die Arme zu einer amerikanischen Geste aus, die in etwa bedeutete, Bürokraten sind dazu da, hereingelegt zu werden.

»Und was ist mit unserer Verstärkung? Wann kommen sie? Wie geht es ihnen, und was sind es überhaupt für Leute?« fragte Åke Stålhandske müde, da er sich im Grunde nur dazu zwang, ein Gesprächsthema zu finden.

»In einem Jahr oder ein halbes Jahr später. Das hängt von der zivilen Seite ab. In einer Woche oder so fliege ich zu einer Inspektionsreise rüber. Ihr kennt das ja schon.«

»Um einen amerikanischen Fregattenkapitän zu spielen«, lächelte Joar Lundwall. Er nickte mit dem Kopf, um zu zeigen, wie gut er sich an den Schwindel erinnerte, dem er selbst und Åke Stålhandske einmal ausgesetzt gewesen waren.

»Genau«, erwiderte Carl. »Die gleiche Prozedur, wenn sie nicht woanders...«

Er hielt plötzlich inne, als er seinen schrecklichen Denkfehler erkannte. Mit einer irritierten Geste stellte er sein Whiskeyglas hin, denn dort sah er die Erklärung für seine Unfähigkeit, das Selbstverständliche zu erkennen.

»Es ist natürlich so«, sagte er ernst und zögernd, bevor er verlegen lächelte, »daß meine Möglichkeiten, euch den anonymen Amerikaner vorzuspielen, größer waren, als sie bei unserem Freund Luigi und bei Göran sein werden. Die werden mich nämlich höchstwahrscheinlich wiedererkennen...«

Die beiden anderen lachten gleichzeitig los. Der bekannteste und am meisten wiedererkannte geheime Nachrichtendienstmann der Welt würde nicht einmal draußen in Ridgecrest in der Mojave-Wüste sonderlich anonym sein.

»Du kannst dir ja einen falschen Bart ankleben«, schlug Joar Lundwall vor.

»Oder dich anmalen, damit man dich für einen Schwarzen hält«, fügte Åke Stålhandske hinzu.

»Hieß einer von ihnen Luigi? Was für ein ungewöhnlicher Name«, überlegte Joar.

»Er ist Halbitaliener. Luigi Svensson hat eine italienische Mutter und einen schwedischen Vater, ist also von klein auf zweisprachig. Das kann sich irgendwann mal als wertvoll erweisen, aber wenn die Herren entschuldigen, ich muß jetzt wirklich gehen.«

Carl stand auf und gab den beiden die Hand, ohne allzu feierlich oder allzu lässig zu sein. Er schlug vor, die beiden sollten noch austrinken was da sei, und falls nötig den Vormittag frei nehmen. Die Operation sei ja ohnehin langfristig angelegt, ein paar Stunden mehr oder weniger würden die Wahrheit nicht verändern.

Als Carl gegangen war, widmeten die beiden sich pflichtschuldigst eine Weile dem Versuch, ihre Pläne zu koordinieren. Wenn Joar sich in Göteborg mit den Spionagegeschichten der Nazis beschäftigte, würde Åke in Stockholm für die fragliche Zeit das gleiche tun.

Sie hielten das nicht für eine Methode, die ein sofortiges oder endgültiges Ergebnis bringen würde, waren sich aber darin einig, daß es getan werden mußte. Wenn man alles las, was in diesen Dokumenten festgehalten war, mußte es erstens eine ganze Menge Personenangaben ergeben, die in den Urteilsbegründungen nicht mehr enthalten waren. Zweitens mußten sich daraus weitere Hinweise ergeben, zum Beispiel auf das Archiv der Sicherheitspolizei, falls man diese Nazis in der fraglichen Zeit als Feinde des Reiches betrachtet hatte, was zumindest nach Stalingrad der Fall gewesen sein dürfte.

Überdies konnte damals kaum jemand so etwas wie ein freischwebender Nazi gewesen sein, ohne Kontakt zu Gleichgesinnten zu unterhalten. Es mußte eine Menge Menschen innerhalb und außerhalb der Streitkräfte gegeben haben, die tatsächlich der Meinung waren, Deutschland werde den Krieg gewinnen. Folglich wußten sie noch nicht, daß man sie in wenigen Jahren als Schurken und Landesverräter ansehen würde oder daß sie alles vergessen und verleugnen müßten. Folglich war es denkbar, daß sie in Organisationsprotokollen als Mitglieder verzeichnet, in Vernehmungsprotokollen erwähnt oder als Verwandte solcher Personen aufgeführt waren.

Außerdem konnte man die Verwandten interessanter Personen durchleuchten, was jetzt mit dem Einsatz von Computern leicht zu bewerkstelligen war. Vielleicht fand man so einen Sohn, einen Vater, einen Vetter oder einen Bruder.

Doch wie man es auch drehte und wendete, es war selbst mit den taktischen Beschränkungen, die Carl befohlen hatte, eine Sisyphusarbeit. Wahrscheinlich würde man die Aufgabe nie lösen können, aber die mangelnde Wahrscheinlichkeit durfte nicht zum Ausgangspunkt ihrer Arbeit werden. All das war eigentlich selbstverständlich. Jetzt blieb von dem Fest nur ein schaler Nachgeschmack, da Carl gegangen war. Er hatte den Eindruck gemacht, als wäre es ihm wichtig zu gehen, und da er von selbst nichts gesagt hatte, hatten sie natürlich auch nicht gefragt. Vielleicht mußte er einen eiligen Bericht der Funküberwachung analysieren, vielleicht war es sonst etwas. Der Feind hielt sich ja nie an die regelmäßigen schwedischen Arbeitszeiten, und so erging es dem Führungspersonal wie Carl nicht anders.

Die beiden tranken weiter Whiskey in mäßigem Tempo, den sie später mit Coca-Cola mischten. Den Rest des Abends widmeten sie überwiegend kalifornischen Erinnerungen, wozu ihre Kleidung geradezu einlud.

Åke Stålhandske gab einige heldenhafte Frauengeschichten zum besten, und Joar forderte ihn damit heraus, daß er wie selbstverständlich mit einem Abenteuer konterte, das er mit einem Lehrer gehabt hatte, einem Ausbilder am Supercomputer der UCSD.

Åke hörte jedoch interessiert oder vielmehr fasziniert zu, ohne auch nur mit einer Miene zu verraten, was er bei ihrer ersten Begegnung gedacht hatte, als ihm aufgegangen war, daß der Kollege tatsächlich schwul war.

Doch jetzt schien Stålhandske einzusehen, daß es sich eben so verhielt, und außerdem waren sie immerhin Arbeitskameraden bis in den Tod und theoretisch sogar darüber hinaus; sie waren einmal zusammen dort gewesen, und das war entscheidend.

»Obwohl ich wirklich nie kapiert habe, was daran ist, in den Hintern zu ficken«, seufzte Stålhandske, als wäre es ein unendlich großes Problem. Doch zugleich blinzelte er Joar zu, daß er damit keinerlei Probleme habe, »denn ich kann schon verstehen, daß man selbst, sagen wir, ein sensationelles Erlebnis davon hat, wenn man ihn dort reinsteckt, aber ich begreife um nichts in der Welt, wie es Vergnügen machen kann, daß ein anderer ihn da reinsteckt. Nein, gib dir keine Mühe, keine Erklärungen, ich würde sowieso nichts begreifen.«

»Wenn du wüßtest, wenn du nur wüßtest«, lachte Joar Lundwall. Er war erleichtert, daß der Gegensatz zwischen ihnen endlich verschwunden zu sein schien.

Carl hatte sich angestrengt, möglichst schnell den Norr Mälarstrand entlangzugehen ohne zu laufen, damit die vereinzelten Abendspaziergänger ihn nicht entdeckten, stehenblieben und ihn anstarrten. Am Kungsholmstorg erwischte er ein Taxi, das gerade vom Taxistand losfahren wollte. Als er die Tür zum Beifahrersitz aufriß, schnauzte der Fahrer ihn an, der Wagen sei schon besetzt, änderte aber plötzlich seine Haltung, als er sich seinen abgewiesenen Kunden etwas näher ansah und entdeckte, um wen es sich handelte.

Als sie die Hantverkargatan entlangfuhren, mußte Carl sich mehr oder weniger phantastische Theorien über die Ermordung Olof Palmes anhören und sie kommentieren. Der Taxifahrer schien die Täter entweder bei der CIA zu vermuten, da Palme angeblich ein russischer Agent gewesen sei, oder bei der Sicherheitspolizei, da sie es gewesen war, die Palme bewachen sollte, was sie wahrhaftig versäumt hatte.

Carl war dieser ständigen schwedischen Diskussion mehr als überdrüssig. Er selbst ging davon aus, daß dieser Saufbold, den man angeklagt und freigesprochen hatte, wahrscheinlich schuldig war. Aber so etwas würde er natürlich nie sagen können, denn das würde nur zu Gerüchten darüber führen, was der schwedische Nachrichtendienst in Wahrheit »wußte«.

Er versuchte, vorsichtig gegen die CIA-Theorie zu polemisieren, und wies darauf hin, daß Nachrichtendienste so nicht zu arbeiten pflegten, unabhängig davon, auf welcher Seite sie sich befänden, und unabhängig davon, was sie von Palme hielten (der ja immerhin eine Vergangenheit bei einem westlichen und USA-orientierten Nachrichtendienst und nicht beim russischen hatte, dachte er).

Eine Spionageorganisation, ob russisch oder amerikanisch, könne so große Operationen nicht durchführen. Jedenfalls in politischer Hinsicht groß, nicht in taktischer, denn es sei ja eine Kleinigkeit, einen einzelnen Mann zu erschießen. Operationen dieser Größenordnung ließen sich ohne Zustimmung der politischen Führung nicht durchführen. Und deren Zustimmung würde aus einem einfachen Grund kein Mensch erhalten: Die politischen Risiken waren einfach zu groß, wenn man geschnappt wurde. Keine Regierung würde ein solches Risiko eingehen, als Meuchelmörder dazustehen, unabhängig davon, wie viele leicht zu erschießende Schurken es auf Präsidenten- und Premierministerposten auf der ganzen Welt auch gab.

»Ja, aber Profis, ja, also richtige Profis wie du selbst, hehe, könnten doch wohl einen einfachen Mord erledigen, ohne jedes Risiko, geschnappt zu werden?«

»Ja«, entgegnete Carl kalt mit der Absicht, der Diskussion ein Ende zu machen, »niemand hat mich ja in diesen Wagen einsteigen sehen. Kein Mensch weiß, wohin ich unterwegs bin und wo ich mich befinde. Nur du, natürlich. Es gibt keinerlei Verbindung zwischen uns. Wenn ich dich an der nächsten Ampel unauffällig ermorde, den Wagen wegfahre und irgendwo davonspaziere, wird dieser Taximord nie aufgeklärt werden.«

Die Fahrt wurde unter kühlem Schweigen fortgesetzt. Als die Ampel an der Strömbron auf Rot sprang, drehte sich der Fahrer nervös zu Carl um. Dieser erkannte, daß er noch einige Dinge sagen sollte, um eventuelle Mißverständnisse auszuräumen.

»Ich habe nur gemeint«, sagte er müde, »daß man zwischen dem, was wahrscheinlich ist, und einem kalkulierten politischen Risiko unterscheiden muß. Wenn ich dich ermorde, geht das sicher gut. Aber wenn ich aussteige, fällt mir ein Dachziegel auf den Kopf, und ich bleibe am Tatort liegen, und alles wird aufgeklärt; die schwedische Regierung befindet sich plötzlich im Erklärungsnotstand, und alles wird zu einer Hölle, nur für dich und mich nicht, je nachdem, wie der Dachziegel getroffen hat. Das ist zwar nicht sehr wahrscheinlich, aber die Gefahr eines unvorhergesehenen *Flops*, wie es in der Spionagesprache heißt, ist nie geringer als drei oder vier Prozent. Und für eine Regierung ist das ein zu großes Risiko, um selbst den idiotensichersten Plan zu billigen, denn wirklich idiotensichere Pläne gibt es nicht. Mehr habe ich nicht gemeint. Folglich haben weder CIA noch KGB Olof Palme ermordet.«

Er ließ den Wagen zwei Blocks vor der richtigen Adresse halten und verlangte eine Quittung ohne Streckenangabe. Dann ging er in die falsche Richtung, bis das Taxi außer Sichtweite war.

Er hatte vergessen, nach dem Türcode zu fragen, und mußte so fluchend mehrere Minuten damit verbringen, den Code zu knakken, bevor er überhaupt ins Haus kam. Inzwischen war es nach elf, und er hätte schon »gegen zehn« kommen sollen.

»Hallo, du Spion, der immer pünktlich kommt«, sagte sie, als sie die Tür aufmachte.

»Tut mir schrecklich leid, aber es ist so, daß ...«

Sie verstummte und brachte ihn zum Schweigen, indem sie ihm einen Zeigefinger auf den Mund legte, während sie mit dem anderen Arm hinter ihn langte und die Tür zuzog.

»Schh! Keine Erklärungen, das macht alles nur schlimmer«, sagte sie und ersetzte den Zeigefinger blitzschnell durch ihren Mund.

Er begann sich während ihres langen Kusses zu schämen. Er schämte sich, weil er nach Whiskey roch, weil er zu spät gekommen war, weil er überhaupt gekommen war, weil er alle Menschen anlog und eben um ein Haar auch sie angelogen hätte, und weil sich das Verlangen um so unwiderstehlicher seiner bemächtigte, je länger sie sich küßten. Das spürte sie natürlich, und es blieb auch auf sie nicht ohne Wirkung, was ihn seltsamerweise beschämte.

Schließlich machte sie sich vorsichtig frei und hielt sein Gesicht zwischen den Handflächen, als wollte sie ihm jede andere Blickrichtung versperren. Dann begann sie, auf ihre besondere Weise zu lächeln und nickte mit dem Kopf, als hätte sie alles verstanden, was sich verstehen ließ.

»Komm jetzt. Geh jetzt sofort mit mir ins Bett oder verliere mich für immer«, sagte sie und lachte dabei laut auf. Es hörte sich an, als äffte sie eine Filmreplik nach.

Er gehorchte auf der Stelle, als würde ihn das von seinen Schamgefühlen befreien. Er hob sie hoch und trug sie durch die leere Wohnung zu einem halbmontierten Bett. Es war fertig bezogen, aber die Beine lagen noch daneben. Er ließ sie weich hinuntergleiten.

Sie wehrte sich, als er sie erneut zu küssen versuchte, und zog sich statt dessen aus. Nach einigem Zögern folgte er ihrem Beispiel. Er ließ erst seine Jacke zu Boden gleiten, schmuggelte dann schnell seine Pistole beiseite, da ihm erst jetzt einfiel, daß er sie auf dem Rücken in den Hosenbund gesteckt hatte. Das war eine schlechtere Lösung als ein Schulterholster, aber er hatte gerade wegen des Risikos gewechselt, in bestimmten Augenblicken die Jacke ausziehen zu müssen; trotzdem hatte die Pistole den ganzen Abend bei Joar dort gesessen, ohne daß er auch nur an sie gedacht hatte.

Sie sah die Pistole nicht oder tat zumindest so und schaffte es, vor ihm nackt zu sein. Sie schlug mit einer vielsagenden Geste die Decke zur Seite und wartete, bis er mit seiner restlichen Kleidung fertig war, so daß er zu ihr ins Bett schlüpfen konnte.

Er legte behutsam den Arm um sie, zog sie zu sich heran und lag mit geschlossenen Augen vollkommen still da. Er versuchte verzweifelt, das Bild von Eva-Britt zu verdrängen, die mit ihrer Handarbeit zu Hause auf dem Sofa saß. Immer wieder tauchte das Bild vor ihm auf.

»Sag nichts, Carl, denk nichts. Liebe mich nur. Im Augenblick gibt es nichts außer uns, gar nichts«, flüsterte sie, als hätte sie seine Gedanken gelesen oder sie durch die Haut gespürt.

Sie entwand sich vorsichtig seinem Griff und begann, die langen Narben auf seinem Brustkorb zu küssen. Eine nach der anderen, von oben und dann abwärts. Hinter seinen Augenlidern wurde es ganz hell. Es war wie Sonnenschein an einem Strand irgendwo außerhalb von San Diego. Hell im Gegensatz zu dunkler Scham, und ihm ging jetzt auf, daß er für einige Zeit nichts anderes mehr sehen würde.

Als sie die fünfte Narbe erreicht hatte, wandte sie sich nicht nach oben, um dort wieder anzufangen, wie er geglaubt hatte, sondern bewegte den Kopf langsam und mit deutlich erkennbarer Absicht weiter nach unten.

Sie mußte gespürt haben, wie er irgendwie erstarrte oder sich anspannte, und, ohne die langsame Bewegung zu unterbrechen, flüsterte sie, sie habe sich so sehr danach gesehnt, habe es aber noch nie bei einem anderen gemacht.

Bei einem anderen, das bedeutete Burt, ihr Mann. Seine erstarrten Muskeln hatten ebenfalls Burt bedeutet, als hätte das Allerprivateste zwischen ihnen gerade wegen dieses Burt etwas vollkommen anderes werden können, als wäre er mit der vernichtenden Logik, die der Eifersucht eigen ist, nachträglich eifersüchtig geworden. Und wenn es so war, hatte sie es verstanden und pariert, nur weil sie die Reaktionen seines Körpers unter den Händen gespürt hatte. Es stimmte ja auch, dachte er oder flüsterte es vor sich hin, ohne zu wissen, was er tat, aber sie kannte ihn ja besser als jeder andere Mensch.

Dann ließ er sich vollkommen widerstandslos mitreißen.

Sie trieb ihn sanft weiter, bis sie spürte, daß er sich nicht mehr würde zurückhalten können. Da kroch sie vorsichtig auf ihn, beugte sich über ihn und flüsterte, sie wolle, daß er in ihr komme, sie sehne sich so sehr danach, gerade das zu spüren.

Sie hielt ihn in diesem Moment ganz fest, richtete sich dann auf und löste ihr langes, schwarzes, zerzaustes Haar mit einem Ruck des Kopfes und lachte unerwartet und laut auf. Dann begann sie, sich zu bewegen, zunächst spielerisch, während sie ihn forschend anblickte, um festzustellen, ob es tatsächlich wahr war.

Das war es. Er konnte nicht nur weitermachen, sondern wollte es sogar ganz offenkundig. Ihn durchfuhr kurz der Gedanke, wie eigentümlich es war, daß er mit anderen Frauen immer solche Schwierigkeiten gehabt hatte, aber dieses *immer* hatte ja im Grunde keine andere Ursache als Tessie. Dann dachte er gar nichts mehr. Es mochte viel oder wenig Zeit vergangen sein, doch darüber konnte er sich nicht mehr klar werden, da ihre sanfte, vorsichtige Zärtlichkeit langsam, aber unwiderstehlich verwilderte und auf etwas zustürmte, was er hinterher, lange Zeit hinterher, entweder als Frenesie, Ekstase oder derlei sah oder, in der anderen Richtung, als Verzweiflung.

Er hatte still gelegen, war fast eingeschlafen und war naß vor Schweiß, der die Haut kühlte, so daß er vielleicht gerade deswegen nicht einschlief. Sie hielten einander eng umschlungen. Sie lag mit der Nase an seinem Hals, so daß er ihren Atem spürte. Er registrierte jeden Atemzug, von ihrer Atemlosigkeit bis hin zu den regelmäßigen, fast einschläfernden Lauten. Unter den wechselnden Abläufen im Gehirn mit den Bildern von Kalifornien und den Stränden, der Sonne und der Phantasie bis hin zu dem kahlen Zimmer und dem IKEA-Bett und der Wirklichkeit unterschied sich Traum nicht von Wirklichkeit. Alles verschmolz in ihrem Atem an seinem Hals.

»Okay, jetzt können wir reden«, sagte sie plötzlich. Sie richtete sich auf einem Ellbogen auf und strich ihm vorsichtig verschwitztes Haar aus dem Gesicht. »Verstehst du dich darauf, Betten zusammenzubauen?«

»Mhm, vielleicht. Denkst du an die Beine?« erwiderte er fast im Halbschlaf, doch dann schlug er die Augen auf, wischte sich mit den Handflächen übers Gesicht und konzentrierte sich darauf, in die Wirklichkeit zurückzukommen. Er sträubte sich mit aller Macht dagegen, auf die Uhr zu sehen.

»Erste im Bad«, sagte sie fröhlich, sprang geschmeidig aus dem Bett und war verschwunden.

Er sah auf die Uhr. Es war halb eins, deutlich und unerbittlich halb eins. Er erhob sich langsam, bis er halb saß, und betrachtete die Beine des Betts, die auf dem leeren Fußboden in einem Plastikbeutel lagen. Im Grunde brauchte er einen Schraubenschlüssel. Er wühlte in seiner Jackentasche, bis er seine Nachbildung des schweizerischen Armeemessers fand, das weniger, doch dafür merkwürdigere Werkzeuge hatte als das Original. Es war hauptsächlich eine Mischung von Einbruchs- und Mordwerkzeugen, doch da war auch ein Instrument, für das er bisher noch keine Verwendung gefunden hatte, das sich aber als provisorischer Schraubenschlüssel verwenden ließ.

Er stand schnell auf, kippte das Bett auf die Seite, machte die zweite Stehlampe an und riß die Plastikverpackung mit den Beinen darin auf. Er lächelte über den zweiten Kontakt dieses Tages mit IKEA. Diesmal stimmte alles mit der Tüte und den Teilen, die festgeschraubt werden sollten. Es fehlte auch keines der vorgebohrten Löcher. Als sie wiederkam und sagte, das Bad sei jetzt frei, stand das Bett fertig montiert und frisch bezogen da. Das Fenster war geöffnet, und er hatte seinen Collegesweater übergestreift.

»Komm in die Küche, wenn du fertig bist«, sagte sie und zog ihren weißen Bademantel an, den sie entweder gekauft oder im Grand Hotel gestohlen hatte. Wahrscheinlich hatte sie ihn gekauft.

Als er im Badezimmer stand, versuchte er bewußt, nicht in den Spiegel zu sehen. Doch es war natürlich unvermeidlich, und so beugte er sich mit den Händen auf dem Waschbecken vor und betrachtete forschend sein allmählich kühler werdendes rotes und zerzaustes Ich. Es war eine Mischung aus Scham und Faszination. Die Scham war selbstverständlich, und die Faszination beruhte darauf, daß das, was auf dem IKEA-Bett geschehen war, noch in ihm war, in dem Blick, den er sich im Spiegel zuwarf.

Er duschte schnell und eiskalt und trocknete sich mit einem IKEA-Badetuch ab, das glänzend aussah und auf der Haut ausglitt und nur mit Mühe Wasser aufnahm. Dann ging er schnell ins Schlafzimmer zurück und zog sich an. Ihm fiel ein, daß er sich kämmen mußte, bevor das Haar trocknete, denn sonst würde es wie ein allzusehr zerzaustes Indiz für Untreue aussehen. So ging er wieder ins Badezimmer und brachte das Haar mit Hilfe einer Haarbürste, die er im Badezimmerschrank fand, notdürftig in Form. Damit war der Schuldbeweis verschwunden. Anschließend ging er in die Küche. In der Tür blieb er wie angewurzelt stehen.

Sie hatte einen IKEA-Tisch und zwei IKEA-Stühle gekauft. Sie hatte das wahrscheinlich als exotischen schwedischen Bauernstil in Kiefer empfunden. Auf dem Tisch standen eine Flasche Champagner, zwei hohe, achteckige Champagnerkelche, wahrscheinlich von IKEAs Grabbeltisch, und in der Mitte eine große Schale mit Austern.

Sie stand an der Spüle und öffnete schnell und mit geübten Griffen die letzten Austern des Haufens; sie mußte zwei Dutzend gekauft haben.

»Wie du weißt, gibt es hier in Schweden kein Meerrettichchili«, sagte er. Seine Verblüffung war seiner Stimme noch anzumerken.

»Ich weiß«, sagte sie mit zusammengebissenen Zähnen, da sich das Austernmesser in einer besonders rauhen Schale verfangen hatte. Es müssen französische Austern sein, Bélon, dachte er. »Vergiß aber nicht, daß ich ausgewandert bin. Man muß die fremde, aber unterlegene Kultur akzeptieren. Im Kühlschrank liegt eine Zitrone. Sei so nett und schneide ihr den Hals ab.«

»Wo hast du denn die Austern her?« fragte er, während er die Zitrone in vier Schnitzel schnitt und auf die Anrichteplatte legte.

»Die Leute sprechen englisch. Ich habe mich unter der eingeborenen Bevölkerung durchgefragt und nicht nur IKEA-Technik gelernt, sondern auch erfahren, daß ihr Schnaps nur in bestimmten, von der Regierung kontrollierten Geschäften kaufen könnt und daß Austern einer bestimmten Qualität nur in der Markthalle von Östermalm zu haben und erschreckend teuer sind, obwohl ich als naive Amerikanerin den Wechselkurs noch nicht begriffen habe. So, jetzt ist es soweit!«

Er hatte die Champagnerflasche geöffnet und goß ein, ohne seinen Widerwillen zu zeigen; er würde also nach Alkohol riechen, wenn er zu Eva-Britt nach Hause kam. Obwohl sie dann schon schlafen mußte.

Sie legte zwei amerikanische Austerngabeln auf den Tisch, und als er sie erstaunt und fragend ansah, erklärte sie mit einem Achselzucken, die gehörten zu ihrem amerikanischen Erbe. Sie habe sie im Koffer mitgenommen.

»Komische Sachen hast du an«, sagte sie nach einer Weile, nachdem sie einander zugeprostet und ein paar Austern geschafft hatten, »bekannt, aber komisch. Ich meine, sind San-Diego-Klamotten hier oben am Nordpol nicht exotisch?«

»Nun ja... heute abend habe ich sie tatsächlich gebraucht, sie gehörten zu...«

Er bremste sich gerade noch rechtzeitig, bevor er ihr automatisch irgendeine Geschichte auftischte.

»Es ist so«, fuhr er entschlossen fort. »Als ich vorhin durch die Tür kam, war ich drauf und dran, dich anzulügen. Es fehlte nur noch so viel.«

Er zeigte einen Zentimeter zwischen Daumen und Zeigefinger.

»Das habe ich dir angesehen«, stellte sie fest, warf den Kopf in den Nacken und verschlang eine Auster. »Ich habe es gesehen und dich deshalb gebremst.«

»Ich muß irgend jemandem die Wahrheit sagen können.«

»Lügst du so verdammt viel? Das sieht dir gar nicht ähnlich.«

»Ja. Ich belüge meine Vorgesetzten, ich belüge meine Untergebenen, ich belüge, äh…, meine Frau, ich biege das Recht zurecht, lüge arme mißhandelte Verbrechensopfer an, und außerdem bin ich untreu.«

»Ja, das bist du. Doppelt untreu.«

»Ja. Aber so kann es nicht weitergehen.«

»Nein. Und was gedenkst du dagegen zu unternehmen, abgesehen davon, daß du mir die Wahrheit sagst? Ist es irgendeine besondere Wahrheit, die du mir jetzt verraten willst? Wenn du willst, fliege ich wieder zurück in die USA. Das hier war vielleicht nicht der allerbeste Einfall. Möchtest du das?«

»Nein. Nein, das will ich nicht, und übrigens weiß ich gar nicht, was ich will. Glaub nur nicht, daß ich etwas bereue, etwa das vorhin. Ich bereue es nicht, bin aber auch nicht gerade stolz auf mein Verhalten, falls du verstehst, was ich meine.«

»Aber ja. Ich habe mich vielleicht idiotisch verhalten, konnte aber nicht anders. Ich wollte auch nicht anders, und alles andere wäre schlechter gewesen, als es nicht zu tun. Außerdem muß ich in jedem Fall in die USA zurück.«

Bei diesen Worten lächelte sie plötzlich geheimnisvoll, und damit war die Stimmung gebrochen, da er ihr ansah, daß das, was sie sagen wollte, etwas anderes war als das Gefährliche, das sie soeben um ein Haar berührt hätten.

Bei IBM hatten sie es für selbstverständlich gehalten, daß sie sowohl Arbeits- wie Aufenthaltserlaubnis besaß. Sie selbst war davon ausgegangen, daß sie als Bürgerin der freien Welt reisen konnte, wohin sie wollte, und arbeiten konnte, wo sie wollte. Jetzt hatte sich alles als etwas komplizierter erwiesen. Natürlich hatte sie jetzt einen Job, und die Wohnungsfrage war auch geklärt, außerdem konnte sie als weiße *Kaukasierin* und westliche Frau durchgehen, weshalb Aufenthaltserlaubnis und so weiter im

Grunde kein Problem waren. Allerdings war es so, daß man diese Genehmigungen aus unerforschlichen bürokratischen Gründen in seinem Heimatland beantragen mußte. Es war nicht möglich, im Verwaltungszentrum Schwedens darum zu ersuchen, man mußte zurück in die USA und dort einen Antrag stellen. Um dann mit den entsprechenden Stempeln im Paß triumphierend zurückzukehren.

»Ich muß also über New York fliegen«, sagte sie, »und dort ein paar Formulare ausfüllen. Bei IBM geht man davon aus, daß die Prozedur nur etwa eine Woche dauert, und man wird mir den Job eine Zeitlang freihalten. Beide Parteien würden aber gegen die Gesetze verstoßen, wenn ich auch nur eine Stunde arbeite, bevor die Stempel aus New York im Paß sind. Man hat mir ausgefüllte Formulare mitgegeben, in denen bestätigt wird, daß ich hier angestellt bin und eine Wohnung habe.«

»Du kannst genausogut nach L. A. fliegen«, stellte er fest, »dort gibt es auch ein schwedisches Generalkonsulat. Vielleicht geht es dort sogar schneller.«

»Kommt mir wie ein Umweg vor«, lachte sie.

»Ja. Aber wir können zusammen rüberfliegen, ich muß nämlich möglichst schnell nach L. A.... ja, das heißt irgendwann in der nächsten Zukunft, aber ich kann die Reise etwas vorverlegen. Dann fliegen wir zusammen und nehmen uns zum Beispiel ein paar Tage frei für Imperial Beach.«

»Und das Pier House Café.«

»Ja, für das ganz besonders.«

Er wollte nicht mehr mit ihr sprechen. Bei jedem Gespräch lief er Gefahr, sich in etwas zu verheddern, was die Stimmung zerstören konnte. Er nahm ihre Hand und sah sie lange an. Als wäre es möglich, etwas zu sagen, ohne etwas zu sagen.

Und als hätten sie plötzlich eine Übereinkunft getroffen, schwiegen sie von da an. Sie aßen die letzten Austern auf und tranken den Champagner ohne ein Wort aus, ohne daß sie das Schweigen als unangenehm empfanden. Im Gegenteil, es war eher so, als kämen sie sich ohne Worte näher.

Nach einiger Zeit stand er auf und ging in das Schlafzimmer mit dem provisorisch montierten Bett, beschloß, nichts über das Provisorium zu sagen, zog Strümpfe und Schuhe an, steckte die Pistole in den Hosenbund, nahm die Jacke in die Hand und winkte ihr zu, als er auf dem Weg zur Wohnungstür an der Küche vorbeikam.

Unten auf der Straße entdeckte er, daß sie praktisch Tür an Tür mit dem Kriegsarchiv wohnte.

Es war halb drei geworden, als er zu Hause ankam. Er nahm an, daß Eva-Britt schlief. Im Badezimmer betrachtete er sich mit sehr gemischten Gefühlen im Spiegel und stellte fest, daß frische Frühlingsluft und ein Spaziergang bestimmte Indizien verschwinden lassen. Seine Hände rochen nach nichts, sein Körper roch wegen der eigenen Kleidung nur nach sich selbst, und sein Geschlecht roch nach nichts außer Seife. Er putzte sich die Zähne ungewöhnlich lange, als hätte das an der Sache etwas ändern können, und stahl sich zu ihr ins Schlafzimmer.

Zunächst glaubte er, sie schliefe. Aber sie drehte sich um und küßte ihn, kaum daß er im Bett war.

»Mit den Kumpels einen Zug durch die Gemeinde gemacht, was?« kicherte sie, als sie seinen Atem spürte.

»Mhm«, sagte er schläfrig, »es ist natürlich zu spät geworden. Wann mußt du morgen früh raus?«

»Sieben. Morgenstunde hat Gold im Munde.«

»Sei so lieb und weck mich dann auch.«

Er sagte dies als einen Versuch, gute Nacht zu sagen, alle Unterhaltungen abzublocken, die nur zu Lügen führten.

Sie sagte nichts mehr, drehte sich aber zu ihm um und liebkoste ihn, als wollte sie ihn haben, gab aber schnell auf, als sie spürte, wie er vor Furcht erstarrte.

»Ich bin es doch nur«, flüsterte sie. »Du brauchst nie Angst vor mir zu haben. Es gibt Leute, die bis zur Taxifahrt zur Entbindungsklinik lieben.«

»Ich liebe dich«, flüsterte er hoffnungslos und spürte, daß er dabei war, in kalten Schweiß auszubrechen.

»Ich weiß«, flüsterte sie in einem Tonfall, den er nicht deuten konnte und der vermutlich vieles bedeuten konnte.

Dann drehte sie sich um und tat, als schliefe sie ein. Er lag hellwach da und stellte sich schlafend. Er beschloß, sein Morgentraining jeden Tag um zehn Minuten zu verlängern und die Einnahme von Alkohol ganz entschieden zu verringern.

Samuel Ulfsson war vor dem Treffen mit Carl etwas mulmig zumute. Was er vorbringen wollte, was er vorbringen mußte, war nicht einfach. Dennoch lächelte er still vor sich hin, als er auf den Sekundenzeiger seiner Uhr blickte. Er zählte leise mit, von zehn bis null.

»Herein!« sagte er laut in dem Moment, in dem der Zeiger null erreichte.

»Hast du dir einen Röntgenblick zugelegt oder Videoüberwachung vor der Tür?« grüßte Carl erstaunt, als er das Zimmer betrat. Er hatte gerade die Hand gehoben, um anzuklopfen.

»Ganz und gar nicht«, entgegnete Samuel Ulfsson munter, »aber alte Spionagechefs haben Intuition, mußt du wissen.«

Carl sah seinen Chef skeptisch an. Typisch, dachte Samuel Ulfsson, immer gleich rational, immer so schwer hereinzulegen. Nun, dann heißt es nur noch Leinen los, dann wollen wir sehen, wie es geht.

»Setz dich, ja, ich habe noch keine Gelegenheit gehabt, es zu sagen, aber wir haben von der britischen Admiralität einen sehr freundlichen Brief erhalten. Der Erste Seelord war außerordentlich erfreut, dich kennenzulernen«, begann Samuel Ulfsson ein wenig gezwungen.

»Dann ist er sicher schwul wie alle Engländer«, brummelte Carl säuerlich.

»O nein. In unseren Papieren steht, daß er mehrfacher Großvater ist. Was hast du nur getan, ihn so zu bezaubern?«

»Habe James Bond gespielt, mich wohlerzogen benommen, über seine Scherze gelacht, die britische Marine als unser Vorbild und Ideal dargestellt und derlei. Aber das ist sicher nicht der Grund, weshalb du mich sprechen willst«, murmelte Carl. Ihm war etwas unwohl zumute, da er nach dem übertrieben harten Training am Morgen zuviel Nachschweiß gehabt hatte, und überdies machte ihn Samuel Ulfssons Überschwenglichkeit mißtrauisch. Er hatte so etwas schon früher gesehen.

»Ja, um gleich zur Sache zu kommen«, begann Samuel Ulfsson und lenkte sofort wieder ab, in dem er zu einer Schachtel Vita Bond griff, die er Carl vielsagend hochhielt, doch dieser lächelte nicht mal über die Anspielung.

»Ja, also, um zu des Pudels Kern oder dem Anlaß dieses besonderen Zusammentreffens zu kommen, oder wie wir es nennen wollen. Woher weißt du übrigens, daß es einen besonderen Anlaß gibt?«

»Du bist viel zu freundlich, Sam. Einfach zu freundlich. Dann steckt immer irgendeine Teufelei dahinter, etwa daß ich mir die Haare schneiden lassen soll oder so etwas. Was ist es diesmal?«

Carl verhielt sich immer noch abwartend, und Samuel Ulfsson mußte einige Male tiefe Lungenzüge machen, bevor er das Minenfeld betrat.

»Ja, also, hrm... ich bin gestern im Ministerium gewesen. Und... ja. Was sie zu sagen hatten, ist zum Teil verständlich, zum Teil etwas knifflig, aber in der Sache läuft es darauf hinaus, daß... ja, du weißt doch, wie es um unseren zivilen Sicherheitsdienst bestellt ist?«

»Wenn du sagen willst, daß ich dorthin versetzt werde, höre ich sofort auf. Ich kündige fristlos. Ich nehme an, daß auch ich solche Rechte habe«, erwiderte Carl blitzschnell und mit einer Betonung, die jeden Zweifel an dem Ernst seiner Absichten ausschloß.

»Nein, hehe, das wär vielleicht ein Ding. Coq Rouge im Affenhaus auf Kungsholmen. Außerdem wärest du da unten nicht sonderlich beliebt.«

»Nein. Aus natürlichen Gründen. Aber was hat das Affenhaus jetzt schon wieder angerichtet?«

»Jaa... das ist ja fast eine philosophische Frage, aber wie du weißt, sind sie nicht sehr erfolgreich.«

»Nein, das sind sie nicht, und ich weiß auch nicht, wann sie es gewesen sind. Vielleicht nach der Ermordung Gustavs III., aber in den letzten zweihundert Jahren nicht mehr. Und?«

Samuel Ulfsson hatte das eigentliche Gefühl, nicht der Vorgesetzte zu sein. Das war sonst etwas, was, wie er glaubte, im Rükkenmark saß. Derjenige, der einen Streifen oder einen Stern mehr hatte, war der Vorgesetzte.

Aber jetzt war es unleugbar nicht leicht zu sagen, was gesagt werden mußte, und gleichzeitig den Versuch zu machen, die Bedeutung eines dickeren Streifens sowie eines weiteren Sterns aufrechtzuerhalten.

»Ja, also«, sagte er und zündete sich an seiner halb aufgerauchten Zigarette eine neue an, »das Ministerium meint in aller Kürze, daß unsere Abteilung die Verantwortung für bestimmte Funktionen des Gemeinwesens übernehmen muß, was der zivile Sicherheitsdienst im Augenblick nicht tun kann, weil er, sagen wir, nicht die volle Kapazität dazu hat. Und...«

»Das ist erstens illegal. Zweitens sind wir kaum dazu imstande.«

»Sei so nett und unterbrich mich nicht!«

»Nein, Verzeihung.«

»Also. Die Frage der Legalität ließe sich schon diskutieren, da unsere Anweisungen von der Regierung kommen. Es ist durchaus nicht selbstverständlich, daß die Regierung des Landes *nicht* das Recht haben sollte, den Sicherheits- und Nachrichtendienstorganen vorübergehend Anweisungen zu geben, oder?«

»Nein, das ist möglich. Wenn es aber schiefgeht, übernehmen die nicht die Verantwortung, sondern wälzen sie auf uns ab. Und wenn es um etwas *Vorübergehendes* geht, handelt es sich ja um den laufenden Zirkus. Und falls du glauben solltest, dieser Idiot Borgström und seine Abteilung könnten dort erfolgreich sein, wo andere gescheitert sind, bin ich völlig anderer Meinung. Ich kann nämlich keinen Sinn darin sehen, die jetzige Kurdenjagd durch eine Jagd auf linke Studenten zu ersetzen oder durch etwas, was sich unser Freund, der Oberesel, sonst ausdenken könnte.«

»Du sprichst vom Chef unserer Sicherheitsabteilung.«

»Ja.«

»In diesem Fall verbitte ich mir Ausdrücke wie Oberesel und Idiot.«

»Angekommen.«

»Außerdem habe ich das volle Recht als Chef sämtlicher Abteilungen, das Personal so einzusetzen, wie ich es für richtig halte, ohne mich strikt an die offizielle Funktion zu halten, die der Betreffende innehat.«

»Jaa«, sagte Carl zögernd, dem jetzt aufging, daß er mindestens einen guten Grund dafür hatte, seine Einstellung zu ändern. »Sag jetzt, was ich tun soll.«

»Wir haben eine erhöhte Verantwortung für die Aufklärung des Mordes an von Otter übernehmen müssen sowie diesem, ja du weißt schon, diesem anderen.«

»Wünscht die Regierung das, und wenn ja, warum?«

»Ja. Man hat es mir, gelinde gesagt, klar unterstrichen. Die Regierung sieht diese neue Jagd auf Ausländer als ein Problem an, da es vermutlich nur ein Ergebnis geben kann, nämlich eine zunehmende Ausländerfeindlichkeit im Land.«

»Ja, aber das ist ja eine politische Frage.«

»Genau. Aber die Regierung besteht nun mal aus Politikern. Es ist politisch dringlich geworden, diese Angelegenheit aufzuklären, und da das Affenhaus es wohl nicht schaffen wird, bitten sie uns darum. Na ja, *bitten* ist wohl etwas zu vorsichtig ausgedrückt. Du hast jetzt schon die Verantwortung für, wie soll ich sagen, unsere inoffizielle Untersuchung des Falls. Jetzt frage ich mich, ja, du behältst natürlich diese Verantwortung, jetzt frage ich mich, welche personelle Verstärkung du gern haben möchtest.«

Die Unterhaltung hatte eine für Carl unerwartete Wendung genommen. Er war nicht sicher, ob er all die üblichen gesetzlichen Komplikationen überblicken konnte, die in der Angelegenheit verborgen lagen, aber im Moment mußte er nur zu einer Personalfrage Stellung nehmen.

»Ich habe schon jetzt zwei außerordentlich kompetente Offiziere des Nachrichtendienstes zur Verfügung«, sagte er zögernd und dachte weiter nach. »Ich kann mir zwei Modelle für die Intensivierung der Arbeit vorstellen. Eins besteht darin, daß wir für ihre normalen Funktionen in der Abteilung irgendwie Ersatz schaffen, die zweite Möglichkeit ist, von der MHA Hilfe anzufordern.«

»MHA?«

»Ja, der Militärhistorischen Abteilung. Im Moment beschäftigen wir uns damit, eine Zeit zu durchdringen, die für uns selbst nicht mehr ganz lebendig ist. Wenn du uns drei zu einem Tauchauftrag losschickst, ja, ich meine das buchstäblich, dann wissen wir, wie jedes Ding funktioniert. Wir kennen uns gegenseitig, und nichts ist uns fremd. Aber jetzt ist es fast so, als sollten wir uns mit dem Dreißigjährigen Krieg beschäftigen. Die Leute in der MHA sind gut. Sie haben mir schon sehr geholfen.«

»Wir können in der besonderen Abteilung kein neues Personal aufnehmen. Hingegen müssen Joar und Åke das hier als Ganztagsbeschäftigung zugewiesen bekommen. Welche Probleme haben wir damit, wenn wir die MHA hinzuziehen wollen?«

»Die üblichen. Die Gefahr, wieder in schlechten Ruf zu geraten. Ich setze voraus, daß keiner von uns, selbst mit der geheimen Billigung der Regierung, Schlagzeilen wie etwa DAS MILITÄR ÜBERNIMMT DIE SÄPO und ähnliches lesen will.«

»Und was tun wir, um das zu vermeiden?«

»Wir nehmen mehr Hilfe von der MHA an, erzählen ihnen aber nicht, daß wir sozusagen ein neues Affenhaus geworden sind. Sie sind auch so schon sehr hilfreich und stellen keine unnötigen Fragen. Einige von ihnen haben ja eine Vergangenheit, wie du weißt. Im Augenblick ist die Hauptsache, Joar und Åke ganztägig freizustellen, und zwar mit gutem Gewissen. Soll ich den beiden die Direktive der Regierung erklären?«

»Was meinst du selbst dazu?«

»Ja, ich finde, ich sollte es tun. Zumindest kann ich andeuten, was dahintersteckt.«

»Gut. Tu das. Und dann zum nächsten Problem.«

»Ist das hier nicht schon groß genug? Wir sollen das Grundgesetz als einen Witz ansehen, sollen eine sogenannte Ministerherrschaft akzeptieren und gegen die Gesetze verstoßen, in denen es heißt, wir dürften nicht in die Domäne des Affenhauses eindringen. Hast du noch mehr in der Wuntertüte?«

»Du sollst dich in fünf Minuten mit einem Journalisten treffen.«

»Das habe ich nicht gehört.«

»Doch, das hast du. Der schlaue Fuchs hat sich an die Regierung gewandt.«

»Wo arbeitet er denn? Bei *Expressen* oder *Månadsjournalen*? Wollen sie einen detaillierten Bericht über die Operation Big Red oder was?«

»Nein, es geht nicht um ein Interview. Du sollst Informationen entgegennehmen.«

»Das ist mein Job, dazu brauche ich keine Anweisungen von der Regierung. Und?«

»Nur das. Du sollst bestimmte Informationen erhalten und dafür... bestimmte Dienste als Gegenleistung anbieten, falls die Informationen brauchbar sind.«

»Das habe ich ebenfalls nicht gehört.«

»Doch, und ob du hast. Du mußt beurteilen, ob die Informationen wichtig sind, dann kannst du selbständig eine Entscheidung treffen. Ja, es geht um Erik Ponti. Er kommt in einer halben Stunde her.«

»Das ist der einzige Journalist, den ich kenne. Er arbeitet nicht hintenherum wie die anderen. Er ist sozusagen nicht bei *Expressen*, will ich damit sagen.«

»Im Krieg und in der Liebe ist alles erlaubt, wie du weißt. Wir befinden uns im Krieg, und er vielleicht auch. Hör ihn an und triff dann selbst eine Entscheidung. Ich möchte nicht hineingezogen werden, wenn du es nicht für absolut notwendig hältst.«

»Nein, kann ich mir vorstellen.«

»Keine Ironie, bitte.«

»Na schön, ich treffe mich mit ihm, informiere Åke und Joar über unseren erweiterten Aufgabenbereich, und ich regele etwas mit der MHA. Ist es gut so?«

»Ja.«

Carl nickte, stand auf und ging. Samuel Ulfsson atmete erst dann auf, als Carl die Tür hinter sich zugemacht hatte.

Die Situation ist nicht ganz unkompliziert, dachte er. Dann lächelte er über seine Untertreibung. Aber da das Unangenehme jetzt überstanden war, kehrte sehr schnell die gute Laune wieder. Vielleicht würde sich jetzt endlich das mit dem alten Otter klären.

Carl räumte in seinem Zimmer auf und beseitigte alles, was auch nur den kleinsten Hinweis darauf geben konnte, womit er sich beschäftigte. Dann setzte er sich hin, um zu warten. Er ging davon aus, daß es nur ein paar Minuten dauern würde. Er neigte mitunter dazu zu glauben, daß andere Menschen so pünktlich waren wie er selbst.

Doch als niemand erschien, blieb die Zeit stehen. Er sah aus dem Fenster und versuchte zu warten, ohne zu denken. Nur zu warten.

Doch alles, was sich nicht aufdrängen durfte, tat es jetzt, in seine unerwartete Flaute hinein.

Er liebte Tessie, hatte es immer getan, und jeder Gedanke, ohne sie zu leben, erschien ihm unmöglich.

Eva-Britt liebte er auch. Sie würde bald Mutter seines Kindes sein, nein, sie war schon die Mutter seines Kindes. Und wenn Tessie nicht plötzlich in Arlanda gelandet wäre, würden sie bis ans Ende ihrer Tage glücklich miteinander leben.

Das war undenkbar, aber trotzdem wahr. Unmöglich, aber nichtsdestoweniger wahr. Bei vernünftigem Nachdenken mußte er früher oder später Tessie oder Eva-Britt verlassen.

Er stand vor einer Wahl. Sollte einfach sein. Sollte etwas mit der Vernunft zu tun haben.

Carl zog ein weißes Blatt Papier aus der Schreibtischschublade, als ginge es um eine beliebige Planung für ein Unternehmen. Was spricht dagegen, was dafür? Eine Überschrift EB und eine T. So, einfach und logisch.

Für Tessie spricht, daß...

Er konnte es nicht zu Papier bringen. Einmal war es ein Gefühl, das sich nicht einfach in Notizen einfangen ließ, zum anderen wurde er ganz einfach verlegen. Aber mit Tessie konnte er jederzeit und nach Belieben lieben, bei allen anderen, Eva-Britt inklusive, war er mehr oder weniger impotent.

Es war das erste Mal, daß er das Wort klar und deutlich dachte.

Im Dienst war es natürlich anders. Im Dienst konnte er wahrscheinlich mit jedem seiner Organe alles tun, was er sich abverlangte.

Nun, und Eva-Britt, abgesehen davon, daß er sie liebte?

Pflicht, Moral, Treue, Verantwortung, Schuldigkeit, Versprechungen, ihre Situation, Vertrauen, ein Mann steht zu seinem Wort, Kinder brauchen einen Vater, Streit um das Sorgerecht, ihr künftiges Leben als Polizistin und Mobbing-Opfer, und so weiter.

Die Worte strömten unter der Rubrik EB nur so dahin.

Carl versuchte, in der zweiten Spalte Entsprechungen zu finden. Tessies zerstörtes Dasein, seine Schuld, das Gefühlsleben, das sich am Ende doch nicht täuschen ließ. Hatten Menschen das nicht schon zu allen Zeiten getan? Denk an die Königshäuser, nein, er konnte nicht mit EB verheiratet sein und T als *Geliebte* haben. So benahm sich kein ehrlicher Mann, und das mußte er ja sein.

Warum mußte er es gerade in dieser Hinsicht sein, wenn er es in anderer nicht mehr war? Weil. Außerdem mußte er dieses Andere ändern.

Am Ende fand sich nur ein Sammelsurium hingekritzelter Worte auf dem Papier, die den Gedanken nicht gerade auf die Sprünge halfen. Er stand auf und ging mit dem Gekritzel quer durchs Zimmer zum Reißwolf und ließ alle seine Überlegungen in schmale Streifen schneiden.

Da rief der Wachposten an und teilte mit, ein Herr Ponti sei auf dem Weg nach oben, natürlich in Begleitung.

Carl ging hinaus und stellte sich vor den zehn Meter entfernten Fahrstuhl, gleich neben Sams geschlossener Tür, über der eine rote Lampe leuchtete. Carl wartete mit gesenktem Kopf, bis der Fahrstuhl hochkam und er Erik Ponti und Sams Sekretärin die Tür aufhalten konnte. Die Begrüßungszeremonie geriet ein wenig daneben, weil Erik Ponti sich in den Fahrstuhl zurückzog, um Beata vorgehen zu lassen.

»Folge mir«, sagte Carl kurz angebunden und ging auf die mit einem Codeschloß gesicherte Tür zu, die ein paar Meter entfernt war. Er verbarg fast demonstrativ mit dem Körper, wie er aufmachte. Dann ging er weiter in sein Zimmer, ohne sich umzusehen, setzte sich und drehte sich in seinem etwas altmodischen Ledersessel herum und wartete. Ponti, der weder ein Tonbandgerät mitgebracht hatte – zumindest war keins zu sehen – noch einen Notizblock, machte es sich in einem der beiden Besuchersessel bequem.

»Spartanisches Zimmer«, sagte Ponti und sah sich um. »Ich hätte ein paar Trophäen oder so etwas erwartet.«

»Die sind geheim. Was willst du?«

»Himmel, du bist vielleicht kurz angebunden.«

»Journalisten bereiten mir allergische Beschwerden, das weißt du.«

»Das haben wir doch schon mal geklärt, das weißt du auch.«

Carl betrachtete den Journalisten und unterdrückte seine berufsmäßige Feindseligkeit mit aller Kraft. Persönlich waren sie keine Feinde, ganz im Gegenteil. Doch das war eine völlig andere Sache. Jugendjahre und studentische Linke und derlei hatten nichts mit der Sache zu tun, gleichgültig, worum es ging. Ponti war gealtert und hatte das Vorstadium des Charmes der grauen Schläfen erreicht. Er war jedoch nicht fett geworden. Seiner Körperhaltung und seinen Armen nach zu schließen, als er sich jetzt langsam erhob und die Lederjacke auf den zweiten Sessel hängte, würde er sich bei Kneipenschlägereien wohl immer noch behaupten. Falls er sich da hervortat, was Carl unwahrscheinlich schien. Er war ja prominent, und so etwas wäre bekanntgeworden.

»Okay, schieß los. Worüber willst du mich informieren?« fragte Carl mit angestrengter Freundlichkeit.

»Ich will dich nicht nur informieren, ich will deine Hilfe«, erwiderte Ponti kalt, als zweifelte er nicht daran, daß er Hilfe bekommen würde.

»Wobei denn«, fragte Carl, ohne Pontis Selbstsicherheit zu bemerken. »Was kann der Nachrichtendienst des Reiches für das *Echo des Tages* tun?«

»Ein Mikrophon finden.«

»Wo denn?«

»In der Villa, die dem Haus des ermordeten von Otter in Uppsala gegenüberliegt. Dort wohnen drei Studentinnen. Sie haben sich im ersten Stock Zimmer gemietet und werden von der Säpo abgehört.«

»Ich habe gedacht, die Säpo hätte in einer aufsehenerregenden Aktion ihre illegalen Mikrophone inzwischen abgeholt.«

»Könnte man meinen. Aber so ist es mit an Sicherheit grenzender Wahrscheinlichkeit nicht.«

Carl konnte nicht anders, er mußte über Pontis Anspielung auf bestimmte Begriffe der Marine lächeln, bei denen es um nie aufgefundene U-Bootbasen oder U-Boote gegangen war. Im nächsten Augenblick konnte er sich eines Lachens nicht erwehren. Sie sahen einander in die Augen. Beide dachten etwa das gleiche über die unergründlichen Wege des Schicksals oder etwas in der Richtung; einer von ihnen war Journalist beim staatlichen Rundfunk geworden, der andere Offizier beim Nachrichtendienst. Nicht übel für eine der am sorgfältigsten beobachteten linken Organisationen, die sich je entschlossen hatten, den bürgerlichen Staat zu unterwandern.

»Und was sollen wir gegen die illegalen Mikrophone der Säpo oder von *Expressen* oder von beiden tun? Was meinst du?« fragte Carl ruhig. Er wußte schon, was er tun würde. Unabhängig von Ponti.

»Könnt ihr den Laden durchschauen?«

»Du meinst, ob wir feststellen können, daß das Haus verwanzt ist? Aber ja.«

»Könnt ihr die Leute finden, die da lauschen, oder ihr Tonbandgerät?«

»Schwer zu sagen. Wahrscheinlich. Aber bevor wir fortfahren, möchte ich gern wissen, was du mit deinem Tip erreichen willst?«

»Dies ist kein Tip, es ist eine einfache geschäftliche Abmachung. Ihr regelt den technischen Teil der Enthüllung, ich kümmere mich um den journalistischen.«

»Erstens hast du mir deinen Tip schon gegeben. Ich kann ihn verwenden, wie ich will. Dabei ist nicht einmal sicher, daß ich es will. Da nämlich zweitens der militärische Nachrichtendienst, dessen Boden du jetzt tatsächlich betrittst, sich nicht mit Polizeiangelegenheiten im Inland beschäftigen kann.«

»Ich bin mir sehr wohl bewußt, welchen Boden ich betrete, und es ist nicht leicht gewesen, hierher zu kommen. Aber so einfach kannst du es dir nicht machen. Die Regierung hat euch gewisse Anweisungen gegeben.«

»So etwas kann ich nicht kommentieren. Du weißt ja, wie der Hase läuft, unabhängig davon, ob es stimmt oder nicht.«

»Spiel dich bloß nicht auf. Ich habe mit der Regierung Kontakt aufgenommen.«

»Wie denn?«

»Das war gar nicht so schwierig. Über Lars Kjellsson. Du kennst ihn, er hängt immer in der Opernbar herum.«

»Nein, das weiß ich nicht.«

»Der Sicherheitsbeauftragte der Regierung in der interministeriellen Kommission, wenn wir offiziell werden wollen.«

»Merkwürdig, daß der Sicherheitsbeauftragte der Regierung immer in der Opernbar herumhängt.«

»Ja. Aber so ist es nun mal, und ich kenne ihn. Wenn du die Fortsetzung erfahren willst, ist das recht einfach. Ich möchte, daß wir selbst zunächst diese Abhörapparatur abholen. Sveriges Radio ist ja nicht ganz ohne technische Möglichkeiten. Aber mein Chef, ja, ich weiß nicht, ob du ihn kennst, aber er ist so einer, der gern Landeshauptmann werden will und sich sehr für den schwedischen Staat verantwortlich fühlt. Er hat mir alles verboten, was über normale journalistische Grundsätze hinausgeht.«

»Dann bist du also, gelinde gesagt, über normale journalistische Grundsätze hinausgegangen?«

»Ja, was hätte ich sonst tun sollen?«

Carl konnte nicht ganz ernst bleiben, da er diesen etwas unerwarteten Hintergrund zu der feierlichen Ansprache seines Chefs über Regierung und anderes erhalten hatte.

»Nun«, sagte er und versuchte sein Grinsen auszulöschen, »du bist also in die Opernbar gegangen?«

»Ja. Und das hat dazu geführt, daß ich jetzt hier bin. Die Regierung Seiner Majestät hätte im Augenblick nichts dagegen, diese Lauscher hinter Schloß und Riegel zu sehen. Sie möchten die Sicherheitspolizei mal wieder reformieren.«

»Dann sollte sich die Regierung Seiner Majestät an die Staatsanwaltschaft wenden.«

»Völlig richtig. Aber das ist nicht ganz einfach, da es gerade diese Staatsanwälte sind, die aus unergründlicher Loyalität heraus oder aus anderen Gründen der Säpo sogar dabei helfen, illegale Mikrophone zu entfernen, nämlich mit Hilfe von Hausdurchsuchungen bei Bewohnern dieses Landes, die illegal abgehört werden.«

»Und jetzt soll der militärische Nachrichtendienst des Reiches sich schwarze Trikots anziehen?«

»Das habe ich mir in etwa so gedacht, ja.«

»Und was willst du?«

»Das erste Recht auf alles, könnte man sagen. Ich möchte als erster mit der Story rauskommen, bevor *Expressen* sie verwässert und dich oder sonst jemanden zum Schurken in diesem Drama macht.«

Carl lehnte sich im Sessel zurück und dachte nach. Es machte ihm nichts aus, daß er schon damit ein halbes Versprechen gegeben oder zumindest gezeigt hatte, daß ihm die Sache interessant vorkam. Sam würde so eine Operation gefallen, nämlich wegen der Geschichte mit seinem alten Schiffskommandanten. Carl selbst würde die Operation ebenfalls gefallen, und was Erik Ponti und Åke Stålhandske davon hielten, ließ sich in kürzeren Superlativen nicht ausdrücken.

»In Ordnung«, sagte Carl, ohne seine Begeisterung zu verbergen, »wir machen es. Aber wir gehen in zwei Schritten vor. Erst möchten wir feststellen, ob du recht hast. Mit Schritt zwei schlagen wir zu und nehmen die Apparatur in Gewahrsam. Du mußt in den nächsten achtundvierzig Stunden irgendwo telefonisch erreichbar sein. Gut genut?«

»Ohne Zweifel gut genug«, sagte Erik Ponti lächelnd und erhob sich, um zu gehen.

»Ohne meine Hilfe kommst du sowieso nicht raus, und außerdem mußt du in diesem Gebäude ein Besucherkärtchen tragen. Aber da ist noch etwas. Ich bitte um Verzeihung, falls ich nach deinen Quellen oder etwas frage, was unerlaubt ist. Aber woher weißt du das alles?«

»Das ist ganz einfach«, entgegnete Ponti und streckte die Hand nach seinem Jackett aus. »Es ist etwa so wie früher, als Leute wie du und ich ständig abgehört wurden. Die Mädchen haben ein geheimnisvolles Treffen erfunden und sich dann zu dem vereinbarten Ort begeben und gesehen, daß er überwacht wurde. Sie haben es also etwa so gemacht wie wir früher. Erinnerst du dich an diese Sache mit dem Floh?«

»Nein, wie war das?«

»Wenn man glaubte, einer Briefkontrolle ausgesetzt zu sein, schrieb man, wenn kein Floh darin liege, sei er geöffnet worden. Selbst legte man natürlich keinen Floh in den Brief. Wenn aber einer darin *lag*, wußte der Adressat, was los war. Ich habe mich immer gefragt, woher die Säpo ihre Flöhe bekam. Schweden war damals ja ein sauberes Land.«

»Mm«, lächelte Carl, als er sich an die Geschichte erinnerte, »aber es kann doch sein, daß man ihr Telefon abgehört hat?«

»O nein. Am Telefon haben sie nie darüber gesprochen, nur in der Wohnung und da nur in dem Zimmer, in dem sie die Wanze vermuteten. Dann sind sie zu mir gekommen. Den Rest kennst du.«

»Tüchtige Mädchen. Ich hätte nicht gedacht, daß die heutige Jugend so ist.«

»Ist sie auch nicht. Eins der Mädchen hat jedoch eine Schwester, die mit einem inzwischen höchst verdächtigen Kurden befreundet ist. Ja, das ist natürlich der Anlaß für die Operation der Säpo. Und dieser Kurde hat die Mädchen instruiert, was sie tun sollen. Kann ich jetzt gehen?«

»Ja, aber gib mir erst die Telefonnummer, unter der ich dich erreichen kann. Dann wird Beata dich hinausbegleiten. Ich kann es aus einer Reihe von Gründen nicht tun.«

Åke Stålhandskes Begeisterung war nicht im mindesten erstaunlich. Erstens war ihm ja tatsächlich *befohlen* worden, seine offiziell gar nicht vorhandene Ausrüstung aus dem Versteck zu holen, zweitens sollte er jetzt, immer noch laut Befehl, diese Ausrüstung bei einer regulären Operation verwenden, und drittens geschah es, zumindest war dies angedeutet worden, auf Anweisung der Regierung.

Dies war jedoch eine leichte Übertreibung von seiten Carls. Die Regierung hatte keine taktischen Verhaltensmaßregeln erteilt. Immerhin war die Ausrüstung, mit der Stålhandske jetzt den Volvo vollgepackt hatte, legal.

Åke Stålhandskes Pusselei auf dem Rücksitz machte einen gediegenen Eindruck, und Carl mußte sich schnell eingestehen, daß die Apparatur sein Fachwissen mehr als nur zum Teil überforderte. Dafür war er auf diesem Gebiet ja nur oberflächlich ausgebildet. *Orca* hingegen war inzwischen nachweislich ein Spezialist.

Zu Carls Entzücken schaltete Stålhandske ohne die geringste Mühe einen Minicomputer mit seinen Suchinstrumenten zusammen. Wenn es wirklich um etwas ging, konnte er also auch mit Computern umgehen. Und dann konnte er schon nach fünf Minuten langem aufmerksamen Lauschen feststellen, daß das gesamte FM-Band sauber war, daß also niemand mithörte. Sonst war es immer üblich, das FM-Band zu benutzen.

»Entweder haben wir hier einen Bock geschossen, oder sie haben eine ziemlich moderne amerikanische Ausrüstung«, brummelte Stålhandske, als er den Frequenzwähler umschaltete, um den Computer von neuem suchen zu lassen.

»Ich nehme an, deine Ausrüstung ist auch amerikanisch«, gluckste Carl.

»Darauf kannst du Gift nehmen«, fauchte Stålhandske und rückte seinen Kopfhörer zurecht. »Gleich und gleich gesellt sich gern. Die Dinger sind praktisch Vettern. Warte, hier ist es!«

Er reichte Carl den Kopfhörer, der schnell feststellen konnte, daß jetzt klar und deutlich zu hören war, wie drei Studentinnen über ein kommendes Frühlingsfest diskutierten und dabei bestimmte erotische Implikationen in den Vordergrund stellten.

»Interessant«, flüsterte Carl, als er den Kopfhörer zurückgab. »Kannst du etwas über die Technik sagen? Der Empfang ist ja hervorragend.«

»Teufel, es ist das Beste, was es gibt«, flüsterte Stålhandske zurück. »Sie verwenden springende Frequenzen auf dem Kurzwellenband. Es wäre unmöglich, ohne dieses Ding etwas einzufangen. Sie müssen selbst so eins haben.«

»Tonbandgerät oder manuelle Bedienung?«

»Beides. Da sie oft die Frequenz wechseln, müssen sie es von Hand tun. Sie sitzen irgendwo in der Nähe.«

»Wo denn?«

»Dafür müßte ich eine andere Ausrüstung haben, aber das ist nicht nötig. Gebrauch deinen Verstand, zum Teufel. Wo würden wir selbst sitzen?«

»Wir selbst würden natürlich niemals illegale Lauschangriffe vornehmen«, sagte Carl mit gespielter Strenge, die Åke Stålhandske kaum täuschte. »Aber wenn wir schon irgendwo sitzen müßten, würden wir um diese Jahreszeit natürlich nur im Haus sitzen wollen.«

»Selbstredend, und das nicht nur aus klimatischen Gründen. Die Ausrüstung ist nämlich ziemlich sperrig.«

»Und wegen des Empfangs würden wir ziemlich nahe sitzen?«

»Selbstredent. Und der Rest ist auch selbstverständlich.«

Ein Lächeln des Einverständnisses huschte über ihre Gesichter, als sie den Blick zu dem dunklen Haus von Otters wandten. Dieser war begraben, und das Haus sollte verkauft werden. Nachts hielt sich dort niemand auf. Der Abstand war ideal, und sonst brauchte niemand hineingezogen zu werden.

»Sollen wir reingehen und uns die Scheißkerle schnappen?« lächelte Stålhandske und griff zu seinem Schulterholster.

»Nein«, entgegnete Carl. »Wir haben sie in der Falle, aber laß uns erst nachdenken. Wie viele sind es?«

»Einer sitzt am Mischpult, einer besorgt das eigentliche Anzapfen, dann vielleicht noch einer. Höchstens drei. Das erledigen wir in einer Kaffeepause.«

»Ja, natürlich, aber das ist es nicht, woran ich dachte.«

Carl drehte den Zündschlüssel und fuhr langsam los. In der Stadtmitte von Uppsala rief er über Autotelefon Ponti an und teilte diesem einen Treffpunkt in zwei Stunden mit. Dann sah er auf die Uhr, rief Samuel Ulfsson unter dessen abhörsicherer Telefonleitung zu Hause an und schaltete seinen Scrambler ein.

Åke Stålhandske lauschte ungeduldig der ihm etwas peripher vorkommenden Diskussion über das Einverständnis von Verwandten, illegales Eindringen und andere juristische Petitessen, die sich fast zehn Minuten hinzogen.

Carl blinzelte ihm zu und rief dann Joar Lundwall an, was Stålhandske sofort optimistischer machte, da das Gespräch mit *Swordfish* darauf hinauslief, daß dieser sich in gepflegter Kleidung in einer Stunde an einem bestimmten Punkt in Uppsala einfinden solle, *no matter what*.

Gepflegte Kleidung – das hatte einen sehr konkreten Inhalt, wenn der Anruf *Swordfish* galt. Die Operation hatte jetzt Alarmstufe Rot. Stålhandske rieb sich optimistisch die Hände

»Freu dich nicht zu früh«, warnte Carl ihn lächelnd. »Wir müssen erst das endgültige grüne Licht von Otters nächsten Angehörigen abwarten. Das Affenhaus soll wegen illegalen Eindringens festgenagelt werden und nicht wir.«

»Immer diese gottverfluchten juristischen Haarspaltereien«, knurrte Stålhandske.

»Mhm«, erwiderte Carl nachdenklich, »immer diese juristischen Haarspaltereien.«

Exakt zum festgesetzten Zeitpunkt vierundfünfzig Minuten später lasen sie Joar Lundwall am Fyris-Fluß auf, einen Straßenblock von Lundequists Buchhandlung entfernt; Carl ließ den Wagen weniger als zehn Sekunden halten, während Joar Lundwall seine beiden großen und schweren Taschen in den Kofferraum wuchtete, um den Wagen herumging und sich auf den Rücksitz setzte.

Carl drehte langsam eine Runde durch die Innenstadt, fuhr erst in der einen Richtung am Fyris-Fluß entlang, dann in der anderen, während alle drei automatisch die Umgebung und den sonstigen Verkehr im Auge behielten. Dann nahm Carl die Straße nach Ulleråker und bog in einen kleinen Seitenweg im Wald ein und hielt an. Er machte die Deckenleuchte an und zog einen Notizblock und einen Bleistift hervor.

»Das Ziel ist eine Villa mit zweieinhalb Ebenen«, begann er und zeichnete dabei. »Dort sitzen drei Banditen. Sie sind übrigens aus dem lieben Affenhaus. Sie beschäftigen sich mit illegalem Abhören von einigen Mädchen in der Villa gegenüber. Wieviele Handfesseln haben wir übrigens?«

»Vier Paar«, erwiderte Joar Lundwall.

»Ausrüstung und Bewaffnung?«

»Sprechfunkgeräte, Handfeuerwaffen, Tränengas, Schockgranaten, Messer, Infrarotzielgeräte und Bildaufheller, eine MP 5, etcetera, etcetera«, leierte Joar Lundwall schnell herunter.

»Gut. Ohrenschützer?«

»Teufel. Nein.«

»Witzig, mit Schockgranaten, falls wir sie brauchen. Na ja, das wäre trotzdem ein gewisser Overkill, könnte man sagen. Wir rechnen also mit drei, höchstens vier Personen. Wir beabsichtigen mit der Operation, diese Polizisten unschädlich zu machen. Wir wollen nicht mit ihnen diskutieren und überhaupt nichts sagen. Wir wollen sie nur außer Gefecht setzen, an Ort und Stelle irgendwie transportfertig verpacken und ihre Ausrüstung beschlagnahmen. Dann machen wir uns aus dem Staub und bitten zugleich die gewöhnliche Polizei, unsere Pakete abzuholen. Alles verstanden?«

Die beiden anderen nickten.

»Kann es sein, daß sie bewaffnet sind?« fragte Åke Stålhandske hoffnungsvoll.

»Ja, natürlich, aber das ist für mein Gefühl ohne praktische Bedeutung«, entgegnete Carl streng. »Ich gebe euch hiermit folgenden strikten Befehl. Ihr dürft die Typen nur verletzen, wenn ihr schießt, und überhaupt nur zu dem Zweck schießen, schon eröffnetes Feuer zu erwidern. *Do not fire until fired upon, is that clear?*«

Joar Lundwall und Åke Stålhandske nickten erneut.

»Die Operation wird wie folgt durchgeführt«, fuhr Carl fort. »Wir brechen hier ein, auf der Rückseite. Das erledigen Åke und ich. Du, Joar, nimmst die Position hier am Zaun ein, um den Fluchtweg abzuschneiden, falls jemand abzuhauen versucht. Der Betreffende soll dann entwaffnet und verschnürt werden. Mit angemessenem Einsatz von Gewalt. Wir wollen keine ernsthaft verletzten Polizisten. Dies sind schließlich keine Skinheads.«

»Na ja, obwohl der Unterschied nur minimal sein dürfte«, kicherte Åke Stålhandske.

»Nichtsdestoweniger«, fuhr Carl fort, ohne die frivole Bemerkung auch nur mit einem Lächeln zu quittieren, »ist es von Bedeutung, daß wir die Objekte nicht ernsthaft verletzen. Und dann geht die Operation wie folgt weiter. Vorausgesetzt, Åke, du kannst mir noch beibringen, wie man versteckte Mikrophone findet. Ihr kehrt zur Basis zurück, ich gehe in die Nachbarvilla und versuche die Mikrophone zu finden, damit wir den ganzen Klumpatsch mitbekommen.«

»Aber in der Nachbarvilla sind doch Leute?« wandte Åke Stålhandske ein.

»Ja, und genau aus dem Grund soll ich mir dort Einlaß verschaffen. Das heißt, ich klopfe an und bitte um Einlaß. Im Gegensatz zu euch bin ich ja schon bekannt, und eure Anonymität wollen wir bewahren. Die Wahrscheinlichkeit, in einer so ungewöhnlichen Angelegenheit eingelassen zu werden, ist größer, wenn ich frage, als wenn einer von euch auftaucht. Insoweit alles verstanden? Gut. Dunkle Kleidung, bedeckt die Gesichter, ich tue es nicht. Noch Fragen?«

»Was wissen wir über Schlösser und Riegel auf der Rückseite?« wollte Åke Stålhandske wissen.

»Nichts, aber es dürfte nicht schlimmer sein, als daß wir mit vereinten intellektuellen Anstrengungen ein gewöhnliches Türschloß knacken. Wo in der Villa sitzen sie? Was glaubst du?«

»Im Obergeschoß auf der Rückseite. Das erscheint mir am logischsten. Bedeckte Fenster, denn die wollen gute Sicht haben, ohne daß von außen ihr Licht zu sehen ist.«

»Logisch. Das bedeutet, daß wir beim Einbruch eine gute Ausgangslage haben, nicht wahr?«

»Ja. Sie hören uns nicht, weil sie in einem verschlossenen Raum sitzen. Es ist hell bei ihnen, aber bei uns ist es dunkel. Dann wäre es perfekt, aber das sind nur Vermutungen.«

Carl ging in aller Hast noch einmal den Plan durch und zeigte eine etwas erweiterte Karte der Umgebung. Dann zwang er sich zu erzählen, es bestehe ein gewisses Risiko, daß ein journalistischer Zeuge dabeisei, was die beiden anderen dazu brachte, ihn vor Erstaunen mit offenem Mund anzustarren. Carl tat, als hätte er es nicht bemerkt, sondern fuhr mit einigen praktischen Hinweisen fort, wie er selbst für eventuelle Zeugen sichtbar sein würde, ob Journalisten oder nicht, während die beiden anderen unsichtbar bleiben sollten. Falls die Operation durchgeführt würde, übernähmen die Streitkräfte die Verantwortung. Aus leicht einzusehenden Gründen sei es praktisch, wenn ein Verantwortlicher namentlich dingfest gemacht werden könne, und aus noch leichter einzusehenden Gründen sei es besonders praktisch, wenn er, Carl, diese Person sei. Falls es zu einer Vernehmung vor dem Verfassungsausschuß oder ähnlichen Albernheiten komme.

Sie zogen sich um und wählten die Ausrüstung aus, die sie brauchten. Dann kontrollierten sie gegenseitig die Kleidung, denn immerhin waren sie Marinetaucher und Fallschirmjäger. Es war eine minuziöse und ernste Sorgfalt im Detail, die psychologisch vielleicht ebenso wichtig war wie in praktischer Hinsicht. Da war etwas, was sie allmählich verwandelte und dazu brachte, weniger zu sprechen und bald ins Englische zu verfallen. Ihre operative Sprache war aus Sicherheitsgründen Englisch, die Sprache, in der in schnellen Befehlssituationen alle Reflexe eingeprägt waren.

Das Autotelefon läutete. Carl stellte den Scrambler an und antwortete. Es wurde ein sehr kurzes Telefonat.

»*It's go on all systems, we are on red alert. Break in point 14 minutes 30 seconds from now*«, sagte er kurz und drehte den Zündschlüssel.

Während der ganzen Fahrt durch Uppsala und zu dem Villenviertel sprach niemand ein Wort.

Carl hielt einen Straßenblock vor dem Ziel an. Vielleicht unnötig weit weg, wie man meinen könnte. Er hatte jedoch einen schwarzen, ziemlich auffallenden französischen Wagen entdeckt. Er gab den anderen ein Zeichen zu warten, es bestehe keine Gefahr. Dann stieg er aus und ging zu dem schwarzen Citroën.

Erik Ponti ließ die Seitenscheibe herunter und sah Carl fragend an. Dieser trug eine dunkle Tarnjacke mit den Rangabzeichen der Marine und eine schwarze Strickmütze.

»Es wird folgendes passieren«, kam Carl direkt zur Sache. »In drei Minuten gehen wir in die Villa rein, greifen uns die Personen, die sich darin aufhalten, und beschlagnahmen ihre Ausrüstung. Wenn es vorbei ist, werde ich in das andere Haus gehen und um Erlaubnis bitten, ein verstecktes Mikrophon abzuholen. Verstanden? Du bleibst natürlich hier sitzen.«

»Verstanden, ja. Kann ich mit dir in die Villa, ich meine zu den Mädchen?«

»Ungern.«

»Kannst du mich daran hindern?«

»Nein.«

»Kann ich auch in die Villa rein, in der abgehört wurde?«

»Auf eigene Verantwortung. Wir haben die Genehmigung, aber du wahrscheinlich nicht.«

»Schon, aber ich meine diese Leute.«

»Die werden dich inzwischen nicht hindern können. Die Polizei, also die gewöhnliche Polizei, wird sie etwa eine Viertelstunde nach unserem Eingreifen abholen.«

»Schade, daß ich nicht beim Fernsehen bin. Kann ich Tonbandaufnahmen machen?«

»Ich kann dich nicht daran hindern, will dich aber nur um eins bitten.«

»Ja?«

»Du solltest es vermeiden, meine Mitarbeiter zu identifizieren oder es auch nur zu versuchen.«

»Wenn du es vermeidest, mich zu behindern.«

Carl antwortete nicht, sondern lächelte ironisch, sowohl über sich selbst wie über die Situation. Dann ging er zu den anderen zurück und fuhr den Wagen fast bis zum Ziel. Die drei Männer sahen auf ihre Uhren. Carl gab Joar Lundwall ein Walkie-Talkie. Dieser nahm es mit einem Kopfnicken in Empfang. Es brauchte nichts gesagt zu werden. Die Bedeutung der Geste war selbstverständlich.

Dann stiegen sie aus und gingen durchs Gartentor. Dort hockte Joar sich hin und zog sich eine Kapuze übers Gesicht, während die beiden anderen den Weg fortsetzten und um das Haus herumgingen. Dort mußte sich eine Hintertür oder eine Küchentür befinden. Sie gingen auf dem Rand des Rasens, um nicht gehört zu werden.

Zur Küchentür führte eine kleine Steintreppe hinauf. Sie wechselten einen kurzen Blick. Åke Stålhandske zog seinen Revolver und behielt die Tür im Auge, während Carl hinaufschlich und das Schloß inspizierte. Dann gab er Åke schnell ein Zeichen, es sei eine Frage von wenigen Sekunden. Dann öffnete er leise das Schloß und zog die Tür sehr behutsam auf. Im Haus war es dunkel.

Carl flüsterte eine kurze Mitteilung an Joar, sie seien jetzt im Haus. Dann trat er entschlossen in die Dunkelheit und wartete, bis Åke Stålhandske folgte. Als beide im Haus waren, schlossen sie vorsichtig die Tür und gaben einander Zeichen, jeder solle in einer Richtung das Erdgeschoß durchsuchen. Anschließend sollten sie sich wieder an derselben Stelle treffen, an der Treppe zum Obergeschoß.

Sie hatten es nicht eilig. Die Dunkelheit war ihr Schutz, aber Geräusche waren ihr Feind. Jede hastige Bewegung konnte Lärm verursachen, aber sie waren sicher, wenn sie sich sehr langsam bewegten.

Sie brauchten fünf Minuten, um festzustellen, daß sich im Erdgeschoß niemand aufhielt. In dieser Zeit hatten beide leise Laute vom Obergeschoß hören können.

Als sie sich schließlich an der Treppe trafen, gab Carl durch ein Zeichen zu verstehen, er wolle als erster hinaufgehen. Er tastete vorsichtig mit der Hand nach der nächsten Treppenstufe, bevor er weiterging, und schlich so in gebückter Haltung weiter, damit sie den Vorteil der absoluten Stille behielten. Beide bewegten sich mit äußerster Behutsamheit, denn die Stille war immer noch die Hauptsache.

Als sie im Obergeschoß waren, sahen sie unter einer der Türen einen Lichtspalt. Sie blieben eine Weile still stehen, um sich nicht vom Eifer mitreißen zu lassen. Stålhandske betastete langsam den oberen Teil des Treppengeländers und entdeckte einen kleinen Blumentopf, auf den er Carl aufmerksam machte. Es waren gerade solche Dinge, an denen manchmal etwas scheiterte: Sekunden vor dem Zuschlagen kippt man etwas um und zerstört alles.

Sie entschieden ohne ein Wort, wie es weitergehen sollte. Åke trat ein wenig zur Seite, um nicht direkt vor der Tür mit dem Lichtspalt zu stehen, hatte sie jedoch ebenso wie die Treppe unter Kontrolle. Carl wußte, ohne es zu sehen, was Stålhandske tat, und dieser wußte genau, was Carl vorhatte.

Carl trat drei schnelle Schritte vor, riß die Tür auf und stürzte dann mit ausgestreckter Pistole in einer weit ausholenden Bewegung eineinhalb Meter ins Zimmer.

Die drei Männer im Raum, durch Rockmusik und ödes Geplapper zu Tode gelangweilt, lümmelten neben ihren Instrumenten, die auf einem kleinen Schreibtisch und einem zusätzlichen Tisch aufgebaut waren, den sie aus der Küche heraufgeschleppt hatten. Die Männer bewegten sich kaum. Entweder waren sie zu erstaunt über das, was sie sahen, oder das stundenlange Stillsitzen hatte ihre Glieder steif gemacht.

Carl steckte seine Pistole ruhig in den Hosenbund auf dem Rücken und trat zwei Schritte vor. Er riß den nächsten Polizisten mit einem Griff um Hemd und Jackett hoch, und als er ihn in der richtigen Höhe hatte, versetzte er ihm zwei Schläge und kippte den bewußtlosen Mann mit dem Knie zur Seite, bevor er sich dem nächsten zuwandte, der inzwischen auf die Beine kam und gleichzeitig in die Innentasche seines Jacketts griff.

Der Mann schaffte es noch »Polizei!« zu sagen, bevor Schmerz und Schrecken verschmolzen und der Fußboden ihm entgegenkam und einen Schlag ins Gesicht versetzte, so daß alles Schwarz wurde.

Der dritte Mann machte einen Ausbruchsversuch und lief an Carl vorbei, der nur den Kopf schüttelte und etwa eine Sekunde wartete, bis er den dumpfen Laut von Åke Stålhandskes zwei Treffern draußen in der Dunkelheit hörte.

Carl zog sein Funksprechgerät aus der Tasche und schaltete es ein.

»Nest eingenommen. Holt die Taschen zum Transport des Materials. Ende«, teilte er mit.

Åke Stålhandske erschien mit fröhlichem Gesicht und schleifte den dritten Polizisten hinter sich her.

»Ein kleiner Ausreißversuch«, lächelte er.

»Hm«, erwiderte Carl. »Ich wollte nur prüfen, ob du wach bist. Handschellen?«

Sie legten den drei Bewußtlosen Handschellen an und befestigten sie mit einem Handgelenk an den ehrlichen alten gußeisernen Heizkörpern des Raums, legten die Männer in Seitenlage, lockerten die Kleidung um die Atemwege und nahmen die Brieftaschen an sich.

Während Åke Stålhandske begann, die technische Ausrüstung auseinanderzunehmen und zu stapeln, entnahm Carl den Brieftaschen drei Polizeiausweise und schrieb sich Personalnummern und Namen auf. Dann steckte er die Papiere wieder hinein und warf die Brieftaschen neben die drei Männer. Einer von ihnen bewegte sich etwas, ein anderer stöhnte leise.

Als Joar Lundwall mit einer der großen Taschen heraufkam, verpackten sie schnell die Ausrüstung, alles, was Platz fand, und rissen den Verdunklungsfilm vom Fenster.

Sie keuchten mit ihren schweren Taschen und einigen losen Ausrüstungsgegenständen die Treppe hinunter und stellten alles am Ausgang im Erdgeschoß ab. Åke Stålhandske hatte dort unten nämlich etwas entdeckt, als er sich in der Dunkelheit vorgetastet hatte. Er wollte es sich näher ansehen. Er betrat das Zimmer als erster und machte Licht.

Es war ein großes Wohnzimmer mit echten Teppichen, an den

Wänden hingen lauter Marinebilder. Es war das Zimmer, in dem von Otter gestorben war.

Vor dem Fenster zur Straße stand ein großer Arbeitstisch mit mehreren fertigen oder halbfertigen Schiffsmodellen und Material, Schnitzmessern und kleinen Farbdosen in säuberlichen Reihen.

Sie näherten sich fast andachtsvoll dem Arbeitstisch und machten unbewußt einen Bogen um den großen braunen Fleck mit eingetrocknetem Blut auf dem Perserteppich.

Åke Stålhandske knipste die Arbeitslampe über dem Tisch an, so daß das Fenster vor dem Tisch zu einem schwarzen, undurchdringlichen Spiegel wurde. Jemand hatte die beiden Einschußlöcher im Doppelfenster mit selbsthaftender Folie verklebt. Der braune Arbeitsstuhl mit gepolstertem englischem Leder mußte nach Lage der Blutlache zu urteilen, nach hinten gekippt sein. Jemand hatte ihn säuberlich und exakt wieder hingestellt.

»Das hier ist mir aufgefallen«, sagte Åke Stålhandske und zeigte auf ein fast fertiges Schiffsmodell, das in der Nähe des Stuhls vor den beiden anderen stand. »Genau hier ist er gestorben, und zwar genau in dem Augenblick, in dem er hier auf dem Achterdeck den letzten Geschützturm befestigen wollte.«

»Panzerschiff ›Gustaf V.‹«, stellte Joar Lundwall fest. »Er hatte irgendwann in seiner Jugend auf dem Pott gedient. Alle, die auf der ›Gustaf V.‹ gefahren waren, rauchten eine bestimmte Zigarrensorte, die das Tabakmonopol für sie herstellte. Die Zigarre hieß auch ›Gustaf V.‹ Da vorn steht die ›Fylgia‹ und da ein Zerstörer. Er hat ganz einfach alle Schiffe nachgebaut, auf denen er gefahren war.«

»Und hatte nur noch eins zu erledigen, vielleicht eine Minute lang, bevor er starb«, stellte Carl fest.

»Ja«, sagte Stålhandske. »Noch eine Minute, und der letzte Geschützturm wäre montiert gewesen. Er ist vielleicht als glücklicher Mann gestorben.«

Sie betrachteten die Schiffsmodelle schweigend, als hätten sie unfreiwillig eine befohlene Schweigeminute eingelegt. Dann löschten sie das Licht und gingen auf leisen Sohlen durch die Dunkelheit, um die beschlagnahmte Ausrüstung im Flur zu holen.

Als sie auf dem Kiesweg auf die Straße zugingen, zogen Joar Lundwall und Åke Stålhandske sich die Strickmützen über die Gesichter, und als Carl am Gartentor in beide Richtungen geblickt und ihnen zugewinkt hatte, gingen sie schnell zum Wagen und verstauten alles.

Åke Stålhandske erklärte Carl die Funktionen des Suchinstruments und äußerte die Vermutung, daß es sich um ein vergleichsweise großes Mikrophon handeln müsse, etwa acht mal zwei Zentimeter. Auch ohne Suchinstrument müsse man einen derart großen Gegenstand in einem Zimmer schnell finden können, wenn man wisse, in welchem Zimmer er sich befinde.

Carl nickte und bat die beiden, einen halben Straßenblock weiter auf ihn zu warten. Dann stieg er aus und überquerte die Straße zu der gegenüberliegenden Villa.

Als er an der Tür läutete, holte ihn Erik Ponti mit einsatzbereitem Tonbandgerät ein.

»Wie ist es gegangen?« keuchte er.

Carl antwortete nicht, sondern zeigte nur auf das Tonbandgerät. Erik Ponti schaltete es unwillig ab und wiederholte die Frage.

»Drei kriminelle Abhörer liegen mit Handschellen gefesselt dort drinnen und werden in etwa einer Viertelstunde von der Polizei abgeholt. Wir haben noch nicht angerufen. Ihre Ausrüstung haben wir beschlagnahmt«, erwiderte Carl schnell, da im Haus Schritte zu hören waren.

Die Tür wurde von einem älteren Mann mit einem Buch in der Hand und einer Lesebrille auf der Nase aufgemacht. Erik Ponti schaltete blitzschnell wieder sein Tonbandgerät ein.

»Guten Abend, entschuldigen Sie, daß ich noch so spät störe. Mein Name ist Fregattenkapitän Carl Hamilton vom Generalstab«, grüßte Carl höflich.

»Jaa... ja, das sehe ich«, keuchte der Mann in der Tür und ließ das Buch zu Boden fallen. Er entschuldigte sich verlegen, als er es aufhob.

»Und was... was verschafft mir die Ehre, wenn ich so sagen darf?« fuhr er fort, nachdem er sich gefaßt und begriffen hatte, daß er tatsächlich sah, was er sah.

»Bei Ihnen wohnen im Obergeschoß drei Damen. Ich würde

gern kurz mit ihnen sprechen, am liebsten da oben«, fuhr Carl unverändert zuvorkommend fort, als ginge es um einen beliebigen Höflichkeitsbesuch.

Der alte Mann antwortete gar nicht mehr. Er nickte nur und gab den beiden Männern ein Zeichen, ihm zu folgen. Sie traten ein, zogen die Schuhe aus und gingen dann die Treppe hinauf.

Aus einem Zimmer war laute Rockmusik zu hören, und Carl grinste bei dem Gedanken, was die bedauernswerten Polizisten beim Lauschen hatten ertragen müssen. Dann klopfte er leise an, natürlich ohne jede Wirkung, und dann etwas lauter.

»Ja ja ja! Wir machen schon auf!« war von drinnen zu hören. Dann wurde die Tür von einem blonden Mädchen um die Zwanzig geöffnet. Sie hatte obenherum nur einen BH an und sich mit einem Handtuch einen Turban um ihr frischgewaschenes Haar gewickelt.

Sie wurde vor Erstaunen starr wie ein Standbild, als sie in dem Glauben, die Hauswirtin wolle ihre Meinung zu der Musik äußern, auf Carls Brust starrte. Dann hob sie den Blick und entdeckte, wer vor ihr stand.

Es lag etwas unwiderstehlich Komisches in der Situation, nicht zuletzt wegen des Mikrophons, das jetzt fast obszön zwischen ihnen aufragte. Carl konnte nicht widerstehen.

»Mein Name ist Hamilton«, sagte er lächelnd. »Carl Hamilton.«

Das Mädchen im BH sah aus, als würde es gleich in Ohnmacht fallen.

»Dürfen wir vielleicht eintreten? Darf ich auch mit den beiden anderen sprechen?« fuhr Carl fort. Die überraschte Gastgeberin entdeckte erst jetzt, daß sie für einen Besuch nicht comme il faut gekleidet war und gab mit einer Handbewegung zu verstehen, sie könnten ruhig eintreten. Dann rief sie ihre Freundinnen und lief weg, um sich anzuziehen.

Die Rockmusik war plötzlich verstummt. Die beiden anderen Mädchen kamen abwartend und skeptisch näher.

»Hej, es ist so«, begann Carl, um gleich zur Sache zu kommen. Ihm war sehr wohl bewußt, daß er sich nicht noch einmal vorzustellen brauchte. »Im Generalstab haben wir davon Kenntnis erhalten, daß ihr hier seit einiger Zeit illegalen Lauschangriffen ausgesetzt seid. Ihr seid von der gegenüberliegenden Villa aus abgehört worden. Und da wir die Ausrüstung beschlagnahmt haben, die von den Verbrechern verwendet worden ist, würden wir hier gern ihr Mikrophon abholen. Dazu brauche ich eure Erlaubnis. Habe ich die?«

Er ging in den Raum und sah sich um, als hätte er die Erlaubnis schon erhalten.

»Es ist die Säpo gewesen, nicht wahr?« fragte eins der Mädchen.

»Du wirst ohne Zweifel noch erfahren, wer es gewesen ist, aber darf ich erst mal nach dem Mikrophon suchen?« parierte Carl, da das *Echo des Tages* schon dabei war, eine Aufnahme zu machen.

Die Mädchen nickten eifrig. Carl zog Åke Stålhandskes Suchinstrument hervor und sah sich im Raum um.

»Ist das hier euer Wohnzimmer? Habt ihr euch hier am meisten unterhalten?« fragte er. Die Mädchen nickten ernst.

An den Wänden Bilder, ein paar antike Komoden, eine Mora-Standuhr, ein offener Kamin, breite, altmodische Fußbodendielen, an der Decke Stuck und sonst noch einiges, wofür man sich entscheiden konnte.

Carl ging ein paar Schritte weiter und schaltete sein Instrument ein. Die Zuschauer verstummten und sahen fasziniert zu.

»Vielleicht stellt sich jemand mitten ins Zimmer und zählt laut. Vielleicht du da? Ihr anderen seid bitte so nett und schweigt«, schlug Carl so unbeschwert wie möglich vor.

Das Mädchen mit dem nassen Haar hatte sich inzwischen ein rotes Polohemd übergestreift und das Handtuch entfernt. Sie stellte sich verlegen mitten auf den Fußboden und kicherte ihren Freundinnen zu.

»Ist es gut so?« fragte sie.

Carl nickte, worauf sie laut zu zählen begann, während Carl die Sucherantenne bewegte, um den Sender zu finden.

Es war schnell erledigt.

»Danke«, sagte er, »das genügt. Habt ihr vielleicht eine Taschenlampe im Haus? Ach nein, ist vielleicht gar nicht nötig.«

Er ging zu dem offenen Kamin, tastete eine Weile im Abzug herum und zog das Mikrophon heraus. Er sah es an und steckte es lächelnd in die Brusttasche.

»Eigentum der Krone. Wird mit eurer geneigten Erlaubnis abgeholt«, lachte er. »Von jetzt an könnt ihr wieder offen darüber reden, was für Studentenfeste ihr hier feiern wollt. Übrigens auch darüber, welche Kurden ihr einladet.«

Er verbeugte sich höflich, vielleicht etwas übertrieben höflich vor den Anwesenden und ging dann schnell hinaus.

Erik Ponti holte ihn auf der Treppe ein.

»Was passiert jetzt?« fragte er aufgeregt. »Kann ich in die Villa reingehen und diese... Polizisten interviewen?«

»Ja«, erwiderte Carl und wahrte seine steinerne Maske. »Wenn die fraglichen Personen imstande sind, deine Fragen zu beantworten, und außerdem dazu bereit sind, werde ich mich nicht einmischen.«

»Wann wird man sie abholen?«

»Etwa in einer Viertelstunde.«

Carl ging ohne ein weiteres Wort durch die Tür und begab sich eilig zu seinem wartenden Wagen. Erik Ponti fühlte sich hin- und hergerissen, erkannte dann aber, daß die Abgehörten später noch da sein würden, während man die Schurken abtransportieren würde. Die Entscheidung fiel ihm deshalb leicht. Erst die Ganoven, dann die Opfer. Damit eilte er über die Straße und hielt sein Tonbandgerät bereit.

Als er wieder beim Wagen war, stieg Carl ein, als wäre alles danebengegangen. Dann lächelte er und warf Åke Stålhandske das Mikrophon zu.

»Was ist das für Zeug?« fragte er, während Stålhandske Mikrophon und Sender eifrig unter die Lupe nahm.

»Modern, das richtige Ding für springende Frequenzen und anderes, ein Nachteil, den man in Kauf nehmen muß. Aber der Sinn besteht ja darin, daß kein anderer mithören kann, was man belauscht.«

»Sofern man nicht die gleiche Ausrüstung hat?«

»Genau.«

»Es sind also amerikanische Dinger?«

»Ja.«

»Sam wird wohl ein kritisches Gespräch mit unseren amerikanischen Vettern führen müssen. Wenn man den Leuten im Affenhaus so was in die Hände gibt, kann es ja nur schlimm enden.«

Carl rief Samuel Ulfsson an und teilte kurz mit, die Operation sei beendet, und das Team werde in fünfundvierzig Minuten beim Generalstab ankommen. Dann rief er die Polizei in Uppsala an und wiederholte die Mitteilung. Anschließend mußte er drei Personen seinen Namen nennen, bevor diese begriffen, daß es sich nicht um einen Studentenstreich handelte.

Samuel Ulfsson war nicht gewohnt, Pressekonferenzen zu geben. Außerdem sorgte er sich um einige Fragen juristischen Charakters, die er mit einem der Juristen des Generalstabs durchgesprochen hatte. Dabei hatte sich herausgestellt, daß man sich in vollkommen unklaren Grenzgebieten befand und niemand sagen konnte, was legal und was illegal war.

Mit der tätigen Mithilfe des Juristen wurde deshalb zunächst ein Pressekommuniqué folgenden Inhalts zu Papier gebracht: Nachdem dem Generalstab zur Kenntnis gelangt war, daß in Uppsala mit Instrumenten abgehört wurde, die fremden militärischen Ursprungs waren, war es nach Gesetz und Recht Aufgabe des Generalstabs, diese Erkenntnis unverzüglich an den zivilen Sicherheitsdienst weiterzugeben, damit dieser Gegenmaßnahmen traf. Aber da Gefahr im Verzuge bestand und man nicht ausschließen konnte, daß ein Eingreifen mit einiger Gefahr für Leib und Leben der Beteiligten verbunden war, hatte man beschlossen, Fregattenkapitän Carl Hamilton damit zu beauftragen, eine Operation mit dem Ziel zu leiten, die illegale Tätigkeit zu beenden. Ferner hatte dieser Anweisung erhalten, bei der eventuellen Festnahme von Personen diese unverzüglich an die Polizei zu übergeben. Was auch geschehen war.

Die Abhörausrüstung, die jetzt in ausgewählten Teilen bei der Pressekonferenz vorgezeigt werden sollte, würde anschließend der Staatsanwaltschaft in Uppsala übergeben werden, da die Tat dort begangen worden war. Was die Verdächtigen selbst anging, hatte sich bedauerlicherweise herausgestellt, daß es Polizeibeamte in der Sicherheitsabteilung der Reichspolizeiführung waren.

Punkt. Ende.

Während des Morgens und der Mittagsstunden hatte das *Echo des Tages* wahre Orgien an originellen Reportagen gebracht. Da gab es Beiträge, die selbst altgediente Reporter vor Glück weinen ließen. Beispielsweise wird irgendwo angeklopft und man hört das erstaunte Keuchen eines Mannes, der eine Tür öffnet. Dann eine Stimme, eine für alle wohlbekannte Stimme, die sich wie folgt äußert: »Mein Name ist Hamilton. Carl Hamilton.«

Oder ein paar vollkommen absurde Interviewversuche mit einigen offensichtlich recht benebelten Sicherheitspolizisten, die den Reporter inständig bitten, das Ganze nicht weiterzugeben. Er möge vielmehr die Sicherheitspolizei in Stockholm anrufen und die Kollegen dort bitten, Schlüssel für die Handschellen mitzubringen.

Die Pressekonferenz sollte in einem der größten Säle stattfinden, die man hatte anmieten können, nämlich unten im Grauen Haus in der Östermalmsgatan.

Samuel Ulfsson hatte Lampenfieber, als stünde sein Debut an der königlichen Oper oder etwas ähnlich Alptraumhaftes bevor, als er den vollbesetzten Saal betrat und von einem Schauer von Kamerablitzen und aufflammenden TV-Spots begrüßt wurde.

Niemand sagte etwas, da es eine schwedische Pressekonferenz war, deren Rituale Samuel Ulfsson völlig unbekannt waren. So begann er ein wenig zögernd, das zu verlesen, was in der Pressemitteilung stand, die alle schon erhalten hatten. Anschließend, so erklärte er mit einem unsicheren Lächeln, werde er versuchen, Fragen zu beantworten. Dann stellte er seine Mitarbeiter vor, Oberstleutnant Borgström von der Sicherheitsabteilung des Generalstabs sowie den früheren Oberlandesgerichtsrat Eliazon von der Rechtsabteilung des Generalstabs.

Danach prasselten die Fragen auf ihn ein. Sie wurden in Salven gestellt, jeweils zehn auf einmal.

Dabei ging es überwiegend darum, wie das Ganze abgelaufen war, welche Waffen das Militär mitgeführt hatte, oder welcher

Technik es sich bedient hatte, um den Abhörgeräten auf die Spur zu kommen. Diese Fragen ließen sich leicht beantworten oder aus Sicherheitsgründen mit einem Gemurmel abtun.

Samuel Ulfsson entdeckte bald, daß er die meisten Sympathien auf seiner Seite hatte, was wohl einiges mit den Sendungen zu tun hatte, die das *Echo des Tages* inzwischen ausgestrahlt hatte.

Die wichtigste Frage war offenbar, wo Fregattenkapitän Hamilton sich befand und warum er nicht anwesend war.

Antwort: Fregattenkapitän Hamilton befinde sich im Ausland, und zwar mit einem Auftrag, dessen Inhalt nicht einmal angedeutet werden könne. Das war eine Antwort, die im Saal ein erwartungsvolles Raunen auslöste.

Die kniffligste Frage kam von einem *Echo*-Reporter, der, wie Samuel Ulfsson ahnte, die Antwort schon kannte:

»Hat die Regierung von den polizeilichen Einsätzen der Streitkräfte Kenntnis gehabt?«

»Die Regierung hat über das Geschehen volle Information erhalten, und wir haben von dort keinerlei Kritik gehört«, wich Samuel Ulfsson aus.

»Aha. Das war eine gute Antwort auf eine Frage, die ich gar nicht gestellt habe. Aber hat man bei der Regierung Ihr Vorgehen im voraus gekannt oder gar sanktioniert?«

»Dazu kann ich keinen Kommentar abgeben. Diese Frage müssen Sie der Regierung stellen.«

»Aber ist es nicht Aufgabe der Polizei, sich um solche Dinge zu kümmern?«

Das war der Knackpunkt, die grundsätzliche Frage, jetzt kam es darauf an. Samuel Ulfsson entschied sich für eine verzweifelte, wie sich aber zeigte, höchst gelungene Methode, sich herauszuwinden.

»Ja, das könnte man meinen«, begann er nachdenklich, »aber da es sich nun bedauerlicherweise so verhält, daß die Polizei selbst Gesetzesbrüche begangen hat, so wäre es etwas unpraktisch, die Polizei darum zu bitten, sich sozusagen um sich selbst zu kümmern, und sei es nur aus rein taktischen Erwägungen. Dann hätte ein bedeutendes Risiko bestanden, daß der Auftrag nicht mit der Entschlossenheit durchgeführt worden wäre, wie sie Carl Hamilton und seine Mitarbeiter bei ihrem Eingreifen an den Tag gelegt haben.«

Die Lachsalven retteten Samuel Ulfsson vor weiteren Peinlichkeiten.

7

Rune Jansson war der Meinung, das Glück lasse ihn im Stich. Mit etwas Glück hätte sich irgendwo eine Öffnung finden lassen können, doch die Arbeit hatte sich systematisch nur zu einer verschlossenen Tür nach der anderen vorgebohrt.

Wie etwa bei dieser Sache mit dem Urin. Er hatte offenbar völlig unrealistische Vorstellungen davon gehabt, was die Urinproben des Mörders oder der Mörder hätten ergeben können. Nur in einem Punkt sah es vielleicht anders aus. Es hatte den Anschein, als stammte der Urin nur von einer einzigen Person. Doch der Weg zu dieser Schlußfolgerung war lang und steinig gewesen. Denn das, was das gerichtschemische Labor nach einer Woche feststellen konnte, war recht mager. Erst hatte man einen Tag für die Feststellung gebraucht, daß es sich um den Urin eines Menschen und nicht eines Tieres handelte. Danach hatte man festgestellt, daß die fragliche Person, ein Mann oder eine Frau unbekannten Alters, keine Drogen nahm.

Anschließend war die Urinprobe zu dem Urologen am Krankenhaus von Linköping gewandert, und dort war man etwas weiter gekommen. Im Urin befanden sich Sedimente, die auf Gallensteinbeschwerden schließen ließen, sowie Reste von Medikamenten, die man mit genau solchen Beschwerden in Verbindung bringen konnte.

Und damit endete die Urinspur. Ein Mensch unbekannten Geschlechts und unbekannten Alters, aber mit gewissen Gallensteinbeschwerden, hatte die Uniform des Generalleutnants af Klintén angepinkelt. Das ließ sich jetzt mit Hilfe der Wissenschaft sagen, obwohl es kaum mehr war als das, was Rune Jansson selbst mit Hilfe einer eigenen »organoleptischen« Untersuchung festgestellt hatte. Er hatte nämlich an dem Urin gerochen und war schon bei seinem ersten Besuch am Tatort zu der gleichen Schlußfolgerung gelangt. Damit fand dieser Ansatz ein jähes Ende.

Die Vernehmungen, die in der Nähe des Tatorts mit Nachbarn,

Briefträgern, Milchwagenfahrern und ähnlichen Personen durchgeführt worden waren, waren beendet, abgeschrieben und in vier randvollen Aktenordnern untergebracht. Dort fand sich im großen und ganzen nichts von Wert. Niemand hatte etwas Ungewöhnliches gesehen, nur eine ältere Frau, die zwei Kilometer weiter weg wohnte und erklärte, einem rätselhaften Norweger begegnet zu sein, der nach dem kürzesten Weg zur E 4 gefragt habe. Aus unerfindlichen Gründen hielt sie gerade Norweger für besonders unzuverlässig, und dieser, den sie als einen tückischen rotblonden Typ um die Fünfzig beschrieb, war in ihren Augen besonders verdächtig. Aus den Akten ging nicht hervor, worauf sich diese Auffassung gründete. Die Frau hatte nur gesehen, daß der Mann einen in Norwegen registrierten Wagen mit einem seltsamen Buchstaben im Kennzeichen gefahren habe, einem Z oder einem Y.

Verdächtiger Norweger fragt vierundzwanzig Stunden vor dem Mord nach dem kürzesten Weg zur Autobahn, seufzte Rune Jansson. Warum können wir nicht mal ein bißchen Glück haben?

Er holte den Aktenordner mit den Untersuchungsergebnissen des Erkennungsdienstes vom Regal und betrachtete die Fotos des gefolterten Generals. Dann nahm er ein Taschenmesser und versuchte, mit der Spitze auf einem weißen Blatt Papier die Buchstaben E und D hinzuschreiben.

Wahrscheinlich würde das D einem Dreieck ähneln. Aber wenn es ein Dreieck *war*? Gab es nicht eine Freimaurerorganisation, die ein ähnliches Zeichen hatte? Und konnte das E nicht auch etwas völlig anderes sein, so ein griechisch-orthodoxes Kreuz zum Beispiel?

Nein, dann würde die senkrechte Linie nur an zwei Stellen durchkreuzt werden und nicht an drei. Es war wohl ein E. Und vermutlich auch ein D. Und daß es Versalien waren, brauchte nichts anderes zu bedeuten, als daß man mit einem Messer ein kleines e und ein kleines d nicht so leicht einritzen kann wie Versalien. Es konnte also ed heißen, Ed, E. d. oder E. D.

Plötzlich okkupierte Kapitän Seebär den Raum. Es sah so aus, weil er die Uniform der Luftwaffe trug und in einer Hand ein großes Futteral mit seiner Posaune hielt.

»Wollte nur ein bißchen Freude verbreiten«, sagte er düster und warf Rune Jansson ein Exemplar von *Expressen* auf den Tisch. Dieser sah sich somit Auge in Auge mit Carl Hamilton, dessen Bild die ganze erste Seite bedeckte.

»Mhm«, brummelte Rune Jansson, »es kann für die Jungs von Säk nicht allzu lustig gewesen sein, mitten in der Nacht von solchen Schnellzugloks niedergewalzt zu werden. Pfui Teufel, was für eine Situation.«

»Ja, aber die haben ja dagesessen und immer noch gelauscht. Unbegreiflich nach all dem Geschrei, das diese Sache ausgelöst hat.«

»Sie müssen ernsthaft geglaubt haben, es sei so wichtig, daß andere Rücksichten hintanstehen. Eigentlich merkwürdig.«

»Daß dieser Hüssein, oder wie er hieß, unser Mörder sein soll? Ich bitte dich!«

»Nein, ich finde es merkwürdig, daß das Militär sich so exponiert. Es hat ja den Anschein, als wären sie verdammt sauer auf unsere lieben Kollegen im Affenhaus.«

»Affenhaus?«

»Ja, beim Militär heißt das so. Sie nennen Säk das Affenhaus.«

Kapitän Seebär lachte auf, stellte seine Posaune ab und ließ sich nieder. Er hatte eigentlich nicht bleiben wollen, hatte aber das Gefühl, als brauchte Rune ein wenig Unterstützung und einen Partner für einen Gedankenaustausch.

»Säk hat offenbar gedacht«, sagte Kapitän Seebär, nachdem er sich zurechtgesetzt hatte, »daß es große Risiken wert ist, weiter diesen Hüssein zu jagen. Soweit wir es überblicken, ist es reiner Wahnsinn, aber *die* hielten es nicht dafür. Nun. Das Militär bekommt irgendwie Wind von der Sache und schlägt dann mit Hamilton persönlich zu, mißhandelt die Kollegen, na ja, vielleicht sollten wir sie nicht so nennen, mopst ihnen alle Beweise und übergibt dann alles der Staatsanwaltschaft in Uppsala. Ich frage mich, warum.«

»Wieso warum?«

»Warum ist das Militär der Meinung, Säk solche Knüppel zwischen die Beine werfen zu müssen? Ich meine, das wird nicht sehr spaßig mit dieser Sache. Man wird sie vor Gericht verurteilen, und sie verlieren den Job. Vielleicht werden sogar ganz oben Köpfe rollen. Jemand ist ja für diesen Mist verantwortlich.«

»Ja, der operative Chef zum Beispiel. Das ist dieser Näslund, und es wird ihm nicht leichtfallen zu behaupten, er habe auch diesmal von nichts gewußt.«

»Genau. Das Militär sabotiert nicht nur diese Kurdenjagd, die schlagen Säk ja sogar total zuschanden.«

»Vielleicht haben die von früher her noch ein Hühnchen mit Säk zu rupfen. Vielleicht haben sie eine Chance gesehen, es dem Affenhaus wegen irgendeiner alten Geschichte heimzuzahlen. Zwischen solchen Organisationen gibt es ja immer Streit.«

»Glaubst du, daß das als Grund ausreicht?«

»Woher soll ich das wissen? Ob sie der Kurdenjagd ein Ende machen wollten?«

»Das haben sie jedenfalls erreicht. Allerdings muß ihnen das von vornherein klar gewesen sein. Ich glaube allerdings nicht, daß sie aus Sympathie für unsere Minderheiten zu dem großen Hammer gegriffen haben.«

»Nein«, sagte Rune Jansson nachdenklich, während er in *Expressen* blätterte und zufällig einen Artikel entdeckte, in dem die Regierung wegen des Vorfalls heftig angegriffen wurde. »Aber sieh mal hier«, fuhr er fort und schob die Zeitung über den Schreibtisch. »Es wird behauptet, die Regierung habe die Initiative dazu ergriffen, und das Militär habe im Auftrag der Regierung gehandelt. Und... ja, das wird einen ziemlichen Aufstand geben. Ministerherrschaft, Geheimpolizei der Regierung, Staatspolizei. Wer weiß, was die noch für Vorwürfe erheben werden. Es könnte sein, daß es wieder zu einer Vernehmung vor dem Verfassungsausschuß und ähnlichem kommt. Vielleicht ist es aber auch die Regierung gewesen, die diesem Quatsch mit den Kurden ein Ende machen wollte.«

»Und dann schicken sie gefechtsbereite Torpedos des Nachrichtendienstes direkt auf Säk los?«

»Ja. Das kann doch sein. Aber ich meine, wir können doch nicht einfach deshalb an dieses Kurdengequatsche glauben, weil Hamilton und seine Kameraden Säk zusammenschlagen?«

»Nein, das wäre kein Grund. Natürlich steckt irgendwas Politisches dahinter, was uns nichts angeht oder worum wir uns zumindest nicht kümmern müssen. Zurück zum Job. Wo stehen wir eigentlich?«

»Nun, das weißt du selbst. Die Pistolenspur ist zu Ende. Wir haben sechzehn Pistolen des richtigen Typs hier in der Region angetroffen, und keiner der Eigentümer kann etwas mit diesem af Klintén zu tun gehabt haben. Und dann noch der Urin, ja, der Urin. Aber ich denke an etwas anderes, diese Geschichte mit den Buchstaben E und D.«

»Ja? Das ist doch hoffentlich nirgends bekannt geworden?«

»Nein, wir haben es zwar gehofft, aber so ist es nicht gekommen. Wie wäre es, wenn wir wenigstens ein paar Vermutungen anstellten?«

»Du meinst, wir sollten zumindest herausfinden, was die Buchstaben bedeuten?«

»Ja. Derjenige, der die Buchstaben eingeritzt hat, muß ja der Meinung gewesen sein, daß sie eine klare Bedeutung haben. Sieh mal, wenn man mit einem Messer ritzt, müssen es große Buchstaben sein, nicht wahr?«

Rune Jansson zeigte seine verschiedenen Proben vor, und Kapitän Seebär nickte nachdenklich. Der Mörder hatte ja tatsächlich eine Mitteilung hinterlassen, deren Bedeutung sowohl für ihn als auch für das Opfer vollkommen klar gewesen sein mußte.

»Nehmen wir mal an, du und ich hätten so etwas wie einen Eid geschworen...«, begann Kapitän Seebär zögernd.

»Ja«, hakte Rune Jansson nach, »du und ich, wir haben einen Eid abgelegt, und du brichst ihn, und dafür will ich mich an dir rächen oder dich bestrafen. Es ist natürlich ein verflucht heiliger Eid, ein SS-Eid oder so was, und heißt vermutlich etwas anders als nur Eid. Er heißt... tja, wie nur?«

»Pfadfindereid oder Siegfriedseid oder unser Eid oder dein Eid oder *der Eid*«, schlug Kapitän Seebär vor, dem gleichzeitig eine Idee kam. Er stand auf, ging um Rune Janssons Schreibtisch herum und wühlte eine Weile unter den Telefonbüchern, bis er fand, was er suchte, ein Verzeichnis der Postleitzahlen.

»Es gibt nur einen Ort«, stellte er fest, nachdem er eine Zeitlang geblättert hatte, »einen einzigen Ort, der Ed heißt. Sieh selbst.«

»668 00 Ed«, bestätigte Rune Jansson, als er das aufgeschlagene Postleitzahlenverzeichnis entgegennahm. »Es liegt irgendwo in Dalsland, nicht wahr?«

»Ja, in der Nähe der norwegischen Grenze an der Straße nach Halden und Frederikstad.«

Ein kurzer Blick, und beiden kam gleichzeitig die nächste Idee. Rune Jansson holte einen Aktenordner mit Material, das vom Nachrichtendienst der Streitkräfte gekommen war und unter anderem die gesamte militärische Karriere des Opfers enthielt.

»Jetzt wollen wir mal sehen«, sagte er hoffnungsvoll und blätterte schnell zu den vermutlich interessantesten Jahren, die mit dem Zweiten Weltkrieg zusammenhingen. »1937 Hauptmann beim Generalstabskorps. Das muß wohl in Stockholm gewesen sein. Rittmeister bei den Norrland-Dragonern, und zwar 1940 beim K 4 in Umeå. 1941 Major beim Bohnslän-Regiment I 17. 1944 Major in der Nachrichtenabteilung des Generalstabs in Stockholm. 1946 Oberstleutnant beim Skåne-Kavallerieregiment K 2. 1948 bis 1949 Tätigkeit beim Wehrbereitsstab in Kristianstad und so weiter. Teufel, daß wir nie mal ein bißchen Glück haben. Bohuslän ist Ed in Dalsland noch am nächsten. Das ist nicht gerade Bingo.«

»Nein, aber was hat er 1944 bis 1946 beim Nachrichtendienst gemacht?«

»Gute Frage, wie man so sagt.«

»Können wir das Militär nicht bitten, das für uns herauszufinden?«

Rune Jansson nahm erneut das Postleitzahlenverzeichnis in die Hand. Vielleicht war das Wort eine Abkürzung?

Edarne, Edsbro, Edsbruk, Edsbyn, Edsele, Edsvalla, las er. Lauter Worte, die sich mit einem Messer nicht gerade leicht in eine Menschenbrust schneiden ließen.

Aber wahrscheinlich würde kein Mensch auf die Idee kommen, beispielsweise EDSVALLA hineinzuritzen.

Sie drehten und wendeten die Worte eine Zeitlang und versuchten mit Rune Janssons Taschenmesser, sie in Holz einzuritzen. Dann einigten sie sich darauf, daß der einzige in Frage kommende Ort, der groß oder bekannt genug war, eine eigene Postleitzahl zu haben, Ed in Dalsland sein mußte.

Hamilton und seine Bande konnten vielleicht auch nachsehen, ob sie irgendeine Verbindung mit Ed entdecken konnten. War der alte Nazi etwa in seiner Zeit beim Bohuslän-Regiment für längere oder kürzere Zeit nach Ed abkommandiert worden?

Was hatte das Militär während des Zweiten Weltkriegs überhaupt in Ed zu tun gehabt?

Eine Polizeistation mußte es dort geben, aber das ließ sich durch eine telefonische Anfrage klären.

Rune Jansson hatte keine große Hoffnung, als er eine Telefonnummer hervorkramte, um einen etwa fünfundzwanzigjährigen Kollegen in Ed anzurufen, dem er ein paar Fragen zur Geschichte stellen wollte.

Er erhielt jedoch einen unerwarteten Bescheid. Es gebe einen Pensionär, der alles über diese Zeit wisse, der sogar Kollege sei. Er sei während des Krieges als »Flüchtlingspolizist« bekannt gewesen und habe einiges mit dem Militär zu tun gehabt, übrigens auf beiden Seiten der Grenze. Wenn überhaupt jemand etwas wisse, dann er.

»Ist es einen Versuch wert?« fragte Rune Jansson zögernd, als er seinem Kollegen von dem Gespräch berichtete. »Ich meine, es sind eineinhalb Tagesreisen dorthin, um sich einen Pensionär anzuhören. Wir wissen ja nicht einmal, wonach wir fragen sollen. Was meinst du?«

»In unserer Lage können wir es uns kaum leisten, auch nur auf den kleinsten Hinweis zu verzichten. Natürlich hat diese Sache etwas von einem Strohhalm an sich, aber was soll's? Es kann ja nicht schaden.«

»Möchtest du nach Dalsland fahren?«

»Aber ja«, lachte Kapitän Seebär, »ich fahre gern nach Dalsland.«

Rune Jansson nickte. Sie konnten es sich tatsächlich nicht leisten, irgendwelche Hinweise außer Betracht zu lassen, und waren sie noch so weit hergeholt. Das Militär um weitere Hilfe zu bitten und ein Gespräch mit dem Flüchtlingspolizisten in Ed war zumindest angenehmer, als das zu tun, was Rune Jansson jetzt selbst tun mußte, nämlich sämtliche mehr oder weniger sinnlosen Vernehmungsprotokolle noch einmal zu lesen.

Erst in San Diego ließ die Anspannung ein wenig nach. Denn ihre Flucht – Carl hatte ihre Reise schon bald als eine Art Flucht empfunden – hatte unerwartete Peinlichkeiten mit sich gebracht, und das aus dem sehr einfachen Grund, daß Carl bestimmte Komplikationen unterschätzt hatte.

Sie begaben sich auf verschiedenen Routen und mit verschiedenen Fluggesellschaften nach Paris und trafen sich erst, als sie in der Air-France-Maschine nach Los Angeles weit hinten in der Touristenklasse nebeneinander saßen.

Dort, ohne Schweden, unter Franzosen und vereinzelten Amerikanern, würden sie mit ihrem Vorhaben beginnen können, nämlich anonym zu sein wie damals in San Diego. Sie wollten nach San Diego zurückreisen, als wäre in der Zwischenzeit sonst nichts geschehen. Die Illusion währte nicht lange.

Carls Foto befand sich auf der ersten Seite der *Herald Tribune*, die an die Fluggäste verteilt wurde. Es war zwar eins der alten gewohnten Fotos in Unifom und mit der Uniformmütze von der Vernehmung vor dem Verfassungsausschuß im letzten Jahr, doch die Narbe auf der Wange war auf dem Foto ebenso deutlich zu sehen wie in Wirklichkeit.

Tessie wollte zunächst lesen. Carl setzte seine rauchfarbene Sonnenbrille auf und ließ sich in den Sessel zurücksinken, als könnte er sich kleiner machen, während er auf die Zeitung wartete. Er hatte ihr mit nur wenigen Worten berichtet, doch jetzt hatte es den Anschein, als wäre etwas mehr nötig. Es war ein recht großer Artikel, der im Blatt fortgesetzt wurde. Carl konnte nicht begreifen, wie ein so triviales Ereignis internationales Interesse erregen konnte.

Der *Herald Tribune* zufolge war es jedoch kein triviales Ereignis, und nach Ansicht der politischen Opposition in Schweden ebenfalls nicht, wie die Zeitung berichtete. Es sei in der Geschichte des Westens beispiellos, daß eine Regierung Militärs einsetze, um die eigene Polizei zu torpedieren. Derlei habe es bisher nur in der Sowjetunion gegeben, wie der konservative stellvertretende Vorsitzende eines Sonderausschusses zur Prüfung von Regierungsverantwortung und Regierungshandeln zitiert wurde.

Das ist nicht ganz korrekt, dachte Carl. Dieser Konservative spielte natürlich auf die verschiedenen Runden des Ausrottungskrieges zwischen KGB und GRU an, aber so etwas hatte es ja sogar in der Bundesrepublik Deutschland gegeben, als der alte Nachrichtendienst, die *Organisation Gehlen*, vom Sicherheitsdienst, dem Verfassungsschutz, praktisch gesprengt wurde. In der Hauptsache ging es offenbar um verschiedene juristische Fragen. Gesetzen und Verordnungen zufolge sollte die Polizei eine Art Exklusivrecht auf die Ausübung polizeilicher Gewalt haben. Falls die schwedische Regierung diese Grundsätze mißachtet hatte, mußte es sich um Gesetzesbruch handeln, mit der Folge, daß irgendein Gesetzesbrecher in der Regierung saß. Und der bürgerlichen Opposition zufolge sollte dieser Mann jetzt aufgespürt und vor Gericht gestellt werden. In Teilen der bürgerlichen Presse – Carl fiel es nicht schwer zu erraten, in welchen – wurde auch betont, die Regierung habe in Konspiration mit ihrem exklusiv vom Kabinett kontrollierten militärischen Nachrichtendienst die Jagd der Polizei auf ausländische Terroristen sabotiert. Die Schuld daran wurde dem schwedischen Außenminister gegeben, denn von diesem wurde angedeutet, er sei daran interessiert, radikale Gruppen im Nahen Osten nicht zu verärgern.

Die publizistische Hauptsache jedoch, die der kleinen Operation so groteske Proportionen verlieh, war, wie Carl zunehmend peinlich berührt feststellte, seine eigene Teilnahme. Diese Tatsache verlieh dem Ereignis irgendwie einen romantischen Glanz sowie ungeahnte Möglichkeiten zu Spekulationen und anderen Geschichten. Ja, diese anderen Geschichten über Carls verschiedene Vorhaben im Lauf der Jahre. Das, was bekannt war, wurde in einem gesonderten Artikel rekapituliert. Was nicht so schlimm gewesen wäre, wenn nicht auch der Entführungsversuch in der Air France 129 von Kairo nach Paris mit Fotos aufgeführt worden wäre. Jetzt hatte Carls Teilnahme irgendwie eine Vorstellung von *overkill* geweckt, als wäre die schwedische Regierung mit Kernwaffen gegen ihren Sicherheitsdienst vorgegangen. Denn warum hätte man einen derart hochgestellten Offizier mit der Aufgabe betrauen sollen, wenn es sich nur um einen einfachen Zugriff ohne besondere Komplikationen handelte, wie ein anonymer Sprecher des schwedischen Generalstabs behauptet hatte?

»Ist es wahr?« fragte Tessie, sobald er zu Ende gelesen hatte.

»Du weißt doch, wie es mit Zeitungen ist«, stöhnte er. »Es ist wahr, aber gleichzeitig irgendwie unwahr. Wir sind ein kleines Land und haben eine kleine Operationsabteilung, in der ich der einzige Beamte bin, der in der Öffentlichkeit bekannt ist. Aus diesem Grund war es natürlich praktisch, daß ich das Unternehmen leitete. Denn ich kann mich in der Öffentlichkeit blicken lassen und mit Leuten sprechen, ohne eine geheime Identität zu verraten. Wie du siehst, gibt es ja schon Fotos von mir. Das war unser Gedankengang. Wir hatten keine Ahnung davon, wir könnten mit ›Kernwaffen‹ gegen die Sicherheitspolizei vorgehen. Wir haben schließlich nur drei kleine Schurken eingesammelt.«

»Und das andere, daß die Regierung die Möglichkeiten des Sicherheitsdienstes sabotiert, Terroristen festzunehmen, indem sie dich und deine Kumpels als Torpedos einsetzt?«

»Ach was! Nur ein paar liberale Politiker und dieses Sudelblatt *Expressen* haben es sich in den Kopf gesetzt, Kurden seien das gleiche wie Araber. Araber mögen sie nämlich nicht.«

Carl zögerte. Es würde ihn viel Zeit kosten, das Verhältnis von *Expressen* und der Volkspartei zu den Arabern zu erklären sowie das Kompetenzniveau der schwedischen Sicherheitspolizei. Ohnehin war es das völlig falsche Gesprächsthema, denn es bedeutete das genaue Gegenteil von der Freiheit, die er sich von dieser Reise erhoffte. Tessie war Juristin, überdies amerikanische Juristin, und als solche würde sie sicher eine ganze Menge Fragen zu einem Ereignis stellen, das etwa einem Schlag der CIA gegen das FBI gleichkam.

Er wurde gerettet, wie er glaubte, als eine Stewardeß zu ihnen trat und sich mit einem sehr breiten Lächeln herunterbeugte.

»Monsieur 'amilton, willkommen an Bord. Es ist eine Ehre für die Air France, daß Sie uns erneut beehren«, grüßte sie, und Carl lächelte angestrengt zurück.

Doch damit war die Peinlichkeit noch nicht zu Ende. Auf Einladung des Kapitäns wurden Carl und Tessie jetzt aufgefordert, in die Erste Klasse zu wechseln. Er wollte sich zunächst weigern, ahnte aber, daß das nur zu neuen Aufforderungen führen würde, schlimmstenfalls über Lautsprecher vom Kapitän persönlich. Widerwillig, als hätte man sie aus der Ersten in die Touristenklasse verfrachtet, folgten sie der Stewardeß nach vorn.

Dann bekamen sie Champagner, russischen Kaviar und Straßburger Gänseleber und wurden angestarrt. Als die Maschine den Ärmelkanal hinter sich hatte, teilte der Kapitän über Lautsprecher stolz mit, es sei eine besondere Freude für die Air France, Fregattenkapitän Carl Gustaf Gilbert 'amilton erneut befördern zu können. Carls Vornamen waren in der *Herald Tribune* korrekt wiedergegeben worden, vielleicht auch in französischen Zeitungen. Man hoffe jedoch, daß es diesmal keinen Entführungsversuch geben werde. Trotz der beruhigenden Anwesenheit des geehrten Fluggastes.

Nach einer solchen Durchsage ist meine Anwesenheit wohl nicht mehr sonderlich beruhigend, dachte Carl sauer. Tessie versuchte eine Zeitlang, ihn dazu zu bringen, die Sache von der humorvollen Seite zu sehen. Na schön, die Leute starrten sie hier und jetzt an, aber sobald die Maschine in L. A. gelandet war, würden sich alle Leute zerstreuen und schnell von Kalifornien verschluckt werden.

Carl ließ sich allmählich beruhigen. Zumindest versuchte er es. Er versuchte sogar, die Stewardeß anzulächeln, die ihn fragte, ob er seinen Drink geschüttelt oder gerührt wolle. Er lehnte einen Martini ab und bat statt dessen um mehr Champagner.

Zum allerersten Mal, soweit er sich zurückerinnern konnte, fiel es ihm schwer, in einem Flugzeug einzuschlafen. Er redete sich ein, es würde so werden, wie Tessie gesagt hatte: die Reise könnte beginnen, die Reise in eine andere Zeit, sobald sie in Kalifornien von Bord gingen.

Carl fühlte sich etwas unbeschwerter, als sie sich nach der Ankunft auf dem Flughafen unter Menschen begeben und zum Schalter von Avis gehen konnten, um danach auf den Autobahnen nach Süden zu verschwinden. Es war Frühsommer, nach schwedischen Maßstäben Hochsommer, und sie tauchten in der angenehmen Anonymität unter.

Ihr Hotel in San Diego hieß Horton Grand. Es war im Gründerzeitstil eingerichtet und lag nur einen kurzen Fußweg vom Pier House Café entfernt. Das war das einzige, worum er sein Reisebüro gebeten hatte. Im Körper steckten neun Stunden Zeitunterschied. In San Diego war es Nachmittag, in Stockholm jedoch schon später Abend. Sie packten ihre Sachen aus, zogen sich Jeans und dünne Sweatshirts an und spazierten Hand in Hand zum Anfang der Reise hinunter, denn unbewußt fing ihre Reise jetzt wieder von vorn an, am Pier House Café.

Das Haus sah noch genauso aus wie vor einigen Jahren. Graues Schindeldach, Wände aus unbehandeltem Holz oder mit Silbernitrat behandeltem Holz, so daß es unbehandelt aussah; ein einfaches Haus, das an jeder beliebigen Küste der Welt hätte stehen können, wäre da nicht ein Detail gewesen, das den entscheidenden Hinweis gab: Die Wetterfahne oben auf dem Dach hatte die Form eines Pottwals.

Auf den Tischen immer noch blau-weiß karierte Tücher. Das war natürlich perfekt, gerade die Illusion von stillstehender Zeit, nach der sie suchten. Es war so etwas wie die *happy hour*, und es gab nur wenige Gäste, so daß sie im Obergeschoß einen Tisch am Fenster wählen konnten.

Draußen vor Coronado lag diesmal nur ein Flugzeugträger. An Deck weder Corsairs noch F-14. Tessie bestellte einen bestimmten kalifornischen Chardonnay und Grillspieß mit Pilgermuscheln, Fisch und Garnelen für beide. Das hatten sie auch beim letztenmal bestellt, und es war wie eine Beschwörung, die ihn amüsierte und zugleich erschreckte. Er wollte der Fortsetzung aus dem Weg gehen; damals hatte er um ihre Hand angehalten, und sie hatte gesagt, *hier und jetzt*. Das war in der Zeit vor Eva-Britt gewesen. Es wäre ein einfacher Entschluß gewesen, wenn es da nicht die Operation Big Red gegeben hätte, aus der er natürlich nicht einfach aussteigen konnte, nicht einmal Tessies wegen. Zumindest hatte er damals so argumentiert. Heute hätte er es vielleicht nicht getan, aber heute war da Eva-Britt.

»Damals lagen da draußen zwei Flugzeugträger«, sagte sie, als hätte sie wie gewohnt seine Gedanken gelesen oder zumindest seine Gefühle erahnt.

»Ja«, sagte er zögernd, »mit brennenden Laternen und Tomcats an Deck. Es sah aus wie die sprungbereite Supermacht.«

»Du sagtest damals so etwas.«

Carl fühlte, wie Panik in ihm aufstieg. Es gab nichts, was er dagegen tun konnte. Da draußen glitzerndes Tageslicht über grünblauem Wasser, und hier gewöhnlicher menschlicher Umgang, von dem er spürte, daß er ihn nicht bewältigen würde; also nicht Nacht, Dunkelheit, Mondschein, am liebsten schwacher Mondschein, und irgendwo in der Dunkelheit der Feind – damit würde er fertig werden. Er wurde vorübergehend von der Kellnerin gerettet, die mit dem Wein erschien, einem anderen Wein als dem, den sie damals getrunken hatten. Damals hatte er eine gelbere Farbe gehabt, so daß er mit dem blauen Tischtuch wie die schwedische Flagge aussah.

Sie prosteten einander natürlich zu, und Carl ließ es sich plötzlich angelegen sein, etwas über den Wein zu sagen und die Farbe vor einer weißen Papierserviette anzusehen; Ausflüchte, die nicht lange vorhalten würden.

Wenn sie mich jetzt rundheraus fragt, muß ich nein sagen, entschied er. Wir leben in einer Illusion. Man kann die Vergangenheit nicht zurückholen. Nein, dachte er im nächsten Augenblick, es ist wahrhaftig keine Illusion, aber das ist auch nicht das Problem. Das einfache Problem, das sehr einfach formulierte Problem, besteht darin, daß ich Eva-Britt im sechsten Monat nicht sitzenlassen kann, im siebten oder achten oder neunten und später übrigens auch nicht.

Man kann nicht *allem* untreu werden, versuchte er zusammenzufassen. Dann durchzuckte ihn sofort der Gedanke, daß es keinen Ausweg gab, jedenfalls keinen Weg ohne Verrat. Was er auch tat oder sagte, würde irgendwie falsch sein. Außerdem konnte er nicht ewig über die Farben von Wein sprechen und sich nicht sonderlich weit über den Grillspieß hinaus retten, der wahrscheinlich auch diesmal nach wäßriger Tiefkühlkost schmecken würde.

Inzwischen waren weitere Gäste ins Lokal geströmt. Eine Frau in ihrem Alter ließ einen Entzückensschrei hören, und dann gab es Küßchen und Umarmung. Wo hast du so lange gesteckt, darf ich dir Chester vorstellen, und derlei mehr.

Carl kam die Frau vage bekannt vor. Es war eine Kommilitonin Tessies, und er selbst fühlte sich hinter seiner amerikanischen Sprache geborgen, als er sich ihr und ihrem Chester vorstellte.

Besorgniserregend war schon, als sie etwas sagte wie »Der verlorene Sohn San Diegos ist wieder da«. Dann plapperte sie mit dem gewohnten amerikanischen Small talk weiter, weit über die Grenzen des Üblichen hinaus. Carl und Chester standen auf und versuchten gleichmütig auszusehen, während Kommilitonen, Kommilitoninnen und studentische Erinnerungen Revue passierten. Die Frau begann, sich nach einem Platz umzusehen, jedoch in der deutlichen Absicht, zum Bleiben aufgefordert zu werden.

Tessie widerstand, so gut es ging, aber als die Frage schließlich fast offen gestellt wurde (»Scheint schwierig zu sein, hier einen Fensterplatz zu bekommen, nicht wahr?«), war es unmöglich, die Kapitulation zu vermeiden (»Aber warum setzt ihr euch nicht zu uns?«). Carl überließ den unangenehmen Entschluß Tessie, ohne eine Miene zu verziehen.

»Aber ihr könnt euch doch zu uns setzen?« sagte Tessie schließlich resigniert.

Amerikaner, dachte Carl.

Nachdem man sich eine Zeitlang den Wünschen der ungebetenen Gäste gewidmet hatte, nachdem Tessie und Carls Essen aufgetragen worden war, nach weiterem sinnlosem Gerede über die Zeit an der San Diego University, nach Erinnerungen an eine Dozentin, eine Nonne, und Glückwünschen zur Scheidung (»Ich habe gehört, daß du den Scheißkerl endlich abserviert hast«), während Carl sich fast demonstrativ in die Aussicht auf den Flugzeugträger, die Wasserfläche und die Erinnerungen an Wasserflächen vertiefte, da er sich in seiner Anonymität und hinter seiner amerikanischen Sprache geborgen fühlte, stellte sich heraus, daß die plappernde Dame, wie Carl sie im stillen getauft hatte, etwas Konkretes auf dem Herzen hatte.

»Es ist ein komischer Zufall, daß mein Mann Journalist ist. Wir haben gehört, daß ihr hier sitzt, und ich habe mir gedacht, es kommt ja nicht jeden Tag vor, daß ein James Bond in der Stadt zu Besuch ist...«, hörte Carl sie mit plötzlich erwachender Deutlichkeit sagen.

»Die Rechnung, bitte«, sagte er in dem Moment, in dem er aufstand, der nächsten Kellnerin. Nach einigem Zögern, einem sehr kurzen Zögern, wie Carl notierte, erhob sich auch Tessie.

»Es war schrecklich nett, dich kennenzulernen, Chester«, sagte Carl. Er lächelte sehr breit und amerikanisch, ehe er sich umdrehte und auf die Treppe zuging.

Joar Lundwall hatte mit Hilfe verschiedener Genehmigungen, die ihm Samuel Ulfsson verschafft hatte, das Recht erhalten, bestimmte Akten mit in die Wohnung zu nehmen. Besonders solche, die nicht mehr geheim waren. Wegen der vierzigjährigen Sperrfrist war der größte Teil dessen, was er las, nicht mehr geheim. Und seit vierzig Jahren auch nicht mehr gelesen worden, wie es den Anschein hatte. Die Papiere waren vergilbt und brüchig und rochen nach Staub.

Er quälte sich mit einem Spionagefall in Göteborg, der sich zwischen 1940 und 1942 ereignet hatte. Da einige der später Verurteilten Zivilisten gewesen waren und zwei Offiziere, hatte er kafkaeske Mühen damit gehabt, das Material an einem Ort zusammenzubekommen, nämlich auf seinem Schreibtisch. Einige Akten hatten im Kriegsarchiv gelegen, etwa die Urteile des Feldkriegsgerichts beim Marinedistrikt der Westküste, anderes hatte sich im Landesarchiv gefunden, auf dem Umweg über eine Anforderung beim Reichsarchiv, etwa Urteile des Stadtgerichts von Göteborg vom 13. März 1942 oder von einem Oberlandesgericht, bei dem die Zivilisten Berufung eingelegt hatten, oder in den Akten des Kriegsgerichtshofs in Stockholm, wo die Angestellten der Streitkräfte Berufung eingelegt hatten.

Joar Lundwall bekam allmählich einen Überblick über den Verlauf der Ereignisse, zumindest insoweit, als sie sich in den Gerichtsakten widerspiegelten, im Verhalten der Richter sowie in den Verhören, die ebenfalls zu den Akten der verschiedenen Prozesse gehörten.

Wenn man das Ganze zu harten Fakten eindampft – denke ich schon wieder auf englisch, ich werde wohl allmählich müde, fragte er sich –, nun ja, wenn man die Geschichte konzentriert, ist der Ablauf ebenso deutlich wie tragikomisch.

Ein Beamter names Carl Johan Torin und ein Verkaufsleiter in der Automobilbranche, Herbert Pott, hatten ähnliche Vorstellungen von Deutschland und dem sicheren Sieg Deutschlands im Krieg gehabt. Und ebenso gleichartige Träume von ihrer eigenen glänzenden Zukunft, die sich als unmittelbares Ergebnis der Tatsache einstellen würde, daß Schweden dem Deutschen Reich einverleibt wurde.

Torin glaubte, er werde eine Generalagentur für deutschen Hopfen erhalten. Ein vermutlich glänzendes Geschäft im Hinblick darauf, daß mit der beginnenden Neuordnung Europas jeder Germane in Schweden damit anfangen würde, echtes deutsches Bier zu trinken. Die Generalagentur für deutschen Hopfen sollte ihm nicht weniger als hundertfünfzigtausend Kronen Reingewinn pro Jahr einbringen, was damals vermutlich eine schwindelerregende Summe war, die etwa zehn Direktorengehältern entsprach.

Herr Pott stand dem kaum nach. Nach dem Krieg würde das Elend mit den generatorgasgetriebenen Autos natürlich verschwinden, und man hatte in Aussicht gestellt, ihm die Generalagentur für ein neues deutsches Auto zu übertragen, den Volkswagen, was ihn vermutlich ebenso vermögend machen würde wie den Hopfenimporteur.

Diese beiden Männer waren natürlich in einem gewissen Sinn Nazis. Sie hatten Vorstellungen von der Überlegenheit des arischen Blutes, von Schweden als einem echt germanischen Land, abgesehen von einigen Einwanderern und jüdischer Verunreinigung natürlich, doch Juden wurden ja nicht mehr ins Land gelassen. Überdies war die sozialdemokratische Vorherrschaft in der Regierung den Behauptungen der Herren in ihren Vernehmungsprotokollen zufolge über jeden Verdacht erhaben, wenn es um die Frage des Rassenbewußtseins ging.

Einer der Männer, wie es schien, Carl Johan Torin, war bei einer Geschäftsreise in Deutschland vom deutschen Nachrichtendienst angeworben worden. Torin und Pott gehörten dann zu den Gründern der »Gesellschaft für kulturelle und gesellschaftliche Aufklärung«, wie die Fassade der Organisation lautete. Sie sollte Propaganda treiben und Filme vorführen oder Bierabende veranstalten, bei denen Lieder wie »Denn wir fahren gegen Engeland« gesungen wurden.

Innerhalb der Gesellschaft wurde ein innerer Zirkel gebildet, eine Geheimorganisation mit dem germanisch schlagkräftigen Namen »die Wikinger«.

Bei einer Konferenz mit zehn Gleichgesinnten in seiner Wohnung in der Kungshöjdsgatan 11 hatte Carl Johan Torin die künftigen Ministerposten verteilt und unter anderem den Autohändler Pott zum Verkehrsminister gemacht:

»Du bist Autospezialist, und als solcher übernimmst du das Verkehrsressort.«

Seiner eigenen bescheidenen Person reservierte er die Posten als Führer und Ministerpräsident, äußerte jedoch gleichzeitig einen gewissen Vorbehalt im Hinblick darauf, daß die großdeutsche Europa-Regierung künftig vielleicht eigene Pläne habe.

Anschließend war es zu einer eifrigen Diskussion über die Stellung des Königs gekommen. Einer der anwesenden Minister war Jurist und wies darauf hin, daß es nach dem Grundgesetz der König sei, der Minister ernenne. Schließlich hatte man sich darauf geeinigt, den König zu behalten, Minister jedoch selbst zu ernennen.

Insoweit war alles einfach und zum Teil sogar komisch. Es war auch leicht zu verstehen, daß diese Männer, die jetzt sämtlich tot waren, es recht problemlos fanden, mit Großdeutschland zusammenzuarbeiten, und das selbst unter Formen, die man nach dem damals geltenden schwedischen Recht zufällig Verrat oder gar Hochverrat nannte.

Die »Wikinger«, die Geheimorganisation hinter der Fassade »Gesellschaft für kulturelle und gesellschaftliche Aufklärung«, wurde also auf leicht zu begreifende Weise eine Spionageorganisation im Wartestand, auf die nach dem Endsieg größere Aufgaben zukamen.

Führungsoffizier der Organisation war ein deutscher Konsulatsbeamter namens Walter Rothe. Dieser Rothe trat auch bei öffentlichen Propagandavorstellungen der »Gesellschaft« mit der Vorführung deutscher Filme und anderem auf. Das war eine veraltete Arbeitstechnik. So würde heute niemand mehr vorgehen.

Folglich war das organisatorische Leben der Spionageorganisation recht kurz, und von der Gründung am 26. Juni 1940 in der Wohnung des künftigen Führers hatte die Gruppe eigentlich nur bis zum 1. November desselben Jahres Zeit, Schaden anzurichten.

Joar grübelte darüber nach, weshalb anschließend einige offenkundige Fehler gemacht worden waren. Wenn die Personen, die zu einer Propagandaorganisation gehören, gleichzeitig Spione sind, zieht man die Aufmerksamkeit der ganzen verfügbaren Sicherheitspolizei auf sich, womit außer dieser niemandem sonderlich gedient sein kann.

Doch es war eine andere Zeit gewesen. Das mußte sich Joar immer wieder sagen. Der mehrjährige und vermutlich sehr gediegene Grundkurs über Verhaltensweisen bei Spionage und Sicherheitsdienst, den man ihm in San Diego eingehämmert hatte, baute natürlich überwiegend auf guten und schlechten Erfahrungen im Zweiten Weltkrieg auf. Vielleicht war die Gründung einer Tarnorganisation – der »Gesellschaft« –, die eine Spionageorganisation tarnen sollte – die »Wikinger« –, damals eine pfiffige Innovation, als sie im Juni 1940 in Göteborg aufgebaut wurde. Heute war das jedoch reine Steinzeit und amateurhaft.

Joar hatte keine Beziehung zu dieser Zeit. Es fiel ihm leichter, sich als Rittmeister bei Poltawa oder als Musketier der Garde der Königin in Frankreich vorzustellen, als sich in die Zeit des Zweiten Weltkrieges zu versetzen.

Würde er selbst, dieses oder jenes vorausgesetzt, jemals …?

Nein, allein schon aus dem Grund nicht, weil die Nazis Leute wie ihn in die Vernichtungslager schickten. Nun, aber davon abgesehen, wenn er sich als Heterosexuellen vorstellte, als blonden Schweden mit einer Welle im Haar und weiten Hosen? Das Jahr ist 1940, er ist militärisch interessiert und wird zu den Küstenjägern eingezogen, falls es diese Art Kriegsführung damals in Schweden schon gab. Sagen wir als Wehrpflichtiger, als Unteroffizier auf einem Zerstörer?

»Bismarck«, »Graf Spee«? Grandiose Schiffe. Unüberwindlich. Bewundert. Bis sie von den Engländern mit Hilfe verschiedener »hinterhältiger« Methoden versenkt wurden.

Nein, es war ein unvorstellbarer Gedanke. Überdies sinnlos sowohl für ihn persönlich wie für die Arbeit.

Also wieder zur Sache, zu der Tolpatschigkeit des Sicherheitsdienstes, als die militärische Verbindung auftauchte.

Dezember 1940. Im Hafen von Göteborg liegt ein norwegisches

Schiff, »Elisabeth Bakke«. Norwegen ist seit dem 9. April besetzt. Den Juden Norwegens wird die Flucht nach Schweden verweigert, da es nicht als Asylgrund gilt, auf die deutsche Besetzung zu verweisen. Schweden hat Quislings Regierung nicht anerkannt, sondern unterhält weiter diplomatische Beziehungen zu dem norwegischen König und dessen Regierung in London. Die geflohene norwegische Regierung hat es irgendwie geschafft, ihre Handelsmarine mitzunehmen.

Jetzt soll die »Elisabeth Bakke« in See stechen und London oder zumindest England anlaufen. In der Nordsee wartet die deutsche Kriegsmarine, aber um diese Zeit kann man sich durch Dunkelheit oder Nebel wie mit Gottes Vorsehung schützen.

16. Dezember. Der Kommandant des Zerstörers »Ehrensköld« ruft den Ersten Offizier zu sich, einen Oberleutnant zur See namens Rune Renhammar, der zufällig einen Bruder in der schwedischen Quisling-Regierung hat, die sich vor etwa einem halben Jahr in der Kungshöjdsgatan 11 konstituiert hat.

Der Nazi Renhammar erfährt, daß der Zerstörer am nächsten Morgen um 7.00 Uhr auslaufen soll, um die »Elisabeth Bakke« auf ihrem Weg nach England zu eskortieren, solange sie sich in schwedischen Gewässern befindet.

Leutnant zur See Renhammar hat einen Vertrauten namens Carl Leopold Sterner, Leutnant an Bord des Zerstörers. Die beiden haben es jetzt eilig, den Deutschen die Information zukommen zu lassen. Sie richten es höchst ungeschickt so ein, daß der Leutnant den inzwischen außerordentlich bekannten und folglich abgehörten Nazibruder seines Oberleutnants anruft und diesen bittet, mit den Angaben zur deutschen »Gesellschaft« zu eilen. Alles im Klartext und mit richtigen Namen.

Die »Elisabeth Bakke« wird zwar durch Nebel aufgehalten, aber die deutsche Gesandtschaft in Stockholm kann sich schon am folgenden Tag an schwedische Behörden wenden und sich über den Neutralitätsbruch beschweren. Zu einem Zeitpunkt übrigens, als schwedische Zerstörer in der Ostsee deutsche Geleitzüge eskortierten. Der Fehler des deutschen Nachrichtendienstes, so schnell zu zeigen, daß die Angelegenheit bekannt war, war unverzeihlich, ob nun aufgrund von Arroganz oder Dummheit.

Der schwedische Sicherheitsdienst verhielt sich im großen und ganzen nicht besser, denn der Leutnant und der Oberleutnant wurden jetzt festgenommen. Klüger wäre es gewesen, mit Ermittlungen zu beginnen, um in Göteborg weitere beteiligte Marineoffiziere zu finden.

Zum Beispiel einen gewissen Kapitän von Otter. Doch das geschah nicht. Wollte man nicht? Hatte man absichtlich zu früh zugeschlagen? Unmöglich, darauf eine Antwort zu finden.

Anschließend gab es natürlich Gerichtsverfahren. Ebenso selbstverständlich wurde die ganze Bande verurteilt, vor allem da jeder zweite Angeklagte alles gestand, was sich gestehen ließ, zum Teil in dem Glauben, eine Gefängnisstrafe um Deutschlands willen würde ihnen oder ihren Geschäften nur nützen, wenn Schweden in etwa einem Jahr zu einem deutschen Vasallenstaat wurde.

Ein zum Handelsminister ernannter Uhrmacher in der Bande erklärte während des Prozesses, nichts könne ihm gleichgültiger sein als die Dauer seiner Gefängnisstrafe, da er sich im Lauf eines halben Jahres ohnehin wieder auf freiem Fuß befinden werde.

In einem halben Jahr? Ein halbes Jahr später trat die Schlacht um Stalingrad in ihre entscheidende Phase.

Zu keinem Zeitpunkt der Prozesse, weder vor den zivilen Gerichten, die sich um die »Wikinger« kümmerten, oder vor den Kriegsgerichten fiel ein einziges Wort, das zu einem Kapitän von Otter führte.

Hingegen fanden sich in den Akten zahlreiche Behauptungen über englische Agententätigkeit in der Gegend von Göteborg und darüber, daß die Bekämpfung dieser gegen Schweden gerichteten »feindseligen« Tätigkeit ein Hauptanliegen der Bande gewesen sei. Bei der Abwehr der englischen Spionage habe die Polizei tatkräftig mitgeholfen. Diese weigerte sich jedoch, Namen von »Vaterlandsfreunden bei der Polizei« zu nennen.

Das sah nach hoher Protektion aus oder zumindest nach Protektion irgendwo bei der Polizei.

War es möglich, daß diese Protektion von einer unbekannten und nie entdeckten Verästelung der Nazi-Bande ausging?

Vielleicht hatte es noch weitere Marineoffiziere gegeben. Man hatte ja nur bei der ersten besten Gelegenheit Renhammar und diesen Sterner geschnappt und anschließend so getan, als wären die beiden allein gewesen.

War die schwedische Polizei gleichzeitig gegen englische Spione vorgegangen? Gab es Polizisten, die sich hauptamtlich damit beschäftigten? Und wenn ja, hatten sie Tipgeber in englandfeindlichen Kreisen, etwa unter Nazis?

Wie sollte man überhaupt die Arbeit der Polizei im Göteborg der Jahre 1940 bis 1945 untersuchen?

Joar Lundwall fühlte, wie die Müdigkeit ihn übermannte. Vielleicht lag es daran, daß er schon ahnte, was für eine Schufterei es werden würde, die Tätigkeit der Spionagepolizei in Göteborg in vier oder fünf Kriegsjahren unter die Lupe zu nehmen.

Er gab seine letzten Notizen und Fragen in den Computer ein und löschte das Licht. Dann fiel ihm etwas ein. Er machte wieder Licht und verschloß die Akten in einem seiner Waffenschränke, bevor er sich fast wankend ins Badezimmer begab.

In den Jahren 1939 bis 1946 wurden in Schweden 444 Menschen wegen Spionage verurteilt. Einhundertvierzig arbeiteten für das Dritte Reich, dreihundertvier für die Alliierten. Zu Anfang wurden überwiegend Spione der Alliierten gefaßt, gegen Ende des Krieges, wie man schon ahnen konnte, legte die schwedische Sicherheitspolizei so etwas wie einen Zwischenspurt ein, als es um nazideutsche Spione ging, schaffte es aber nicht mehr, die alliierten Zahlen einzuholen. Einfache Mathematik. Eine einfache Beschreibung von Schwedens Neutralität während des wechselnden Kriegsglücks.

Åke Stålhandske betrachtete die Zahlen. Seine Wut verscheuchte die Müdigkeit. Er ging in die Küche und machte sich eine neue Kanne Tee.

Samuel Ulfsson hatte ihm Zugang zu allen Akten verschafft, die sich aus einer früher so genannten innenpolitischen Abteilung des Generalstabs erhalten hatten. Unter diesem Material befand sich ein vollständiges Verzeichnis sämtlicher Personen mit einem höheren Rang als Obergefreiter, die etwas mit extremistischen Organisationen zu tun gehabt hatten. Eine reine Fundgrube.

Den inzwischen verstorbenen Kollegen zufolge gab es während des Krieges zwischen dreitausend und dreitausendfünfhundert Kommunisten unter den Wehrpflichtigen, zwanzig bis fünfundzwanzig unter den Berufssoldaten und Unteroffizieren, unter den Offizieren jedoch keinen einzigen.

Åke Stålhandske verzog den Mund zu einem Lächeln über die Pedanterie, mit der diese Selbstverständlichkeit notiert wurde.

Was Nazis anging, war die Lage etwas anders. Unter den Wehrpflichtigen hatte man nur dreihunderteinundvierzig Nazis gefunden und dreiundvierzig unter den Berufssoldaten. Hingegen siebzehn Unteroffiziere und achtzehn Offiziere.

Die Namen sämtlicher Offiziere waren verzeichnet. Unter ihnen ein Major Nils Axel Agaton af Klintén, der beim Nachrichtendienst arbeitete.

Ein Nazi beim Nachrichtendienst? Von den Kollegen ein paar Türen weiter in der innenpolitischen Abteilung sogar registriert?

Nun, wesentlich war aber, daß sich nicht der Name eines Kapitäns der Kriegsmarine namens Ture Teofil von Otter fand, Sohn des Fregattenkapitäns Sven Hugo, geboren am 6. September 1904 in Karlskrona, und so weiter.

Was ja irgendwie das Ziel dieser ganzen Untersuchungsarbeit war, nämlich die Unschuld von Sams altem Schiffskommandanten festzustellen. Trotzdem hatte jemand den Mann ermordet, und jemand mit definitiv politischen Gründen hatte zugleich diesen af Klintén getötet, der ja Nazi war.

Das Problem war das auffällige Fehlen von Marineoffizieren in den alten Akten über bekannte Nazis.

Es hatte den Anschein, als wäre es dem Nationalsozialismus schwergefallen, in den Rängen über dem Obergefreiten beziehungsweise Bootsmann bei der Marine Leute anzuwerben, woran immer das gelegen haben mochte.

Die heimliche Schwäche aller Marineoffiziere für die eigentliche Originalmarine, die englische? Die Tatsache, daß die meisten Marineoffiziere dieser Zeit aus der Oberschicht kamen und es ihnen folglich etwas schwer fiel, »radikalen« politischen Strömungen anzuhängen, etwa dem Sozialismus und der deutschen Variante Nationalsozialismus?

Es spielte keine Rolle. Åke Stålhandske mußte trotzdem von vorn anfangen und in all dem suchen, was in den Prozessen wegen Spionage und Landesverrat mit der Marine zu tun gehabt hatte. So hatte es beispielsweise Verfahren gegen die Braune Marine und die Braune Garde gegeben.

Es war vier Uhr morgens, und die verstaubten Gerichtsakten lagen wie eine stumme Drohung auf dem Stuhl neben dem Schreibtisch. Er mußte am nächsten Morgen so schnell wie möglich ein paar Akten an die Polizei in Norrköping schicken. Dort wollte man plötzlich über Ed in Dalsland alles wissen, was mit dem Militär in Verbindung gebracht werden konnte. Das war wirklich nicht schwer zu verstehen, denn dieses Wort hatte der Mörder mit einem Messer in die Brust von af Klintén geritzt. Vielleicht hatte er bekommen, was er verdiente. Wenn auch etwas spät.

Åke Stålhandske holte tief Luft und begann erneut die Geschichte zu lesen, wie es der Polizei gelungen war, die Braune Garde zu sprengen. Er mußte das Grundwissen perfekt beherrschen, bevor er zu Vernehmungsprotokollen und anderen Einzelheiten überging.

Er merkte jedoch, daß er recht schnell unkonzentriert wurde. Er dachte über all die alliierten Spione nach, die geschnappt worden waren, und an den Fleiß, den die schwedischen Sicherheitsorgane ihnen gewidmet hatten. Bei den Nazi-Spionen waren sie nicht so diensteifrig gewesen.

Dreihundertvier waren gefaßt worden. Das bedeutete natürlich, daß mindestens doppelt so viele tätig gewesen sein mußten, die man nicht geschnappt hatte – trotz des Pflichteifers der schwedischen Polizei.

Ungefähr eintausend alliierte Spione in einem kleinen Land wie Schweden, und das während des Zweiten Weltkrieges, in dem neutralen, nach Westen orientierten Schweden, wie es in der Geschichtsschreibung des Landes hieß.

Das war die schwedische Lieblingslüge. Das Mitläufertum sollte um jeden Preis verborgen werden, und nicht einmal Joar Lundwall schien eine Ahnung davon zu haben, was seine Landsleute in der Zeit eigentlich getrieben hatten.

Stunde um Stunde gingen die vollbeladenen Erzzüge nach Narvik zum Weitertransport zu den deutschen Waffenschmieden. Folglich wurde der Erztransport ausgespäht. In den schwedischen Verladehäfen wurden jeden Tag zehntausende Tonnen Eisenerz für die Weiterbeförderung nach Deutschland verladen. Folglich wurden die Häfen ausgespäht. Die schwedischen Eisenbahnen beförderten während des Krieges mehr als zwei Millionen deutsche Soldaten. Folglich wurde auch der Eisenbahnverkehr ausgespäht. Überdies waren es nicht nur »Urlauber«, also Soldaten in voller Kampfausrüstung, die sich des schwedischen Eisenbahnnetzes bedienten. Deutsche Artillerie wurde ebenfalls auf diese Weise nach Nordnorwegen verfrachtet und bei Bedarf auch vom Norden des Landes nach Südnorwegen. Vielleicht war das »Munitionsunglück« in Krylbo ein Sabotageakt gegen einen solchen Zug? Vielleicht war es auch Sabotage gewesen, als 1941 im Hårsfjärden zwei Zerstörer versenkt wurden, da es bis Stalingrad oder bis zum Hårsfjärden Hauptaufgabe der schwedischen Zerstörer gewesen zu sein schien, die deutschen Geleitzüge in der Ostsee zu schützen.

Die schwedische Marine hatte also an der Seite Deutschlands am Zweiten Weltkrieg teilgenommen. So war es. Das konnte weder ein Marineoffizier noch ein Zivilist leugnen.

Åke Stålhandske nahm sich vor, seinen Vater bei Gelegenheit zu fragen, was damals im Hårsfjärden passiert war. Hatten die Schweden tatsächlich ihre Schiffe aus Versehen selbst bombardiert, wie eine der Theorien lautete, oder war hier der sehr junge Kollege James Bond am Werk gewesen? Oder der GRU-Unterleutnant Iwan Iwanowitsch?

Aber damals hieß es doch noch nicht GRU?

Nein, er war zu müde. Wenn die Polizei in Norrköping morgen früh einigermaßen geordnete Unterlagen erhalten sollte, mußte er jetzt aufhören.

Als er sein Material eingeschlossen hatte, konnte er trotzdem nicht einschlafen. Vielleicht hatte er zuviel Tee getrunken. Vielleicht lag es an etwas anderem, das mit seinem Vater und dem Krieg zu tun hatte.

An den Stränden von La Jolla gelang es ihnen endlich, die Zeit aufzuheben. Das Wasser war gerade einundzwanzig Grad warm, und außer ihr würde kaum jemand auf die Idee kommen zu baden. Sie hatte es schon immer geliebt, zu tauchen und zu schwimmen. Sie war Mitglied der Universitätsmannschaft gewesen und hatte sich daran gewöhnt, Männern im Wasser immer überlegen zu sein.

Bis sie Carl begegnete, jedoch nicht an diesem Strand, sondern am Imperial Beach.

Er hatte erklärt, daß das Wasser bei ihm zu Hause selten einundzwanzig Grad warm wurde. Diese Temperatur gelte schon als *heiß*. Er war irgendwie wie ein Otter, ein riesiger kalifornischer Seeotter. Sie konnte ihm auf kurze Distanz davonschwimmen, aber wenn er tauchte, verschwand er einfach. Sie hatte nie verstanden, wie es möglich war, aber es kam vor, daß er in einem Augenblick an der Oberfläche schwamm, um dann plötzlich zu verschwinden und mehrere Minuten weg zu sein. Vielleicht tauchte er zwanzig Meter tief oder schwamm hundert Meter unter Wasser weiter. Damals war es ihr unbegreiflich erschienen, doch jetzt hatte er lachend angedeutet, damit habe er sich fünf Jahre lang beschäftigt, und zwar immer, wenn er verreist sei. Und das habe am Ende alles zwischen ihnen zerstört.

Er bekam in der Sonne leicht einen Sonnenbrand, weißhäutiger Skandinavier, der er war. Gegen Nachmittag leuchteten die Narben an seinem Körper wie rote Alarmsignale. Sie lag ihm in den Ohren, bis er ihr endlich erlaubte, ihn mit einer Sonnenschutzcreme einzureiben.

Sie hatte ihn seit dem Morgen vorsichtig beobachtet. Doch es war, als löste sich alles, alle Spannungen des mißglückten gestrigen Essens und der Zeit danach, als sie sich zum ersten Mal ins Wasser stürzten und mit ihrem alten Spiel begannen, nämlich dem Bodysurfen auf einer Welle, bei der der Körper als Surfbrett dient.

Als sie zum dritten Mal hinausschwammen, um auf eine Woge zu warten, die groß genug war, kämpfte sie sich zu ihm durch, solange sie den Grund noch mit den Zehenspitzen berühren konnte, und umschlang ihn mit Armen und Beinen. Er hielt sie lange so an sich gepreßt, während sie sich küßten und lachten und von Zeit zu Zeit von einem Wellenkamm überspült wurden.

Er sah glücklich aus, als würden diese ewigen geheimnisvollen Wolken nicht mehr seinen Gesichtsausdruck verdüstern. Sie entschied, daß es so gut war, solange es dauerte. Sie nahm sich vor, keine definitive Frage zu stellen und keine Dämonen von Pflicht und Verantwortung zu wecken, die seinen empfindlichsten Punkt berührten.

Und ihren. Sie mußte auch verdrängen. Für sie war es ebenfalls wirklich und unwirklich zugleich. Sie hatte eine verzweifelte Chance beim Schopf gepackt, ohne eigentlich zu planen oder vorherzusehen, wie es gehen würde oder konnte. War einfach nach Stockholm geflogen. Es war verrückt. Es war von dem Augenblick an unverantwortlich gewesen, in dem ihr klar gewesen war, daß er so gut wie verheiratet war und daß die andere ein Kind erwartete. Trotzdem hatte sie die Reise fortgesetzt, als würden andere Kräfte als sie selbst über die Fortsetzung entscheiden.

Doch jetzt ging es nur darum, die Zeit anzuhalten, von allem freizunehmen, was mit der anderen Welt zu tun hatte, mit Verantwortung und Zukunft. Jetzt wollte sie nur das Wasser genießen, kalte, salzige Haut, nasses Haar, Sand und Sonne. Er sah tatsächlich glücklich aus, und auch für ihn existierte nichts anderes als das, was gerade geschah. Gerade jetzt war es wichtig, den Moment zu nutzen. Nichts anderes.

Carl ruhte im Augenblick.

Anfänglich hatte er es sich nur suggeriert, daß er im Augenblick ruhte. Absurderweise erinnerte ihn das an eine andere Situation, in der die Zeit stehengeblieben war und sich eine vollkommene, fast gleichgültige Ruhe seiner bemächtigt hatte.

Damals hatte er draußen am Rande Moskaus in einer kleinen Vorortstraße gestanden, in der Nähe des äußeren roten Rings, den kein Ausländer überschreiten durfte, und ein Fenster im obersten Stockwerk eines heruntergekommenen Mietshauses betrachtet. Hinter dem Fenster hatte sich ein Mensch befunden, den er in wenigen Minuten ermorden sollte. Und gerade in dem Moment, mit der Einsicht, daß er jetzt am Ziel war, hatte sich ein vollkommener Stillstand seiner bemächtigt.

Er erinnerte sich nicht mehr daran, wie lange er so gestanden hatte, da die Zeit aufgehört hatte. Doch dann war natürlich das

Gegenteil eingetreten. Der Nachbrenner war eingeschaltet worden, und die Landegestelle wurden eingefahren, die Tragflächen für Überschallgeschwindigkeit zurückgeklappt, und so weiter.

Aber vielleicht war es das Wasser, das kalte, graugrüne Wasser und alle Erinnerungen daran, was den ruhenden Augenblick ausgedehnt hatte. Als er etwa ihre Taille umfaßt hielt und sie ihm die Beine um den Körper schlang und sie sich im Salzwasser küßten. Oder ihr brauner Körper, als sie mit dem schwarzen nassen Haar hinter sich wie ein Torpedo durch die Wellen glitt. Vielleicht so etwas.

Er hörte auf, zu grübeln und sich Sorgen zu machen. Im Augenblick gab es nichts anderes, und niemand hatte sie gestört außer einem Bodybuilder und SEAL-Typ, der vorbeigegangen war und nur *howdy* gesagt hatte, »wie ich höre, hast du dich gut gemacht«. Und dann nichts mehr und keine Miene hinter der dunklen Sonnenbrille, als wäre es selbstverständlich, daß alle bei SEAL früher oder später Man of The Year werden würden.

Carl hatte schnell alle Versuche aufgegeben, herauszufinden, woher er den Kollegen kannte. Vielleicht hatten sie gemeinsam Turnübungen gemacht, vielleicht waren sie zusammen irgendwo über einer dunklen Wasserfläche abgesetzt worden, vielleicht aus derselben C 104-Maschine.

Er lag auf dem Bauch im Sand, und sie saß rittlings auf ihm und rieb ihn noch einmal mit amerikanischer Sonnencreme ein. Es roch nach getrocknetem Tang. Er lag mit der Nase im Sand. Auf dem Rücken brannte es ein wenig, am meisten auf dem einen Schulterblatt, auf dem ein Austrittsloch Narbengewebe zurückgelassen hatte; offenbar waren diese Narben starkem Sonnenlicht gegenüber empfindlicher als der übrige Körper.

»Ich habe gerade eine brillante Idee«, murmelte er fast schläfrig.

»Daß wir noch einmal baden sollen?« schlug sie lachend vor.

»O nein. Ja, das heißt wir baden erst noch einmal. Dann fahren wir ins Hotel und lieben uns, während wir immer noch salzig und voller Sand sind. Dann waschen wir dein Haar und trocknen es. Dann essen wir in dem allerbesten verdammten mexikanischen Restaurant hier draußen in La Jolla. Was wir früher nie getan haben. Wie gefällt dir das?«

»Fabelhaft, natürlich, großartige Idee«, lachte sie erneut.

Er fand, daß sie sich glücklich anhörte.

Sie erfüllten das Programm bis aufs i-Tüpfelchen.

Als sie in dem mexikanischen Restaurant ankamen und sie eine der Kellnerinnen wiedererkannte und plötzlich in einem fröhlichen Spanisch drauflosschnatterte, überraschte es ihn; ihr gemeinsames Amerikanisch ließ ihn oft vergessen, daß sie auch eine mexikanische Seite hatte.

Sie saßen inmitten niedriger Palmen unter weißen Ziegelgewölben. Sie verlangte, die Rechnung zu bezahlen und bestellte dann eine, wie es schien, unendliche Zahl von Gerichten mit ebenso unzähligen Zubereitungsarten. Er genoß es, nichts mehr zu verstehen, und war irgendwie stolz auf sie und darauf, ihr Gast zu sein.

Sie nannte ihm beim Essen die verschiedenen mexikanischen Namen der Speisen. Er liebte es. Obwohl für ihn mexikanisches Essen meist aus verschiedenen Pfannkuchen mit einer mehligen Füllung bestand, liebte er diese Stunde, sogar die schmachtende Gitarrenmusik der Stereoanlage und den etwas zu süßen mexikanischen Wein. Aber wenn es so sein sollte, war es richtig, sogar der mexikanische Wein. In diesem Moment gab es nichts anderes, absolut nichts.

Hier und da brannte und schmerzte seine Haut. Möglicherweise war da noch etwas, doch nur als eingekapselter Teil der Stunde wie eine Trichine.

»Wie lange bleibst du morgen weg?« fragte sie, nachdem mehr als zwei Stunden vergangen waren. Sie saßen mit einer Kaffeemischung da, die aus Tequila und Kaffeelikör bestand. Unter normalen Umständen wäre ihm das Getränk unendlich widerwärtig gewesen.

»Ich bin in L. A., bevor es abends zu spät wird. Ich reise früh, sehr früh«, brummelte er.

»Mußt du weit weg?«

»Hör mal, Tessie! Jetzt bist du genauso wie vor fünf Jahren, nein, ich habe falsch gedacht, vor zehn Jahren. Ich kann nicht sagen, wohin ich will, darf es nur andeuten. Ich werde den Tag irgendwo im Death Valley verbringen, und das ist der offizielle Grund für meine Anwesenheit hier.«

»Möchtest du tanzen?«

»Tanzen! So was Mexikanisches? Du bist verrückt.«

»Los. Komm, ich bringe es dir bei!«

Er fühlte sich jung, als er mit ihr tanzte, und genauso anonym, als wäre es damals gewesen und nicht jetzt. Nicht der Wein hatte ihn berauscht, so daß er immer noch zum Hotel zurückfahren konnte, sondern das Herumwirbeln berauschte ihn jetzt, die zunehmend der Eingebung entsprungenen, immer schamloseren und immer langsameren mexikanischen Tanzmuster.

Keiner der beiden genierte sich auch nur im mindesten. Sie fühlten sich wie beliebige Amerikaner.

Die Nazis hatten sich durch Teilung vermehrt, etwa so wie die linken Sekten der letzten Jahre.

Åke Stålhandske grinste verlegen bei dem Vergleich. Sein Chef hatte ja offenbar einer dieser linken Sekten angehört. Na, wenn schon.

Die Nationalsozialistische Schwedische Arbeiterpartei NSAP änderte ihren Namen im November 1938 in SSS, Schwedische Sozialistische Sammlungsbewegung.

Bei den Gegensätzen ging es unter anderem um das Hakenkreuz. Die siegreiche Phalanx wollte das Hakenkreuz durch schwedische Flaggen und die Vasagarbe ersetzen, unter anderem mit dem Hinweis auf das Mißtrauen politisch unbewußter Schweden gegenüber allzu ausländisch wirkenden germanischen Symbolen.

Eine der Abweichler-Organisationen hieß »Das Sonnenkreuz«. Die Sonnenkreuzler behielten trotzig ihr Hakenkreuz. Ihr wichtigster Programmpunkt war unverbrüchlicher Gehorsam gegenüber Großdeutschland.

Da aber auch die Sonnenkreuzler als Verräter an der Sache Deutschlands angesehen werden konnten, kam ein Büroangestellter und ehemaliger Obergefreiter der Marine auf die Idee, die einzig wahre Partei zu gründen, die Braune Garde.

Partei sollte die BG jedoch erst nach dem Endsieg werden. Zuvor wollte man als Propaganda- und heimliche Kampforganisation wirken und sich auf die taktisch wichtigste Aufgabe vorbereiten, nämlich vor dem Einmarsch der Deutschen in Schweden als Fünfte Kolonne zu wirken.

Für den einen Zweck wurden Flugblätter gedruckt, für den anderen stahl man mit wechselndem Erfolg Munition und Handfeuerwaffen. Die Losung der Organisation hatte es in sich:

»Sieg oder Tod im Kampf! Gegen Demokratie, Marxismus und Judenherrschaft! Für ein freies, starkes und arisches Schweden!«

Arthur Frederik Ångström wurde im November 1942 aus politischen Gründen aus der Marine entlassen.

Åke Stålhandske kontrollierte die Angaben anhand der alten Nazi-Verzeichnisse der innenpolitischen Abteilung des Generalstabs. Aha, da war er.

Ångström war unter anderem bei einem Nazi-Treffen in Uniform aufgetreten und hatte auf der Marinestation in Stockholm gegen die Demokratie gewettert. Aus diesen Gründen war er in der Marine nicht mehr erwünscht. Da er seine militärische Laufbahn jetzt als ruiniert ansah, flüchtete er nach Norwegen, um sich von der Waffen-SS anwerben zu lassen. Er wurde an der Grenze gefaßt und in sein Vaterland zurückverfrachtet.

Schade, dachte Stålhandske. Die Waffen-SS hatte erhebliche Verluste.

Bei der Rückkehr nach Stockholm war Ångström also fest entschlossen, statt dessen auf heimatlichem Boden für den Sieg Großdeutschlands zu wirken. Anschließend wurde die Braune Garde gegründet.

Aus den Akten war kaum zu ersehen, was die Organisation in den folgenden zwei Jahren trieb.

Doch im Januar 1944 wurde der Bootsmann Lars Gustaf Verner Larsson im Hårsfjärden auf dem Flottentender »Niord« gefaßt, nachdem er ein paar Schachteln gestohlener Pistolenmunition seinem Führer Ångström übergeben hatte. Und dann ging es wieder los mit dem Abhören seines Telefons und den üblichen Maßnahmen.

Ångström selbst erhielt eine beachtliche Strafe von fünf Jahren Zuchthaus. Nicht nur für seine Vorbereitungen zum Landesverrat, sondern auch, weil er versucht hatte, die norwegischen Polizeilager in Schweden auszuforschen. Diese Lager waren ja keine normalen Lager für Polizeibeamte. Gegen Ende des Krieges stand so gut wie fest, daß in ihnen paramilitärische Kräfte zusammengezogen waren, die bei der Befreiung Norwegens eingesetzt werden sollten. Schwedens Neutralität war gegen Kriegsende ja etwas norwegenfreundlicher als zu Beginn, als fast jeder zweite flüchtende Norweger in seine Heimat zurückgeschickt worden war.

Der Bootsmann kam mit zehn Monaten Zuchthaus davon. Sechs Mitglieder wurden zu Strafen zwischen acht Monaten und drei Jahren auf Bewährung verurteilt.

Insoweit war alles recht trivial. Nur wenige Personen des Personals der Kriegsmarine waren beteiligt, überdies niemand über dem Rang eines Bootsmanns.

Einige der Vernommenen waren jedoch freigesprochen worden. Schwer zu sagen, warum. Da es gegen Ende des Krieges passierte, brauchte es nicht unbedingt daran zu liegen, daß die schwedischen Behörden vor den Nazis den Rücken krümmten. Die Anklagepunkte waren jedoch manchmal etwas diffus. Grundsätzlich ging es um Landesverrat und den Versuch, die Demokratie mit Gewalt zu stürzen. Doch offenbar hatte ein Staatsanwalt in jedem einzelnen Fall beweisen müssen, daß gerade dieser Verkäufer oder jener Bootsmann oder Obergefreiter persönlich solche Pläne hegte. Und nicht nur allgemein antisemitisch eingestellt war oder etwas in der Richtung.

Der Stapel von Vernehmungsprotokollen war im Verhältnis zu der Zahl der Verurteilten ungewöhnlich groß. Außerdem zeigte sich jeder der Vernommenen dämlicher als der vorhergehende. Oder die Beschuldigten hatten sich mit erstaunlichem Erfolg dämlich gestellt. Schwer zu sagen, was zutreffend war.

Åke Stålhandske kam die Lektüre vollkommen sinnlos vor, aber er wollte dic Sache aus der Welt haben, die Akten zurückgeben und mit etwas Neuem beginnen. Gleichzeitig hatte er sich im Verdacht, zu schnell, zu kursorisch und mit zu geringem Interesse zu lesen.

Vielleicht war es so. Wie auch immer: Er war in einem dieser Protokolle schon recht weit gediehen, als er plötzlich erstarrte, von vorn anfing und Satz für Satz mit einem Bleistift in der Hand las:

STAATSKRIMINALPOLIZEI
STOCKHOLM

Abschrift des mit dem Restaurantportier Frederik Anders Hanngren, geboren am 23.8.1911, durchgeführten Verhörs. Ort: Untersuchungsgefängnis in Stockholm. Zeit: 14.4.1944. Vernehmungsbeamter Kriminaloberwachtmeister Nils Göran Elwin. Vernehmungszeuge nicht verfügbar. Beginn des Verhörs 08.05 Uhr.

Vernehmungsbeamter (V): Ja, dann ist es an der Zeit, dort weiterzumachen, wo wir gestern aufgehört haben, Hanngren. Ängström und du, ihr wolltet also Besuch empfangen.

Hanngren (H): (unhörbar)

V: Dann kommen wir also zu dieser Gelegenheit, als Andersson von Göteborg anreiste. Worum ging es da?

H: Es ging darum, daß Ängström und er in Göteborg eine Zelle bilden sollten.

V: Aber bei dem Treffen wurde doch sicher noch über anderes gesprochen?

H: Was für ein Treffen? Es gab ja mehrere.

V: Das erste Treffen mit Andersson, damals im Herbst 42.

H: Ja, da ging es darum, diese Pistolen zu beschaffen. Andersson und Svenzén sollten nach Örebro fahren, wo jemand Pistolen hatte.

V: Wen sollten sie in Örebro treffen?

H: (unhörbar)

V: Kannst du etwas lauter sprechen? Wen sollten sie in Örebro treffen?

H: Weiß nicht. Ich glaube, irgendeinen Obergefreiten vom I 3. Den Namen kenne ich aber nicht.

V: Wurde noch über anderes gesprochen?

H: Bei dem ersten Treffen?

V: Ja, beim Treffen im Oktober 42.

H: Ja, sie sprachen über die Spione.

V: Welche Spione?

H: Die Norweger. In Göteborg waren zwei norwegische Spione.

V: Woher wußte Andersson das? Und was waren das für Spione?

H: Ich weiß noch, daß Andersson sagte, Kapitän von Otter hätte gesagt, es gebe kommunistische Spione in Göteborg, und Ängström müsse sich darauf gefaßt machen, daß sie nach Stockholm kommen.

V: Was sollte Ängström dann tun?

H: Das hat er nicht gesagt.

V: Hat Ängström nicht gesagt, was er tun wollte?

H: Nein, den meine ich nicht. Es war Andersson. Also Andersson sagte, Ängström solle sich bereithalten, falls die Spione nach Stockholm kämen.

V: Was meinte er damit, sich bereithalten?

H: Das weiß ich nicht. Aber es waren gefährliche Spione. Sie hatten sowohl den Zug in Krylbo und die Zerstörer im Hårsfjärden gesprengt. Das hatte Kapitän von Otter gesagt.

V: Hatte Kapitän von Otter das gesagt?

H: Ja, so hat es jedenfalls Andersson gesagt.

V: Was hast du da gedacht?

H: Es waren ja gefährliche Spione, diese Leute. Und ich hatte ein paar Kameraden, die auf der »Klas Horn« draufgegangen sind.

V: Auf einem der Zerstörer im Hårsfjärden?

H: Ja.

V: Was hat Ängström denn dazu gesagt?

H: Nichts. Er bat mich, Kaffee zu kochen.

V: Kaffee zu kochen?

H: Ja, Andersson hatte aus Göteborg echten Bohnenkaffee mitgebracht, und wir wollten ihn mit etwas Schnaps anspitzen.

V: Haben sic nichts mehr gesagt, bis du in die Küche gingst, um Kaffee zu kochen?

H: Nee, ich bin in die Küche gegangen und habe Kaffee gekocht, und dann haben wir einen zur Brust genommen.

V: Aber es muß doch gesprochen worden sein, als du mit dem Kaffee zurückkamst?

H: Ja, aber es ging nur um alte Kommiß-Erinnerungen. Wir waren ja alle drei Gasten gewesen. Ja, sie sprachen ein wenig über von Otter.

V: Was sagten sie über von Otter?

H: Daß beide mit ihm zur See gefahren waren. Ich glaube, auf der »Fylgia«. Und daß von Otter ein Teufelskerl sei. Ich habe von Otter wiedererkannt, denn er war ja 1930 an der Militärschule in Stockholm, als ich in der zweiten MK die zweite Klasse besuchte.

V: Zweite Klasse im zweiten MK?

H: Ja, in der zweiten Matrosenkompanie. Ich wurde im Frühjahr darauf Signalgast und dann 33 an die Luft gesetzt.

V: Ja, du warst ja bei der Marine, bevor du als Rausschmeißer anfingst. Haben sie also gesagt, von Otter sei Mitglied eurer Organisation?

H: Nee, aber daß man sich auf ihn verlassen könne. Also die richtigen Ansichten, und außerdem war er mit einem Kriminaler in Göteborg bekumpelt, der nebenbei für die Gesandtschaft arbeitete.

V: Die Gesandtschaft?

H: Ja, die deutsche Gesandtschaft. Dieser Kriminaler hat für sie gearbeitet. Oder das Konsulat, oder wie das heißt.

V: Hast du eine Ahnung, wer dieser Kriminalbeamte sein könnte?

H: O ja, das war der, der in Göteborg mit durchschnittenem Hals angetrieben wurde. Die Kommunisten haben ihn liquidiert, das war im vorigen Sommer.

V: Woher weißt du, daß die Kommunisten Oberwachtmeister Jubelius getötet haben?

H: Was heißt wissen? Man kann sich ja schließlich was zusammenreimen. Jobelius oder wie er hieß war ja das Bindeglied zwischen von Otter und der Gesandtschaft, und als sie sich nicht direkt an von Otter rantrauten, haben sie also das Bindeglied zerschnitten.

V: Sind das deine Gedanken, oder hat dir jemand das erzählt?

H: Wir sprachen bei einem Treffen der Braunen Garde darüber, als dieser Kriminaler ermordet worden war. Wir glaubten alle, daß die Kommunisten es gewesen waren.

V: Aber das waren nur Vermutungen?

H: Nun ja, genau wußte es wohl keiner, aber uns war die Sache trotzdem klar.

V: Was war euch klar?

H: Daß die Kommunisten das getan hatten.

V: Diese norwegischen Kommunisten, von denen du früher gesprochen hast?

H: Nein, die nicht. Die wurden ja schon vor zwei Jahren nach Norwegen zurückgeschickt. Dafür hat dieser Kriminaler ja persönlich gesorgt.

V: Was meinst du damit?

H: Ja, dieser Kripomann Joberus. Dieser von Otter, also der Kapitän, hatte ihm gesagt, sie seien Spione. Und da hat Joberus sie ausgewiesen.

V: Hat Jubelius die Norweger des Landes verwiesen?

H: Nee, er selbst also nicht. Er hat das mit einem hohen Tier in Stockholm gedreht, damit er die entsprechenden Papiere bekam. Dann ging es ab zur Grenze.

V: Haben hohe Tiere in Stockholm das gefingert? Welche?

H: Das weiß ich nicht. Aber Kalle Propp sagte, die Gesandtschaft und von Uthmann hätten das mit dem Generalstab gefingert.

V: Dem Generalstab?

H: Ja. Irgend so ein hohes Tier beim Generalstab, das den Norwegern den weiteren Aufenthalt in Schweden verbot.

V: Du weißt nicht zufällig, wer das war?

H: Nee, keine Ahnung. Warte mal, doch. Kalle Propp sprach oft von einem, der Klintén hieß, irgendein Hauptmann oder Major. Der kann es gewesen sein. Dann war da, glaube ich, noch ein Oberst Oxenstierna.

V: Aber das weißt du nicht mit Sicherheit?

H: Nee. Aber Kalle hatte ja über zwei Leute beim Generalstab gesprochen, einmal über diesen Klintén und dann diesen Oxenstierna oder Oxengren, oder wie der hieß.

V: Damit wir ganz sicher gehen: Wer ist Kalle Propp?

H: Das habe ich doch gestern schon gesagt. Kalle Pettersson, also Karlskrona-Kalle. Der war Bote bei der Gesandtschaft.

V: Wir sprechen also von ein und derselben Person. Der Mann ist Bote bei der deutschen Gesandtschaft hier in der Kungsgatan in Stockholm?

H: Genau der.

V: Welche Kontakte hatte nun Kalle Propp zum Generalstab?

H: Das weiß ich nicht. Es gab ja Filmvorführungen und so was.

V: Filmvorführungen?

H: Ja. Dieser Attaché von Uthmann lud ja zu Filmvorführungen in die Gesandtschaft ein, und da kamen auch schwedische Offiziere, obwohl sie natürlich Zivil trugen. Da kamen auch manchmal dieser Klintén und Oxberg.

V: Kalle Propp hatte Umgang mit denen?

H: Nee. Aber ich denke mir, daß er so manches zu hören bekam.

V: Und das hat er dir erzählt?

H: Nee, wir haben uns so selten gesprochen. Er war so hochnäsig, dieser Proppen.

V: Er war hochnäsig?

H: Ja, er arbeitete ja in der Gesandtschaft.

V: Ich komme zu diesem Treffen in Stockholm im Oktober 1942 zurück. Also zu dem ersten Treffen. Kannst du dich noch erinnern, ob es der 13. Oktober war?

H: Nee, aber es kann der 13. gewesen sein.

V: Du hältst es jedenfalls nicht für unmöglich, daß es gerade der 13. Oktober war und daß es draußen in Solna stattfand?

H: Ja, es war im Oktober und fand in Solna statt. Das weiß ich noch, denn ich mußte lange auf die Straßenbahnlinie 15 warten.

V: Und worüber habt ihr da gesprochen?

H: Aber das habe ich doch schon gesagt.

V: Ja, aber du kannst es noch einmal sagen. Es ist wichtig, verstehst du.

H: Ja, es ging um diese Zelle in Göteborg. Und dann die Pistolen, und dann haben wir noch über von Otter und die Spione gesprochen.

V: Das ist alles, woran du dich erinnerst?

H: Ja, und dann weiß ich natürlich noch, daß es echter Bohnenkaffee war.

V: Ihr habt nicht über die Braune Marine gesprochen?

H: Nee, von der Braunen Marine war wohl niemand da. Außerdem waren ja nur Offiziere in der Braunen Marine.

V: Du meinst, die Braune Marine sei eine Organisation nur für Offiziere gewesen?

H: Ja. Leute aus der Oberschicht, die sich nach vorn drängten, solange alles gutging. Aber jetzt, wo der richtige Kampf beginnt, scheißen sie sich nur in die Hosen.

V: Du meinst, jetzt müßt ihr die Führung übernehmen?

H: Ja, deshalb haben wir die Braune Garde ja gegründet.

V: Wir sprechen jetzt von der Braunen Garde. Ich will nur festhalten, daß du tatsächlich die Braune Garde meinst, die SS-Organisation, die unter anderem du und Ångström gegründet habt?

H: Ja, die Braune Garde.

V: Und die Braune Garde gibt es also hier in Stockholm, und, na ja, auf Skeppsholmen, und in Göteborg wolltet ihr auch eine Zelle gründen?

H: Ja, die BG von Göteborg. Das sollte dieser Andersson erledigen.

V: Wer sollte in Göteborg noch mitmachen? Dieser von Otter?

H: Vielleicht. Ich weiß ja nicht, wie eingeweiht dieser von Otter war, aber früher hatten wir in Göteborg schon Offiziere auf unserer Seite gehabt.

V: Welche Leute meinst du?

H: Nun, diesen Renhammar und den Sterner. Die Leute von Ehrensköld. 41 oder wann das war.

V: Hast du sie damals gekannt?

H: Nee, die waren ja Offiziere. Aber sie waren jedenfalls dabei.

V: Du meinst, sie waren Mitglieder der Braunen Marine oder der Braunen Garde?

H: Nee, Mitglieder waren sie wohl nicht. Ich meine, nicht in der Braunen Garde. Aber sie standen im Kampf auf derselben Seite. Diese beiden, Renhammar und Sterner, haben ja dieses norwegische Boot erledigt. Und dieser von Otter hat ja die norwegischen Spione ans Messer geliefert.

V: Du sagst, von Otter habe die Spione ans Messer geliefert? Ist das deine Formulierung?

H: Ja. Von Otter hat es also diesem Kriminaler erzählt, der dann dafür sorgte, daß die Norweger ausgewiesen wurden.

V: Es ist also Kapitän von Otter gewesen, der die Norweger denunziert hat?

H: Ja, es muß ja so gewesen sein. Andersson hat es so gesagt.

V: Aha. Du verstehst sicher, daß ich hier ein bißchen nachbohren muß, denn ich möchte, daß alles ganz klar ist. Verstehst du?

H: (unhörbar)

V: Es ist also so gewesen, daß du dich am 13. Oktober 1942 mit Ångström und Andersson aus Göteborg getroffen hast. Ihr habt einmal darüber gesprochen, daß Andersson in Göteborg eine BG-Zelle gründen sollte, daß ihr von einem Obergefreiten des I 3 in Örebro Waffen bekommen solltet. Ist es so gewesen?

H: Ja, so wird's gewesen sein.

V: Und dieser Obergefreite vom I 3, wie hieß der?

H: Das weiß ich nicht. Namen wurden nicht genannt.

V: Um wie viele Pistolen ging es denn?

H: Weiß ich nicht. Aber natürlich war es mehr als eine.

V: Habt ihr diese Pistolen irgendwann bekommen?

H: Nee, damals also nicht. Die bekamen wir erst später aus einer anderen Ecke.

V: Es kam also nicht zu einem Pistolengeschäft mit diesem unbekannten Obergefreiten vom I 3?

H: Nee, damals nicht.

V: Und dann habt ihr über Spione in Göteborg gesprochen, die Kapitän von Otter bei Kriminaloberwachtmeister Jubelius denunzierte, der sie wiederum an die deutsche Gesandtschaft meldete.

H: Ja.

V: Und dann habt ihr darüber gesprochen, daß die deutsche Gesandtschaft hier in Stockholm Kontakt mit einem Offizier beim Generalstab hatte, der dabei half, diese Spione des Landes verweisen zu lassen?

H: Ja.

V: Es gab also eine Kontaktlinie zwischen Kapitän von Otter in Göteborg und, ja, über Oberwachtmeister Jubelius zur deutschen Gesandtschaft. Und die hatten auch Kontakte zum Generalstab. Ist es so gewesen?

H: Ja, so muß es gewesen sein.

V: Und an diesem Abend wurde über nichts anderes gesprochen?

H: Doch, über den Kaffee. Darüber, daß wir echten Bohnenkaffee hatten.

V: Ja, das hast du schon erzählt. Aber sonst wurde nichts anderes gesagt, es gab also kein anderes Thema?

H: Nee, kann mich an nichts anderes erinnern.

V: Hast du über dieses Treffen in Solna noch etwas hinzuzufügen?

H: Nee, das war wohl alles.

V: So, Hanngren, vielleicht können wir jetzt noch etwas Kaffee trinken, wenn du nichts mehr zu erzählen hast. Aber es wird nicht so ein guter Kaffee wie der, den du damals in Solna bekommen hast.

H: Nee, versteht sich.

V: Dann wird dieses Verhör Hanngrens beendet. Es ist 09.17 Uhr.

Abschrift nach Magnetband wird beglaubigt:
Eva Svensson
Bürogehilfin
Das Vernehmungsprotokoll wurde Hanngren vorgelesen und von diesem nicht beanstandet.
Nils Göran Elwin, Oberkommissar.

Åke Stålhandskes Notizblock war voller aggressiver Pfeile und Ausrufungszeichen. Die Spur hatte ihn elektrisiert, doch er wollte noch nicht mit der Analyse dessen beginnen, was er herausgefunden hatte. Erst mußte er die beiden anderen Verhöre mit dem Rausschmeißer Hanngren lesen.

Doch es gab keine weiteren Protokolle mit Hanngren. Sie hätten da sein müssen, was schon aus der Paginierung der mit Papiersiegeln und blaugelben Schnüren zusammengebundenen Vernehmungsprotokolle hervorging. Aus dem Inhaltsverzeichnis war ebenfalls zu ersehen, daß und genau an welcher Stelle zwei weitere Vernehmungsprotokolle mit Hanngren da sein sollten.

Åke Stålhandske grübelte sehr kurz darüber nach, bevor er ein

Vergrößerungsglas holte, um das Papiersiegel und die blaugelben Schnüre zu prüfen.

Er fand schnell, wonach er suchte.

»So ein schlauer kleiner Teufel«, sagte er halblaut und warf sich in dem schwarzen Fensterspiegel gegenüber dem Schreibtisch ein entzücktes Wolfsgrinsen zu.

Die blaugelben Bänder, welche die Protokollstapel zusammenhielten, waren erst durchgeschnitten und dann vorsichtig zusammengespleißt worden, als wären es Hanfseile. Früher war das eine Kunst gewesen, die jeder Seemann beherrschte.

Jemand hatte also zwei von drei Vernehmungsprotokollen gestohlen, die diesen Hanngren betrafen. Warum nicht auch das dritte, das immerhin so interessante Angaben enthielt?

Åke Stålhandske blätterte erneut in dem Stapel, bis er das Protokoll wiederfand. Dort stand deutlich mit Überschrift und allem, wie es bei Beginn eines Verhörs üblich war, worum es ging.

Er blätterte zwei Seiten weiter und stieß auf eine neue Überschrift. Ein Bootsmann Larsson behauptete auf etwas mehr als einer Seite, er wisse von nichts, erinnere sich an nichts und habe auch sonst mit nichts etwas zu tun. Ein sehr kurzes Verhör.

Es konnte sich also um ein Versehen handeln. Man findet die beiden anderen Protokolle, doch nicht das erste, weil es den Anschein hat, als ginge es im folgenden nur noch um Larsson?

Möglich. Wie auch immer: Es wirkte merkwürdig, daß jemand sich die Mühe machte, die beiden anderen Protokolle zu stehlen, aber nicht dieses.

Wer hatte sie gestohlen und wann?

Die Akte war zwischen 1944 und 1984 für geheim erklärt worden. Åke Stålhandske kam zu dem Schluß, daß der Dokumentendieb, vielleicht der Mörder, nach 1984 zugeschlagen hatte, als die Akte der Öffentlichkeit zugänglich war.

Wie viele Menschen leihen solche Akten aus? Er selbst mußte ja bei jeder Anfrage ein besonderes Antragsformular ausfüllen. Das galt vermutlich für jeden. Wurden in diesem Land, in dem alles bewahrt wurde, auch vierzig Jahre alte Anträge aufgehoben, in denen jemand um Akteneinsicht bat? Wo verwahrten die Schweden eigntlich das Ergebnis ihrer gesamten Bürokratie?

Diese Frage mußte bis auf weiteres auf sich beruhen bleiben. Zurück zu dem, was tatsächlich da war.

1942 hatte es in Göteborg nachweislich nationalsozialistische oder mit den Nazis sympathisierende Marineoffiziere gegeben. Joar hatte sich ja mit zweien beschäftigt, einem Kapitän und einem Leutnant, die wegen Spionage verurteilt worden waren.

Zur gleichen Zeit, zu der zwei Offiziere geschnappt wurden, gab es beim Stab in Göteborg einen gewissen Kapitän von Otter.

Der Quelle »Andersson« aus Göteborg zufolge arbeitete von Otter mit einem Polizeibeamten namens Jubelius zusammen, der 1943 offenbar ermordet worden war.

Von Otter war zwei norwegischen »Spionen« auf die Spur gekommen und hatte mit Hilfe von Jubelius und keinem Geringeren als af Klintén und einem gewissen Oxenstierna, Oxberg oder Oxengren dafür gesorgt, daß diese beiden Norweger im Jahre 1942 an Norwegen ausgeliefert wurden, das heißt an die Gestapo.

Warum war es so wichtig gewesen, die norwegischen Nachrichtenleute auszuliefern und von den Deutschen hinrichten zu lassen, statt sie einfach nur einzusperren und in Schweden verurteilen zu lassen? Die Verschwörer von Otter, Jubelius, af Klintén und »Oxengren« hatten sich ja erhebliche Mühe gegeben. Sie hatten sowohl Verbrechen begangen und allerlei Manipulationen angestellt, um ihr Ziel zu erreichen. Warum? Was war an diesen Spionen so besonders wichtig?

Einer der Verschwörer wurde ein Jahr später ermordet, dieser Jubelius in Göteborg. Af Klintén und Otter wurden siebenundvierzig Jahre nach Jubelius ermordet. Es konnte sich also nicht um ein und denselben Täter handeln. Aber vielleicht war es das gleiche Motiv? Der britische Nachrichtendienst?

Nein, ein lächerlicher Gedanke.

Und wer dieser »Oxengren« auch sein mochte, so war er in diesem Jahr jedenfalls nicht ermordet worden. Die illegale Ausweisung zweier Männer des norwegischen Nachrichtendienstes im Jahr '42 war bisher das einzige, was die Ermordeten miteinander verband. Für Sam sah es jetzt nicht gut aus. Es gab also eine Verbindung zwischen dem alten Otter und af Klintén.

Eine plötzliche Eingebung brachte Åke Stålhandske dazu, die

geheimen Verzeichnisse des Generalstabs hervorzuholen, in denen Nazis aufgeführt waren. Es war nur eine kurze Liste mit Offizieren. Und somit leicht zu finden:

Viking Carl Gabriel Oxhufvud, 1940 Oberst im Generalstab. Nach einem Beschluß des Oberbefehlshabers 1944 aufgrund seiner offen geäußerten Sympathien für Nazideutschland in den einstweiligen Ruhestand versetzt.

Wenn der Mann immer noch lebte, schwebte er in diesem Augenblick in Lebensgefahr. Er schien der letzte Verschwörer zu sein, der noch am Leben war.

Im Augenblick war nicht mehr über den Herrn Nazi Oxhufvud zu erfahren. Das bedeutete eine weitere Fahrt zum Kriegsarchiv. Im Moment war es nur möglich, Vorschläge für bestimmte Maßnahmen zu machen.

Erstens: Woher sollte man erfahren, welche Norweger 1942 im Maul der Gestapo landeten? Wer weiß so etwas?

Ostdeutschland, dachte er und strahlte. Man konnte tatsächlich die Ostdeutschen fragen, denn jeder wußte, daß das Berliner Archiv, das den Russen in die Hände gefallen war, weit besser war als das im Westen. Und in der jetzigen Lage mit Perestroika und Glasnost würden die Russen einer solchen Anfrage ehemaliger Feinde vielleicht entsprechen.

Punkt zwei. Im Kriegsarchiv alles über Oxhufvud untersuchen, die gesamte Karriere, sämtliche Posten, alles.

Punkt drei. Der Mord an Jubelius in Göteborg mußte eine Mordermittlung mit Vernehmungen der Verdächtigen und so weiter ausgelöst haben. Zum Zeitpunkt der Verhöre des Rausschmeißers Fredrik Anders Hanngren wußte zumindest die Polizei in Stockholm nicht, wie das Ganze sich zugetragen hatte, doch die Ermittlungsakten mußten existieren. Also die Polizei in Norrköping bitten, die Akten mit Vernehmungsprotokollen und allem zu besorgen. Dort befand sich vielleicht auch dieser »Andersson«.

Åke Stålhandske hielt inne und suchte eine Zeitlang in den gestapelten Vernehmungsprotokollen. Dem Inhaltsverzeichnis zufolge sollte es auch ein Verhör mit einem Bootsmann Gustaf Oscar Andersson gegeben haben, wohnhaft Tredje Långgatan in Göteborg.

Es erstaunte Åke Stålhandske nicht, als er entdeckte, daß auch dieses Protokoll gestohlen war, und zwar mit Hilfe der gleichen Technik wie in der Akte über Hanngren.

Dann Punkt vier. Alles, was das Kriegsarchiv über den Marineobergefreiten Gustav Oscar Andersson herausfinden konnte.

Punkt fünf. Von jetzt an die Ermittlungsarbeit mit Joar koordinieren. Von jetzt an hatten sie eine Spur und konnten gemeinsam suchen.

Leutnant Luigi Svensson erwartete einen weiteren verkorksten Tag. Er hatte eine lange Zeit mit theoretischen Prüfungen und Tests hinter sich, weshalb Skip es sich natürlich nicht nehmen ließ, jetzt den Schaden wiedergutzumachen, nachdem die Jungs an diesen gottverdammten mutterfickenden Schreibtischen verweichlicht worden waren. Oberstleutnant Skip Harrier liebte eine bildhafte Sprache. Er war überdies Anhänger einer Theorie, die darauf hinauslief, daß er alle Anwärter bis an die Grenze des Wahnsinns treiben müsse, bis sie vor Müdigkeit und Frustration schlappmachten. Erst dann ordnete er beispielsweise lange Testserien mit Präzisionsschießen an. Vergeßt nicht, ihr Muttersöhnchen, wenn ihr auch nur ein einziges Mal im Leben das Privileg erhaltet, diese Zirkuskunststücke anzuwenden, die wir euch hier beibringen, werdet ihr verdammt noch mal nicht gute Laune haben oder ausgeruht sein oder sonderlich munter, wenn es losgeht. Damit schien er gar nicht so unrecht zu haben.

Es war jedoch auch ein System, das totale Niederlagen provozierte. Wer zusammenbrach und Skip Harrier im selben Tonfall Widerworte gab, warf seine Ausrüstung in den Sand und ging nach Hause. Er ging für immer.

Dies galt auch für ausländische Anwärter. Luigi hatte mit Karlsson manchmal darüber gesprochen, daß sie versuchen müßten, sich gegenseitig zu unterstützen, daß es einen fünfzigprozentigen schwedischen Verlust bedeuten würde, wenn einer von ihnen durchfiel, und daß es überdies so etwas wie eine schwedische Tradition hier draußen im Death Valley gab, derer sich fast alle bewußt waren, wie groß die Heimlichtuerei auch sein mochte. Zumindest den offiziellen Mitteilungen zufolge war der Beste unter den Allerbesten ein Schwede. Sein Name stand auf einer Plakette über einem der Betten in Baracke drei. Das Bett war immer fertig bezogen, doch niemand schlief je darin.

Sie hatten am Morgen zwei Stunden damit zugebracht, mit panzerbrechenden Waffen zu üben. Er und Karlsson bildeten ein Team, *Swedish Steel*, und lagen gut im Rennen. Sie hatten sogar Aussicht, den Wettbewerb zu gewinnen; alles, was hier draußen geschah, war Wettbewerb. Der letzte Platz brachte einem Minuspunkte ein, womit automatisch auch der Urlaub entfiel, und ein erster Platz Pluspunkte beim Kursabschluß. Karlsson war während seiner Zeit bei den Küstenjägern ausgerechnet Panzerschütze gewesen, und außerdem wurde die Übung diesmal mit einem schwedischen Modell durchgeführt. Sie konnten gewinnen, sie hatten eine sehr gute Chance und konnten zehn Punkte erreichen.

Je höher die Sonne am Himmel stieg, um so schwieriger wurde es, da es sehr auf die Zeit ankam, die man brauchte, um von Position zu Position zu kommen und sich für das Schießen bereitzumachen. Das Schießen selbst war das geringste Problem. Entscheidend waren der Streß, die Kondition und der Wille. Noch war es nicht die heiße Jahreszeit, aber selbst dann hätte Skip Harrier nicht gezögert. Das Death Valley hat seinen Namen nicht umsonst erhalten.

Sie rannten, keuchten, schufteten, schossen und rannten erneut. Da Karlsson nie danebenschoß, war er für das Schießen verantwortlich, während Luigi Svensson das Schleppen und Tragen der Ausrüstung übernahm, damit Karlsson ihnen nicht durch einen Fehlschuß noch eine Strafrunde einbrachte. Am Ende hing alles nur noch vom Willen ab. Als es endlich vorbei war und ihnen befohlen wurde, sie könnten bequem stehen, brachen sie vor Erschöpfung fast zusammen, während sie mit plötzlich nachlassender Konzentration und Präzision an den Schraubverschlüssen ihrer Feldflaschen herumhantierten.

Skip Harrier kam mit einem Jeep von den Unterkünften zum Ziel. Der rote Wüstenstaub wirbelte wie Rauch hinter dem Wagen auf.

»Guten Morgen, ihr Muttersöhnchen!« brüllte er fröhlich, als er ausstieg und die Hand nach dem Protokoll des Leutnants ausstreckte.

»Guten Morgen, Sir!« brüllten die ausgepumpten Soldaten, als hätten sie plötzlich eine Adrenalinspritze bekommen.

Skip Harrier studierte das Protokoll und trat dann lächelnd vor Luigi Svensson und Göran Karlsson, Swedish Steel. Sie standen blitzschnell auf und nahmen Haltung an.

»Well well well, wie ich sehe, ist der Schwedenstahl heute nicht so ganz mies. Gratuliere«, sagte Skip Harrier mit einem unglückverheißenden fröhlichen Lächeln.

»Danke, Sir!«, schrien die beiden Schweden und sahen sich von der Seite an, um sich zu vergewissern, ob der andere verstanden hatte, worum es ging. Jetzt stand irgendeine Teufelei bevor.

»Da die Herren den Morgen mit mäßigen Schießübungen vertrödelt haben, bin ich der Meinung, daß wir mit euch eine kleine Zusatzübung veranstalten sollten«, lächelte Skip Harrier verbindlich, bevor er blitzschnell den Ausdruck wechselte, als wäre er plötzlich rasend geworden, und brüllte: »Wie gefällt euch das, ihr Scheißkerle? Wie wär's mit 'ner kleinen Zusatzübung?«

»Yes Sir!« brüllten Svensson und Karlsson wie aus einem Mund.

»Hm, so ist es schon besser. Aber jetzt dürft ihr euch nicht blamieren, denn wenn ihr euch blamiert, sieht es beschissen für euch aus. Darf ich die Herren jetzt also bitten, sich gütigst auf den Rücksitz meines Jeeps zu setzen, damit ihr nicht zum Schießhangar zurückzulaufen braucht.«

Die beiden Schweden starrten erst Harrier, dann einander fragend an.

»Habt ihr verstanden!« schrie Skip Harrier plötzlich.

»Yes Sir!« schrien die Schweden reflexhaft zurück, aber es dauerte trotzdem einige Augenblicke, bevor sie etwas taten, was nur eine Wirkung haben konnte.

»Rein mit euch, auf den Rücksitz, und zwar auf der Stelle, ihr Muttersöhnchen!« schrie Skip Harrier.

Jetzt gehorchten sie blitzschnell, worauf Skip Harrier sich hinter ihnen glucksend zum Jeep begab, hineinsprang und eine Coca-

Cola-Dose aufmachte, bevor er seine Sonnenbrille aufsetzte und mit seiner besorgten Ladung losfuhr.

Im Schießhangar hatten sie alles mögliche erwartet, nur dies nicht. Dort drinnen stand ein Mann, der mit einem alten M 1-Gewehr auf bewegliche Ziele schoß. Der Fremde hatte die übliche Tarnuniform der Basis an, trug aber die Rangabzeichen eines Fregattenkapitäns.

»Gentlemen, darf ich bekanntmachen, Leutnant Svensson und Leutnant Karlsson. Commander Hamilton!« gluckste Skip Harrier. Sein scherzhaftes Arrangement des Treffens machte ihn sichtlich zufrieden.

Die beiden Schweden nahmen wortlos Haltung an und salutierten. Carl erwiderte den Gruß, ohne etwas zu sagen. Er konnte ein Lächeln nicht zurückhalten. Er wußte in etwa, wie Skip es angestellt hatte, die Landsleute aufzuklären und zugleich darüber im unklaren zu lassen, was sie erwartete.

»Macht euch miteinander bekannt, während ich die Übung vorbereite. Und wagt es ja nicht, euch zu blamieren, ihr Scheißkerle«, sagte Skip Harrier in einem Ton, als wollte er wieder drohen. Dann ging er zu einem der Schießstände, um seine Vorbereitungen zu treffen.

»Wie ich sehe«, sagte Carl leichthin auf schwedisch, als sie allein waren, »fühlt ihr euch hier wohl. Ich kann mir vorstellen, daß ihr unter Skip Harriers starken Fittichen ein faules Leben führt, oder?«

»Yes, Sir!« schrien seine beiden Landsleute automatisch. Sie hatten noch nicht auf Schwedisch umgeschaltet und kaum Zeit gehabt zu begreifen, was sie sahen.

»Steht bequem!« befahl Carl, da er entdeckte, daß die beiden plötzlich Haltung angenommen hatten. Jetzt gehorchten sie nach schwedischer Manier.

»Ich werde ein kleines Gespräch mit euch führen, und zwar jeweils unter vier Augen. Das ist der Grund für meine Anwesenheit. Macht euch keine Sorgen wegen dem, was Skip gesagt hat. Er ist nun mal so. Außerdem sehe ich, daß ihr beide die goldenen Schwingen bekommen habt. Es wird schon klappen. Erst spielen wir Skips Spielchen, dann das Gespräch, verstanden?«

»Yes, Sir!« sagte Luigi Svensson.

»Ja, Fregattenkapitän«, erwiderte Göran Karlsson. Carl schüttelte den Kopf und lachte. Er erinnerte sich noch an alles. Er hatte selbst einmal dort gestanden, wo sich seine beiden Landsleute jetzt befanden, und es gefiel ihm, mit ihrer Hilfe in der Vergangenheit zu bleiben. Es war eine so sorglose Zeit gewesen.

Skip Harrier hatte alles für eine Übung arrangiert, von der Carl sehr wohl wußte, worauf sie hinauslief. Die beiden anderen Schweden konnten jedoch nur ahnen, was ihnen bevorstand.

Sie begannen bei der Fünfzig-Yard-Linie, machten fünfzig Liegestütze, rannten zur 25-Yard-Linie, hoben die Waffe auf, die dort bereitlag. Den Regeln zufolge durfte man vorher nicht wissen, um welche es sich handelte. Es standen rund fünfzig Handfeuerwaffen verschiedener Typen und Herkunftsländer zur Auswahl, die jeder im Naval Weapon Center beherrschen sollte.

Anschließend wurde auf bewegliche Ziele geschossen bis fünf akzeptierte Treffer bewertet wurden. Dann galt es, zur 50-Yard-Linie zurückzulaufen, fünfzig weitere Liegestütze zu machen, und dann ging es zurück zur nächsten unbekannten Waffe.

In Carls Augen grenzte das schon an Schummelei, aber Skip Harrier hatte das Spiel natürlich genauso organisiert, wie er es schon einmal mit Åke Stålhandske und Joar Lundwall getan hatte. Die drei »unbekannten« Waffen waren natürlich AK 47, Smith & Wesson Model 19 und Beretta 92.

Carl konnte es ruhig angehen lassen und fast spazierengehen, statt zu laufen, obwohl er bei den Liegestützen in jeder Runde hinterherhinkte. Er holte die beiden anderen immer wieder beim Schießen ein und überholte sie sogar bei jeder Runde, so daß er anschließend seelenruhig als erster in diesem gelinde gesagt frisierten Wettbewerb zum Ausgangspunkt zurückkehren konnte.

Skip Harrier hatte immerhin sehr klare Vorstellungen davon, daß die Anwärter ständig an die Überlegenheit ihrer Offiziere erinnert werden müßten. Für diese beiden Schweden ging es überdies darum, gegen eine Legende anzutreten. Folglich mußte Carl gewinnen. So amerikanisch einfach war es.

Die psychologische Überlegenheit wurde im nächsten Testabschnitt, dem letzten, drüben im Nahkampfhangar noch deutlicher. Carl begnügte sich damit, den beiden ein wenig auf den Zahn zu fühlen. Er entdeckte, daß sie schon müde waren und am Morgen offenbar eine harte Übung hinter sich gebracht hatten. So achtete er nur auf seine Deckung, schlug aber nicht zurück. Diese Übung machte ihn zufriedener. Sie zeigte ihm, daß sein tagtägliches Training an jedem Morgen und jedem zweiten Abend immerhin ein gewisses Niveau hielt. Daß dennoch keiner der jüngeren, kräftigeren und schnelleren Schweden ihn treffen konnte, hatte etwas mit Psychologie zu tun. Wenn sie nicht gewußt hätten, wer er war, hätte sich das Ganze möglicherweise anders entwickelt.

Skip Harrier folgte dem gleichen Ritual wie beim ersten Mal. Nach der Nahkampfübung gingen sie in die Sauna, duschten, tranken Bier und lauschten eine Zeitlang Skips Kriegserinnerungen. Natürlich zeigte Skip auf Carls Narben und scherzte, das komme dabei heraus, wenn man einen Drachen zu vergewaltigen versuche.

Auch das gehörte zu dem psychologischen Spiel. Es waren richtige Narben und keine aufgemalten von einer Übung. So konnte also die Zukunft aussehen.

Carl hatte schon nach dem Eintreffen am Morgen die Beurteilungen, Zeugnisse und Protokolle der schwedischen Anwärter gelesen. Jetzt blieb nur noch, sich ein paar Stunden in einer der leeren Baracken mit ihnen zu unterhalten. Er begann mit Luigi Svensson.

»Stehen Sie bequem, Leutnant Svensson«, lachte er hinter seinem provisorischen Schreibtisch, als der tödlich ernste junge Mann eintrat und Haltung annahm.

Der Befehl wurde blitzschnell befolgt.

»Bitte, setzen Sie sich, Leutnant«, sagte Carl ungeduldig. Der Befehl wurde wieder blitzschnell befolgt.

»Ich weiß, daß dies nicht leicht ist, Luigi«, seufzte er. »Ich meine, es ist nicht leicht, plötzlich auf schwedische Verhältnisse umzuschalten. Wir sollten das Gespräch also auf englisch fortsetzen, ist das in Ordnung?«

»Yes Sir!«

»Hier steht, daß Sie perfekt italienisch sprechen. Darf ich fragen, was das bedeutet?«

»Ich kann mich in Italien unter Italienern bewegen, ohne daß jemand mich für etwas anderes als einen Italiener halten würde, Sir!«

»Gut. Sie haben also mit Ihrer Mutter zu Hause nur italienisch gesprochen?«

»Yes Sir! Außerdem habe ich fast jeden Sommer in Italien verbracht, nur die letzten drei nicht, natürlich.«

»Gut. Ja, ich war nur neugierig, ob perfekt wirklich perfekt bedeutet. Das ist ja nicht immer der Fall. Aber laß mich gleich zur Sache kommen. Was für Ziele verfolgst du mit deinen, sagen wir, Studien hier in Kalifornien?«

»Ich möchte den Kurs als Bester beenden, Sir!«

»Im Hinblick darauf, in welcher Gesellschaft du dich befindest, ist das eine ziemlich arrogante Antwort.«

»Yes Sir!«

»Ist in Ordnung. Diese Einstellung gefällt mir. Sehr amerikanisch, sehr wenig schwedisch. Ich interpretiere deine Antwort aber auch so, daß du nach deiner Heimkehr um eine Anstellung beim militärischen Nachrichtendienst in Schweden nachsuchen wirst?«

»Yes Sir!«

»Warum?«

Die scheinbar einfache Frage nahm Luigi Svensson etwas von seiner oberflächlichen militärischen Selbstverständlichkeit. Er mußte mehrere Sekunden nachdenken, bevor er antwortete. Der Bursche sieht ja aus wie ein Filmstar, dachte Carl, während er wartete.

»Ich bin mein Leben lang das gewesen, was man in Schweden einen Kanaken nennt, und habe mich mein ganzes Leben lang trotzdem als Schwede gefühlt. Ich möchte meinem Land auf die beste Weise dienen und nach Ihnen, Sir, der beste Nachrichtendienstoffizier der Welt werden!«

Carl zwang sich, nicht laut loszulachen. Er empfand eine unergründliche Sympathie für diesen äußerlich so vollkommen amerikanischen halbitalienischen Schweden. Es war, als könnte er sich älter fühlen, ohne daß ihm der Gedanke auch nur im mindesten unangenehm war, als erlebte er zum ersten Mal im Leben so etwas wie Vatergefühle.

»Well«, sagte er zögernd. »Mit der Einstellung, diesen Zeugnissen und Skips Beurteilung, die ich schon gelesen habe, Ihnen aber erst bekanntgeben darf, wenn Sie wieder in Schweden sind, bleibt mir nur noch die Feststellung, daß wir im Augenblick kaum noch etwas zu besprechen haben. Willkommen in meinem Team, Leutnant Svensson.«

Carl stand auf und gab Luigi die Hand zum Abschied. Dann salutierten beide auf amerikanische Manier. Der Bursche ist dreisprachig, dachte Carl. Sein Englisch ist besser als meins. Ich hätte schwören können, daß er in Kalifornien geboren ist.

Carl trat auf die kleine, schattige Veranda hinaus, um dort auf den nächsten schwedischen Leutnant zu warten. Er nahm das Ganze etwas zu sehr auf die leichte Schulter, das war offenkundig. Der Grund war, daß er so schnell wie möglich wieder zu Tessie wollte. Er würde Skips selbstverständliche Einladung zu der traditionellen Sauferei hinterher dankend ablehnen, bei der es nur um den Ernst des Lebens, schwedischen Stahl und anderes gehen würde. Er würde ganz allgemein auf wichtige Angelegenheiten verweisen, das heißt selbst Skip belügen.

Das Private war dabei, seine Identität, seine Moral und seine Verantwortung für alles andere zu übernehmen. Er beschloß, Leutnant Karlsson etwas gründlicher unter die Lupe zu nehmen.

Luigi hatten sie bei den Fallschirmjägern rekrutiert. Damit würde in der Truppe zum ersten Mal eine Armeeuniform auftauchen. Karlsson war wie Åke und Joar Küstenjäger. Sie waren die beiden letzten Rekruten des Alten. Künftig würde Carl vermutlich diese Verantwortung zufallen. Falls es überhaupt weiterging. Schweden konnte ja kaum auf ewig alle fünf Jahre hier draußen im Death Valley zwei goldene Schwingen abholen. Vielleicht würden bis auf weiteres fünf Mann genügen. Das alles hatte schließlich auch mit der Weltpolitik zu tun, mit all den Dingen, die Carl im Augenblick im Grunde völlig fremd waren. Er mußte sich zusammennehmen, um zumindest bei dem nächsten Mann nach den Regeln der Zunft vorzugehen, statt auf der Stelle nach L. A. und zu Tessie zurückzueilen.

Er versuchte sich einzureden, daß die Papiere und das, was er von den beiden gesehen hatte, schon überzeugend genug war, um sich ein langes Gespräch zu ersparen. Doch seinem neuen Ich, das es neuerdings nicht mehr so genau nahm, war selbst das zu durchsichtig.

Samuel Ulfsson war wie immer äußerst unwohl, wenn er sich in einem der Regierungsgebäude aufhalten mußte. Diesmal befand er sich in Rosenbad. Er trug einen unauffälligen grauen Anzug und wurde ebenso unauffällig durch eine Hintertür eingelassen. Schon das bestätigte seine bösen Vorahnungen. Außerdem durfte er hier selten oder nie rauchen. Er mußte sich manchmal zwingen, seinen allertiefsten Respekt vor der Demokratie zu mobilisieren, die von den Streitkräften verteidigt werden sollte, die aber nicht immer als die denkbar demokratischste erschien, wenn geheime Befehle in einem Regierungsgebäude erteilt wurden, in dem die am häufigsten ausgesprochene Zusage so lautete: »Wenn es schiefgeht, steckt ihr in der Scheiße.«

Sie unterschieden zwischen »ihr« und »uns«. »Ihr«, das war Samuel Ulfsson. Und um etwas in dieser Richtung ging es natürlich auch jetzt, als der Staatssekretär der Enquetekommission mit besonderer Verantwortung für Sicherheitsfragen Samuel Ulfsson zu sich rief.

Es war ein zerknitterter Staatssekretär in einem Cordanzug, mit roten, blutunterlaufenen Augen, zu dem Samuel Ulfsson hineingeführt wurde. Im Raum das gewohnte gepanzerte Glas, die schöne Aussicht auf den Strömmen und der überall gleiche helle Tisch in gemaserter Birke sowie moderne Möbel, in denen man unbequem saß. Es waren unerhört teure Möbel, die vielleicht einfach und bescheiden aussehen sollten.

Er durfte rauchen, da der Staatssekretär ebenfalls Raucher war.

»Nun, um gleich zur Sache zu kommen«, sagte der Staatssekretär, nachdem das Begrüßungsritual erledigt war und beide sich eine Zigarette angezündet hatten, »warum zum Teufel mußtest du ausgerechnet Hamilton auf diese Polizisten hetzen?«

Er ist sozuagen mein Chef. Er vertritt die Regierung des Landes. Immer mit der Ruhe jetzt, dachte Samuel Ulfsson, bevor er antwortete.

»Mit Rücksicht auf die Umstände schien mir das am geeignetsten«, erwiderte er kurz und gefaßt.

»Was soll das heißen, am geeignetsten? Welche Umstände?« kam die Gegenfrage wie aus der Pistole geschossen.

»Wir haben nur wenige Operateure der Qualität, wie sie für einen... einen Auftrag dieses Charakters nun mal erforderlich ist. Hamilton befehligt diese Gruppe. Er ist überdies in der Öffentlichkeit bekannt, was die anderen nicht sind. Folglich konnte er auch Verhandlungen mit verschiedenen zivilen Beteiligten führen. Es stand nämlich von vornherein völlig außer Zweifel, daß die Sache in der Öffentlichkeit bekannt werden würde. Unter anderem sollten die Verbrecher der Polizei übergeben werden, ihre Tatwerkzeuge übrigens auch.«

Samuel Ulfsson war mit seiner Antwort zufrieden. Er lehnte sich zurück und nahm einen übertrieben langen und genußvollen Zug von seiner Zigarette, die sich in der Mitte sofort warm und weich anfühlte.

»Hm«, sagte der Staatssekretär. Das, was ihm offenbar als nicht ganz unlogisch aufgegangen war, dämpfte seinen Tonfall. »Wir haben ein Problem.«

»Inwiefern?« fragte Samuel Ulfsson mit dem eigentümlichen Gefühl, auf dem am wenigsten erwarteten aller Kriegsschauplätze plötzlich die Oberhand gewonnen zu haben.

»Einfach ausgedrückt verhält es sich so: Die bürgerliche Opposition wird uns die Hölle heiß machen, weil wir das Militär gegen die Polizei einsetzen. Damit stellt sich erstens die Frage, wo bei uns die Verantwortung liegt, bei mir, dem Ministerpräsidenten, dem Justizminister oder einem anderen Kabinettskollegen, dem sie ans Leder wollen. Oder bei euch. Zweitens kursieren schon gewisse Unterstellungen, wir hätten in die Fahndungsarbeit der Polizei eingegriffen, um ihnen in die Suppe zu spucken. Verfassungsmäßig gesehen könnte man ohne übertriebenen Diensteifer bei den formalen juristischen Details sagen, daß es sich um recht ernste Anschuldigungen handelt.«

»Ja, ohne jeden Zweifel«, sagte Samuel Ulfsson und zündete sich umständlich eine neue Zigarette an, während er nachdachte oder sich zurechtzulegen versuchte, was er sagen sollte. Politiker sprechen immer nur in Andeutungen, dachte er, als hätten sie Angst, ständig abgehört zu werden.

Samuel Ulfsson beschloß abzuwarten und den Gegner aus der Reserve zu locken. Gleichzeitig schämte er sich, weil er die gesetzliche Regierung des Landes als Gegner betrachtete.

»Also, es läuft wieder auf einen Zirkus mit dem Verfassungsausschuß hinaus«, fuhr der Staatssekretär angestrengt fort.

»Ach so, weiter nichts«, lächelte Samuel Ulfsson fröhlich. »Dann schicken wir doch Hamilton einfach noch einmal hin, dann regelt sich alles.«

»Ich fürchte, so einfach ist es nicht. Wir beide dürften diejenigen sein, denen man das Rasiermesser an die Kehle setzt. Hamilton hat ja nur getan, was man ihm befohlen hat. Oder?«

In der Frage lag ein gewisser Nachdruck. Samuel Ulfsson nickte bestätigend.

»Also. Die Torpedos, wie die Opposition sagt, haben funktioniert. Die Frage ist, wer sie losgeschickt hat.«

»Die Regierung«, erwiderte Samuel Ulfsson mit beherrschter Ruhe, während er sich gleichzeitig einbildete, daß es im Raum kälter geworden war.

»Nun ja, das ist aber noch sehr die Frage. Und genau die Frage wird man im Verfassungsausschuß stellen. Was werdet ihr dann auf eurer Seite antworten?«

Die Frage verfolgt den Zweck, mich zu einer Art Kapitulation zu zwingen, dachte Samuel Ulfsson. Und beschloß, nicht zu kapitulieren, jedenfalls nicht gleich.

»Wenn man mich fragt, werde ich natürlich sagen, wie es ist. Wir sind zwar nicht vor dem Parlament vereidigt worden, aber ich gehe davon aus, daß man trotzdem die Wahrheit sagen soll«, sagte Samuel Ulfsson gedehnt und sehr deutlich, wie er meinte.

»Ja, natürlich. Aber die Frage ist doch, was Wahrheit ist.«

»Die Wahrheit ist, daß ich schon einmal hier gesessen habe. Damals wurde ich angewiesen, militärische Kräfte einzusetzen, um eine verbrecherische oder unsere Sicherheit bedrohende Aktivität in Uppsala zu beenden. Anschließend wurde mir befohlen, das Ergebnis unserer Maßnahme sofort an die normale Polizei zu übergeben. Das habe ich sogar in meinem Tagebuch notiert.«

»Aha. Wie wahr. Aber ich habe doch nicht gesagt, daß du ein paar Kriminalinspektoren totschlagen sollst.«

»Nein, aber wir haben auch keine Kriminalinspektoren totgeschlagen. Wir haben sie der Polizei übergeben.«

»Nun ja, ihr habt sie mißhandelt. Das habe ich auch nie angeordnet.«

»Das habe ich Hamilton auch nie befohlen.«

»Was hast du zu Hamilton gesagt?«

»Daß die Regierung den Wunsch geäußert hätte, wir sollten die Abhöroperation, die in Uppsala immer noch weiterlaufe, beenden. Daß wir sowohl Verbrecher wie Tatwerkzeuge, das heißt die Ausrüstung, an die Polizei übergeben sollten.«

»Hast du ihm befohlen, die Polizisten zu mißhandeln?«

Um ein Haar hätte Samuel Ulfsson losgekichert. Er hatte das Gefühl, daß es höchst unpassend gewesen wäre. Zumindest hätte es ihn unnötig verlegen gemacht.

»Nein«, erwiderte er und räusperte sich. »Ich habe die ungefähren taktischen Anweisungen gegeben, an die wir uns zu halten hätten. Hamilton ist außerordentlich geeignet, an Ort und Stelle zu entscheiden, welche Mittel erforderlich sind, um deinen oder meinen Wünschen nachzukommen.«

Es entstand eine Pause, etwa wie in der Pause eines Boxkampfs, in der die Kontrahenten sich erholen und für neue Attacken Kräfte sammeln können.

»So kann das nicht weitergehen«, sagte der Staatssekretär irritiert, als sein Einwegfeuerzeug den Dienst verweigerte. Samuel Ulfsson zog es vor zu glauben, daß dies der Grund für die Irritation der Regierung war und nicht seine mangelnde Bereitschaft, den Kopf hinzuhalten. Denn genau darum ging es ohne jeden Zweifel.

Er half der Regierung, Feuer unter die Zigarette zu bekommen.

»Also, so können wir nicht weitermachen«, fuhr der Staatssekretär fort und atmete beim Sprechen Rauch aus. »Wir müssen uns entscheiden.«

»Wofür?«

»Zunächst einmal müssen wir entscheiden, wer den Befehl gegeben hat.«

»Das hast du getan.«

»Ich habe nicht befohlen, Sicherheitspolizisten zu verprügeln und ihnen Hamilton auf den Hals zu hetzen. Hättet ihr keinen anderen nehmen können?«

»O nein. Ich habe schon zu erklären versucht, weshalb Hamilton die Verantwortung übernehmen mußte, und im übrigen ist die Operation ja schmerzlos verlaufen.«

»Eine etwas unglückliche Wortwahl.«

»Nun ja, sagen wir glatt?«

»Du wirst also vor dem Verfassungsausschuß behaupten, ich hätte dich angewiesen, Polizisten zu verprügeln?«

»Nein, aber daß du mich angewiesen hast, die erforderlichen Mittel einzusetzen, um gegen eine verbrecherische Tätigkeit vorzugehen und anschließend eiligst dafür zu sorgen, daß die Sache in den Klauen der Polizei landet.«

»Können wir uns darauf einigen?«

»Aber ja, natürlich, es entspricht ja den Tatsachen.«

»Ich habe also nie gesagt, die Polizisten sollten verprügelt werden, und auch nicht angeordnet, du solltest Hamilton einsetzen?«

»Nein, die Verantwortung übernehme ich.«

Damit endete die Auseinandersetzung unentschieden. Ein schwedischer Kompromiß. Samuel Ulfsson hatte als Militär möglicherweise eine etwas geradlinigere Auffassung davon, was politische Wahrheit ist, als sein Gegner.

Aber irgendwie schien dieser jetzt eine Möglichkeit zu erkennen, die niemanden zu einer Lüge nötigen würde, die aber auch keinen direkt verantwortlich machte, vor allem nicht die Regierung.

Joar Lundwall hatte von der Polizei in Norrköping außerordentliche Hilfe erhalten. Man hatte dort nicht nur die Kollegen in Göteborg dazu gebracht, auf das eiligste ganz tief unten im Keller nachzugraben, um eine alte Mordermittlung zu finden, die ergebnislos verlaufen war, obwohl es um einen Kollegen gegangen war. Überdies waren zwei Kartons mit diesem uralten Ermittlungsmaterial per Luftfracht nach Stockholm gebracht worden, und zwar in Fotokopien, die nicht zurückgeschickt werden mußten.

Der Mord an Oberwachtmeister Jubelius war nie aufgeklärt worden, falls es ein Mord gewesen war. Davon konnte man aber wohl ausgehen.

Am 22. Juli 1943 wurde Jubelius' Leiche im Hafen von Lilla Bommen treibend aufgefunden. Zu diesem Zeitpunkt war er schon seit drei Monaten als vermißt gemeldet gewesen. Die Leiche war übel zugerichtet. Schiffspropeller waren eine Möglichkeit, daher die Gerüchte, der Mann sei geköpft worden, denn der Kopf fehlte. Die Todesursache hatte nicht eindeutig festgestellt werden können. Ertrinken könne nicht ausgeschlossen werden, und so weiter.

Doch das war nicht das Entscheidende. Ob ermordet oder nicht, das spielte keine Rolle, wie Joar meinte. Die Ermittlung ergab jedoch unleugbar deutliche Belege dafür, daß der Mann für die Nazi-Ideologie anfällig gewesen war. Sein Leben und seine Karriere wurden ausführlich dargelegt.

Er war unter anderem Gefreiter gewesen, bevor er zur Polizei ging. Beispielsweise hatte er einen Kursus für angehende Unteroffiziere im Maschinenpistolenschießen absolviert, nämlich 1928 beim Uppland-Regiment, I 8. Im Kriegsarchiv mußte es also auch Akten über ihn geben. Beim nächsten Besuch dort mußte versucht werden, über ihn wie über andere Material zu finden.

1932 wurde er bei der Polizei in Göteborg angestellt und im selben Jahr Feldwebel der Reserve. 1938 Oberwachtmeister. 1940 änderte er seinen Namen in Jubelius. Zuvor hatte er Jönsson geheißen, und so weiter, und so weiter.

Dann folgte ein Teil seines Familienlebens. Er war unter anderem mit einer Deutschen verheiratet.

Während der kritischen Zeit in Göteborg arbeitete er teils offen, teils im Untergrund. Er spürte Schmuggler und Schwarzmarkthändler auf und spähte englische Einrichtungen aus. Einer seiner Informanten war ein gewisser Bootsmann Gustaf Oscar Andersson, derselbe Andersson, den auch Åke Stålhandske gefunden hatte.

Nachdem Joar Lundwall diese Fakten dargelegt hatte, fuhr er fort:

»Jetzt können wir uns also eine Weile mit diesem Andersson beschäftigen. Als er als Informant für Jubelius in Göteborg arbeitete, ging es schon mehr oder weniger bergab mit ihm. Es gibt eine ganze Reihe von Vernehmungsprotokollen, die im Ton nicht sehr angenehm sind. Dieses Nazi-Zeug können wir überspringen. Übrigens wurde der Mann auch verdächtigt, homosexuell zu sein. Ja, das war damals offenbar ein Vergehen.«

Joar Lundwall machte eine vielsagende Pause, bevor er mit seinem Vortrag fortfuhr.

»Für uns am interessantesten sind die norwegischen Spione, da es zwischen ihnen und dem Mord vielleicht einen Zusammenhang gibt. Andersson hat Jubelius mit seinen Aussagen ziemlich reingeritten, als er sagte, der hätte die Norweger abgeschoben. Andersson wies nämlich darauf hin, daß die beiden nur Schmuggler waren. Es hat jetzt allerdings keinen Sinn mehr, in dieser Sache zu ermitteln, denn Jubelius ist tot.«

Andersson habe, so Joar Lundwall, den Norwegern überdies gegen Bezahlung Informationen geliefert. Diese hatten sich ganz besonders für die Umstände interessiert, wie die »M/S Elisabeth Bakke« den Deutschen gemeldet worden war. Sie hatten sich nach den eventuellen Hintermännern erkundigt, ob es noch andere als diesen Sterner und diesen Kapitän gab.

Andersson hatte den Norwegern den Namen von Otter genannt und dafür Geld erhalten. Anschließend hatte er die Norweger bei Jubelius denunziert und sich auch dafür bezahlen lassen.

Bei von Otter ging es also um die Frage, ob Andersson etwas wußte oder ob er gegen Geld nur etwas erfand.

Es ist zwar nicht unmöglich, aber auch nicht sehr wahrscheinlich, daß eine Schiffsschraube unter Wasser einen menschlichen Kopf abtrennt. Weit wahrscheinlicher war, daß jemand – natürlich nicht die beiden Norweger – Jubelius wegen seines Verhaltens ermordet hatte.

Insoweit war alles klar. Das heißt insoweit war alles ziemlich unklar. Jetzt standen neue Ausflüge zum Kriegsarchiv bevor, um nach hohen Tieren und Fußvolk zu fahnden.

Joar Lundwall fuhr mit seinem Bericht fort: »Es kann sich ja nicht um eine x-beliebige Spionagegeschichte gehandelt haben, wenn es Gründe gibt, fast fünfzig Jahre später Morde zu begehen. Rache kann es auch kaum sein, denn die ausgelieferten Männer sind ja bei der Gestapo gelandet, was sie kaum überlebt haben dürften. Somit konnten sie ihren Auftraggebern auch nicht Bericht erstatten.

Vielleicht können wir auf ein wenig Glasnost in der DDR hoffen. Warum waren diese beiden Männer für die Gestapo so wichtig? Warum ermordet ein anderer als die Gestapo die Beteiligten so lange Zeit später? Was wußten die Beteiligten, was nicht einmal nach einem halben Jahrhundert ans Licht kommen darf?«

Hier waren der Phantasie keine Grenzen gesetzt. Es konnte um alles gegangen sein, angefangen bei Nazi-Schätzen bis hin zu prähistorischen Kernwaffen. Alles war denkbar.

8

Eva-Britt erwartete ihn in der Ankunftshalle vor dem Zoll, aber Tessie war eine Stunde früher in Stockholm angekommen, nämlich mit einer anderen Maschine aus Paris.

Carl freute sich, sie zu sehen, und schämte sich gleichzeitig seiner Freude.

»Geliebte Polizistin, meine kleine geliebte Polizistin«, murmelte er verlegen. Er umarmte sie, küßte sie und achtete nicht darauf, daß unter hundert Menschen in ihrer Nähe alle Bewegungen erstarrten. Die Leute glotzten und zeigten mit den Fingern. Jemand kicherte erstaunt oder entzückt oder nervös, doch diesmal machte es Carl nichts aus.

»Geliebte Polizistin, was soll das denn«, erwiderte sie entzückt, als sie sich voneinander lösten, um sprechen zu können. »Wenn du nach Hause kommst, ist es doch nicht *die Polizistin*, die dich erwartet?«

»Nein«, sagte er und begann, sie im ganzen Gesicht zu küssen, behutsam und methodisch, »die Polizei ganz allgemein natürlich nicht. Nur meine eigene Polizistin. Die vielleicht neue Polizisten in die Welt setzen wird«, lächelte er und umfaßte behutsam ihren Bauch. »Wie geht es deinem Bauch?«

»Oh, danke«, sagte sie. Die Blicke der Menschen, die sich jetzt noch näher herandrängten, machten sie verlegen. »Ich habe den Bauch voll unter Kontrolle. Können wir jetzt endlich gehen?«

Er lachte und schüttelte den Kopf. Er verstand sehr wohl, daß dieses Starren sie verlegen machte, auch wenn es ihm diesmal nicht das geringste ausmachte. Er nahm demonstrativ seinen Aktenkoffer und machte sich frei.

»Du bist unbewaffnet geflogen«, sagte sie, als sie losging und den Aktenkoffer dabei vielsagend in der Hand wog. »Ich habe nie verstanden, warum manche Leute Waffen mit an Bord schmuggeln. Und daß die Kollegen sie bei der Kontrolle des Handgepäcks dann nicht finden, ist ja ziemlich peinlich.«

Sie hatte ihren Wagen draußen falsch geparkt, und eine Politesse war gerade dabei, einen Strafzettel an die Windschutzscheibe zu stecken. Eva-Britt wies darauf hin, daß es ein Polizeifahrzeug sei, und nach einigem Argumentieren setzte sie sich durch. Das brach die Stimmung der beiden. Er wünschte, sie hätte den Strafzettel akzeptiert, statt Zeit zu vergeuden und den Augenblick zu stören, der vielleicht wichtig geworden wäre. Vielleicht hätte er etwas sagen wollen.

»Und bei deinem Auftrag ging alles gut?« fragte sie, ohne eine Antwort zu erwarten, als sie den ersten Gang einlegte und schnell und etwas nachlässig losfuhr.

»Ja«, erwiderte er mit einem Seufzer. »Auftrag erledigt. Es war nur ein Spaziergang im Park.«

»Was soll das heißen, Spaziergang?«

»*Just a walk in the park*. Ich denke immer noch auf englisch. In einer Stunde ist das vorbei. Und du selbst? Du hast doch nicht schon wieder irgendwelche Saufbolde verprügelt, hoffe ich?«

»Nee. Aber man hat mich angeklagt.«

»Wie bitte? Angeklagt? Mußt du vor Gericht?«

»Ja, das ist sozusagen die Konsequenz, wenn man angeklagt wird.«

Er wartete verwirrt ab, während sie ein kompliziertes und verbotenes Überholmanöver machte.

»Das ging vielleicht schnell«, sagte er nachdenklich.

»Misch dich nicht ein. Ich fahre.«

»Nein, ich meine die Anklage. Daß die so schnell gekommen ist.«

»Ach so, das. Ja, Körperverletzungen durch Polizisten haben neuerdings Vorrang. Wenn man angeklagt wird, soll man so schnell wie möglich verurteilt werden.«

»Wie wird es ausgehen?«

»Woher zum Teufel soll ich das wissen? Der Staatsanwalt ist jedenfalls recht nett gewesen. Er hat zwei alternative Anträge vorbereitet, schwere oder leichte Körperverletzung.«

»Wenn du wegen schwerer Körperverletzung verurteilt wirst, ist deine Laufbahn zu Ende, und bei leichter Körperverletzung hättest du noch Chancen? Ist es so?«

»Mhm, etwa so, könnte man sagen.«

Sie hatten inzwischen die Autobahn nach Stockholm erreicht. Sie verringerte plötzlich auffällig die Geschwindigkeit, als sie einen weißen Ford Scorpio mit schwarzem Heckspoiler entdeckte.«

»Ist was passiert?« fragte er besorgt.

»Nee. Aber in dem weißen Wagen da sitzen Kollegen. Autobahnpolizei. Nicht nötig, sie aufzuregen.«

Sie winkte ihren Kollegen fröhlich zu, als sie auf der Überholspur nur wenig über der Geschwindigkeitsgrenze vorbeifuhr. Die Männer winkten zurück.

»Sich vorzustellen, daß wir uns so kennengelernt haben«, überlegte er. »Und du hattest keinerlei Erbarmen mit einem zu schnell fahrenden Marineoffizier.«

»Nein, das fehlte noch. Außerdem war es doch gut, daß ich dich erwischt habe.«

»Ja? Das habe ich doch gesagt. Wann stehst du vor Gericht?«

»In einer Woche oder so.«

»Hast du einen Anwalt?«

»Ja, die Gewerkschaft hat einen besorgt, aber ich weiß nicht, wie er heißt.«

»Du brauchst den besten Anwalt, den man für Geld bekommen kann. Wenn du verurteilt wirst, läufst du Gefahr, gefeuert zu werden.«

»Schon zu spät. Wenn sie einem einen Pflichtverteidiger bestellt haben, kann man nicht einfach wechseln. Dann muß man aus eigener Tasche löhnen. Außerdem spielt es keine Rolle, da die Nebenkläger bei solchen Prozessen meist nicht auftauchen.«

Er wollte etwas einwenden, aber zugleich das Thema wechseln. Sie war immer übertrieben auf der Hut, wenn sie glaubte, daß er sich auf ihr Gebiet zu begeben versuchte. Sie wollte ihr Revier behaupten. Wie manche Ricken, nein, es sind meist ältere und nicht mehr fruchtbare Rehe, dachte er.

Jedenfalls durfte sie nicht wegen Körperverletzung verurteilt werden, das stand fest. Dann würde man sie entlassen, und sie würde mittellos dastehen, wenn...

Er korrigierte sich. Es würden ihr nie die Mittel fehlen, sich zu versorgen, zumindest würde sie nicht ohne Geld dastehen. Das stand fest, selbst wenn sie sich dessen nicht bewußt war oder es nicht sein wollte. Aber sie würde ihren Beruf verlieren, das Wichtigste in ihrem Leben.

Das Wichtigste in ihrem Leben?

Ja, einerseits. Abgesehen von allem anderen hatte sie immer Polizistin werden wollen und wollte es weiterhin bleiben.

Sie gab Gas und hielt eine Geschwindigkeit, die sie den Führerschein kosten würde, wenn man sie schnappte. Aber sie erkannte ja jeden Polizeiwagen, und außerdem stellten sich Polizisten wohl nicht gegenseitig ein Bein.

Carl grübelte darüber nach, was er gegen den Prozeß tun konnte. Wenn der Nebenkläger verhindert wäre, würde nichts daraus werden. Konnte er das erreichen?

Nein. Das war aus zwei Gründen nicht möglich. Erster und wichtigster Grund: Sie würde toben, wenn sie es herausfand. Zweitens war es illegal, und jede Illegalität birgt Risiken.

Ob es ihm gelingen würde, den Nebenkläger zu kaufen?

Das barg auch Risiken, sogar gewaltige, und würde diese Skinhead-Geschichte an die Öffentlichkeit bringen, wenn es zu einem Skandal kam. Bei *Expressen* würden sie einen Orgasmus bekommen, wenn sich eine solche Gelegenheit bot.

Er würde untersuchen, wer unter den Anwälten in Stockholm der beste Strafverteidiger war, den Mann anheuern und ihm für den Fall eines Freispruchs einen Bonus zusagen. Das konnte doch nicht illegal sein?

Wie auch immer: Sie durfte auf keinen Fall den Job verlieren.

»Ist inzwischen in Schweden was passiert? Hat es ein paar lustige Skandale gegeben, neue Triumphe der Polizei oder so etwas?« fragte er.

»Nein, nur das, was du angerichtet hast, wird weiter durchgekaut.«

»Was *ich* angerichtet habe?« fragte er bemüht entspannt, da er noch die Skinhead-Affäre im Kopf hatte.

»Ja. Der operative Chef von Säk, wie heißt er noch…«

»Näslund.«

»Ja. Man hat Näslund mitgeteilt, daß er wegen illegalen Abhörens verdächtigt wird. Es hat den Anschein, als hätte er gebilligt, was Säk sich in Uppsala geleistet hat. Bis du ihnen sozusagen auf den Leib gerückt bist.«

»Was bedeutet das, daß man ihm diesen Verdacht mitgeteilt hat?«

»Das gleiche wie für mich. Man wird ihn anklagen. Wird er verurteilt, wird er ebenfalls gefeuert. Für hohe Polizeibeamte gilt das gleiche wie für das Fußvolk.«

»Was hat er dazu gesagt?«

»Was er bei den Verhören gesagt hat, weiß man noch nicht so genau. Ich kenne nur das, was in den Zeitungen stand, obwohl er, wie ich glaube, den Sachverhalt zugegeben hat.«

»Das bedeutet ein Geständnis?«

»Ja, praktisch. Dann hat er etwas Wunderbares gesagt: In Schweden werden Terroristen und Spione Nebenkläger, und die Polizisten werden angeklagt, weil wir gegen sie ermitteln.«

»Es waren weder Spione noch Terroristen. Es waren drei Studentinnen in Uppsala.«

»Aber eine von ihnen hatte doch ein Verhältnis mit einem Terroristen.«

»Nein. Ihre Schwester war mit einem Kurden befreundet. Das ist nicht automatisch das gleiche.«

»Nein, Verzeihung, da könntest du recht haben. *Objection sustained*. Hast du diese Kollegen in Uppsala zusammengeschlagen? Du warst doch immerhin dabei?«

»Ich habe zwei der Verdächtigen kampfunfähig gemacht, ja«, erwiderte er mit zusammengepreßten Lippen.

Sie lachte laut auf und drehte sich zu ihm um, als könnte sie die Straße mit einem sechsten Sinn im Auge behalten. Sie musterte ihn forschend und etwas amüsiert, bis er nervös zu werden begann, weil sie die Augen nicht auf die Fahrbahn richtete.

»Jedenfalls hätte ich dabei liebend gern Mäuschen gespielt«, sagte sie, nachdem sie sich wieder dem Verkehr zugewandt hatte. »Drei Mann von einigen Militärs zusammengeschnürt. Die müssen sich ja später zu Tode geschämt haben.«

»Es waren zufällig besonders ausgebildete Militärs«, entgegnete er säuerlich.

»Haha, du bist darauf reingefallen! Eins zu null für mich!«

»Ja. Eins zu null für dich.«

»Wie viele hast du überwältigt, oder hat sich jeder einen vorgenommen?«

»Ich habe mir zwei vorgeknöpft, weil ich als erster ins Haus ging. Einer versuchte auszurücken und landete in den Klauen eines Kollegen, der uns Rückendeckung gab. Der Mann würde übrigens diese Schlägertypen deiner Wache, Knoll oder Tott oder wie sie heißen, wie kleine Halbstarke aussehen lassen. Es war ehrlich gesagt eine recht einfache Operation.«

»Habt ihr gewußt, daß es Bullen waren?«

»Das ist eine unpassende Frage. Wir konnten allerdings nicht die Möglichkeit ausschließen, daß es entweder ausländische Spione oder Bullen waren. Das stimmt.«

»Ich frage mich, wie du so was machst. Ich meine, wir beschäftigen uns tagaus, tagein damit, Ganoven auf die Wache zu bringen. Das ist manchmal recht mühselig und kann lange dauern. Drei Kollegen müßten sich ja zumindest ein wenig wehren können.«

»Wir spielen nicht in derselben Liga. Ihr seid dazu ausgebildet, Leute in Gewahrsam zu nehmen, ohne sie zu verletzen oder ihnen weh zu tun. Das sind wir nicht.«

»So habe ich es nicht gemeint. Ich meine, ich kenne dich inzwischen ja recht gut, nicht wahr? Und es paßt irgendwie nicht zusammen. Ich habe wie alle anderen eine Menge über dich gelesen und so weiter, aber für mich bist du nur Carl. Ätsch.«

»Selber ätsch.«

Die Unterhaltung brachte ihn plötzlich dazu, sich nach ihr zu sehnen. Es war ohne jeden Zweifel ein starkes und körperliches Gefühl. Es machte ihn verlegen, da er direkt aus einer anderen Welt und einer anderen Zeit in Kalifornien kam. Aber es war so deutlich, daß er sich nicht mal die Mühe machte, auch nur versuchsweise dagegen anzukämpfen.

Vielleicht versuchte er es zu verstehen. Vielleicht hatte es etwas mit seinem schlechten Gewissen zu tun oder mit Mitleid. Vielleicht wollte er unbewußt etwas wiedergutmachen, was sich nicht wiedergutmachen ließ. Eigentlich wollte er sie ja verlassen. So war es. Obwohl es natürlich unmöglich war. Kein anständiger Mann verläßt seine Frau, wenn sie ein Kind erwartet und in ihrem Beruf am Rand einer Katastrophe steht. Somit war es nicht einmal gefährlich, solche Gedanken zu haben, nicht einmal gefährlich, es sich selbst einzugestehen.

Er hatte vage Pläne gehabt, den Nachmittag mit ihr zu verbringen, doch daraus wurde nichts. Sie hatte sich nur ein paar Stunden freigenommen, um ihn in Arlanda abzuholen, und der Anrufbeantworter hielt einen Ruf zu einer wichtigen Konferenz bereit. Es wurde zwar nicht gesagt, ging aber daraus hervor, daß Samuel Ulfsson persönlich angerufen hatte.

Sie tranken in der Küche schnell eine Tasse Kaffee. Dann mußte sie sich umziehen und war kurz darauf in ihrer Uniform verschwunden.

Carl saß eine Zeitlang fast apathisch im Wohnzimmer und hörte sich Bachs Goldberg-Variationen an, die Musik, die er im Auto gehört hatte, als Eva-Britt und ihre Kollegin ihn wegen zu schnellen Fahrens angehalten hatten.

Wenn er damals nicht zu schnell gefahren wäre, wäre er jetzt also ein glücklicher Mensch gewesen?

Sinnlose Überlegung. Idiotisch dazu.

Er stand mit einem Ruck aus dem Stuhl auf, ging schnell zu seiner Stahltür und öffnete das Codeschloß, während er auf die Uhr sah. Ja, er würde es schaffen. Dann zog er sich dort drinnen mit rasender Geschwindigkeit um und widmete sich sehr kurze Zeit seinen Dehn- und Aufwärmübungen, bevor er ein menschliches Phantom zu bearbeiten begann, an dem die weißen Farbmarkierungen, die Schmerz und Tod im menschlichen Organismus umrandeten, inzwischen fast völlig abgenutzt waren. Er versuchte zu durchdenken, wie die neuen Anwärter aufgetreten waren, ob er sich an etwas Gutes, aufsehenerregendes Neues oder Schlechtes erinnern konnte.

Nein, sie waren vollkommen normal gewesen. Sie waren wie er selbst, Joar oder Åke, vollkommen normal und somit tödlich.

Er schaffte es nur, drei Serien zu schießen, doch es genügte, ein gewisses inneres Gleichgewicht wiederherzustellen. Der kleinkalibrige Revolver hatte den gleichen Griff, die gleiche Schwere und den gleichen Widerstand im Abzug wie sein Dienstrevolver.

Er hatte gehofft, ein paar Stunden schlafen zu können, um den Zeitunterschied auszugleichen, doch die Übung funktionierte genausogut. Die Ziellinie zwischen Kimme und Korn nahm ihn gefangen, versetzte ihn in vollkommene Konzentration und absolute Ruhe, was einem Außenstehenden schwer zu erklären war. Doch es war vollkommen konkret und ohne jede gute oder schlechte Moral.

Er erreichte in den drei Serien die volle Punktzahl, als hätte das lange und erzwungene Aussetzen mit dem Training ihn geschärft und hungrig gemacht, statt wie sonst ihn ein wenig schlechter zu machen. Ihm schoß eine kurze Phantasie durch den Kopf, daß er verrückt werden und nie mehr mit dem Schießen aufhören könnte. Er würde in alle Ewigkeit nur in der Selbstverständlichkeit verharren, ohne Güte oder Bosheit oder Lügen oder Intrigen oder unmögliche Alternativen da draußen, die Ziellinie immer scharf im Auge und das Ziel verschwommen.

Es war eine sehr ungewöhnliche Konferenz bei Samuel Ulfsson, unter anderem, weil sie sehr lang geriet und die beiden Vortragenden beim Nachrichtendienst so etwas wie Novizen waren, die ihre drei Vorgesetzten aber trotzdem Stunde um Stunde in voller Anspannung hielten. Als sie entdeckten, mit welcher Aufmerksamkeit die Chefs ihrem Vortrag folgten, ließ ihre anfängliche Nervosität recht schnell nach.

Sie trugen abwechselnd nach einem vorläufigen Schema vor, das sie mit knapper Not hatten vereinbaren können, als sie sich vor einer Stunde getroffen hatten, um die späten Entdeckungen und Schlußfolgerungen der Nacht und des Morgens durchzugehen.

Bootsmann Gustaf Oscar Andersson hatte also zwei Norweger denunziert, die entweder für das freie Norwegen oder für den britischen Nachrichtendienst arbeiteten. Das war im Sommer 1942, wofür man sogar Anderssons eigenes Wort hatte, da er gelinde gesagt ausführlich über seine Person und seine persönlichen Verhältnisse ganz allgemein und seine Beziehungen zu Oberwachtmeister Jubelius im besonderen berichtet hatte, als die nie beendete Mordermittlung wegen Jubelius' Tod in Göteborg stattfand.

Bootsmann Andersson war Nazi, da konnte kein Zweifel bestehen, und außerdem war er als »Zellengründer« der Braunen Garde in Göteborg gedacht.

Oberwachtmeister Jubelius hatte die Erkenntnisse über die beiden Norweger auf etwas ungewöhnliche Weise verwendet, da er mit Hilfe zweier höherer Offiziere, von denen Andersson behauptete, sie nicht zu kennen, die Abschiebung der beiden Norweger an die deutschen Besatzer des Nachbarlandes erreichte. Jubelius hatte sie persönlich in seinem Dienstwagen nach Ed gefahren, wo das Militär den Rest der Angelegenheit übernahm.

Was aus den Ermittlungsakten 1943 in Göteborg nicht hervorging, aber in einem ein Jahr später in Stockholm abgehaltenen Verhör in Sachen Brauner Garde erkennbar geworden war, war die Tatsache, daß die beiden Offiziere, zu denen Oberwachtmeister Jubelius irgendwie Kontakt hergestellt hatte, af Klintén und Viking Nils Gabriel Oxhufvud waren.

Chef des Nachrichtenstabes in Ed 1942 bis 1943, doch dann hatte Oxhufvud diese Position aus unklaren Gründen aufgeben müssen.

Jubelius, af Klintén und Oxhufvud waren also des Mordes an Männern des Widerstands schuldig, alternativ Agenten des britischen Nachrichtendienstes.

Was von Otter anging, war der Zusammenhang unklarer. Den Entdeckungen Åke Stålhandskes zufolge, die offenbar nur aus Versehen in den Vernehmungsprotokollen geblieben waren, da die restlichen Verhöre mit einem gewissen Hanngren gestohlen worden waren, hatte von Otter die ganze Affäre in Gang gebracht, indem er Bootsmann Andersson auf die Fährte angesetzt beziehungsweise ihm befohlen hatte, mit der Angelegenheit zwecks Weiterbeförderung zu Jubelius zu gehen.

Insoweit schienen die Zusammenhänge recht klar zu sein und hätten sich in nicht allzulanger Zeit darlegen lassen, wenn die Vorträge nicht immer wieder durch lange Beschreibungen dessen aufgehalten worden wären, was über die Beteiligten bekannt war. Es waren genau solche zusätzlichen Erklärungen, die von den aufmerksam lauschenden Chefs von Zeit zu Zeit verlangt wurden. Samuel Ulfsson interessierte sich natürlich besonders für seinen alten Freund von Otter, aber auch Bootsmann Andersson erregte seine Neugier.

Es war Joar Lundwall, der Bootsmann Andersson auf seiner Liste hatte, und als ihm nähere Erläuterungen abverlangt wurden, trug er schnell und eintönig vor, mit Ausnahme bestimmter Details, die ihn persönlich zu berühren schienen.

Über Bootsmann Andersson war eine ganze Menge bekannt, da er nicht nur in militärischen Akten, sondern auch in etlichen Polizeiprotokollen reichlich Spuren hinterlassen hatte:

Die Karriere, falls man sie so bezeichnen konnte, begann damit, daß die Marine ihn 1930 als Berufssoldaten einstellte.

Im Jahr darauf fuhr er als Matrose zweiter Klasse auf großer Fahrt mit der »HMS Fylgia«, zufällig in dem Jahr, in dem einer der an Bord befindlichen Leutnants von Otter hieß. Die Fahrt ging in den Indischen Ozean.

1932 Maschinist im Rang eines Korporals. Maschinistenprüfung dritter Klasse im selben Jahr. Entlassung ebenfalls im selben Jahr. Man schrieb 1933 und war der Meinung, es würde niemals Krieg geben, weshalb die Marine abgerüstet wurde. 1937 wurde Andersson jedoch wieder als Maschinist im Rang eines Korporals auf dem Panzerschiff Manligheten eingestellt.

1939 Unteroffiziersschule. Durchgefallen. Miserable Zeugnisse, wie aus den beigefügten Fotokopien hervorging. 1941 Beförderung zum Bootsmann, eine Beförderung, die unter anderem für solche Leute vorgesehen war, die in der Unteroffiziersschule gescheitert waren.

Dieses Scheitern schien in einem einst frohen und angenehmen Menschen, der zumindest allgemein beliebt gewesen war, Spuren hinterlassen zu haben. Er gab der Marine die Schuld an allem – »Scheißkommiß« – und verlieh sein Kontrollbuch für Alkoholkäufe nicht mehr, da sein eigener Bedarf erheblich gestiegen war. Nach einigen Malheurs, etwa Betrunkenheit im Dienst und Arrest, wurde er an Land versetzt, wo er sich weitere Verfehlungen leistete und entlassen wurde.

Nach der Entlassung arbeitete er eine Zeitlang bei der Göteborger Straßenbahn, wurde aber auch dort aufgrund von Trunkenheit im Dienst auf die Straße gesetzt. Anschließend begann eine

Zeit mit sehr unklaren Beschäftigungen. Er hing meist in den Seemannskneipen Göteborgs herum, ohne sich auf eine für seine Umgebung durchschaubare Weise selbst versorgen oder die Runden bezahlen zu können, zu denen er andere einlud. Es ging das Gerücht, er verkaufe selbstgebrannten Schnaps, aber es schien eine wohldokumentierte Tatsache zu sein, daß er von dem deutschen Konsulat in Göteborg finanziell unterstützt wurde. Er war für die Deutschen also ein Informant der einfachsten Sorte.

Im Frühjahr 1944 trifft Bootsmann Andersson doppeltes Unglück. Ångström, der Anführer der Braunen Garde, wurde in Stockholm angeklagt, und er selbst wurde als Homosexueller entlarvt und im Zusammenhang damit einiger Verbrechen verdächtigt. Ein hinterbliebener Bekannter erklärte, Andersson habe diese Enthüllung mehr gefürchtet als den Tod, da Homosexualität mit der SS-Ideologie unvereinbar gewesen sei. Im Mai 1944 warf er sich in Olskroken vor einen Schnellzug.

»Und diese Figur«, dachte Samuel Ulfsson laut, während er seinen überfüllten Aschenbecher in einem Papierkorb ausleerte und sich eine neue Weiße Bond anzündete, »diese Figur soll also das direkte Bindeglied zwischen von Otter und den Nazis sein. Die gesamte Beweiskette hängt an einem alkoholisierten homosexuellen Bootsmann, dem es nicht gelungen ist, Steuermann zu werden. Scheint mir ein fast sensationeller Umgang für den alten Otter zu sein.«

»Die haben natürlich keinen Umgang gepflegt«, wandte Carl kurz angebunden ein. Er reagierte mehr gegen Samuel Ulfssons Verachtung von Homosexuellen als gegen die Schlußfolgerung. »Es ist undenkbar, daß sie Umgang hatten. Vor allem, wenn es eine illegale organisatorische Verbindung zwischen ihnen gab.«

»Und was deutet eigentlich auf eine solche Verbindung hin?« entgegnete Samuel Ulfsson schnell und scharf.

»Nicht viel«, gab Carl zu. »Es gibt ein paar Behauptungen in Vernehmungsprotokollen. Das ist jedoch nicht am wichtigsten. Am wichtigsten ist, daß *sowohl* af Klintén, der, wie wir wissen, ein Nazi-Schurke war, *als auch* von Otter in ein und demselben Jahr aus unerklärlichen Gründen ermordet worden sind. Das ist doch wohl eine Verbindung.«

Samuel Ulfsson antwortete nicht.

»Aber dieser Oxhufvud, was ist mit dem? Warum hat den dann niemand ermordet?« fragte der Chef der Sicherheitsabteilung beim Generalstab, Lennart Borgström.

»Aus dem sehr einfachen Grund, daß er 1946 in der Nervenheilanstalt von Ulleråker Selbstmord begangen hat«, entgegnete Åke Stålhandske, der Oxhufvud auf seiner Liste gehabt hatte.

»Weiß man warum?« fragte Lennart Borgström.

Åke Stålhandske zufolge war das sehr unklar. Man hatte feststellen können, daß Oxhufvud 1940 zwar zum Oberst beim Generalstab befördert worden war und einzelne Feldkommandierungen erhalten hatte, unter anderem in Ed von 1942 bis 1943. Es war jedoch allgemein bekannt gewesen, daß er Nazi war und vermutlich deswegen 1944 in den einstweiligen Ruhestand versetzt worden war.

Oxhufvud nahm sich den Fall Deutschlands sehr zu Herzen, so sehr, daß es ihn offenbar in eine Nervenheilanstalt brachte. Überdies war sein Sohn Nils Viking Oxhufvud 1943 bei der Explosion einer Handgranate ums Leben gekommen. Doch später freigegebenen oder zumindest erreichbaren medizinischen Akten zufolge hatte er die Disposition zu einer Geisteskrankheit wahrscheinlich geerbt. In seiner letzten Zeit schien er sich in eine Traumwelt geflüchtet zu haben. Er glaubte, Deutschland habe durch den Einsatz irgendwelcher Wunderwaffen den Krieg gewonnen, was vor der Welt allerdings geheimgehalten wurde. Außerdem glaubte er, sein Sohn sei durch Fürsorge der Deutschen noch immer am Leben, und er selbst sei ungeheuer reich.

Der eigentliche Selbstmord schien zufriedenstellend geklärt zu sein. Er hatte offenbar über einen längeren Zeitraum hinweg Schlaftabletten gehortet, um sich dann den ganzen Vorrat auf einmal einzuverleiben. Bei der Obduktion hatte man irgendwie feststellen können, wie viele er eingenommen hatte und um was für eine Art Präparat es sich gehandelt hatte. Und die Zahl stimmte in etwa mit den Bestellungen des Mannes überein. Eine Zeitlang senkte sich Schweigen auf den Raum. Vermutlich kreisten Gedanken und Phantasie um deutsche Wunderwaffen und ungeheuren Reichtum; sowohl Joar Lundwall als auch Åke Stålhandske war immerhin der Gedanke gekommen, daß es irgendeinen wichtigen Grund geben konnte, irgendein militärisches, politisches oder ökonomisches Geheimnis, das es lohnenswert oder notwendig machte, noch siebenundvierzig Jahre später einen Mord zu begehen.

»Was wäre«, sagte Lennart Borgström zögernd, »wenn dieser Oxhufvud gar nicht verrückt war, sondern statt dessen auf irgendeinem phantastischen Geheimnis saß.«

»Dann muß er verrückt gewesen sein, in einem Irrenhaus davon zu reden, außerdem hatte er ja die erbliche Veranlagung«, schnitt ihm Carl das Wort ab. Er verabscheute Lennart Borgström von ganzem Herzen, seit dieser Carl als »verdächtigen sowjetischen Agenten« ausgiebig vernommen hatte. Carl zufolge war es sowohl eine intellektuelle Zumutung als auch ein Sicherheitsrisiko, Lennart Borgström in wichtige oder sensible Dinge einzuweihen.

»Was tun wir, um zu erfahren, welche Norweger ausgewiesen wurden, was mit ihnen geschah und warum es so wichtig war, sie des Landes zu verweisen?« fragte Samuel Ulfsson mit etwas erhobener Stimme, da er zwischen Carl und dem Chef der Sicherheitsabteilung einen Krach heraufziehen sah.

»Ich habe einen Vorschlag«, sagte Åke Stålhandske eifrig und wartete eine auffordernde Geste Samuel Ulfssons ab, bevor er fortfuhr. »Wir könnten uns vielleicht an die Sicherheits- und Nachrichtendienste in der DDR wenden. Die hocken auf phantastischen Archiven, wie jeder weiß, und so wie die Dinge sich in Osteuropa entwickelt haben, bringen sie alten Feinden jetzt vielleicht etwas Goodwill entgegen?«

»Die Ostdeutschen fragen? Das ist das Dümmste, was ich je gehört habe!« sagte Lennart Borgström.

»Ein außerordentlich gescheiter Vorschlag«, sagte Carl.

»Hm«, sagte Samuel Ulfsson mit einem feinen Lächeln. »Unabhängig davon, ob gut oder schlecht, ist es einen Versuch wert. Ich kümmere mich darum. Aber was ist mit norwegischen Quellen?«

»Das Problem«, begann Joar Lundwall, wurde aber durch einen Hustenanfall unterbrochen. Der Rauch im Zimmer irritierte ihn zunehmend. »Das Problem besteht im Grunde nicht darin, an die norwegischen Archive heranzukommen. Es gibt lange Verzeichnisse all der Norweger, die von der Gestapo gefoltert und hingerichtet worden sind. Wenn diese beiden Figuren aber so geheim waren, können sie ja einfach in dem Augenblick verschwunden sein, in dem die Gestapo sie auf der anderen Seite der Grenze in Empfang nahm. Ja, soviel ich weiß, war es Oxhufvud, der sie zur Gestapo hinüberfuhr.«

»Woher weißt du das?« fragte Samuel Ulfsson erstaunt.

»Das geht aus den Kriegstagebüchern aus Ed um diese Zeit hervor. Von den beiden, um die es geht, heißt es, sie seien Schwarzmarkthändler, die aufgrund falscher Papiere nicht hätten identifiziert werden können. Aus diesem Grund wurden sie der norwegischen Polizei übergeben.«

Die anderen sahen ihn fragend an und erwarteten offensichtlich eine Fortsetzung.

»Nein«, sagte er, als ihm aufging, was die anderen wissen wollten, »auf der norwegischen Seite gibt es gerade für diesen Tag keine entsprechenden Aufzeichnungen über die beiden Norweger. Ich glaube, wir können davon ausgehen, daß sie als sehr wichtig angesehen wurden und gleich bei der Gestapo verschwanden. Also tot.«

»Dann müssen wir zu den Ostdeutschen gehen und sehen, was die alten Berliner Archive vielleicht hergeben. Die Kontakte übernehme ich. Was kommt als nächste Maßnahme in Frage?«

Samuel Ulfsson sah sich im Raum um. Es dauerte etwas, bis er Antwort bekam, da alle zwischen mehreren Alternativen zu zögern schienen.

»Was machen wir mit der Polizei in Norrköping?« wollte Lennart Borgström wissen.

»Wieso?« fragte Samuel Ulfsson, der fast aufrichtig erstaunt aussah.

»Nun, die haben uns ja gefragt, ob wir ihnen mit Material aus Ed helfen können, und da sie in der Mordsache af Klintén ermitteln, habe ich... ja. Es ist unsere Schuldigkeit, der Polizei zu helfen.«

Keiner antwortete, aber alle Anwesenden sahen Lennart Borgström plötzlich mißbilligend an.

»Wenn ich nicht irre, ist es Sache der Polizei, Morde aufzuklären, nicht unsere«, beharrte Lennart Borgström. »Wenn wir relevantes Material finden, sollten wir dafür sorgen, daß die Polizei es verwenden kann.«

»Die Frage ist nur, ob die das können«, murmelte Samuel Ulfsson irritiert.

»Es sind nicht Borgströms Kollegen von Säk, in Norrköping handelt es sich um richtige Polizeibeamte«, wandte Carl ein und bereute seine Worte sofort. Er beschloß, sich künftig nicht mehr mit der Hauptabsicht zu äußern, Borgström eins auszuwischen.

Es entstand eine peinliche Pause im Raum.

»Verzeihung, aber dann muß ich etwas fragen«, sagte Åke Stålhandske, der den Eindruck machte, als wäre er plötzlich erbleicht.

»Ja, bitte sehr«, erwiderte Samuel Ulfsson.

»Wenn wir das entsprechende Material der Polizei übergeben sollen... ich habe nämlich den Namen des Mörders oder eines der Verschwörer, Name, Adresse und Telefonnummer.«

Es wurde vollkommen still im Raum. Åke Stålhandske sah ganz und gar nicht aus, als hätte er einen Scherz gemacht.

»Kannst du das wiederholen?« sagte Samuel Ulfsson und tastete nach einer Zigarette. Er warf Joar Lundwall einen kurzen Seitenblick zu, als zögerte er etwas, entschied sich aber dann doch, eine Zigarette zu rauchen.

»Ha. Hrm. Ich habe also den Namen entweder des Mörders oder seines Mittäters. Hier!« erwiderte Åke Stålhandske und schob einen gelben Zettel zu Samuel Ulfsson hinüber. Der Zettel auf der braunen Tischplatte war kaum größer als eine Mitteilung über einen Anruf.

Es war ein Bestellformular des Kriegsarchivs. In einem Kästchen konnte man angeben, welche Akten man auszuleihen wünschte. Im Kästchen darunter sollte der Entleiher Namen, Datum, Telefonnummer und in bestimmten Fällen auch seine Adresse angeben.

Jon August Haugen, Fredrik Stangs gate 31 B, Oslo, las Samuel Ulfsson.

»Erklär mir das«, sagte er kurz und gab den Zettel an Carl weiter.

»Es ist gar nicht so kompliziert. Ich habe entdeckt, daß jemand Akten gestohlen hat, die in höchstem Maß das berühren, wonach wir selbst suchen. Und da habe ich mir gedacht, daß derjenige, der die Akten gestohlen hat, sie erst ausgeliehen haben muß. Dann bin ich zum Kriegsarchiv gegangen und habe nach einer ganzen Reihe von Akten gleichzeitig gefragt, und da wurde der Archivar etwas erstaunt. Er sagte, was für ein schreckliches Gerenne es plötzlich nach diesen alten Wälzern gebe. Und dann war es gar nicht mehr schwer, diese Bestellzettel zu finden. Es gibt insgesamt vierzehn bei verschiedenen Stellen, unter anderem im Reichsarchiv, wo jemand diese Polizeiakten aus Göteborg angefordert hat, und dieser Jemand ist ebenfalls Haugen. Jemand, also Haugen, hat sich die gleichen Erkenntnisse verschafft wie wir, beginnend vor zwei Jahren, und vor vier Monaten hat er damit aufgehört.«

»Was bringt dich dazu zu glauben, daß ein Mörder seinen richtigen Namen angibt?« fragte Carl skeptisch und erregt zugleich.

»Man muß sich verdammt noch mal ausweisen, wenn man sich wie ein Ausländer anhört, wenn man etwa Finnlandschwedisch spricht«, lächelte Åke Stålhandske. Er hatte seinen Akzent bei der Antwort übertrieben.

»Hast du etwas über diesen Haugen herausgefunden?« fragte Samuel Ulfsson leise.

»Nicht sehr viel«, lächelte Stålhandske, »nicht sehr viel, nur daß er in der Fredrik Stangs gate 31 in Aufgang B wohnt und daß er Fahnenjunker bei den norwegischen Streitkräften ist.«

»Wenn es so ist, daß wir wissen, wer zwei Schweden ermordet hat oder zumindest an den Vorbereitungen zu diesen Morden teilgenommen hat, ob die Schweden nun Nazis waren oder nicht, müssen wir der Polizei diese Erkenntnisse sofort mitteilen«, sagte Lennart Borgström.

»Dann erfahren wir aber nicht, *warum* sie ermordet wurden. Ich habe einen anderen Vorschlag. Wir sollten erst herausfinden, warum es zu den Morden gekommen ist, dann kann die Polizei anschließend die Sache weiterführen«, sagte Carl und hatte dabei das Gefühl, als müßte er Borgström ins Bein beißen.

Es wurde erneut still im Raum. Alle sahen Samuel Ulfsson an. Er war der Mann, der die letzte Entscheidung zu treffen hatte.

»Carls Ansicht hat etwas für sich«, sagte Samuel Ulfsson schließlich. »Wenn wir herausbekommen, *warum* die beiden ermordet worden sind, können wir anschließend festlegen, was wir der Polizei überlassen. Außerdem haben wir eine Reihe von Möglichkeiten, die Gründe für die Morde herauszubekommen, über die die Polizei nicht verfügt. Bei allem Respekt sogar für die gewöhnliche Polizei und deinen Freund in Norrköping, Carl, wir können einiges, was die nicht können.«

»Was denn, wenn ich fragen darf?« wollte Lennart Borgström sauer wissen.

»Zwei Dinge«, fuhr Samuel Ulfsson eifrig fort. »Wir können mit den Ostdeutschen Kontakt aufnehmen. Das wäre ein Weg, zu dem Warum zu kommen. Wir können außerdem mit den norwegischen Militärs zusammenarbeiten, was die Polizei nicht kann. Hinter all dem kann nämlich eine Geschichte stecken, die sowohl den norwegischen als auch den schwedischen Nachrichtendienst etwas angeht.«

»Und wenn es nicht so ist?« beharrte Lennart Borgström.

»Nun, dann kann die Polizei den Fall übernehmen. Die Mörder müssen ja irgendwo sitzen, wahrscheinlich in dem Glauben, die schwedische Polizei sei hinter Kurden her. Die rennen weder uns noch der Polizei weg. Und es ist ohne jede Bedeutung, ob wir sie heute schnappen oder erst in einem Monat. Wir können den größten Teil unseres Materials nach Norrköping schicken. Aber nicht den Namen des Mörders. Für uns ist wirklich von Bedeutung, daß wir erfahren, warum. Und ob Otter tatsächlich mit der Sache zu tun hatte.«

Der letzte Satz war ein Versprecher, doch das ging Samuel Ulfsson zu spät auf. Der Frosch war ihm schon aus dem Mund gehüpft. Sein primäres Interesse als Chef der Firma durfte es natürlich nicht sein, einen alten Freund von einem Verdacht zu befreien. Doch jetzt war es heraus.

»Wenn es sich um Nachrichtenmaterial handelt, um dessentwillen man nach so langer Zeit selbst alte Flaggenoffiziere liquidiert, muß es auch für uns von Bedeutung sein«, betonte Carl. Er hatte schon erkannt, wie unmöglich es war, Lennart Borgström nicht in jeder Lebenslage zu widersprechen.

»Genau meine Meinung«, ergänzte Samuel Ulfsson. Er stand auf zum Zeichen, daß die Konferenz beendet war. »Ihr habt wirklich ausgezeichnete Arbeit geleistet, Jungs. Dazu möchte ich euch beiden gratulieren, sowohl dir, *Kapitänleutnant* Stålhandske, als auch dir, *Kapitänleutnant* Lundwall.«

Sie starrten ihn erstaunt an, und er machte eine abwehrende Handbewegung, bevor er fortfuhr.

»Nein, nein«, sagte er und lächelte zum erstenmal seit langem, »so was ist es nicht. Ich kann euch doch nicht einfach zu Kaleus machen, nur weil mir eure Arbeit gefällt. Dann hättet ihr heute mindestens Majore werden müssen. Es ist nur so, daß die unergründlichen Mühlen der Bürokratie gleichzeitig gemahlen haben. Die eine Hand hat nichts mit der anderen zu tun, aber ich gratuliere euch trotzdem.«

Er lachte und begann, seine Kopien auf dem Schreibtisch vor sich zu stapeln, während die anderen hinausgingen.

»Kannst du noch ein bißchen bleiben, Carl«, sagte er leichthin, als wolle er beim Aufräumen etwas Hilfe haben.

Carl machte die Tür absichtlich vor Lennart Borgströms Nase zu, zog einen Stuhl näher an den Schreibtisch seines Chefs heran und sah ihn lächelnd an, was Samuel Ulfsson nicht ganz billigte.

»Ich möchte, daß du einen diplomatischen Auftrag erledigst, oder wie wir das nennen wollen«, begann Samuel Ulfsson in einem etwas entspannteren Tonfall als vorhin. »Aber erste möchte ich fragen... wenn wir mal von juristischen Komplikationen und ähnlichem absehen, wie sollten wir eine Antwort auf unsere Fragen bekommen können?«

»Am einfachsten wäre es, einen gewissen John August Haugen zu fragen«, las Carl den Namen von dem gelben Zettel des Kriegsarchivs ab.

»Fragen?«

»Ja«, lachte Carl. »Du hast gesagt, von *juristischen Komplikationen* mal abgesehen. Man müßte ihn dann so unhöflich fragen, daß er Grund hätte, sofort zu erzählen, wie es sich verhält. Oder wenn nicht sofort, dann nach einiger Zeit, wenn die Behandlung gewirkt hat.«

Carl erläuterte nicht näher, welche Behandlung da in Frage

kam. Er erwartete auch keinen direkten Jubel über diesen Vorschlag.

»Streich das. Nächster Vorschlag!« forderte Samuel Ulfsson ihn auf.

Carl dachte einige Augenblicke nach.

»Eine Operation in Norwegen. Wir hören ihn eine Zeitlang ab, spüren seine Kontakte auf, hören die ab, und so weiter.«

»Das ist ungesetzlich.«

»Natürlich, zumindest in Schweden. Aber wenn es das in Norwegen nicht ist?«

»Glaubst du ... glaubst du wirklich?«

»Woher soll ich das wissen? Schweden dürfte das einzige Land der Welt sein, in dem Lauschangriffe in solchen Zusammenhängen verboten sind. Das haben wir ja selbst gelinde gesagt unterstrichen.«

Samuel Ulfsson lachte und schüttelte den Kopf über die trockene Untertreibung. Im Gefolge der Operation in Uppsala tauchte am Horizont ein neuer großer Abhörskandal auf.

»Ich habe gehört, daß Näslunds Stuhl wackelt. Hast du dir den gleichen Weg vorgestellt?« fragte Carl ironisch.

»Nein, das habe ich nicht«, erwiderte Samuel Ulfsson mit noch mehr Ironie in der Stimme. »Aus diesem Grund sollst du den Auftrag erledigen. Ich nehme Verbindung mit dem Chef des Oberkommandos der norwegischen Streitkräfte auf, ja, also auf der Nachrichtendienst- und Sicherheitsseite, und melde deinen Besuch an. Es handelt sich also um einen offiziellen Besuch mit Voranmeldung. Du diskutierst die Frage mit ihnen. Verstanden?«

»Diskutieren?«

»Richtig.«

»Ist das die ganze Anweisung?«

»Ja.«

»Ich darf also erfinden, was ich will?«

»Ja. Innerhalb gewisser vernünftiger Grenzen.«

Samuel Ulfsson lachte leise in sich hinein, als er aufstand, womit er andeutete, daß es in dieser Sache momentan nichts mehr zu sagen gab.

Joar Lundwall und Åke Stålhandske waren dabei, ihre Zusammenfassungen zu sortieren, die an die Polizei in Norrköping geschickt werden sollten, und anderes Material in numerierten Aktenordnern in ihrem provisorischen Arbeitszimmer zu verstauen, als Carl eintrat, ohne anzuklopfen.

»Ausgezeichnete Arbeit, wirklich ausgezeichnet«, sagte Carl und setzte sich wie selbstverständlich auf den Platz hinter dem Schreibtisch, damit das Sortieren aufhörte.

»Ihr habt mehr als die Hälfte der Arbeit erledigt, während ich mich im Death Valley amüsiert habe«, fuhr er fort. Die beiden holten sich Stühle und setzten sich ihm gegenüber hin.

»Wie geht es Skip?« fragte Åke Stålhandske mit einem Lächeln voller Erinnerungen, die zumindest im Abstand einiger Jahre angenehm wurden.

»Skip fühlt sich wohl. Wenn man davon absieht, daß er sich um den Verfall des Kommunismus sorgt«, sagte Carl mit gespielt bekümmerter Miene. »Ihm fehlt ein handfester und zuverlässiger Feind.«

»Nun«, sagte Stålhandske, »wenn es einen Menschen auf der Welt gibt, der sich um den Zusammenbruch des Kommunismus sorgt, dürfte es Skip sein. Wie geht es unseren neuen Jungs?«

»Gut«, erwiderte Carl. »Vollkommen problemlos. So wie ich es sehe, werden beide unterschreiben und angenommen werden. Dann werden wir fünf Mann, vier von der Marine und einer von der Armee.«

»Von der Armee!« riefen die beiden anderen entrüstet und gleichzeitig aus.

»Ja«, lächelte Carl. »Von den Fallschirmjägern, die zählen zur Armee.«

»Na ja. Fallschirmjäger, das geht gerade noch«, stellte Åke Stålhandske fest, als wäre er sehr erleichtert.

»Ich muß nach Oslo«, fuhr Carl etwas geschäftsmäßiger fort. »Ich habe von Sam Anweisungen der üblichen Art bekommen. Ihr wißt schon, unsere Seite wird leugnen, je davon Kenntnis gehabt zu haben, und niemals etwas zugeben, und so weiter. Wenn es aber in Norwegen zu einer Operation kommt, werden wir drei beteiligt sein, das steht fest. Und wir können dabei einen Teil von

Åkes besonderen Kenntnissen gebrauchen. Habe ich mich klar genug ausgedrückt?«

Die beiden anderen nickten.

»Allerdings weiß ich noch nicht, ob wir auf norwegischem Territorium überhaupt operieren dürfen. Deswegen soll ich jetzt hinfahren und es klären. In der Zwischenzeit dürft ihr an der Frage weiterarbeiten, warum gemordet wurde. Was habt ihr für Ideen?«

Sie drehten und wendeten die Frage, warum die Morde stattgefunden hatten. Es mußte natürlich die gleichen Gründe haben, warum einem gewissen Oberwachtmeister Jubelius 1942 in Göteborg der Kopf abgeschnitten wurde, wie 1990, als ein af Klintén zu Tode gefoltert wurde und ein Hakenkreuz in die Brust geschnitten bekam.

Das war in mehrerer Hinsicht irgendwie unlogisch. Wenn es mitten im Krieg, 1942 in Göteborg, Rache gewesen war, mußte es 1990 in Östergötland und Uppsala etwas anderes sein.

Joar Lundwall folgte einem Gedankengang, in dem Oberwachtmeister Jubelius die beiden Norweger aufgrund falscher Anschuldigungen nach Norwegen verfrachten ließ, wo die Gestapo, Folter und Tod auf sie warteten.

Unterwegs konnte etwas passiert sein, so daß Jubelius, ein Subalterner, etwas erfuhr, was er nicht wissen sollte. Aber was?

Åke Stålhandske ergänzte Joars Darstellung mit dem, was seine erste Idee gewesen war, dem Fall Rasmussen-Hjelmen. Erst jetzt ging ihm auf, wie nahe er der Wahrheit mit diesem Schuß ins Blaue gekommen war.

Mit Hjelmen verhielt es sich jedoch so, daß die Polizeibeamten, die ihn zur norwegischen Grenze, zur Gestapo und in den Tod brachten, nicht an sich halten konnten, sondern dem kommunistischen Norweger erzählten, wie sich die Sache eigentlich verhielt. Sie erklärten, man wisse sehr wohl, wer er sei, und auf der anderen Seite warte jetzt keineswegs die gewöhnliche Polizei.

Hjelmen hatte da um Gnade gefleht. Doch das hatte keinerlei Wirkung gehabt; vielleicht hatten sie ihn nur ausgelacht. Dafür gab es zwar keinen Beleg, aber für den Rest der Geschichte.

Åke Stålhandske fuhr fort:

»Stellen wir uns also folgendes vor: Jubelius ist in seinem mit

Generatorgas getriebenen Wagen von Göteborg nach Ed unterwegs. Er hat zwei mit Handschellen gefesselte Norweger auf dem Rücksitz. Allmählich geht ihnen auf, wohin die Reise geht, ganz und gar nicht zu einem schwedischen Internierungslager, wie er es ihnen wohl gesagt hat, sondern zur Gestapo.

Da flehen sie ihn an, ihr Leben zu schonen. Doch nicht genug damit. Sie enthüllen ihm ein sehr großes Geheimnis, und das ist der Grund dafür, daß man sie nicht einfach hinrichten kann.« Åke Stålhandske machte eine Pause und fuhr dann fort:

»Dann passiert etwas, aber was?

Jubelius geht der Sache nicht nach, und die Norweger landen bei der Gestapo. Sie werden in der Victoriaterrasse gefoltert, nach Deutschland geschickt, hingerichtet. Unter der Folter haben sie erzählt, Jubelius wisse etwas, was er nicht wissen solle. Also ermorden ihn die Deutschen mit Hilfe ihres recht umfassenden Agentennetzes in Schweden?

Das muß falsch sein. Wenn die Nazis Jubelius 1942 ermordet haben, wer soll dann 1990 von Otter und af Klintén umgelegt haben? Doch nicht die Bundesrepublik? Oder eine Nazi-Organisation, die im Untergrund überlebt hat und ein Geheimnis für die Zukunft verwaltet?«

Åke Stålhandske hielt inne, um Luft zu holen. Dann war es nur ein Tarnmanöver, das Hakenkreuz einzuritzen und den Mann zu foltern. Die Spuren sollten in die falsche Richtung weisen. Immerhin war von Otter ja etwas geschmackvoller hingerichtet worden, oder etwa nicht?

Wieder falsch. Dann hätte es keinerlei Anlaß gegeben, sich die Mühe zu machen, af Klintén das Wort »Ed« in die Brust zu ritzen. Das würde ja nur zu einem bestimmten Sicherheitschef in Ed in den Jahren 1942 und 1943 führen, dem damaligen Oberst Oxhufvud.

Wenn Nazideutschland Jubelius 1942 zum Schweigen gebracht hatte, weil er von seinen Gefangenen zuviel erfahren hatte, mußte sich 1990 trotzdem ein anderer gerächt haben. Wenn es 1942 Rache gewesen war, konnte 1990 niemand mehr da sein, der sich rächen wollte.

Irgendwo befand sich eine falsche Fährte. Oder sie hatten etwas übersehen. Vielleicht war auch ein verrückter Einfall nötig. Sie hatten das Gefühl, im Augenblick nicht weiterzukommen.

»Die Frage lautet also, warum. Ihr geht dieser Frage nach, während ich in Norwegen bin, und dann werden wir sehen, ob wir jemanden, der Bescheid weiß, in allergrößter Diskretion befragen können«, faßte Carl nachdenklich zusammen.

»Wer sollte das denn sein? Das könnten wir doch erledigen, wenn du nicht da bist«, entgegnete Åke Stålhandske. Er war etwas gekränkt, weil man ihn wieder nur auf die Aktenstapel verwies.

»Das könnte nur unser Freund Haugen sein, oder wie der heißt«, sagte Carl und erhob sich. Er streckte die Hand nach einem Aktenordner mit Zusammenfassungen aus. »Ist das alles kopiert?« fragte er im selben Moment, in dem ihm aufging, daß er sich nicht klar genug ausgedrückt hatte.

»Nein, wenn Haugen befragt werden soll, sollten wir es irgendwie gemeinsam tun. Falls es zu einer Operation in Norwegen kommt, aber das werdet ihr in ein paar Tagen erfahren. Bis dahin viel Erfolg mit den Papieren. Ja, noch etwas. Ich bin mit Sam einer Meinung – ihr habt bisher fast Unmögliches geleistet. Wirklich gut.«

»Außer bei diesem von Otter«, sagte Joar Lundwall nachdenklich, als hätte er das Kompliment seines Chefs kaum bemerkt.

»Nein«, sagte Carl mit plötzlicher Schärfe im Ton. »Jedenfalls nicht aus Sams Blickwinkel, denn er will einen Unschuldigen, das heißt einen Nicht-Nazi als Schiffskommandanten haben. Aber woraus geht eigentlich hervor, daß der unschuldig war?«

Eva-Britt Jönsson war mit einem ansehnlichen Stapel Akten versehen worden, in denen die Polizeigewerkschaft und die Rechtsabteilung der Stockholmer Polizei die Fragen nach schwerer oder leichter Körperverletzung abhandelten. In den Akten befanden sich auch einige Urteile, die als hilfreich angesehen wurden, beispielsweise ein sieben Jahre altes Urteil mit dem Aktenzeichen DB 452, B 55/83.

Ein Polizeiinspektor in ihrem Alter war gegen junge Leute eingeschritten, die in der U-Bahn schwarzgefahren waren. Er selbst und ein Kollege hatten dabei ein junges Mädchen in Gewahrsam genommen, das sich so aufgeführt hatte, wie es Leute eben tun, wenn ein Polizist ihnen an die Kleidung greift. Das heißt, sie hatte Naziärsche geschrien, Schweine, Faschisten, laßt mich los, verdammt noch mal, und derlei. Gleichzeitig hatte sie sich geweigert, Nazis ihren Ausweis zu zeigen, etcetera, etcetera.

Die Kollegen hatten die junge Frau natürlich in einen der besonderen polizeilichen Gewahrsamsräume in der U-Bahn geschleift. Dort hatte die junge Frau vermutlich wild um sich getreten und geschrien. Dort war der Zirkus in Erwartung des Abtransports weitergegangen.

Der angeklagte Polizeibeamte hatte der jungen Frau nun zwei Ohrfeigen gegeben und beide gestanden.

Er verteidigte sich damit, er habe mit den Ohrfeigen einen »medizinischen« Zweck verfolgt, nämlich das »hysterische und durchgedrehte« Mädchen zu beruhigen.

Eva-Britt Jönsson hatte keinerlei Schwierigkeit, sich die Szene zu vergegenwärtigen. Und sie hatte auch keinerlei Mühe zu verstehen, daß der Kollege nebenan gerade dabei gewesen war, sich die Schnürsenkel neu zu binden, oder eine der sonst üblichen Ausreden vorgebracht hatte. Folglich hatte er den entscheidenden Ereignisablauf nicht beobachten können.

Es hatte einen großen Anwaltszirkus mit einem der Staranwälte Stockholms gegeben und ein glückliches Ende genommen: *Stjärnströms Angabe, er habe Eva-Christina Wickman ins Gesicht geschlagen, um ihren »hysterischen« Reaktionen ein Ende zu machen, kann nicht unberücksichtigt bleiben. Ein in dieser Absicht erteilter Schlag muß natürlich Schmerz verursachen.*

Ja, bis dahin schien alles in Ordnung zu sein. Das Gericht hatte die Absicht gelten lassen, und das für die Frage der Körperverletzung entscheidende Moment, nämlich der Schmerz, war damit schon halb entschuldigt. Aber dann sah es aus, als hätte das Gericht es sich anders überlegt, und Eva-Britt Jönsson mußte die entscheidende Passage zweimal lesen, bevor sie sie verstand.

Auch wenn Eva-Christina Wickman, wie Zeugen ausgesagt haben, laut, widerspenstig und »hysterisch« gewesen ist, kann Ge-

walt gegen ihr Gesicht unter keinen Umständen als gerechtfertigte Maßnahme anerkannt werden.

Stjärnström wird daher wegen leichter Körperverletzung zu einer Geldstrafe verurteilt.

Gerechtfertigt oder nicht gerechtfertigt? Das Gericht sagte zwei Dinge zugleich. Eine Mißhandlung des Gesichts, die Schmerz verursacht hatte, war nicht gerechtfertigt. Andererseits war das Gericht der Meinung, es sei schon in Ordnung, daß dieser Schreihals von Weibsbild eins aufs Maul bekommen hatte. Folglich gaben sie Rabatt und sagten, es handle sich um leichte Körperverletzung, obwohl das im Grunde nicht der Fall war?

Entweder mußte es gerechtfertigt sein oder nicht, wenn man mal zuschlug. Jetzt war es nicht gerechtfertigt. Aber trotzdem irgendwie doch?

Die Pointe lag immerhin darin, daß das Ganze zu leichter Körperverletzung geworden war. Es ging also in erster Linie um die Frage, ob es »medizinisch« gerechtfertigt ist, einen Saufbold zu schlagen, um sich zu wehren, wenn man vollgekotzt wird.

Eva-Britt seufzte. Die von ihr begangene Körperverletzung war nicht leicht gewesen. Sie hatte mit einer geraden Rechten zugeschlagen. Die von diesem Stjärnström begangene Körperverletzung war andererseits auch nicht leicht gewesen, obwohl das Gericht es sagte. Doch dafür hatte der Mann einen Staranwalt gehabt.

Carl kam mit Einkaufstüten nach Hause. Er hatte offenbar eine Menge eingekauft.

»Hej«, sagte er leicht schuldbewußt, als schämte er sich für sein Zuspätkommen. »Hier brennt die Lampe des Fleißes, wie ich sehe.«

»Hm«, sagte sie zerstreut, »ich sitze hier und versuche zu verstehen, ob ich diesen Saufbold nur leicht mißhandelt habe, obwohl es keine leichte Körperverletzung war, oder ob es sich um eine *medizinische* Körperverletzung handelt, was auf das gleiche hinausläuft.«

Carl starrte sie erst fragend an, dann schüttelte er den Kopf und sank vor ihr auf die Knie. Dann strich er ihr behutsam über den Bauch und küßte sie.

»Ich habe Wildschweinkoteletts gekauft«, sagte er nach einiger

Zeit. »Bin auf dem Nachhauseweg bei der Markthalle vorbeigekommen, um was Gutes zu besorgen. Ich wollte nämlich für ein paar Sachen um Entschuldigung bitten, und sie hatten Wildschweinkoteletts.«

»Wie Pigham, wenn auch röter und zäher«, sagte sie sachverständig. »Du versuchst immer wieder, bei mir Eindruck zu schinden. Daran hätte es schon von Anfang an scheitern können, weißt du das?«

»Nein, aber ich habe immerhin versucht, es nicht zu tun. Wie auch immer: Es ist ein Glück gewesen, daß es nicht von Anfang an geplatzt ist. Ich meine, es ist ein Glück.«

»Ich glaube, ich könnte so einen Staranwalt brauchen«, sagte sie nach dem nächsten langen Kuß.

»Ach was, vielleicht wirst du gar nicht verurteilt. Der Nebenkläger kommt sowieso nicht. Ein unauffälliger kleiner Fall, um den sich kein Mensch kümmert«, murmelte er, da er lieber in ihrem Haar und ihrem einen Ohr versinken wollte als in Anwaltsfragen.

Sie aber lachte plötzlich herzlich oder herzzerreißend, aber auf jeden Fall viel zu laut los.

»Habe ich was Dummes gesagt?« fragte er verwirrt und zog sich von ihrem Ohr zurück.

»Ja, das mit dem unauffälligen kleinen Fall. Hast du nicht *Expressen* gelesen?«

Er stand mit aufflammender Wut auf und sah sich um. *Expressen* lag, von juristischen Dokumenten halb verborgen, auf dem Granittisch.

Auf der ersten Seite war ein Bild von ihm zu sehen, daneben eins von Eva-Britt. Es war offenbar ein Paß- oder Führerscheinfoto von ihr.

**HAMILTONS
LEBENSGEFÄHRTIN
WEGEN
KÖRPERVERLETZUNG ANGEKLAGT**

wurde auf der Titelseite hinausgeschrien.

Der geschädigte Saufbold, der als Uhrmacher vorgestellt wurde, äußerte sich im Innern des Blatts und sprach von Prinzipien und dem Staat und der Gerechtigkeit. Es hatte den Anschein, als hätte man ihm die Worte in den Mund gelegt.

In einem Kasten neben dem Text grübelte ein Reporter über die Möglichkeiten von Prominenten nach, sich immer wieder herauszuwinden. Er fragte, ob das Gericht es wagen werde, die Lebensgefährtin eines Nationalhelden zu verurteilen, oder ob es dem angeblichen Druck der öffentlichen Meinung nachgeben werde.

Die Artikel, die ganz unzweideutig eine Verurteilung forderten, stammten aus der Feder von Per L. Wennström, dem Mann, der einmal fast einen Weltkrieg herbeigelogen hatte, wie Carl die verschiedenen Einsätze dieses Abendzeitungsreporters eher vorsichtig beurteilte.

»Ich werde diesen Scheißkerl umbringen«, sagte Carl mit verkniffenen Lippen. Der Anblick jagte Eva-Britt namenlose Angst ein. Sie hatte diesen Ausdruck noch nie in seinem Gesicht gesehen; sie wußte, daß er, gerade er, tatsächlich bei einer unbekannten Anzahl von Gelegenheiten getötet hatte. Wenn irgendein beliebiger Bürger so etwas sagte, brauchte man sich deswegen keine Sorgen zu machen. Doch Carl sah tatsächlich so aus, als meinte er es ernst.

»Komm, komm, immer mit der Ruhe«, versuchte sie zögernd. Er sah aus, als hätte er so überraschend wie selbstverständlich sein normales Ich wiederhergestellt, als hätte er nur aus Versehen kurz seinen Dracula-Reißzahn gezeigt.

»Du darfst so etwas nicht sagen, Carl. Gerade du kannst dir das nicht leisten«, fuhr sie weich fort und schob dann noch einen mißlungenen Scherz nach. »Vergiß nicht, daß du fast mit einer Polizistin verheiratet bist.«

»Lebensgefährtin steht in *Expressen*«, entgegnete er matt, als hätte ihm der Zorn Kraft geraubt. »Nein, ich habe das natürlich nicht buchstäblich gemeint. Aber diese Schakale machen mich wahnsinnig. Na schön, jetzt müssen wir den besten Anwalt anheuern. Ich regle das. In Ordnung?«

Sie stand auf, ohne etwas zu sagen, strich ihm über die Wange, nahm ihm die Einkaufstüten ab und ging in die Küche, als wüßte sie, daß er ein paar Minuten allein sein mußte, bevor er zu ihr kam, um bei der Vorbereitung des Essens zu helfen.

Sie hörte Musik aus dem Wohnzimmer, während sie die Lebensmittel auspackte. Die Musik war disharmonisch und nicht so schön wie sonst, wenn er nach Hause kam. Nach ein paar Minuten erschien er in der Küche.

»Was für Musik hast du da aufgelegt?« fragte sie und suchte unter den Gewürzen, um etwas zu finden, was vielleicht zu Wildschwein paßte.

»Das erste Trompetenkonzert von Schostakowitsch«, erwiderte er. »Ungewöhnliche Musik, so etwas wie eine absurde Zusammenfassung des Lebens, Gewalt und Spaß, Humor und Burleske, unglaublich sentimental, parodistisch, wild, ruhig, alles mögliche in einer einzigen, phantastischen Mischung. Wir können uns das mal zusammen anhören. Rosenkohl oder feine junge Erbsen?«

Sie aßen lange und sprachen darüber, wie es wäre, mit einem kleinen Kind im Korb zu segeln, ob es gefährlich sei und ob sie gemeinsam Urlaub nehmen könnten. Sie trank Wasser und er Burgunder, und als wäre es selbstverständlich, ließen sie den Abwasch stehen, gingen ins Schlafzimmer und liebten sich, bis sie einschliefen. Als wäre auch das selbstverständlich gewesen.

Er verkleidete sich langsam und methodisch zum Original von Carl Gustaf Gilbert Hamilton, Fregattenkapitän in der operativen Sektion beim Nachrichtendienst der schwedischen Streitkräfte. Das bedeutete folglich Uniform.

Dann trat er ans Fenster, zog die weißen Tüllgardinen auseinander und sah auf die Karl Johans Gate hinunter. Er hatte im Hotel Nobel ein Zimmer mit Eckfenstern erhalten, das sich die Nobel-Suite nannte, wie es in zierlicher Schreibschrift auf einem Schild an der Tür hieß.

In einer Schlafnische stand ein großes Doppelbett in bäuerlichem Stil mit gemalten Dekorationen. Der Rest war Wohnzimmer.

Dort unten im Sonnenschein flanierten die Norweger: irgendein beliebiger schöner Tag in Oslo, nichts Besonderes würde sich heute ereignen.

Drei goldene Dolche auf rotem Grund sowie ein herzförmiger Schild mit der königlichen Krone darüber, das war *Forsvarets Overkommando* oben auf Akershus. Carl hatte noch etwas Zeit. Er ging entschlossen zum Telefon und rief den teuersten Rechtsanwalt in Stockholm an. Zunächst kam er am Telefon nicht an der Sekretärin vorbei, nachdem sie ihn gezwungen hatte, damit herauszurücken, daß es nur um Körperverletzung ging. Dann wiederholte er seinen Namen etwas deutlicher und wurde sofort zu dem Anwalt durchgestellt. Die Vereinbarung war in weniger als zwei Minuten getroffen.

Dann rief Carl Tessie an und teilte wie vereinbart mit, in welchem Hotel und welchem Zimmer er wohnte und welchen Flug sie nehmen müsse, und bestellte dann ein Taxi.

Er wartete, bis er das Taxi unten in Karl Johans Gate vor dem Eingang vorfahren sah. Sie hatten seit seinem letzten Besuch offenbar umgebaut, denn damals hatte der Eingang noch in der Rosencrantz Gate gelegen. Dann nahm er die Treppen hinunter, eilte am Empfang vorbei direkt zum Wagen und schlug die Tür vor der Nase eines anderen Hotelgasts zu, dessen Taxi er damit möglicherweise gestohlen hatte.

»Akershus, Haupteingang«, sagte er kurz und knapp, ohne den Blick des Fahrers im Rückspiegel zu suchen. Er fühlte sich in Uniform wegen möglicher neugieriger Blicke verwundbar. Andererseits sollte die Uniform betonen, daß es sich tatsächlich um einen offiziellen Besuch handelte, daß er die schwedischen Streitkräfte vertrat und nicht nur irgendeine geheime Abteilung beim Nachrichtendienst. Was in Wahrheit natürlich das einzige war, was er vertrat.

Der Taxifahrer warf ihm im Rückspiegel einen Blick zu. Die ganze Haltung des Mannes zeigte, wie es in seinem Kopf arbeitete. Wo habe ich diesen Mann schon mal gesehen?

Das würde jedoch bald vorbei sein. Sobald Carl innerhalb der Mauern war, würde sich der Nachteil der Uniform hoffentlich in einen Vorteil verwandeln.

Er hatte ein höheres und eckigeres Gebäude erwartet, etwa so wie das Pennergon oben am Lidingövägen, in dem er selbst hatte arbeiten müssen, seit er zu öffentlichem Eigentum geworden war. Das norwegische Oberkommando bestand aus mehreren niedrigen, zusammengebauten Häusern. Das war im Grunde klüger und als Ziel nicht so leicht zu treffen. Falls solche Dinge überhaupt noch eine Bedeutung hatten.

Kommandør 1 Kåre Julian Furumo wartete unten vor den bewachten Sperren und erweckte den Eindruck, als gäbe er sich Mühe, angesichts des Originalbilds von Carl Gustaf Gilbert Hamilton nur höflich und kollegial aufzutreten. Carl erschien mit schnellen und langen Schritten auf die Sekunde zur festgesetzten Zeit.

Sie gaben sich die Hand, sprachen über das schöne Frühlingswetter und derlei, während sie durch grüngestrichene Korridore spazierten, die einen dunkleren und betagteren Eindruck machten als die schwedischen Korridore. Vielleicht lag es an den Stofftapeten an den Wänden oder sonst etwas. Der Unterschied war jedenfalls auffällig.

Das Dienstzimmer des Sicherheitschefs war einfach möbliert. Im Vergleich mit Sams Zimmer wirkte es wie ein Klassenzimmer, hatte dafür aber draußen eine Sicherheitssperre. Überdies war es ein Eckzimmer, als müßten Chefs auch in Norwegen ein Eckzimmer haben, wenn nichts anderes half, um den Rangunterschied zu markieren oder das Recht auf eine bestimmte Zahl von Besucherstühlen oder einen zusätzlichen kleinen Tisch, an dem Besucher Kaffee trinken konnten.

Die Kaffeeprozedur nahm die übliche Zeit in Anspruch. Hier gab es Porzellan und keine Plastiktassen wie in Schweden.

Kapitän zur See Furumo sah alles andere als norwegisch aus, vielmehr wie ein Italiener oder Franzose. Er war schlank und straff, elegant, Mittelgewicht oder Halbschwergewicht, kurzgeschnittenes dunkles Haar und braune Augen. Er erinnerte an den Schauspieler Rod Steiger.

»Nun«, sagte der norwegische Kapitän zur See schließlich. »Womit können wir zu Diensten stehen? Kapitän zur See Samuel Ulfsson in Stockholm hat mich darüber aufgeklärt, wie wichtig die Angelegenheit ist.«

»Sie ist nicht nur wichtig. Sie ist sensibel, schwer hantierbar und erfordert wechselseitiges Vertrauen«, sagte Carl mit einem feinen Lächeln, das alles mögliche bedeuten konnte, vor allem da er es in Verkörperung seiner Theaterrolle sagte.

»Nun?« erwiderte der Kapitän zur See ruhig, faltete die Hände auf dem Bauch und lehnte sich leicht zurück, um sich alles anzuhören.

Jetzt kam es darauf an. Die nächsten Minuten waren entscheidend. Wenn es Carl gelang, praktische Details zu diskutieren, hatte er es geschafft. Aber bis dahin war es noch weit.

Carl begann mit der Beschreibung, wie seine Abteilung, also die Kollegen in Schweden, einer die Sicherheit des Landes bedrohenden Aktivität auf die Spur gekommen seien. Es gehe unter anderem um Morde, die schwedische Sicherheitsinteressen berührten, vermutlich aber auch norwegische.

Soweit es Schweden betreffe, bestehe das praktische Problem darin, daß die Streitkräfte kein primär polizeiliches Interesse an der Sache hätten. Das heißt, das Militär wollte nicht wissen, wer die Verbrecher waren und wessen sie sich in juristischer Hinsicht schuldig gemacht hatten. Das war nicht das Wesentliche. Die Frage lautete, was hinter dieser, hm, bekannten Kriminalität steckte. Welche norwegischen beziehungsweise schwedischen Sicherheitsinteressen bedroht sein könnten.

Wie auch immer: Die Antwort war nur in Norwegen zu finden.

Carl holte tief Luft und fuhr fort: »Ich werde noch etwas offener sein. Wir möchten auf norwegischem Territorium operieren. Gern in Zusammenarbeit mit dem militärischen Sicherheitsdienst Norwegens und auf jeden Fall unter Formen, die eine Interessenkollision unmöglich machen. Natürlich soll die Beute hinterher geteilt werden. Die norwegischen Kollegen sollen volle Einsicht in die Arbeit erhalten, falls nötig, und ebenfalls voll und ganz über das Ergebnis aufgeklärt werden.«

Kapitän zur See Furumo hatte sich bei Carls Worten immer aufrechter hingesetzt.

Es waren keine kleinen Probleme, die sich hinter diesen militärischen Euphemismen verbargen. Eine *operative Zusammenarbeit* draußen auf dem Feld, und das mit einem Mann, den die ganze

Welt als einen rücksichtslosen Killer kannte. Das waren nicht gerade Peanuts. Obwohl er vielleicht nicht selbst an der gedachten Feldarbeit teilnehmen wollte.

»Sind Sie selbst für diese höchst eventuelle Operation verantwortlich, Fregattenkapitän Hamilton?« fragte Kåre Julian Furumo in einem vollkommen neutralen Tonfall.

»Ja. Wenn unsere Zusammenarbeit zustande kommt, bin ich dazu ausersehen, auf schwedischer Seite die operative Leitung zu übernehmen«, erwiderte Carl in dem gleichen Tonfall.

»Ist die Sache politisch abgesichert?« fragte der Norweger, ohne auch nur mit einer Miene zu zeigen, was er über diese höchst unerwartete Konversation dachte.

»Ja«, log Carl blitzschnell. »Mit Rücksicht auf die ernste Natur der Angelegenheit hat uns die schwedische Regierung außerordentliche Befugnisse erteilt, und ich habe den Auftrag der schwedischen Streitkräfte, mit Ihnen zu sprechen.«

Kåre Julian Furumo hatte jetzt die erste relevante Frage gestellt und eine beruhigende Antwort erhalten.

Wenn Schweden ein Nato-Land gewesen wäre, wäre die Sache damit entschieden gewesen. Doch so verhielt es sich nicht, und damit war die Frage einer eventuellen Zusammenarbeit etwas, was sich weitab jeder Routine bewegte. Und da es so war, gab es eine Reihe formaler Hindernisse auf dem Weg zu einer operativen Zusammenarbeit.

»Erstens«, sagte Kåre Julian Furumo nachdenklich, »betreiben wir beim Sicherheitsdienst keine operative Arbeit. Unsere Aufgaben betreffen Spionage, Subversion, Sabotage und Terrorismus. Ich nehme an, daß das, worüber wir sprechen, in den Rahmen einiger dieser Bereiche fällt. Aber wir betreiben wie gesagt keine operative Arbeit. All das überlassen wir *overvåkingen*, also dem zivilen Sicherheitsdienst. Tun Sie das nicht?«

»Wir haben bedauerlicherweise eine *schwedische* Sicherheitspolizei. Folglich ist das unmöglich. Ja, Sie wissen ja selbst, wie es in Schweden diesbezüglich aussieht.«

Das Gesicht des Norwegers hellte sich auf. Ja, er wußte offensichtlich, wie es um die schwedische Sicherheitspolizei bestellt war.

»Ich kann verstehen«, sagte er lächelnd, »daß Ihre spezifischen Probleme in Schweden dem Hindernisse in den Weg legen. Aber ich habe hier zwei Wahlmöglichkeiten. Ich kann Ihr Verlangen nicht ablehnen, also gibt es zwei Wahlmöglichkeiten. Die eine ist, mit der Angelegenheit zu unserem *koordineringsutvalg* zu gehen. Obwohl das einige Zeit erfordern würde. Ich nehme an, Sie haben es eilig?«

»Ja. Was ist ein *koordineringsutvalg*?«

»Haben Sie das System nicht auch? Also, besondere Angelegenheiten beim Sicherheits- und Nachrichtendienst müssen dem *koordineringsutvalg* vorgetragen werden. Diese Kommission besteht aus Vertretern unserer Seite, dem Sicherheitschef und dem *etterrettningssjef*, und von der zivilen Seite sitzen *overvåkingspolitiet*, das Justizministerium, das Verteidigungsministerium sowie das Außenministerium im Ausschuß.«

Carl erschauerte vor Unbehagen bei dem Gedanken an so viele beteiligte Personen. Der Norweger mußte es ihm angesehen haben, denn er konnte sich eines kollegialen Lächelns nicht enthalten.

»Es gibt natürlich noch eine einfachere Methode, aber dann werden wir von seiten der Streitkräfte sozusagen nur als Verbindungsoffiziere dienen. Das ist für alle Beteiligten vielleicht am besten«, fuhr der norwegische Sicherheitschef fort.

Carl wartete ab, ohne etwas zu sagen. Seine Frage war ohnehin selbstverständlich.

»Ich kann Sie mit der Angelegenheit ganz einfach zu unserer Sicherheitspolizei hinüberschicken. Dann sind wir zumindest offiziell informiert. Wir haben nichts mit der Feldarbeit zu tun, das müssen die anderen erledigen. Und die gesamte Verantwortung ruht auf deren Schultern.«

»Wenn das so ist, gibt es ein Problem«, entgegnete Carl bekümmert. »Die norwegische Sicherheitspolizei hat natürlich Verbindungen zu der schwedischen. Und wenn unsere Tätigkeit der schwedischen Sicherheitspolizei zur Kenntnis gelangt, wird sofort alles in der Abendpresse veröffentlicht. Anschließend werden wir einzeln vor die Politiker geschleift und öffentlich fertiggemacht.«

»Das ist in dem Fall ein Problem, das Sie der norwegischen Sicherheitspolizei vortragen müssen. Aber so wie die Lage bei Ihnen in Schweden ist, würde es mich sehr erstaunen, wenn unsere norwegischen Kollegen kein Verständnis für Ihre mißliche Lage hätten.«

Kåre Julian Furumo hatte sich entschieden. Er lachte, schüttelte den Kopf und erhob sich. Carl stand zögernd auf. Wenn ein Vorgesetzter aufstand, mußte er es ebenfalls tun, und demzufolge wurde er jetzt an die Luft gesetzt.

»Die Alternative, unser gesamtes *koordineringsutvalg* einzuschalten, Ihre Angelegenheit also zu einer militärischen Frage zu machen, scheint demgegenüber doch unbequem, nicht wahr?« sagte der Norweger und drückte auf den Knopf seiner Gegensprechanlage. Er bat, man möge den schwedischen Gast hinausbegleiten.

»Ich begleite Sie nämlich nicht hinaus. Je weniger man uns beide zusammen gesehen hat, um so besser. Von meiner Seite werden wir uns nicht zu Ihrem Vorhaben äußern, wenn Sie die norwegische Polizei, also *overvåkingen*, für Ihre Operation gewinnen. Sie müssen unseren operativen Chef dort so bald wie möglich treffen. Ich werde selbst dafür sorgen, daß es schnell geschieht.«

»Mathiesen also«, stellte Carl fest.

Der Norweger nickte und gab ihm die Hand.

Auf dem Weg hinaus überlegte Carl, ob er verloren oder gewonnen hatte. Er kam zu dem Schluß, daß es weder so noch so war. Bis auf weiteres. Doch er hatte ein gigantisches bürokratisches Hindernis überwunden, das vollen demokratischen Einblick bedeutet hätte, und das war ein Sieg.

Doch jetzt galt es, die norwegische Sicherheitspolizei zu der Erkenntnis zu bringen, daß ihre Kollegen in Schweden die unzuverlässigsten der ganzen Welt waren und daß nichts, absolut nichts von dem, was schwedische Militärs zusammen mit norwegischer Polizei vorhatten, der schwedischen Polizei je zur Kenntnis gelangen durfte. Das mußte er klar zum Ausdruck bringen. Es würde sich anhören, als bereiteten sie ein Verbrechen vor. Wenn ein Norweger mit einer entsprechenden Anfrage bei Sam erschienen wäre, wäre er vermutlich einfach an die Luft gesetzt worden. Allerdings besaß Norwegen keine schwedische Sicherheitspolizei.

Carl wartete unten beim Empfang auf sein bestelltes Taxi. Hier trugen alle Uniform, und der Unterschied zwischen einem schwedischen und einem norwegischen Fregattenkapitän war unbedeutend. Bei Ivar Mathiesen würde er sich ganz anders verkleiden, um seine Rolle zu spielen.

Kapitän zur See Kåre Julian Furumo saß zwei Stockwerke höher vollkommen still hinter seinem Schreibtisch. Ihn überkam ein Gefühl von Unwirklichkeit. Es war alles sehr schnell gegangen, und jetzt war es vorbei. Nach einem Telefongespräch würde er kaum noch etwas von der Sache hören. Hatte er die Angelegenheit zu leichtfertig behandelt und für das Problem eine allzu unbürokratische Lösung gefunden? Nun ja.

Hätte er sich auf alles eingelassen, was Hamilton erbat, wenn er sich ihm gegenüber als Untergebener gefühlt hätte? Tja, jetzt war es geschehen.

Neben seiner leeren Kaffeetasse stand eine weitere. Es war der einzige Beweis im Raum, daß Hamilton anwesend gewesen war. Es war irgendwie das Realste in all dem Irrealen. Denn es war ja so, als wäre Johnny Weissmüller direkt von der Leinwand in sein Amtszimmer spaziert, um guten Tag zu sagen, *mein Name ist Tarzan, Sir Tarzan*.

Kåre Julian Furumo lachte plötzlich laut vor sich hin.

Joar Lundwall und Åke Stålhandske hatten sich in einen neuen Stapel Gerichtsakten vertieft, die aus den Kellern der Archive in Göteborg geholt worden waren. Es ging wiederum um Bootsmann Andersson, der in zwei Fällen verdächtig war und deswegen verhört wurde. Einmal ging es um männliche Prostitution, zum anderen um seine Zusammenarbeit mit deutschen Behörden in Göteborg.

Das hätte in beiden Fällen eigentlich zu einer Anklage führen müssen. Aus irgendeinem Grund wurde Andersson jedoch nicht verhaftet und konnte später den Fortgang der Gerechtigkeit verhindern, indem er Selbstmord beging. Die Akten waren mit einem

Einstellungsbeschluß gestempelt und im Stempel mit einer unleserlichen Unterschrift versehen.

Die Prostitutionsgeschichte war nicht besonders wichtig, mußte aber gelesen werden. Das Tun und Lassen des Bootsmanns Andersson in der Braunen Garde war auch nicht von gerade zentraler Bedeutung. Er war jedoch das einzige bekannte Bindeglied zwischen von Otter und den anderen Schurken, und somit war das in einer gewissen Hinsicht, nämlich was Samuel Ulfsson betraf, das vielleicht Wichtigste von allem.

Bootsmann Andersson hatte gestanden, die beiden norwegischen Spione an Oberwachtmeister Jubelius ausgeliefert und dafür Geld bekommen zu haben. Er betonte jedoch, und das nicht ganz ohne Unrecht, daß es ja nicht falsch sein könne, der schwedischen Polizei Spione zu melden.

Da er aber irgendwo gestanden hatte, auch von den Norwegern Geld erhalten zu haben, stellte sich damit die bedeutend sensiblere Frage, was er gegebenenfalls geleistet hatte, um sich von Spionen bezahlen zu lassen.

»Eine besonders charakterbildende Studie über den Geist schwedischer Staatsbürger während des Krieges«, schnaubte Åke Stålhandske. »Man nimmt Geld von norwegischen Spionen. Also muß man ihnen etwas geben. Dann liefert man sie gegen Bezahlung an die schwedische Nazi-Polizei aus. Verhält sich also kurz so wie das ganze gottverdammte Schweden um diese Zeit. Nach hohem Vorbild. Eine Miniaturausgabe von Per Albin Hansson, könnte man sagen.«

Joar Lundwall zögerte, ob er sich auf die Polemik einlassen sollte. Åke versetzte ihn manchmal in eine merkwürdige Situation, in der er für Schweden irgendwie den Strafverteidiger spielen mußte, eine Rolle, die ihm im Hinblick auf das Schweden, das sie doch beide zu verstehen und kennenzulernen versuchten, immer weniger paßte. Es war ein völlig anderes Schweden als ihr eigenes. Oder?

Es klopfte vorsichtig an der Tür, und Sams Sekretärin Beata trat ein, ohne auf ein »Herein!« zu warten. Sie hatte ein paar schlaffe Telefaxseiten in der Hand.

»Hallo«, sagte sie, »Sam ist oben bei der Regierung und bezieht wieder Prügel, aber er sagte mir, ihr solltet das hier erhalten, sobald es kommt. Es ist das erste, was die Deutschen hervorgekramt haben, aber sie sagen, sie wühlen weiter.«

Sie legte die Papiere auf den Tisch und ging sofort zur Tür, drehte sich aber mit einem entzückten vorbedachten Lächeln um, bevor sie verschwand.

»Also *die Ostdeutschen*, nicht die gewöhnlichen Deutschen«, kicherte sie.

Åke Stålhandske und Joar Lundwall stürzten sich gleichzeitig auf die Dokumente. Die Texte waren relativ kurz und mit einer altertümlichen Schreibmaschine geschrieben. Die beiden versuchten verzweifelt, sich durch das erste Dokument hindurchzubuchstabieren:

Oberreichsanwalt
Volksgerichtshof
(8) J 11/43

Brandenburg (Havel)-Görden, den 30. Mai 1943

Vollstreckung des Todesurteils
gegen:
AUGUST JON SKAUEN

Anwesend:
als Vollstreckungsleiter:
ESt A Henning
als Beamter der Geschäftsstelle:
Justizangestellter Karpe

Um 15.00 Uhr wurde der Verurteilte, die Hände auf dem Rücken gefesselt, durch zwei Gefängnisbeamte vorgeführt. Der Scharfrichter Röttger aus Berlin stand mit seinen drei Gehilfen bereit.
Anwesend war ferner:
der Anstaltsarzt Dr. Müller

Nach Feststellung der Personengleichheit des Vorgeführten mit dem Verurteilten beauftragte der Vollstreckungsleiter den Scharfrichter mit der Vollstreckung. Der Verurteilte, der ruhig und ge-

faßt war, ließ sich ohne Widerstreben auf das Fallbeilgerät legen, worauf der Scharfrichter die Enthauptung mit dem Fallbeil ausführte und sodann meldete, daß das Urteil vollstreckt sei.

Die Vollstreckung dauerte von der Vorführung bis zur Vollzugsmeldung 8 Sekunden.

gez. Henning *gez. Karpe*

Sie lasen intensiv, sprangen hin und her, ohne zu begreifen, doch mit dem Gefühl, daß es sich um etwas Unerhörtes handelte. Ein Wort erschien ihnen begreiflich: *Scharfrichter*, da es sie an ein ähnliches, altertümliches Wort auf schwedisch denken ließ.

»So kommen wir nicht weiter«, stellte Joar Lundwall fest. »Ich habe in der Schule kein Deutsch gehabt. Wie steht es mit dir?«

»Ich auch nicht. Früher war es in Schweden anders. Da kam es nur auf Deutsch an, und das Englische galt als so eine Art Schwulensprache«, knurrte Åke Stålhandske, stand aber gleichzeitig energisch auf und ging zur Tür.

»Es muß ja hier noch alte Hasen geben, die Deutsch können«, erklärte er auf dem Weg hinaus. In weniger als einer Minute erschien er wieder mit einem pensionierten Major, der bei der Nachrichtenanalyse arbeitete. Der Major setzte sich feierlich die Brille auf, fuhr zusammen und warf den beiden jüngeren Kollegen einen tiefen, fragenden Blick zu.

»Versteht ihr wirklich nicht, was das hier ist?« fragte er skeptisch. »Wollt ihr einen alten Kollegen auf den Arm nehmen?«

Sie schüttelten energisch und etwas beschämt den Kopf, und zwar gleichzeitig, so daß sie zugleich unbewußt komisch aussahen.

»Nun ja«, sagte der Major und unterdrückte ein in diesem Zusammenhang höchst unpassendes Lächeln. »Was hier steht, ist folgendes. Ja, ich fasse mich etwas kurz. Es ist ein Protokoll vom 30. Mai 1943.« Der Major gab mit knappen Worten wieder, was das Hinrichtungsprotokoll enthielt. Dann sah er hoch, nahm die Brille ab und legte das Dokument vor den beiden entsetzten jüngeren Männern auf den Schreibtisch. »Ja?« sagte er fragend. »So ist es gewesen. Die Deutschen haben mehr Menschen geköpft, als man glauben könnte. Aber was ist denn mit euch los? Es kann doch niemand gewesen sein, den ihr gekannt habt. Das ist doch 1943 passiert.«

»Es war einer von uns«, sagte Åke Stålhandske und wischte sich mit beiden Händen irritiert die Tränen aus den Augen. »Es war einer von uns, zum Teufel!«

Der ältere Kollege zuckte die Achseln und zog sich diskret zurück. Åke Stålhandske schämte sich sowohl seiner Tränen als auch seiner unnötigen Unverschämtheit.

»Pfui Teufel«, seufzte Joar Lundwall und versank tief in seinen Stuhl. Sie saßen beide eine Weile apathisch da, ohne etwas sagen zu können.

»Schweden Schweden Vaterland«, sagte er nach einiger Zeit, worauf sich das Schweigen erneut wie eine düstere Dämmerung auf den Raum senkte.

Das zweite Protokoll sah genauso aus. Åke Stålhandske brachte es schließlich über sich, die Hand danach auszustrecken.

»Unser zweiter Mann hieß Barly Pettersen. Möchte gern wissen, ob Barly sein eigener Name war oder ein Deckname, den er von dem englischen Nachrichtendienst erhalten hatte. Hier unten steht etwas von neun Sekunden. Bei ihm dauerte es neun Sekunden, bis er geköpft war, also eine Sekunde länger.«

»Af Klintén und Oxhufvud hätten dort auf dem Schafott stehen müssen.«

»Und vermutlich auch von Otter.«

»Nein, von Otter nicht. Weil du vermutlich sagst.«

»Na ja. Wenn man alle Schweden hinrichten sollte, die den Deutschen im Zweiten Weltkrieg geholfen haben, müßte man wohl mit Per Albin Hansson und diesen Leuten anfangen. Und stell dir unsere drei Freunde von der Sicherheitspolizei vor, die nach Berlin reisten und sich mit Heydrich darauf verständigten, diesen Rasmussen-Hjelmen auszuliefern. Der wurde übrigens auch geköpft.

»Die Fallgeschichten sind sich bemerkenswert ähnlich.«

»Ja, was Schweden betrifft. Schwedische Kriecherei vor den Nazis, die Bereitschaft der Schweden, an der Guilloutine die Gehilfen zu spielen. Hjelmen aber war ein Mann des Widerstands, und diese beiden anderen waren Kollegen von uns.«

»Ja, es sieht so aus. Wahrscheinlich in England ausgebildet. Wie hieß das MI 6 damals übrigens?«

»Section 6 of Military Intelligence.«

»Ach ja, jetzt fällt's mir wieder ein.«

»Aber das ist doch einfach nicht zu fassen. Zwei Millionen einhundertvierzigtausend deutsche Soldaten von den schwedischen Staatsbahnen transportiert. Um den Deutschen zu helfen, Norwegen zu halten, und um den Deutschen im Krieg gegen Finnland zu helfen. Französische und englische Truppen durften Schweden auf dem Weg nach Finnland nicht durchfahren. Das wäre ein Bruch der Neutralität gewesen. Die Division Engelbrecht war jedoch kein Bruch der Neutralität. Und weißt du was? Die schwedische Marine hat zum Schutz des Angriffs der deutschen Besatzungsstreitmacht gegen Finnland Minensperren ausgelegt, hat die deutschen Geleitzüge auf der Ostsee zum Schutz vor russischen U-Booten eskortiert, und die Deutschen durften Schweden sowohl mit Bombern wie mit Aufklärern überfliegen. Es waren siebentausend Flüge über Schweden, während die schwedische Luftabwehr Befehl erhielt, nicht mit scharfer Munition zu schießen. In Luleå wurden jeden Tag für deutsche Rechnung fünfundvierzigtausend Tonnen Eisenerz verladen. Es waren Schweden, die auf die Idee kamen, Juden sollten ein J in ihre deutschen Pässe gestempelt bekommen, damit man sie nicht als politische Flüchtlinge anzusehen brauchte. Die Opposition in Schweden wurde mit Transportverboten gegen Zeitungen zum Schweigen gebracht. Es gab Razzien der Geheimpolizei bei unzuverlässigen Elementen, Selbstzensur bei der verantwortlich empfindenden Presse, und bis August 1943 fuhren einhunderttausend Eisenbahnwaggons mit deutschem Kriegsmaterial durch Schweden.«

Åke Stålhandske schnappte nach seinem langen Ausbruch nach Luft. In all dem gab es etwas, was ihn tief und persönlich berührte, was Joar Lundwall nicht entging. Doch er wollte trotzdem nicht offen fragen. Wenn Åke erzählen wollte, tat er es sicher von allein.

»Warum bis zum August 1943?« fragte Joar Lundwall vorsichtig.

»Das liegt doch auf der Hand. Es waren die Auswirkungen vom 2. Februar desselben Jahres.«

»Was ist da passiert?«

»Verdammt, von Geschichte hast du wohl keine Ahnung?«

»Ja und nein. Ich hatte eine Zwei in Geschichte. Ich kenne jede einzelne schwedische Feldschlacht von 1631 bei Breitenfeld bis 1709 bei Poltawa, wenn du willst. Der Zweite Weltkrieg gehörte aber sozusagen nicht zum Lehrstoff. Wir schafften es bis zum Abitur einfach nicht, dorthin zu kommen.«

»Nein, eben. Und jetzt beginnst du vielleicht schon zu ahnen, warum, schlauer Nachrichtenoffizier, der du bist?«

»Ja. Was ist am 2. Februar 1943 passiert?«

»Stalingrad. Die sechste deutsche Armee wurde vernichtet und kapitulierte, zwar gegen Hitlers ausdrücklichen Befehl, da Deutsche seiner Ansicht nach nicht kapitulieren konnten. Es war also der Wendepunkt des Krieges.«

»Und das Ende der schwedischen Hurerei mit Nazideutschland.«

»O ja, aber als Gegenleistung für das mutige Verbot, weiterhin Truppen des verlierenden Deutschland durch Schweden zu transportieren, erhielt man ein Handelsabkommen mit den Alliierten. Der Handel war ja ein Problem. Einundvierzig Prozent des gesamten schwedischen Außenhandels wurden 1941 mit Deutschland abgewickelt, und jetzt ging es darum, Ersatz zu schaffen.«

»Der Fehler war, daß Per Albin Hansson und seine Leute auf einen deutschen Sieg setzten?«

»Ja, genau. Aber sie waren die Verräter, nicht die Schweden allgemein. Die Nazis bekamen ja nicht einmal vor Stalingrad genug Stimmen, um in den Reichstag zu kommen. Bei den schwedischen Streitkräften waren gerade mal achtzehn Offiziere als Nazi-Sympathisanten registriert. Nein, zum Teufel, es war die Regierung.«

»Und der eine oder andere Sicherheitspolizist und Bootsmann und Oberwachtmeister und Generalstabsoffizier, wie wir wissen.«

»Ja. Der eine oder andere.«

»Wie kommt es eigentlich, daß du so auf den Zweiten Weltkrieg fixiert bist?«

»Das ist eine persönliche Sache. Hat etwas mit meinem Vater zu tun...«

Åke Stålhandske sah aus, als zögerte er etwas, bevor er sich entscheiden konnte weiterzusprechen. Doch in dem Moment klopfte es laut und deutlich an der Tür.

Sie riefen wie aus einem Mund herein, und der alte, deutschsprechende Major tat einen zögernden Schritt ins Zimmer.

»Ja, da ist mir noch was eingefallen«, begann er ein wenig unsicher. »Es wundert mich, daß euch diese Sache mit dem Köpfen so überrascht hat. Also, die Deutschen legten ja auf Formalien großen Wert und nahmen alles ziemlich genau. Wer beispielsweise geköpft wurde, war zuvor von einem Gericht verurteilt worden. Erschossen werden konnte man aber wegen aller möglichen Dinge, ob mit oder ohne Gerichtsurteil. Die Pointe der ganzen Geschichte ist aber, ja, ich weiß ja nicht, womit ihr euch beschäftigt, aber es muß ganze Urteile und Gerichtsprotokolle mit der Geschichte dieses geköpften Norwegers geben.«

Er bekam nur verblüffte Blicke zur Antwort und wirkte plötzlich verlegen, als wäre er in der völlig falschen Veranstaltung gelandet. Das passierte leicht in einer Behörde, in der man in einem Korridor nie wußte, womit man sich im nächsten Zimmer beschäftigte.

»Also, wenn ihr die ganze Geschichte ans Licht holen wollt, es gibt irgendwo ein Urteil und Gerichtsakten«, sagte er noch zögernder, nickte und zog sich rückwärts zurück. Dann schloß er leise die Tür.

»Wollen Sie bitte so freundlich sein und uns sofort Ihre Gerichtsakten zuschicken«, sagte Åke Stålhandske verblüfft und triumphierend zugleich.

»Obwohl wir sicher warten müssen, bis Sam oder ein anderer alter Kamerad zurückkommt«, lachte Joar Lundwall. »Ich meine, bis jemand da ist, der die Akten *pa nemjetskij* anfordern kann. Teufel, im Russischen bin ich einfach viel besser.«

»*Kaneschna*, selbstredend«, sagte Åke Stålhandske. »Aber du solltest Sam nicht einen alten Kameraden nennen. Das klingt in diesem Zusammenhang nicht gut.«

9

Carl und Tessie gingen oben auf den Wällen der alten Festung Akershus Hand in Hand spazieren. Es lag fast Frühsommer in der Luft, und sie sahen aus wie ein beliebiges junges amerikanisches Touristenpärchen. Carl hatte sich eine Sonnenbrille aufgesetzt und einen weißen irischen Strickpullover über die Schultern geworfen. Er fühlte sich geborgen in der gemeinsamen Verkleidung, den bequemen Kleidungsstücken, der dunklen Brille, der englischen Sprache und mit Tessie an der Hand.

Er hatte das Treffen unten in Grønland mit Hinweis auf dieses und jenes um einen Tag verschoben, da er mit Tessie in Oslo einen zusätzlichen Tag genießen wollte. Vermutlich empfand er so etwas wie Scham, weil er dem Privatleben vor der Arbeit Vorrang einräumte, schien aber keine Schwierigkeit zu haben, das zu verdrängen.

Er hatte für den Spaziergang ein Ziel im Auge, das doch ein gewisses berufliches Interesse beanspruchen konnte, ein kleines Haus, *Det Dobbelte Batteri og Bindingsverkhuset*, das Norwegens Heimatfrontmuseum beherbergt.

Dort sollte sich die Geschichte der Widerstandsbewegung und der Besatzung befinden. In der Dunkelheit des Museums und der feierlichen Stimmung unter Schulklassen und vereinzelten Touristen verschwand natürlich ihre Munterkeit, als sie von Vitrine zu Vitrine wanderten und sich die Geschichte von Verrat und Widerstand, meist Widerstand und Heldentum, ansahen.

Auf längliche Stahlbleche waren in Mannshöhe drei Gesichter eingraviert. In Brusthöhe war das Stahlblech durchlöchert. Sechs Löcher in zweien der Männer und fünf in dem dritten, zählte Carl. Er fragte sich, ob es in irgendeinem Hinrichtungspeloton einen Deutschen gegeben hatte, der zumindest diese Form stummen Widerstands geleistet hatte.

Tessie fragte, was für Männer es seien, und er las ihr die Texte vor. Sie hießen Lindeberg, Pedersen und Rasmussen und wurden im Dezember 1940 festgenommen und im August 1941 erschossen. Sie waren offenbar Funker gewesen.

1941 operierten nur sechs Funker, die mit dem britischen Nachrichtendienst und der Exilregierung in London Kontakt hielten. 1942 waren es siebzehn geworden, 1943 achtundzwanzig und 1944 siebenundfünfzig Mann, doch 1945 verringerte sich die Zahl auf siebenundvierzig.

Die Zahlen seien vermutlich nicht ganz korrekt, wie Carl erklärte. Angesichts der damaligen Technik sei es nicht schwer gewesen, Feindsender zu orten. Die Männer hätten große Verluste gehabt, und es endete also immer vor einem Erschießungskommando. Dennoch seien immer wieder neue Männer hinzugekommen, trotz der Risiken.

Frauen doch auch? Tessie sah aus, als machte sie ihm Vorwürfe.

Ja, Frauen sicher auch.

Sie bat ihn, ein Gedicht vorzulesen, das über einer Treppe an der Wand hing, erst auf norwegisch, falls er es könne, dann übersetzt. Es war ein einfaches Gedicht, aber sie fanden, daß es dennoch viel aussagte.

17. Mai 1940
Heute steht der Fahnenmast nackt
unter den grünen Bäumen Eidsvolls.
Doch gerade in dieser Stunde
wissen wir, was Freiheit ist.
Es geht ein Lied durch das Land,
siegreich in seiner Sprache,
obwohl es nur mit geschlossenen Lippen
unter dem Joch der Fremden geflüstert wird.

»Nordahl Grieg ist einer ihrer Nationaldichter, und in Eidsvoll wurde 1814 die norwegische Verfassung geschrieben«, erklärte Carl.

»Ich dachte, Norwegen war damals eine schwedische Kolonie?« warf Tessie ein.

»Woher weißt du so was?«

»Hab' ich mir angelesen, als ich mich für das Leben in einer neuen Welt vorbereitete«, erwiderte sie, als wäre das alles völlig selbstverständlich.

»Ja, 1905 wurden sie aber frei, nachdem sich der militärische Nachrichtendienst Schwedens das größte Fiasko seiner Geschichte geleistet hatte«, flüsterte er.

»Inwiefern?« flüsterte sie munter zurück, »warst du damals noch nicht dabei?«

»Nein, Gott sei Dank. Der Nachrichtendienst teilte mit, wir brauchten unter den Norwegern nur eine Volksabstimmung zu veranstalten, dann würden die Anhänger Schwedens einen überwältigenden Sieg erringen. Der Widerstand bestehe nur aus ein paar lauten Extremistengruppen, und so weiter. Schweden erhielt, glaube ich, ein paar hundert Stimmen oder etwas in der Größenordnung, und der Rest der Norweger stimmte aus irgendwelchen Gründen für Norwegen.«

Sie lachten. Sie küßte ihn auf die Wange, und für einige kurze Augenblicke wandelte sich ihre Stimmung und, was an der Irritation um sie herum zu merken war, auch die Stimmung der Umgebung.

»Wir befinden uns in einem Kirchenraum, obwohl wir nur vulgäre Amerikaner sind«, flüsterte Carl und zog sie von den wütenden Blicken weg.

Anschließend las und kommentierte er, was sie sahen. Dreihundertsechsundsechzig Norweger waren hingerichtet worden wie die drei, von denen sie die Bilder gesehen hatten. In Norwegen liegen 17000 Ausländer in Massengräbern. 9000 Häftlinge wurden von Norwegen nach Sachsenhausen, Natzweiler und Buchenwald gebracht. Die Frauen landeten meist in Ravensbrück. 1300 der norwegischen Gefangenen, die meisten wahrscheinlich Juden, kehrten nie mehr zurück.

Die Fluchtwege von Norwegen verliefen meist von Hede nach Åmål oder von Vestfold übers Meer nach Lysekil, wie auf einigen Karten dargestellt wurde. Jedoch kein Wort darüber, wie schwer es schwedischen Behörden fiel, Flüchtlinge anzuerkennen.

Kein Wort auch darüber, daß 80000 Norweger nach dem Krieg als Landesverräter verurteilt wurden. Tatsächlich füllten sich die leergeräumten deutschen Konzentrationslager aufs neue.

Hier war alles nur Heldentum und ein geeintes Volk.

Einige Ausrüstungsgegenstände faszinierten Tessie. Da waren zu Funkempfängern umgebaute Zahnprothesen, Mikrokameras, die in einem Bleistift versteckt waren, was selbst Carl imponierte, erhaltene Funksender in einem für die damalige Zeit außerordentlich handlichen Format, einer Tasche von 30 x 25 Zentimetern, hohle Absätze und Konservendosen mit irgendwelchen Instrumenten unter einer Schicht Dorschrogen. Die Widerstandsgruppen hatten romantische Namen wie Zero-Hero, Sam und Overland; englische Flugzeuge setzten jede Nacht große Behälter mit Waffen und Material an die *gutta på skauen* ab.

Ja. So dürfte es gewesen sein, wenigstens zum Teil.

Tessie blieb hartnäckig bei der Spionageausrüstung und bat Carl um Erklärungen. Plötzlich fand er sich als vollkommener Fremdenführer wieder. Er wußte fast nichts über den Zweiten Weltkrieg an sich, jedoch alles über die Nachrichtentechnik dieses Krieges. Er wußte, was es vorher gegeben hatte, was entwickelt worden war und was sich mit Einführung der Computer in den fünfziger Jahren verändert hatte. Er war ein Fachidiot auf einem sehr kleinen Gebiet des Krieges, von dem er zuwenig wußte.

Sie hielten sich etwas zu lange bei solchen Details auf. Er begann schon zu glauben, er langweile sie. Und sie begann auf eine Weise, die ihr nicht recht gefiel, allzusehr daran erinnert zu werden, wer er eigentlich war. Sie wurde an sein anderes Ich erinnert, mit dem sie nicht viel zu schaffen haben wollte. Mit dem sie übrigens auch nichts zu tun haben durfte; sie war nicht mal auf den Gedanken gekommen, ihn zu fragen, was er in Oslo eigentlich tat. Und ihn hatte es nicht erstaunt, daß sie nicht fragte.

Beide spürten, daß sie jetzt Licht und etwas völlig anderes brauchten.

Er ging mit ihr in den Vigelandspark. Sie flanierten um das königliche Schloß herum, nahmen im Hafen eine Fähre nach Bygdøy und besuchten die Wikingerschiffe. Unter allen Museen der Welt war dies wahrscheinlich sein liebstes.

Sie kehrten schweißnaß, mit geschwollenen Füßen und hungrig ins Hotelzimmer zurück. Draußen war es noch hell. Die Abende wurden allmählich länger.

Er sah mit einer Hand am Telefonhörer demonstrativ auf die Uhr und fragte, wann sie essen wolle. Sie sagte ebenso demonstrativ, in zwei Stunden. Da riß er den Hörer hoch und bestellte einen Tisch unter ihrem Namen.

Sie begannen ihre zwei Stunden mit einer gemeinsamen Dusche.

Das Theatercafé lag nur ein kurzes Stück auf der anderen Seite von Karl Johans Gate hinter dem Nationaltheater. Er wußte seit dem letzten Mal, daß man in Oslos beliebtestem Lokal einen Tisch bestellen mußte, und wußte wohl genausogut, daß er lieber ein etwas unauffälligeres Restaurant hätte wählen sollen. Aber es war, als hätte der in Anonymität und Abgeschiedenheit verbrachte Tag mit Tessie das Ganze provoziert.

Sie hatten kurz darüber gesprochen, daß es nicht mehr wie in Kalifornien war, in einer anderen Zeit und einer anderen Welt. Das hier war fast wie in Schweden und dennoch nicht. Es war wie eine Vorbereitung, ein leichtes Training für eine andere Zeit, die aber in der Zukunft lag. Sie wagten es nicht, das Thema allzusehr zu vertiefen.

Das Theatercafé war ein Gewimmel von Menschen, ein Restaurant, das nach neunzehntem Jahrhundert aussah mit den altmodischen Möbeln, den weißen Tischdecken und einem Podium, auf dem ein Streichquintett saß und inmitten des Stimmengewirrs Eine kleine Nachtmusik spielte, als sie das Lokal betraten.

Carl trug keine Sonnenbrille mehr, fühlte sich aber hinter dem Englischen, seiner Freizeitkleidung und Tessie trotzdem sicher und geborgen. Er tat, als käme er mit der Speisekarte nicht zurecht, und ließ sich von einem Kellner bei der Bestellung helfen. Gedünstete Lachsforelle mit Salat und Estragonsauce, was sehr empfohlen wurde. Er zögerte bei der Wahl zwischen Chablis und kalifornischem Chardonnay und entschied sich dann für Chablis, obwohl er einen Amerikaner spielte und Amerikaner immer vorauszusetzen scheinen, daß kalifornische Weine den französischen absolut überlegen sind.

Er entschuldigte sich damit, daß man sich als Tourist ja für den regionalen Wein entscheiden sollte, was ihm einen langen, ausdruckslosen Blick des Kellners eintrug.

Tessie war strahlender Laune und liebte alles, was sie sah, das

Orchester, die Norweger, die schwarzgekleideten Kellner, die altertümlichen Glaslaternen und das Stimmengewirr.

»Fabelhaft, herrlich, wenn das hier die beliebteste Kneipe der Stadt ist«, sagte sie, als der Wein serviert wurde, »wenn die Leute ausgehen und sich so locker kleiden können, ohne Smoking oder so. Ich habe geglaubt, Europa wäre die Ostküste.«

»Skål auf Europa und den regionalen Wein«, lachte er, denn er ließ sich so leicht von ihrem Lachen und ihrem breiten Lächeln mitreißen.

»Dies ist der grüne Wein. Er macht sich gut zu deinen Augen und deinem Haar«, fuhr er dann in einem plötzlichen romantischen Anfall fort.

Sie hätte gleich nach der Rückkehr in ihrem neuen Job anfangen können. Man war so freundlich gewesen, ihrer Genehmigung Vorrang zu erteilen, da sie alles vorbereitet hatte (»Du hast dich da doch hoffentlich nicht eingemischt, Carl?« – Er versicherte hoch und heilig, das habe er wahrhaftig nicht getan, denn damit hätte er ihr nur einen Bärendienst erwiesen und Mißtrauen erregt. Angesichts seines Berufs.).

Ihr Lachen erstarrte ein wenig, doch das war schnell vorbei. Dann war sie wieder die alte.

»Was tust du in Oslo? Ist es etwas, worüber du sprechen kannst?« fragte sie anscheinend unbeschwert.

»Ich stelle Nachforschungen in einer Sache an, die vor, ja, wann war das?, die sich 1942 ereignet hat und noch heute von Bedeutung sein kann.«

»Daher dieses Museum?«

»Ja, daher dieses Museum. Aber wir sollten lieber das Thema wechseln. Wann willst du anfangen, Schwedisch zu lernen?«

»Norwegisch kommt mir leichter vor. Es kommt mir wenigstens schöner vor, auch etwas melodischer.«

»Möchtest du lieber nach Norwegen ziehen?«

»Ja, wenn IBM hier einen Job für mich hat, und wenn…« Sie zögerte und fuhr flüsternd fort: »Wenn die Spionagedienste hier in Norwegen einen zusätzlichen Mann brauchen.«

»Stell dir vor, wir kriegen Kinder, dann sprechen sie ja norwegisch.«

»Ja. Und dann sprechen wir zu Hause spanisch, englisch, schwedisch und norwegisch. Das wird doch wunderschön.«

Ihm ging zu spät auf, was er da gesagt hatte. Er rettete sich vor der unmittelbaren Fortsetzung, indem er sich nach dem Kellner umsah. Es dauerte eine Weile, bis dieser erschien und Carl ihm sagen konnte, »noch einmal das gleiche«.

Damit waren sie über die Klippe hinweg. Kurz darauf lachte sie wieder und erzählte von der Kanaken-Kontrolle am Flughafen Arlanda – sie sah selbst fast wie eine »Kanaken«-Frau aus und hatte das Wort schon gelernt. Man hatte versucht, sie mit ein paar iranischen Frauen mit Kopftüchern zusammenzupferchen, die um politisches Asyl bitten wollten, vielleicht aber auch des Landes verwiesen werden sollten. Es war etwa so gewesen, wie man in Kalifornien mit Mexikanern verfuhr. Was die schwedischen Einwanderungsbestimmungen anging, hatte sie Beobachtungen gemacht, die für die nach eigener Einschätzung fortschrittlichste Demokratie der Welt ebenso zutreffend wie verletzend waren.

Sie wurden von einem Norweger mit einem Fotografen im Schlepptau unterbrochen, der zu Carl an den Tisch trat und ihn wie selbstverständlich auf norwegisch ansprach.

»Guten Tag, wir kommen von *Verdens Gang* und würden gern wissen, was Fregattenkapitän Hamilton nach Oslo führt. Dürfen wir ein Foto machen?« sagte der Norweger.

»Ich bedauere sehr, ich verstehe kein Norwegisch«, entgegnete Carl auf englisch, und das mit einem so blitzschnellen gespielten Erstaunen, daß Tessie vor Verblüffung den Mund aufriß.

»Wo waren wir stehengeblieben?« fuhr er auf englisch fort und wandte sich wieder an Tessie. »Was hast du da eben über die Mexikaner gesagt?«

Tessie erkannte, daß die Lage kritisch war und sah den Pressefotografen an. Dieser machte sich bereit, ein Bild zu schießen, worauf sie Anstalten machte, sich die Hand vors Gesicht zu halten.

Carl packte sie blitzschnell am Handgelenk.

»Tu das nicht«, fauchte er mit einem breiten Lächeln zwischen zusammengebissenen Zähnen. »Wie war das nun«, fuhr er fort, als wäre nichts passiert, obwohl der erste Fotoblitz sie schon traf, »wie war das nun mit diesen Mexikanern?«

Dann gab er dem Fotografen mit einer halb entschuldigenden, halb beleidigenden Geste zu verstehen, es müsse sich hier um ein unbegreifliches Mißverständnis handeln.

Tessie nahm sich zusammen und begann, etwas von Mexikanern zu erzählen. Sie sprudelte ein paar Worte heraus, die ihr gerade einfielen, während sie von allen Seiten und aus jedem Winkel fotografiert wurden. Nach einiger Zeit gingen die Journalisten.

»Wenn du dir die Hand vors Gesicht gehalten hättest oder so, hätten sie ununterbrochen weiterfotografiert, selbst auf der Straße noch und auf dem Weg zum Hotel, wenn es nötig gewesen wäre. Das hätte alles nur schlimmer gemacht. Jetzt wissen sie nicht mit Sicherheit, wen sie vor sich hatten, und haben keine einzige Äußerung von mir, nicht mal ein wohlverdientes »Schert euch zum Teufel«, erklärte Carl in einem einzigen Atemzug, sobald der Feind außer Hörweite war.

»Was machen wir jetzt?« fragte Tessie zögernd.

»Wir bleiben sitzen, als wäre nichts geschehen. Wir sind zwei Amerikaner, die einem Mißverständnis zum Opfer gefallen sind. Erinnerst du dich noch?«

»Was für eine Geistesgegenwart du hast«, flüsterte sie.

»Das ist immerhin mein Job«, erwiderte er und sah fast ein wenig beleidigt aus. »Wie auch immer: Fotos von einem flüchtenden Pärchen wären schlimmer gewesen.«

Politiadjutant Iver Mathiesen rieb sich vor entzückter Erwartung die Hände. Er erinnerte sich sehr gut an seine erste Begegnung mit Hamilton vor fünf Jahren, als dieser noch nicht Hamilton war, sondern ein mittlerer Beamter bei der schwedischen Sicherheitspolizei, der komischerweise den Eindruck machte, kein »richtiger Polizist« zu sein, da er angeblich nicht schießen konnte.

Hestenes vom vierten Dezernat hatte ziemlich lustig und selbstironisch davon erzählt, als Hamiltons Name und Bild im letzten Jahr um die Welt gingen. Hestenes erinnerte sich, daß er Hamilton zu einer Jagd im Vestlandet eingeladen, es aber gleich wieder bereut hatte, »da ich den Eindruck hatte, dieser Schreibtischtyp kann ja nicht mal schießen«.

Derselbe Hestenes also, wie sich Mathiesen nicht ohne berufsmäßige Schadenfreude erinnerte, der sogar Knut Halvorsen von der Terrorpolizei dazu gebracht hatte, mit erhobener Waffe in Hamiltons Hotelzimmer zu schleichen. In der Dunkelheit. Es war für Halvorsen kein Zuckerschlecken geworden. Aber ein großer Spaß für den Rest der Polizei in Oslo, als das Gerücht die Runde machte. Ein Glück für Halvorsen, daß *Verdens Gang* oder *Dagbladet* nie etwas davon erfuhren und es somit nicht drucken konnten. Das wäre ein Riesenspaß geworden.

Iver Mathiesen war der operative Chef der norwegischen Sicherheitspolizei und Nummer 2 in der Hierarchie. Das war hoch genug, um Entscheidungen zu treffen, und andererseits niedrig genug, um dem höchsten Chef Verantwortung zu ersparen, wenn etwas danebenging. Ein praktisches Arrangement, das beiden gut paßte. Iver Mathiesen hatte so größere Entscheidungsfreiheit, und sein Chef erfuhr nichts von Dingen, für die er die Verantwortung würde übernehmen müssen.

Diese Angelegenheit war sofort an Mathiesen delegiert worden. Wenn Hamilton persönlich bei *overvåkingen* erschien, um mit einer Art Billigung der norwegischen Streitkräfte um operative Hilfe zu bitten, ging es vermutlich nicht um irgendeine Kleinigkeit. Es konnte also lustig werden. Na ja, zumindest interessant, korrigierte Mathiesen sich schuldbewußt wegen seines ungezügelten Enthusiasmus.

Als Carl eintrat, sahen sich die beiden Männer sofort voller Sympathie an. Beide trugen Jeans. Mathiesen hatte sich deswegen schon mit dem Hinweis entschuldigen wollen, er fahre anschließend aufs Land, und Carl hatte sich damit herausreden wollen, Jeans seien unauffälliger als Uniformen. Jetzt brauchte sich keiner der beiden zu entschuldigen, und sie spürten intuitiv, daß der Kontakt auf der Stelle hergestellt war. Diese Beobachtung machte Carl erleichtert, und Mathiesen fühlte sich geschmeichelt.

Carl legte die Sonnenbrille ab, die er in der Hand gehalten hatte, und warf seinen irischen Pullover auf eine Stuhllehne, nachdem sie sich herzlich und fest die Hand gegeben hatten. Er setzte sich entspannt in einen der Sessel. Er kam zu dem Schluß, daß er hier nur gleich zur Sache zu kommen brauchte.

»Ich brauche die Hilfe einer kompetenten Sicherheitspolizei. Und aus diesem Grund bin ich nach Norwegen gekommen«, begann Carl, wobei er das Wort Norwegen betonte.

»Wenn das so ist«, lachte Mathiesen spontan auf, »dann verstehe ich, daß ein Schwede seinem Heimatland im Augenblick fast verzweifelt den Rücken kehren muß.«

»Genau«, bestätigte Carl mit einem Lächeln. »Was mich zu der Frage bringt, die ich als erste anschneiden muß. Unabhängig davon, worauf wir uns einigen, sind wir offiziell also Sicherheitsdienst in Norwegen und schwedischer Nachrichtendienst. Können wir dann die schwedische Sicherheitspolizei draußen lassen? Ich muß leider mit dieser peinlichen Frage beginnen.«

Das nenne ich Tempo, dachte Carl.

»Wieso?« fragte Mathiesen, der plötzlich wachsam geworden war. »Wie du ja weißt, sprichst du rein formal von unseren Kollegen. Wir haben einige eingespielte Usancen, wenn es um Dinge von beiderseitigem Interesse geht.«

»Eben«, sagte Carl und beschloß fortzufahren, ohne einen Millimeter vom Kurs abzuweichen, »und genau das ist das Problem. Wenn die Leute im Affenhaus auf Kungsholmen erfahren, was wir ermitteln, steht es sofort in *Expressen*, und dann ist alles zerstört.«

»Affenhaus?«

»Ja. Die Sicherheitsabteilung der Reichspolizeiführung, um es ganz offiziell zu sagen.«

»Die nennt ihr *das Affenhaus*?«

»Ja. Bedauerlicherweise aus guten Gründen.«

Mathiesen konnte nicht an sich halten, sondern lachte laut auf. Er lachte, bis ihm die Tränen kamen. Möglicherweise hörte sich das Wort auf norwegisch lustiger an: *apehuset*. So verdammt witzig war es nun auch wieder nicht.

»Es geht um eine Sache, die keine Publizität verträgt, bevor wir fertig sind. Später wird die Angelegenheit ziemlichen Wirbel machen. Wenn aber *apehuset* informiert wird, wird *Expressen* unsere gesamte Arbeit zunichte machen, eventuell mit Zustimmung des Affenhauses. Und das geht nicht«, fuhr Carl fort, als Mathiesen zu Ende gelacht hatte.

»Na schön«, sagte Iver Mathiesen. Er versank in Zuhörerstellung hinter dem Schreibtisch und versuchte wieder ernst zu werden. »Erzähl, worum es geht, dann wird diese Geschichte mit... mit dem Affenhaus wohl kein großes Problem sein.«

Er lachte erneut los, schlug sich mit der Faust gegen die Stirn und murmelte etwas über Schweden. Carl zog es vor, die Bemerkung zu überhören, bis er wieder an der Reihe war.

»Also«, sagte Carl und räusperte sich, als er zu dem Schluß gekommen war, daß sein Gegenüber wieder für intellektuelle Mitteilungen empfänglich war, »es geht um folgendes. Vor einiger Zeit sind zwei schwedische Generäle ermordet worden. Unser Sicherheitsdienst jagt wie gewöhnlich hinter Kurden oder Arabern her und berichtet jeden Tag in *Expressen* über seine Jagderfolge. Der Mörder oder die Mörder sind aber leider Norweger. Einen davon kennen wir mit Namen und Adresse. Vielleicht handelt es sich um eine Verschwörung, und vielleicht ist es nur ein Einzeltäter, den wir im Auge haben. Wir verfolgen nicht in erster Linie das Ziel, den Mann vor Gericht zu bekommen. Darum können sich hinterher Leute wie du kümmern. Unser Hauptziel besteht darin zu erfahren, *warum* es zu den Morden gekommen ist. Wenn wir das wissen, können Polizei und Gerichte gern die Angelegenheit übernehmen. Eins scheint jedenfalls festzustehen, nämlich daß die Sache etwas mit dem Zweiten Weltkrieg zu tun hat.«

»Dem Zweiten Weltkrieg?«

»Ja. Und mit Hitlers Besetzung Norwegens sowie norwegischen Widerständlern in Schweden. Dort irgendwo müssen die Motive zu Morden zu finden sein, die in diesem Jahr stattgefunden haben. Es kann offen gestanden alles mögliche sein. Wir haben schon von vielen Dingen phantasiert, angefangen bei verborgenen Schätzen der Nazis bis hin zu überlebenden Nazi-Organisationen. Aber genau wissen wir es eben nicht.«

»Und jetzt sollen wir euch helfen, es zu erfahren?«

»Richtig. So haben wir es uns gedacht.«

»Und wenn ihr es wißt, zieht ihr euch zurück, und dann beginnt die normale Polizeiarbeit?«

»Richtig.«

»Hört sich recht einfach an. Was wollt ihr eigentlich tun?«

»Wir wollen auf norwegischem Territorium eine Operation

durchführen und uns dabei auf diese Verschwörung konzentrieren. Wir wollen die Antwort auf die Frage *warum*.«

»Warum überlaßt ihr diese Angelegenheit nicht einfach uns?«

»Weil wir eben nicht wissen, warum die Morde sich ereignet haben.«

»Das verstehe ich nicht.«

»Dann werde ich vollkommen aufrichtig sein. Wir sind Militärs, keine Polizeibeamten, außerdem Ausländer. Wir sind nicht wie du verpflichtet, von Amts wegen bei Verbrechen einzuschreiten. Wir können uns einige Freiheiten nehmen, unabhängig davon, was wir erfahren. Du würdest als Polizist unter Umständen in die Klemme geraten, wenn du im Lauf deiner Arbeit etwas von einem schweren Verbrechen erführest. Trotzdem hättest du uns am Hals, denn wir würden dich anflehen, deine Dienstpflichten vorübergehend zu vergessen und nicht einzugreifen.«

»Schön, das leuchtet mir ein. Aber was macht es letztlich für einen Unterschied?«

»Letztlich macht es keinen Unterschied. Du erhältst alle relevanten Angaben von uns, und dann kann sich die Polizeimaschinerie in Bewegung setzen. Während der Operation aber haben wir größere Freiheiten, bei manchen Dingen ein Auge zuzudrücken, bis wir die Antworten haben, die wir haben wollen. Dabei kann es hier sowohl um norwegische wie schwedische Sicherheitsfragen gehen. Es *kann* zwischen uns Interessengegensätze geben. Das möchte ich nicht leugnen.«

»Aber *wenn* es Interessengegensätze gibt, ist es doch am besten, wenn wir uns während der Arbeit nicht damit befassen müssen?«

»Eben. Schlimmstenfalls können wir unsere Regierungen entscheiden lassen, wenn wir beide uns zurückziehen.«

»Hört sich klug an.«

»Ja, das ist auch unsere Meinung.«

»Nun, wenn wir uns dann den rein operativen Fragen zuwenden wollen. Was wollt ihr tun?«

»Ist es in Norwegen erlaubt, Leute abzuhören?«

»Das ist gesetzlich nicht geregelt. Wir berufen uns dabei auf das Notstandsrecht.«

»Notstandsrecht? Aber das ist ja genau das, womit sich unsere

Säpochefs zu Hause verzweifelt in verschiedenen Skandalen zu wehren versuchen. Jedoch ohne größeren Erfolg, wie es scheint.«

»Ja, insoweit schon... aber da gibt es einen bedeutenden Unterschied zwischen den schwedischen Kollegen und uns. Sie haben sich erwischen lassen und sich reingeritten und sind mit Gesetzen, Verordnungen und parlamentarischen Ermittlungen und so weiter in Konflikt geraten. Uns hat man *nicht* geschnappt. Folglich gilt bei uns das Notstandsrecht. Das hier, mein bester Herr, ist kein *apehus*!«

Mathiesen bekam erneut einen fast hysterischen Lachanfall.

Lustiger Typ, dachte Carl, während er zum dritten Mal wartete, bis das Lachen sich legte. Er sieht auch gar nicht wie ein Norweger aus. Könnte Italiener, Belgier oder so etwas sein. Die gleiche Gewichtsklasse wie der Kapitän zur See beim Oberkommando, nein, der hier ist doch leichter.

»Also«, räusperte sich Carl erneut, »wir möchten hier in Oslo gern eine Lauschoperation durchführen. Wir möchten gern einige Ausrüstung ins Land bringen, die beim Zoll Aufmerksamkeit erregen würde. Ich spreche dabei nicht nur von Mikrophonen und Kabeln.«

»Habt ihr die Absicht, auch Waffen einzuführen?«

»Ja. Am liebsten mit Genehmigung, sonst aber offen gestanden auch ohne.«

Iver Mathiesen versank eine Zeitlang in ernste Grübelei, und Carl bereute schon seine arrogante Aufrichtigkeit. Er hatte jedoch vermutet, daß es der richtige Gesprächston bei diesem sehr besonderen und offenbar fröhlichen Norweger sein würde.

»Wenn ihr Waffen mitbringen wollt«, begann Mathiesen langsam, als er zu Ende überlegt hatte, »kann ich euch befristete Waffenscheine ausstellen. Das ist kein Problem. Ihr dürft aber trotzdem keine Waffen tragen, wenn nicht einer unserer Leute dabei ist. Das würde ich euch empfehlen. Das löst außerdem ein weiteres Problem. Wenn ein Beamter des *overvåking* an eurer Operation teilnimmt, hat er formal, ich möchte das unterstreichen, formal das Kommando. Ich vermute aber, daß du die Pointe verstehst.«

»Natürlich, ausgezeichnet. Wenn man uns schnappt, ist es eure Operation, was schon übel genug ist. Aber noch schlimmer wäre es, wenn es unsere Operation auf eurem Territorium wäre, dazu mit eurer Genehmigung.«

»Exakt.«

»Dann hoffe ich, du nimmst jemanden, der nicht allzu viele Streifen am Ärmel hat.«

»Nein, aber ich haben einen frischgebackenen *politietterforsker* Hestenes, den du, wie ich glaube, schon kennengelernt hast.«

»Ja, bei meinem letzten Besuch hier in Norwegen. Wir wollten damals im Vestlandet oder wo das war auf die Hirschjagd gehen. Schade, daß nichts daraus wurde.«

»Nun, noch ist es nicht zu spät. Roar Hestenes wird also euer Begleiter. Natürlich untersteht er offiziell meinem Befehl. Aber in Wirklichkeit kann ich mir bei deiner Anwesenheit nichts anderes vorstellen, als daß das Ganze ziemlich glatt ablaufen wird. Wollen wir zu den rein praktischen Fragen übergehen?«

Carl überlegte kurz, ob er die Angelegenheit jetzt schon zu Ende bringen sollte, was ihm durchaus möglich erschien, oder ob er noch einen Tag in Oslo bleiben sollte, was etwas mit Tessie anstatt mit der kommenden Operation zu tun hatte.

Er war über sich selbst verblüfft, als er sich für Tessie entschied und ohne auch nur das kleinste Körnchen Wahrheit erklärte, er müsse sich kurz mit der Heimatbasis beraten. Es sei daher am praktischsten, wenn sie sich am nächsten Vormittag noch einmal treffen könnten, um die technischen Details durchzusprechen. Er verzögerte also eine Nachrichtenoperation in vollem Bewußtsein und aus ausschließlich privaten Motiven um vierundzwanzig Stunden.

Er konnte sich offenbar auf eine Weise verhalten, wie er es sich noch vor ein paar Monaten nicht mal in seinen wildesten Phantasien hätte vorstellen können. Und das war leichtfertig. Doch er machte sich deswegen schon keine Gedanken mehr, als er sich ein paar hundert Meter von dem weißen Polizeihaus entfernt hatte und ein etwas unauffälligeres Abendessen mit Tessie als am Abend zuvor zu planen begann. Das Bristol war sicher ein gutes Lokal, zumindest für die aufdringlichsten Journalisten zu teuer. Ein altmodischer Speisesaal mit dunkler Einrichtung, schlechter Beleuchtung und mit Direktoren und amerikanischen Touristen als

Publikum. Außerdem hatten sie dort eine für norwegische Verhältnisse außergewöhnliche Weinkarte.

Er brauchte nur eine Viertelstunde, um am Hauptbahnhof vorbeizuspazieren und in die Karl Johans Gate einzubiegen. Als er am Storting vorbeikam, entdeckte er, daß dort unten vor dem Eingang seines Hotels etwas Ungewöhnliches vorging. Dort standen einige Autos mit Antennen auf dem Dach, doch es waren keine gewöhnlichen Antennen, auch keine militärischen, und überdies standen da mehrere Personen herum, die den Eindruck erweckten, als warteten sie auf etwas oder jemanden. Außerdem standen da noch mindestens drei bestens ausgerüstete Fotografen herum, so daß der Zusammenhang nicht schwer zu erraten war.

Carl blieben kaum Alternativen. Früher oder später mußte er das Hotel doch betreten, schlimmstenfalls spät in der Nacht zusammen mit Tessie. Also gab es nur eine Möglichkeit.

Er ging direkt auf den Hoteleingang zu und hielt nicht inne, als ihm Journalisten und Fotografen entgegenliefen und ihre motorgetriebenen Kameras in Gang setzten. Die ersten Fragen prasselten auf ihn ein.

»Ich bin aus rein privaten Gründen in Oslo. Wenn ich nämlich in meiner Freizeit in Stockholm ausgehe, werde ich dauernd von Journalisten belästigt. Im übrigen kein Kommentar«, sagte er, während er auf seinen Zimmerschlüssel wartete. Dann machte er auf dem Absatz kehrt und ging in einem letzten Schauer von Kamerablitzen zum Fahrstuhl.

Im Fahrstuhl nach oben legte er sich die Taktik für den Abend zurecht. Tessie eine halbe Stunde vor ihm aus dem Haus. Er selbst würde dem Hotelpersonal gegenüber betonen, wie gern er immer im Hotel Nobel wohnen würde, wenn er in Norwegen sei. Vorausgesetzt, das Hotel wahre eine gewisse Diskretion, beispielsweise was seine Begleitung angehe. Er könnte bei geeigneten Gelegenheiten betonen, wie wohl er sich in diesem Hotel fühle. Vorausgesetzt, man wahre Diskretion.

Es bestand das Risiko, daß Klatsch über Tessie für das Hotel mehr als wertvoll sein würde, wenn solche Nachrichten an die Abendpresse gelangten. Würde sein Werbewert aber nicht wertvoller sein? Nun, es würde sich herausstellen.

Ihm selbst würde es keinerlei Mühe bereiten, ihn vielleicht verfolgende Journalisten auf einen kurzen und verwirrenden Rundgang durch Oslo zu führen, bevor er sich ohne Journalisten im Bristol zu Tessie setzen konnte. Ja, das Bristol war am besten. Es hatte eine angenehme Bibliotheksbar, in der Tessie warten konnte, ohne angeglotzt zu werden, während er seine Verfolger abschüttelte.

Kapitän Seebär hatte bei dem pensionierten alten Beamten der Ausländerpolizei in Ed einen offenbar lohnenden Besuch gemacht. Allgemeinbildend, sehr allgemeinbildend war seine eigene kurze Beurteilung, als Rune Jansson ihn fragte, wie es gegangen sei.

Doch jetzt fühlten sich die beiden Polizeibeamten zum ersten Mal seit langem optimistisch. Sie glaubten zwar nicht, eine Lösung sei in Sicht, aber sie hatten ein paar interessante Ansätze, und das hatten sie schon lange nicht mehr erlebt. Alle anderen Versuche hatten sich als Sackgassen erwiesen. Und außerdem waren die Ermittlungen heruntergefahren worden, und die Reichskripo hatte ihre Bemühungen sogar eingestellt. War jedenfalls wieder nach Stockholm gefahren.

Rune Jansson war eine einfache Idee gekommen, als er sich in dem alten Polizeimaterial, das diese Spione oben beim Generalstab bei ihm angefordert hatten, die Listen ansah.

Rune Jansson setzte voraus oder ahnte zumindest intuitiv, daß Hamilton und dessen Jungs sehr wohl viele Dinge wußten, über die sie ganz einfach nichts erzählten. Denn diese Forschungsarbeit in den Göteborg-Archiven der Jahre 1942 und 1943 hatten ja etwas ergeben müssen. Die Militärs hatten jedoch keinen Ton darüber verlauten lassen, ob sie etwas glaubten oder wußten. Von Schlußfolgerungen als Ergebnis ihrer Tauchübungen in den Archiven ganz zu schweigen.

»Ich fresse einen Besen, wenn die nicht etwas ganz Bestimmtes vorhaben und etwas wissen, was sie uns nicht sagen«, begann Rune Jansson, nachdem er den halben Vormittag nur nachgedacht hatte. Erst jetzt fühlte er sich reif für eine gemeinsame Kraftanstrengung mit Kapitän Seebär.

»Aber warum sollten sie auf eigene Faust in einer Mordsache ermitteln wollen? Es wäre doch besser, mit uns zusammenzuarbeiten?« wandte Kapitän Seebär skeptisch ein. »Ich meine, sie brauchen ja doch die Polizei, um ganz bis ans Ende zu kommen, oder etwa nicht?«

»Ja, das könnte man meinen«, murmelte Rune Jansson, der die Göteborger Akten in verschiedene Stapel sortierte, als wäre er dabei, die Arbeit aufzuteilen, »aber wenn dieser Hamilton beteiligt ist, gibt es bei Mordermittlungen meist so etwas wie einen Kolbenfresser. Unabhängig davon, ob er selbst in eine Sache verwikkelt ist oder nicht.«

»Wieso?« fragte Kapitän Seebär aufrichtig erstaunt. »Hamilton verwickelt? Seine Methoden dürften doch etwas raffinierter sein als das, was wir bei af Klintén gesehen haben?«

»Sollte man meinen. Es ist aber einfach so, daß die Ermittlungsarbeit irgendwie steckenbleibt, wenn Hamilton in die Sache reinkommt. Jedenfalls ist es bisher immer so gewesen. Erinnerst du dich noch an diesen Fall Maria Szepelinska-Adamson, oder wie sie hieß?«

»Nein, ich habe keine Ahnung.«

»Es war vor zwei Jahren. Die Zeitungen haben eine Menge darüber gebracht.«

»Hm, möglich. Ich lese aber nicht, was Zeitungen über Morde schreiben. Du doch sicher auch nicht.«

»Nein, aber damals war es so, daß es schließlich einen Verdächtigen gab, nämlich Hamilton selbst, aber es war so gut wie unmöglich, etwas zu beweisen. Außerdem gab es oben bei den hohen Tieren irgendeine Mauschelei, Dinge, von denen du und ich nie etwas erfahren. Wie auch immer: Am Ende gab es so einen merkwürdigen Widerstand. Niemand wollte, daß dieser Mord aufgeklärt wird.«

»Außer dir?«

»Ja. Ich war ein naiver Kriminalinspektor und glaubte, Mord sei immer und für jeden verboten. Aber so ist es offensichtlich nicht.«

»*License to kill*, meinst du?«

»Ja, etwas in der Art.«

»Pfui Spinne. Ich dachte, so was gibt es bei uns in Schweden nicht.«

»Habe ich auch gedacht, aber ich bin wie gesagt nur ein gewöhnlicher Bulle. Du kannst ja die Akte aus dem Keller holen, wenn du dir den Fall mal ansehen willst. *Ermittlungen ergebnislos*, ja, du weißt schon.

»Wir werden sehen, ob es irgendwann in der Firma freie Zeit gibt, die man totschlagen muß. Aber im letzten Jahr ist es doch gut gegangen. Diese Kollegen, falls man sie so nennen darf, wurden ja nach Recht und Gesetz eingebuchtet.«

»Ich weiß nicht. Ich erinnere mich nicht mehr, wie es ausgegangen ist, aber ich habe Hamilton in die Sache reingezogen, weil ich seine Hilfe brauchte. Er kam mit noch so einem Kraftmenschen her und sah sich mit ihm einige Mordopfer an, die ganz entsetzlich zugerichtet worden waren, und dann sagten sie ungefähr, wie das Ganze zugegangen war. Sie erklärten, Militärs könnten nicht die Mörder sein, und sagten noch ein paar Dinge. Ja, das war kurz bevor du herkamst.«

»Aber sie hatten ja recht. Dann ist doch alles in Ordnung?«

»Schon, wenn ich davon absehe, daß wir Bullen von da an immer auf dem zweiten Platz lagen. Hamilton und seine Kumpel, du weißt, solche Leute, wie er sie in Uppsala bei sich hatte, legten sich in einen Hinterhalt und warteten auf die Mörder. Sie haben einen erschossen, einem die Eier weggeballert und einen an die Polizei von Vaxholm übergeben. Allein das schon, *die Polizei von Vaxholm*.«

»Bist du etwa neidisch, weil du erst als zweiter durchs Ziel gegangen bist? Die Hauptsache war doch, daß die Burschen geschnappt wurden.«

»Ja, aber jetzt ist es schon wieder so. Ich bin also ein gewöhnlicher Bulle, naiv und ein bißchen dumm und glaube an Gesetze und all dieses Zeug, an das ich in diesem Land wohl bald als einziger glaube. Ich finde aber auch, daß es irgendwie etwas besser ist, wenn wir die Mörder oder den Mörder wie gewohnt in Gewahrsam nehmen. Bevor Hamilton und seine Kumpels an den Verdächtigen herankommen und ihn erschießen. Habe ich etwa unrecht?«

Kapitän Seebär streckte sich und lächelte. Er freute sich darüber, daß er seinen Chef so gern hatte, obwohl er selbst älter war und vermutlich auch größere Verdienste hatte. Rune Jansson war ein guter Mann, und, wie er selbst sagte, ein gewöhnlicher ehrlicher Bulle.

»Na ja, das Rennen ist noch nicht gelaufen«, lächelte er. »Wir wissen also, was für Akten sie bestellt haben und welche alten Papiere sie jetzt lesen. Und dieses Material liegt hier bei uns. Wollen wir loslegen?«

»Ja, bald. Aber laß uns erst ein bißchen nachdenken.«

Sie dachten laut und abwechselnd, um zusammenzufassen, was sie wußten oder nicht wußten, was möglich sein konnte und was unwahrscheinlich erschien.

Das Militär hatte folglich einem gewissen Oberwachtmeister Jubelius sehr großes Interesse entgegengebracht, und dieser schien einmal Polizist, zum anderen deutscher Informant in Göteborg gewesen zu sein, und zwar zu einer Zeit, in der dieser von Otter beim Militär in Göteborg war.

Das war natürlich kein Zufall.

Das Militär hatte sich ferner einem Bootsmann Andersson gewidmet, der wiederum einer von Jubelius' Informanten gewesen war. Und gleichzeitig Tipgeber für irgendeine Art Nazi-Spionageoffizier in Göteborg.

Jubelius war vermutlich ermordet worden. Der Mord hatte nie aufgeklärt werden können, obwohl es nicht den Anschein hatte, als würde an der Ermittlung etwas stinken. Hingegen war es eher zweifelhaft, wie der Tod des Bootsmannes Andersson aufgeklärt worden war. Selbstmord? Ja, vielleicht. Aber es konnte sich genausogut um zwei Morde handeln. Es ist schließlich keine neue Erfindung in der Geschichte des Mordes, jemanden vor einen Zug zu schubsen oder zu werfen.

Aus einem Teil der Verhöre ging hervor, daß von Otter ein Organisator im Hintergrund hätte sein können. Auf jeden Fall erschien er als eine Quelle des Bootsmannes Andersson.

Und von Otter war definitiv ermordet worden, abgesehen davon, daß sich dieser Mord merkwürdig lange Zeit nach den beiden anderen denkbaren Morden ereignet hatte.

Ed würde die Fäden vielleicht miteinander verknüpfen können, Ed in Dalsland in der Nähe der norwegischen Grenze.

Und jetzt fing es an, irgendwie heiß zu werden. Denn etwas von dem letzten, womit sich diese Nazis in Göteborg beschäftigt hatten, bevor sie auf rätselhafte Weise verschieden, waren zwei norwegische Spione, die von Otter angeblich dem Bootsmann Andersson verraten hatte, die dieser wiederum bei Oberwachtmeister Jubelius denunziert hatte.

Worauf dieser es irgendwie geschafft hatte, sie nach Norwegen ausweisen zu lassen, obwohl nicht klar war, wie.

Doch damit stellte sich die Frage, wie kann man Spione des Landes verweisen? Damit überantwortete man sie dem sicheren Tod, was schon damals ein Verbrechen hätte sein müssen. Norwegische Spione sollten interniert werden. Die Ausländerpolizei in Ed hatte zahlreiche solcher Fälle zu bearbeiten gehabt.

Nun, wenn die Verschwörer Verbrechen begangen hatten, konnte dies möglicherweise ihr gewaltsames Hinscheiden erklären.

Aber von Otter und af Klintén fast fünfzig Jahre danach? Das schien völlig verrückt zu sein.

Nein, aber das war jedenfalls die Spur, welche die Militärs verfolgten, und gerade diese Militärs waren sicher keine Dummköpfe.

Allmählich wurden die Fragen selbstverständlich. Was geschah in Ed in den Jahren 1942 und 1943? Hatte Oberwachtmeister Jubelius etwas mit Ed und zwei ausgewiesenen Norwegern zu tun gehabt? Gab es eine Verbindung zwischen af Klintén und Ed? War es möglich, diesen beiden Norwegern mit Hilfe der Flüchtlingspolizei in Ed irgendwie auf die Spur zu kommen?

Gab es bei den Militärs in Ed etwas aus den damaligen Kriegstagebüchern?

Das waren gute Fragen, glänzende Fragen. Rune Jansson und Kapitän Seebär waren viel zu ausgefuchste Polizeibeamte, um ohne weiteres zu glauben, sie könnten mit Sicherheit Antwort auf diese Fragen erhalten.

Allerdings hatten sie ein paar gute Fragen, etwas Greifbares, woran man sich festbeißen konnte, etwas Konkretes, was die

Stimmung von Resignation und das Gefühl, alles sei schon ausgereizt, aufheben konnte.

Sie fühlten sich daher übertrieben optimistisch, als sie das Material unter sich aufteilten. Erst sollte nachgedacht werden, und anschließend würde Kapitän Seebär wahrscheinlich erneut zur Flüchtlingspolizei nach Ed fahren müssen. Doch diesmal mit etwas konkreteren Fragen; bei seinem ersten Besuch hatte sein Gesprächspartner die Hälfte des Zweiten Weltkrieges aus schwedischer Sicht über ihm ausgeschüttet.

Ed war während des Krieges unter anderem ein Knotenpunkt der Kommunikation zwischen den Nachrichtendiensten Norwegens, Großbritanniens, Schwedens und Deutschlands gewesen.

Die Formen der Zusammenarbeit waren jedoch nicht immer gleich gewesen, und ebenso hatten die Abläufe manchmal dramatische Veränderungen durchgemacht. *Je nachdem, ob man das Geschehen von einer Position vor oder nach dem 2. Februar 1943 betrachtete*, gluckste Kapitän Seebär.

»Was ist denn am 2. Februar 1943 passiert?« fragte Rune Jansson. Er hatte sich in ein Vernehmungsprotokoll vertieft, in dem Bootsmann Andersson sich äußerte. Rune Jansson hatte schon eine Idee. Sie würde vielleicht zu nichts führen, aber es war immerhin eine Idee.

Carl fühlte sich munter, als er in der Maschine von Oslo nach Stockholm saß und sich Notizen machte.

Die Besprechung der praktischen Details mit Iver Mathiesen war nicht ganz ohne Komik verlaufen. Denn Lauschangriffe waren in Norwegen möglicherweise juristisch weniger kompliziert als in Schweden. Doch wenn es *überhaupt* etwas gab, wobei sich der militärische Nachrichtendienst Schwedens im Augenblick nicht erwischen lassen durfte, dann war es der Schmuggel von Abhörmaterial.

Was Carl mit gewissem Nachdruck betont hatte.

Was Iver Mathiesen vor Lachen und verständnisvoller Sympathie hatte aufheulen lassen. Einmal standen mehr oder weniger merkwürdige Parteifreunde der schwedischen Regierung in

Schweden vor Gericht, weil sie Abhörausrüstung geschmuggelt und illegale Abhöraktionen vorbereitet hatten. Zum anderen war der schwedische Reichstag dabei, auf seine Regierung und eventuell auch auf Teile des militärischen Nachrichtendienstes einzuprügeln, weil der mit physischer Gewalt, um nicht zu sagen einem *overkill*, gegen illegale Abhöraktionen eingeschritten war, bei denen sich die schwedische Sicherheitspolizei hatte erwischen lassen.

Wenn Carl, Joar und Åke im norwegischen Zoll mit Abhörausrüstung geschnappt würden, wäre es für die Säpo ein gefundenes Fressen.

Iver Mathiesen hatte für solche Probleme jedoch ebenso einfache wie konventionelle Lösungen angeboten. *Overvåkingspolitiet* und der Zoll in Norwegen hatten gute Verbindungen. Ein Mann von overvåkingen sollte auf der schwedischen Seite warten, sich Carls Transport anschließen und auf der norwegischen Seite sofort mit dem Zoll sprechen. So hatte man es schon früher getan und würde auch in Zukunft damit fortfahren. Da würde es keine Probleme geben. Wie das Zeug dann nach Schweden zurückgeschafft werden sollte, war eine spätere Frage.

Anschließend würde ein schwedischer Wohnwagen mit norwegischen Kennzeichen versehen werden müssen. Doch statt falsche Nummernschilder zu verwenden, konnten sie auch den schwedischen Caravan irgendwo parken und sich einen norwegischen mieten, dann war alles legal. Überdies konnten sie über einen Strohmann mieten, so daß sie keine Spur hinterließen.

Was die übrigen logistischen Probleme anging, mußten sie warten, bis diese sich stellten. Wenn die Operation erst mal auf norwegischem Territorium begonnen hatte, würden die drei mit Improvisationen leicht weiterkommen. Sie mußten nur mit ihrer norwegischen Anlaufstelle Kontakt halten, was ohnehin eine Selbstverständlichkeit war. Es hatte eine halbe Stunde gedauert, die praktischen Details zu klären. Carl hätte dies ohne weiteres auch schon am Tag zuvor tun können, statt all die Ausweichmanöver auf sich zu nehmen, um Oslos Journalisten abzuschütteln, die ihm und Tessie den Abend teilweise verdorben hatten.

Der Gedanke aber, er und die Kollegen könnten beim Zoll als

Schmuggler von Abhörausrüstung geschnappt werden, war unleugbar amüsant. Nun, das Problem war jetzt gelöst.

Carls gute Laune schwand blitzschnell, als eine Stewardeß mit dem Zeitungswagen vorbeikam. Er hatte gar nicht die Absicht gehabt, Zeitungen zu lesen, aber der Passagier neben ihm, offenbar ein Schwede, gab ihm einen leichten Stoß mit dem Ellbogen und zeigte vielsagend auf die erste Seite von *Expressen*.

Carl riß ein Exemplar an sich und stellte fest, daß die halbe Zeitung auf den ersten Blick nur von ihm zu handeln schien. Das Blatt brachte verschiedene Bilder, auf denen er mal lächelte, mal zornig wirkte, dann bekümmert, obwohl sämtliche Fotos vor einem Jahr beim selben Anlaß aufgenommen worden waren.

Nein, nicht alle Fotos, wie sich zeigte. Etwas weiter hinten im Blatt, als er schon glaubte, nicht mehr erwähnt zu werden, fand er ein Bild von sich und Tessie im Theatercafé in Oslo. Aus dem Artikel ging hervor, daß *Verdens Gang* und *Expressen* zusammenarbeiteten und daß das norwegische Material von einem schwedischen Reporter bearbeitet worden war, demselben Reporter, der für die meisten Hamilton-Geschichten des Blattes verantwortlich zeichnete.

Carl las zunächst das Private.

Während seine Lebensgefährtin bei dem bevorstehenden Prozeß in Stockholm angeklagt und von Verurteilung bedroht sei, sei er selbst mit einer rätselhaften schönen Dame in Oslo zu sehen, und so weiter. Es hatte den Anschein, als wäre das Blatt im Namen Eva-Britts tief entrüstet, ohne jedoch etwas zu sagen, worauf man den Finger legen konnte. Mit Ausnahme möglicherweise eines Zitats, das unter dem Bild groß herausgestellt wurde: »Ich bin aus rein privaten Gründen in Oslo und möchte in solchen Zusammenhängen nichts mit Journalisten zu tun haben.«

Carl blätterte von hinten nach vorn. Im nächsten Artikel über ihn ging es um Eva-Britts Prozeß vor dem Stockholmer Amtsgericht, und der Reporter erklärte, daß es entweder ein wahres Wunder oder ein Anzeichen für schwere Korruption wäre, wenn Eva-Britt dem Gefängnis und der Entlassung entgehe, vor allem da ihr Mann Millionär sei und einen *Staranwalt* angeheuert habe, um auf diese Weise die Gerechtigkeit zu manipulieren.

Dann folgte ein langer Angriff auf den Staranwalt, aus dem Carl nicht recht schlau wurde. Er wußte nämlich nicht, daß er unglücklicherweise ausgerechnet den Staranwalt gewählt hatte, der seit zwei Jahrzehnten in einer Fehde mit dem *Expressen*-Chefredakteur lag. Aus diesem Grund gaben sich sämtliche Journalisten des Blattes äußerste Mühe, gerade diesen Anwalt anzugreifen und stets alle Ressourcen der Zeitung und sämtliche Sympathien auf den jeweiligen Gegner des Staranwalts zu verlegen, da dies in der Chefredaktion Pluspunkte gab.

Noch einmal durfte der als Uhrmacher vorgestellte Trunkenbold an die Öffentlichkeit treten und sein unerhörtes Leiden nach der brutalen Mißhandlung schildern. Ferner durfte er seine Ansichten über Gleichheit vor dem Gesetz vortragen, über Gerechtigkeit und Demokratie und andere Grundsätze, die dem Wortlaut nach zu urteilen ebensogut von dem Reporter stammen konnten wie vom Opfer selbst.

Weiter vorn im Blatt, wo die politisch gewichtigeren Nachrichten gebracht wurden, jammerten anonyme Informanten bei der Sicherheitspolizei, sie seien von diesem Hamilton und dessen Torpedos völlig unnötig einer brutalen Körperverletzung ausgesetzt worden, und das gerade in dem Augenblick, in dem sie nahe daran gewesen seien, gegen die Terroristen zuzuschlagen, die hinter den Morden an den Generälen steckten. Doch diese Arbeit sei jetzt umsonst gewesen. Vermutlich sei es die Regierung, die sozialdemokratische Regierung, welche die Terroristen schützen wolle, da diese aus dem Nahen Osten stammten. Es sei allgemein bekannt, daß der sozialdemokratische Außenminister in Olof Palmes Schuhe schlüpfen und dessen Rolle als Friedensvermittler im Nahen Osten übernehmen wolle.

Dann die Hauptnummer des Tages, die – mit einem Bild von Carl – auf der ersten Seite begann und auf den Seiten 6 bis 8 fortgesetzt wurde.

Der Beschluß der Regierung, Militär gegen die Polizei einzusetzen, stehe im Widerspruch zu verschiedenen Bestimmungen der Verfassung. Das sei, so *Expressen*, kristallklar, und verschiedene Experten bezeugten, so verhalte es sich tatsächlich.

Die Regierung versuche verzweifelt, die Schuld den Militärs zu-

zuschieben. Unter anderem durch die Behauptung, die Militärs selbst hätten gerade Hamilton befohlen, die Operation gegen die heldenmütigen Sicherheitsbeamten in Uppsala zu leiten, deren Ermittlungsarbeit gegen ausländische Terroristen jetzt zunichte gemacht worden sei (siehe auch den Artikel auf Seite 9!).

Es sei jedoch die Frage, ob die Regierung nicht darum gebeten oder dem Militär vielmehr befohlen habe, gerade Hamilton einzusetzen, damit es keine überlebenden Zeugen gebe. Ja, eine solche Frage müsse zumindest gestellt werden.

Anonyme Militärexperten bezeugten, es könne keine andere vernünftige Erklärung dafür geben, daß man ausgerechnet Hamilton eingesetzt habe. Denn es sei ja immerhin so, als hätte man bei einer einfachen Expedition, bei der es nur darum gehe, etwas Abhörmaterial abzuholen, eine Panzerdivision oder Kampfbomber oder etwas in der Art eingesetzt. Die anonymen Militärexperten versicherten, so träten richtige Militärs nicht auf, wenn sie nicht ausdrückliche Befehle ihrer Regierung dazu erhalten hätten. Es gebe nämlich nur höchst selten rein militärische Gründe, bei taktischen Aufträgen eine so gewaltige Überkapazität einzusetzen.

Folglich könne die Absicht bestanden haben, die Sicherheitspolizisten, welche die Mordfälle fast gelöst hätten, jetzt aus dem Weg zu räumen, weil sie beispielsweise zuviel Widerstand geleistet oder etwas anderes Unüberlegtes getan hätten.

Die einzigen Artikel, an denen auf diese oder jene Weise nicht derselbe Reporter beteiligt war, waren die, in denen es um die gestrige Vernehmung vor dem Verfassungsausschuß ging. Dort sollte den Prognosen der Zeitung zufolge der Chef des militärischen Nachrichtendienstes gezwungen werden zu gestehen, daß die Regierung ausdrücklich, möglicherweise auch nur andeutungsweise befohlen hatte, gerade Hamilton als Kommandeur des Angriffs gegen die heldenmütige Sicherheitspolizei einzusetzen.

Es folgte eine Aufzählung verschiedener Anlässe, bei denen Carl angeblich getötet hatte. Einiges war richtig, anderes falsch. Das Wichtigste war jedoch ausgelassen, da es nicht bekannt war.

Carl faltete langsam die Zeitung zusammen. Er war sich sehr wohl bewußt, daß sein schwedischer Nachbar im Flugzeugsessel ihn intensiv anstarrte.

Carl steckte die Zeitung in die Ablage in der Rückenlehne seines Vordermanns und faßte einen einfachen Beschluß. Bevor er erneut nach Norwegen fuhr, würde er etwas gegen diesen *Expressen*-Reporter unternehmen, was dieser zumindest als Journalist nicht überleben würde. Carl wußte in etwa, wie er vorgehen würde. Er würde sich auf das Schlachtfeld des Feindes begeben und dort mit dessen Methoden kämpfen.

Er lächelte still in sich hinein, als ihm die erste Idee gekommen war. Dann lehnte er sich ruhig zurück und schlief zur unverstellten Verblüffung seines Nachbarn ein.

Samuel Ulfssons Handflächen waren immer noch schweißnaß, obwohl sich die erste Nervosität allmählich legte und die Furcht davor, nicht rauchen zu dürfen, praktisch verschwunden war.

Er erkannte deutlich den Schwachpunkt in den Linien des Feindes, sah oder ahnte ihn, obwohl er sich zumindest selbst nicht für genügend politisch bewandert hielt, den Feind oder dessen Taktik zu verstehen.

Die Mitglieder des Verfassungsausschusses waren jedoch tief uneinig. Sozialdemokraten und Konservative entrüsteten sich über die *bewiesenen* Gesetzesübertretungen der Sicherheitspolizei und hielten es für selbstverständlich, daß die Regierung in einem so außerordentlich ernsten Fall das Recht haben müsse, andere Ressourcen als die der Polizei einzusetzen, um krimineller Tätigkeit ein Ende zu machen.

Die Liberalen empörten sich einerseits über die Vorstellung, Araber hätten sich der Gerechtigkeit entziehen können. Andererseits empörten sich die Liberalen jedoch auch darüber, daß die schwedische Polizei Verbrechen beging.

Die Angehörigen der Zentrumspartei, der Bauernpartei, standen der Zeitungskampagne eigentlich näher als die liberalen Kollegen. Sie wollten sich als grundsätzlich seriöser darstellen, und ihr Parteichef hatte bei einigen Interviews betont, gerade das Zentrum nehme den Parlamentarismus ernster als alle anderen. Folglich seien die Angehörigen des Zentrums auch demokratischer als alle anderen, und daher sei die Frage, ob die Regierung die Verfassung gebeugt habe, das Wesentliche, völlig unabhängig davon, wie berechtigt es gewesen sei, gegen Gesetzesübertretungen der Sicherheitspolizei einzuschreiten.

Grüne und Kommunisten zeigten sich empört, daß es in Schweden überhaupt Militärs gab und daß diese überdies frei herumlaufen durften.

Es war also durchaus nicht so schwer, sich vor dieser uneinigen Versammlung zu rechtfertigen, wie man hätte meinen können und wie Samuel Ulfsson geglaubt hatte, bevor er mit dem Gefühl in den Saal geführt wurde, er werde gleich vor ein Erschießungspeloton gestellt.

Doch dieses Gefühl hatte sich recht schnell gelegt, unter anderem deswegen, weil es Sozialdemokraten und Konservative waren, also die Befürworter von Hamiltons Vorgehen, die nach den Regeln des schwedischen Parlamentarismus als erste Fragen stellen würden.

Ihr Interesse bestand ausschließlich darin, den Ball hoch genug vorzulegen, so daß Samuel Ulfsson schmettern konnte.

»Haben Sie von der Regierung Befehle erhalten zu töten?« fragte der sozialdemokratische Vorsitzende.

»Nein, natürlich nicht«, erwiderte Samuel Ulfsson. Er war etwas bestürzt, daß diese Frage schon zu Anfang kam. »Wir sollten eine die Sicherheit des Landes bedrohende oder kriminelle Tätigkeit beenden, die Täter der Polizei übergeben, also der richtigen Polizei, und ferner die Tatwerkzeuge beschlagnahmen, die sich eventuell am Tatort befanden. Daraus geht hervor, daß wir die Täter mit einiger Behutsamkeit behandeln sollten, damit sie möglichst unversehrt der Polizei übergeben werden konnten.«

»Hat die Regierung Ihnen ausdrücklich Befehl gegeben, bei diesem Auftrag Hamilton einzusetzen?« fuhr der sozialdemokratische Vorsitzende mit einer Selbstverständlichkeit fort, die Samuel Ulfsson ahnen ließ, daß die Frage nicht auf dessen Mist gewachsen war.

»Nein, selbstverständlich nicht«, erwiderte Samuel Ulfsson mit wachsendem Selbstvertrauen. »Es wäre mir sehr eigenartig erschienen, wenn mir die Regierung derart detaillierte Anweisungen gegeben hätte.«

»Hätten sie protestiert, wenn Sie, wie Sie es nennen, so detaillierte Instruktionen erhalten hätten?«

»Ja, das ist durchaus möglich, sogar wahrscheinlich. Ich hätte das empfunden, als würde sich die Regierung in Details einmischen, mit denen sie kaum etwas zu tun hat, ich meine, die rein praktischen Fragen müssen ja uns überlassen bleiben.«

»Bei Ihren Treffen mit Staatssekretär Lars Kjellsson ist der Name Hamilton also nicht zur Sprache gekommen?«

»Doch, aber erst hinterher, als die Operation beendet und bekannt geworden war, daß Hamilton daran teilgenommen hatte. Vorher wurde natürlich kein Wort über Hamilton gesprochen.«

Damit war der sozialdemokratische Vorsitzende zufrieden und reichte den Ball an seinen Stellvertreter weiter, den Konservativen, der wenigstens dieses eine Mal den Faden genau dort aufnahm, wo sein Vorgänger ihn aus der Hand gegeben hatte.

»Ist es klug gewesen, Hamilton für diesen Auftrag auszuwählen?« fragte er mit einer Miene, die deutlich erkennen ließ, daß er seine Frage fast als rhetorisch betrachtete und somit als polemisch gegen ganz andere Anwesende als Samuel Ulfsson.

»Ja, das kann ich nur entschieden bejahen«, erwiderte Samuel Ulfsson kurz, denn er erwartete, daß die Frage noch vertieft werden würde.

»Wieso? Ist es nicht, wie jemand schon angedeutet hat, so etwas wie ein Overkill, einen Mann von Hamiltons Kaliber gegen ein paar Polizeibeamte einzusetzen?«

Der Konservative sah aus, als wüßte er schon die Antwort.

»Nein, ganz und gar nicht. Es war ja von großer Bedeutung, daß das Ganze schmerzlos ablief... ich meine geschmeidig und glatt. Und um unter anderem garantieren zu können, daß es nicht zu einem ausgedehnten Handgemenge kam, habe ich es für richtig gehalten, diesen Auftrag Fregattenkapitän Hamilton anzuvertrauen. Ich meine, damit niemand unnötig zu Schaden kommt.«

»Wie meinen Sie das?«

»Ich will damit sagen, daß es mit Fregattenkapitän Hamilton als Leiter dieser Gruppe nicht zu unnötiger Gewalttätigkeit kommen würde. Man kann es also als eine reine Sicherheitsmaßnahme ansehen.«

»Aha. Hat es möglicherweise andere Motive gegeben, gerade Hamilton als Kommandeur einer solchen Kommandogruppe auszuwählen?«

»Ja, das kann man sagen. Hamilton ist ja in der Öffentlichkeit bekannt, und so war es aus mehreren Gründen praktisch, daß er zu einigen zivilen Beteiligten Kontakte herstellen konnte. Ich meine, diese Leute konnten ihn sofort wiedererkennen und brauchten sich daher keine Sorgen zu machen, es könnte ihnen etwas zustoßen. Ich ging davon aus, daß alle eventuell beteiligten Zivilisten gerade Hamilton besonders großes Vertrauen entgegenbringen würden. Außerdem sollten die Zivilisten nicht unbedingt jemanden erkennen, der eine geheime Identität besitzt. Das restliche Personal der Gruppe hat nämlich geheime Identitäten.«

Der Rest lief wie am Schnürchen. Samuel Ulfsson grämte sich etwas wegen seines wiederholten Versprechers, daß er von *schmerzlos* gesprochen hatte statt von glatt und geschmeidig. Im übrigen jedoch erfüllte ihn schon bald das eigenartige Gefühl, an etwas teilzunehmen, was von vornherein abgemacht war. Es war eine Befragung, bei der sämtliche Fragen und Antworten vorherbestimmt waren. Vermutlich hatte er selbst auf irgendeine eigentümliche Weise an diesem Prozeß der Vorbereitung teilgenommen.

Die angekündigten grundsätzlichen, parlamentarischen Angriffswinkel des Zentrumsabgeordneten waren damit schon zerschlagen. Seine Fragen konnten jetzt nur zu Wiederholungen werden, als er die Dinge so hinzudrehen versuchte, die Regierung habe Samuel Ulfsson wohl doch etwas anderes gesagt, als dieser vor dem Ausschuß erklärt habe.

Darauf konnte Samuel Ulfsson nur noch einmal sagen, was er schon gesagt hatte. Der Liberale arbeitete eine Zeitlang mit der Bedrohung durch arabische oder muslimische Terroristen, mit der Frage, ob die Säpo nicht kurz davorstand, diese Terroristen zu fangen, die zwei Generäle ermordet hätten, Verzeihung, einen General und einen Admiral.

Hier ging Samuel Ulfsson vermutlich eine Spur zu weit, als er die eventuellen Hypothesen der Sicherheitspolizei in dieser Richtung als reinen Unfug abtat. Er versuchte, den Schaden ein wenig wiedergutzumachen, indem er darauf hinwies, bislang gäbe es nur die Angaben einer bestimmten Abendzeitung, daß die Säpo tatsächlich mit einer arabischen Terroristenspur gearbeitet habe. Doch dies sei, soviel er und die Regierung wüßten, ganz einfach nicht wahr. Es sei überdies nicht üblich, an die Öffentlichkeit zu gehen und so etwas zu dementieren, solange Ermittlungen andauerten.

Dann war es nur noch ein Grüner, der einige Fragen stellte, die Samuel Ulfsson nicht recht begriff, doch zu diesem Zeitpunkt war das Interesse der anderen Anwesenden schon abgekühlt. Die Schlacht war geschlagen.

Hinterher war Samuel Ulfsson im großen und ganzen zufrieden. Möglicherweise hätte er darauf verzichten können, den norwegischen Mörder oder die Mörder darüber aufzuklären, daß zumindest der schwedische Nachrichtendienst an der Hypothese zweifelte, Araber oder Kurden seien die Täter. Doch andererseits konnten die Mörder auch nicht ahnen, wie dicht die Spürhunde ihnen schon auf den Fersen waren.

Und dann war da noch dieser ärgerliche Versprecher. Doch im Verhältnis zu der schlaflosen Nacht, die er durchlitten hatte, und all den Schreckensphantasien, die er halb wach und halb in Alpträumen am frühen Morgen durchgestanden hatte, war sein Debüt vor den höchsten Kontrolleuren der schwedischen Demokratie natürlich glänzend verlaufen.

Jetzt saß er in der schwarzen Limousine des Generalstabs und genoß seine zweite Zigarette. Plötzlich kam ihm ein Nachgedanke, der die schwedische Demokratie betraf. Doch dann wischte er sämtliche Empfindungen mangelnden Respekts mit ein paar einfachen praktischen Gesichtspunkten beiseite. Die norwegische Operation würde bald anlaufen, und die Mörder würden vermutlich in kürzester Zeit hinter Schloß und Riegel sitzen. Denn wie sie jetzt noch entkommen sollten, wo sie das Team Trident *komplett* am Hals hatten, ging über Samuel Ulfssons Vorstellungskraft.

»Institut für Marxismus-Leninismus beim Zentralkomitee der SED« stand auf dem Vorsatzblatt der deutschen Dokumentensammlung, die jetzt in Joar Lundwalls und Åke Stålhandskes provisorischem Arbeitszimmer oben im Generalstab in verschiedenen Haufen ausgebreitet lag. Carls Zimmer war nicht weit entfernt.

Jemand hatte etwas Unleserliches über den angeblichen Absender geschmiert, der möglicherweise nicht mehr existierte. Es war jedenfalls ein langes, »im Namen des Deutschen Volkes« ergangenes Urteil des Volksgerichtshofs. Unter den Richtern zwei SA-Offiziere und ein Wehrmachtsoffizier. Das Ganze endete damit, daß Barly Pettersen und August Jon Skauen wegen ihrer Verbrechen zum Tode verurteilt wurden und dazu, »auf ewig ehrlos« zu sein.

Joar und Åke hatten sich gerade wieder in ihrem Zimmer eingefunden, nachdem sie das Fernsehdebüt ihres höchsten Chefs mitangesehen hatten. Die Befragungen vor dem Verfassungsausschuß wurden unter Hinweis auf die große Publizität gesendet, die in den letzten Tagen entstanden sei. Joar und Åke hatte das, was sie zu sehen bekommen hatten, recht munter gemacht, am meisten vielleicht die offensichtlichen Qualen Samuel Ulfssons. Die Großaufnahmen im Fernsehen waren entlarvend, als er sich beispielsweise zwang, seine Verachtung für Gedankengänge etwa der Art zurückzuhalten, die Säpo habe kurz davor gestanden, gegen die kurdisch-arabisch-muslimischen Terroristen zuzuschlagen. Samuel Ulfssons Mienenspiel war beredter als seine Worte. Es konnte jedenfalls kein Zweifel darüber herrschen, was »das Militär« von der vermeintlichen Arbeitshypothese des Affenhauses hielt. Oder wie man diese Ideen sonst nennen sollte. Es fiel den beiden schwer, für das Justizmaterial erneutes Interesse aufzubringen, und sie arbeiteten sich nur langsam weiter vor, da sie bislang keine vollständigen Übersetzungen erhalten hatten, sondern sich mit flüchtiger Lektüre begnügten und mit Hilfe eines nur mäßig amüsierten Majors arbeiteten, der ihnen bei den ersten Akten auf die Sprünge geholfen hatte. Jetzt arbeitete der Major auf Sams ausdrücklichen Befehl, und das Ganze erschien ihm lange Zeit unbegreiflich und fast sinnlos. Bis ihm aufging, daß die beiden jungen Kollegen sich vor allem für alle Passagen interessierten, in denen bestimmte schwedische Namen wie Andersson, Jubelius und von Otter erwähnt wurden.

Irgendwo am Ende der Urteilsbegründung fand sich eine komplizierte Passage gerade über diesen von Otter, die der Major nicht ohne weiteres übersetzten konnte. Er mußte erst ein juristisches Spezialwörterbuch holen. Doch jetzt hatten sie das Stück in einer vermutlich recht exakten Übersetzung. Aber sehr viel klarer war der Text trotzdem nicht: »*...was den Einwand der Verteidigung angeht, sowohl Spionage wie Hochverrat seien im Hinblick auf das Ergebnis der Ermittlungen untaugliche Versuche, soweit es um einen Kapitän von Otter gehe, ist es die feste Überzeugung des Volksgerichtshofs, daß dieser Einwand unberücksichtigt bleiben kann, da sich konspirative Arbeit einer Art, wie sie im Widerspruch zu den genannten Gesetzen steht, gegen die besagten Andersson und Jubelius gerichtet hat, und daß dieses an sich schon geeignet gewesen ist, eine Gefahr für das Deutsche Reich darzustellen.*

Hinzu kommt der nachgewiesene Vorsatz, da sowohl Pettersen als auch Skauen sich in England haben ausbilden lassen. Von dort haben sie sich nach Norwegen bringen lassen, um anschließend in verbrecherischer Absicht die Grenze nach Schweden zu überschreiten, wo sie sich, was sowohl bewiesen wie eingestanden ist, Verbrechen schuldig gemacht haben, für die allein die Todesstrafe in Betracht kommen kann...«

Es schien immerhin klar zu sein, daß die beiden Norweger gegen die drei genannten Schweden spioniert hatten, gegen Bootsmann Andersson und Oberwachtmeister Jubelius offenbar mit größerem Erfolg als gegen Kapitän von Otter (untauglicher Versuch?). Jedenfalls betraf die Anklage wegen Spionage alle drei.

Aus dem Dokument ging mit einer gewissen düsteren Konsequenz hervor, daß die beiden Nachrichtendienstleute im großen und ganzen alles gestanden hatten, was man ihnen zur Last legte. Es fiel schwer sich vorzustellen, daß die Geständnisse anders als unter der Folter zustande gekommen waren.

Jedenfalls gab es über die beiden Männer jetzt eine begreifliche Geschichte. Sie waren ursprünglich Seeleute gewesen und auf eigene Faust nach Schweden und Göteborg gekommen. Irgendwie war es ihnen gelungen, ein paar Landsleute zu überreden, sie an Bord der »Elisabeth Bakke« zu bringen, mit der sie Göteborg im Dezember 1940 verließen.

Dort hätte es also schon enden können, da zwei Marineoffiziere nach ihren Versuchen, die »Elisabeth Bakke« mit Hilfe der Deutschen am Erreichen Englands zu hindern, wegen Spionage verurteilt worden waren.

Doch mit etwas Nebel und etwas Glück hatte das Schiff es geschafft. Die deutsche Kriegsmarine erwischte die »Elisabeth Bakke« nie, obwohl die Deutschen im voraus von schwedischen Spionen informiert worden waren.

In Schottland waren Pettersen und Skauen vom militärischen Nachrichtendienst ausgebildet und dann zu verschiedenen Aufträgen nach Norwegen geschickt worden.

Und dann waren sie wieder nach Göteborg gekommen, wie es schien.

Es ging offenbar um Schiffe, welche die schwedische Regierung daran hindern wollte, nach England auszulaufen, »Lionel« und »Dicto«. Irgend etwas sollte im Zusammenhang damit geklärt werden, doch hier war die Zusammenfassung im Urteil des »Volksgerichtshofs« allzu kurz gefaßt.

Die feindseligen Handlungen der beiden, wie der »Volksgerichtshof« meinte, hätten sich in Göteborg unter anderem gegen die Nazi-Informanten Bootsmann Andersson und Oberwachtmeister Jubelius gerichtet, und dafür sollten sie nach Gesetz und Recht geköpft werden.

Soweit war nichts von Bedeutung neu. Hier wurde nur bestätigt, was schon bekannt war. Und jetzt blieb noch die hoffnungslose Aufgabe, all diese halbantiquarischen Akten, die in einer fünfzig Jahre alten Juristensprache und überdies auf deutsch abgefaßt waren, übersetzen zu lassen und zu deuten.

Vergnüglichere Aufgaben ließen sich mühelos vorstellen.

Und solche waren ganz offenbar in Vorbereitung. Es war Carl schon am Gesicht anzusehen, als er eintrat und dem ihm halb fremden Major zu verstehen gab, er solle sie allein lassen. Der Major verließ brummelnd den Raum.

»It's go on all systems«, sagte Carl aufgeräumt. »Wir beginnen mit der *Operation Truthfinding* in zwei Tagen in Oslo. Wir drei sind von schwedischer Seite dabei und dann noch ein norwegischer Kollege, der die Operation verantwortet. *Gentlemen, we are airborne!*«

Carl rieb sich die Hände und blinzelte Åke Stålhandske zu, der ebenso schnell wie sichtlich durch die frohe Nachricht aufgemuntert wurde und sofort damit begann, die alten deutschen Akten zusammenzupacken.

»Steht da etwas drin, was ich wissen sollte?« fragte Carl und zeigte auf den Dokumentenstapel, der jetzt in einem Ordner verschwand.

»In der Sache steht nichts drin, was wir nicht schon wissen«, sagte Joar Lundwall vorsichtig.

»Etwas über von Otter?«

»Ja, er ist in dem Schlamm irgendwie dabei, genau wie Jubelius und dieser Andersson, aber hier findet sich nichts, was uns zu dem *Warum* führen konnte.«

»Aha. Na ja, das sollen wir jetzt schließlich selbst herausfinden, nachdem wir grünes Licht bekommen haben. Also, die Operation wird wie folgt eingeleitet...«

Carl skizzierte schnell die Vorbereitungen der nächsten vierundzwanzig Stunden, erklärte, welchen Typ Wohnwagen und Zugfahrzeug sie verwenden sollten, welche Ausrüstung und Bewaffnung sie anwenden sollten und außerdem welche Art Material mitgenommen werden sollte, um eventuelle unangenehme Verhöre durchführen zu können. Diese Dinge sollten möglichst unauffällig verpackt werden.

Dann beschäftigten sie sich eine Zeitlang mit praktischen und bürokratischen Vorbereitungen, bei denen es in erster Linie darum ging, wie die verschiedenen Ausrüstungsgegenstände quittiert werden sollten.

Sie lachten laut, als Åke die Frage stellte, wie all dieses Zeug über die norwegische Grenze gebracht werden sollte, und Carl mit gespielter Unschuld erklärte, das werde im Schutz der norwegischen Sicherheitspolizei geschehen.

»Aber da ist noch etwas, wobei ich gern eure Hilfe hätte, etwas,

was mit unserem Auftrag ganz und gar nichts zu tun hat«, sagte Carl plötzlich überraschend.

Er erwartete keine Antwort, keine Frage oder Proteste, sondern wartete nur ab, bis er ihre volle Aufmerksamkeit hatte.

»Es geht um eine kleine *maskirowka*, für die ich selbst die Verantwortung übernehme. Wir wollen so ein A1-Dossier zusammenstellen, oder wie die Dinger heißen, ihr wißt, dieses Zeug, das kein Mensch sehen darf, das Allergeheimste bei der Säpo, mit allen entsprechenden Stempeln versehen. Wir haben doch so eins irgendwo in den Stapeln, nicht wahr?«

»Ja«, erwiderte Stålhandske, »aber die, die wir haben, dürften recht alt sein. Es geht da, glaube ich, um einen alten Oberbefehlshaber.«

»Machts nichts, solange es nur echte Ware ist. Bei solchen Dingen wird das Verfahren wohl nicht geändert. Außerdem bauen sie keine neuen Systeme aus, alte Dokumente werden mit neuen gemischt, und so weiter.«

Carl lachte selbstzufrieden und streckte sich mit den Händen im Nacken rückwärts, während er die beiden anderen amüsiert betrachtete, die jetzt endlich ein wenig mißtrauisch wurden.

»Was verlangst du von uns?« fragte Joar Lundwall leise. Es war in der Luft zu spüren, daß es nicht um etwas Alltägliches ging.

»Wir werden eine Fälschung herstellen, aber keine x-beliebige Fälschung. Wir brauchen unter anderem ein paar Archivfotos unserer verehrten Justizministerin sowie Bilder von nackten Frauen, die man auf keinen Fall identifizieren kann. Und dann noch so ein A1-Dossier, ein Original.«

»Das wird unserer Justizministerin aber gar nicht gefallen«, stellte Åke Stålhandske trocken fest.

»Nein, sie wird sich nicht sehr amüsiert zeigen«, lachte Carl. »Aber macht euch euretwegen keine Sorgen. Wenn es knallt, seid ihr schon in Norwegen. Doch jetzt in die Fälscherwerkstatt.«

Carl konnte nicht sehr lange bei Tessie bleiben. Es war schon spät, und er hatte Eva-Britt versprochen, zu einer vernünftigen Zeit nach Hause zu kommen.

Tessie hatte eine Sitzgruppe bestellt, aber die sollte erst in vierzehn Tagen kommen, und so saßen sie wieder am Küchentisch. Es war ein seltsames Gefühl, daß er bald gehen mußte. Vielleicht hatte es etwas mit dem Licht zu tun, denn draußen war es noch hell. Oder es hatte etwas mit der Veränderung des geographischen Standorts zu tun. Sie waren gemeinsam in dem norwegischen Bett mit den bäuerlichen Malereien in Oslo aufgewacht und saßen am Abend desselben Tages hier, aber das Aufwachen war irgendwie sehr lange her. Als hätte die räumliche Entfernung von Oslo auch den Zeitbegriff beeinflußt.

Carl machte einen melancholischen oder vielmehr etwas traurigen Eindruck, wie sie fand. So zögerte sie, bevor sie ihn nach dem Grund fragte.

»Nun ja...«, begann er. Er mußte sich anstrengen und nach Worten suchen. »Ich habe neulich einen alten Freund besucht, der in einem Amt arbeitet, das wir in unserem Job das Affenhaus nennen. Damit wird angedeutet, daß es sich nicht um den angenehmsten Arbeitsplatz der Welt handelt. Er war gealtert, und ich hatte mich verändert. Er hatte sich übrigens auch verändert. Es gab nur traurige Dinge zu besprechen, Dinge, die unser Land betreffen. Und dann mußte ich ihn bitten, eine ziemlich gefährliche Sache zu tun, und ich schäme mich ein bißchen, weil er keine Sekunde gezögert hat.«

»Sehr erhellend«, stellte Tessie fest, nachdem sie nach kurzem Schweigen erkannte, daß Carl soeben zu erklären versucht hatte, worum es ging.

»Ja«, sagte Carl resigniert, »so wird es eben. Ich kann nicht sagen, worum es geht.«

»Es ist sicher nicht leicht, mit dir verheiratet zu sein.«

»Nein, das ist es natürlich nicht.«

»Wirst du deine Polizistin heiraten?«

»Ich wünschte, du hättest nicht gefragt.«

Carl sah auf und versuchte, sich wie vor einer näherkommenden Gefahr zusammenzunehmen. Jetzt hatte sie wenigstens gefragt.

»Ja, das muß ich«, sagte er schließlich. »Es gibt keinen Ausweg. Ich muß.«

Tessie nickte nachdenklich, als hätte sie verstanden, was so undenkbar war. So wie er sie kannte, war dies nur eine Geste, während sie überlegte, was sie als nächstes sagen oder tun sollte.

»Wie kann es sein, daß man so etwas tun muß?« fragte sie schließlich. Sie behielt dabci alle Gefühle im Zaum. Er konnte weder Trauer noch Entrüstung heraushören.

»Weil ich wenigstens aus dem Allerwichtigsten etwas Ehrliches machen muß. Ich lüge und fälsche und mauschele auf einc Weise, von der weder du noch mein altes Ich uns eine Vorstellung machen können. Ich will es nicht, und ich verstehe es nicht, aber ich tue es. Aber es gibt keinen Ausweg, keine Lösung, kein Happy End. Wenn einer von uns dreien stürbe, du, ich oder Eva-Britt, so ist das die einzige Lösung des Problems, die ich mir denken kann.«

»Das meinst du doch nicht wirklich.«

»Nein, ich will damit nicht sagen, daß ich es wünsche oder – möge Gott verhüten, daß du so etwas glaubst – es *plane*. Aber das ist also der einzige Ausweg und dennoch keiner. Ich liebe dich, Tessie, aber ich werde Eva-Britt heiraten.«

Tessie nickte erneut auf diese etwas nachdenkliche Weise. Sie mußte sich anstrengen, um sich zu beherrschen, und er mußte sich bemühen, nicht plötzlich irgendwie aufzuspringen, zu schreien oder in Tränen auszubrechen oder sonstwie zusammenzuklappen.

»Was hast du an ihr gefunden, als ihr euch kennenlerntet?« fragte Tessie beinahe flüsternd.

»Schwer zu sagen. Es war eine andere Zeit. Du weißt. Ich lebte allein in einem Vakuum meines Jobs, begegnete nie einem normalen Menschen, diskutierte nie mit gewöhnlichen Menschen, all diese Leute, die ich in der Theorie mit meinem Leben und so weiter schützen soll. Ich sehnte mich so wahnsinnig nach normalen, ehrlichen Leuten. Ja, es hört sich vielleicht albern an, aber so war es. Und dann kam sie plötzlich in mein Leben gerauscht, eine ehrliche Polizistin, eine richtig gute Polizistin. Ein bißchen religiös noch dazu, ungefähr wie du, solche Dinge, die mich sentimental machen. Sie war für mich eine Art Kur, ein Kontakt mit der Wirklichkeit, oder wie ich das nennen soll.«

»Wie habt ihr euch kennengelernt?«

»Sie hat mich wegen zu schnellen Fahrens erwischt.«

Tessies Lachen war wie eine Befreiung für beide. Doch dann kroch das Schweigen wieder an sie heran. Sie tranken etwas von ihrem Wein und sahen sich an, und je länger die Stille anhielt, um so verzweifelter versuchten beide, etwas zu sagen, bevor das, was geäußert wurde, zu hart werden konnte. Als wäre das Schweigen eine Art Bestätigung oder Übereinkunft.

»Willst du, daß ich Schweden verlasse?« fragte Tessie schließlich, da das Schweigen schon so lange gedauert hatte, daß es nicht mehr möglich war, eine andere Frage zu stellen oder etwas Banales zu sagen.

»Nein«, erwiderte er langsam. Sein Versuch zu lächeln mißlang gründlich. »Ich bin verrückt, ich weiß. Aber das will ich nicht. Ich würde dir nur nachreisen.«

»Du wirst Eva heiraten... Eva-Britt, spreche ich den Namen richtig aus?«

»Aber ja.«

»Du wirst sie heiraten, willst aber nicht, daß ich dich verlasse.«

»Ja. Ungefähr so.«

»Das geht doch nicht.«

»Das brauchst du nicht zu sagen. Ich weiß.«

Als das Schweigen sich erneut zu einer Bedrohung auszuwachsen drohte, stand er auf und küßte sie auf die Wange. Dann streifte er sein Schulterholster über und legte sich die Jacke über die Schulter, bis er unten in der Haustür stand.

Auf dem Nachhauseweg begann er zu überlegen, wie er das Bild von sich und Tessie in *Expressen* erklären sollte. Es konnte Eva-Britt kaum entgangen sein. Er kam zu dem Schluß, daß es bis auf weiteres kein Problem war. Er würde einfach sagen, Tessie sei eine Amerikanerin namens Tessie. Vielleicht würde er noch andeuten, daß sie bei der NATO oder einer ähnlichen Organisation arbeitete.

Das war kein Problem. Eva-Britt vertraute ihm blind. Sie liebte ihn, bewunderte ihn vielleicht sogar und vertraute ihm vollkommen.

Er hatte die Hände tief in den Jackentaschen vergraben, als er weiterging. Ganz gegen seine Gewohnheit sah er sich nicht um. Es kam ihm gleichgültig vor, ob jemand ihn verfolgte oder sogar in den Rücken schoß. Im Augenblick waren ihm selbst solche Dinge vollkommen gleichgültig.

Wenn so etwas geschah, würde es schließlich nur das sonst unlösbare Problem lösen.

10

Carl stellte zu seiner großen Überraschung fest, daß er diesen Mann und alles, wofür er stand, einmal tatsächlich gehaßt hatte. Doch der Näslund von heute, der Näslund, dem er in diesem Augenblick begegnete, hatte nur noch den Stahlkamm und die Schuppen auf den Schultern mit Carls früherem Chef gemeinsam.

Eine Sekretärin erschien mit Kaffee in Plastikbechern und mit blauen Papierservietten auf den Untertassen sowie kleinen Keksen; der Abteilungsleiter der Sicherheitsabteilung bei der Reichspolizeiführung war in der staatlichen Hierarchie etwa so hochgestellt wie ein Sektionschef. Das berechtigte noch nicht zu echtem Porzellan.

Es war der Atmosphäre gleich anzumerken, daß seit der letzten Begegnung viel Zeit verstrichen war.

»Ja, Teufel auch, Calle«, sagte Näslund und lehnte sich im Stuhl zurück. Er sah aus dem Fenster und fuhr sich mit dem Stahlkamm ein paar Mal nachdenklich durchs Haar.

»Ja, es ist verteufelt viel passiert, seitdem wir uns beide das Leben hier in der Firma schwer machten. Ich habe zwischendurch immer mal wieder daran gedacht, ich habe mir gedacht, du wärst ein verdammt guter Sicherheitsmann geworden.«

»O nein«, lachte Carl, »dann wären bessere Chefs nötig gewesen, um mich zuzureiten. Denk doch nur an deine gottverdammte Araberjagd damals.«

»Wir wollen nicht in der Vergangenheit wühlen.«

Näslund grinste Carl ironisch oder vielleicht sogar voller Selbstironie an.

»Die Zeiten ändern sich, Calle. Die Firma ist nicht mehr, was sie mal war.«

»Ich habe den Eindruck, ihr tut genau das, was ihr schon immer getan habt. Kurden, die angeblich hinter diesen Morden stehen, um nur ein Beispiel zu nennen. Wie zum Henker könnt ihr auf so dämliche Gedanken kommen?«

»So einfach ist es nicht, Calle.«

»Ach nein. Was geschieht, ist nicht das, was zu geschehen scheint. Ich kenne das. Wie du dich vielleicht erinnerst, habe ich tatsächlich mit eigenen Augen gesehen, wie zwei deiner Mannen oben in Uppsala zwei junge Damen belauscht haben, weil eine von ihnen eine junge Frau kannte, die wiederum einen Kurden kannte. Wie zum Teufel erklärst du so etwas?«

»Das kann ich nicht. Es ist mir offen gestanden verdammt peinlich.«

»Du hast nichts davon gewußt oder wie.«

»Genau.«

»Doch nicht bei mir. Du bist doch der operative Chef.«

»Ja. Solange es dauert.«

»Haben sie vor, dich zu feuern?«

»Ich glaube schon. Ich soll ja illegale Lauschangriffe befohlen haben, schrecklicher Gedanke. Das bürokratische Problem soll die Frage sein, ob man mich zum Polizeichef von Enköping oder so machen kann, bevor es zum Prozeß gegen mich kommt. Wenn man bis nach dem Prozeß wartet, kann es mit der Ernennung problematisch werden. Ich müßte ja sozusagen dienstfrei nehmen, um in den Knast zu gehen, verstehst du.«

»Enköping?«

»Ja, erst hatten sie sich Uppsala vorgestellt, aber da... ja, seitdem du und deine Kumpels uns die Suppe in Uppsala versalzen habt, glaubt jemand in unserer geschätzten Kabinettsrunde, daß gerade Uppsala etwas provozierender wäre als Enköping.«

»Schade. Uppsala kommt mir angenehmer vor als Enköping. Außerdem könntest du in Uppsala mehr Kurden jagen.«

»Mach dich nicht lustig. Ich bin nicht sicher, daß ich dieses Haus so vermissen werde, wie ich einmal geglaubt habe. Sieh dir doch nur das hier mal an. Weißt du, was das ist?«

Näslund überreichte Carl eine Liste von Akten. Es sah aus wie eine Mischung aus Journal und Umlaufzettel für teure Zeitschriften, die nur die Chefs in der angegebenen Reihenfolge lesen durften.

Es war eine Neuregelung des Geschäftsgangs. Da Näslund unter anderem behauptet hatte, von bestimmten Abhöroperationen nichts gewußt zu haben, wurden jetzt sämtliche Entscheidungen per Umlauf bekanntgemacht. Das Aktenzeichen jedes Vorgangs wurde festgehalten, und zwar mit Datum. Jeder der beteiligten Vorgesetzten sollte die Liste abzeichnen und kommentieren. Näslund zufolge habe die Neuregelung dazu geführt, daß die Untergebenen jede einzelne gottverdammte Mappe hochschickten, die sie in die Finger bekamen, und die Chefs saßen da und lasen, bis ihnen die Augen weh taten. Schließlich müßten sie jetzt lesen, was sie anhand der Liste nachweislich gelesen hatten. Es sei wohl möglich, die Führung des Amts in Archivmaterial zu ersäufen, so daß alles, was nach dem Umlauf zurückkam, in einem sehr weiten Sinn als genehmigt angesehen werden konnte. So daß die Kontrolle über die Arbeit in Wahrheit noch schlechter wurde als zuvor.

Carl wies darauf hin, daß die Hälfte der Angelegenheiten auf der Tagesliste Kurden und Araber erwähnte.

Er hielt die Liste zwischen sich und Näslund hoch und fotografierte sie dabei schnell und unauffällig, während er gleichzeitig über Kanaken witzelte.

Näslund war ein wenig beleidigt. Er konnte Carl nicht mehr wie irgendeinen x-beliebigen Untergebenen behandeln. Zwar nicht nur aus dem Grund, daß es lange her war, seitdem Leutnant Hamilton in der Firma stellvertretender Abteilungsleiter gewesen war. Sondern vor allem deshalb, weil neuerdings kein Mensch mehr mit Fregattenkapitän Hamilton Schlitten fahren konnte.

»Du müßtest doch trotzdem ein gewisses Verständnis dafür haben, daß man sich einnebelt und bestimmte Sekundäreffekte erreichen will, sagte Näslund in einem bescheidenen Ton, der ihm sehr unähnlich war, als Carl ihm die Tagesliste zurückgab.

»Red keinen Scheiß mit mir, Näslund. Du meinst, es sei praktisch, sich für die Jagd auf Kurden ein paar zusätzliche Ausreden einfallen zu lassen, wie dämlich sie auch sein mögen. Und du meinst, es sei gut, daß die Abendpresse eure Arbeit als geistesgestört bezeichnet.«

»Ja, ungefähr das habe ich gesagt. Du hörst ganz ausgezeichnet.«

»Aber du glaubst doch wohl nicht an diese verdammte Kurdenspur?«

»Nein, wie schlecht du auch von mir denken magst, ein Idiot bin ich jedenfalls nicht.«

»Aber es ist praktisch, daß die Abendpresse eure Geschäfte besorgt.«

»In mancher Hinsicht ja.«

»Habt ihr jetzt eine ganze Bürokratie aufgebaut, damit ihr mit diesen Umlauflisten fertig werdet?«

»Wieso?«

»Das fragt sich ein besorgter Steuerzahler.«

»Ja, die Steuerzahler können sich schon Sorgen machen, aber so schlimm ist es nicht. Carlén in der Registratur kümmert sich darum. Aber worüber wollten wir eigentlich sprechen?«

»Über meine Anwesenheit beim Prozeß gegen meine künftige Frau. Irgendein Scheißkerl in eurer Schutzsektion rief mich an und sagte, ich sollte mich eurer Ansicht nach lieber fernhalten.«

»Ja. Das ist ein Wunsch, den ich verstehen kann. Wir haben ja damit zu tun, daß du ständig bedroht bist, und dann ist es alles andere als einwandfrei, deine Anwesenheit an einem öffentlichen Ort sozusagen anzukündigen.«

Sie hatten inzwischen schon so lange miteinander gesprochen, daß Näslund einen neuen Besucher erwartete. Seiner Gewohnheit treu ließ er den verspäteten Besucher sitzen, während er selbst hinausging, die Tür schloß und das nächste kurze Gespräch draußen bei der Sekretärin erledigte. Darauf hatte Carl gewartet; er wußte, daß er nur lange genug dummes Zeug zu reden und sich ganz einfach nicht abweisen zu lassen brauchte, um eine Gelegenheit zu erhalten, und hier war sie. Er schüttelte den Kopf, lächelte in sich hinein, möglicherweise über Näslund, und ging dann zu dessen Schreibtisch. Er öffnete seine Aktentasche und begann, sich zu bedienen.

»Ja, es ist also kein ganz einfaches Problem«, sagte Näslund übertrieben laut und ein wenig entschuldigend, als er mit Höchstgeschwindigkeit ins Zimmer zurückkehrte und sich auf dem Weg zum Schreibtisch ein paarmal mit dem Stahlkamm durchs Haar fuhr.

Carl saß vor Näslunds Schreibtisch scheinbar ungeduldig auf dem Stuhl, ein Bein vor das andere gestellt.

»Doch«, sagte er, »ich finde es einfach. Für Eva-Britt steht die ganze Zukunft auf dem Spiel. Natürlich werde ich da sein.«

»Dann riskierst du, eine Situation zu erzwingen, in der wir den Saal sichern müssen, mit Polizeiabsperrungen, schußsicheren Westen und all dem Zeug.«

»Du hast die Schäferhunde vergessen.«

»Ja, und notfalls auch Schäferhunde. Ich bin neuerdings wirklich der letzte, dir private Ratschläge zu geben, aber ich bin mir nicht ganz sicher, daß solche Arrangements das Gericht deiner künftigen Kriminalinspektorin gegenüber positiver einstimmen. Hieß sie nicht Eva-Britt?«

»Polizeiinspektorin, nicht Kriminalinspektorin. Ja, Eva-Britt Jönsson.«

»Du gedenkst also, bei der Hauptverhandlung anwesend zu sein?«

»Ja, unbedingt.«

»Wir müssen für deine Sicherheit sorgen.«

»Ein komischer Gedanke.«

»Du hast gut reden. Aber so ist es nun mal. Willst du selbst bewaffnet sein?«

»Was schlägst du vor? Ich meine, wenn ich glaube, jemand könnte auf mich schießen, werde ich mich mehr auf mich selbst verlassen als auf dein Personal.«

»Darüber brauchst du mich nicht aufzuklären. Nun?«

»Aber das glaube ich nicht. Wenn ihr darauf verzichtet, den ganzen Saal zu sichern, und auch all die anderen Albernheiten laßt, kann ich unbewaffnet kommen, wenn es das ist, was du willst.«

»Ich finde, wir machen es umgekehrt. Du bist bewaffnet, aber wir verringern die sichtbare Überwachung bis auf ein Minimum.«

Carl betrachtete Näslund eine Weile nachdenklich, fast mit Sympathie. Es war ein guter Vorschlag. Es würde keinen überflüssigen Aufstand geben, der Eva-Britt schaden würde, und er selbst würde für seine Sicherheit verantwortlich sein, falls es in der Nachwelt zu Diskussionen kam.

Er wünschte Näslund viel Glück für Enköping, vollkommen aufrichtig, nahm seine Aktentasche und ging. Der Besuch war weit lohnender gewesen, als er zu hoffen gewagt hatte.

Per L. Wennström hatte sich schon lange nicht mehr so erregt gefühlt. Er wurde bei der Entdeckung fast sentimental. Er warf einen Blick auf den Großen Journalistenpreis, der unter einigen seiner besten Aushänge in einem Goldrahmen hing.

Nichts von diesem Zeug kam vielleicht auch nur in die Nähe dessen, woran er jetzt arbeitete. Das spürte er in der Nase. Aber andererseits ist es ja immer so mit den richtig großen Sachen, sagte er sich, daß man nie sicher sein kann, das Spiel mit einem Gewinn zu beenden. Und das hier schien schwerer zu sein als je ein Fall zuvor, und seine Quellen machten überdies den Eindruck, verschlossener zu sein als je zuvor. Obwohl niemand direkt dementiert hatte.

Er versuchte eine Zusammenfassung. Zunächst war es ihm eher albern als spannend erschienen. Zwei Säpo-Leute hatten ihn unabhängig voneinander bei verschiedenen Anlässen angerufen und dunkel von etwas gesprochen, was sie »eine A 1-Akte über die Justizministerin« nannten. Die Regierung habe Order gegeben, die Angelegenheit nicht weiter zu verfolgen. Er solle etwas dagegen unternehmen.

Einer der Säpo-Leute hatte ihm die Nummer seines Anschlusses genannt, so daß er zur Kontrolle zurückrufen konnte, ohne jedoch sehr viel mehr zu erfahren. Er bekam aber immerhin heraus, daß es sich um ein Säpo-Ding ganz ungewöhnlicher Art handelte. Sonst pflegten die Säpo-Leute mit ihrem Material offener und direkter umzugehen.

Aber diese Geschichte war für ein solches Vorgehen offenbar zu gefährlich.

Er hatte anschließend einen seiner normalen Säpo-Kontakte angerufen und gefragt, was eine A 1-Akte sei. Den Leuten war der Begriff zwar bekannt, aber sie sagten, derlei bekomme das gewöhnliche Fußvolk selten zu sehen, da A 1-Akten nur für die ganz hohen Tiere im Staat gedacht seien.

Ob es möglich sei, daß es so eine A 1-Akte über die Justizministerin gebe?

Selbstredend. Wenn es in einer sensiblen Angelegenheit eine Akte über die Justizministerin gebe, könne sie nur als A 1 klassifiziert werden.

Und jetzt hatte er von der Säpo einen anonymen Brief erhalten, einen braunen Umschlag mit dem Aufdruck Sicherheitsabteilung der Reichspolizeiführung. Der Brief war überdies mit ihrer Frankiermaschine abgestempelt. Das war entweder dumm oder aber clever. Wennström entschied, daß es clever war, denn so war es einfach, Material aus dem Haus zu schicken. Es war schließlich nicht ungewöhnlich, daß er von der Säpo Briefe erhielt, und das mußte vielen Leuten bekannt sein. Also war es clever. Aber frech.

Der Umschlag enthielt eine Fotokopie mit einem roten Geheimhaltungsstempel im Original. Die Seite sah aus wie eine Art täglicher Umlaufliste, auf der sogar Näslund persönlich an einem bestimmten Tag der Vorwoche operative Vorschläge unter Hinweis auf die verschiedenen aufgeführten Berichte gelesen sowie gebilligt oder abgelehnt hatte. Das ließ sich dem Blatt ohne Mühe entnehmen.

Am äußersten linken Rand waren die verschiedenen Akten notiert und mit verschiedenen Buchstabenbezeichnungen klassifiziert, die Wennström nicht bekannt sein konnten.

Entscheidend war aber natürlich, daß es dort eine A 1-Akte gab. Und in die nächste Zeile hatte Näslund eigenhändig geschrieben, *keine Maßnahmen veranlassen aufgrund besonderer Anweisung der Regierung*. Und im Kasten weiter rechts stand, worum es in der Sache ging, in diesem Fall kurz umschrieben: *Justizmin.*

Näslund hatte entschieden, daß eine bestimmte Angelegenheit, eine A 1-Akte also, nicht weiter verfolgt werden sollte, da die Regierung es so verfügt hatte. Das ließ sich dem Blatt entnehmen. Zumindest, wenn man etwas Ahnung davon hatte, wie die Säpo arbeitete, und das hatte Wennström schließlich.

Die Umlaufliste war mit Datum und allem versehen, was dazugehörte. Natürlich konnte er jetzt nicht herumtelefonieren und sich nach der Justizministerin erkundigen, bevor er wußte, worum es tatsächlich ging.

Er rief jedoch ein paar Leute an und fragte nach Angelegenheiten, die am selben Tag bearbeitet worden waren und etwas banaler zu sein schienen. Und in drei Fällen erhielt er die Bestätigung dafür, daß Näslund die Sachen gerade an diesem Tag entschieden hatte. Wennström erhielt kein Dementi.

Als er wieder den Anschluß bei der Säpo anrief, unter dem er einen seiner Gewährsleute erreicht hatte, nahm diesmal eine ganz andere Person ab, ein Mann, der ziemlich irritiert erklärte, er wisse von nichts, was die Justizministerin betreffe. Er wolle nicht in die Sache verwickelt werden, und es müsse sich um ein Mißverständnis handeln.

Warum hatten alle solche Angst?

Weil es um die Justizministerin ging und die Regierung alles unter dem Deckel halten wollte, natürlich.

Kein Wunder, daß einige der Säpo-Leute trotzdem so wütend wurden, daß sie die Sache nach außen durchsickern ließen.

Die Frage war jetzt, wie er weiter vorgehen sollte. Irgendwo am Ende dieses Jobs wartete ein Riesenscoop, das stand jedenfalls fest. Vielleicht der größte Scoop aller Zeiten.

Der Abendzeitungsreporter sah auf die große Zentralredaktion hinaus, in der alle Kollegen arbeiteten, die kein eigenes Zimmer hatten, aber danach strebten, eines Tages eine Position zu haben wie er selbst. In der Redaktion wurde seit einiger Zeit böse getuschelt, er scharwenzele nur noch unter Politikern herum und spiele den dicken Maxen, ohne richtig zu arbeiten, und so weiter. Die sollten nur ahnen, was hier vielleicht in Bewegung war.

Wennström ließ sich das gesamte verfügbare Archivmaterial über die Jusitzministerin heraufbringen. Unter anderem war sie in der Sowjetunion geboren, Estin oder Lettin.

Joar Lundwall und Åke Stålhandske wollten fast schon aufgeben. Sie waren darauf trainiert, nicht aufzugeben, und psychologisch sehr gut darauf vorbereitet, daß gerade bei solchen Operationen typischerweise nichts geschah. Trotzdem. Sie hockten in ihrem Wohnwagen in einer Querstraße des Drammensveien in gutem Hörabstand von der Frederik Stangs Gate 31 B. Es war eine einfache Sache gewesen, zusammen mit diesem nervösen Norweger in die Wohnung einzudringen und das Telefon zu präparieren. All diese Dinge hatten sie schon am ersten Tag erledigt.

Seitdem hatten sie aber nur warten und sich ein paar triviale Telefongespräche mit einer alten Mutter und mit einer Hure anhören müssen, die offenbar Telefonsex anbot. Sie säuselte dem Kerl Schweinereien ins Ohr, während er immer mehr keuchte. Åke und Joar hatten besprochen, ob sie solches Material überhaupt archivieren sollten, am Ende aber entschieden, ein einziges dieser Gespräche aufzunehmen.

Da der Mann allein in der Wohnung war und niemand ihn besuchte, waren nur die Geräusche des Fernsehers zu hören, von Oslos Lokalrundfunk, und der Bewegungen des Mannes in der Wohnung. Sonst wurde nichts registriert.

Sie hatten versucht, sich in die Lage des Mannes zu versetzen. Vernünftig wäre es ja, mehrere Jahre nicht über das zu sprechen, was er miterlebt hatte, mit niemandem. Und schon gar nicht am Telefon.

Es gab noch eine andere Möglichkeit. Daß er Alleintäter war und folglich mit niemandem diskutieren konnte. Die beiden Morde waren zwar sehr unterschiedlich ausgeführt worden, mit ganz verschiedenem Temperament. Vielleicht war es so, daß der Mann sich abreagiert hatte, seine schlimmsten Haßgefühle bei af Klintén losgeworden war und die Sache nur noch zu Ende bringen wollte, als von Otter an der Reihe war.

Hestenes kam immer sporadischer bei ihnen vorbei, und Carl wollte nur noch dann von ihnen hören, wenn sich etwas Neues ereignete, denn er war offenbar sehr mit allem beschäftigt, was er noch aufzuarbeiten hatte, ob es nun um die Monatsberichte an den Oberbefehlshaber oder sonst etwas ging.

Joar Lundwall und Åke Stålhandske waren darauf trainiert, einander nicht auf die Nerven zu gehen. Trotzdem taten sie es. Einmal kam es sogar so weit, daß sie Automatik einschalteten und in der Sommernacht einen Spaziergang machten, um die Sache auszudiskutieren.

Natürlich geschah es genau da.

Als sie zum Wohnwagen zurückkamen, lief die Unterhaltung offenbar schon recht lange, da die beiden Männer aufgeregt waren.

»Es ist Wahnsinn, daß wir uns gegenseitig besuchen. Und ich will nicht, hörst du, ich will nicht, daß wir noch mal so eine Dummheit machen!« war das erste, was sie hörten.

Åke Stålhandske kontrollierte sofort, ob die Bänder sich noch drehten. Sie hatten sich automatisch in Gang gesetzt, als die Geräusche in der Wohnung einen bestimmten Pegel überschritten. Und da die beiden Männer den Fernseher eingeschaltet hatten, um nicht abgehört werden zu können, und sich dann draußen in den Flur gesetzt hatten, wo sich das Telefon mit Mikrophon und Sender befand, war der Empfang erstklassig.

Der Streit endete damit, daß sie Gespräche dieser Art »da oben« während des Urlaubs führen könnten, und zwar »nächste Woche«. Draußen am Meer könne man sich immerhin miteinander unterhalten, ohne abgehört zu werden, zumindest im Bootshaus. Und bei den unbewohnten Weiten da oben könne niemand in die Nähe des Bootshauses kommen, ohne entdeckt zu werden. Doch künftig keine Gespräche dieser Art, es sei denn, unter den genannten Bedingungen.

Nachdem der unbekannte Besucher gegangen war, stürzte Joar Lundwall heraus, um noch rechtzeitig zur Haustür zu kommen und sich an den Fremden anzuhängen, während Åke Stålhandske die Bänder zurückspulte, um zu erfahren, worum es ging.

Als Joar Lundwall eine Viertelstunde später mit einem Kennzeichen zurückkehrte, das er sich notiert hatte, hatte Åke Stålhandske das kurze und erregte Gespräch schon abgehört, auf Kassette überspielt und archiviert.

Er spielte es Joar Lundwall zufrieden vor, der das notierte Kennzeichen nur kurz vorzeigte.

Bei dem Gespräch war von Anfang bis Ende gestritten worden. Kaum war der fremde Mann in die Wohnung gekommen, befahl er, es so zu arrangieren, daß beide perfekt abgehört werden konnten. Dann beschimpfte er Haugen, weil dieser mit ihm Kontakt aufgenommen habe, und erinnerte an ihre Übereinkunft, mindestens fünf Jahre nicht über die Sache zu sprechen.

Haugen jammerte. Er erklärte, er habe es nicht ausgehalten, oder etwas Ähnliches. An dieser Stelle waren ein paar seltsame norwegische Worte zu hören. Und nach dem, was in den Zeitungen gestanden hatte, hätten sie ja keinerlei Spuren hinterlassen. Die schwedische Polizei glaube ja, daß es Kurden gewesen seien, und so weiter.

Danach dauerte es nicht lange, da ertönte der Abschnitt, den

Joar Lundwall und Åke Stålhandske schon gehört hatten. Die beiden ließen das Band nochmals durchlaufen und machten sich Notizen. Es sollten weitere Gespräche geführt werden, und zwar »da oben« in einem Bootshaus. Da oben könne man sich unterhalten, aber nicht in Oslo. Es sollte in der nächsten Woche geschehen.

»Bootshaus, Teufel auch«, lächelte Åke Stålhandske. »Jetzt haben wir die Scheißkerle, denn es gibt ja eine Möglichkeit, zu dem Bootshaus zu kommen, auf die wir uns ganz gut verstehen.«

Er lachte, warf den Kugelschreiber weg und streckte sich nach dem Telefonhörer, während er gleichzeitig den Zerhacker einschaltete.

»Weswegen rufst du an?« fragte Joar Lundwall.

»Ach, weißt du, ich habe mir gedacht, daß wir etwas neue Ausrüstung brauchen«, lachte Åke Stålhandske. »Teufel auch, wir sollen *da oben* ja in ein Bootshaus reingehen.«

Carl hatte einen harten Tag hinter sich. Eigentlich hätte er sich eine Zeitlang diesen alten Akten widmen müssen, die der DDR-Nachrichtendienst freundlicherweise geschickt hatte. Doch einmal hatte er mit seinen Zusammenstellungen der Monatsberichte für den OB zu sehr hinterhergehinkt, zum anderen hatte er noch andere Arbeitsaufgaben gehabt, die sich am besten im Tonlabor erledigen ließen, wenn er abends allein war.

Er hatte soeben Näslund angerufen und diesen im Büro erwischt statt zu Hause und mit ihm ein langes und recht persönliches Gespräch über dieses und jenes geführt; er hatte erklärt, wie wichtig es sei, im Büro ordentlich aufzuräumen, bevor man gefeuert werde, über bestimmte Skandale, die offenbar dazu führten, wie gut man seine Arbeit auch getan zu haben glaube, über die Hölle, unter uns Kollegen gesagt, in den Händen von Politikern zu sein, über manche Leute, die das Privileg hätten, in einer A 1-Akte zu landen, so daß nie etwas an die Öffentlichkeit dringe, und über, ja, schließlich der eigentliche Grund seines Anrufs, nämlich diese Umlaufliste, die er bei seinem Besuch gesehen habe, denn die habe ihm, Carl, besonderes Verständnis für Näslunds bedrängte Lage abgenötigt, und er wolle fragen, ob er im Zusammenhang mit dem Prozeß noch etwas tun könne? Solle er in Zivil kommen oder in Uniform?

Diese Frage war schnell besprochen, und anschließend plauderten sie ein wenig, bis Näslund sich damit entschuldigte, er müsse jetzt hinter sich aufräumen, bevor es zu einer Hausdurchsuchung komme. Was natürlich ein Scherz war.

Carl lachte laut und recht herzlich mit einem Gefühl, das an Sympathie grenzte, als er auflegte.

Dann nahm er das Band und begab sich auf direktem Weg ins Tonlabor. Er hätte die Arbeit in weniger als einer halben Stunde geschafft, wenn er Joar und Åke bei sich gehabt hätte. Doch jetzt würde es ein paar Stunden dauern. Obwohl er im Hinblick auf das, was er vorhatte, die beiden gewiß nicht in der Nähe haben wollte.

Es war ja eine in mancherlei Hinsicht erfrischende Nachricht, daß sie vielleicht aufs Meer hinaus mußten. Orca und Swordfish in ihrem Element, mit anderen Worten.

Als er mit der Redaktion des Bandes fertig war, überspielte er alles auf eine Kassette mit dem Codezeichen von RPS/Säk und einer absolut echten Journalnummer.

Er wischte die Kassette sorgfältig ab, bevor er sie in einen Umschlag legte, das Licht ausmachte und ging. Tessie wohnte nur einen kurzen Fußweg entfernt.

»Sie heißen also Skauen und Pettersen. Barly Pettersen und August von Skauen«, stellte Rune Jansson fest.

Es war spät, und er war müde, aber Kapitän Seebärs Entdekkung hätte selbst den müdesten Polizisten munter gemacht.

Bis jetzt sei es recht einfach gewesen, behauptete Kapitän Seebär, ohne daß Rune Jansson entscheiden konnte, ob das ironisch gemeint oder aufrichtig war. Wenn sie jedoch die Erkenntnisse aus Göteborg mit den Kriegstagebüchern in Ed und den persönlichen Erinnerungen des alten Flüchtlingspolizisten zusammenlegten, war es am Ende sogar leicht, das exakte Datum herauszubekommen.

Oberwachtmeister Jubelius hatte also persönlich die beiden

Männer des Widerstands, vielleicht auch Spione, aber das war zu der Zeit wohl egal, nach Ed verfrachtet, wo der für die Sicherheit zuständige Offizier die beiden von der Polizei übernommen hatte. Es hatte eine kleine Kabbelei deswegen gegeben, aber der fragliche Offizier, er hieß Oxhufvud, hatte offenbar schnell und auf eigene Faust gehandelt, als er die letzte Transportstrecke über die Grenze zur »Polizei« übernahm, was in diesem Fall entweder norwegische Quisling-Polizei oder Gestapo bedeutete.

Ed war also der Schauplatz des vollendeten Verrats gewesen. Die Täter waren also irgendwie mit Ed verbunden, was schon damals zu zwei Morden geführt hatte. Offenbar aber auch achtundvierzig Jahre später.

Der General af Klintén war ja sehr sichtbar beschuldigt worden, etwas mit Ed zu tun zu haben.

Es gab aber keine Verbindung zwischen af Klintén und von Otter, Oxhufvud, Jubelius und diesem Bootsmann Andersson. Alle ließen sich irgendwie miteinander verbinden, nur af Klintén nicht.

Das war das eine Problem, das sich zumindest nicht an diesem Abend lösen ließ. Das zweite Problem betraf das Motiv.

Norweger werden 1942/1943 von schweinischen Schweden ermordet, die sich dazu zwar der Gestapo bedienen, aber es sind doch die Schweden, welche die Schuldigen sind. Daß einige der Schuldigen schon während des Krieges ermordet werden, ist nicht schwer zu verstehen. Aber 1990?

»Eine Spionagegeschichte oder so etwas kann es ja kaum gewesen sein«, überlegte Rune Jansson. »Ich bin zwar kein Spionageexperte, aber solche Dinge sind ja irgendwann mal der Schnee von gestern. Fünfzig Jahre danach kann man so etwas doch nicht mehr für geheim erklären. Glaube ich zumindest.«

»Nee. Aber irgend jemand ist so teuflisch wütend geworden, daß sich seine Wut nicht mal nach fünfzig Jahren gelegt hatte«, dachte Kapitän Seebär laut.

Es wurde eine Zeitlang still im Raum. Die beiden Männer waren als letzte in der Abteilung, und draußen wurde es langsam dunkel. Beide wollten bald nach Hause und erklären, warum sie nicht zum Essen gekommen waren. Dort unten rückten zwei

Wagen mit eingeschalteten Sirenen und Blaulicht aus, das sich in den Hausfassaden auf der anderen Seite spiegelte, so daß schwache blaue Blitze in den Raum drangen. Natürlich irgendeine neue Scheiße für das Gewaltdezernat, da zwei Wagen losfuhren. Eine geprügelte Ehefrau, Streit unter Ausländern oder etwas ähnlich Düsteres.

»Warum wird man so vertcufelt wütend über etwas, was im Zweiten Weltkrieg passiert ist, daß es nach fünfzig Jahren noch nicht vorbei ist«, sagte Rune Jansson schließlich. Er sehnte sich nach Hause, wollte aber trotzdem noch eine Weile sitzen bleiben. Gerade jetzt waren Ideen nötig.

»Weil irgend jemand meint, daß gerade diese Morde sich nicht entschuldigen lassen. Andere Morde während des Zweiten Weltkrieges hat man vergessen können, aber die hier nicht«, fühlte Kapitän Seebär vor, worauf sich erneut Schweigen auf das Zimmer senkte.

»Aber wenn es irgendeine persönliche Rache wäre, also trotz allem ein paar normale ehrliche Morde mit normalen Motiven, wäre der Täter oder wären die Täter ja mit einem Krückstock bei Klintén reingetapert. Die Art der Tat deutet aber nicht darauf hin.«

»Nein«, sagte Rune Jansson zögernd, da er ahnte, daß er in der Nähe einer Idee war. »Die Täter sind keine achtzig. Die haben wahrscheinlich Personen ermordet, die sie noch nie gesehen oder gekannt hatten. Ich denke an den Altersunterschied. Von was für Leuten reden wir also?«

»Ja, das ist schon einige Überlegung wert«, entgegnete Kapitän Seebär und stand auf. Er streckte seinen gewaltigen Leib zur Zimmerdecke, die er fast erreichte.

»Das bietet Stoff zum Nachdenken bis morgen. Mindestens. Wie es scheint, werden wir die Militärs aber doch um etwas Hilfe bitten müssen.«

»Du meinst wegen Oxhufvud und dem da?«

»Ja. Und ob es einen Zusammenhang zwischen af Klintén und den anderen geben kann.«

Rune Jansson nickte müde, als Kapitän Seebär hinausging. Er blieb an seinem Schreibtisch sitzen, als wäre er unfähig, sich zu erheben und zu gehen. Wenn aus dem Abend zu Hause noch etwas werden sollte, war eigentlich jede Minute kostbar. Die Tochter war sicher schon zu Bett gebracht worden.

Aber hier gab es etwas, was er nicht sah, vermutlich etwas Selbstverständliches. Und es nagte an ihm, daß er nicht darauf kam.

Ein Bote, vermutlich ein Taxi, hatte den Umschlag irgendwann spät in der Nacht abgegeben. Der äußere Umschlag war ein gewöhnlicher weißer DIN-A 4-Umschlag, auf dem nur sein eigener Name stand und der der Zeitung.

Darin lag ein gefalteter brauner Umschlag von RPS/Säk mit einem Gummiband darum, und in dem inneren Umschlag lag eine Kassette.

Schon als Per L. Wennström sich die Kassette zum ersten Mal anhörte, schon bei den ersten Repliken, ging ihm auf, daß er Dynamit in den Händen hielt. Etwas, was zum größten Knaller, zum größten Skandal, zur größten Enthüllung aller Zeiten werden konnte. Und im Hinblick darauf, wer in die Sache verwickelt war, war es überdies eine Weltstory. Sogar die *New York Times* und CNN würden sie bringen.

Wenn es ihm nur gelang, den Sack zuzumachen. Der Kassette nach zu urteilen war der Ball jedoch schon zumindest halbwegs im Ziel:

HAMILTON: Hallo, hier ist Hamilton.

NÄSLUND: Hallo, rufst du noch so spät an?

HAMILTON: Ja, jetzt heißt es ein wenig im Büro aufräumen, bevor wir gefeuert werden, denn ich nehme an, daß ist es, was du gerade tust.

NÄSLUND: Das war nicht lieb gesagt. Lustig finde ich es übrigens auch nicht.

HAMILTON: Dahinter steckt wahrscheinlich diese A 1-Akte. Das ist der Grund, weshalb sie dir ans Leder wollen. Aber vielleicht sollten wir nicht am Telefon darüber sprechen?

NÄSLUND: Nein, das sollten wir wirklich nicht. Wir sind ja

wie immer in den Händen der Politiker, das ist es ja immer wieder. Und bei einer solchen Geschichte bleibt einem ja kaum eine Wahl. Da heißt es nur noch, nach Enköping zu ziehen.

HAMILTON: Enköping? Ich dachte, die wollten dich nach Uppsala versetzen.

NÄSLUND: Ja, so war es sicher mal gedacht. Aber nach unserer kleinen Auseinandersetzung...

HAMILTON: Du meinst, weil wir euch wegen dieser Geschichte mit der Justizministerin verbrannt haben? Weil wir verhindert haben, daß ihr euch auf sie stürzt?

NÄSLUND: Ja, genau. Solche Maßnahmen können ganz schön ans Eingemachte gehen, wenn die Regierung sich aufregt. Das wird jetzt zumindest klar.

HAMILTON: Ja. Schade, daß wir nicht wußten, worum es geht. Das ist mir erst aufgegangen, als ich bei dir die Umlaufliste sah, die mit ihrer Angelegenheit und der A 1-Akte.

NÄSLUND: Ja, aber jetzt ist es jedenfalls zu spät. Wie wird es mit dem Prozeß?

HAMILTON: Das ist ja die Frage. Aber hoffentlich kommt nichts über diese Sache raus, das wäre wirklich zu beschissen. Die Regierung benutzt uns dazu, euch zu torpedieren, und dann ging es nur darum, so eine verdammte A 1-Geschichte unter den Tisch zu fegen. Wirklich schade, daß wir nicht wußten, worum es ging.

NÄSLUND: Das kann man wohl sagen. Aber die Hauptsache ist ja, daß wir uns am Ende doch einig geworden sind.

HAMILTON: Ja, kommst du selbst zum Prozeß?

NÄSLUND: Sehr witzig, ich weiß nicht, ob ich dazu aufgelegt bin. Du kannst diese Sache jetzt nach eigenem Gutdünken regeln.

HAMILTON: Ja, wir können bei einer geeigneteren Gelegenheit weiter über die Sache sprechen.

Die Kassette war mit einer Bezeichnung versehen, aus der hervorging, daß sie zu einer Ermittlung in der Abteilung gehörte, deren Chef Näslund war. Das konnte Per L. Wennström schon allein feststellen.

Es war nicht jeder x-beliebige, der die Geschichte von einer niedergeschlagenen Untersuchung gegen die Justizministerin bestätigte, sondern Hamilton persönlich. Inzwischen kannte jeder Mensch seine Stimme.

Und die Regierung hatte die Säpo also torpediert, weil man sich dort mit einer gegen die Justizministerin gerichteten Untersuchung befaßte. Das bestätigte Hamilton selbst und bedauerte es jetzt im nachhinein sogar.

Schon das war eine Story, eine gute Story. Sie bewies, daß alles, was vor dem Verfassungsausschuß gesagt worden war, Lügen gewesen waren.

Die Story konnte aber noch besser werden, wenn man etwas Selbstdisziplin bewahrte. Feuerdisziplin, wie es beim Militär hieß. Wenn man etwas abwartete, konnte man sich zumindest ein Bild davon machen, was in dieser A 1-Akte stand, und dann, aber erst dann, sollte die Falle richtig zuschnappen.

Aber wie an ein Geheimdossier der Säpo herankommen, von denen die meisten der gewöhnlichen Kontakte sagten, sie kämen nicht mal in die Nähe von so was?

Im Lauf der nächsten Stunden war es zumindest möglich, die Bezeichnung der Kassette zu prüfen. Und vielleicht konnte jemand bestätigen, daß eine bestimmte Umlaufliste mit einer bestimmten Nummer an dem Tag, dessen Datum sie trug, tatsächlich bei Näslund auf dem Schreibtisch gelegen hatte.

Es dauerte fünf Stunden. Dann wußte Per L. Wennström, daß die Kassette ein echtes Original von der Sicherheitspolizei war. Und daß der operative Chef tatsächlich eine Liste der laufenden Angelegenheiten mit der angegebenen Nummer auf seinem Schreibtisch gehabt hatte, und zwar an dem Tag, an dem er sich auch bestimmte Notizen dazu gemacht hatte, wie die Regierung eine gegen die Justizministerin gerichtete Untersuchung gestoppt hatte.

Aber jemand dort in der Firma wollte *Expressen* mit möglichst viel Fleisch für die Story versorgen. In der Hinsicht konnte inzwischen kaum noch Zweifel herrschen.

Also galt es, möglichst lange zu warten. Kaltes Blut, warme Unterhosen und warten. Ein weniger erfahrener Reporter wäre vielleicht einfach losgerannt und hätte den kleinen Gewinn mitgenommen, den großen Schnitt aber verpaßt. Aber nur ein weniger erfahrener Reporter.

»Die Lage ist folgende«, begann Carl schon auf dem Weg ins Zimmer und setzte sich dann vor Samuel Ulfsson, ohne dazu aufgefordert worden zu sein. »Die Lage ist also folgende. Unser Freund Haugen ist unterwegs, um seinen Mitverschwörer zu treffen. Sie haben vor, sich an einem ungestörten Ort, der sich möglicherweise weit im Norden Norwegens befindet, über die Sache auszusprechen. Die nächste Phase unserer Operation läuft folglich darauf hinaus, ihre offenherzigen Gespräche abzuhören. Auf diese Weise sollten wir auf dem Weg zu unserem endgültigen Warum recht weit kommen können. Lundwall und Stålhandske befinden sich jetzt auf dem Weg nach Norden. In einer Stadt namens Mo i Rana werden sie etwas Luftfracht abholen, Taucherausrüstung, die wir ursprünglich nicht eingeplant hatten. Sie benutzen zwei Fahrzeuge, einen PKW der norwegischen Sicherheitspolizei und einen Wohnwagen. Kommunikation per Telefon und Zerhacker.«

Samuel Ulfsson lehnte sich zurück und rauchte eine Zeitlang, ohne etwas zu sagen. Er sah nicht sehr zufrieden aus, was Carl eher erstaunte als enttäuschte. Immerhin hatten sie besonders gute Aussichten, die Operation erfolgreich fortzuführen. Der Wagen, den man verfolgte, konnte beispielsweise nicht verlorengehen, da er mit einem Peilsender versehen worden war. Schlimmstenfalls konnte man die amerikanischen Vettern bitten, den Wagen per Satellit aufzuspüren. Das meiste sprach dafür, daß die Operation gelingen würde. Doch aus irgendeinem Anlaß schien Samuel Ulfsson es nicht zu glauben, oder vielleicht hatte das Ganze auch schon wieder etwas mit seinem alten Schiffskommandanten zu tun.

»Sag mir«, begann Samuel Ulfsson zögernd, »sag mir, ist es wahrscheinlich, daß diese beiden Figuren mit allem rausrücken, was wichtig ist?«

»Ich finde schon«, erwiderte Carl geschäftsmäßig, »sie wollen zu einem Ort, an dem sie sicher sind, nicht abgehört zu werden. Es ist offenbar ein abgelegener Ort, es wird also lange Gespräche geben. Doch, das sollte möglich sein. Wir werden natürlich mit verdammt vielen Bändern hantieren müssen, aber am Ende dürften wir alles darauf wiederfinden.«

»Bist du dir da sicher?«

»Nein, ganz sicher kann man nicht sein.«

»Gibt es eine Möglichkeit, sich zu versichern?«

»Ja. Willst du wissen, wie?«

»Nein. Ich will nur wissen, daß es diese oder jene Möglichkeit gibt und daß du dir sie überlegst. Folglich solltest du hinfahren und die Schlußphase der Operation leiten.«

»Das halte ich nicht für eine gute Idee.«

»Warum nicht, wenn ich fragen darf?«

»Ich laufe Gefahr, überall Aufmerksamkeit zu erregen, und außerdem ist es Joars und Åkes Operation. Die beiden haben bisher die gesamte Arbeit erledigt und das sehr gut. Ich finde, sie sollten unser Vertrauen haben...«

»Das finde ich nicht. Du sollst die Schlußphase der Operation leiten. Ist das verstanden?«

»Verstanden. Zu Befehl.«

»Werde nicht albern.«

»Ich bin nicht albern, ich wollte nur unterstreichen, daß du mir einen ausdrücklichen Befehl gegeben hast, der mir nicht gefällt.«

»Aber den du befolgen wirst.«

»Selbstverständlich. Darf ich aufrichtig sein? *Permission to speak, Sir*, wie wir in Kalifornien gesagt hätten.«

»Selbstredend.«

»Du willst diesen alten von Otter um jeden Preis reingewaschen sehen, frei von jedem Verdacht. Diese gesamte Operation findet eigentlich vor allem deshalb statt, wenn wir mal nachdenken wollen?«

»Das ist möglich. Und?«

»Es ist ein riskantes Vorhaben. Ich meine nicht körperlich riskant oder so, aber wie du weißt, ist die Publizität im Augenblick höllisch. Mein einfacher Gedanke sieht so aus, daß du mit der ganzen Geschichte zu weit gehst und uns zwingst, zu große Risiken einzugehen. Das ist nicht ganz unproblematisch, wenn deine Motive letztlich privater Natur sind und nichts sonst.«

»Das nenne ich eine aufrichtige Sprache.«

»Ja.«

»Ja, es ist wahr. Ich habe einige sehr private Motive, hast du das nie? Nun, ich werde in ein paar Jahren in Pension gehen, die Tauben füttern oder Busfahrer werden oder so was. Ich habe keine Lust, auf der Parkbank zu sitzen und zu wissen, daß ich etwas für von Otter und seine Familie hätte tun können, es aber nicht getan habe. Ist das so schwer zu verstehen?«

»Nein, Sam. Ich werde tun, was ich kann.«

»Na bitte, dann wird es sich schon aufklären. Aber ich möchte erst hinterher mit den Details vertraut gemacht werden. Kann man übrigens nichts gegen diese Abendzeitung unternehmen?«

Carl wurde von der Frage überrumpelt, obwohl er sie schon erwartet hatte.

»Was genau meinst du damit? Etwas gegen sie unternehmen?« fragte er mit deutlicher Ironie.

»Diese Scheißkerle irgendwie zum Schweigen bringen. Wie du weißt, macht diese Pressefreiheit nicht immer Spaß.«

»Nein, aber pikanterweise sind wir dazu da, unter anderem gerade sie zu verteidigen, notfalls sogar dafür zu sterben.«

»Für *Expressen* sterben? Schrecklicher Gedanke.«

»Möchtest du, daß ich mich auch um dieses Problem kümmere?«

»Nein, zum Teufel! Du darfst denen kein Haar krümmen. Lang lebe die Pressefreiheit, und so weiter!«

Samuel Ulfsson grübelte eine Zeitlang über das Problem nach, dann lachte er laut und riß Carl mit.

Kommissar Arne Fristedt bei RPS/Säk hatte, soviel er wußte, noch nie eine Gesetzesübertretung begangen, jedenfalls nichts, was man ernsthaft so bezeichnen konnte.

Er war nicht sicher, was er im Augenblick tat. Aber irgendeine Form von Betrug mußte es wohl sein, zumindest wenn man im Dienst handelte. Und es wäre schwer, es so aussehen zu lassen, als hätte ein *Säpo-Kommissar* anders als dienstlich gehandelt.

Er hatte jedoch nur noch ein Jahr bis zur Pensionierung, und der größte Teil dessen, was in der Firma vorging, hing ihm zum Hals heraus. Und die letzte Zeit war anstrengend und belastend gewesen, da er der Abteilung angehörte, die sich mit Mordermittlungen beschäftigte. Folglich wurde seine gesamte Arbeit von der kaum ernstgemeinten Publizität über Kurden und Araber zunichte gemacht. Irgend jemand hatte das für eine geniale Strategie erklärt, den Feind in Sicherheit zu wiegen und gleichzeitig für andere operative Arbeit Raum zu schaffen, für die sonst nur schwer Raum zu gewinnen war. Indem die seriöse Ermittlungsarbeit zunichte gemacht wurde, würde man ohne jeden Nutzen noch mehr Kanaken anzapfen können. Das hieß es im Klartext.

Er hatte versucht, zu den Kollegen in Norrköping Kontakt aufzunehmen, also den Kollegen von der »offenen« Polizeiarbeit, und vorgeschlagen, unter etwas aufrichtigeren Formen zusammenzuarbeiten. Sie hatten fast wild um sich geschlagen. Und dafür hatte Fristedt sogar durchaus Verständnis.

Natürlich war auch deren Arbeit durch dieses Abhörgequatsche zertrümmert worden.

Und somit hatte Hamilton sicher seine guten Gründe. Obwohl deren Legalität sicher zweifelhaft war.

Fristedt sah auf die Uhr. Es war schon eine Minute über die Zeit, aber ich soll ja immerhin keinen Spion treffen, versuchte er sich scherzhaft einzureden.

Er sah auf die Straße. Der Verkehr war spärlich. In einiger Nähe waren keine Autos geparkt, auf den Hausdächern lauerten keine Fotografen, und außerdem war der Treffpunkt gerade im Hinblick darauf ausgewählt worden, solche Komplikationen zu vermeiden. Er selbst und Carl hatten keine größeren Schwierigkeiten gehabt, diese Probleme zu lösen.

Schließlich kam der Wagen. Es konnte keinen Zweifel geben, um welchen Wagen es sich handelte. Er war mit *Expressen*-Wespen übersät. Fristedt traute seinen Augen nicht.

»Etwas unauffälliger hättest du es schon machen können«, knurrte er, als er die Beifahrertür aufriß und sich neben den Fahrer setzte, von dem er wußte, daß er ihn verabscheuen würde.

»Angenehm, dich kennenzulernen, Per L. Wennström, *Expressen*«, stellte der Fahrer sich überflüssigerweise und demonstrativ vor, um einen Namen zurückzuerhalten.

Fristedt seufzte und fummelte in der Manteltasche, um ein kleines Tonbandgerät hervorzuziehen, das unter dem Sicherheitsgurt eingeklemmt war. Schließlich ging es. Er hielt das Tonbandgerät demonstrativ hoch und drückte den Aufnahmeknopf.

»Kannst du mir unter Hinweis auf die Verordnung über die Pressefreiheit zusagen, mich nie als Quelle preiszugeben?« fragte er und ließ das Band laufen.

»Ja«, sagte der Reporter nach einigem Zögern und sah dabei unruhig in den Rückspiegel. »Ja, das kann ich.«

»Nenn deinen Namen, und sag, daß du es versprichst.«

»Ich heiße Per L. Wennström, bin von der Zeitung *Expressen* und verspreche und versichere, daß die Information, von der ich jetzt erfahren werde... äh, äh vertraut, nein, ich meine vertraulich ist, was die Quelle angeht. Ich werde meine Quelle also unter gar keinen Umständen preisgeben. Ist das gut so?«

»Ich heiße Arne Fristedt und werde dir einen Umschlag geben. Den Inhalt, den ich nicht näher kenne, habe ich von Personen erhalten, denen ich vertraue, von Personen beim... ja, von Leuten bei der Firma also. Es ist eine Information, die nach Ansicht einiger Leute bekannt werden sollte; aber aus Gründen, die mir unbekannt sind, möchte man sich eines Mittelsmannes bedienen, um die Information zu übergeben.«

Fristedt schaltete sein Tonbandgerät aus und preßte es umständlich in die Manteltasche. Dann zog er einen dicken, versiegelten braunen Dienstumschlag hervor, den er ohne ein Wort dem Reporter überreichte. Wennström wäre vor Aufregung um ein Haar bei Rot durchgefahren, als er den Umschlag entgegennahm.

»Du kannst mich zwei Blocks weiter absetzen«, sagte Fristedt mit gespielter Müdigkeit.

Der Reporter überlegte krampfhaft, wie er die letzten Augenblicke ausnutzen konnte.

»Kennst du jemanden, dem Einzelheiten dieses Falls bekannt sein können?« fragte er schließlich mit einer Stimme, die sich fast überschlug.

»Ich weiß nicht sehr viel über die Sache, aber du kannst es ja bei Appeltoft versuchen, Durchwahl 3314«, sagte er mit dem gleichen müden Tonfall.

»Appeltoft, ich kenne keinen Appeltoft.«

»Nein, aber das kann ja daran liegen, daß du nicht alle bei uns in der Firma kennst. Einige von uns wenden sich nämlich nur im äußersten Notfall an die Presse.«

Fristedt gab zu verstehen, daß er aussteigen wollte. Ganz in der Nähe befand sich ein U-Bahnhof, und er hatte schon festgestellt, daß der Wagen nicht verfolgt wurde.

»Weißt du, was eine A 1-Akte ist?« versuchte der Reporter mit einem letzten verzweifelten Anlauf, als Fristedt schon dabei war, sich langsam aus dem Wagen zu wuchten.

Fristedt erstarrte, drehte sich langsam zu dem Reporter um und sah ihn forschend an. Wie es schien, unendlich lange. Erst dann antwortete er.

»Ich hoffe bei Gott, daß in diesem Umschlag keine A 1-Akte ist«, sagte er, schlug die Wagentür zu und ging schnell zum U-Bahneingang.

Per L. Wennström parkte, sobald er hinter dem Stoppschild vor dem U-Bahneingang einen Platz fand. Er zitterte vor Erregung, als er den Umschlag aufriß. Es war eine dicke Akte in Fotokopien, aber mit originalen roten Geheimhaltungsstempeln. Außerdem sah er einen grünen Stempel, den er noch nie gesehen hatte, von dem ihm aber jemand erzählt hatte. Der Stempel der höchsten Geheimhaltungsstufe.

Die Mappe war in der oberen rechten Ecke mit der Bezeichnung A 1 versehen. Auf der ersten Seite stand der Name der betroffenen Person mit maschinegeschriebenen Versalien:

JUSTIZMINISTERIN LAILA FREIVALDS

Er sank beinahe zusammen und mußte fest die Augen schließen, um noch einmal zu lesen, was dort nur zu deutlich stand. Dann sah er sich unruhig um und beschloß, zur Redaktion zurückzufahren, bevor er den Rest las. Das Material mußte so schnell wie möglich in Sicherheit gebracht werden, darüber konnte es keinen Zweifel geben.

Er mußte sich stark konzentrieren, um ruhig und normal zu fahren. Nur nicht Aufmerksamkeit erregen, dachte er. Nur nicht auffallen, sondern ruhig und sicher zur Redaktion zurück. Er fragte sich, ob die Garage der Zeitung im Sinne des Grundgesetzes als Redaktionsraum galt, ob dort Hausdurchsuchungen und Beschlagnahmen stattfinden könnten, ohne daß es mit der Pressefreiheitsverordnung kollidierte. Er beschloß, den Wagen einfach vor dem Haupteingang stehen zu lassen, dann konnten die Hausmeister sich ruhig nach Herzenslust beschweren. Er mußte sich auf dem schnellsten Weg in Sicherheit bringen.

Er rannte schwer und keuchend die Treppen hinauf, statt den Fahrstuhl zu nehmen. In der Redaktion schien alles normal zu sein. Die Leute arbeiteten oder tranken Kaffee, als ob nichts Besonderes passiert wäre. Einige sahen sich CNN an. Schon bald würden sie Zeitungsgeschichte miterleben.

Er schloß die Tür hinter sich, als er sein Zimmer betrat, und legte den Dokumentenstapel auf den Schreibtisch. Es hatte den Anschein, als wollte er genau diesen Augenblick auskosten, die Sekunden, bevor er zu lesen begann.

Dann schlug er die erste Seite auf. Es war ein kleines Journal, aus dem hervorging, welche Personen in den letzten zwei Jahren zu der Akte Zugang gehabt hatten. Es gab nur ein Datum, das er kontrollieren konnte. Aber es stimmte, es war genau der Tag, an dem Näslund die Mappe in seinem Büro gehabt hatte. Was ja auch durch dieses Telefonat mit Hamilton bestätigt wurde.

Dann begann Wennström zu lesen. Nach kurzer Zeit bezweifelte er plötzlich, daß *Expressen* es wagen würde, diese Dinge zu publizieren, wie sehr sie auch erwiesen sein mochten.

Doch, es würde natürlich gehen. Natürlich nur, wenn man einige der Anschuldigungen abmilderte und auf das Bildmaterial verzichtete. Aber man konnte ja sagen, daß es das Bildmaterial *gab*.

Die morgige Ausgabe kam natürlich nicht dafür in Frage. Es würde einige Tage mit harten Diskussionen mit diesem oder jenem Vorgesetzten und einigen der Anwälte des Blattes geben. Und dann neue Checks, doppelte Checks.

Doch es würde gehen. Und es würde Zeitungsgeschichte von Weltformat werden. Aber möglicherweise nur, wenn man die schlimmsten Dinge herausnahm. Oder vielleicht doch nicht?

Eva-Britt bewegte sich etwas schwerfällig. Ihre Beine waren in letzter Zeit angeschwollen. Sie hatte ein hellgrünes Kostüm mit einer langen Jacke an, so daß es eine Kombination aus Kostüm und Umstandskleid wurde.

Sie erschienen Arm in Arm beim Amtsgericht. Er hatte sie gefahren. Sie hatten das Glück, gleich einen Parkplatz zu finden, und mit all den Fünf-Kronen-Münzen bezahlt, die sie in ihren Taschen fanden. Dann steuerten sie direkt auf die Horde der Pressefotografen los.

Im Saal erwartete sie der Anwalt, der sie fast übertrieben herzlich und lang anhaltend in Empfang nahm, als sollten die Fotografen mehr Zeit bekommen, alle drei aufs Bild zu bannen.

Kurz darauf konnten sie in einen Zeugenraum flüchten und die Tür hinter sich schließen. Doch kaum hatten sie sich gesetzt, wurde der Fall aufgerufen. Vor dem Gerichtssaal gab es einen Tumult, da dreimal so viele Zuschauer erschienen waren, wie Platz finden konnten, obwohl das Amtsgericht in weiser Voraussicht den größten Gerichtssaal gewählt hatte. Überdies wurden überhaupt nur wenige Zuschauer eingelassen, da die Vertreter der Massenmedien den Vortritt hatten.

Der Staatsanwalt sah erschrocken aus, als er das Gedränge im Saal wahrnahm. Die Mitglieder des Gerichts gaben sich die äußerste Mühe, um zu zeigen, daß dies nur ein kleiner, einfacher und trivialer Fall war. Sie unterhielten sich leise miteinander.

Die einleitenden Formalien brachten die Anwesenden zur Ruhe. Zunächst sollte festgestellt werden, daß Eva-Britt Eva-Britt war, was sie ohne jeden Vorbehalt zugab.

Dann konnte man anfangen. Der Staatsanwalt, der den Sachverhalt schildern sollte, hatte nicht viel zu sagen. Die tatsächlichen Umstände des Falls seien seiner Auffassung nach nicht umstritten. Es bleibe noch die Frage, wie man die Gewalt beurteilen solle, die Polizeiassistentin, Verzeihung, Inspektorin Eva-Britt Jönsson bei besagter Gelegenheit ausgeübt hatte. Ob es also sich um einen qualifizierten Fall von Körperverletzung handle, schwere Körperverletzung, oder ob es eine andere Interpretationsmöglichkeit gebe. Dies werde aus der Vernehmung der Parteien hervorgehen.

Anschließend sollte der Nebenkläger gehört werden. Dieser

war zwar ein notorischer Alkoholiker mit einem aufgedunsenen Gesicht, hatte zwei Pflaster auf der Stirn und war offenbar geschminkt. Er war jedoch gut gekleidet, trug einen neuen Anzug mit Weste.

»Kannst du einleitend mit eigenen Worten beschreiben, was geschehen ist?« fragte der Staatsanwalt ohne jeden Anflug von Begeisterung.

»Ich soll also selbst den Sachverhalt darstellen?« erwiderte der Mann und wurde durch ein schnelles schüchternes Lächeln des Staatsanwalts unterbrochen.

»Nein, es genügt, wenn du einfach nur mit eigenen Worten erzählst, was drinnen auf der Wache passiert ist«, sagte der Staatsanwalt sanft.

»Ja, also, erstens wurde ich schon im Bus von diesen Typen mißhandelt, die mich geschnappt hatten, obwohl es keinerlei Grund dazu gab. Und wir Staatsbürger dürfen uns nicht ohne weiteres damit abfinden, daß die Polizei immer wieder solche Übergriffe begehen kann, ohne daß die Sache irgendwie verfolgt wird. Und da es um Taten von ernster Beschaffenheit geht, die die Gesellschaft nicht auf die leichte Schulter nehmen sollte...«

»Danke«, unterbrach ihn der Staatsanwalt, »vielleicht sollten wir versuchen, uns an das zu halten, was in der Wache geschah, als du mit Eva-Britt Jönsson in Kontakt kamst.«

»Ja, also, da ging die fragliche Mißhandlung weiter. Diese anderen Polizeibeamten drückten mich gegen die Wand und klammerten sich an meinem Oberkörper fest, so daß mir plötzlich übel wurde. Und dann hat sie einfach zugeschlagen, direkt über dem Nasenbein.«

»Sie schlug einfach zu?«

»Ja, genau.«

»Einfach so, ohne jeden Grund?«

»Ja. Die Polizei hat nicht das Recht, mehr Gewalt einzusetzen, als die Situation erfordert, und man hatte mich ja schon festgenommen, so daß es gar keinen Grund gab...«

»Danke. Es ist aber möglicherweise so gewesen, daß du dich übergeben hast?«

»Na ja, ich kann die Möglichkeit also nicht ausschließen. Wenn es mehrere Zeugen gibt, die behaupten, ich hätte gekotzt, kann ich diese Möglichkeit nicht ausschließen, aber dann liegt es daran, daß die anderen sich an mir festkrallten und ...«

»Danke. Aber du wurdest von einem Schlag ins Gesicht getroffen?«

»Ja, sie hat einfach losgedroschen, ohne jeden Grund.«

»Aha. Hat es weh getan?«

»Ich bekam furchtbare und anhaltende Schmerzen. Es war also ein ordentlicher Knall.«

»Aha. Aber du warst bei der Gelegenheit nicht betrunken?«

»Nein, das ist es ja gerade. Sie hatten mich ohne jeden Grund festgenommen, und die Frage meiner eventuellen Betrunkenheit ist für die Sache selbst ja ohne Belang. Der Umstand, daß ich vielleicht ein Bier getrunken hatte, befreit diese Polizeiinspektorin nicht von ihrer Verantwortung, und ...«

»Danke, danke! Ich meine nur, wenn du betrunken warst, verstehe ich nicht, wie ein Schlag so entsetzlich weh getan haben kann. Bist du dir deiner Schmerzempfindungen wirklich sicher?«

»Ja, ich habe noch nie so einen verdammten Schlag erhalten.«

»Danke, Herr Vorsitzender, im Augenblick habe ich keine Fragen mehr.«

Carl spürte, wie seine Gefühle zu einer Mischung aus Haß auf den Lügner und Staunen über dessen Sprache und Auftreten wurden. Er empfand auch so etwas wie Aggressivität gegenüber dem Staranwalt, der so unverschämt zufrieden und entspannt aussah, als stünde überhaupt nichts Ernstes auf dem Spiel.

»Dann übergebe ich das Wort an Herrn Rechtsanwalt Sjöström, bitte sehr«, sagte der Vorsitzende mit einem Gesichtsausdruck, als hätte er unsichtbares Zaumzeug um die Kiefer.

»Das ist ja eine sehr blumige Darstellung, die wir hier von Herrn Larsson gehört haben«, sagte Rechtsanwalt Sjöström mit einem fast glücklichen Gesichtsausdruck, als er sich erhob und mit ein paar langsamen, theatralischen Schritten vortrat.

»Herr Larsson hat vielleicht viele Erfahrungen mit den Beamten und Beamtinnen der Polizeiwache 1?«

»Ja, selten unglückliche Umstände haben es bewirkt, daß ...«

»Danke, ich verstehe, daß es gerade in Ihrem Fall besonders

unglückliche Umstände gewesen sein müssen. Sie haben die Polizei schon zuvor wegen Körperverletzung angezeigt, nicht wahr?«

»Die Frage gehört nicht zur Sache. Was ich früher getan habe, gehört nicht hierher.«

»Wie aus diesen Worten hervorgeht, hat Herr Larsson ja früher schon vor Gericht gestanden, aber ist es nicht so, daß Sie im Lauf der Jahre neun verschiedene Anzeigen gegen Polizeibeamte erstattet haben?«

»Das könnte stimmen.«

»Ja, das kann stimmen. Verhält es sich nicht so, daß Sie mit ihren Anzeigen in keinem einzigen Fall Erfolg gehabt haben?«

»Auch das ist eine irrelevante Frage. Diesmal hat sie doch gestanden, und dann wird es sozusagen etwas anders.«

»*Sie* hat gestanden, sagen Sie. Sie, welche *Sie*! Wollen Sie sagen, daß es bei jeder Gelegenheit Inspektorin Jönsson gewesen ist, die Sie mißhandelt hat?«

Der Anwalt spielte den heftig Entrüsteten und Erstaunten.

»Nein, natürlich nicht, bei den anderen Gelegenheiten waren es männliche Polizeibeamte.«

»Aha, es sind also Männer gewesen. Sagen Sie, zeigen Sie Polizisten immer wegen Körperverletzung an? Ich meine, weil es inzwischen immerhin neun Anzeigen geworden sind?«

»Nein, das kommt äußerst selten vor. Ich erstatte nur dann Anzeige, wenn es Grund dazu gibt.«

»Das nenne ich eine verantwortungsvolle Einstellung bei einer der Stützen der Gesellschaft, das muß ich schon sagen. Einfache Mathematik läßt jedoch erkennen, daß Sie bei einer Vielzahl von Anlässen wegen Trunkenheit in Gewahrsam genommen worden sind. Stimmt das etwa nicht?«

»Nein, ganz und gar nicht.«

»Wie können dann neun solche Fälle, nämlich die, die Sie angezeigt haben, äußerst selten gewesen sein?«

»Ich erstatte nur dann Anzeige, wenn ich richtige Gründe habe. Man muß ja eine Menge ertragen, aber auf keinen Fall Körperverletzung im Sinn des Strafgesetzbuchs. Daran halte ich fest.«

Der Anwalt hatte sich inzwischen fast bis zur Mitte des Raumes vorgearbeitet. Er sah aus wie ein Löwenbändiger in einer Arena, der gerade zum Höhepunkt der Schau mit den brennenden Reifen ansetzt.

»Sagen Sie, Herr Larsson, könnten Sie so nett sein, sich mal zu erheben?« fragte der Staranwalt ebenso sanft wie überraschend.

»Was, wieso?«

»Sie dürften jetzt doch wohl nüchtern sein. *Können* Sie nicht aufstehen?«

»Doch, natürlich«, entgegnete der Nebenkläger verdrießlich und erhob sich zu voller Länge.

Der Anwalt trat ein paar Schritt näher heran und sah sein Opfer forschend an.

»Sie sind ein kräftiger Mann, Herr Larsson. Wieviel wiegen Sie?«

»Sechsundneunzig Kilo, aber das sind ja auch ein paar Kilo zuviel.«

»Vielleicht, vielleicht«, murmelte der Anwalt. »Nein, seien Sie so freundlich und bleiben Sie noch eine Weile stehen!«

Dann ging er zu Eva-Britt hinüber und half ihr höflich auf, so daß auch sie stand.

Dann wandte er sich erneut zu dem Nebenkläger um und fragte kurz und einfach.

»Es ist also diese schwangere Frau gewesen, die Sie so mißhandelt hat, daß Sie dabei so heftige Schmerzen spürten, wie Sie sie kaum je gekannt haben?«

»Ja, also, damals war sie wohl erst im siebten Monat, und...«

»Danke, Herr Vorsitzender, ich habe keine weiteren Fragen!«

Weder Carl noch Eva-Britt ging auf, daß der Prozeß schon entschieden war. Es kam noch zu einigen weiteren Vernehmungen, unter anderem wurde Eva-Britt gehört, die erneut gestand, mit der geballten Faust zugeschlagen zu haben, jedenfalls soweit sie sich erinnere. Sie erklärte, nicht zu wissen, in welcher Absicht sie gehandelt habe, da sie spontan reagiert habe, denn es sei so ekelhaft gewesen, das Erbrochene an den Kleidern zu haben.

Es hatte den Anschein, als wollten sämtliche anwesenden Juristen im Saal den Prozeß beschleunigen. Kurz darauf gab es eine Pause, und Eva-Britt und Carl wurden von dem Staranwalt erneut in einen abgetrennten Raum gelotst.

Inmitten des Gedränges streckte ein *Expressen*-Reporter plötzlich ein Mikrophon zu Carl hin und stellte eine in diesem Zusammenhang vollkommen unerwartete Frage:

»Hast du mit Näslund irgendeine A 1-Akte über die Justizministerin besprochen, und was habt ihr gegebenenfalls gesagt?«

Carl drehte sich bestürzt zu dem Reporter um, wie es schien, vollständig überrumpelt.

»Ich kann mir nicht vorstellen, daß man am Telefon... außerdem weiß ich gar nicht, was so eine A 1-Akte ist, von der du da redest, und außerdem unterhalte ich mich nicht mit Leuten deines Schlages!«

Carl drehte sich unbeherrscht um und drängte sich durch die Menschenmenge, bis er Eva-Britt und den Staranwalt eingeholt hatte. Er machte fast den Eindruck, als flüchtete er.

Hinter ihm stand ein nervöser Reporter und kontrollierte, daß das, was gesagt worden war, tatsächlich aufs Band gekommen war und daß er selbst nicht von Telefon gesprochen hatte, sondern daß es Hamilton gewesen war.

»Jetzt ist die Sache klar, jetzt haben wir sie im Sack«, murmelte der Reporter leise vor sich hin und verließ damit den Gerichtssaal. Der Ausgang des Verfahrens war für den, der so etwas schon gesehen hatte, schon gegeben. Außerdem würde *Expressen* jetzt den größten Knüller aller Zeiten vom Stapel lassen.

»Ich muß schon sagen, so viel Spaß habe ich nicht mehr gehabt, seit Vater mit der Sau zum Nachbarn ging, um sie decken zu lassen«, lächelte der Anwalt, als sie endlich die Tür schließen und sich damit vor den Kamerablitzen schützen konnten.

»Wie wird es ausgehen?« fragte Eva-Britt mit besorgt aufgerissenen Augen.

»Wie es ausgeht? Oh, das werde ich dir sagen. Leichte Körperverletzung, da du gestanden hast, und dann noch zwanzig Tagessätze. Ihr hättet hier gar keinen Anwalt gebraucht, wenn ich vollkommen ehrlich sein soll, und das soll ein Anwalt ja bekanntlich. Der Mann hat doch alles selbst erledigt. Habt ihr seine Pflaster gesehen?«

»Ja, und geschminkt war er auch!« lachte Eva-Britt.

Mehr konnten sie kaum sagen, da wurde der Fall erneut aufgerufen. Die Mitglieder des Gerichts hatten sich nicht einmal von ihren Stühlen erhoben.

»Das bedeutet, daß sie in vierzehn Tagen das Urteil verkünden werden«, flüsterte Eva-Britt erklärend zu Carl.

»Das glaube ich nicht. Wollen wir essen gehen, wenn das Urteil gleich verkündet wird?« fragte der Anwalt zu Carl gewandt.

»Ja, wenn wir hier rauskommen, wenn es leichte Körperverletzung wird«, flüsterte Carl, als er sich gerade setzen wollte.

Die Anwesenden hatten sich kaum gesetzt, da wurde schon das Urteil verkündet. Eva-Britt Jönsson, Polizeiinspektorin, wurde wegen leichter Körperverletzung zu zehn Tagessätzen verurteilt. Die schriftliche Urteilsbegründung konnte drei Tage später in der Kanzlei des Amtsgerichts abgeholt werden. Damit war die Verhandlung beendet.

II

Eggum war das Ende der Welt. Draußen lag das Eismeer, und die nächstgelegene Küste mußte in exakt westlicher Richtung Grönland sein. Bei Eggum hörte natürlich auch die Straße auf. Es gab dort einen kleinen Laden, und zusammen mit einigen kleinen Häusern war das alles. Das letzte Stück in Richtung Eggum war nicht asphaltiert, und auf dem schmalen Kiesweg voller Schlaglöcher hatten bei Gegenverkehr zwei Wagen nur mit Mühe Platz.

In Eggum würde es keinem Fremden gelingen, sich zu verstekken. Das Dorf lag am Fuß eines hohen Berges, der bis auf den kleinen Landvorsprung steil zum Meer hin abfiel. Irgend jemand hatte einmal beschlossen, sich ausgerechnet dort anzusiedeln, direkt am Eismeer, statt in einem der schützenden Fjorde Lofotens.

Die geographischen Gegebenheiten hatten ihnen mehr als vierundzwanzig Stunden Verspätung eingebracht. Roar Hestenes hatte zur Tarnung eine Sportfischerausrüstung dabei, die deutlich sichtbar aus der Heckscheibe seines Volvo herausragte, und brachte einen Tag am Strand von Eggum zu, um Seelachs zu fischen. Die Dorfbewohner waren an den Anblick verrückter Touristen gewöhnt und vermutlich nicht mißtrauisch.

Anschließend erkundete Roar Hestenes die Umgebung, und als sie sich dann in ihrem heruntergekommenen Hotel mit dem anspruchsvollen Namen »Polar« in Svolvaer trafen, fiel es ihnen nicht schwer zu planen, wie es weitergehen sollte.

Jetzt betrug der Abstand zum Ziel etwa eintausend Meter. Sie befanden sich auf der anderen Seite einer langgestreckten Bucht, vermutlich ein paar Dutzend Kilometer Landweg von einem der drei baufälligen roten Bootshäuser unten am Strand auf der anderen Seite entfernt, dem Ziel.

Ihr Wohnwagen hatte jetzt einige große Aufkleber, die sie als Expedition des Marinebiologischen Instituts in Malmö auswiesen. Der Wagen war fünfundzwanzig Meter von der Wasserlinie entfernt und voll sichtbar geparkt. Sie hatten etwa eine Stunde in ihren farbenfrohen hellblauen und roten Taucheranzügen mit großen gelben Preßluftflaschen auf dem Rücken getaucht. Am Strand hatten sie ein kleines Gestell mit Glasbehältern aufgebaut, in die sie etwas Tang, Sand und anderen Krimskrams legten.

Das Wasser war eiskalt. Sie beschlossen, künftig nur mit militärischer Ausrüstung zu tauchen, zumindest was die Taucheranzüge betraf.

Ursprünglich wollten sie draußen sitzen und dort ihren Fisch grillen, doch es wurde zu kalt, und so flüchteten sie in ihre Pantry. Während Åke Stålhandske mit Roar Hestenes' Seelachsfilets rang, montierte Joar Lundwall das stabile Fernrohr auf einem Stativ. Unterdessen waren die beiden Norweger auf der anderen Seite des Fjords bei dem entferntesten Bootshaus angekommen.

Der Fisch brannte an, während die drei sich abwechselten, das Ziel durch das Fernrohr zu betrachten und die Taktik zu besprechen. Natürlich beschlossen sie zu warten, bis es dunkel wurde. In der Dunkelheit würde es ihnen gelingen, ungesehen ans Ziel zu kommen. In der Dunkelheit würden sie immer überlegen sein. Tausend Meter gerade Strecke. Da fiel ihnen die Orientierung leicht. Sie würden das Ziel wahrscheinlich nur um wenige Meter verfehlen, vorausgesetzt, die Strömung weiter draußen war nicht zu stark.

Sie retteten von den angebrannten Seelachsfilets, was noch zu retten war. Joar Lundwall murmelte etwas von Panade, worauf sie sich wieder ihren Naturerlebnissen zuwandten.

Das eindrucksvollste war der Schwertfischschwarm gewesen. Richtige Schwertwale, mindestens fünf Familien, die sie von der Autofähre nach Svolvaer achteraus gesehen hatten.

Dieses Erlebnis hatte nicht nur *Orca* selbst atemlos gemacht

Das bedeutete natürlich, daß sich in dieser Gegend auch Haie befanden, was, wenn sie Pech hatten, der Expedition ein tragisches Ende bereiten konnte.

Der Plan war einfach. Sie würden sich nachts, wenn sich die beiden Verschwörer nach oben in ihr Wohnhaus zurückzogen, im Schutz der Dunkelheit auf das Ziel vorrücken und im Bootshaus die geeignete Ausrüstung anbringen. Der Empfang würde voraussichtlich perfekt sein: Wenigstens dieses eine Mal eine gerade

Linie ohne Berge dazwischen. Auf dem letzten Weg durch Nordnorwegen hatten sie bei ihrer Kommunikation mit Hestenes ziemliche Schwierigkeiten gehabt. Hier würde es so sein, als säßen die Abgehörten mit ihnen im Wohnzimmer.

Just a walk in the park, wie sie meinten.

Vier Stunden später machten sie eine ebenso peinliche wie selbstverständliche Entdeckung. Den Schutz der Dunkelheit konnten sie vergessen. Sie befanden sich nördlich des Polarkreises, und der Juni war schon fast halb vorbei. Also praktisch Mitternachtssonne.

Und als die zwei Verschwörer hinten beim Ziel gegen vier Uhr morgens zu ihrem Haus hinauftorkelten, war es so hell wie mitten am Tag.

Überdies herrschte Ebbe. Der Fjord oder die Bucht, die sie von dem Ziel trennte, war sehr flach; hätten sie bei Ebbe einen Versuch unternommen, wären sie bestenfalls wie Frösche hundert Meter vom gegenüberliegenden Strand entfernt gelandet oder schlimmstenfalls auf See hinausgespült worden. Sie legten sich schlafen, nachdem sie den Wecker gestellt hatten. Erste Aufgabe am nächsten Morgen mußte sein, daß Hestenes in Svolvaer anrief und bei einem Hafenbüro oder einem ähnlichen Amt eine Gezeitentabelle bestellte.

»Pfui Spinne«, brummelte Åke Stålhandske, als er sich in seiner Koje hin und her wälzte, um die richtige Schlafstellung zu finden. »Ebbe und Flut und ewige Sonne. Darauf hätte Skip uns vorbereiten müssen. Die verdammte Sonne geht ja sonst immer schön im Meer unter, beispielsweise westlich vor San Diego. Hier dreht sie nur eine Runde.«

Sie konnten nicht einschlafen. Sie sprachen erneut über die Landschaft und das fremdartige, exotische Gefühl, unendlich weit weg von zu Hause zu sein, obwohl sie sich im Grunde nur in einem Nachbarland befanden. Butzköpfe und Delphine im Meer sowie Berge mit spitzen, schneebedeckten Gipfeln, die in den Wolken verschwanden; sie hatten das Gefühl, als müßte das Atemlose sie jetzt endlich einholen, da sie nicht mehr im Wagen saßen und den Signalen des Peilsenders irgendwo vor ihnen zu folgen versuchten.

Der Wagen hatte also kein gefälschtes Nummernschild, er war

tatsächlich in Eggum angemeldet. Der Mann, wer immer es war, mußte den Wagen also von einem Nachbarn oder Verwandten geliehen haben, um damit nach Oslo zu fahren.

Sie beschlossen, nicht zu Hause anzurufen und sich zu beklagen, sondern die Probleme statt dessen aus eigener Kraft zu lösen. Wie immer sie das anstellen sollten. Man kann Flut und Ebbe ja nicht stoppen oder die Mitternachtssonne löschen. Eine neue Sportfischerexpedition nach Eggum schien auch keine glänzende Idee zu sein, also in unmittelbarer Nähe dieses Bootshauses zu fischen, um sich so fünf notwendige Minuten im Haus zu verschaffen. Die Gefahr, entdeckt zu werden, war viel zu groß, und damit würde die gesamte Operation platzen.

Sie würden wohl versuchen müssen, sich an das zu halten, was sie beherrschten, wenn auch ohne Dunkelheit. Wenn es sowieso immer hell war und die Herren dort drüben es vorzogen, nachts zu saufen, dürfte der richtige Zeitpunkt etwa eine halbe Stunde nach ihrem Weggang sein. Fünf Uhr morgens also. Auch wenn es hell war.

Doch dann stellte sich die Frage von Ebbe und Flut.

Sie kehrten wieder zur Natur und der Frage zurück, was Menschen dazu brachte, sich hier niederzulassen. Die Winter mußten entsetzlich sein, ewige Dunkelheit, Sturm und Kälte, feuchte Kälte.

Schade, daß sie nicht im Dezember hier sein konnten.

Expressen widmete seiner phantastischen Enthüllung ganze zehn Seiten. Der reichlich bemessene Raum war notwendig geworden, weil Fotos und Überschriften im Riesenformat gebracht wurden.

Aber die Summe des größten Knüllers der Pressegeschichte und des größten politischen Skandals seit dem Zweiten Weltkrieg in Schweden war konkret und leicht zu begreifen:

Die Justizministerin des Landes wurde verdächtigt, ein Liebesverhältnis zu einer KGB-Agentin zu unterhalten, die wie sie selbst aus dem Baltikum stammte.

Die Sicherheitspolizei war der höchst unpassenden Liebesaffäre auf die Spur gekommen und hatte dann anweisungsgemäß eine Untersuchung wegen Spionageverdachts eingeleitet.

Als die Regierung von dieser Untersuchung Kenntnis erhielt, hatte sie weitere gegen die Justizministerin gerichtete Ermittlungen oder Nachforschungen untersagt und den verantwortlichen operativen Chef, Henrik P. Näslund, überdies bestraft, indem sie ihn eines Verbrechens beschuldigte.

Obwohl er der Anweisung der Regierung gehorchte, den Skandal unter dem Deckel zu halten.

Um der Sicherheitspolizei total in die Parade zu fahren, hatte die Regierung ein Mordkommando des militärischen Nachrichtendienstes gegen einige von Näslunds Leuten entsandt.

Erst hinterher habe der verantwortliche Operateur des Mordkommandos, Carl Gustaf Gilbert Hamilton, den tatsächlichen Sachverhalt erkannt und Näslund gegenüber sein Bedauern geäußert und sich fast entschuldigt.

Dies war also der tatsächliche Hintergrund dafür, daß die Regierung Militärs eingesetzt und bei dem Angriff eine so auffällige Überkapazität gegen den Sicherheitsdienst des Landes angeordnet hatte. Im Archiv der Sicherheitspolizei befanden sich sogar Fotos der KGB-Agentin und kompromittierende Bilder der beiden Frauen (auf deren Veröffentlichung das Blatt bis auf weiteres aus Rücksichtnahme verzichtete, obwohl sie verfügbar waren).

Die Regierung schützte folglich ein Regierungsmitglied, das der Spionage verdächtigt wurde. Und zu diesem Zweck schreckte sie vor keiner Rücksichtslosigkeit zurück.

Und so weiter. Der Skandal zog sich am ersten Tag wie ein Erdbeben durch die Massenmedien.

Der Ministerpräsident weigerte sich wie gewohnt, die Sache zu kommentieren, was sofort dazu führte, daß jeder sein Schweigen als Bestätigung deutete.

Die von *Expressen* veröffentlichten Kommentare waren meist Äußerungen der üblichen Säpo-Chefs der mittleren Führungsebene. Und als sie nach Dingen gefragt wurden, von denen sie keine Ahnung hatten, sagten sie ihrer Gewohnheit getreu nicht, daß sie keine Ahnung hatten. Statt dessen erklärten sie, die Einzelheiten dieses speziellen Falls seien ihnen nicht bekannt, aber das sei natürlich trotzdem eine Angelegenheit, die beim Sicherheitsdienst mit großer Besorgnis betrachtet werde.

Es erstaunte Carl nicht im mindesten, daß Samuel Ulfsson ihn plötzlich und sehr eilig sprechen wollte. Und wie er ebenfalls erwartet hatte, stand Sam das Haar zu Berge. Er hatte ein Exemplar von *Expressen* in der Hand, als Carl eintrat, leise die Tür hinter sich schloß und sich auf seinen Platz setzte, seinem Chef schräg gegenüber.

»Okay, schieß los«, lachte Carl leise.

»Du findest das wohl lustig!«

»Aufrichtig gesagt, ja.«

»Daß wir an einer Art cover-up beteiligt gewesen sein sollen, um eine gottverdammte lesbische Spionin in der Regierung zu schützen?«

»Das stimmt ja nicht.«

»Nein, möglicherweise. Aber was sollen die Leute denken?«

»Ich kann mir nichts anderes denken, als das *Expressen* einen bösen Reinfall erlebt«, entgegnete Carl zufrieden.

Samuel Ulfssons Blick wurde plötzlich sehr zweifelnd. Er sah Carl forschend an und stellte sich vermutlich im stillen einige Fragen.

»Wie erklärst du dieses Gespräch mit Näslund, das sie hier wiedergeben?« fragte Samuel Ulfsson schließlich sehr beherrscht.

»Das ist natürlich eine Fälschung. Ich habe neulich mit Näslund gesprochen und erkenne einige Formulierungen wieder. Aber dir muß doch klar sein, daß wir kaum über lesbische Ministerinnen und ähnliches gesprochen haben.«

»Habt ihr über eine A 1-Akte gesprochen?«

»Ja, durchaus möglich. Ich glaube, ich habe irgendwie einen Scherz darüber gemacht. Vielleicht ist er es auch gewesen. Wenn man sich aber dieses Band vornimmt, kann man es wahrscheinlich sehr leicht durch bestimmte Apparate jagen, und dann wird sich zeigen, daß es geschnitten ist. Die Manipulationen werden klar zu erkennen sein.«

»Und diese Dokumentation über die Justizministerin?«

»Ist vermutlich eine Fälschung. *Expressen* hat es versäumt, sein Material ausreichend zu prüfen. Und außerdem verstehe ich nicht, warum du so aufgeregt bist. Seit wann haben die mit solchen Sachen recht gehabt?«

»Nein, das stimmt schon. Aber diese Sache ist ja unleugbar viel größer als dieses Gequatsche über Kurden und Araber und alles andere, worüber sie sich sonst verbreiten.«

»Eben. Diesmal haben sie sich nämlich keinen wehrlosen Kanaken als Opfer ausgesucht. Diesmal haben sie sich an die Regierung herangewagt. Man wird sie wohl handgreiflich daran erinnern, daß es einen gewissen Unterschied zwischen ein paar Kanaken und der Regierung gibt. Könnte ich mir vorstellen.«

»Du nimmst das also mit großer Ruhe auf?«

»Ja, das tue ich.«

»Hast du vor, selbst Fragen der Massenmedien zu beantworten? Es wird vermutlich zu einigem Druck auf dich kommen, wenn ich an dieses angebliche Gespräch zwischen dir und Näslund denke.«

»Ja. Wenn du willst, kann ich mit einem von denen reden, mit Erik Ponti vom *Echo des Tages*.«

»Genügt das?«

»Unsere bisherigen Erfahrungen deuten darauf hin. Anschließend können alle das *Echo des Tages* zitieren.«

»Ja, von dort kommen ja seit ein paar Stunden Anfragen zu mir. Ich wäre dankbar, mich in den Massenmedien nicht mehr zum Affen machen zu müssen. In der letzten Zeit ist mir das alles etwas zuviel geworden.«

»Aber vor dem Verfassungsausschuß warst du doch gut.«

»Besten Dank. Wir haben hier in der Firma ein paar Traditionen zu verteidigen. Du übernimmst das mit dem *Echo des Tages*?«

»Ja, das dürfte die beste Möglichkeit sein.«

»Wieso? Glaubst du, ich könnte zusammenbrechen und gestehen?«

»Keine Sekunde. Aber vielleicht unsicher wirken, wenn sie dich nach Dingen fragen, von denen du nichts weißt.«

»Und du meinst, für dich gilt das nicht?«

»Laß es mich so ausdrücken. Ich weiß, daß diese Geschichte eine reine Zeitungsente ist.«

»Woher kannst du das wissen?«

»Bist du sicher, bist du wirklich absolut sicher, daß du auf diese Frage eine Antwort haben willst?«

Samuel Ulfsson überlief es eiskalt. Das war eine Formulierung, die er selbst einmal in einem sehr sensiblen Gespräch mit dem Oberbefehlshaber verwendet hatte. Er hatte Carl damals offenbar davon erzählt, denn dieser war der Anlaß für das Gespräch gewesen.

Die Mitteilung war nicht mißzuverstehen. Ein Abgrund tat sich auf, bevor er zögernd fortfuhr.

»Ich glaube, ich bin ausreichend informiert. Wie spät bist du mit diesem OB-Bericht dran?«

Carl lächelte, schüttelte den Kopf und ging, ohne etwas zu sagen, aber auch ohne unhöflich zu sein.

Weniger als vierzig Minuten später saß Erik Ponti in seinem Büro. Ponti war dabei, mit langsamen Bewegungen seine beiden Mikrophone aufzustellen. Er testete den Ton und machte den Eindruck, als zöge er die Vorbereitungen in die Länge, damit Carl von sich aus etwas sagen konnte. Unterdessen nahm sich Carl die neueste Ausgabe von *Expressen* und einen Rotstift. Er kreiste auf der Seite, auf der die allerheißesten Berichte über die Justizministerin faksimiliert wiedergegeben waren, bestimmte Buchstaben ein. Als er damit fertig war, sah er zu Ponti hoch, der ebenfalls bereit zu sein schien.

»Willst du, daß wir gleich loslegen? Willst du wissen, was ich fragen werde?« fragte Ponti.

»Ist das Tonbandgerät, das da oder ein anderes, jetzt eingeschaltet?« fragte Carl zurück und legte die Fingerspitzen aneinander, während er gleichzeitig ein absichtlich übertriebenes Lächeln abfeuerte.

»Nein, wieso?« fragte Ponti abwartend.

»Ich habe gedacht, daß ich an der Reihe bin, mich für das letzte Mal zu bedanken. *I'll make you an offer you can't refuse*. Interessiert?«

»Selbstredend, das ist mein Job.«

»Erst eine Formalität. Du sollst mich nicht nur interviewen, denn dann gilt allein das, was ich dabei äußere. Ich kann aber auch dein anonymer Informant sein, so wie es die Säpo bei *Expressen* zu sein pflegt.«

»Ja, aber das kostet Glaubwürdigkeit.«

»Wir werden sehen. Aber in dem Fall bist du durch deine Schweigepflicht absolut gebunden?«

»Ja, ich verstoße gegen das Grundgesetz, wenn ich deinen Namen enthülle. Außerdem blamiere ich mich und verliere das Gesicht vor mir selbst. Aber es muß schon verdammt gut sein, damit ich mich darauf einlasse.«

Carl wartete eine Zeitlang nachdenklich ab, ohne etwas zu sagen. Dann schob er die Zeitung mit den roten Markierungen hinüber.

»Lies die Anfangsbuchstaben auf dieser Seite«, lächelte er und las sie dann selbst vor:

Farbbeutel
Unter der Hand
Creme
Kommentar
Ypern
Original
U-Boote
Wenzelsplatz
Ergebnisse
Notorische
Nahestehende
Sichtbare
Testergebnisse
Rational
Ökologie
Methodisches

Dann lächelte er fröhlich und sah Ponti unverwandt an, als wäre er wenigstens dieses eine Mal dabei, vor Aufregung und Erstaunen die Beherrschung zu verlieren.

»*Fuck you, Wennström*, also scher dich zum Teufel, Wennström«, erklärte Carl. »Für meinen Geschmack ein etwas primitiver Code, aber sehr klar, nicht wahr?«

»Ja, das kann ja kaum ein Zufall sein«, lächelte Ponti matt.

»Dieser gesamte angebliche A 1-Bericht ist also eine Fälschung. Die Wahrheit ist, daß es über die Justizministerin überhaupt keine A 1-Akte gibt, geschweige denn den Verdacht, sie sei Lesbierin.

Die namentlich genannte KGB-Agentin ist zwar eine ihrer frühesten Kindheitsfreundinnen, aber die beiden waren damals so klein, daß es kaum zu einem Gedankenaustausch gekommen sein kann. Außerdem sind sie Cousinen. Und die zweite Cousine hat die Sowjetunion nie verlassen und arbeitet, glaube ich, irgendwo in der Landwirtschaft. Mit anderen Worten, so sieht nicht gerade eine lesbische KGB-Agentin aus. Jemand hat sich also mit diesem Wennström einen Spaß erlaubt, und das ist der Hintergrund unseres nationalen Skandals. Wollen wir jetzt *on the record* weitermachen?«

»Nein, einen Moment noch. Woher kannst du das alles wissen?«

»Der Nachrichtendienst weiß alles.«

»Sei nicht albern.«

»Ich habe doch dein Ehrenwort, für immer dein anonymer Informant zu bleiben, nicht wahr?«

»Ja, aber...«

»Na also.«

»Du willst doch nicht etwa sagen, daß du es gewesen bist, der...«

»Kein Kommentar. Nicht mal *off the record.*«

Erik Ponti machte keinerlei Anstalten, sich auf den Beginn des eigentlichen Interviews vorzubereiten. Er überlegte eine Zeitlang und lachte dann plötzlich los, schüttelte den Kopf und sah aus, als wollte er nicht gleich wieder aufhören.

»Was für ein Glück, daß deine Zuhörer dich jetzt nicht hören«, bemerkte Carl säuerlich. Er fand Pontis Fröhlichkeit ebenso übertrieben wie unbegründet.

»Nein, nein«, sagte Ponti und versuchte sich zusammenzunehmen, »es ist nicht so, wie du glaubst. Ich denke nur an die Diskussionen, die wir heute morgen im Funkhaus hatten, als wir die ersten Auszüge dieser Geschichte auf den Tisch bekamen. Man könnte sagen, es wurde eine recht lebhafte Diskussion. Ich gehörte zu den Skeptikern, die meinten, die Geschichte sei irgendwie zu gut, wir sollten uns erst mal zurückhalten und abwarten. Aber unser Chef kam vom Land, stürmte in den Raum und trompetete gleich los, sein journalistischer Instinkt sage ihm, jedes

Wort sei wahr, und es sei unsere verdammte Pflicht und Schuldigkeit, na ja, du kennst das, all diese großen Worte. Er hielt uns eine feierliche Ansprache und befahl uns dann, auf diesen Bluff einzugehen. Er wird nicht sehr froh sein, wenn ich nachher zurückkomme.«

»Nein, aber wird er dir glauben?« fragte Carl abwartend. Hier gab es eine denkbare Komplikation, die er nicht bedacht hatte. Ein weiterer verrückter Journalist an irgendeinem unglücklichen Platz im Spiel.

»Aber ja«, versicherte Ponti. »Ich weiß ja, daß die Story ein Bluff ist, und an diesem *Fuck you, Wennström* kommt man wirklich nur schwer vorbei. Und du sagst, es gebe über Laila Freivalds überhaupt keine A 1-Akte oder wie das Ding heißt?«

»Nein. Außerdem ist das eine veraltete Bezeichnung, die heute wohl gar nicht mehr verwendet wird.«

»Warum hat die Regierung noch nicht dementiert?«

»Woher sollen die wissen, daß es so eine Akte gar nicht gibt? Die haben ja noch nie davon gehört, und wenn es um die Säpo geht, läßt sich ja keine Verrücktheit ausschließen.«

Das offizielle Interview wurde in einem bekümmerten, leisen und sehr strikten Tonfall gehalten. Der bewundertste Mann Schwedens versicherte, das Gespräch zwischen ihm und dem Säpo-Chef Näslund müsse eine Fälschung sein. Sie müsse von jemandem stammen, der die Möglichkeit habe, Gespräche der Sicherheitspolizei oder des Nachrichtendienstes abzuhören und auf Band aufzunehmen. Und dieser Jemand habe ja offenkundig überdies die Möglichkeit gehabt, sich Tonkassetten aus dem Archiv der Säpo zu beschaffen. Die Schlußfolgerungen daraus ergäben sich fast von selbst.

Sie führten die nächste und entscheidende Phase der Operation Truthfinding bei strahlendem Sonnenschein durch. Es herrschte klare Sicht, und es war Flut, so daß die Strömung nur mäßig war. Sie schwammen in fünf Meter Tiefe und hatten dabei das Gefühl, fast beschämend deutliche Ziele zu sein, besonders aus der Luft.

Es war alles zu einfach. Sie konnten einander sogar deutliche

Zeichen geben, da sie die ganze Zeit Sichtkontakt hatten. Fünfzig Meter vor der Strandlinie stieg Joar kurz an die Wasseroberfläche, um sich umzusehen. Er war überzeugt, daß sein schwarzer Taucheranzug, der nur ein paar Sekunden auftauchte, wie ein Seehund aussah.

Schossen die Norweger um diese Jahreszeit Seehunde? Das taten sie vermutlich das ganze Jahr über. Nun, jedenfalls nicht in fünf Sekunden.

Joar hatte gesehen, was er hatte sehen wollen, einen Felsvorsprung, auf dem sie Schutz suchen konnten. Dort konnte Åke sich aus dem Taucheranzug zwängen und mit den Händen in den Taschen seiner Jeans zu dem alten Bootshaus hinaufspazieren.

Es war fünf Uhr morgens. In den nur wenige hundert Meter entfernten Häusern da oben waren alle Gardinen und Vorhänge zugezogen.

Es war deutlich zu erkennen, wo die Männer saßen, nämlich an einem kleinen Tisch mit Aussicht auf das Meer, mit Aussicht auch auf einen kleinen Wohnwagen auf der anderen Seite der Bucht.

Åke ließ sich Zeit, als er sich die akustischen Verhältnisse des Zimmers vor Augen führte und sich fragte, wie der Wind, der durch eine offene Tür ins Haus strömte, sich bei den Mikrophonen auswirken konnte.

Als er zu Joar zurückschlenderte, bewegte er sich, als betrachtete er die Umgebung. Er stellte sich zu Joars Verblüffung sogar hin, um zu pinkeln. Dann streckte er sich ein wenig schläfrig, bevor er sich hinter den Felsvorsprung setzte, wo Joar lag, um beim Ankleiden zu assistieren.

»Just a walk in the park, Tageslicht und alles«, sagte Åke Stålhandske mit einem schiefen Lächeln, bevor er sich die Gesichtsmaske überstreifte und mit dem Daumen ein Zeichen gab, er sei bereit.

Sie begaben sich lautlos – das war zwar überflüssig, aber sie wollten den Stil wahren – ins Wasser und schwammen dann nach unten, in die Dunkelheit hinein, damit die Operation nicht lediglich ein Gefühl der Enttäuschung zurückließ, weil sie zu leicht gewesen war.

Unten in der Tiefe mußten sie zur Nachtorientierung übergehen. Ohne mehr miteinander sprechen zu können und ohne Sichtkontakt erlebten sie die Dunkelheit wie in einem gemeinsamen Glücksrausch. Im Wasser treibende lange Tanggewächse erinnerten sie an eine bestimmte kalifornische Riementangart. Die hellorangefarbenen Instrumente leuchteten in der Dunkelheit.

Es war ein stilles Meer. Das war ungewöhnlich. Sonst waren unter Wasser metallische Laute zu hören, gegeneinanderschlagende Ketten, Schiffsmotoren der verschiedensten Art. Doch diese geschützte Bucht des Eismeers war still.

Zu ihrem Erstaunen eher als zu ihrer Enttäuschung entdeckten sie, daß sie den anvisierten Landeplatz um dreißig Meter verfehlt hatten. Sie fanden keine einleuchtende Erklärung dafür. Vielleicht waren sie nur gleichgültig gewesen oder hatten geträumt.

Sie wechselten jetzt zu Preßluftaggregaten und alberten eine Zeitlang herum, badeten oder spielten in mäßiger Tiefe eine halbe Stunde Marinebiologen, da sie immer noch gute Sicht hatten. Sie spielten mit einer kleinen Krabbe, die innerhalb einer bestimmten Zeit gefangen werden mußte, nachdem der Gegner sie losgelassen hatte.

Als sie schließlich aufstiegen und an Land gingen, waren sie ziemlich durchgefroren. Sie spülten sich das Gesicht mit dem sehr kalten klaren Wasser, leckten etwas von dem Salz ab und lachten laut.

Åke wühlte im Gepäck und holte einen amerikanischen Fußball hervor. Sie begannen hin und her zu laufen und legten einander auf dem kurzen Gras diagonale Pässe vor. Sie spielten, bis sie richtig durchgeschwitzt waren. Anschließend badete Åke nackt, immer noch in einer Art Glücksgefühl, die Operation fast schon erfolgreich beendet zu haben.

Joar briet Spiegeleier mit Speck.

Anschließend schliefen sie schwer und träumten von wogenden langen Tanggewächsen, die hier im Eismeer braun waren statt grün, und nahmen vage den Laut von Ketten wahr, die in weiter Ferne klirrten. Vielleicht hörten sie auch den Gesang eines Buckelwals. Vielleicht war es auch eine glückliche und freie Familie von Schwertwalen, ferne Verwandte des alten Artisten Shamu in San Diegos Sea World.

Nichts ließ sich auch nur ansatzweise damit vergleichen. Es war der größte Zeitungsskandal der schwedischen Pressegeschichte. Sämtliche Maschinen der Zeitung *Expressen* wurden im entscheidenden Augenblick, als sie gerade aufgestiegen waren, um sich dem alles entscheidenden Kampf des zweiten Tages zu stellen, abgeschossen.

Es gab Menschen, die sich für immer an diesen Augenblick erinnern würden. Das erregte Triumphgefühl, das fast einen ganzen Tag anhielt, die Momente, in denen sich alle in der Zentralredaktion einfanden, um die Layouts für den morgigen Tag zu betrachten – bei solchen Anlässen wimmelte es von Leuten. Jemand stellte das Abendecho an, um zu hören, ob der Staatsrundfunk endlich irgendeinen Politiker dazu gebracht hatte, aus dem Bau zu kriechen.

Das war gelungen. Sowohl der Ministerpräsident als auch die Justizministerin meldeten sich zu Wort.

Doch bevor sie an der Reihe waren, ihre, wie sich herausstellte, selbstverständlichen Verurteilungen und ihre tiefe Entrüstung über den beispiellosen Verfall etcetera zum Ausdruck zu bringen, berichtete Erik Ponti, der nicht gerade als Freund von *Expressen* bekannt war, wie der Bluff schon in der heutigen Ausgabe enthüllt werden könne, dort stehe, sehr freundlich übersetzt, ungefähr: »April, April, ich mach' mit dir, was ich will.«

Wie gesagt, das war eine freundliche Übersetzung.

Hamiltons ruhige, leicht nachsichtige Erklärung, hier habe die Abendzeitung ihre gewohnten Aktivitäten nur ein wenig überdehnt, obwohl sie sich diesmal aus unbegreiflicher Dummheit über die Regierung hergemacht habe statt über Kurden oder Araber, war so etwas wie eine Bestätigung der Katastrophe. Hamiltons feste Überzeugung kam wie mit besonderen Funkwellen durch den Äther.

Die anschließenden Krisensitzungen dauerten fast die ganze Nacht. Die ersten Auflagen des Blattes sollten erst in fünf Stunden in Druck gehen, so daß noch genügend Zeit blieb, sich die Haare zu raufen.

Einer der weniger dramatischen Beschlüsse bestand darin, Per L. Wennström früh am nächsten Morgen in Urlaub zu schicken.

Expressen besaß eine eigene Insel in Westindien, auf die gelegentlich Journalisten geschickt wurden, die eine Belohnung verdient hatten, aber sie eignete sich auch als Versteck. Angesichts der arbeitsrechtlichen Bestimmungen in Schweden kam eine Entlassung natürlich nicht in Betracht.

Es war andererseits auch nicht möglich, ihn das Fernsehprogramm besprechen zu lassen, da dic TV-Rezensenten in einem kleinen Kasten mit Foto und Namen gebracht wurden. Das hätte bedeutet, daß er mehrere Male pro Woche die Zeitung öffentlich repräsentiert hätte.

Die strategische Entscheidung, die wahrhaftig nicht einfach war, mußte zunächst einmal warten. Der taktische Beschluß, in aller Eile eine Reise nach Westindien zu organisieren, konnte dagegen mit sofortiger Wirkung in die Tat umgesetzt werden.

Carl hörte sich zu Hause bei Tessie das Abendecho an. Es hatte ihn beunruhigt, in der früheren Ausgabe nichts zu hören. Soviel er wußte, war dies eine der wichtigsten Sendungen des Tages. Er hatte sich schon interne Gegensätze, Streit und Sendeverbot vorgestellt. Aber da auch die *Expressen*-Version mit keinem Laut erwähnt wurde, ahnte er, daß der Streit noch nicht entschieden war.

Was auch immer in der *Echo*-Redaktion vorgekommen war, so war es jetzt vorbei.

Fast alles war vorbei, nur das Wichtigste nicht.

Tessie und er waren unmerklich in einen Zustand hineingeglitten, in dem sich ihre Gespräche konsequent um verbotene Zonen herum bewegten; sie sprachen nie von einer gemeinsamen Zukunft, scherzten nicht einmal darüber, wie sie es sonst immer getan hatten. Ihre Gespräche waren rückwärtsgewandt und drehten sich um eine andere Zeit.

Carl tat Tessies Frage, warum er unbedingt die Spätnachrichten im Radio hören wolle, mit einer unwirschen Handbewegung ab und sagte, es habe etwas Streit gegeben, der jetzt vermutlich vorbei sei. Zumindest was ihn betreffe (sie hatte in der Sendung ja seine Stimme gehört).

Es sei nichts Wichtiges, nur Dinge, die mit dem Job zu tun hätten. Anschließend wandte er sich wieder erleichtert der anderen Zeit zu.

Es war ja so, daß sie seit jener gemeinsamen Zeit in der Vergangenheit zusammengehörten. Das hatten er und wahrscheinlich auch sie während dieser Zeit in Stockholm gespürt und verstanden. Vielleicht hatten sie es damals nicht so empfunden, sondern in ihrem damaligen Bewußtsein nur als ungewöhnlich starke Jugendverliebtheit wahrgenommen, als etwas, was es nur in der Gegenwart gibt. Doch dieses Jetzt war dann zu Erinnerungen und zu integrierten Teilen seines Ichs geworden. Carl wollte wieder zurück in diese Zeit, erklärte er ihr, nicht allein zu ihr, obwohl das natürlich das Wichtigste war. Er wollte aber auch zu sich selbst zurück, zu dem, was und wie er damals gewesen war.

Als ob es möglich wäre, die Uhr zurückzudrehen und alles wieder zurechtzurücken.

Tessie sagte nicht viel. Es war ihr aber deutlich anzumerken, daß sie Trauer empfand. Als sie langsam mit dem Kopf nickte, sah er nicht mehr viel von ihrem so typischen Lächeln und ihren weißen Zähnen.

Es war ein Gespräch, das nur auf zweierlei Weise enden konnte, und sie entschieden sich für beide Möglichkeiten. Er hatte sich weit mehr verspätet, als er gedacht hatte, als er nach Hause ging. Es war eine Juninacht wie in einem romantischen Film für Touristen, und während des ganzen Spaziergangs zurück zur Gamla stan zwitscherten Amseln.

Er hätte ein Taxi nehmen sollen. Aber er mußte in der Sommernacht die Haare trocknen lassen, damit er zu Hause keinen frischgeduschten Eindruck machte.

Sie schlief. Sie lag auf dem Rücken. Ihr Bauch ragte wie ein kleiner Berg unter der Decke empor, und sie schnarchte. Das hatte vermutlich etwas mit den Veränderungen ihres Körpers zu tun.

Er kroch an ihrer Seite vorsichtig unter die Decke, legte ihr die Hand auf den Bauch und spürte die Bewegungen des Kindes.

Er fragte sich, wie jemand ruhig und schwer schlafen konnte, wenn sich ein anderes Lebewesen im eigenen Körper bewegte. Aber der Mensch kann sich an alles gewöhnen und an alles anpassen, dachte er.

Nein, nicht an alles.

Soviel sie wußten, hatten sie jetzt alles, was sie brauchten, um innerhalb einer Viertelstunde die Endphase einzuleiten.

Joar Lundwall und Åke Stålhandske machten sich zunächst Notizen, bis die Kugelschreiber glühten, während sie von Zeit zu Zeit kontrollierten, daß alles auf Band aufgenommen wurde.

Nach einiger Zeit warf Åke Stålhandske seinen Kugelschreiber auf den Tisch, legte die Hände in den Nacken und streckte sich träge.

»Wirklich, verdammt praktisch, daß sie es schon geschafft haben, alles Wesentliche zu sagen, bevor sie blau sind«, sagte er und zwinkerte seinem Freund und Kollegen zu.

Die beiden Norweger dort drüben stritten sich wegen ihrer Morde. Die Stimme, die sie beide von ihren früheren Bändern als Haugens identifizieren konnten, äußerte heftige Reue. Es schien ihn besonders zu stören, daß der andere sein Opfer gefoltert hatte und dann auch noch eine Spur zu dem Ort gelegt hatte, an dem das entscheidende Ereignis stattgefunden hatte. Polizisten waren ja nicht immer dämlich, nicht mal schwedische Bullen.

Der andere versicherte, gerade schwedische Polizisten seien Dummköpfe, und begann, von seinen letzten Rundfahrten in Schweden zu erzählen, wo man sich sogar in den Kopf gesetzt hatte, das Ganze hänge irgendwie mit einer lesbischen Justizministerin zusammen.

Åke Stålhandske und Joar Lundwall warfen einander einen vielsagenden und erschreckenden Blick zu und lauschten dann intensiv. Aber das Gespräch dort drüben wechselte bald zu Gott, Strafe und Verdammnis und ähnlichem.

»Lesbische Justizministerin«, stöhnte Åke Stålhandske und atmete laut aus. Er tat, als wischte er sich den Schweiß von der Stirn.

»Er hat es also getan. Die *maskirowka* ist offenbar in Gang«, stellte Joar Lundwall mit einem fast traurigen Gesichtsausdruck fest.

Sie hatten ja nur daran mitgewirkt, die ersten Dokumente herzustellen. Sie hatten sozusagen nur den Rahmen geliefert, den Carl selbst mit Inhalt füllen wollte. Sie hatten das Gefühl gehabt, stark vermintes Gelände zu betreten, aber es war ihnen dennoch nicht eingefallen, das Tun ihres Chefs in Frage zu stellen. Nicht nur aus dem einfachen Grund, daß sie Kapitänleutnants waren und er Fregattenkapitän. Es gab auch einleuchtende und gewichtige Gründe, die darüber hinausgingen.

»Würde gern wissen, ob man hier draußen am Eismeer *Expressen* bekommen kann«, überlegte Åke Stålhandske. »Es ist bestimmt interessant zu sehen, was für eine Suppe er ihnen am Ende eingebrockt hat. Lesbische Justizministerin, das ist nicht schlecht.«

»Wir werden es schon erfahren, und je später, um so besser«, sagte Joar Lundwall. »Wollen wir jetzt die Antenne installieren?«

»Ja. Jetzt dürfte der richtige Moment sein.«

Sie überprüften, daß die Bänder liefen und eine Zeitlang nicht ausgewechselt zu werden brauchten, und gingen dann in den Sonnenschein hinaus. Sie hatten sich noch nicht an dieses Licht gewöhnt, dieses unglaubliche Licht, und installierten ihre Antenne.

Dann schrieben sie ihre Mitteilung im Klartext, schalteten den Minicomputer ein und entließen ein kurzes Geheul in den Äther.

Die Morgenzeitungen waren noch nicht auf dem neuesten Stand. In den Redaktionen schaffte man es gerade noch in panischer Hast, die Titelseiten zumindest der Stockholmer Ausgaben umzubauen. Die Ausgaben für das Land jedoch, und da vor allem die Leitartikel, sahen nicht allzu lustig aus, wenn man sie vor dem Hintergrund der tatsächlichen Geschichte las. Es war ja nicht nur so, daß sich der Inhalt auf dramatische Weise als überholt darstellte. Einige Ansichten über den Lebenswandel der Regierungsmitglieder, Achtung von Sozialdemokraten vor der Demokratie, die Bedeutung dessen, daß die Regierung staatliche Institutionen nicht dazu einsetzt, unpassende Liebesaffären von Kabinettsmitgliedern zu tarnen, und andere Dinge dieser Art nahmen sich etwas peinlich aus.

Carl setzte voraus, daß Samuel Ulfsson sich nicht damit begnügt hatte, nur die Morgenzeitungen zu lesen, sondern schon die eigentliche Lage kannte. Zwar ungebeten, aber dennoch wie selbstverständlich begann er seinen Tag damit, auf direktem Weg zu Sam zu gehen.

Carl fühlte sich auf eine eigentümliche und für ihn vollkommen unerklärliche Weise gereinigt. Als hätte er sich für den Rest des Lebens von Mauschelei befreit.

Samuel Ulfsson war tatsächlich mit der Wendung der Affäre in der letzten Nacht vertraut. Sein Telefon war nicht gerade stumm geblieben.

Sie widmeten der Sache nur flüchtiges Interesse, da Samuel Ulfsson etwas weit Wichtigeres auf dem Herzen hatte. Er schob Carl eine Funkmitteilung im Klartext über die morgenfrische Schreibtischplatte, die noch keinerlei Spuren von Zigarettenasche aufwies.

Dieser las, während Samuel Ulfsson sich zufrieden einen sauberen Kristallaschenbecher hinstellte und fast übertrieben genußvoll eine Zigarette anzündete.

»Was sagst du dazu?« fragte er, als er sah, daß Carl zu Ende gelesen hatte.

»Phantastisch gut gemacht, muß ich sagen. Ein fast hundertprozentiges Ergebnis. Wirklich sehr gut.«

»Dann bleibt also nur noch die Schlußphase«, sagte Samuel Ulfsson mit kaum wahrnehmbarem Nachdruck. Es war trotzdem ein Signal, das Carl nicht entging.

»Ja«, erwiderte dieser düster. »Jetzt willst du also, daß auch ich dort hinfahre und für die Jungs in letzter Sekunde die Kastanien aus dem Feuer hole.«

»Korrekt.«

»Und du möchtest mir immer noch keine näheren Anweisungen oder operativen Einschränkungen geben?«

»Nein, nichts anderes als das, was ohnehin in deinem unleugbar sehr avancierten operativen Gemüt Platz hat. Und in deinem manchmal etwas weiten Gewissen. Ich lege aber großen Wert darauf, daß es dir gelingt, die Ware zu liefern.«

Carl nickte, sagte aber nichts. Er war der Meinung, daß es nichts zu sagen gab. Einwendungen würden ohnehin nicht helfen, und überdies hatte er schon daran zu arbeiten begonnen, wie er die Niederlage irgendwie umwandeln konnte. Denn es war eine Niederlage, die Operation zu übernehmen, nachdem Joar und Åke alles so absolut perfekt erledigt hatten.

Es mußte irgendein besonderer Vorteil darin liegen, von einem zusätzlichen Streifen am Ärmel abgesehen, daß gerade er die Schlußphase leitete. Er nickte düster und etwas nachdenklich, als er aufstand, um zu gehen.

»Du fliegst in zwei Stunden über Oslo nach Narvik. Dieser norwegische Polizist holt dich am Flughafen ab«, sagte Samuel Ulfsson mit ausdruckslosem Gesicht, als Carl schon dabei war, den Raum zu verlassen.

»Jetzt aber, verdammt noch mal«, sagte Kapitän Seebär und baute sieben dicke Aktenordner vor Rune Jansson auf, »jetzt werden wir verdammt noch mal alles herausfinden, was die herausgefunden haben können.«

»Himmel, so viel? Haben sie sich in all das reingekniet? Aber vielleicht hat es sie dazu gebracht, irgendwie das Interesse zu verlieren, da es dir auch so gegangen ist«, sagte Rune Jansson. Er fühlte sich eigentümlich skeptisch und begeistert zugleich.

»Ja, ihr Chef hat so etwas gesagt, als ich ihn heute morgen anrief. Er sagte, der militärische Teil sei geklärt, und bald könne es möglicherweise Material geben, das für die Polizei von Interesse sei, und solche Dinge.«

»Vielleicht haben sie nur ein paar Spionage-Aspekte oder so etwas herausgefunden.«

»Ja, das habe ich auch gedacht, daß Mord nicht ihr Fall ist. Jedenfalls gibt es hier eine Menge zu lesen.«

»Vor allem eine Spur zu diesem af Klintén, das ist wohl das, wonach wir in erster Linie suchen«, stellte Rune Jansson fest und ging daran, die Akten untereinander aufzuteilen.

Als sie in den Akten blätterten, entdeckten sie, daß die Militärs auf der richtigen Fährte gewesen sein mußten. Hier gab es Material über sowohl den einen als auch den anderen, das sie selbst auf ganz anderen Wegen gefunden hatten als die Militärs, wie zu vermuten war.

Das sollte ihnen einen gewissen Vorsprung bieten. Nicht im Augenblick, aber in ein paar Tagen sollte es ihnen vernünftigerweise gelingen, in dem Rennen die Führung zu übernehmen.

»Du hast dich vielleicht trotzdem in diesem Hamilton geirrt«, sagte Kapitän Seebär und entdeckte gleichzeitig einen Packen Verhöre, die einen gewissen Bootsmann Andersson betrafen, die er seinem Stapel zuordnete.

»Man kann nie wissen«, sagte Rune Jansson. »Man kann nie wissen, was diesen Typen so einfällt. Ihre Achtung vor Gesetz und Recht scheint mir nicht gerade übertrieben zu sein.«

Als die Verteilung erledigt war, klemmte sich Kapitän Seebär seine Ordner unter den Arm und ging zufrieden über den Flur zu seinem Zimmer. Er sah auf die Uhr. Eine Möglichkeit war natürlich, den Krempel mit nach Hause zu nehmen und ihn nach dem Abendessen zu lesen. Das war besser, als wieder anzurufen und zu sagen, er könne nicht nach Hause kommen, weil er zuviel zu tun habe.

Rune Jansson war schon zu dem gleichen Entschluß gekommen. Seine Aktentasche war prall gefüllt, und zwei Ordner hatte er sich unter die Arme geklemmt, als er das Licht in seinem Zimmer löschte und der Abteilungssekretärin sagte, er gehe für heute nach Hause.

Sie warf ihm einen langen, fragenden Blick zu. Das hatte sie noch nie erlebt, daß er als erster das Büro verließ.

Von Narvik gebe es eine direkte Verbindung mit dem Wagen nach Vestvågøy, ja, also fast direkt, denn sie müßten nur zweimal kurz eine Autofähre nehmen, erklärte Roar Hestenes, als er Carl dabei half, das schwere und vielleicht etwas auffällige Gepäck im Kofferraum des Volvo zu verstauen.

»Tauchausrüstung«, erklärte Carl kurz.

Und ebenso knapp erklärte er dem, wie es ihm erschien, sehr entfernten Bekannten Roar Hestenes die kommende Operation; es war ein Bekannter aus einer anderen Zeit, aus der Zeit, als zumindest Carl selbst noch ein völlig anderer gewesen war.

Um des Überraschungseffekts willen wollten sie auf dem Seeweg kommen. Aber Hestenes, folglich die norwegische Sicherheitspolizei, würde trotzdem daran teilnehmen, da die Unterhaltung im Wohnwagen auf der anderen Seite des Fjords oder der Bucht mit bestem Empfang verfolgt werden konnte.

Mehr erklärte Carl nicht. Hestenes schien es zu akzeptieren, und sie beschlossen, schon im Herbst tatsächlich diese Hirschjagd zu Hause bei Hestenes im Vestlandet nachzuholen.

Carl schenkte seine Aufmerksamkeit der schwindelerregend schönen Landschaft. Er entschuldigte sich, er interessiere sich durchaus für die Jagd, sei aber noch nie hier oben gewesen. Er konnte kaum glauben, daß dies noch Skandinavien war. Er hätte auf die Antarktis getippt oder vielleicht auf das äußerste Nordamerika, aber nicht auf das Nachbarland.

Während Carl sich zurücklehnte und das Gesicht hinter seiner dunklen Brille verbarg, erzählte Roar Hestenes von Lofoten, von der Seelachsfischerei und bekannte schließlich, wie er sich damals in Oslo in den Kopf gesetzt habe, Carl zur Jagd einzuladen. Denn, erklärte er als Pointe der Geschichte, er habe damals geglaubt, Carl könne nicht schießen.

»Nein«, sagte Carl, »es dauerte noch ein paar Jahre, bevor du erfahren hast, wer ich bin. Aber jetzt weißt du es.«

Da war etwas im Tonfall, was allen Gesprächen ein Ende machte.

Einige Stunden später ging Hestenes allmählich auf, worum es ging, als der Zeitpunkt des Angriffs näherrückte. Inzwischen stellte er sich dieses geplante Verhör als *Angriff* vor.

Joar und Åke, die er bei den gemeinsamen Bemühungen der Vorwoche auf dem Weg durch Norwegen als offene und leichtlebige Menschen kennengelernt hatte, schienen sich zu verwandeln, sobald ihr Chef, denn das war er ja offenbar, sich einfand.

Übrigens änderte sich bei allen dreien der Gesichtsausdruck. Roar Hestenes betrachtete fasziniert, wie sie sich vorbereiteten. Sie sagten nicht viel, fast gar nichts, als sie ihre Ausrüstung minuziös kontrollierten, um dann nochmals die eigene Ausrüstung und die der anderen zu mustern. Sie flochten zunächst in ihre Unterhaltung ein paar englische Ausdrücke ein, nach einiger Zeit sprachen sie ausschließlich Englisch. Hestenes verstand gar nichts mehr, da die Worte meist nur hervorgestoßen oder gegrunzt wurden und überdies meist aus militärischen Begriffen oder Abkürzungen zu bestehen schienen.

Als alles fertig war und die Objekte, wie die beiden Verdächtigen plötzlich genannt wurden, zu ihrer nächtlichen Sauferei unterwegs waren, außer Hörweite für Frauen und andere Unbefugte, zeigte Carl auf die Tonbandgeräte, wiederholte, wie man die Bänder wechselte, indem man ein zweites Tonbandgerät vor dem Tausch einschaltete, und ging noch einmal alles andere durch, das er schon früher mit Hestenes besprochen hatte.

Als Hestenes die drei Gestalten in ihren schwarzen Gummianzügen schwerfällig zum Wasser hinuntergehen sah, kam ihm in den Sinn, nach gefährlicher Ausrüstung Ausschau zu halten. Es war nichts dergleichen zu sehen, aber zwei der Männer trugen schwarze Plastiksäcke in den Händen. Hestenes konnte nicht mehr unterscheiden, wer Lundwall war und wer Hamilton – nur Stålhandske war unverkennbar. Falls es etwas Verdächtiges gab, befand es sich wahrscheinlich in diesen Säcken.

Es war jedoch kaum die Situation, wie Hestenes fand, jetzt den norwegischen Chef herauszukehren. Schon die Gesichtsausdrücke, die er in der letzten Stunde studiert hatte, sagten ihm, daß sein »Kommando« nichts anderes sein konnte als eine Schimäre. Es waren keine Offiziere, die da ins Wasser spazierten. Es waren in Wahrheit drei Mörder.

Carl befahl kurz, Joar solle die Führung übernehmen und die Orientierung. Inzwischen hatte die Ebbe eingesetzt. Die Strömung würde also recht kräftig sein, so daß sie kurz auftauchen müßten, etwa auf der halben Strecke, um ihre Position zu erkennen und zu korrigieren.

Dann spülte er sich mit dem kalten Salzwasser das Gesicht, bevor er seine Maske befestigte und Joar zuzwinkerte.

»*We are off, Swordfish, take the lead*«, sagte er, ohne den Mund sichtbar zu öffnen.

Dann tauchten sie bis in acht Meter Tiefe, wo sie mit Sauerstoffgas ohne Nitrox-Mischung atmen konnten. Sie würden in voll kampftauglichem Zustand an Land gehen.

Die beiden Mörder waren bei ihrem Gespräch schnell wieder auf das alte Gleis gekommen. Haugen sprach sogar davon, er wolle sich stellen, während sein Kamerad zwischen Bitten und Drohungen manövrierte oder sogar Argumente nannte wie Familie und zerstörter Urlaub.

Als die drei Taucher aus dem Wasser kamen, bemerkten die beiden Männer keinerlei Gefahr, unter anderem weil die drei sich viel Zeit ließen und sich eher für ihre Ausrüstung zu interessieren schienen. Sie befreiten sich von ihren Preßluftaggregaten oder was es war, was lustigerweise vorn auf der Brust hing statt auf dem Rücken wie bei anderen Touristen, die hier oben das Dasein verpesteten. Einer von ihnen nahm seine Maske ab und ging lächelnd zu den beiden Grog trinkenden Norwegern hoch. Diese blieben ruhig sitzen, weil sie erwarteten, um eine Auskunft gebeten zu werden.

»Guten Tag«, sagte Carl und trat lächelnd durch die breite Türöffnung ein. Gleichzeitig zog er sich die schwarze Gummihaube vom Kopf, so daß sein Gesicht sichtbar wurde.

»Mein Name ist Fregattenkapitän Hamilton vom militärischen Nachrichtendienst Schwedens.«

Sein Lächeln war ausgelöscht. Er sagte nichts mehr, sondern begnügte sich damit, die beiden Männer zu betrachten und zu sehen, wie ihr Gesichtsausdruck sich veränderte. Aus irritierter Neugier war plötzlich schreckerfüllte Gewißheit geworden. Ja, sie hatten ihn erkannt.

Die Türöffnung hinter ihm wurde plötzlich von zwei anderen Männern ausgefüllt, die sich nicht die Kapuzen abzogen.

Erst jetzt entdeckten die beiden Norweger, daß der Mann, der ohne jeden Zweifel Carl Gustaf Gilbert Hamilton war, eine schwarze Pistole in der Hand hielt.

»Dreh die Mikrophone ab«, befahl Carl, und ein riesiger Mann hinter ihm betrat den Raum und entfernte erst ein Mikrophon unter dem Dachbalken, bevor er sich auf ein Zeichen hin dem zweiten Mikrophon zuwandte.

»Sorry, Roar, aber es ist für alle Beteiligten am besten, wenn du das hier nicht zu hören bekommst«, sagte Carl und nahm dann zwei Mikrophone in die Hand, die er seinen Gefangenen zeigte und dann demonstrativ abschaltete.

»Ihr habt hier in diesem Häuschen in den letzten Tagen eine sehr allgemeinbildende und interessante Unterhaltung geführt«, erklärte Carl und hielt vielsagend die beiden Mikrophone hoch, während der Riese zu seiner Position vor dem einzigen Fluchtweg zurückkehrte.

Keiner der beiden Männer am Tisch hatte bis jetzt einen Laut gesagt, und der Mann, der Haugen war, hatte nicht einmal sein Whiskeyglas losgelassen.

Carl zog das bedrohliche Schweigen bewußt in die Länge, bevor er den nächsten Zug tat.

»Ich möchte die Herren zunächst darüber aufklären, daß wir nicht nur Taucher sind. Wir sind Militärs. Es ist uns ziemlich gleichgültig, was die Polizei dazu meint, was man mit Norwegern tun soll, die alte schwedische Offiziere ermorden. Eine Möglichkeit, die uns zu Gebote steht, ist die, euch mitzunehmen, wenn wir das nächste Mal tauchen, und zwar unter eine Tiefe von zehn Metern. Und dann erledigt die Ebbe den Rest. Eine andere Möglichkeit ist, daß ihr auf einige Fragen antwortet.«

»Wir brauchen Fragen schwedischer Militärs nicht zu beantworten, nur Fragen der norwegischen oder schwedischen Polizei«, sagte der Mann, dessen Namen sie noch nicht kannten. Es waren die ersten norwegischen Worte, die im Raum geäußert wurden.

»Nein«, bestätigte Carl, »das stimmt natürlich. Aber das ist uns gleichgültig. Wir sind, worauf ich schon hingewiesen habe, Offiziere des Nachrichtendienstes und haben außerordentliche Befugnisse. Wir werden euch auf diese oder jene Weise dazu bringen, unsere Fragen zu beantworten. Einige dieser Methoden, denke ich, könnt ihr euch nicht einmal vorstellen. Doch, einer von euch vielleicht, derjenige, der einem alten Nazischwein durch die Kniescheibe geschossen hat. Es ist nur so, daß wir bessere Methoden haben.«

Carl ließ den Schrecken eine Zeitlang wirken und schnippte dann mit den Fingern. Joar trat blitzschnell mit seinem schwarzen Plastiksack vor und entnahm ihm einige Instrumente, unter anderem zwei Spritzen, die Carl mit raffinierter Langsamkeit entgegennahm und neben einer halbleeren Whiskeyflasche auf den wackeligen Holztisch legte.

»Es wäre klug von euch, keinen Fluchtversuch zu machen oder gewalttätig zu werden«, fuhr er mit betonter Langsamkeit fort. »Da wir auf ganz andere Weise als achtzigjährige Knacker dafür gerüstet sind, auf Gewalt zu reagieren. Jedenfalls sind einige unserer Methoden sehr schmerzhaft. Wie wollt ihr es jetzt haben?«

Carl glaubte, daß das Theater schon gewirkt hatte, und kam daher gleich zur Sache.

»Wir wissen wie, wo und wann ihr von Otter und af Klintén ermordet habt. Wir haben aber nur eine ungefähre Ahnung davon, warum. Es ist dieses Warum, das wir von euch erfahren wollen. Verstanden?«

Einer der Männer, der als Haugen identifiziert war, sah plötzlich unendlich erleichtert aus.

»Ja«, sagte er mit einer Stimme, die sich zunächst überschlug, »ja, schön, ihr sollt alles erfahren, was ihr wollt, und ich bin auch absolut bereit, hinterher die Konsequenzen auf mich zu nehmen. Ich bin bereit, meine Strafe zu akzeptieren, und habe sogar schon daran gedacht, mich der Polizei zu stellen.«

Sein unbekannter Nebenmann warf ihm einen wütenden Blick zu. Der Unbekannte schien sich jedoch entschlossen zu haben, es bei mißbilligenden Blicken bewenden zu lassen. Die schwarze Pistole, die Carl Hamilton in der Hand hielt, war Argument genug. Wahrscheinlich, dachte der Norweger, wäre die Lage ohne Pistole die gleiche. Direkt vor ihm, deutlich wie in einem Alptraum, stand nämlich einer dieser Leute, die das Recht hatten zu töten. Woraus der Kerl ja nicht gerade ein Geheimnis machte.

»Nun«, sagte Carl zu Haugen, »schieß los.«

»Wie ihr vielleicht schon wißt, heiße ich jetzt Jon August Haugen. Aber ich bin als Skauen geboren, obwohl meine Mutter nach dem Krieg ihren Namen änderte. August Jon Skauen war also mein Vater, und ich weiß nicht, ob ihr eine Ahnung davon habt, was von Otter und af Klintén...«

»Doch, wir wissen Bescheid«, schnitt ihm Carl das Wort ab, um seine Überraschung zu verbergen. »Und du da bist also Pettersen?«

»Völlig richtig. Mein Vater war Barly Pettersen.«

Carl brauchte ein wenig Zeit, um die Konsequenzen dessen zu durchdenken, was sich jetzt wie ein Blitz aus heiterem Himmel offenbart hatte. Er tat, als verstaute er nachdenklich die vermeintlichen Folterinstrumente, zog ein paar Handschellen hervor und schnippte mit den Fingern, damit die beiden Männer je eine Hand ausstreckten. Dann kettete er sie aneinander, zog einen Stuhl heran und holte ein kleines Tonbandgerät hervor, das er mitten auf den Tisch legte. Er hatte das Gefühl, als könnte sich die Geschichte in die Länge ziehen.

»Später nehme ich euch diese Handschellen wieder ab. Es ist eine reine Sicherheitsmaßnahme«, erklärte er fast entschuldigend und schaltete das Tonbandgerät ein.

Es gab nur eines an der ganzen Geschichte, was Iver Mathiesen ein feines Lächeln entlockte, nämlich wie Roar Hestenes buchstäblich vom Handlungsablauf abgekoppelt worden war. Der Gute mußte auf der anderen Seite des Fjords laut geflucht haben.

Doch strenggenommen war es nett von Hamilton, auf diese Weise ein paar Probleme zu lösen. Aus seinen Andeutungen ging ja hervor, daß das Verhör nicht strikt nach Vorschrift verlaufen war. So entging Hestenes auf denkbar einfache Weise jeder Verantwortung, und folglich brauchten weder er noch Mathiesen sich jetzt mit der Frage zu quälen, was man den Schweden vielleicht nachsehen konnte oder nicht. Und Haugen und Pettersen hatten sicher keinen Grund, sich offiziell zu beschweren. Die hatten jetzt größere Probleme.

So wie Mathiesen größere Probleme hatte als dieses, von dem er nichts erfahren mußte. Die Familien Skauen und Pettersen waren dort oben im Norden legendär. Zwei Brüder Skauen gehörten zu der englischen Organisation, welche 1943 die »Tirpitz« aufspürte und es ermöglichte, sie zu versenken.

Einer der Brüder wurde einige Jahre nach Kriegsende als russischer Spion verurteilt, da die Widerstandsbewegung, der er sich angeschlossen hatte und die im Gebiet von Kirkenes operierte, von den Russen organisiert worden war. Was durchaus in Ordnung war, solange die Russen Verbündete waren. Was sich jedoch gleich nach dem Krieg in Spionage verwandeln konnte. Möglicherweise war es diese »Landesverrätergeschichte«, die bewirkt hatte, daß Jon August Skauens Mutter den Namen Haugen annahm, der vielleicht nur ihr Mädchenname war.

Und jetzt sollte man also einen religiösen Grübler von Fahnenjunker namens Haugen, dessen Vater wegen seines Kampfs gegen die Deutschen geköpft und dessen Onkel wegen seiner Teilnahme am Widerstand zu Gefängnis verurteilt worden war, rund achtzehn Jahre hinter Gitter schicken. Weil er einen schwedischen Nazi und Informanten ermordet hatte.

Das war aus polizeilicher Sicht keine angenehme Perspektive.

Und Hamiltons Vorschläge schienen trotz ihrer sympathischen Bestandteile völlig unannehmbar zu sein.

Carl hatte gemeint, bei Mathiesen zwei Dinge besprechen zu müssen. Einmal natürlich, wie vereinbart, eine Art Schlußbericht abzuliefern, Beweismaterial in Form von Tonbändern und anderem, sowie die Operation formell zu beenden. Was einiger komischer Nebenprobleme nicht entbehrte, da sich beispielsweise die Frage stellte, wie bestimmtes Material nach Schweden zurückgeschmuggelt werden sollte, wo keine nette Sicherheitspolizei wartete, von der man annehmen konnte, daß sie die gleichen Dienste erwies wie die Norweger. Nun, das mußte über das norwegische Oberkommando laufen, dann über die NATO in England und von dort an die Streitkräfte in Schweden.

Hamiltons zweite Aufgabe war jedoch delikat.

Carl war genau wie Joar und Åke von der Geschichte der beiden Mörder tief angerührt worden. Die beiden waren mit den Legenden aus den vier Jahren aufgewachsen, welche die norwegische Geschichte mehr als alles andere zu prägen schienen, 1941 bis 1945. Damals waren sie Kinder gewesen, und als sie zu jungen Männern herangewachsen waren, war der Krieg schon fern. Sie konnten nur von sich sagen, aus so etwas wie guter Familie zu stammen, die während des Krieges auf der richtigen Seite gestanden hatte. Was in einem Land, in dem nach dem deutschen Zusammenbruch achtzigtausend Menschen als Kollaborateure und Landesverräter verurteilt wurden, ja nicht ohne Bedeutung war.

Man brauchte kein Psychologe zu sein, um zu verstehen, wie diese beiden nach und nach auf die fixe Idee kamen, den Tod ihrer Väter zu rächen. Irgendwie hatten die norwegischen Verwandten schon zu der Zeit, als Skauen und Pettersen in Schweden festgenommen wurden, um anschließend zu den Deutschen und der Guillotine geschickt zu werden, verstanden, daß es eine schwedische Mitschuld gab.

Als Jungen hatten die beiden ständig über die Sache gesprochen, als sie dort oben fast Nachbarn gewesen waren, und in späteren Jahren hatten sie sich immer im Sommer getroffen, da Haugen im Urlaub nach Hause fuhr. Und irgendwann hatte das eine das andere ergeben.

Da Pettersen peinlicherweise zehn Jahre bei der Hafenpolizei in Svolvaer arbeitete, hatte er ziemlich genaue Vorstellungen davon, wie man sich in alten Archiven und Gerichtsakten zurechtfindet, und als er vor ein paar Jahren zufällig eine Zeitungsnotiz gelesen hatte, daß schwedisches Aktenmaterial aus dem Krieg jetzt größtenteils nicht mehr der Geheimhaltung unterlag, war die Idee geboren worden. Sie hatte dann zu der Tragödie geführt.

Jon August Haugen hatte zunächst nicht daran geglaubt, daß es Wirklichkeit werden würde. Aber dann hatte er sich genötigt gefühlt, seinen Teil zu erfüllen, nachdem Pettersen den einen der beiden noch lebenden Informanten liquidiert hatte, den eigentlichen Mörder ihrer Väter.

Haugen erzählte, wie er gehofft hatte, geschnappt zu werden, daß er sich überhaupt nicht vorbereitet hatte, daß er bei der Autofahrt über die Grenze seinen automatischen Karabiner fast offen auf dem Rücksitz liegen ließ, sogar in seinem eigenen Wagen, doch der Zoll winkte ihn einfach durch; das sah er als eine Art Fingerzeig Gottes. Wie die Hälfte seiner nordnorwegischen Verwandtschaft war er sehr religiös.

Er hielt an, nahm das Gewehr an sich und legte eine türkische Patrone ein, die er sich in seiner Dienstzeit in einer UNO-Einheit im Nahen Osten beschafft hatte. Dann gab er nur einen einzigen Schuß ab und hoffte immer noch, geschnappt zu werden, als er sich in den Wagen setzte und direkt in Richtung Karlstad und norwegischer Grenze fuhr. Doch auch diesmal machte sich niemand die Mühe, einen Blick in seinen Wagen zu werfen.

Folglich sah er es auch als Werk Gottes an, als plötzlich drei schwarzgekleidete Rächer aus dem Meer vor ihm auftauchten.

Carl und vor allem Kapitänleutnant Stålhandske waren der Meinung, daß es eine traurige und in mancher Hinsicht rührende Geschichte war. Und es war unter ihnen zu einigen langen Diskussionen deswegen gekommen.

Carl hatte jedenfalls einen Vorschlag formuliert, den er Mathiesen jetzt vorlegte.

Zusammengefaßt sei die Lage etwa wie folgt, soweit es den schwedischen Nachrichtendienst betreffe.

Die Morde waren in technischer Hinsicht aufgeklärt. Die militärische Sicherheit Schwedens war nicht mehr bedroht. Und es gab keinerlei Anlaß, sich um ein eventuelles juristisches Nachspiel zu kümmern. Das würde für einige schwedische überlebende Verwandte nur zu Kummer und Elend führen, denn man konnte sich leicht vorstellen, was bei einem eventuellen Prozeß alles ans Licht käme.

Die militärischen Berichte des schwedischen Trupps würden beim Nachrichtendienst bleiben und geheimgehalten und nicht an die schwedische Polizei weitergegeben werden.

»Ich würde also vorschlagen, daß du meine Berichte einfach archivierst und dann das Ganze vergißt«, beendete Carl seine nachdenkliche Zusammenfassung. »Wir haben keinerlei Interesse daran, die Sache weiterzuverfolgen. Haugen-Skauen und Pettersen sind für niemanden mehr eine Bedrohung. Da ist niemand mehr, über den sie herfallen könnten. Außerdem haben sie wohl kein Interesse daran, mit der Geschichte an die Öffentlichkeit zu gehen. Haugen glaubt ja sogar, daß er durch mich so etwas wie die Absolution Gottes erhalten hat.«

»Ja, mag schon so sein«, schnitt ihm Mathiesen das Wort ab, »aber jetzt bittest du mich, Gott zu spielen. Das ist unmöglich. Ich bin nämlich Polizist, und Mord ist etwas, was ganz besonders verboten ist. Auch wenn es nur um Schweden geht und sogar schwedische Nazi-Sympathisanten, die wiederum Verbrechen begangen haben, ist es verboten, sie zu ermorden.«

»Einer der Mörder ist aber besonders ehrenwert.«

»Ja, könnte man meinen. Aber dann muß er es vor Gericht geltend machen. Ich kann zwei Mörder nicht einfach vergessen. Selbst wenn ich es wollte.«

»Willst du es?«

»Ja, das könnte man sagen.«

Carl erhob sich. Nicht um zu gehen, sondern weil er sich etwas Bewegung machen wollte, während er nachdachte. Er stand eine

Zeitlang am Fenster und sah auf das grelle Licht und die blitzenden Wasserreflexe im Oslofjord. Iver Mathiesen wartete, äußerlich ruhig, doch in ihm herrschte Aufruhr. Er war bewegt, tief bewegt, wie es fast jeder Norweger sein würde.

»Kann es sein, daß du etwas Druck von außen brauchst, um unseren ehrenwerten Mörder zu retten?« fragte Carl schließlich. Er drehte sich um und stützte sich mit beiden Händen am Fensterbrett ab.

»Nun, das würde es erleichtern. Mir ist nur nicht klar, wie wir das anstellen sollen. Ich kann dir dabei kaum helfen«, erwiderte Mathiesen. Seine gewohnte Munterkeit war völlig ausgelöscht.

»Von welcher Seite?« fragte Carl ausdruckslos.

»Vielleicht von der Justizministerin, nein, die ist nur eine Fassade, von ihrem Staatssekretär. Wenn die Politiker und die Regierung die Verantwortung übernehmen, bin ich sozusagen vom Haken. Ich kann das aber unmöglich aus eigenem Antrieb bewerkstelligen. Das geht einfach nicht. Ein Polizist, der Morde verzeiht, stell dir das doch nur mal vor!«

»Kannst du diesen Staatssekretär für mich anrufen?«

Carl wurde mit einer Sekretärin verbunden, die zunächst glaubte, es handle sich um einen unpassenden Scherz, als er seinen Namen nannte und sagte, er wolle in einer äußerst sensiblen Sicherheitsangelegenheit, die sowohl Norwegen wie Schweden betreffe, den Staatssekretär sprechen.

Es gelang ihm jedoch bald, die Sekretärin vom Ernst der Angelegenheit zu überzeugen, unter anderem dadurch, daß er bat, der Staatssekretär möge ihn zurückrufen, und zwar bei der *overvåkingspolitiet*, genauer bei deren operativem Chef, bei dem er sich jetzt aufhalte.

Zwei Stunden später befand sich das frisch rasierte und in einen dunklen Anzug mit Krawatte gekleidete Original Carl Gustaf Gilbert Hamiltons in dem hohen und häßlichen Regierungsgebäude Oslos.

12

Åke Stålhandske war fast unerklärlich düster zumute, als er sein und Joar Lundwalls provisorisches altes Arbeitszimmer oben im OP 5 betrat, um aufzuräumen.

Überdies zeigte sich, daß der größte Teil ihres Materials verschwunden war. Es besserte seine Laune nicht im mindesten, als er Sams Sekretärin fragte und erfuhr, daß alles an die Polizei von Norrköping gegangen sei. Außer den deutschen Akten, an denen Major Klasson saß und knobelte.

Åke Stålhandske ging den Korridor entlang, um den alten deutschsprechenden Kollegen von der unnötigen Arbeit zu befreien. Dieser arbeitete nur als Vertretung und war schwer zu finden, da er kein eigenes Zimmer hatte.

»Hallo, wie nett, Besuch zu bekommen«, sagte der alte Pensionär, dessen Gesicht sich aufhellte, als Åke Stålhandske das Zimmer betrat. »Es geht natürlich um dieses Deutsche?«

»Ja«, murmelte Åke Stålhandske mürrisch, »aber ich bin nicht so sicher, ob das noch aktuell ist.«

»Aha, wie schade, aber ich habe jedenfalls dieses Problem mit dem *untauglichen Versuch* gelöst, du weißt schon. Hier muß irgendwo eine Übersetzung herumliegen.«

»Aha«, sagte Åke Stålhandske ohne jeden Funken von Begeisterung. »Was heißt es denn? Etwas, was zum Scheitern verurteilt ist?«

»Ja, könnte man sagen«, sagte der Major und suchte nach seiner Brille, bis Åke Stålhandske ihn diskret darauf hinwies, daß er sie sich in die Stirn geschoben hatte. »Das kann man wirklich sagen. In unserem Fall bedeutet es, daß es nicht möglich war, diesen, wie hieß er noch, Kapitän von Otter auszuspionieren. Man kann dadurch deutschen Interessen nicht schaden, durch nichts, wie sehr man es auch versucht, sozusagen. Da er ja im Gegensatz zu den anderen kein deutscher Agent oder so was war.«

»Was zum Teufel sagst du da?« sagte Åke Stålhandske, dessen

Haltung sich jetzt blitzschnell änderte. »Was zum Teufel sagst du da? War dieser von Otter denn kein deutscher Informant oder so?«

»Nein«, sagte der alte Kollege, den die unerwartete Reaktion des jungen Riesen erstaunte. »Habt ihr das nicht gewußt? Das steht doch hier alles in dem ausführlichen Memorandum, auf das im Urteil verwiesen wurde. Übersetzt und fertig. Sollte ich das denn nicht machen?«

Åke Stålhandske riß die drei Seiten lange Übersetzung an sich, stützte sich mit den Händen auf dem Tisch ab und las so schnell er vermochte.

Auf Antrag der Verteidiger hatte der Volksgerichtshof Auskünfte über die Schweden eingeholt, die in den Akten erwähnt wurden. Der Chef des militärischen deutschen Nachrichtendienstes in Göteborg, ein Herr Rothe, hatte angegeben, sowohl der Polizeibeamte Jubelius wie der Obergefreite Andersson seien als Informanten tätig gewesen, manchmal gemeinsam und mitunter unabhängig voneinander. Was eine ihrer angeblichen Quellen anging, einen gewissen Kapitän von Otter beim schwedischen Marinestab in Göteborg, hatte sich ergeben, daß die beiden die Neigung hatten, die Qualität ihrer Angaben zu vergolden, indem sie auf eine bessere Quelle als den Hafenklatsch verwiesen, der manchmal wahrscheinlich die korrekte Quelle war.

Sie selbst hatten in der Vorstellung gelebt, Andersson sollte an Jubelius berichten, der wiederum die Kontakte zu den Deutschen halten sollte. Aber da Andersson in ständiger Geldnot war, hatte er damit begonnen, erst an die deutsche Vertretung und dann an Jubelius zu berichten.

Das hatte natürlich dazu geführt, daß der deutsche Nachrichtendienst manche kleineren Angaben doppelt bezahlen mußte. Doch gleichzeitig gab es ein Korrektiv. Informationen, die Jubelius manchmal diesem Kapitän von Otter in den Mund legte, waren in Wahrheit von Bootsmann Andersson gekommen. Und manchmal verhielt es sich umgekehrt.

Da außerdem völlig klar war, daß Deutschland keinen eigenen Kontakt zu diesem Kapitän von Otter hatte, war es über jeden Zweifel erhaben, daß von Otter nur eine erfundene Quelle war.

Der besagte von Otter hatte leider nie für die Sache Deutschlands gearbeitet.

Was nun diesen Andersson anging, so hatte er die norwegischen Spione Pettersen und Skauen offenbar mit Informationen über deutsche Aktivitäten in Göteborg versehen. Gegen Bezahlung. Danach hatte er, gleichfalls gegen Bezahlung, die Norweger sowohl an Jubelius als auch direkt an die deutsche Vertretung verkauft. Weshalb die Zuverlässigkeit dieses Mannes natürlich als sehr gering angesehen werden mußte. Was er möglicherweise selbst geahnt hatte. Daher war es nach der Auffassung des deutschen Nachrichtendienstes leicht zu verstehen, daß er das Bedürfnis gespürt hatte, den Namen von Otters zu leihen, also eines anständigen Offiziers, um seine Informationen irgendwie wertvoller zu machen, nicht zuletzt pekuniär.

Åke Stålhandske fühlte sich vollkommen matt, als er sich von seiner unbequemen Leseposition erhob.

»*They did the wrong guy*«, flüsterte er leise.

»Wie bitte?« sagte der alte Pensionär und schob die Lesebrille wieder in die Stirn.

»Ja, ich sagte gerade, daß dies eine unerhört wichtige Information ist«, erwiderte Åke Stålhandske gefaßt. »Ich glaube schon, daß Kapitän zur See Ulfsson das hier als unseren bisher wichtigsten Fund beurteilen wird.«

Er bedankte sich aufrichtig und herzlich und lobte den Major für seine Hilfe. Als er auf dem Korridor zu Samuel Ulfsson unterwegs war, kam ihm eine Idee. Vielleicht sollte er noch eine letzte Sache prüfen, etwas, was ihm da oben in Norwegen eingefallen war, eine letzte Möglichkeit. Jetzt konnte sich vielleicht noch etwas ergeben. Er ging an Samuel Ulfssons Zimmer vorbei und nahm die Treppen statt des Fahrstuhls, da er es zum ersten Mal wirklich eilig hatte, zu den Wälzern im Kriegsarchiv zu kommen.

Es war elf Uhr vormittags und ein Dienstag. Also blieb noch eine Stunde. Dem norwegischen Außenminister war äußerst unbehaglich zumute. Er stand an dem einzigen Fenster mit Aussicht zum

Drammensveien und betrachtete das Standbild unterhalb des Eingangs zum Außenministerium: Haakon VII. Norges Konge 1905 bis 1957.

Das Standbild ist sechs oder sieben Meter groß, was die hochgewachsene schlanke Gestalt des alten Königs noch betont. Er trägt natürlich Uniform, hat eine Generalsmütze auf dem Kopf und hält die rechte Hand ans Herz gedrückt, das Symbol für Norwegens Widerstand während des Krieges.

Es würde nicht leicht werden.

Seit Haakons Tagen fand sich der Außenminister jeden Dienstag um zwölf Uhr zu einer außenpolitischen *tour d'horizon* beim König ein. Das war seit dem Zweiten Weltkrieg eine Tradition, die der jetzige König wie selbstverständlich und entschlossen beibehalten hatte.

Es war ein länglicher Raum, der kleine Spaziergänge um den abgewetzten Konferenztisch aus hellem Teak mit den zwölf Stühlen erlaubte. Das war angenehm für jemanden, der gern beim Gehen dachte. Der Außenminister war so ein Mann, und gerade heute mußte er ungewöhnlich viel darüber nachdenken, wie er den Fall präsentieren sollte.

Am Freitag sollte der Beschluß bei der Kabinettssitzung fallen, und danach würde alles an die Öffentlichkeit gelangen. Es würde natürlich eine schauerliche Geschichte geben. Er selbst und die Justizministerin waren dagegen gewesen. Der Verteidigungsminister und der Ministerpräsident hatten sich für ein Strafverfahren ausgesprochen.

Diese vier bildeten den Sicherheitsrat der Regierung, und bis jetzt war die Angelegenheit nur dort diskutiert worden. Als Außenminister hatte er mit Nachdruck zu betonen versucht, welch unangenehme Konsequenzen ein solcher Prozeß über den Zweiten Weltkrieg für die Beziehungen zwischen Schweden und Norwegen haben würde. Es würde alles wieder hochkochen, und wem war heute noch damit gedient?

Über die Schweden und Schwedens Haltung während des Krieges konnte jeder denken, was er wollte. Doch jetzt mußte es vorbei und begraben sein.

Die Justizministerin hatte überdies auf ein juristisches Detail hingewiesen, das ebenfalls direkte politische Bedeutung erhalten würde.

Der Prozeß gegen Haugen und Pettersen konnte in Norwegen stattfinden, und zwar vor einem norwegischen Gericht, vermutlich dem *Lagmansretten* in Oslo, das heißt einem Geschworenengericht.

Norwegische Geschworene, gute norwegische Männer und Frauen, die sich tagelang beispielsweise die Rechtsanwälte Hestenes und Nordhus würden anhören müssen; ein Fest für norwegische Anwälte. Widerstand, Zweiter Weltkrieg, norwegische Märtyrer, Heldentum hin, Heldentum her, der schwedische Verrat, die schwedische Kollaboration mit den Nazis, und das tagein, tagaus.

Norwegische Geschworene würden die beiden Mörder vermutlich freisprechen, worauf die Richter nichts anderes tun könnten, als sie laufen zu lassen. Die schwedische Auffassung von norwegischer Gerechtigkeit würde davon nicht sehr positiv beeinflußt werden. In Norwegen leiste man sich immer noch echt nordische Blutrache, in Norwegen bleibe ein Schwede ungerächt. Ein delikates politisches Problem.

Andererseits würde man den Prozeß ebensogut in Schweden abhalten können, wo die Verbrechen begangen worden waren. Dann würden Nordhus und Hestenes sich den Mund fusselig reden können, was das jämmerliche und feige schwedische Verhalten im Zweiten Weltkrieg anging. Das Urteil würde dennoch auf lebenslangen Freiheitsentzug lauten.

Und wer sollte nun entscheiden, wo der Prozeß stattfand? Nun, unter anderem die Außenministerien in Stockholm und Oslo.

Wie man sich auch drehte und wendete, es war folglich eine politische Frage, ob die beiden verurteilt werden sollten oder nicht.

Der Außenminister betrachtete nachdenklich seine große Weltkarte, als ließen sich dort Worte oder eindrucksvolle Formulierungen finden, die er dem König präsentieren konnte. Dann schweifte sein Blick zu dem großen Porträt Fridtjof Nansens, dem Nationalhelden in nationaler Pose. Ihn schauderte vor Unbehagen bei dem Gedanken, die Herren Pettersen und Haugen, zwei simple Pensionärsmörder, könnten in der Gesellschaft von Nansen landen. Der Außenminister drehte noch eine Runde und sank dann hinter seinem überladenen Schreibtisch zusammen und blickte hilflos zu der acht Meter entfernten Tür. Ja, er mußte bald durch diese Tür und sich zum Schloß begeben.

Das einzige Argument des Ministerpräsidenten bestand im Grunde darin, daß schon viel zu viele Personen von der Sache wußten. Es gab folglich ein großes Risiko, daß alles durchsickerte. Und wenn es durchsickerte, würde es heißen, die Regierung mische sich in die Arbeit der Justizbehörden ein, unterdrücke den Lauf der Gerechtigkeit und so weiter, und die Opposition würde keine Sekunde zögern, das auszunutzen, unabhängig davon, ob sie selbst zu dem gleichen Beschluß gekommen wäre, wenn sie die Regierung gestellt hätte.

Der Verteidigungsminister hatte einen gröberen und einfachen Standpunkt vertreten, nämlich daß Morde an Pensionären nicht toleriert werden könnten und daß schwedische Offiziere als Opfer das gleiche waren wie norwegische Offiziere als Opfer. Und nordische Blutrache hin und her, so etwas gab es schließlich seit tausend Jahren nicht mehr. So etwas wurde nicht mehr geduldet. Allerdings hatte sich der Verteidigungsminister noch nie als sonderlich heller Kopf ausgewiesen.

Schließlich endete es zu Hause in der Villa des Ministerpräsidenten mit einem Abstimmungsergebnis von zwei gegen zwei, und zwar in der Küche des Hauses, in der der Sicherheitsrat die entscheidende Konferenz abhielt.

Damit hatte der Ministerpräsident die entscheidende Stimme.

Der Außenminister war düsterer Stimmung und voller böser Ahnungen, als er sich in den vorgefahrenen Wagen setzte, um die zwei oder drei Minuten zum Schloß hinaufzufahren. Er hätte ebensogut einen Spaziergang machen können, um etwas frische Luft zu schnappen. Der König pflegte sich nicht in die Außenpolitik einzumischen, aber hier ging es nicht um eine x-beliebige außenpolitische Frage. Das hier war der Zweite Weltkrieg, also die höchstpersönliche Arena des Königs.

König Olav V. hatte das Arbeitszimmer seines Vaters mit den englischen Chippendale-Möbeln und dem Schreibtisch mit grünem Leder in der Tischplatte beibehalten. Grünes Leder und grüne Tapeten beherrschten den Raum. Hinter dem Schreibtisch stand ein einfacher Stuhl, englisch, achtzehntes Jahrhundert. Es war überhaupt alles englisch. Es war so deutlich zu sehen, daß man sich direkt in die Welt versetzt fühlte, in der die Regierung des Landes von London aus tätig war. All das machte König Olav zu dem letzten richtigen König in Skandinavien, zum Symbol der Nation und des Widerstands während des Krieges.

Auf dem Bücherschrank aus braunem Mahagoni stand eine Uhr, die jede Stunde den gleichen Glockenschlag hören ließ wie Big Ben, und als der Außenminister eintrat und die Uhr zwölf schlug, fühlte er sich vom Flügelschlag der Geschichte berührt.

Der König sah müde und unausgeschlafen aus, grüßte aber wie immer freundlich und gemessen und sagte, bei der außenpolitischen Lage scheine es nur um Osteuropa zu gehen. Oder etwas in der Richtung. Der Außenminister hörte nicht so genau hin, weil er schon Anlauf nahm, um seine Einleitung vorzutragen.

»Euer Majestät«, begann er und mußte sich sofort räuspern, um erneut Anlauf zu nehmen. »Euer Majestät, ich komme in einer sehr ungewöhnlichen Angelegenheit, die bis jetzt nur im Sicherheitsrat besprochen worden ist. Ich fürchte, Euer Majestät, Sie könnten sich persönlich von dem berührt fühlen, was ich jetzt zu sagen habe.«

Die Müdigkeit im Gesicht des alten Mannes war mit einem Mal wie weggeblasen.

»Es hat nämlich in allerhöchstem Maße mit dem Zweiten Weltkrieg zu tun. Und mit unseren Beziehungen zu Schweden, was die schwedische Haltung in diesem Zeitraum betrifft«, fuhr der Außenminister angestrengt fort.

Der König nickte nur zum Zeichen, er solle fortfahren.

Der Außenminister legte zunächst dar, was tatsächlich geschehen war. Anschließend berichtete er, wie schwedische Militärs der Sache auf die Spur gekommen waren und beim norwegischen Justizministerium inoffiziell den Wunsch geäußert hatten, wie die Sache zum Vorteil beider Seiten vertuscht werden könnte. Anschließend legte er dar, welche Überlegungen bei den Diskussionen des Sicherheitsrates angestellt worden waren.

Als er geendet hatte, saß der König vollkommen still da und sah aus dem Fenster, als wäre er in Erinnerungen versunken. Schließlich drehte er sich langsam um. Als Seine Majestät ihn jetzt betrachtete, bekam der Außenminister zum ersten Mal dieses seltsame Gefühl, tatsächlich ein Untertan zu sein.

»Eine sehr interessante Geschichte mit zahlreichen Problemen, das muß ich schon sagen«, sagte der König.

»Ja, Euer Majestät, das muß man schon sagen«, erwiderte der Außenminister vorsichtig.

»Wenn ich Sie richtig verstehe, sind Sie der Meinung, die norwegische Regierung könne auf keinen Fall einem Druck von schwedischer Seite nachgeben. Was waren das übrigens für schwedische Militärs, die diese Norweger gefunden haben?«

»Ja, Euer Majestät, wir waren der Auffassung, ich meine, es würde eine sehr unangenehme politische Situation entstehen, wenn irgendwie durchsickerte, daß Druck ausgeübt worden ist. Wir schätzen dieses Risiko nicht als gering ein. Nun ja, der schwedische Trupp stand unter dem Kommando eines schwedischen Fregattenkapitäns, der Carl Hamilton heißt. Er ist ja nicht ganz unbekannt, wenn Euer Majestät...«

»Carl Gustaf Gilbert Hamilton?«

»Ja, Euer Majestät.«

»Wir haben also hohen Besuch in Norwegen?«

»Das könnte man sagen, Euer Majestät.«

»Ist das der mit der Ehrenlegion und all dem, worüber so viel in den Zeitungen gestanden hat?«

»Höchstderselbe, Euer Majestät.«

»Das ist ja sehr interessant.«

»Ja, aber wenn Sie erlauben, Euer Majestät, bleibt noch das Problem, daß wir uns kaum eine Diskussion leisten können, wir würden dem Druck eines noch so berühmten schwedischen Militärs weichen.«

»Hat er diesen Wunsch Schwedens persönlich vorgetragen?«

»Ja, Euer Majestät. Aber...«

»Nun, davon einmal abgesehen, ist es meine persönliche Meinung, daß es sehr unglücklich wäre, wenn alle diese Dinge bei einem Prozeß zur Sprache kämen.«

»Ja, Euer Majestät, diesen Aspekt haben wir ja schon berührt, und...«

»Aber Sie sagen, Sie könnten einem solchen Druck nicht nachgeben, das heißt Druck von schwedischer Seite.«

»Ja, das ist richtig.«

»Aber wenn der Druck vom König kommt?«

Der Außenminister blieb die Antwort schuldig. Er war viel zu verblüfft. Es war noch nie vorgekommen, daß der König einen Beschluß der Regierung so offen in Frage stellte. Formal war es auch nicht möglich. Aber wenn es ausgerechnet um den Zweiten Weltkrieg ging...

»Ich glaube schon«, sagte der alte Mann mit dem Anflug eines Lächelns, »daß das norwegische Volk sehr großes Verständnis dafür hätte, wenn Sie in einem solchen Fall dem Druck des Königs nachgeben. Und wenn Sie wollen, können Sie meinen Wunsch auch schriftlich erhalten. Sie könnten ihn nach meinem Tod veröffentlichen oder sich damit wehren, falls Sie... in eine so kleine politische Bedrängnis geraten sollten.«

»Euer Majestät, ich weiß offen gestanden nicht, wie ich mich in dieser Sache verhalten soll«, sagte der Außenminister zögernd, doch dann fehlten ihm die Worte.

König Olav sagte eine ganze Zeit nichts mehr, da er ein Blatt Papier nahm, die Kappe seines Füllfederhalters abschraubte und von Hand fast eine ganze Seite schrieb, sehr langsam und sehr säuberlich. Dann unterzeichnete er mit *Olav von Norwegen*, suchte auf seinem Schreibtisch nach einem altmodischen Löscher und trocknete sorgfältig die Tinte. Dann erhob er sich schwer, weshalb sich auch der Außenminister erheben mußte, und überreichte das Papier, das er zuvor in der Mitte gefaltet hatte.

»Ich hege die große Hoffnung, daß der Sicherheitsrat meine Wünsche genauso ernst nimmt wie Sie selbst, mein Außenminister«, sagte der König lächelnd und zeigte mit einer Geste, daß die Audienz beendet war.

Es hatte genau eine Stunde gedauert. Die Uhr ließ gerade den Glockenklang von Big Ben ertönen, als der Außenminister benommen das Arbeitszimmer des Königs verließ.

Sie wog 3426 Gramm. Es hatte acht Stunden gedauert, und Carl hatte sich noch nie so machtlos gefühlt wie angesichts von Eva-Britts Schmerzen und Tränen.

Er hatte das Lachgas regeln dürfen, hatte versucht, ihr naßkalte Umschläge auf die Stirn zu pressen, hatte ihr die Hände gehalten, aber wie es ihm schien, hatte es nicht geholfen oder die Schmerzen gelindert. Es erfüllte ihn mit Schrecken und Scham, daß er selbst ihr all diesen Schmerz irgendwie zugefügt hatte. Es war vollkommen unbegreiflich, als alles vorbei war und sie ihr Kind in die Arme nahm und er selbst zum ersten Mal in Tränen ausbrach und neben ihr auf die Knie sank. Das Personal des Sophiahemmet lächelte, als käme ihnen das alles vollkommen normal und bekannt vor, was es vielleicht auch war, obwohl Carl dies als ein unmöglicher Gedanke vorkam. Es war ein Wunder, das nur Eva-Britt, ihm selbst und ihr, der Kleinen, widerfahren war. Sie waren jetzt also drei Personen.

Die Kleine war rot im Gesicht und schrie. Er hatte geglaubt, Babygeschrei wäre laut und schrill, doch so war es nicht. Als er vorsichtig seinen kleinen Finger zu einer der unbegreiflich kleinen Hände ausstreckte, schnappte sie ihn blitzschnell und hielt ihn hart fest, als würde er sich nie wieder freimachen können. Es war ein schwindelerregendes Gefühl für ihn, die eigene Hand zu sehen, seine böse Hand, wie es ihm vorkam, mit den dicken Schwielen an der Handkante, das Ergebnis all des Bösen, das er sich fortlaufend antrainierte, und dann diese vollkommen neue und unschuldige gute Hand, die so klein war, daß sie nur seinen halben kleinen Finger bedeckte und ihn dennoch unwiderstehlich festhielt.

»Da siehst du's«, sagte Eva-Britt. Die Tränen strömten ihr übers Gesicht, aus dem der Schmerz wie durch ein Wunder, was es ja war, sich in Glück verwandelt hatte. »Da siehst du's, es ist doch ein Mädchen geworden.«

Er beugte sich vor und küßte sie beide. Die Kleine sehr, sehr vorsichtig. Ihm ging auf, daß er noch nie einen so glücklichen Menschen wie Eva-Britt in diesem Augenblick gesehen hatte.

Er saß bei ihr in ihrem Zimmer hinter zugezogenen Gardinen, bis sie einschlief. Dann trat er zu ihr und betrachtete sie. Sie schlief mit halboffenem Mund auf dem Rücken. Das Lächeln war noch da. Er strich ihr behutsam über das Haar, in dem der Schweiß getrocknet war, und stahl sich auf leisen Sohlen hinaus. Das grelle Licht traf ihn wie ein Schlag ins Gesicht.

Es würde bald Mittsommer werden, die Zeit des Jahres, in der sie sich kennengelernt hatten. Er würde einer der ersten Nachrichtenoffiziere der Welt sein, die Vaterschaftsurlaub in Anspruch nahmen, und sie würden in den Schären segeln, genau wie er es ihr versprochen hatte.

Es kam ihm unwirklich vor, auf dem Valhallavägen an der Autoschlange von Lidingö vorbeizugehen und zu sehen, wie das Leben weiterging, als wäre nichts Besonderes geschehen. Er träumte sich oder schwebte zu dem großen Backsteinkomplex am Lidingövägen, fast als wäre ihm nicht bewußt, daß er sich bewegte.

Im Zimmer von Samuel Ulfsson wartete eine Überraschung auf ihn. Der Nachrichtendienst hatte sich nämlich Nachrichten aus dem Sophiahemmet besorgt, und Sam, Joar und Åke warteten mit Champagner und dicken Zigarren, die sie ihm erst schenkten, damit er sie verteilen konnte, wie es sich für einen frischgebackenen Vater gehört. Er hustete, und es brannte in den Augen, als er gleichzeitig zu rauchen und zu lachen versuchte, und er spürte eine unbezwingbare Lust, auf ewig in genau diesem Gemütszustand zu bleiben. Zum ersten Mal seit sehr langer Zeit empfand er so etwas wie Stolz auf sich selbst, als hätte er endlich etwas Bedeutendes geleistet.

Nachdem sie sich eine Zeitlang fröhlich unterhalten hatten und Carl über die *Operation Noch Eine* berichtet hatte, wie sie das Ereignis lachend nannten, holte Samuel Ulfsson einen Brief hervor und bat Carl, ihn zu lesen. Sam entschuldigte sich dafür, daß es nur um den Dienst ging, aber es gebe doch mehr als nur einen Grund, Champagner zu trinken.

Carl wischte sich die Tränen aus dem Gesicht und las unter wachsender Verblüffung.

MARINEDISTRIKT DER WESTKÜSTE
DER STABSCHEF

An
die Staatskriminalpolizei in Göteborg

Aktenzeichen 211: 6/1945

Unter Hinweis auf das vergangene Woche geführte Gespräch möchte ich mitteilen, daß Kapitän von Otter angegeben hat, er sei im Zusammenhang mit den Ermittlungen wegen der Spionage, derer sich Leutnant Renhammar und Fähnrich Sterner im Herbst 1940 schuldig gemacht haben, mit Oberwachtmeister Jubelius in Verbindung gekommen. Renhammar und Sterner sind wegen Spionage verurteilt worden. Die Angelegenheit wurde beim hiesigen Stab des Marinedistrikts Westküste von Kapitän von Otter bearbeitet.

Kapitän von Otter hat ferner angegeben, der Oberwachtmeister sei später noch ein paar Mal erschienen, um sich zu erkundigen, ob Kapitän von Otter den Verdacht hege, daß es zu weiteren Spionagefällen oder einer ähnlichen Tätigkeit gekommen sei, was dieser bei den genannten Anlässen stets geleugnet hat.

Die Kontakte ereigneten sich immer in Form von Besuchen des Oberwachtmeisters im Dienstzimmer des Kapitäns. Die Häufigkeit wurde mit etwa einem Mal pro Monat im Frühjahr 1941 angegeben, worauf die Besuche immer seltener wurden, um im Frühjahr 1943 ganz eingestellt zu werden.

Kapitän von Otter gibt an, er habe diese Besuche völlig sinnlos gefunden, da er selbst nicht mit Sicherheitsfragen befaßt gewesen sei, sondern er habe den Oberwachtmeister immer wieder auf den richtigen Sachbearbeiter verwiesen, den der Oberwachtmeister jedoch nur wenige Male aufgesucht habe.

Die Ermittlung, die auf meine Anordnung von der Marinepolizei vorgenommen wurde, bestätigt in allem die Angaben Kapitän von Otters. Da Kapitän von Otter für seine große persönliche Integrität bekannt ist, erscheint es als unwürdig, ihn einer illegalen Zusammenarbeit mit einer fremden Macht zu verdächtigen.

Was Kapitän von Otters politische Meinung betrifft, ist diese nicht bekannt. Er hat auch nie versucht, sie zur Sprache zu bringen. Hingegen ist bekannt, daß er nach der Rückkehr von einer Kommandierung in Polen Sympathie für das polnische Volk geäußert und das Schicksal dieser Nation bedauert hat.

Was die Umstände angeht, die zu dieser Ermittlung Anlaß gegeben haben, ist anzumerken, daß die Angaben über Kapitän von Otter sämtlich aus zweiter oder dritter Hand stammen und überdies nur aus einer Quelle.

Ich möchte mit aller Entschiedenheit betonen, daß Kapitän von Otter während seiner Dienstzeit hier in Nya Varvet in allem ein beispielhafter, verantwortungsbewußter und loyaler Offizier gewesen ist.

Nichtsdestoweniger hat es Kapitän von Otter sehr empört, daß man ihn in so kränkender Weise behandelt hat, was von militärischer und polizeilicher Seite leider unvermeidlich war. Er hat daher um Versetzung an einen anderen Dienstort gebeten, obwohl seine hiesige Dienstzeit erst zum Jahreswechsel endet. Es ist daher mit dem Marinestab vereinbart worden, daß Kapitän von Otter beim nächsten Monatswechsel seinen Dienst als Divisionschef beendet und zum Dienst in Stockholm befohlen wird.

Nya Varvet, den 3. September 1945
Adolf Cassel, Stabschef Marinedistrikt Westküste

»Das nenne ich eine positive Nachricht«, sagte Carl nachdenklich, »aber ich vermag nicht zu sehen, was daran für uns entscheidend sein soll. Wo habt ihr das gefunden?«

»Im Kriegsarchiv. Er hat eine kleine persönliche Aktensammlung hinterlassen. Das war früher so üblich. Das hier war seine Botschaft an die Nachwelt«, sagte Åke Stålhandske.

»Er wollte dort auf ewig einen Freibrief liegen haben, falls etwas Unangenehmes aus der Vergangenheit auftauchte. Ja, aber was beweist denn das eigentlich?« fragte Carl skeptisch.

»Daß die schwedische Marine ihn schon 1945 von all diesen idiotischen Verdächtigungen reingewaschen hat und daß er diese Ehrenrettung für die Nachwelt erhalten wollte«, stellte Samuel Ulfsson fest, während er Champagner nachschenkte und Beata hereinrief, die ebenfalls ein Glas erhielt.

Beata hatte etwas zu erledigen gehabt und war gerade hereingekommen. Es dauerte einige Zeit, bis sie alle begrüßt und Carl gratuliert hatte.

»Aber wenn du schon nicht an einen Freispruch des schwedischen Militärs glaubst«, fuhr Samuel Ulfsson fort, »wie wäre es dann mit einem Freispruch der damaligen deutschen Behörden?«

»Einfach fabelhaft«, lachte Carl, »aber das kann doch nicht euer Ernst sein?«

»Doch, darauf kannst du Gift nehmen!« entgegnete Samuel Ulfsson und zeigte einige Dokumente, die er auf dem Rücken versteckt hatte.

Carl brauchte drei Minuten, um sie zu lesen, und stellte dann fest, damit sei die Sache selbstverständlich erledigt. Dann ging ihm auf, was das bedeutete.

»Unser ehrenwerter Mörder hat also den falschen Mann erschossen«, sagte er nüchtern.

Die anderen nickten nachdenklich. Sie hatten schon Zeit gehabt, sich an die Vorstellung zu gewöhnen.

Carl fragte, wie all das herausgekommen sei, und Samuel Ulfsson übernahm schnell das Wort von Åke Stålhandske, der schon dabei war, das Ganze allzusehr als glücklichen Zufall darzustellen.

Samuel Ulfsson war natürlich strahlender Laune, denn soweit es ihn betraf, hatte die Operation Truthfinding ja tatsächlich zum Ziel geführt. Joar und Åke hätten eine phantastische Arbeit geleistet, sagte er. Ja, und die Schlußphase des Unternehmens sei auch nicht von schlechten Eltern gewesen.

Carl wußte nicht, ob er sich dafür entschuldigen sollte, daß er nie an die Unschuld dieses von Otter geglaubt hatte. Er kam jedoch zu dem Schluß, daß er als frischgebackener Vater für nichts geradezustehen hatte, zumindest nicht im Augenblick.

Beata solle mehr Champagner holen, befahl Samuel Ulfsson, aber Joar kam ihr zuvor und sagte, sie solle sich setzen, er werde das erledigen.

»Ich habe die Spitze schon verstanden, aber sie war gut«, sagte Samuel Ulfsson. »Diese modernen jungen Offiziere. Ich nehme an, du wirst auch Vaterschaftsurlaub nehmen, Carl?«

»Ja, das hatte ich mir gedacht«, erwiderte Carl munter und löste damit dumpfes Erstaunen im Raum aus.

Rune Jansson stand mit seiner Frau in der Küche und schälte Zwiebeln. Er war besserer Laune, als sie seit sehr langer Zeit an ihm gesehen hatte. Sie wollten Spaghetti mit Hackfleischsauce machen, da er so früh nach Hause gekommen war. Um es richtig zu feiern, hatten sie beschlossen, daß ihre Tochter das Gericht bestimmen durfte.

»Wie steht's? Bist du endlich darauf gekommen?« fragte seine Frau aufmunternd und kippte die gehackten Zwiebeln in eine Bratpfanne.

»Ja, ich glaube, das bin ich«, sagte Rune Jansson und pfiff leise vor sich hin, als er ein Paket mit Gehacktem auswickelte, »ich glaube es tatsächlich. Es war eine Kleinigkeit, die zunächst genauso unbedeutend wie lächerlich wirkte. Man liest so etwas einmal, und dann vergißt man es. Erinnerst du dich noch, daß ich von dieser verrückten Alten erzählt habe?«

»Die keine Norweger mochte?«

»Ja, genau die. Es schien ja so nebensächlich zu sein, und diese Buchstaben, an die sie sich zu erinnern glaubte, hätten ja bedeutet, daß der Wagen irgendwo im Norden Norwegens registriert war. Aber ich glaube, sie hat recht. Und jetzt legen wir los.«

»Ein norwegischer Mörder also?«

»Ja. Oder zwei. Wahrscheinlich zwei, wenn es so ist, wie ich und Kapitän Seebär glauben.«

»Und was glaubt ihr denn? Kannst du mal das Sieb hier halten? Was glaubt ihr?«

»Wir haben erst falsch gedacht. Wir haben uns an alten Morden in Göteborg während des Krieges festgebissen und an Spionagegeschichten. Unsere Mörder dürften aber zu dem Zeitpunkt erst Kinder gewesen sein.«

»Kinder?«

»Ja. Die Frage ist folgende. Warum haßt man einen Mann, der fünfunddreißig Jahre alt war, als man selbst Kind war? Was bringt einen dazu, ihn so viele Jahre später zu ermorden?«

»Er hat der Familie des Kindes irgendwie geschadet.«

Rune Jansson lachte glücklich und schnitt sich in den Finger, als er mit dem Hackfleisch hantieren wollte, achtete aber nicht darauf, sondern winkte nur abwehrend.

»Ja, Himmel«, sagte er. »Warum haben wir dich nicht gleich an den Ermittlungen beteiligt? Zwei große starke Männer haben gegrübelt, bis der Kopf rauchte, und du brütest es einfach aus, als läge die Sache klar auf der Hand.«

»Tut sie das denn nicht?«

»Doch. Das scheint es zu sein. Es ging um den Mörder eines Vaters. Du weißt, diese beiden norwegischen Männer des Widerstands, die von Otter und af Klintén und die anderen ausgeliefert haben. Es könnten beispielsweise ihre Söhne sein.«

»Und wie bekommt ihr sie zu fassen?«

»Unter anderem mit Hilfe von etwas Urin. Wo ist Lillan?«

»Ich glaube, im Wohnzimmer. Wieso mit Hilfe von Urin?«

»Lillan! Es gibt Spaghetti!« rief er, und als sie angerannt kam, hob er sie hoch und küßte sie auf beide Wangen. Dann wandte er sich wieder seiner Frau zu.

»Einer von ihnen hat Gallensteinbeschwerden und nimmt ein bestimmtes Medikament. Es ist rezeptpflichtig. Wir werden die norwegische Polizei alle Männer ausfindig machen lassen, die Pettersen und Skauen heißen und ein bestimmtes Medikament einnehmen, und dann konzentrieren wir uns auf Nordnorwegen. Das wird schon klappen, aber jetzt essen wir!«

Als sie sich unter fröhlichem Lärm zu Tisch setzten, kam Rune Jansson der Gedanke, daß etwas gefeiert werden mußte, obwohl er vielleicht übertrieben optimistisch war. Immerhin könnten sie ja feiern, daß Papi abends jetzt etwas öfter zu Hause sein würde.

Er holte eine Flasche italienischen Rotwein mit Schraubverschluß.

Epilog

Carl Gustaf Gilbert Hamiltons Telefon läutete höchstens zwei- oder dreimal am Tag. Er ging in der Regel davon aus, daß es etwas Unangenehmes *oder* Eva-Britt war. Er wußte beim Läuten nie, wie er reagieren oder was er sagen sollte.

Zwei Stunden bevor er zum Sophiahemmet gehen und Eva-Britt und die Kleine abholen wollte, rief Tessie an. Sie wollte ihn unbedingt sehen, da es um etwas sehr Wichtiges gehe.

Das erfüllte ihn mit Schrecken, doch er versprach zu kommen.

Unmittelbar darauf läutete es erneut. In der Hoffnung, sie hätte ihre Meinung geändert, riß er schnell den Hörer hoch.

Diesmal war es der Botschafter Norwegens, der in hochgestimmten Worten erklärte, er könne jetzt im persönlichen Auftrag Olavs von Norwegen mitteilen, daß Seine Majestät sich entschlossen habe, Graf Hamilton den Kommandeursgrad des Sankt-Olavs-Orden zu verleihen. Der Beschluß sei vom Großmeister des Ordens getroffen worden, Seiner Majestät persönlich.

Carl stotterte zum ersten Mal in seinem Leben, als er den Orden jetzt fast abzulehnen versuchte, nämlich unter Hinweis darauf, daß der Grund der Verleihung, also der vermutliche Grund der Verleihung, ja, die Arbeit oder die Tätigkeit, die Seine Majestät vielleicht gemeint habe, in der Hauptsache von zwei ganz anderen Personen erledigt oder sozusagen durchgeführt worden sei, nämlich von zwei Kapitänleutnants des OP 5.

Der Botschafter hörte sich etwas gekränkt an, als er erklärte, man könne eine Auszeichnung durch den norwegischen König wohl kaum ablehnen. Dann fragte er, wie die beiden Kapitänleutnants hießen. Carl erklärte, deren Identitäten seien bedauerlicherweise geheim, verwies an Kapitän zur See Samuel Ulfsson und errötete vor Scham, als er den Hörer auflegte. Während Joar und Åke glänzende Arbeit geleistet hatten, hatte er sich selbst mit Mauschelei, Lüge und Betrug befaßt. Im großen und ganzen mit nichts anderem.

Kaum eine Minute später läutete das Telefon erneut. Diesmal war es einer von Carls Börsenmaklern, der den Grund seines Anrufs für so wichtig hielt, daß er im Büro anrief, obwohl Carl ihm gesagt hatte, das sei nur erlaubt, wenn eine Angelegenheit nicht bis zum Abend warten könne. Und in der Immobilienbranche konnte kaum etwas so dringend sein.

»Also, es hat einen relativen Verlust von acht Millionen gegeben«, begann der junge Börsenjobber, Immobilienhai etcetera. »Aber ich glaube, das können wir verschmerzen.«

»Verstehe nicht, wovon du sprichst«, fauchte Carl. »Was soll das heißen, acht Millionen Verlust?«

»Ich habe *relativer* Verlust gesagt, also im Verhältnis zu unseren Erwartungen.«

Der unangenehme Typ kicherte am Telefon, und Carls Irritation wuchs.

»Was für Erwartungen?« knurrte er.

»Na ja, neunzig Millionen. Was dich betrifft, sind es nur zweiundachtzig Millionen geworden, nach Steuern und Abzug der Kosten und Courtage und all dem. Ich habe das Geld bis auf weiteres auf deinem Privatkonto verbucht.«

»Wovon redest du da? Was für zweiundachtzig Millionen?«

»Dein Gewinn aus dem Geschäft mit all diesen Schulden, den Schulden der Kleinen, du weißt schon. Du könntest wenigstens danke sagen. Urban und ich haben für eigene Rechnung nur je zehn Millionen abgezweigt.«

»Danke«, sagte Carl matt und legte auf.

Er war unschlüssig, was am schändlichsten war. Der Sankt-Olavs-Orden oder zweiundachtzig Millionen an reinem Spekulationsgewinn. Wahrscheinlich war es der Sankt-Olavs-Orden.

Mein besonderer Dank gilt:

Kapitän zur See Ulf Samuelsson, ehemaliger Chef des OP 5
Kommandør I Kåre Julian Granmar, Forsvarets Overkommando/Sikkerhetsstaben, Oslo
Oberst Bo Hugemark, Militärhistorische Abteilung/MHS
Oberst Leutnant Stellan Bojerud, Militärhistorische Abteilung/MHS
Oberstleutnant Birger Elmér
Kriminalkommissar Leif Netterlid, Polizei Norrköping
Staatliches Kriminaltechnisches Labor, vor allem Stellan Ståling
Außenministerium in Oslo, vor allem Sigrid Romundset
Storting-Abgeordneter Georg Apenes, Oslo
Chefredakteur Sigurd Allern, Oslo
Politiinspektør Iver Frigaard, Overvåkingssentralen, Oslo
Journalist Egil Ulateig, Oslo/lesja
ferner einigen Personen in geheimen Diensten, an die ich meinen Dank auf etwas unauffälligere Weise richten muß.

Mir ist umfangreiche Hilfe zuteil geworden, aber sie betrifft mit Ausnahme von Oberstleutnant Stellan Bojeruds Entwürfen zu bestimmten Handlungssträngen ausschließlich tatsächliche und technische Gegebenheiten. Falls es dabei zu Irrtümern gekommen ist, bin ich allein dafür verantwortlich, ebenso für rein fiktive Abschnitte und reaktionäre oder linke Ideologie.

J. G.